本书出版得到
东方历史研究出版基金
资　助

东方历史学术文库

冷战与“民族国家建构”

——韩国政治经济发展中的美国因素（1945～1987）

The Cold War and “Nation Building”:

U. S. Role in the Process of Political and Economic Development of the ROK（1945－1987）

梁志 著

社会科学文献出版社
SOCIAL SCIENCES ACADEMIC PRESS (CHINA)

《东方历史学术文库》
学术评审委员会

《东方历史学术文库》书目

1994 年度

《魏忠贤专权研究》，苗棣著

《十八世纪中国的经济发展和政府政策》，高王凌著

《二十世纪三四十年代河南冀东保甲制度研究》，朱德新著

《江户时代日本儒学研究》，王中田著

《新经济政策与苏联农业社会化道路》，沈志华著

《太平洋战争时期的中英关系》，李世安著

1995 年度

《中国古代私学发展诸问题研究》，吴霓著

《官府、幕友与书生——“绍兴师爷”研究》，郭润涛著

《1895～1936 年中国国际收支研究》，陈争平著

《1949～1952 年中国经济分析》，董志凯主编

《苏联文化体制沿革史》，马龙闪著

《利玛窦与中国》，林金水著

《英属印度与中国西南边疆（1774～1911 年）》，吕昭义著

1996 年度

《明清时期山东商品经济的发展》，许檀著

《清代地方政府的司法职能研究》，吴吉远著

《近代诸子学与文化思潮》，罗检秋著

《南通现代化：1895～1938》，常宗虎著

《张东荪文化思想研究》，左玉河著

1997 年度

《〈尚书〉周初八诰研究》，杜勇著

《五六世纪北方民众佛教信仰——以造像记为中心的考察》，侯旭东著

《世家大族与北朝政治》，陈爽著

《西域和卓家族研究》，刘正寅　魏良弢著

《清代赋税政策研究：1644～1840 年》，何平著

《边界与民族——清代勘分中俄西北边界大臣的察哈台、满、汉五件文书研究》，何星亮著

《中东和谈史（1913～1995 年）》，徐向群　宫少朋主编

1998 年度

《古典书学浅探》，郑晓华著

《辽金农业地理》，韩茂莉著

《元代书院研究》，徐梓著

《明清高利贷资本》，刘秋根著

《学人游幕与清代学术》，尚小明著

《晚清保守思想的原型——倭仁研究》，李细珠著

1999 年度

《唐代翰林学士》，毛雷著

《唐宋茶业经济》，孙洪升著

《七七事变前的日本对华政策》，臧运祜著

《改良的命运——俄国地方自治改革史》，邵丽英著

2000 年度

《黄河中下游地区的东周墓葬制度》，印群著

《中国地名学史考论》，华林甫著

《宋代海外贸易》，黄纯艳著

《元代史学思想研究》，周少川著

《清代前期海防：思想与制度》，王宏斌著

《清代私盐问题研究》，张小也著

《清代中期婚姻冲突透析》，王跃生著

《农民经济的历史变迁——中英乡村社会区域发展比较》，徐浩著

《农民、市场与社会变迁——冀中 11 村透视并与英国农村之比较》，侯建新著

《儒学近代之境——章太炎儒学思想研究》，张昭军著

《犹太民族史上的东方一页：一个半世纪以来的上海犹太人》，潘光　王健著

《俄国东正教会改革（1861～1917）》，戴桂菊著

《伊朗危机与冷战的起源（1941～1947 年）》，李春放著

2001 年度

《〈礼仪·丧服〉考论》，丁鼎著

《南北朝时期淮汉迤北的边境豪族》，韩树峰著

《两宋货币史》，汪圣铎著

《明代充军研究》，吴艳红著

《明代史学的历程》，钱茂伟著

《清代科举家族》，张杰著

《清代台湾的海防》，许毓良著

《清末民初无政府派的文化思想》，〔韩〕曹世铉著

2002 年度

《唐代玄宗肃宗之际的中枢政局》，任士英著

《王学与晚明师道复兴运动》，邓志峰著

《混合与发展——江南地区传统社会经济的现代演变（1900～1950）》，马俊亚著

《敌对与危机的年代——1954～1958 年的中美关系》，戴超武著

2003 年度

《部落联盟与酋邦》，易建平著

《西周封国考疑》，任伟著

《〈四库全书总目〉研究》，司马朝军著

《1500～1700 年英国商业与商人研究》，赵秀荣著

2004 年度

《后稷传说与祭祀文化》，曹书杰著

《明代南直隶方志研究》，张英聘著

《西方历史叙述学》，陈新著

2005 年度

《汉代城市社会》，张继海著

《唐代武官选任制度初探》，刘琴丽著

《北宋西北战区粮食补给地理》，程龙著

《明代海外贸易制度》，李庆新著

《明朝嘉靖时期国家祭礼改制》，赵克生著

《明清之际藏传佛教在蒙古地区的传播》，〔韩〕金成修著

2006 年度

《出土文献与文子公案》，张丰乾著

《“大礼议”与明廷人事变局》，胡吉勋著

《清代的死刑监候》，孙家红著

《〈独立评论〉与 20 世纪 30 年代的政治思潮》，张太原著

《德国 1920 年〈企业代表会法〉的发生史研究》，孟钟捷著

2007 年度

《中原地区文明进程的考古学研究》，高江涛著

《秦政区地理研究》，后晓荣著

《北京城图史探》，朱竞梅著

《中山陵：一个现代政治符号的诞生》，李恭忠著

《1918 ~ 1929 年美国对德政策研究》，王宏波著

《古希腊节制思想研究》，祝宏俊著

2008 年度

《古代城市形态研究方法新探》，成一农著

《政治决策与明代海运》，樊　铧著

《〈四库全书〉与十八世纪的中国知识分子》，陈晓华著

《魏晋南北朝考课制度研究》，王东洋著

《初进大城市》，李国芳著

《东方历史学术文库》改版弁言

从1998年起，文库改由社会科学文献出版社出版。

设立文库的初衷，“出版前言”都讲了，这是历史记录，改版后仍保留，这也表明改版并不改变初衷，而且要不断改进，做得更好。

1994年，面对学术著作出书难，由于中国社会科学出版社的毅然支持，文库得以顺利面世，迄1997年，已出版专著25部。1998年，当资助文库的东方历史研究出版基金面临调息困难时，社会科学文献出版社又慨然接过接力棒，并于当年又出了改版后专著6部。5年草创，文库在史学园地立了起来，应征书稿逐年增多，质量总体在提高，读者面日益扩大，听到了肯定的声音，这些得来不易，是要诚挚感谢大家的；而需要格外关注的是，我们的工作还有许多缺点、不足和遗憾，必须认真不断加以改进。

如何改进？把这几年想的集中到一点，就是要全力以赴出精品。

文库创立伊始就定下资助出版的专著，无例外要作者提供完成的书稿，由专家推荐，采取匿名审稿，经编委初审、评委终审并无记名投票通过，从制度上保证选优原则；评委们对专家推荐的书稿，是既充分尊重又认真评选，主张“宁肯少些，但要好些”；前后两家出版社也都希望出的是一套好书。这些证明，从主观上大家都要求出精品。从客观来说，有限的资助只能用在刀刃上；而读者对文库的要求更是不断在提高，这些也要求非出精品不可。总之，只有出精品才能永葆文库的活力。

出精品，作者提供好书稿是基础。如“出版前言”所指出的，开辟研究的新领域、采用科学的研究新方法、提出新的学术见解，持之有故，言之成理，达到或基本达到这些条件的，都是好书。当然，取法乎上，希望“上不封顶”；自然，也要合格有“底”，初步设想相当于经过进一步研究、修改的优秀博士论文的水平，是合格的“底”。有了好书稿、合格的书稿，还需推荐专家和评委的慧眼，推荐和评审都要出以推进学术的公心，以公平竞争为准则。最后，还要精心做好编辑、校对、设计、印装等每一道工序，不然也会功亏一篑。

5周岁，在文库成长路上，还只是起步阶段，前面的路还长，需要的是有足够耐力的远行者。

《东方历史学术文库》编辑委员会

1998年9月

《东方历史学术文库》出版前言

在当前改革大潮中，我国经济发展迅猛，人民生活有较大提高，思想观念随之逐步改变，全国热气腾腾，呈现出一派勃勃生机，举国公认，世界瞩目。社会主义市场经济在发展而尚待完善的过程中，不可避免地也会产生一定的负面效应，那就是在社会各个角落弥漫着“利之所在，虽千仞之山，无所不止；深渊之下，无所不入”的浊流。出版界也难遗世而独立、不受影响，突出表现为迎合市民心理的读物汗牛充栋，而高品位的学术著作，由于印数少、赔本多，则寥若晨星。尚无一定知名度的中青年学者，往往求出书而无门，感受尤深。这种情况虽然不会永远如此，已使莘莘学子扼腕叹息。

历史科学的责任，是研究过去，总结经验，探索规律，指导现实。我国历来有重视历史的传统，中华民族立于世界之林数千年者，与此关系匪浅。中国是东方大国，探索东方社会本身的发展规律，能更加直接为当前建设有中国特色的社会主义所借鉴。

新中国成立以来，国家对历史学科十分关心，但限于财力尚未充裕，资助项目难以面面俱到。我们是一群有志于东方史研究的中青年学人，有鉴于此，几年前自筹资金设立了一个民间研究机构，现为中国史学会东方历史研究中心。创业伊始，主要是切磋研究。但感到自己研究能力毕竟有限，于是决定利用自筹资金设立“东方历史研究出版基金”，资助有关东方历史的优秀研究成果出版。凡入选的著作，均以《东方历史学术文库》作为丛书的总名。

我们这一举措，得到了老一辈史学家的鼓励、中青年同行的关注。胡绳同志为基金题词，在京的多位著名史学专家慨然应邀组成学术评审委员会，复蒙中国社会科学出版社允承出版，全国不少中青年学者纷纷应征，投赐稿件。来稿不乏佳作——或是开辟了新的研究领域；或在深度和广度上超过同类著作；或采用了新的研究方法；或提出了新的学术见解，皆持之有故，言之成理。百花齐放，绚丽多彩。这些给了我们巨大的鼓舞，也增强了我们办好此事的信心。

资助出版每年评选一次。凡提出申请的著作，首先需专家书面推荐，再经编辑委员会初审筛选，最后由学术评审委员会评审论证，投票通过。但由于基金为数有限，目前每年仅能资助若干种著作的出版，致使有些佳著不能入选，这是一大遗憾，也是我们歉疚的。

大厦之成，非一木能擎。史学的繁荣，出版的困难，远非我们这点绵薄之力能解决其万一。我们此举，意在抛砖引玉，期望海内外企业界，或给予我们财务支持，使我们得以扩大资助的数量；或另创学术著作基金，为共同繁荣历史学而努力。

《东方历史学术文库》编辑委员会

1994 年 9 月

序　言

欧阳哲生

今年6月16日清晨，当我正端坐在书桌旁开始写作时，一个紧急电话打断了我平静的思考，电话的另一端是谢慧的父亲，他哽咽着告诉我——谢慧凌晨二时因病在协和西医院去世，特别通知我下午去医院参加她的遗体告别仪式。这是一个令我不敢置信的消息。十天以前我还打电话询问过谢慧，博士后报告是否做完，我已接到去参加她的答辩通知。没想到与她会见的最后一面竟是在医院的太平间。这是我第一次为自己的一位学生送葬，她太年轻了——今年还不过三十岁！正是一个青年学子走上工作岗位，可以施展其抱负和才华的大好年华！

谢慧是1997年经高考进入北京大学历史学系学习的。大学二年级时，我给她们班讲授中国现代史一课时，与她相识，从此结下师生之缘。以后她的学年论文、大学毕业论文均由我负责指导。大学毕业后，她顺利保送攻读硕士学位，继续由我指导。我指示她去看一看《今日评论》这份杂志，这就成了她后来博士论文选题的起源。她勤访京城内外多家图书馆，终于将这份杂志悉数凑齐，从阅读到做笔录、构思论文框架，再到论文开题，撰写各章，每一步进展、每一点收获，她都兴奋地向我汇报，在交流中我们共同享受她论文进展的愉悦。到了硕士三年级，她得以再跳一级——保送直博，一切进展如流，硕博连读六年，她终于完成了呈现在眼前的这篇博士论文。

谢慧有着北大学生特有的那种精神气质：自信、幽默、开朗、进取心强，这是在北大这一特定精神氛围的长期熏陶中形成的高素质群体特质；她本人还保有某些可贵的个性：好强、沉稳、刻苦、朴实。她聪慧而不自作聪明，好强而能刻苦自励，上进而又脚踏实地，一步一个脚印，从大学、硕士、博士到博士后，按部就班，有条不紊，完成了各个阶段的学业。她的博士后报告《西南联大与抗战时期的宪政运动研究》是其博士论文的后续成果，亦即将出版，可以再次见证这一点。然而在即将走上工作岗位时，她不幸倒下了。她的病逝成了一个“事件”，在北大学生和社科院近代史所同人中造成了震撼，迄今仍让大家无限地疑思。我痛感她为自己的超前发展付出了代价——一个沉重而无法赎回的代价！

与《新青年》、《新月》、《独立评论》等刊物的显赫名声相比，《今日评论》不太被人们知悉。它从1939年1月1日在昆明西南联大创刊，到1941年4月13日停刊，共出版5卷114期。它是抗战时期一份富有影响力的知识分子政论刊物，也是抗战时期一份颇为重要而又长期被人们忽视研究的知识分子杂志。抗战时期，是中国知识分子参政热情高度迸发的一段时期，与以往不同的是，由于处在民族危亡的紧急关头，知识分子在政治上与执政的国民党保持合作甚至归附的关系。在《今日评论》里，我们可以看到它的作者中，有的加入了国民党，有的进入国民参政会，有的虽未进入政界，但也积极献计献策，向当政者贡献自己的意见，他们对政府的批评相对温和而克制。尽管如此，西南联大作为当时知识精英聚集的大本营，仍是一座坚不可摧的“民主堡垒”，仍扮演着类似“五四”时期北大的先锋角色，对抗战时期的内政外交发表独特而富有建设性的评论。这反映在以西南联大教授为编辑、作者主体的《今日评论》这份杂志上，即是《今日评论》在政治上，对抗战初期宪政的倡首讨论，对第一次宪政运动的极力推动；在经济上，对诸如工业化、统制经济等经济问题的热烈讨论，对以汇兑为中心的金融风波的评论；在外交上，对国际形势的精辟分析，对日本、美国动向的观察，对各种国际事件的分析，以及在此背后的外交思想。谢慧以为《独立评论》是《今日评论》的前辈，两刊之间虽没有直接的联系，但在办刊方式、作者聚集、讨论问题等方面的确有诸多相似之处。称《今日评论》是抗战前期最具知识分子气质的一份刊物，可与此前的《独立评论》、此后的《观察》媲美，并不为过，对这样一份刊物加以系统研究，自然是理所应当。

谢慧的博士论文《知识分子的救亡努力——〈今日评论〉与抗战时期中国政策的抉择》，围绕《今日评论》及其所处时代、《今日评论》作者群体对宪政的追求、《今日评论》与抗战时期的经济政策、《今日评论》与抗战时期的外交政策、《今日评论》的价值与影响这些问题，作了系统、深入的探讨。该文具有四个显著的特点：一是发掘了大量相关的材料。除搜集到全份的《今日评论》外，举凡抗战前期的重要政论报刊，《今日评论》作者的文集、日记、书信、回忆录和档案材料，都被作者搜罗殆尽。二是问题意识突出。作者主要以《今日评论》作者群体对抗战时期宪政、经济、外交三大问题的讨论展开论述，凸显了知识精英议政、参政的政治热情。三是比较的方法。论文既将《今日评论》与国民党系统的《中央周刊》、《时代精神》、《新政治》、《民意》、《时事类编特刊》、《新经济》、《外交研究》等刊，广西宪政研究会的《建设研究月刊》，国社党的《再生》，职教社的《国讯》，青年党的《国论杂志》等进行横向比较；又从纵的方面将《今日评论》与之前的《新月》、《现代评论》、《国闻周报》、《自由评论》、《独立评论》等，之后的《当代评论》、《观察》等知识分子政论刊物进行比较，以说明该刊蕴含的特色。四是充分吸收相关研究文献。作者注意到已有的相关研究成果，包括报刊研究、宪政运动研究、抗战时期经济问题专题研究、抗战时期对外关系研究、西南联大研究、相关人物研究。作者在材料聚集上的确下了很大气力，可见她当时的勤勉、刻苦。近代报刊研究虽为学术界关注的课题，但多集中于辛亥革命、五四运动时期，有关抗战时期的报刊研究似不多见，以之为专题研究的博士论文则甚少，从这个角度看，谢慧这篇博士论文是抗战时期报刊研究中具有开拓性的一篇论文。在写作这篇博士论文之前和同时，谢慧对近代报刊史已下过一定的功夫，先后对商务印书馆、亚东图书馆、《独立评论》等其他媒体做过研究，写过作业或论文，她的博士论文可以说是其长期积累的一个成果。

在我的学生群体中，谢慧是一名突出的骨干。她不仅是上下级同学间的纽带，而且她以自己的榜样影响和带动了其他同学。在西南联大研究群体中，谢慧也是大家瞩目的一颗正在升起的新星，她在这一领域接连攻关，从博士论文到博士后报告，成果迭出；她乐于帮助同行，无私地给大家查阅、提供资料，与同行切磋、探讨，携手共推这一领域的研究，也给人们留下了难以忘怀的深刻印象。

遗憾的是，谢慧未能在自己生前看到这本博士论文的出版。她生前在申请东方历史学术文库出版资助时，曾要求我为她第一本问世的著作“赐”序，我今天仿若记得当时她说这话时的微笑而带有恳切的表情。如今我兑现当时的承诺，她却辞别了人间，这实在是一件令人伤痛的事！写作此序时，我脑海中会时常浮现出她那孱弱而倔强的身影。一个学人以身殉学，无疑是值得纪念的英勇行为，她对我们活着的人们是一次唤醒，也是一种鞭策。我权以这篇序文，充当祭文，遥祭已升上天国的英雄灵魂，愿她那颗圣洁一般的灵魂安息！

2009 年 10 月 18 日于北京海淀蓝旗营

目　录

前　言

一　问题的提出

“9·11事件”后，美国对外政策专家和政界人士呼吁政府将“民族国家建构”（Nation Building）① 作为打击恐怖主义的手段纳入国家安全战略。于是，乔治·布什总统宣布美国将担负起阿富汗和伊拉克“民族国家建构”的“重任”，信誓旦旦地承诺“要积极地将民族、发展、自由市场和自由贸易的希望传播到世界的每一个角落”。② 但阿富汗和伊拉克局势的持续混乱很

① “民族国家建构”是西方国家对外政策话语中的专有名词。一般而言，民族国家建构由四个层次组成：维持和平；巩固和平；战后重建；长期经济和政治发展。相关论述参见 Francis Fukuyama, “Guidelines for Future Nation-Builders,” in Francis Fukuyama (ed.), *Nation-Building: Beyond Afghanistan and Iraq*, Baltimore: The John Hopkins University Press, 2006, pp. 232 - 233。本文主要从通常受到更多关注的后两个层次论述美国在韩国“民族国家建构”中的努力。

② Ted Galen Carpenter, “The Imperial Lure: Nation Building as a US Response to Terrorism,” *Mediterranean Quarterly*, Vol. 17, No. 1 (Winter 2006), p. 36; George W. Bush, “The National Security Strategy of the United States of America,” September 17, 2002. available at: http://www. Informationclearinghouse. info/article2320. htm.

快使这一承诺变得苍白无力，美国智囊机构、学者、媒体乃至公众就此展开争论，焦点集中于美国是否有义务推动“民族国家建构”进程，主导美国“民族国家建构”政策的是利他主义还是霸权主义，以及美国获得成功的几率如何。此间，韩国是很多美国人最经常提到的成功案例。①

反观历史，人们会发现是美苏冷战把韩国同美国“民族国家建构”战略联系在一起的。第二次世界大战末期，以军方官员为主体的美国国家安全政策制定者将目光投向拉丁美洲、北非、中东、印度和东南亚。在他们看来，要想确保美国的根本利益，必须首先防止某个国家或国家集团控制欧亚大陆。接下来发生的一切似乎证实了这种担心并非杞人忧天：欧洲和亚洲的很多国家陷入持续的政治动荡、社会不安和经济衰退；共产党在法国、意大利、部分东欧国家和中国的势力不断上升；美苏关系渐趋恶化。负责防务的美国官员马上意识到苏联很可能会趁机控制欧亚大陆，攫取当地的资源，对刚刚取得霸权地位的美国发起挑战。② 正因为如此，凯南（George F. Kennan）的“长电报”、“X 先生文章”以及被后人称为“杜鲁门主义”的

① Mitchell B. Lerner, Review of *Nation Building in South Korea: Koreans, Americans, and the Making of a Democracy* by Gregg Brazinsky, *The Journal of American History*, Vol. 95, No. 1 (June 2008), p. 268; Seth G. Jones, "State-Building and Overwhelming Force: The Legacy of Iraq and Afghanistan," prepared for delivery at the 2007 Annual Meeting of the American Political Science Association, August 30-September 2, 2007, p. 3.

② Melvyn P. Leffler, "The American Conception of National Security and the Beginning of the Cold War, 1945 – 48," *The American Historical Review*, Vol. 89, No. 2 (April 1984), pp. 352 – 381.

政策声明才明确将苏联外交政策定性为扩张主义，坚信苏联企图向世界上任何脆弱的地区渗透，并发誓支持那些正在抵制“内部颠覆”和“外来压力”的“自由民族”。[①] 1950年春，国家安全委员会第68号文件（NSC68）出台。作为美国的冷战政策纲领，在地缘政治方面，NSC68彻底放弃了凯南对关键地区和边缘地区的区分，继承了“杜鲁门主义”将希腊的命运与土耳其乃至整个中东甚至欧洲的独立和自由联系在一起的观念，并将其发挥到极致——“时下对自由制度的进攻是全球性的。在目前权力极化的背景下，自由制度在任何地方的失败都意味着其在所有地方的失败”。[②] 就这样，美国决策者及其顾问逐渐将国家安全与防止苏联在遥远国度的“扩张行为”紧密联系在一起，以至于20世纪40年代末50年代初，从杜鲁门政府的角度看，已经很难说在世界范围内还有哪一个地区与美国国家安全毫不相干了。

1950年代上半期，苏联明显增加了对发展中国家的援助。[③]

---

① Dennis Merrill (ed.), *Documentary History of the Truman Presidency*, Vol. 7, The Ideological Foundation of the Cold War: the "Long Telegram", the Clifford Report, and NSC68, Bethesda, Md.: University of Publications of America, 1996, Document 9; Dennis Merrill (ed.), *Documentary History of the Truman Presidency*, Vol. 7, Introduction of the Ideological Foundation of the Cold War: the "Long Telegram", the Clifford Report, and NSC68, pp. xxiv-xxv; Dennis Merrill (ed.), *Documentary History of the Truman Presidency*, Vol. 8, The Truman Doctrine and the Beginning of the Cold War, Bethesda, Md.: University of Publications of America, 1996, Document 16.

② "NSC68, United States Objectives and Programs for National Security," January 31, 1950, in *Declassified Documents Reference System* (hereinafter referred to as *DDRS*), Gale Group, 2010, CK3100347923.

③ W. W. Rostow, *Eisenhower, Kennedy, and Foreign Aid*, Austin: University of Texas Press, 1985, pp. 14 - 20.

透过冷战的多棱镜，美国官员从中看到的是苏联以经援为外衣对欠发达地区进行的“政治渗透”、苏联经济增长模式正在成为引导发展中国家现代化潮流的航标、“自由世界”与“共产主义世界”的斗争场所向第三世界转移。① 纷繁复杂的国际形势向美国提出了一个富有挑战性的课题：抑制民族主义力量推行激进改革的冲动，导引新兴独立国家走上自由资本主义的康庄大道，

① “Memorandum of Discussion at the 266th Meeting of the National Security Council, Washington”, November 15, 1955, in *Foreign Relations of the United States* (hereinafter referred to as *FRUS*), *1955 - 1957*, Vol. 10, Foreign Aid and Economic Defense Policy, Washington: United States Government Printing Office, 1989, pp. 28 - 30; “Memorandum of Discussion at the 267th Meeting of the National Security Council, Camp David, Maryland,” November 21, 1955, in *FRUS*, *1955 - 1957*, Vol. 10, Foreign Aid and Economic Defense Policy, pp. 32 - 33, 35; “Memorandum of Discussion at the 269th Meeting of the National Security Council, Camp David, Maryland,” December 8, 1955, in *FRUS*, *1955 - 1957*, Vol. 10, Foreign Aid and Economic Defense Policy, p. 53; “Memorandum of Discussion at the 273th Meeting of the National Security Council, Washington,” January 18, 1956, in *FRUS*, *1955 - 1957*, Vol. 10, Foreign Aid and Economic Defense Policy, pp. 64 - 65; “Memorandum of Discussion at the 320th Meeting of the National Security Council, Washington,” April 17, 1957, *FRUS*, *1955 - 1957*, Vol. 10, Foreign Aid and Economic Defense Policy, p. 187; “Memorandum of Discussion at the 348th Meeting of the National Security Council, Washington,” December 12, 1957, in *FRUS*, *1955 - 1957*, Vol. 10, Foreign Aid and Economic Defense Policy, p. 200; “Memorandum of Discussion at the 235th Meeting of the National Security Council, Washington,” February 3, 1955, in *FRUS*, *1955 - 1957*, Vol. 21, East Asia Security; Cambodia; Laos, Washington: United States Government Printing Office, 1990, p. 28; “Memorandum of Discussion at the 427th Meeting of the National Security Council,” December 3, 1959, in *FRUS*, *1958 - 1960*, Vol. 4, Foreign Economic Policy, Washington: United States Government Printing Office, 1992, pp. 473 - 475.

从而遏制共产主义。然而，受现实主义逻辑和两极化战略观点的影响，在20世纪50年代的美国政策体系中，总的来说第三世界在很大程度上仍作为不同国家、区域和部分而非作为一个具有共同特性和功能地位的整体而存在。[①]

肯尼迪总统上台后，环顾发展中地区，进入视野的是如火如荼的古巴革命、摇摇欲坠的南越吴庭艳政权以及逐步升级的刚果内战。但更令他担忧的是苏联领导人赫鲁晓夫发表的支持民族解放战争的宣言。将两幅图景拼接在一起，显现出来的是共产主义同民族主义联起手来一道向西方世界发起进攻。[②] 如何应付这一“乱世危局”呢？肯尼迪及其手下的“出类拔萃之辈”决定双管齐下，一面派出绿色贝雷帽部队镇压当地的“叛乱”，一面帮助新兴民族独立国家遵循资本主义发展模式实现政治民主和经济增长，即“反颠覆”与“民族国家建构”并行。[③] 从某种意义上讲，此后积极干预欠发达国家发展道路的选择成为美国冷战战略中头等重要的议题。

具体到韩国，早在第一次美苏联合委员会会议召开前后，美国军政府政治顾问威廉·兰登（William R. Langdon）就屡次向华盛顿发出警告：南方左翼政党正在与北方共产党中央人民政府建立更紧密的联盟，并效仿苏联的宣传路线日益激烈地批

① 牛可：《自由国际主义与第三世界——美国现代化理论兴起的历史透视》，《美国研究》2007年第1期，第42页。

② 〔美〕雷迅马：《作为意识形态的现代化：社会科学与美国对第三世界政策》，牛可译，中央编译出版社，2003，第4页。

③ Thomas G. Paterson, *Meeting the Communist Threat: Truman to Reagan*, New York: Oxford University Press, 1988, pp. 206 – 209.

评美国。[①] 在华盛顿，以杜鲁门为首的美国决策者同样认为，朝鲜半岛是美苏意识形态斗争的主战场，能否取得这场斗争的胜利关乎美国亚洲政策的成败。[②] 在以上理念的指引下，美国自然不会对韩国的政治经济发展进程默然视之。但李承晚政权的独裁本质及其对经济增长的相对忽略使美国为韩国设计的民主外壳黯然失色，经济开发计划也同样屡遭挫折。1960年“四一九运动”爆发，美国在最后时刻抛弃了李承晚政权，而继任的张勉政府却又命途多舛，无力承担起建设国家的重任。一年多以后，通过政变上台的朴正熙建立了发展型政权，且同意于1963年“归还民政”，这再次点燃了美国在朝鲜半岛制度之争中击败苏联的希望。1965年11月9日，国务院在对韩国政策文件中踌躇满志地宣称美国在韩国的主要利益之一是“在亚洲，像台湾一样，美国（同样）可以以韩国为例证明在民族国家建构方面非共产党方式使人受益匪浅”。[③] 美国确实这样做了。1983年，罗纳德·里根总统在韩国国会发表演说时声称：“韩国经济的高速增长和北朝鲜经济的停滞不前或许比世界上的其他任何地方都更加清楚地说明了自由经济体

① “The Political Adviser in Korea (Langdon) to the Secretary of State,” March 19, 1946, in *FRUS, 1946*, Vol. 8, The Far East, Washington: United States Government Printing Office, 1971, p. 649; “The Political Adviser in Korea (Langdon) to the Secretary of State,” April 10, 1946, in *FRUS, 1946*, Vol. 8, The Far East, p. 658.

② “Ambassador Edwin W. Pauley to President Truman,” June 22, 1946, in *FRUS, 1946*, Vol. 8, The Far East, p. 706; “President Truman to Ambassador Edwin W. Pauley, at Paris,” July 16, 1946, in *FRUS, 1946*, Vol. 8, The Far East, p. 713.

③ Donald Stone Macdonald, *U. S. -Korean Relations from Liberation to Self-Reliance: The Twenty-Year Record*, Oxford: Westview Press, 1992, p. 31.

制的优势。”[①]

那么，美国究竟在韩国政治经济发展进程中起到了何种作用？近二十年来学界对此展开了研究。

二　学界既有研究

韩国和美国学者很早便开始关注美国对韩国政治发展进程的影响。罗宗一 1992 年发表了一篇题为《1952 年政治危机：行政部门、立法机关、军方与外部大国》的文章。文章主要利用美国政府档案，采取个案研究的方法，以 1952 年韩国政治危机为例探讨了美国对韩国国内政治影响的程度和韩国抵制美国压力的能力。作者利用美国政府解密档案大体描述了危机期间美国的决策分析过程，特别是在军事手段和外交手段之间的抉择，揭示出杜鲁门政府各部门之间的意见分歧，以及最终决定以外交施压为主的动因，包括保证“联合国军”安全相对保护韩国代议制政府的优先性和美国大部分官员眼中李承晚的不可替代性。[②]

金坚 1995 年申请博士学位的论文《美国人争夺朝鲜民心的斗争：美国文化政策与占领下的朝鲜》深入挖掘驻朝美国军政府以及美国国务院、陆军部和电影出口协会、科学和文化合作

① Gregg A. Brazinsky, “From Pupil to Model: South Korea and American Development Policy during the Early Park Chung Hee Era,” *Diplomatic History*, Vol. 29, No. 1 (January 2005), p. 83.

② Jong Yil Ra, “Political Crisis in Korea, 1952: The Administration, Legislature, Military and Foreign Powers,” *Journal of Contemporary History*, Vol. 27, No. 2 (April 1992), pp. 301 – 318.

部际委员会的档案文献，以日本对朝鲜的殖民文化统治和战后美国的全球文化战略为背景，从新闻和宣传运动、出版、大众文化传播三方面入手，阐述了1945～1948年美国对南部朝鲜的文化政策，继而探究美国帝国政治与文化行为之间的关联。作者认为，出于遏制共产主义和压制当地人民革命热情的考虑，美国努力将民族国家的概念和意识引入南部朝鲜，试图改变南部朝鲜的政治法统基础和国家—大众关系，为当地人构建新的集体认同。一方面，由于军政府偏袒南部朝鲜的右翼势力，诸多行为有违民主原则，美国赋予当地人民言论自由的目标最终并未实现；另一方面，美国在南部朝鲜的大众文化传播却十分成功。虽然许多朝鲜人批评美国军政府的占领政策，但美国人的生活方式和消费文化却在潜移默化地塑造着他们对未来的设想，韩国美国化的进程由此开始。①

李慧淑1997年的专论《从南朝鲜看美国占领下的国家建构和公民社会》从国家与公民社会关系的角度考察了美国军政府与韩国民主化进程的关系。她认为，美国在韩国国家形成和公民社会重组中起到了明显的作用。为了遏制共产主义并在韩国建立西方资本主义制度，美国军政府强调维持南部朝鲜现存的社会秩序，在此基础上以美国为模板构建资本主义制度，具体做法是：政治上，排斥左翼政治团体和某些民族主义者，大力扶植由部分前亲日派组成的右翼，并强化警察和军队等国家机器；经济上，通过处理敌产和土地改革获取管理南部朝鲜所需

① Kyun Kim, “The American Struggle for Korean Minds: U. S. Cultural Policy and Occupied Korea,” PhD dissertation, University of Wisconsin-Madison, 1995.

的物质资源。期间，以中央集权为主要特征的强大的官僚机构渐趋形成，以工人和农民为主体的公民社会遭到沉重打击。①

2000 年，洪泳表出版了《国家安全与政权安全：李承晚总统与南朝鲜的危险困境，1953～1960 年》一书，利用大量美国原始档案和部分韩国政策文件，辅以英国和苏联政府文献，深入研究了朝鲜战争以后李承晚政权的国家安全政策。在研究视角上，他将李承晚的“北进统一”政策置于内外安全环境之下加以考察，认为该政策一方面是为了逼迫美国信守对韩国的安全承诺，维护韩国的国家安全；另一方面也是为了借机将反共主义作为压制国内反对派的工具，确保政权安全。换言之，国家安全成了维护政权安全的手段。具体地说，50 年代中期以后李承晚政权国家安全政策的重点逐渐从国家安全转向政权安全。这一转变既损害了国家安全，又导致了李承晚政权的土崩瓦解。从中，可以看到李承晚如何利用美国不愿放弃韩国又不愿再次卷入朝鲜半岛冲突的矛盾心理，以及借助“北进统一”叫嚣榨取美国资源并将其用于维护政权稳固的历史过程。②

邦尼·奥 2002 年主编的论文集《美国军政府统治下的朝鲜，1945～1948 年》收录了多篇美韩学者的专论，涉及冷战在朝鲜的起源、美国军政府主要顾问对南部朝鲜政治经济发展的

① Hyesook Lee, “State Formation and Civil Society under American Occupation: The Case of South Korea,” *Korea Journal of Population and Development*, Vol. 26, No. 2 (December 1997), pp. 15 – 32.

② Yong-Pyo Hong, *State Security and Regime Security: President Syngman Rhee and the Insecurity Dilemma in South Korea, 1953 – 60*, New York: St. Martin's Press, Inc., 2000.

影响以及美国军政府时期南部朝鲜的民主化进程等问题。其中，朴善表撰写的《美国军政府与南朝鲜的民主框架》一文在广泛调研美国政府各部门档案文件的基础上将美国军政府在南部朝鲜的政治行为概括为四个阶段：重建国家机关达到反革命的目的（1945 年 9 月至 12 月）；构建反共体制（1946 年 1 月至 5 月）；改良主义的插曲（1946 年 6 月至 1947 年 7 月）；在反共体制内移植民主制度（1947 年 8 月至 1948 年 8 月）。作者最后指出，美国军政府在筹建韩国期间追求两个相反的目标，即在建立反共堡垒的同时向当地移植西方民主自由思想。之所以说是相反的两个目标，主要是因为美国在南部朝鲜建立反共堡垒的过程中采取了诸多不利于当地民主制度建设的措施：剥夺了包括共产党在内的左翼政治力量的合法权益，扼杀了政治多元化的可能性；片面支持右翼集团而导致强国家—弱社会的政治生态，这为未来李承晚政府的独裁统治创造了条件；将美式民主制度强加给南部朝鲜，造成当地政治思想和政治现实之间的巨大反差。①

金奉仁的文章《美国军政府的准军事政治与韩国的建立》（2003）将美国情报机构档案作为主要参考文献，借鉴韩美两国的相关研究成果，分四个阶段详细介绍了以往很少有学者谈及的准军事青年组织的建立和发展情况。作者认为，解放后南部朝鲜人民革命热情异常高涨，以至于一心反共的美国军政府和

① Park Chan-Pyo, "The American Government and the Framework for Democracy in South Korea," in Bonnie B. C. Oh (ed.), *Korea under the American Military Government, 1945 - 1948*, London: PRAEGER, 2002, pp. 123 - 149.

李承晚—朝鲜民主党集团仅凭合法手段难以维持社会秩序，转而扶植和依靠右翼准军事青年组织。1946 年 9 ~ 10 月，美国军政府利用右翼准军事组织镇压了左翼领导的总罢工和起义，反常的准军事政治体制形成。在美国和李承晚违背人民意志建立南方分离政府的过程中，右翼准军事组织更是肆无忌惮地对左翼和无辜百姓采取暴力行动，制造白色恐怖。准军事政治对韩国未来道路的影响主要表现在导致朝鲜半岛的分裂和反动、反共政府的建立两个方面。①

近年来，美国对韩国经济发展进程的影响也受到了韩美两国学者的关注。朴泰钧的文章《W. W. 罗斯托与 20 世纪 60 年代韩国的经济话语》（2001）考察了沃尔特·罗斯托（Walt W. Rostow）“经济增长阶段论”对韩国经济发展战略的影响。作者指出，20 世纪 50 年代末许多韩国著名经济学家开始在报纸和杂志上介绍罗斯托的现代化理论。1960 年代，通过与韩国经济官员会谈和在韩国发表演讲，罗斯托广泛地宣传自己提出的“起飞”观念。期间，在韩国，上至总统下至普通百姓都将“起飞”作为本国经济发展的主要特征，韩国人民对自身实现快速经济增长信心大增，并逐渐接受了“非均衡增长理论”。②

戴维·埃克布莱德申请博士学位的论文《关于世界的专题讨论：作为美国处理与亚洲关系工具的现代化，1941 ~ 1973 年》

---

① Bong-jin Kim, “Paramilitary Politics under the USAMGIK and the Establishment of the Republic of Korea,” *Korea Journal*, Vol. 43, No. 2 (Summer 2003), pp. 289 – 321.

② Park Tae-Gyun, “W. W. Rostow and Economic Discourse in South Korea in the 1960s,” *Journal of International and Area Studies*, Vol. 8, No. 2 (2001), pp. 55 – 66.

(2003）的第四章综合利用美国政府和联合国相关机构文件，论述了1945~1960年美国与韩国现代化的关系。在作者看来，美国不仅要重建韩国，使之实现现代化，更重要的是希望借此促进日本经济的复苏并展示非共产党生产方式的优越性。实际上，虽然在此期间美国向韩国提供了大量的经济援助，但最终并未能推动韩国走向自立。美国将责任更多地归咎于韩国，指责韩国人缺乏技术知识、管理技巧和合作意识，抱怨李承晚的民族主义情绪阻碍了韩日贸易的发展。①

格雷格·布热津斯基的《从后生到典范：朴正熙执政初期的南朝鲜与美国的开发政策》（2005）一文依据大量美韩双方的档案资料，深入细致地研究了60年代的美韩经济关系。结论如下：朴正熙政权的发展取向与肯尼迪政府的对外开发援助政策之间存在一定的共同点；肯尼迪政府决定以削减或停止对韩援助相威胁，迫使朴正熙政权接受美国的指导；美国国际开发署向韩国派出了强大的顾问团，不断向当地各级官员灌输西方经济思想，希望最终能够使朴正熙政府更好地分析和解决韩国面临的经济问题；60年代中期以后，随着在对美关系中讨价还价能力的增强以及自身经济决策能力的提高，韩国开始越来越多地抵制美国顾问对经济事务的干预。②

韩国和美国还有部分学者同时关注美国在韩国政治经济发

① David Karl Francis Ekbladh, "A Workshop for the World: Modernization as a Tool in United States Foreign Relations in Asia, 1914 - 1973," PhD dissertation, Columbia University, 2003.

② Gregg A. Brazinsky, "From Pupil to Model: South Korea and American Development Policy during the Early Park Chung Hee Era," pp. 83 - 115.

展进程中所起到的作用。1990 年，金勋东的《韩国与美国：20 世纪 60 年代演变中的跨洋同盟》一书面世。该书的初稿是 1983 年作者在法国以法语完成的申请博士学位的论文，利用了大量韩美双方的官方文件及统计数字，从共同安全、经济合作、外交与内政三大方面较为全面地探讨了 60 年代的美韩关系，并在行文中不时地对五六十年代的美韩关系加以对比。作者认为，韩国国民经济发展“一五计划”期间，美国漠视韩国的经济困境，不断削减对韩赠与经援。与此同时，肯尼迪政府凭借对韩经济援助迫使韩国修改了“一五计划”。60 年代后半期，韩国经济进入稳定增长期，美国的赠与经援进一步减少，对韩国经济决策的影响力也随之下降；肯尼迪政府时期，“归还民政”问题曾使美韩关系一度紧张。随后，双方关系逐渐好转，韩国顺应美国的要求出兵越南，约翰逊政府则不惜以公开干预的方式支持朴正熙抵制在野党和民众对韩日邦交正常化的反对。[①]

1992 年，为了驳斥韩国的反美主义并为处理韩国事务的美国官员提供背景资料，身兼官员和学者双重身份的丹顿·麦克唐纳在全面搜集整理 1945 ~1965 年国务院对韩国政策文件的基础上出版了《从解放到自立时代的美韩关系》一书。该书首先以美国国家安全委员会对韩政策文件为纲，概述了 1945 ~1965 年美国对韩国政策，接着又从半岛统一、军事安全、国际关系、政治和经济五个方面详细叙述了美韩关系的发展历程。政治方面，从政治发展（包括与李承晚的关系、领导人更迭问题、政党发展、选举、

① Hyun-Dong Kim, *Korea and the United States: The Evolving Transpacific Alliance in the 1960s*, Seoul: Seoul Computer Press, 1990.

政府组织原则、腐败以及新闻出版等）和介入重要政治危机［包括1949～1950年议会危机、1952年宪政危机、1954年修宪危机、曹奉岩（Cho Pong Am）事件、1958年国家安全法危机、1960年“四一九运动”和1961年“五一六军事政变”等］两个层次介绍了美国在韩国政治发展进程中所扮演的角色；经济方面，分1945～1957年和1958～1965年两个阶段介绍了美国对韩国经济恢复、稳定和发展的推动作用。由于作者利用的多为当时尚未解密的原始档案，且大量引用原文，因此该书的史料价值极高。但遗憾的是，麦克唐纳在行文中很少加入个人评论，用他本人的话说：“除一些特例外，本书的内容等同于机密原档。”[①]

2007年，格雷格·布热津斯基出版了他的博士学位论文，题为《韩国民族国家建构：韩国人、美国人与民主的缔造》。作者广泛利用美韩双方的文献资料，具体而微地描述了1945～1987年间美国在韩国政治民主和经济发展过程中所扮演的角色。作者认为：在韩国1945～1948年、1960～1961年和1979～1980年三个转折点上，美国均发挥了至关重要的作用。军政府统治时期，美国干预当地左右翼斗争，阻止左翼力量得势，虽造成南北分裂，左翼在南方式微，但成就了统一无法带来的民主和繁荣。1960～1961年，张勉实行的是“不自由的民主”，屈从于多数人的暴政，难以维持稳定，而稳定又是长期发展与民主的前提。在美国的默许下，朴正熙通过军事政变上台。60年代上半期，在肯尼迪、约翰逊政府的支持下，朴推行了调整利率和韩

① Donald Stone Macdonald, *U. S. -Korean Relations from Liberation to Self-Reliance: The Twenty-Year Record*.

日关系正常化等诸多不得人心但又绝对必要的改革措施。60 年代末期，朴正熙转向威权统治。1979～1980 年支持全斗焕是美国所犯的最致命的错误之一，一方面全斗焕政权的合法性不及李承晚和朴正熙政权，在军队之外几乎没有支持者；另一方面，此时韩国已具有了实行民主的基础。总之，建立制度和传播新思想是美国对韩国政策中的重要组成部分。美国通过官方和私人机构塑造韩国“民族国家建构”的方式和进程，同时又允许对方提出自己的经济发展模式和民主观念，这一点确实值得称道。但与其说美国决策者明智，不如说韩国人善于学习。从这个角度讲，韩美关系和韩国“民族国家建构”的经验不易泛化和复制。①

约翰·利南图德在 2008 年发表了一篇题为《压力与保护：冷战地缘政治与南朝鲜、南越、菲律宾和泰国的民族国家建构》的文章。作者利用比较研究的方法，从地缘政治（即中美苏战略大三角）入手，对比 1954～1991 年间南朝鲜、南越、菲律宾和泰国的“民族国家建构”进程。利南图德认为，南朝鲜的“民族国家建构”进程始于朴正熙统治时期。当时，作为美国对第三世界政策指导思想的现代化理论坚信，只要外部扶持者和当地投入足够的经济和教育资源，受援国就能克服政治和社会问题，远离共产主义的影响，培养出大批中产阶级，进而向自由民主迈进。但朴正熙更倾向于仿效日本将国家置于社会之上，走富国强兵之路。面对北朝鲜的威胁，朴别无选择，只能在国家建设方面投入大量资源：一面加速工业化进程，一面发起农

① Gregg A. Brazinsky, *Nation Building in South Korea: Koreans, Americans and the Making of a Democracy*, Chapel Hill: The University of North Carolina Press, 2007.

村改革。1972 年美国轰炸北越的行动引起西部地区大规模的反战运动，朴正熙因此确信确保国家安全与实现政治民主之间互不相容。同时，南朝鲜对美国援助依赖的日益减少也令华盛顿无法再像 1960 年代那样对当地政权施加强有力的影响。于是，20 世纪 70 年代初，朴正熙开始推行维新专制统治。此后，随着国家的日益富足，中产阶级力量的不断壮大，1987 年南朝鲜实现了民主化。南朝鲜之所以能够成功地实现“民族国家建构”，很大程度上是因为当地政权在地缘政治压力和外部大国保护之间找到了平衡，继而借助国家安全和民族主义取得了政权合法性。①

马相允新作《从“北进”到民族国家建构：1960 年代初美国政策与韩国政治的互动》（2009）依照美国政府文件等原始文献揭示了 20 世纪 60 年代初韩国国内政治局势剧变及随之而来的国家政策优先性由“北进”向“民族国家建构”转换的国际背景，即韩国政治变动与艾森豪威尔政府末期、肯尼迪政府初期美国对韩国政策之间的互动关系。在作者看来，50 年代末 60 年代初，美国不再像以往那样过分关注韩国军事力量的发展和国家安全，转而强调推动韩国“民族国家建构”进程的重要性，美国对韩国政策的转变是韩国由统一优先转向经济发展优先的结构性动因。②

① John L. Linantud, “Pressure and Protection: Cold War Geopolitics and Nation Building in South Korea, South Vietnam, Philippins, and Thailand,” *Geopolitics*, Vol. 13, No. 4 (2008), pp. 635 – 656.

② Sang-Yoon Ma, “From ‘March North’ to Nation-Building: The Interplay of U. S. Policy and South Korean Politics during the Early 1960s,” *Korea Journal*, Vol. 49, No. 2 (Summer 2009), pp. 9 – 36.

中国关于美韩关系的研究始于牛军的专论《战后美国对朝鲜政策的起源》(1991)。[①] 文章主要论述了1943～1950年美国对朝鲜的政策，包括罗斯福总统关于托管朝鲜的设想、“三八线”的由来、美国占领南部朝鲜期间面临的困境以及1949年6月美军从南部朝鲜撤离等问题。崔丕首次以美国国家安全委员会对韩国政策文件为纲，对美韩关系展开研究，并发表了《艾森豪威尔政府对朝鲜政策初探》(2001) 和《美国对朝鲜政策的演变 (1945～1955年)》(2002) 等论文。这些文章以美国国家安全战略和亚洲政策为背景，详细探讨了战后至50年代末美国对韩国的政策，结论如下：朝鲜战争以前，美国在朝鲜的遏制政策是以有限手段为支撑的，以政治战略与军事战略相对分离为基本特征；NSC5514号文件确立了韩国军事力量发展优先于经济力量发展的原则；与杜鲁门政府对朝鲜政策相比，艾森豪威尔政府对朝鲜政策的特点是由从属于“遏制苏联集团”的战略目标逐渐转变为从属于“遏制中国”的战略目标，在西太平洋地区集体防务体系中界定韩国的战略地位并因而确立了韩国“军事力量发展优先”的原则。[②]

在此基础上，学者们特别是青年学者利用美国政府文件着重讨论了美国对韩国政治经济发展的影响。

① 牛军：《战后美国对朝鲜政策的起源》，《美国研究》1991年第1期，第51～66页。

② 崔丕：《艾森豪威尔政府对朝鲜政策初探》，《东北师大学报》2001年第3期，第36～42页；崔丕：《美国对朝鲜政策的演变 (1945～1955年)》，崔丕主编《冷战时期美国对外政策史探微》，中华书局，2002，第130～168页。

政治方面：集中于研究美国某一特定时间段在韩国政治发展进程中发挥的作用或美国处理韩国政治危机的决策。杨红梅的专论《试论1945年美国军政府在朝鲜半岛南部之措施》(1999)探讨了1945年9月至12月间美国军政府在南部朝鲜采取的各项措施。作者认为美国军政府的政治措施对韩国的政治文化造成了深远的影响：强化了政府机构，扩充了警察力量，并建立了旨在镇压国内反抗的军队，李承晚政权后来用于压制人民民主运动的国家机器主要就是军政府时期建立起来的；取消左翼政党的合法地位，关闭左翼报纸，为此后韩国政治上的专制主义和军人专政准备了条件。[①] 梁志的《美国军政府与南部朝鲜的政治发展进程（1945～1948年）》(2008)一文关注的也是类似问题。作者从政治力量格局两极化、强国家—弱社会态势的形成与意识形态灌输和外部民主移植三方面分析了美国军政府在南部朝鲜的政治行为，揭示出推动反共和维持稳定在美国对南部朝鲜占领政策目标中所具有的相对于促进民主的优先性，考察了美国占领当局政治行为与朝鲜战争的爆发、李承晚独裁统治的延续以及韩国学生民主运动的兴起之间不可分割的联系。[②]

陈波的专论《杜鲁门政府与韩国1952年宪政危机》(2008)通过解析美国对1952年韩国宪政危机的处理过程，特别是“大

---

① 杨红梅：《试论1945年美国军政府在朝鲜半岛南部之措施》，复旦大学韩国研究中心编《韩国研究论丛》第6辑，中国社会科学出版社，1999，第184～199页。

② 梁志：《美国军政府与南部朝鲜的政治发展进程（1945～1948年）》，《当代韩国》，2008，第60～70页。

使馆—军方—国务院”就具体解决方案的分歧与互动，揭示出美国对第三世界政策中“改革主义”冲动同“绝对支持”观点彼此矛盾却又相互协调的决策特征。具体地说，在1952年韩国宪政危机中，真正困扰国务院官员的是，美苏意识形态对抗要求美国在自身政治价值观和其塑造的“民主典范”之间做出选择，于是扶植和支持李承晚政权，将其装点成一个民主国家并进行舆论宣传便成了服务于美国同苏联进行地缘和意识形态争夺的需要。因此，李承晚具有一定的象征意义。如果要表明“自由世界”捍卫民主阵线的决心，美国就必须无条件支持李承晚；如果要维护韩国民主国家的声誉，实现政治稳定，美国则必须对李承晚的行为进行干预。这恰恰是一种“改革主义”干预与“绝对支持”政策的二律背反。大使馆与军方的政策分歧进一步加深了国务院的这种决策困境。对于危机的不断升级，美国也负有部分责任，其政策摇摆的直接后果之一就是使反对派对美国干预心存幻想，始终态度强硬，不利于双方达成妥协。最终，国务院在两种政策选择的犹疑中“等”来了宪法修正案的“既成事实”，而这一结果正是美国期盼的。国务院的决策过程和困境正好说明了“友好的‘独裁者’问题无法解决，而只能应付”。[①]

梁志的《韩国1952年宪政危机与美国的反应和对策》(2007)一文指出，在美韩关系史上，韩国1952年宪政危机是一个分水岭：从外部“移植”而来的美式民主制度，第一次受

① 陈波：《杜鲁门政府与韩国1952年宪政危机》，《史林》2008年第1期，第177～186页。

到当地权威主义传统的挑战，陷入“水土不服”的困境；美李首次发生正面外交冲突。此次危机中，为了保住美国亲手为韩国打造的民主外壳，避免严重影响联合国成员国支持韩国的积极性，杜鲁门政府不断向李承晚政权施加外交压力。然而，李承晚一意孤行，依旧肆无忌惮地迫害国会议员，强迫国会通过有利于其再次当选的修宪案。期间，美国秘密考虑了包括由“联合国军”司令部实施军管法和建立某种形式的临时政府在内的能够解决韩国政治危机的多种政策选择，但最终还是采用了以劝说为主的外交手段；李承晚则凭借韩国所处的冷战前沿的战略地位，以及他本人在部分美国决策者眼中的“不可替代性”，抗议美国干涉韩国内政，拒绝接受美国的建议或做出应有的让步，在独裁的道路上越走越远。这一特点，一直延续至美李同盟形成后相当长一段时间。①

冯东兴新近发表的文章《韩国5·16政变与肯尼迪政府的反应》（2009）指出，美国完全有能力镇压1961年的韩国军事政变，但此时的肯尼迪政府正在调整对韩国的政策，对政变的估计和应变准备不足。张勉政权应付政变过程中显示出的极度软弱和政变一方的积极主动也对美国的政策变化起到了推动作用。肯尼迪政府在处理政变中显示出的矛盾表象实际上反映了美国对韩国政策调整过程中多元目标之间的矛盾性张力，以及在美韩关系中韩国本土因素对美国对韩政策的重要反作用。政变之前，肯尼迪政府支持张勉民主政府。而在政变过程中，张

① 梁志：《韩国1952年宪政危机与美国的反应和对策》，《历史教学》（高校版）2007年第10期，第45～48页。

勉政府的消极和政变集团的主动使肯尼迪政府应对政变时陷于被动。在政变的影响下，肯尼迪政府很快抛弃张勉政权，接受新成立的军政府，并在经济发展、政治民主和社会稳定等对韩国政策的多重目标中选择优先发展韩国经济。[①]

梁志在《韩国政治发展中的美国（1945～1961年）》(2008) 一文中以推动反共、维持稳定和促进民主为视角，以20世纪50年代到60年代初美国对韩国历次政治危机的决策为主要关注点，探讨了美国对韩国政治发展进程的影响，并以此为案例揭示出早期冷战中美国对第三世界冷战意识形态外交的目标排序和固有缺陷：在美国对第三世界冷战意识形态外交的目标方面，按优先性降次排列，依次应为推动反共、维持稳定、促进民主；就美国对第三世界冷战意识形态外交的实践而言，支持独裁政权时常要面临该政权在国内难以长期维持“合法性”的问题，支持民主政权有时则要面对超前政治民主化带来的容易“滋生共产主义”的动荡不安。[②]

董向荣的文章《韩国由威权向民主转变的影响因素》(2007) 认为，韩国20世纪80年代的两次民主运动产生了完全不同的效果。1980年的光州事件遭到镇压，而1987年的六月民主化抗争则成功地实现了总统直选制改宪。除国内影响因素外，美国的影响也至关重要。在1980年的光州事件中，美国所扮演的角色比较消极。在不少韩国民众看来，美国纵容甚至支持了

① 冯东兴：《韩国5·16政变与肯尼迪政府的反应》，《史学月刊》2009年第7期，第62～67页。

② 梁志：《韩国政治发展中的美国（1945～1961年）》，李丹慧主编《冷战国际史研究》第5辑，世界知识出版社，2008，第215～239页。

韩国方面的军事行动，是共谋。在1987年的六月民主化抗争中，美国的态度强硬，作用也更直接。主要表现为美国总统多次规劝全斗焕与反对派保持对话，国务院严厉警告韩国军方不要试图动用武力镇压民主运动，国会也通过了关于韩国民主化的法案。可以说，美国的干预对全斗焕做出转向民主制度的决定起了十分重要的作用。总之，在影响韩国民主化进程的外力方面，美国的作用是关键性的。美国政府和国会在1980年和1987年所采取的完全不同的举措，直接影响到韩国两次民主化运动的结果。①

也有学者从宏观上讨论了美国在韩国民主化方面起到的复杂作用。陶文昭的专论《韩国民主的美国因素》（2007）指出，由于特殊的历史原因，韩国民主进程受美国因素的影响十分明显。朝鲜战争结束后，美国坚决地把韩国纳入资本主义世界体系，全面介入韩国“民族国家建构”的过程。其中，在政治上，“美国奠定了韩国的基本政治制度，支配了韩国的主要政治人物，干预了韩国的重大政治事件”。美国对韩国民主化的影响具有两面性，既促进了韩国民主化的发展，又扮演了韩国威权政权保护人的角色。但美国因素的影响也是有限的，韩国民主首先应归功于韩国人民不屈不挠的民主斗争，韩国的国情使得韩国政治朝着自主性方向发展。②

经济方面：主要关注美国对韩国援助政策。梁志的文章

---

① 董向荣：《韩国由威权向民主转变的影响因素》，《当代亚太》2007年第7期，第24~30页。

② 陶文昭：《韩国民主的美国因素》，《东北亚论坛》2007年第6期，第67~71页。

《论艾森豪威尔政府对韩国的援助政策》（2001 年）以艾氏政府的东亚政策为背景，以 NSC5514 和 NSC6018/1 号文件为中心，参照杜鲁门和肯尼迪政府对韩国的援助政策，探讨了 1953 ~ 1961 年美国对韩国援助政策的内容、特点及影响。作者着重强调的是艾森豪威尔政府政策制定和调整的过程，很少涉及美国援助对韩国政治、经济和军事发展的影响。①

董向荣的文章《美国对韩国的援助政策：缘起、演进与结果》（2004）将战后美国对韩国的援助政策划分为五个阶段，依次为 1949 年救济性援助向复苏性援助的转变、朝鲜战争爆发后援助向军事目标倾斜、1950 年代末至 1960 年代初由无偿经济援助转向长期贷款、1960 年代后半期至 1970 年代初韩国出兵越南与美国向韩国提供巨额军事援助以及 1970 年代中期前后对韩国军售取代无偿军事援助。最终，美国对韩国的经济援助帮助韩国建立并维护了资本主义的发展模式，军事援助孕育了美国化的军队，为军事政变和韩国的政治发展模式提供了先决条件。②

刘洪丰申请博士学位的论文《美国对韩国援助政策研究（1948 ~ 1968 年）》（2004）从长时段出发，叙议结合，均衡地考虑政策的制定与执行，全面探讨了 1948 ~ 1968 年美国对韩国的援助政策。作者得出结论：美国对韩国援助政策相对于美国整体外援政策的演变来说具有明显的滞后性；与冷战时期的其他受援国相比，美国对韩国援助呈现出援助数额庞大、持续时

① 梁志：《论艾森豪威尔政府对韩国的援助政策》，《美国研究》2001 年第 4 期，第 78 ~ 97 页。

② 董向荣：《美国对韩国的援助政策：缘起、演进与结果》，《世界历史》2004 年第 6 期，第 15 ~ 24 页。

间长和赠与比例高等鲜明特点；美国对韩国援助对于韩国的经济、政治、社会和文化等产生了直接的影响，甚至反过来影响到美国的东亚乃至全球政策。①

程晓燕、何西雷的专论《美国援助与韩国经济起飞：一项历史的考察》认为，美国在20世纪60年代朴正熙上台后，对韩国的援助与此前的援助相比具有更广泛的内涵，因此对韩国经济起飞意义重大。第一，从政策层面看，美援政策从救济性的无偿援助转向长期性发展援助，使韩国经济自立；第二，从宏观层面看，美援的实施直接启动了韩国经济的起飞；第三，从微观层面看，美援管理在韩国确立了一个科学化、理性化的发展平台。②

梁志的《美国对外开发援助政策与韩国的经济“起飞”》（2009）一文关注的也是1960年代美国对韩国开发援助的问题。作者指出，1961年肯尼迪政府依据沃尔特·罗斯托的“经济增长阶段论”制定了新的对发展中国家的开发援助政策。在新方针的指导下，美国努力减轻对韩国的经济援助负担，积极鼓励韩国遵循外向型经济发展战略，在保持稳定的前提下走向“起飞”，最终成为韩国经济高速增长的最大外部动力。然而，美国对韩国开发援助政策存在悖论：一方面接受甚至促使朴正熙政权广泛干预经济，协助当地政府制订长期经济发展计划；另一方面又以韩国为“样板”浮夸式地宣扬西方自由市场资本主义

① 刘洪丰：《美国对韩国援助政策研究（1948～1968年）》，华东师范大学博士学位论文，2004。

② 程晓燕、何西雷：《美国援助与韩国经济起飞：一项历史的考察》，《世界经济与政治论坛》2008年第1期，第67～71页。

经济增长方式对欠发达国家经济“起飞”的推动作用，抵制社会主义生产方式在第三世界的传播。这种理论与实践的脱节、目标与手段的分离充分体现了美国的“实用主义”哲学。①

也有学者同时关注美国对韩国政治和经济发展进程的影响。董向荣的专著《韩国起飞的外部动力——美国对韩国发展的影响（1945～1965）》以韩国为个案，从冷战背景出发，深入分析了美国将朝鲜半岛纳入资本主义世界体系并对其加以全面改造的过程，兼涉韩国在此过程中的应对策略。其最大特点是史论结合，通过研究美国对韩国政策的制定与执行展现出一幅与以往学者们经常论及的以经济剥削为主要特征的“新殖民主义”截然不同的图景，即“中心国家”除了考虑经济利益之外还关注意识形态、价值观念和政治经济体制的扩张等。具体地说，作为“中心国家”的美国，是将韩国纳入资本主义世界体系的决定性因素；美国在韩国的利益不是表现在经济方面，而主要是在政治和文化等方面，是要扩张资本主义体系，全面改造韩国社会，确保资本主义在韩国的生存；对于韩国而言，美国的所作所为只是起到把握韩国发展方向的作用，韩国在资本主义体系内部地位的提高主要得益于韩国自身的努力。②

综合来看，以上国内外学术界关于美国影响韩国政治经济发展进程的研究大体呈现出以下几个特点。

第一，美国在韩国政治民主化和经济“起飞”过程中所扮

① 梁志：《美国对外开发援助政策与韩国的经济“起飞”》，《当代韩国》2009年春季号，第30～38页。

② 董向荣：《韩国起飞的外部动力——美国对韩国发展的影响（1945～1965）》，社会科学文献出版社，2005。

演的角色这一课题很大程度上属于冷战国际史研究的范畴，因此政府档案文献是既有研究的主要资料来源。但由于韩国政府解密档案数量极其有限，加之受语言障碍的影响，利用韩国档案文献的成果并不多见，绝大多数专论和著作仍以美国政府文件为主体参考资料。

第二，受制于美国政府档案保密期的规定，总的来说学者们研究的时间段是随着相关档案文献的日臻完备而逐渐后延的，即由美国军政府统治阶段到李承晚时期，再到朴正熙时代。与此同时，研究者开始越来越多地进行长时段考察，并由重点探讨政治或经济发展的某一方面过渡到全方位讨论韩国“民族国家建构”进程中的美国因素。

第三，国际学术界对冷战史的研究始于20世纪40年代末50年代初，几乎与冷战的发生同步。最初，学者们把目光更多地投向美苏两国及其重要盟友；直至80年代，边缘地区的冷战才受到西方冷战史学界的重视。[①] 此后，人们越来越多地了解到美苏如何干预欠发达国家发展道路的选择，处于冷战“夹缝”中的第三世界怎样利用东西方之间的对抗来谋求自身的生存和发展，以及亚非拉地区的冷战与欧洲冷战之间的互动影响。学界关于美国对韩国政治发展进程影响的研究也是如此。早期，研究者主要强调美国在推动韩国实现政治经济进步方面的决定性作用，韩国时常被描述成一个被动接受的“小伙伴”。随着研

① Zachary Karabell, *Architects of Intervention*: *The United States*, *the Third World*, *and the Cold War*, *1946 - 1962*, Baton Rouge: Louisiana State University Press, 1999, pp. 4 - 5.

究的日益深入，学者们观察的视角逐渐转向韩国在构建自身发展模式方面的自主性及其对美国外部影响的抵制，并因此更多地在美韩互动关系的视野下探讨韩国走向政治民主化和经济“起飞”过程中的美国因素，格雷格·布热津斯基的新著《韩国民族国家建构：韩国人、美国人与民主的缔造》便是典型的一例。

在此基础上，笔者开始思考本书的架构。

三　本书的总体思路与资料来源

在考察对象方面，本书将韩国走向经济“起飞”和政治民主化的全过程作为一个整体，研究美国政府[①]在韩国“民族国家建构”历程中扮演的角色。具体地说，依照美国总统任期，兼顾韩国面对的国内外形势的明显变化和国家发展取得的重大突破，将以上时间段划分为1945～1948年、1948～1953年、1953～1957年、1957～1961年、1961～1969年和1969～1987年六个部分分别加以叙述。方式上，前详后略，主要是受制于美国政府相关解密档案的完备程度。

从事这一长线研究的前提之一是廓清美国对韩国政策制定和执行的总体依据。为此，纵向上有必要从政治和经济两方面回顾美国对第三世界的冷战战略，横向上有必要将美韩关系放在美国的全球和亚洲政策中予以考量。

---

① 事实上，除了美国官方机构外，美国的非政府团体和美国主导的国际组织在韩国实现经济增长和政治民主化的过程中也发挥了一定的作用，但后两者不在本书的考察范围内。

第二次世界大战后的美苏对抗不同于以往大国争霸的一个特点在于，制度和意识形态竞争是其重要组成部分。一般认为，“冷战是指二战后美苏及其各自盟国间公开而克制的敌对状况，是双方投入有限的资源在政治、经济和宣传领域进行的一场战争”。[1] 在这场政治、经济战争中，新兴民族独立国家是美苏两大阵营争夺的主要对象，也是双方展现各自制度和意识形态优越性的重要场所。就美国而言，历届政府均十分关注向第三世界灌输反共主义和输出自由民主思想，亦热切地希望在向欠发达国家移植“自由企业制度”的同时推动当地实现经济增长，不同之处更多地体现在手段选择和目标优先性方面。举例如下：政治上，对待反共友好独裁政权，有的政府突出强调迫使盟国推行内部改革，以便一劳永逸地遏制共产主义的蔓延，有的政府则相对倾向于暂时维持盟国内部的政治力量格局和社会制度，以防改革引发动荡，为共产主义“入侵”提供温床；经济上，有的政府特别重视向第三世界移植资本主义自由竞争制度，甚至将其作为向当地提供经济援助的前提，有的政府则可以接受通过类似于社会主义计划经济的组织形式加快欠发达国家的经济发展步伐，为其未来采纳“自由企业制度”打下基础。韩国地处美苏制度和意识形态竞争的前沿阵地，自然是美国对第三世界政治经济冷战战略实施的重要对象。从这个意义上讲，从政治和经济两方面系统地阐述美国在欠发达地区的冷战战略有助于我们更好地理解美国对韩国政治经济发展进程施加的影响。

---

① Encyclopae dia Britannica, Inc., *The New Encyclopae dia Britannica*, Vol. 3, MICROP DIAE Ready Reference, 1993, p. 444.

第二次世界大战后的美苏对抗不同于以往大国争霸的另一个特点在于，其从一开始就带有全球斗争的性质。从这个意义上讲，战争结束之初，对美国而言，无论是庞大的战时政府管理机构还是罗斯福在大战期间推行的非正式的、临时的管理模式都很难适应新的国际形势的需要。① 为了赢得初露端倪的冷战和可能再次爆发的世界大战，1947 年杜鲁门政府通过国家安全法建立了举国一致的国家安全体制，全面整合外交、军事和情报部门，深入动员和统筹各个领域、各种形式的力量和资源。② 从地域的角度观察，此后美国对外政策大体呈现出三个层次：以国家安全基本政策的形式出现的全球政策（包括由乔治·凯南提出的遏制政策、“新面貌”战略、“灵活反应”战略和“尼克松主义”等），对世界各地区的政策（如西欧、苏联东欧、近东、中东、远东、非洲和拉丁美洲），以各盟国、敌国和中立国家为对象的国别政策。基于以上认识，本书决定将美国对韩国的政策置于美国的全球政策和远东特别是东北亚政策的宏大背景下加以考察，以便尽可能准确地把握战后各个时期韩国在美国整体对外政策中所处的不同地位或扮演的不同角色。

① 〔美〕杰里尔·罗赛蒂：《美国对外政策的政治学》，周启明、傅耀祖等译，世界知识出版社，1996，第 82 ~ 83 页。

② David Jablonsky, “The State of the National Security State”, *Parameters* (Winter 2002 – 2003), p. 4；牛可：《国家安全体制与美国冷战知识分子》，《21 世纪》2003 年第 5 期，第 28 ~ 41 页；牛可：《美国“国家安全国家”的创生》，《史学月刊》2010 年第 1 期，第 63 ~ 90 页。关于该问题的论述亦可参见 Daniel Yergin, *Shattered Peace: The Origins of the Cold War and the National Security State*, Boston: Houghton Mifflin Company, 1977。

落脚到韩国，本书主要考察的是美国在韩国政治民主化和经济“起飞”过程中所起到的作用。自占领朝鲜半岛南部以后，推动南部朝鲜/韩国走向政治民主化始终是美国政府的政策目标。但除此之外，美国决策者还强调向当地统治者和人民灌输反共思想，以达到遏制中苏朝三国的目的。在实际政策执行过程中，美国或西欧的民主思想与朝鲜长期存在的政治上的宗派主义、社会文化上源于巫俗信仰的宿命主义以及产生于儒教传统的稳固的上层阶级支配体制发生激烈的碰撞和冲突，韩国的民主化进程难以一蹴而就。于是，美国对韩国政策中又衍生出一个新的目标——政治稳定。正是基于以上事实，笔者决定以推动反共、维持稳定和促进民主为切入点，探讨美国对韩国的意识形态外交，揭示三大目标之间相对的优先性及其对韩国政治发展进程的影响。绝大多数时候，美国对韩国的经济政策主要涉及推动经济发展和规范经济组织形式两个方面。但并不能简单地把它们的关系概括为后者服从于前者，或者说，前者为目标，后者为手段。在朝鲜半岛这个冷战意识形态对抗的最前沿，美国既关注扶持韩国实现经济高速增长，又强调促使韩国采纳资本主义经济发展模式，变化之处仅为不同时期二者的相对优先性有所不同。鉴于此，本书选择从发展绩效和组织形式两个角度讨论美国对韩国的经济政策，以便揭示华盛顿在韩国经济行为的冷战本质。

在研究以上问题时，笔者主要以美国对韩国政治经济政策的制定和执行为切入点，兼顾韩国对美国外部影响的反应，力求从政府的层面较为全面地揭示韩国政治经济发展进程中的美国因素。达到这一学术目标的必要条件是综合利用包括国家安全委员会、白宫、国务院、驻韩使馆和中央情报局在内的美国政府各部门的档案文献，其中在使用某些重要政府文件时甚至还要参照多个解密版本。鉴于各美国政府档案文献解密系统的侧重点有所不同，收录文件的解密程度和版本也并不完全一致，本书拟从纸质文献集、电子数据库和缩微文献三种来源搜集美国政府档案：纸质文献集主要包括《美国对外关系文件》①、《杜鲁门总统历史文献》②、《德怀特·戴维·艾森豪威尔总统历史文献》③ 和《德怀特·戴维·艾森豪威尔文件》④；电子数据库是指《解密文件参考系统》⑤ 和《数字化国家安全档案》⑥；缩微文献种类繁多，最关键的是有关朝鲜的《美国国务院特别机密文献》。⑦

---

① *Foreign Relations of the United States* (*FRUS*), Washington: United States Government Printing Office.

② Dennis Merrill (ed.), *Documentary History of the Truman Presidency* (35 volumes), Bethesda, Md.: University of Publications of America, 1995 - 2002.

③ Nancy Beck Young (ed.), *Documentary History of the Dwight David Eisenhower Presidency* (6 volumes), Bethesda, Md.: University of Publications of America, 2005 - 2007.

④ Louis Galambos and Daun Van Ee (eds.), *The Papers of Dwight David Eisenhower* (21 volumes), Baltimore: The Johns Hopkins University Press, 1970 - 2001.

⑤ *Declassified Documents Reference System*, Gale Group, 2010.

⑥ *Digital National Security Archive* (hereinafter referred to as *DNSA*), ProQuest Information and Learning Company, 2010.

⑦ *Confidential U. S. State Department Special Files, Korea, 1950 - 1957* [Microform], University Publications of America, 1990. 0400939 - 0400949; *Confidential U. S. State Department Special Files, Korea, First Supplement, 1951 - 1966* [Microform], Congressional Information Service, Inc., 2003. 0400950 - 0400961. 华东师范大学冷战国际史研究中心藏。

第一章 美国在第三世界的冷战战略：政治与经济

“自冷战于1940年代中后期形成以来，就其性质而言，便一直是共产主义和自由资本主义之间的一场有关意识形态、制度和人类基本生活方式的对抗。”① 恰恰因为这场对抗，以往在发达国家眼中处于边缘地带的第三世界地区忽然成为美国与苏联向往的“新边疆”。对于这两个超级大国来说，那里既是展现体制优越性、诠释发展理念和发扬“人道主义精神”的舞台，也是兵不血刃地置敌手于死地的战场。从这个角度讲，“冷战”名副其实。

具体到美国，虽说华盛顿决策者在制定和推行对第三世界政策时并没有忘记获取原材料、市场、劳动力和军事基地，但与此同时证实资本主义发展模式的普适性、表明反共意志和

① 陈兼：《革命与危机的年代——大跃进和中国对外政策的革命性转变》，李丹慧主编《冷战国际史研究》第7辑，世界知识出版社，2008，第96页。

“争夺人心”也确实是时刻萦绕在上至总统、下至驻外使馆官员脑海中的必要考虑。这种考虑集中体现在政治和经济两方面：前者外化为试图在欠发达地区实现推动反共、维持稳定与促进民主的完美统一；后者外化为通过大规模的经济技术援助积极引导亚非拉国家采纳自由市场资本主义体制，力争制度建设与经济增长齐头并进。

一 推动反共、维持稳定与促进民主

横向上看，美国对第三世界冷战意识形态外交的目标似乎主要有两个：推动反共与促进民主。在美国人看来，反共的最终目的是为了“保卫民主”，而促进西方民主思想的传播则是推行反共战略的重要手段。[1] 从美国对共产主义看法的角度分析，推动反共与促进民主确有一致之处。然而，反观美国对第三世界冷战意识形态外交的实践可以发现：推动反共与促进民主在某些情况下是矛盾的，即美国时而为推动反共而损毁民主的“神庙”，时而又为促进民主而破坏“反共十字军”的战斗力；维持稳定也是美国的主要目标，大多数时候甚至是比促进民主更为重要的目标。

第二次世界大战的硝烟尚未散尽，冷战的烽火即已燃起。为遏制共产主义，美国开始寻求与第三世界国家广泛结盟。

① Claes G. Ryn, “The Ideology of American Empire,” *Orbis* (Summer 2003), p. 391；刘建飞：《美国与反共主义——论美国对社会主义国家的意识形态外交》，中国社会科学出版社，2001，第111页。

1954 年，"随着《东南亚条约组织》的建立，美国在世界范围内从欧洲经中东直到亚洲太平洋地区构筑起对苏联集团的军事遏制体系，在亚洲完成了对中国大陆的新月形军事包围圈的部署"。[①] 在遏制长链的各环中，不乏像韩国的李承晚、南越的吴庭艳、西班牙的佛朗哥（Francisco Franco）那样的独裁政权。

为什么美国会支持与自身政治理念相左的第三世界独裁政权呢？以下言论为我们寻找答案提供了一些蛛丝马迹：1957 ~ 1958 年间，众议员加德纳·威思罗（Gardner Withrow）在国会就拉美的政治发展问题发表了一系列演讲，声称拉美屡出强人，且相对共产主义者而言，强人的自私自利是有限的，强人政权能使人民获得更多自由。[②] 1961 年 6 月 7 日，肯尼迪总统针对多米尼加共和国独裁者特鲁希略（Rafael Leonidas Trujillo Molina）遇刺后美国的政策选择提出了自己的看法。他说："按美国的喜好程度排列，存在三种可能性，依次是体面的民主政权、特鲁希略政权和卡斯特罗政权。我们应争取建立民主政权，但在确定排除卡斯特罗式政权的可能性之前一定不能拒绝特鲁希略式政权。"[③] 这些说法的理论根据是：共产主义是一成不变的，而右翼独裁政权既是最有能力完成反共使命的力量，又具有接受

① 崔丕：《美国国家安全委员会解密文件与欧亚冷战史研究》，南开大学世界近现代史研究中心编《世界近现代史研究》第 2 辑，中国社会科学出版社，2005，第 56 页。

② Lars Schoultz, *Beneath the United States: A History of U. S. Policy Toward Latin America*, Cambridge: Harvard University Press, 1998, pp. 349 - 350.

③ Stephen G. Rabe, "The Caribbean Triangle: Betancourt, Castro, and Trujillo and U. S. Foreign Policy, 1958 - 1963," *Diplomatic History*, Vol. 20, No. 1 (Winter 1996), p. 55.

改造的可能性。因此，为了反共，美国宁愿支持这些政权。[①] 以拉美为例，40 年代末和整个 50 年代，美国都明显愿与反共独裁政权结盟。拉美独裁者对此洞若观火，因此尼加拉瓜的索摩查（Anastasio Somoza Garcia）、古巴的巴蒂斯塔（Fulgencio Batista）以及多米尼加共和国的特鲁希略才纷纷向美国表达反共忠心并积极配合美国的反共外交政策，以缓解美国对他们的民主化压力，进而获取美国的政治、经济和军事支持。[②] 无独有偶，为了维持自身的独裁统治，与美国结盟的南越吴庭艳政权、台湾蒋介石“政权”和韩国李承晚政权等也都极尽讹诈之能事，凭借其反共前沿阵地的战略地位，最大限度地“榨取”美国的援助。

此外，出于与苏联意识形态斗争的考虑，美国还时常通过各种非法手段遏制第三世界民主力量的发展。例如，1945～1948 年间美国军政府多次镇压南部朝鲜的左翼力量。在此过程中，占领当局不断强化国家机器，特别是警察和军队，促进了南部朝鲜“强国家—弱社会”态势的形成，为李承晚推行和维持独裁统治创造了条件；[③]

---

① 〔美〕孔华润：《苏联强权时期的美国，1945～1991》，王琛译，《剑桥美国对外关系史》第 4 卷，新华出版社，2004，第 370 页；王缉思：《1945～1955 年美国对华政策及其后果》，袁明、〔美〕哈里·哈丁主编《中美外交史上沉重的一页：1945～1955 年的中美关系》，北京大学出版社，1989，第 463 页；Michael H. Hunt, *Ideology and U. S. Foreign Policy*, New Haven: Yale University Press, 1987, p. 161; Howard J. Wiarda, "Friendly Tyrants and American Interests," in Daniel Pipes and Adam Garfinkle (eds.), *Friendly Tyrants: An American Dilemma*, New York: St. Martin's Press, 1991, p. 8.

② Peter H. Smith, *Talons of Eagle: Dynamics of U. S. -Latin American Relations*, New York: Oxford University Press, 1996, pp. 161, 196－198.

③ 梁志：《美国军政府与南部朝鲜的政治发展进程（1945～1948 年）》，第 61～67、70 页；曹中屏、张琏瑰：《当代韩国史（1945～2000）》，南开大学出版社，2005，第 20～21、25、35～36、58 页。

1951 年 3 月，危地马拉民选总统哈科沃·阿本斯（Jacobo Arbenz Guzmán）就任，着手推行较为激进的社会经济改革措施，并与当地共产党建立了友好关系。在冷战背景下，华盛顿自然难以接受这一切，于是开始大力扶植替代阿本斯的人选卡洛斯·阿马斯（Carlos Castillo Armas），且通过政治、经济、军事手段以及宣传战、心理战等方式削弱和打击阿本斯政府。1954 年 6 月，美国中央情报局支持的阿马斯反政府武装力量进入危地马拉，阿本斯被迫辞职；[①] 智利社会党创始人和领袖萨尔瓦多·阿连德（Salvador Allende）具有强烈的民族主义和反帝思想，美国在 1952 年、1958 年和 1964 年接连三次阻止他当选总统。尽管如此，1970 年阿连德还是以绝对多数票登上总统宝座。美国并未善罢甘休，而是更加积极地鼓动智利人民对阿连德的不满情绪，向当地新政权施加经济压力，甚至于 1973 年参与策划了推翻阿连德政府的军事政变。四年后，理查德·尼克松承认了美国的所作所为。他的解释是：“对于美国的安全来说，智利的右派独裁要比左派民主强。”[②] 毫无疑问，这些行动

---

① 舒建中：《美国的“成功行动”计划：遏制政策与维护后院的隐蔽行动》，《世界历史》2008 年第 6 期，第 4 ~ 13 页；Gordon L. Bowen, “U. S. Foreign Policy toward Radical Change: Covert Operations in Guatemala, 1950 - 1954,” *Latin American Perspectives*, Vol. 10, No. 1 (Winter 1983), pp. 88 - 102.

② James Petras and Moriss Morley, “On the U. S. and the Overthrow of Allende: A Reply to Professor Sigmund’s Criticism,” *Latin American Research Review*, Vol. 13, No. 1 (1978), pp. 205 - 221; Stephen G. Rabe, “Controlling Revolutions: Latin American, the Alliance for Progress, and Cold War Anti-Communism,” in Thomas G. Paterson (ed.), *Kennedy’s Quest for Victory*, New York: Oxford University Press, 1989, p. 116；徐世澄：《帝国霸权与拉丁美洲——战后美国对拉美的干涉》，世界知识出版社，2002，第 68 ~ 88 页。

损害了美国在第三世界促进民主的目标。

有时，美国在促进第三世界国家民主发展的过程中也会“妨碍”其反共外交。美国对第三世界国家的“反共”要求不仅包括意愿，还包括能力。对美国来说，即使在第三世界建立起了反共民主政权也未必能保证这些政权真正起到“反共防波堤”的作用。美国在将西方民主制直接移植到有反共意愿（主要指政府领导人）的第三世界国家的过程中，经常遭遇这些国家传统政治文化的抵制，并受到当地落后经济水平的制约。这种超前的政治民主化很可能会激化第三世界国家的各种社会矛盾。而在美国看来，第三世界国家的动荡是滋生共产主义的温床。于是，美国开始怀疑这些民主政权的反共能力，支持它们的决心随之锐减。以韩国为例，1960 年 8 月韩国民主党人张勉建立了反共民主政权。可是，由于韩国社会长期以来存在的各种弊端、西欧式议会民主制与当地政治文化传统之间的矛盾以及张勉政权的软弱无能，最终韩国非但未能走向政治现代化，反而陷入了经济停滞、政治腐败和社会动荡的深渊。以上局势使当时的艾森豪威尔政府忧心忡忡，继任的肯尼迪政府更是在韩国人民失望之余会接受共产主义思想的忧虑中逐渐对张勉政权失去了信心。①

① “National Intelligence Estimate,” November 22, 1960, in *FRUS*, *1958 – 1960*, Vol. 18, Japan; Korea, Washington: United States Government Printing Office, 1994, pp. 697 – 698; “Report by Hugh D. Farley of the International Cooperation Administration to the President's Deputy Special Assistant for National Security Affairs (Rostow),” March 6, 1961, in *FRUS*, *1961 – 1963*, Vol. 22, Northeast Asia, Washington: United States Government Printing Office, 1996, pp. 424 – 425; “Memorandum from the Under Secretary of State for Economic Affairs (Ball) to the President's Deputy Special Assistant for National Security Affairs (Rostow),” March 20, 1961, in *FRUS*, *1961 – 1963*, Vol. 22, Northeast Asia, pp. 424 – 425; 王慧英：《肯尼迪当政时期美国的对外经济援助政策》，南开大学博士学位论文，2003，第 101 ~ 102 页。

或许正因为如此，当1961年5月16日朴正熙发动军事政变企图推翻张勉政府时，华盛顿才采取了观望态度。美国的韩国特别工作小组在同年6月6日报告中总结道：“考虑到原张勉政府，美国对其良好的意愿比对其政治能力更有信心；而考虑到现军政府，美国对其发展改革措施或多或少地比对其目的更有信心。”① 及至确信朴正熙军政权坚决反共并愿意“归还民政”后，肯尼迪政府决定公开支持政变集团。

总的来说，在反共主义占据主导地位的美国对第三世界的冷战意识形态外交中，支持独裁政权会面临该政权在国内难以长期维持“合法性”的问题；而支持民主政权有时则要面对超前政治民主化带来的动荡不安。

在面临推动反共和促进民主难以兼顾的困境时，美国对第三世界冷战意识形态外交中又衍生出了第三个目标——维持稳定。例如，1945~1948年，美国军政府在南部朝鲜建立起反共体制和美国式民主体制。表面上看，美国在朝鲜半岛似乎同时实现了推动反共与促进民主两大目标，但事实上它所扶植的李承晚政权只是以民主之名行独裁之实。对此，美国多采取规劝、默许甚至支持的态度，重要原因之一是彼时的李承晚政权尚能基本上维持政局的稳定，进而完成对内对外的反共使命。1958年末以后，李承晚进一步强化了对反对党和人民的控制，政局更加动荡。为了防止共产党“渗透”，美国加大了影响韩国政府政治行为的力度，但收效甚微。李承晚政权在总统选举中的舞

① “Memorandum by Robert H. Johnson of the National Security Council Staff,” June 6, 1961, in *FRUS*, *1961 - 1963*, Vol. 22, Northeast Asia, p. 470.

弊行为及随后对示威者的镇压引发了“四一九运动”。在美国决策者看来，混乱的局面非但使韩国无法完成反共使命，而且还给共产党的“渗透”创造了机会。这种忧虑使艾森豪威尔政府突然改变立场，公开与李划清界限，暗中敦促他下台，甚至秘密制订了针对李的换马计划。美李关系绝非特例，20 世纪五六十年代美国与古巴的巴蒂斯塔政权、多米尼加共和国的特鲁希略政权以及南越的吴庭艳政权之间关系的发展轨迹与此十分相似。① 这一切告诉我们，维持稳定是美国对第三世界冷战意识形态外交的重要目标，甚至在很多时候具有高于促进民主的优先性。

纵向来看，战后美国历届政府对第三世界冷战意识形态外交的主要区别在于促使欠发达国家推行民主制度、容忍盟国独裁政权专制统治的程度有所不同。

1949 年中华人民共和国的建立使美国决策层异常失望和困惑。究竟谁该对“失去中国”负责？美国人争论不休。在此过程中，杜鲁门政府开始更加认真地思考推动盟国政治经济改革的问题。② 当时刚刚出任国务卿的迪安·艾奇逊认为，改革是美国抵制共产主义在第三世界蔓延的最好武器。于是，为了

---

① Peter H. Smith, *Talons of the Eagle: Dynamics of U. S. -Latin American Relations*, pp. 161, 196 - 199；资中筠主编《战后美国外交史——从杜鲁门到里根》（下册），世界知识出版社，1994，第 503 ~ 516、532 ~ 539 页；〔美〕戴维·斯泰格沃德：《六十年代与现代美国的终结》，周朗、新港译，商务印书馆，2002，第 103 ~ 106、111 ~ 113 页；其他例子参见〔美〕沃尔特·米德《美国外交政策及其如何影响了世界》，曹化银译，中信出版社，2003，第 80 页。

② Michael H. Hunt, *Ideology and U. S. Foreign Policy*, p. 160.

“提供对共产主义病毒的长期免疫力”，杜鲁门政府决意“采取适宜的、合法的步骤进行社会改革”。这一决策在实际行动上表现为：促使伊朗、菲律宾、台湾和韩国等国家或地区的独裁政权推行温和的改良主义政策，推动法国在印度支那、坦桑尼亚和摩洛哥进行政治、经济和社会变革，并于1949年正式提出了向欠发达国家提供技术援助和资本投资的“第四点计划”。[①]

然而，杜鲁门政府促使第三世界国家推行民主制度的努力是有限的。比如，那时的美国并不相信拉美能走上自由民主之路。1950年国务院政策设计办公室（Policy Planning Staff）主席乔治·凯南遍访中南美洲后的一番感想代表了美国官员的普遍看法：那里的人们没有能力践行民主制度，失败情绪已渗入他们的血液，成为一种地理特征。就拉美而言，“政府的残酷镇压”是抵制共产党威胁的“唯一出路”。正是在这种思想的支配下，美国很快撤去了对拉美的民主化压力，转而通过军事援助和政治承认讨好当地的“反共友好独裁政权”。[②]

1953年就任总统的艾森豪威尔任命约翰·杜勒斯为国务卿，二人一致认为第三世界应该进行变革。但与变革相比，他们又

① Douglas J. Macdonald, *Adventures in Chaos: American Intervention for Reform in the Third World*, Massachusetts: Harvard University Press, 1992, pp. 21, 39 - 41; Michael H. Hunt, *Ideology and U. S. Foreign Policy*, pp. 159 - 160.

② Diane B. Kunz, *Butter and Guns: America's Cold War Economic Diplomacy*, New York: The Free Press, 1997, p. 121; Peter H. Smith, *Talons of the Eagle: Dynamics of U. S. - Latin American Relations*, pp. 161, 196 - 197;〔美〕雷迅马：《作为意识形态的现代化：社会科学与美国对第三世界政策》，第119～120页。

更重视秩序。[①] 据此，美国几乎完全突破了与独裁政权结盟的禁忌，在第一届艾森豪威尔政府时期与西班牙、埃塞俄比亚、伊朗、伊拉克、沙特、约旦、巴基斯坦、南越及韩国等亚非欧独裁政权结成同盟。[②] 为了回报拉美独裁者的反共举措，艾森豪威尔政府不但向他们提供军援，还授予秘鲁的曼纽尔·奥德里亚（Manuel A. Odria）和委内瑞拉的马尔克斯·希门尼斯（Marcos Perez Jimenez）"荣誉军团勋章"，且大加赞赏多米尼加共和国的特鲁希略和古巴的巴蒂斯塔残暴政权。应该说，此时美国在拉美更关心的是保持"稳定"，而非推动进步和改革。[③] 相反，对于拉美的民主政权，美国非但没有给予应有的支持，反倒在这些政权"触犯"美国"利益"的时候毫不犹豫地以"反共"为借口削弱或推翻它们。最典型的实例莫过于1954年美国通过军事政变推翻了危地马拉的阿本斯政权。概言之，第一届任期期间，除了在菲律宾外，艾氏政府似乎并未认真地促进其他国家的政治与社会改革。[④]

50年代上半期，民族解放浪潮席卷广大的第三世界地区，苏联、中国与亚非拉国家的经贸及援助关系日益加强，美苏斗

① Douglas J. Macdonald, *Adventures in Chaos: American Intervention for Reform in the Third World*, p. 35.

② Adam Garfinkle and Alan H. Luxenberg, "The First Friendly Tyrants," in Daniel Pipes and Adam Garfinkle (eds.), *Friendly Tyrants: An American Dilemma*, p. 27.

③ Stephen G. Rabe, *Eisenhower and Latin America: The Foreign Policy of Anticommunism*, Chapel Hill: The University of North Carolina Press, 1988, pp. 36-41；〔美〕雷迅马：《作为意识形态的现代化：社会科学与美国对第三世界政策》，第121页。

④ Douglas J. Macdonald, *Adventures in Chaos: American Intervention for Reform in the Third World*, pp. 35-36.

争的主战场逐渐向第三世界转移。不久，拉美发生的两起所谓“突发”事件进一步引起了美国决策者对第三世界政治、经济和社会发展的重视。1958 年美国副总统尼克松访问拉美期间，当地群众大多打出了鲜明的反美口号，甚至还有抗议者对尼克松进行暴力袭击，就连他乘坐的汽车都差点儿被掀翻。这一切说明艾森豪威尔政府支持拉美独裁政权且拒绝向拉美提供经济援助的政策不得人心。新闻界和国会借机指责政府的拉美及外援政策。① 1958 年，美国采取了一系列措施努力劝说甚至逼迫古巴独裁者巴蒂斯塔离职，企图在巴蒂斯塔政权和卡斯特罗政权之间寻找“第三种力量”。1959 年古巴革命的胜利使美国的计划落空，艾氏政府的拉美政策因而在国内外遭到更加严厉的批评。②

① Alan McPherson, *Yankee No!: Anti-Americanism in U. S. -Latin American Relations*, Cambridge: Harvard University Press, 2003, pp. 26 – 29; Marvin R. Zahniser and W. Michael Weis, “A Diplomatic Pearl Harbor? Richard Nixon's Goodwill Mission to Latin America in 1958,” *Diplomatic History*, Vol. 13, No. 2 (Spring 1989), pp. 163 – 190; Stephen G. Rabe, “The Caribbean Triangle: Betancourt, Castro, and Trujillo and U. S. Foreign Policy, 1958 – 1963,” p. 57; “Editorial Note,” in *FRUS*, *1958 – 1960*, Vol. 5, American Republics, Washington: United States Government Printing Office, 1991, p. 223; “Memorandum from the Acting Assistant Secretary of State for Inter-American Affairs (Snow) to the Secretary of State,” May 9, 1958, in *FRUS*, *1958 – 1960*, Vol. 5, American Republics, pp. 224 – 225; “Message from the President to the Vice President, at Quito,” May 9, 1958, in *FRUS*, *1958 – 1960*, Vol. 5, American Republics, pp. 225 – 226; “Memorandum of a Telephone Conversation Among the Minister-Counselor of the Embassy in Venezuela (Burrows), the Assistant Secretary of State for Inter-American Affairs (Rubottom) in Caracas, and the Deputy Director of the Office of South American Affairs (Sanders) in Washington,” May 13, 1958, in *FRUS*, *1958 – 1960*, Vol. 5, American Republics, pp. 226 – 227.

② Adam Garfinkle and Alan H. Luxenberg, “The First Friendly Tyrants,” pp. 31 – 32.

内外交困之下，第二届艾森豪威尔政府明显提高了对欠发达国家民主化进程的关注，主要表现为劝说古巴统治者巴蒂斯塔下台、断绝同多米尼加共和国特鲁希略政权的外交关系以及逼迫韩国李承晚政权和南越吴庭艳政权进行民主改革等。① 但也有例外，“艾森豪威尔主义”即是其中之一。此届政府初期，美国政要们认为，1956 年末的苏伊士运河战争为美国提供了一个历史性的机会。战争期间，通过反对英法，美国不仅有力地驳斥了阿拉伯世界的反帝主张，而且还趁机揭露出苏联残酷镇压匈牙利起义的本质。随后，美国确立了“艾森豪威尔主义”，希望在中东建立一个由亲美反共的保守国家组成的地区联盟，借此孤立激进地反对西方的纳赛尔及其支持者，打击苏联。② 事实上，阿拉伯各

① Douglas J. Macdonald, *Adventures in Chaos: American Intervention for Reform in the Third World*, p. 189; William O. Walker Ⅲ, “Mixing the Sweet with the Sour: Kennedy, Johnson, and the Latin America,” in Diane B. Kunz (ed.), *The Diplomacy of the Crucial Decade: American Foreign Relations During the 1960s*, New York: Columbia University Press, 1994, p. 46; Seyom Brown, *The Faces of Power: Constancy and Chance in United States Foreign Policy from Truman to Clinton*, New York: Columbia University Press, 1994, pp. 108 – 109.

② 1957 年 1 月 5 日，艾森豪威尔向国会提交了一份有关中东问题的特别咨文，建议国会向该地区提供 2 亿美元的经济和军事援助，同时要求国会授权使用美国武装部队维护请求援助的中东国家的领土完整和政治独立，反对受共产主义指使的任何国家发动的公开侵略。3 月 9 日，该决议案正式生效，其内容被称为“艾森豪威尔主义”。Nancy Beck Young (ed.), *Documentary History of the Dwight David Eisenhower Presidency*, Vol. 2, President Eisenhower, Collective Security, and the Eisenhower Doctrine: The Baghdad Pact, 1953, Bethesda, Md.: University of Publications of America, 2005, Document 45, pp. 294 – 301; John A. King, Jr. and John R. Vile, *Presidents from Eisenhower through Johnson, 1953 – 1969: Debating the Issues in Pro and Con Primary Documents*, London: Greenwood Press, 2006, pp. 67 – 69.

保守政权之间彼此猜忌，根本无法团结在一起，而纳赛尔的力量又比美国想象中的大得多。鉴于此，1958 年末，艾森豪威尔放弃了坚决反对纳赛尔的主张，“艾森豪威尔主义”宣告失败。[①]

入主白宫前，肯尼迪已较完整地表达了对第三世界的看法。他十分关注处于两大阵营之间的广大中间地带，认为第三世界已逐渐成为“民主制度”与共产主义争斗的一个极其重要的战场，希望美国能积极地以资本主义发展模式引导第三世界国家走上现代化道路，战胜贫穷，消除专制。在这种看法的支配下，上台伊始的肯尼迪明确提出了针对第三世界的“发展的十年”的口号。[②] 由此，推动第三世界实现政治民主化成为肯尼迪政府的主要任务之一。

为了改变给拉美国家留下的惯于单边干预他国事务和支持独裁政权的印象，1961 年 3 月 13 日，肯尼迪提出“争取进步联盟”（Alliance for Progress）构想，承诺促进拉美的经济进步和社会公正。这一政策主张要求美国支持拉美各国倾向于推行经济和社会改革的中派社会民主团体，扩大拉美民众的政治参与，

① 戴超武：《应对“卡尔·马克思早已策划好的危局”：冷战、美国对阿拉伯民族主义的反应和艾森豪威尔主义》，李丹慧主编《冷战国际史研究》第 3 辑，世界知识出版社，2006，第 1～28 页；兰岚：《20 世纪 50 年代美国的中东政策：从欧米加计划到艾森豪威尔主义的诞生》，《世界历史》2009 年第 1 期，第 34、41 页；Salim Yaque，“Contesting Arabism：The Eisenhower Doctrine and the Arab Middle East，1956 – 1959，” available at：http：//research. yale. edu/ycias/detabase/files/MESV3 – 9. pdf.

② Melvyn P. Leffler，*For the Soul of Mankind*：*The United States*，*the Soviet Union and the Cold War*，New York：Hill and Wang，2007，pp. 174 – 177；刘国柱：《肯尼迪入主白宫前的外交思想解析》，《河北师范大学学报》2004 年第 3 期，第 135 页；〔美〕约翰·肯尼迪：《扭转颓势》，沙地译，三联书店，1976，第 145 页；王慧英：《肯尼迪当政时期美国的对外经济援助政策》，第 25 页。

最终建立代议民主制度。但实际上美国主要关注拉美的经济和社会改革，期待平等的社会和经济制度会自动酝酿并产生民主。[①] 在这种情况下，1960 年代初的美拉政治关系呈现出一幅复杂的图景。一方面，肯尼迪确实或多或少地履行了促进民主的诺言，主要表现为拒绝恢复与多米尼加共和国特鲁希略政权的外交关系，并在特鲁希略被暗杀后支持该国举行公开的总统选举；加强与拉美国家民主领导人的个人交往；1962 年 7 月秘鲁军事政变后，采取断绝外交关系、搁置经援并要求重新实行宪政统治等措施。迫于美国的压力，秘鲁军事领导人宣布 1963 年中举行总统选举。另一方面，在肯尼迪政府看来，拉美军人统治的行政效率较高，能够较为有效地维持社会秩序，也比其他社会团体更同情并配合美国的反共政策。于是，华盛顿照旧向某些拉美独裁政权提供军援并屡次拒绝与民选的左翼领导人合作。[②]

在亚洲，肯尼迪政府也曾在维持同盟关系的前提下努力推动盟国独裁政权实现民主化。1961 年 5 月 16 日，韩国朴正熙军事政变集团上台。反复权衡后，美国决定以支持朴正熙政权为条件换取韩国军政府“归还民政”的承诺。8 月 12 日，朴正熙宣布 1963 年重建文官政府计划的时间表。[③] 1950 年代末，南越

---

① Francis Adams, *Dollar Diplomacy: United States Economic Assistance to Latin America*, Burlington: Ashgate Publishing Company, 2000, pp. 35, 39.

② Stephen G. Rabe, "Controlling Revolutions: Latin American, the Alliance for Progress, and Cold War Anti-Communism," pp. 113 - 120.

③ Donald Stone Macdonald, *U. S. -Korean Relations from Liberation to Self-Reliance: The Twenty-Year Record*, p. 217; "Telegram from the Department of State to the Embassy in Korea," August 5, 1961, in *FRUS*, *1961 - 1963*, Vol. 22, Northeast Asia, p. 511.

吴庭艳政权不断加强家族专制统治，企图全面控制国民生活。肯尼迪政府上台后，多次以削减援助相威胁，企图迫使该政权改革。但吴凭借南越反共前沿的战略地位及越战这一特殊时期，通过拖延、敷衍和利用美国各机构间的分歧等方式坚决抵制美国的压力。最终，美国在南越的改革努力只取得了有限而短暂的成果。①

1963 年 11 月，肯尼迪遇刺，副总统林登·约翰逊继任。他对推动国外的社会改革兴趣不大。在他看来，社会改革可能引起混乱、动荡乃至出现“另一个古巴”。在“稳定高于变革”信条的指导下，约翰逊政府基本放弃了促使第三世界国家进行民主改良的路线。②

这一点在对拉美政策上体现得最为明显。1963 年 12 月，美国承认了多米尼加共和国和洪都拉斯军政权，并于随后向它们提供经济和军事援助。1964 年 4 月，约翰逊政府对推翻巴西古拉特（Joao Goulart）总统统治的军事政变表示热烈欢迎。③ 人事上，约翰逊任命与其政见接近的托马斯·曼（Thomas C. Mann）为总统拉美事务特别助理、美洲内部事务助理国务卿及争取进

① Douglas J. Macdonald, *Adventures in Chaos: American Intervention for Reform in the Third World*, pp. 191 - 248.

② Douglas J. Macdonald, *Adventures in Chaos: American Intervention for Reform in the Third World*, p. 42; Joseph S. Tulchin, "The Promise of Progress: U.S. Relations with Latin America During the Administration of Lyndon B. Johnson," in Warren I. Cohen & Nancy Bernkopf Tucker (eds.), *Lyndon Johnson Confronts the World: American Foreign Policy, 1963 - 1968*, New York: Cambridge University Press, 1994, p. 218.

③ James D. Cochrane, "U.S. Policy toward Recognition of Governments and Promotion of Democracy in Latin America since 1963," *Journal of Latin American Studies*, Vol. 4, No. 2 (November 1972), pp. 277 - 281.

步联盟协调人，而小阿瑟·施莱辛格（Arthur M. Schlisinger）和理查德·古德温（Richard Goodwin）等力主推动拉美民主化进程的官员则或离职或失势。[①] 1964 年 3 月 18 日，曼宣布了史称“曼主义”的对拉美新政策：遏制古巴革命浪潮蔓延的首要条件是保持拉美地区的稳定，因此美国将不再对当地受援国的政权性质做任何要求。抑或是说，实行变革已不再是拉美国家获得华盛顿支持的必要条件。[②] 这一切表明，虽然 1963 ~ 1968 年间华盛顿屡次宣称关注拉美国家的民主建设，但相对肯尼迪政府而言，变革在约翰逊政府拉美政策中的地位已大大下降。

亚洲也不例外。1964 年初南越革命战争进入高潮，西贡政府处于全面劣势，赢得越战的胜利逐渐成为约翰逊政府对亚洲政策的主要目标。为了使美国的越南政策看上去深得国际支持与认可，1964 年 5 月 1 日，约翰逊政府正式提出了“自由世界援助计划”（The Free World Assistance Program），又称“多国旗帜计划”（The More Flags Program）。结果，真正出兵越南的主要是韩国、菲律宾和泰国等亚洲国家。[③] 这时，约翰逊政府最关心的是维持并继续扩大亚洲盟国对南越的军事援助，而非这些国家自身的变革。

---

① William O. Walker Ⅲ, “Mixing the Sweet with the Sour: Kennedy, Johnson, and the Latin America,” p. 60; Joseph S. Tulchin, “The Promise of Progress: U. S. Relations with Latin America During the Administration of Lyndon B. Johnson,” p. 221.

② Joseph S. Tulchin, “The Promise of Progress: U. S. Relations with Latin America During the Administration of Lyndon B. Johnson,” pp. 230 - 231; William O. Walker Ⅲ, “Mixing the Sweet with the Sour: Kennedy, Johnson, and the Latin America,” p. 62.

③ Robert M. Blackburn, *Mercenaries and Lyndon Johnson's “More Flags”: The Hiring of Korea, Filipino and Thai Soldiers in the Vietnam War*, North Carolina: McFarland & Company, Inc., Publishers, 1994.

纵观以上美国对第三世界的冷战意识形态外交，可得出如下结论：一、反对共产主义始终是美国对第三世界政策的核心；二、美国决策者们几乎一致认为维持第三世界的稳定是隔离和消除“共产主义病毒”的必要前提；三、在美国的冷战斗士们看来，保持第三世界稳定的方式大致有两种。一种可称为“短期方式”，即不管当地政权的民主程度如何，只要奉行反共主义，美国就一概给予政治、经济和军事援助，借以维持现状，防止激进革命的发生。主要特点是：关注美国短期的国家安全，无视甚至压制当地人民的改革要求，结果往往激起第三世界人民的反专制、反美斗争。另一种可称为“长期方式”。它反对只将目光集中于短期的军事安全，主张以推行符合美国口味的政治、经济和社会变革作为第三世界国家获得援助的条件，培养当地长期的“反共防疫能力”。在杜鲁门和肯尼迪等美国政要眼中，这是一种初衷良好、互惠互利的政策。但该政策在实际执行过程中很难“善始善终”。一方面，由于西方与第三世界国家在历史背景、政治文化传统及经济发展水平等诸多方面存在巨大差异，美国的改革主张被“移植”到当地之后经常会面临“水土不服”、“淮橘成枳”的困境。结果不是收效甚微，就是中途夭折。这一点在“争取进步联盟”中体现得十分明显。另一方面，推动“友好独裁政权”进行改革绝非易事。这些政权大都认为美国的变革主张违背它们的既得利益，甚至会瓦解其统治基础。独裁者们为此各施神通，抵制美国的改革压力。最终美国只得放弃改良主张或被迫“换马”。60年代初的美越关系就是典型的例子。总之，“短期方式”会引发长期问题，“长期方式”又难以短期见效。这或许就是美国决策者时常在二者间徘徊不定的原因。

二　引导世界发展的潮流

1928 年 10 月，苏联开始实行国民经济第一个五年计划。1932 年底，“一五计划”提前完成。早在 1932 年初，联共（布）第十七次代表大会就规定了国民经济第二个五年计划（1933～1937 年）的指标、基本任务和方针。1937 年 4 月 1 日，“二五计划”也提前完成。从工业总产值来看，这时苏联已跃居欧洲第一、世界第二。期间，独具特色的苏联经济发展模式初步形成，主要特征为国家依照指令性计划在高度集中的部门管理体制下优先高速发展重工业。当时，在西方“大萧条”的鲜明对比下，苏联的经济成就使包括美国在内的许多国家的观察家对中央计划的经济组织形式产生了兴趣。[①] 第二次世界大战结束后，民族解放运动的浪潮席卷亚非拉地区，1945～1960 年共有 37 个国家宣布独立。其中，仅 1960 年就有 18 个国家独立，16 个国家加入联合国。这些新兴国家从苏联过去的经济发展历程中看到了自身的发展前景，五六十年代苏联经济模式因此再度盛行。[②] 从中，美国政要们看到了苏联可能引导世界发展潮流的危险。

战后初期，美国政府中流行这样一种说法：一旦某国政府

① David C. Engerman, “The Romance of Economic Development and New Histories of the Cold War,” *Diplomatic History*, Vol. 28, No. 1 (January 2004), pp. 26－31；〔苏联〕B. C. 列利丘克：《苏联的工业化：历史、经验、问题》，闻一译，商务印书馆，2004，第 209 页。

② David C. Engerman, “The Romance of Economic Development and New Histories of the Cold War,” p. 31.

开始大规模干预经济或制订长期经济发展计划，那么它迟早会沦为苏联的附庸。久而久之，随着越来越多的国家放弃自由市场体制，世界权力的天平必然会向有利于苏联的一边倾斜。到那时，美国的民主观念将面临生存空间危机。① 由此看来，虽然任何国家的经济都绝非单纯依靠“市场”或单纯依靠“计划”，但在反共主义的指引下，杜鲁门政府人为地将人类社会的经济发展道路划分为资本主义市场经济和社会主义计划经济两种完全对立的模式，一国经济发展道路的选择问题因此成为事关美国国家安全和资本主义生死存亡的大事。为了确保资本主义生产方式能够继续指引和规划世界发展进程，美国决定双管齐下：一方面，建立“对共产党国家出口管制统筹委员会”（COCOM）及其亚洲分支机构“中国委员会”（CHINCOM），遏制苏联和中国等共产党国家的经济发展；② 另一方面，通过双边和多边的形式向盟国及其他第三世界国家提供经济援助，借此干预这些国家经济政策的制定和执行，保证资本主义生产方式的存续、发展和繁荣。③

作为美国经济冷战战略一部分的对第三世界经济援助政策始于“第四点计划”（Point Four Program）。1949 年 1 月 20 日，

---

① Melvyn P. Leffler, *A Preponderance of Power: National Security, the Truman Administration, and the Cold War*, California: Stanford University Press, 1992, pp. 162 - 164.

② 参见崔丕《美国的冷战战略与巴黎统筹委员会、中国委员会（1945 ~ 1994）》，东北师范大学出版社，2000。

③ 事实上，早在 20 世纪 30 年代美国就已开始将经济援助作为抵制经济民族主义、塑造第三世界国家发展路线和抗衡敌对大国的手段。参见 David S. Painter, “Explaining U. S. Relations with the Third World,” *Diplomatic History*, Vol. 19, No. 3 (Summer 1995), p. 528。但那时美国对外经援政策中对受援国经济组织形式选择的约束尚不如冷战时期那样明显。

杜鲁门发表第二届就职演说，正式提出了一项“技术援助落后地区计划”，又称“第四点计划”。[①] 美国政要们对这一援助计划寄予厚望，希望借此遏制共产主义、促使第三世界国家接受西方发展模式、维护美国的经济安全。[②] 例如，杜鲁门在回忆录中声称他希望在就职演说中表达如下观点：“集权政体的种子全靠灾难和匮乏来发芽滋长。它们在贫困和不满的土壤里蔓延滋长。当人民要求改善生活的希望破灭时，它们就成熟了。”而就“第四点计划”“目前和长远的效果来看，在迄今已采用的方法中，它是对共产主义最强烈的消毒剂”。[③] 他还在 1952 年 3 月 6 日的广播演说中指出，共产党并不是以“征服者”的面目进行侵略的，而是伪善地向欠发达国家提出帮助它们克服饥馑和疾病的请求，继而达到“获得权势”的目的。然而，美国却不能向亚洲、非洲和近东人民提供武器，劝说他们驱逐承诺帮助他们的人。“战争是不能制止‘肚子共产主义’（Stomach Communism）[④] 的。我们必须采取适当的手段迎接以上挑战，那就是第四点计划。”[⑤]

---

① “Inaugural Address of Harry S. Truman,” January 20, 1949, reproduced from “The American Presidency Project,” available at: http://www.presidency.ucsb.edu/ws/index.php?pid=13282&st=&st1=.

② 关于该问题的详细论述可参见刘国柱《第四点计划与杜鲁门政府在第三世界的冷战战略》，《历史教学》（高校版）2007 年第 6 期，第 13～18 页；谢华：《对美国第四点计划的历史考察与分析》，《美国研究》2010 年第 2 期，第 73～94 页。

③ 〔美〕哈里·杜鲁门：《杜鲁门回忆录》第 2 卷 考验和希望的年代（1946～1953），李石译，三联书店，1974，第 272～273、284 页。

④ 美国决策人认为饥饿和贫穷容易滋生共产主义，他们将其称之为“肚子共产主义”。

⑤ Dennis Merrill (ed.), *Documentary History of the Truman Presidency*, Vol. 27, The Point Four Program: Reaches out to Help the Less Developed Countries, Bethesda, Md.: University of Publications of America, 1999, Document 97.

由于计划的出台太过仓促和国会对拨款额的诸多限制，这项“大胆的新计划”只部分达到了预期效果。[①] 即便如此，“第四点计划”在美苏经济冷战史上的意义仍不可低估。它表明美国正式将欠发达国家的发展问题纳入以“反共”为主要特征的国家安全政策，试图通过技术开发援助在这些国家构筑一条针对“共产主义病毒”的隔离带，彻底消除共产主义思想蔓延的根源。

1949 年下半年，苏联第一颗原子弹试爆成功，美国丧失了核垄断地位。同年，中国革命取得胜利，蒋介石败守台湾。这一切促使杜鲁门政府重新评估“国际共产主义威胁”。1950 年 4 月，作为美国国家安全政策纲领的 NSC68 号文件出台。文件强调“共产主义威胁”的全球性与国际格局的两极化，认为与苏联的军事力量相比，“自由世界”的核力量尚显不足，常规力量更是逊色许多，因而苏联才可以肆无忌惮地在有利条件下对外发动侵略战争。为此，美国应当增强“自由世界”的政治、经济和军事实力，尤其是军事实力。在加强军事力量方面，文件主张对苏联的侵略做“对称性”反应，在加紧研制氢弹的同时强化常规军队。[②] 6 月 25 日，朝鲜战争爆发。在美国决策者看来，这似乎证明了 NSC68 号文件对“国际共产主义威胁”评估的正确

① 资中筠主编《战后美国外交史——从杜鲁门到里根》（上册），世界知识出版社，1994，第 185 ~190 页。

② “NSC68, United States Objectives and Programs for National Security,” April 14, 1950, in *FRUS*, *1950*, Vol. 1, National Security Affairs, Foreign Economic Policy, Washington: United States Government Printing Office, 1977, pp. 234 - 292; Josh Ushay, “Fears & Images: NSC68,” *Access*: *History*, Vol. 3, No. 1 (Summer 2000), pp. 13 - 14, 23; Martin McCauley, *Russia*, *America and the Cold War*, *1949 - 1991*, New York: Addison Wesley Longman Inc., 1998, pp. 15 - 16.

性。9月30日，杜鲁门决定将该文件作为“今后四五年内要执行的政策声明”，责令有关部门尽快实施。不久，中国人民志愿军入朝作战，中美双方刀兵相见，美国因此彻底放弃了以往对共产党国家的有限遏制政策，转而实行以军事遏制为主的全面遏制。

相应的，美国对外援助政策也发生了重大转变。1951年10月，国会通过了《1951年共同安全法》，批准了近75亿美元的外援。援助以军援为主，大部分给予北约盟国，兼顾亚太、近东、非洲和美洲地区。此后，美国对外援助的范围逐渐扩展至全球，且由经援优先转向军援优先。[①] 同时，与其他外援法案一样，该法案也明确规定美援的管理和使用要有利于受援国“自由企业”的发展。[②] 可见，即使在以军援为主的援助法案中，杜鲁门政府也并没有忘记要凭借援助推动其他国家接受资本主义生产方式，从而缩小社会主义生产方式的生存空间。

早在1952年1月，艾森豪威尔就对杜鲁门政府的高额防务开支表现出明显的不满，据说他竞选总统的目的之一就是为了遏制美国不断上升的财政赤字。[③] 12月，当选总统后的艾森豪威尔与顾问们在“海伦娜号”巡洋舰上进行了数天会谈，艾氏首次提出“大平衡”（Great Equation）思想，要求在维持强大军事

① 1951~1954年间，美国每年的军援均占援助总额的70%以上。詹欣：《杜鲁门政府国家安全政策研究》，东北师范大学博士学位论文，2004，第114~118页。

② Robert A. Paster, *Congress and the Politics of U.S. Foreign Economic Policy, 1929-1976*, London: University of California Press, 1980, pp. 266-267.

③ Meena Bose, *Shaping and Signaling Presidential Policy: The National Security Decision Making of Eisenhower and Kennedy*, Texas: Texas A & M University Press, 1998, pp. 20-21.

力量的同时保证经济的健全发展。此后近一年里，政府决策者一直在思考和讨论新的国家安全基本战略，关注的主要焦点即是“大平衡”。[1] 1953年10月30日，艾森豪威尔批准了题为《国家安全基本政策》的NSC162/2号文件。该文件正式将“大平衡”确立为国家安全基本政策原则，具体表述为“美国国家安全政策面临的基本问题是在抵制苏联安全威胁的同时避免严重削弱美国的经济或损害其基本价值观和制度”。[2]

不过，对冷战中的美国来说，维持所谓“军事安全”和“经济安全”的平衡绝非易事，这突出地表现在对盟国的军事援助问题上。1953年3月31日，美国召开国家安全委员会特别全天会议，讨论国家安全战略。艾森豪威尔提出，美国确实应致力于维持收支平衡，但不能因此突然停止像对发展中国家提供军援这样的计划。[3] NSC162/2号文件采纳了这一看法。文件认为，在美国的“大规模报复战略”中，抵抗当地侵略所需的地面部队大部分要由盟国提供。然而，多数盟国的经济无力承担高额军费开支，因此美国必须继续向它们提供数量上“较以往更加有限”的军援。“但是，在不久的将来，随着美国合理的经贸政策（的制定和执行），一般来说美国可能会取消大部分赠与援助。”[4]

① Meena Bose, *Shaping and Signaling Presidential Policy: The National Security Decision Making of Eisenhower and Kennedy*, pp. 24 – 27, 37.

② “NSC162/2, Basic National Security Policy,” October 30, 1953, in *DNSA*, PD00353.

③ Meena Bose, *Shaping and Signaling Presidential Policy: The National Security Decision Making of Eisenhower and Kennedy*, p. 26.

④ “NSC162/2, Basic National Security Policy,” October 30, 1953, in *DNSA*, PD00353.

把以上国家安全基本政策与1953年3月30日艾氏政府在对外经济政策特别咨文中提出的“削减援助、扩大投资、增强（货币的）可兑换性以及扩展贸易”的原则[①]联系起来，可以将该政府初期的对外援助政策概括为：为了维持收支平衡，在总体上削减对外援助，尤其是经济援助，继续走军援优先于经援的道路。在促进欠发达国家的经济发展方面，主要依靠贸易和投资而非援助。

1950年代上半期，中苏两国与亚非拉国家的经贸和援助关系逐渐加强，而且二者所取得的经济成就也吸引着发展中国家越来越多的注意力。在美国看来，这是苏联以经援为手段对欠发达地区进行的“政治渗透”。这样一来，苏联经济增长模式将成为引导发展中国家现代化潮流的航标，“自由世界”与“共产主义世界”的斗争场所开始向第三世界转移。据此，美国决定逐步实现对盟国“军事援助优先”向“经济援助优先”的转变。1957年6月3日，美国国家安全基本政策文件NSC5707/8获得通过。文件认为，美国应该有选择地鼓励非欧洲盟友削减当地军队并以警察部队替代正规军，进而降低其对美国的军援需求。同时，为了促进“自由世界”欠发达国家的发展、向它们说明在不依赖苏联集团或危及独立的情况下同样可以取得经济进步，进而尽可能地消除苏联集团经济攻势的吸引力和“破坏性影响”，美国应向欠发达国家提供经济援助。但是，考虑到收支平衡问题，在提高经济开发援助水平的同时要尽量削减其他经济

① Thomas Zoumaras, “Eisenhower's Foreign Economic Policy: The Case of Latin America,” in Richard A. Melanson & David Mayers (eds.), *Reevaluating Eisenhower: American Foreign Policy in the 1950s*, Chicago: University of Illinois Press, 1987, p. 159.

或军事援助。[①] 一年以后，副总统尼克松的拉美之行及随后发生的古巴革命使美国决策者更深刻地认识到了推动发展中国家经济开发的重要性。因此，第二届艾森豪威尔政府时期，美国决定建立“开发贷款基金组织”（Development Loan Fund）、支持印度和巴基斯坦的经济发展计划、成立“美洲开发银行”（Inter-American Development Bank）、设立针对拉美地区的“社会进步信托基金”（Social Progress Trust Fund）、与拉美国家签订《波哥大协定》（主要内容为美国承诺支持拉美地区的经济和社会发展）并组建“国际开发协会”（International Development Association）。[②]

同时，美国决策层开始越来越多地关注经济组织形式的问题。在 1955 年 11 月 15 日的第 266 次和 21 日的第 267 次国家安全委员会会议上，中央情报局局长艾伦·杜勒斯（Allen Dulles）指出，欠发达国家对过去 15 年或 20 年苏联所取得的经济成就印象深刻，它们将这些成就归功于社会主义制度，并因此相信社会主义制度能够最有效地促进工业化。[③] 对此，国务卿杜勒斯哀叹道：“考虑到‘伟大的俄国试验’在约 30 年内所取得的成就，100 多年前开始的‘美国试验’的威望正在下降。”[④] 这些忧虑

---

① NSC5707/8, Basic National Security Policy, June 3, 1957, in *DNSA*, PD00510.

② W. W. Rostow, *Eisenhower, Kennedy, and Foreign Aid*, pp. 121 - 151.

③ "Memorandum of Discussion at the 266th Meeting of the National Security Council, Washington," November 15, 1955, in *FRUS*, *1955 - 1957*, Vol. 10, Foreign Aid and Economic Defense Policy, pp. 29 - 30.

④ "Memorandum of Discussion at the 273th Meeting of the National Security Council, Washington," January 18, 1956, in *FRUS*, *1955 - 1957*, Vol. 10, Foreign Aid and Economic Defense Policy, pp. 64 - 65.

引发了一场有关经济组织形式的争论。

国防部长查尔斯·威尔逊（Charles E. Wilson）认为，美国援助欠发达国家建立起最终被收归国有的工厂及其他基础设施，这是在帮助它们走向国家社会主义或共产主义。为防止受援国出现明显的社会主义倾向，美援计划的成果应归属当地的小资本家。他的观点得到了原子能委员会主席刘易斯·施特劳斯（Lewis L. Strauss）和副国务卿赫伯特·胡佛（Herbert C. Hoover）的赞同。施特劳斯称，美国正在援助许多国家建立小型核反应堆。如果这些计划继续在政府间运作，那么美国就是在鼓励这些国家推行政府主导的经济计划。胡佛的说法更直接：在许多情况下，美援计划实际上是在帮助欠发达国家实行国家社会主义。[①] 财政部长乔治·汉弗莱（George Humphrey）等人也反对美国支持发展中国家国有企业的发展，主张以美援促使受援国尊重个人自由并保证私人企业的繁荣。[②]

与主张借助美援促进他国私企发展的人相比，艾森豪威尔的观点似乎更为现实和开明。他指出，包括美国在内的世界上的许多国家都存在不同形式和程度上的社会化。社会化的国家不一定敌视美国，丹麦、挪威和瑞典的社会化程度都很高，但它们是美国最好的朋友。美国只反对以专制手段推行的完全意

① "Memorandum of Discussion at the 266th Meeting of the National Security Council, Washington," November 15, 1955, in *FRUS*, *1955 - 1957*, Vol. 10, Foreign Aid and Economic Defense Policy, pp. 29 - 31.

② "Memorandum of Discussion at the 273th Meeting of the National Security Council, Washington," January 18, 1956, in *FRUS*, *1955 - 1957*, Vol. 10, Foreign Aid and Economic Defense Policy, p. 66.

义上的社会化，因为实行这种政策的国家最终会落入苏联的掌控之中。而且，在促进自由企业原则的过程中，美国应面对现实，保持耐心，首先确保亚洲等欠发达地区不被苏联吞并。[①] 中情局局长杜勒斯从另一个角度提出了自己的看法。在讨论美国对亚洲的援助时，他认为亚洲大部分“自由国家”的社会和政府还相当不完善，根本不存在令美国满意的自由企业。因此，美援计划建立的工厂和其他基础设施大部分只能归受援国政府所有。[②] 国务卿杜勒斯的主张也比较务实，声称不管利用什么手段，西方援助计划必须首先致力于使欠发达国家看到经济增长的希望，否则它们将求助于苏联。为此，美国应比以往更强调对欠发达国家的经济开发援助，相对降低军援的重要性，且最好能从国会获得多年援助承诺，以支持受援国的长期发展计划。[③] 以上观点在一

① “Memorandum of Discussion at the 267th Meeting of the National Security Council, Camp David, Maryland,” November 21, 1955, in *FRUS*, *1955 – 1957*, Vol. 10, Foreign Aid and Economic Defense Policy, p. 36; “Memorandum of Discussion at the 273th Meeting of the National Security Council, Washington,” January 18, 1956, in *FRUS*, *1955 – 1957*, Vol. 10, Foreign Aid and Economic Defense Policy, pp. 65 – 66.

② “Memorandum of Discussion at the 266th Meeting of the National Security Council, Washington,” November 15, 1955, in *FRUS*, *1955 – 1957*, Vol. 10, Foreign Aid and Economic Defense Policy, p. 30; “Memorandum of Discussion at the 273th Meeting of the National Security Council, Washington,” January 18, 1956, in *FRUS*, *1955 – 1957*, Vol. 10, Foreign Aid and Economic Defense Policy, p. 66. 副总统尼克松基本上同意艾伦·杜勒斯的看法，参见“Memorandum of Discussion at the 273th Meeting of the National Security Council, Washington,” January 18, 1956, in *FRUS*, *1955 – 1957*, Vol. 10, Foreign Aid and Economic Defense Policy, p. 67。

③ “Memorandum of Discussion at the 320th Meeting of the National Security Council, Washington,” April 17, 1957, in *FRUS*, *1955 – 1957*, Vol. 10, Foreign Aid and Economic Defense Policy, pp. 181 – 182.

定程度上透出了美国“实用主义”哲学的气息。面对苏联经济影响的扩大，美国部分决策者不再教条地认为美援计划一定要促进欠发达国家私有企业的发展，也并不绝对排斥对这些国家经济发展计划的支持。在他们看来，此时美国应首先通过美援使欠发达国家获得经济增长，降低它们与苏联进行经济往来的可能性，继而防止共产党在经贸交流的幌子下对这些国家进行“政治渗透”。

在实际执行过程中，艾森豪威尔政府的经援政策确实表现出相当程度的灵活性。早在20世纪20年代末，印度的尼赫鲁就对欧洲诸国特别是苏联所取得的巨大经济成就进行了实地考察，认为苏联是“一个民族返老还童的榜样”，印度可以仿效苏联实现工业化。印度独立后不久，他便主持颁布了第一部工业政策法案《1948年工业政策决议》，阐述了公营经济与国有化的原则。1951年，印度开始实行国民经济发展第一个五年计划。从《1948年工业政策决议》到1956年“一五计划”完成这段时间，印度初步确立了以强调国家干预、借助计划手段、发展公营企业和控制私营企业为主要特征的经济发展战略。1956年启动的“二五计划”更是直接借鉴了苏联的经验，优先向重工业投资。直至70年代初，国家主导的重工业积累体制始终是印度经济发展战略的基本原则。[①] 客观地讲，印度的经济发展模式与西方资本主义生产方式几乎完全相左。但是，由于担心共产党国家对印度的“渗透”乃至“接管”，艾森豪威尔政府仍然向印度提供了大量的经援。1953～1956年，美国曾为印度“一五计

① David C. Engerman, “The Romance of Economic Development and New Histories of the Cold War,” pp. 31–34.

划”提供了6000万～7000万美元的援助。[①] 印度“二五计划”遇到的最大困难是外汇严重短缺。于是，1957年财政年度，美国国际合作署（ICA）制订了一个总额约为8100万美元的援印计划。其中，约1000万美元用于技术援助，剩下约7000万美元的经济援助用于帮助印度完成“二五计划”。艾森豪威尔对此完全支持，认为印度对于美国的国家安全具有重要意义，一定要保持印度的中立性质，这样的中立国不易受到共产党的攻击。非但如此，他还询问国际合作署署长约翰·霍利斯特（John B. Hollister）美国是否应该为了自身利益向印度提供更多的经援。[②] 1958年，时任民主党参议员的肯尼迪与美国前驻印度大使约翰·库柏（John S. Cooper）联合向国会提交了一个议案，要求提高对印度“二五计划”的经济支持。肯尼迪在为议案辩护时宣称：印度“一五计划”的完成表明其有能力取得经济进步。由于中国已顺利完成了第一个国民经济发展五年计划，因此印度的经济发展计划具有了更大的政治和意识形态价值。可是，当前印度的“二五计划”正因为外汇短缺而走向失败，国会应增加对印度的经援。当时，美国国内有一部分人因为印度在苏联模式的基础上推行优先发展国有企业的五年计划而反对向印度提供经援。肯尼迪却认为，在对欠发达国家的援助中，教育、健康、运输、燃料及电力等领域不适合私人投资，但这些领域

① Saki Dockrill, *Eisenhower's New-Look National Security Policy, 1953 - 61*, New York: St. Martin's Press, Inc., 1996, p. 175.

② "Memorandum of Discussion at the 269th Meeting of the National Security Council, Camp David, Maryland, December 8, 1955," in *FRUS, 1955 - 1957*, Vol. 10, Foreign Aid and Economic Defense Policy, p. 47.

对未来私人资本的有效运作必不可少。他向国会保证，随着美国提高对印度五年计划的援助及该计划的成功实施，将来私人投资在印度一定会得以扩大。几经讨论之后，1959 年 9 月 10 日，国会正式通过了肯尼迪—库柏议案。①

在台湾，美国也并未坚持“自由企业”和“市场导向”原则。早在 1952 年，美国共同安全署（Mutual Security Agency）就要求“台湾经济稳定委员会”制订长期经济发展计划。于是，台湾参照前美援运用委员会顾问工程公司（即怀特公司）拟定的《1952～1955 年会计年度工业计划草案》，同时考虑前“行政院经济计划委员会”经济组拟定的《台湾生产建设四年计划草案》，制定了《台湾经济四年自给自足方案》。此后，在 50 年代的绝大部分时间里，美国驻台援助使团一直默许甚至积极促使台湾通过“国家计划”、政府干预和“国有企业”推动经济发展。虽然 1958～1961 年台湾实行了所谓的“十九点”经济自由化改革，但这并不意味着台湾由此彻底转向“市场导向”原则，进口替代仍是其经济主体，当地政府也依旧通过津贴和信贷等金融工具干预出口部门和私企的发展。②

---

① W. W. Rostow, *Eisenhower, Kennedy, and Foreign Aid*, pp. 1－12, 156－162; Zaheer Baber, "Modernization Theory and the Cold War," *Journal of Contemporary Asia*, Vol. 31, Issue1 (2001), pp. 71－85.

② Nick Cullather, "'Fuel for the Good Dragon': The United States and Industrial Policy in Taiwan, 1950－1965," *Diplomatic History*, Vol. 20, No. 1 (Winter 1996), pp. 1－25; Kristen Nordhaug, "Development Through Want of Security: The Case of Taiwan," *Forum for Development Studies*, No. 1 (1998), p. 139; 牛可：《美援与战后台湾的经济改造》，《美国研究》2002 年第 3 期，第 74～80 页；茅家琦：《台湾三十年（1949～1979）》，河南人民出版社，1988，第 69 页。

1960年代美国对外援助政策发生重大转变，其理论基础和话语体系是麻省理工学院著名经济史学家沃尔特·罗斯托[①]创立的“经济增长阶段论”。1954年5月，罗斯托参加了由原总统心理战特别助理C. D. 杰克逊（C. D. Jackson）组织的讨论美国对第三世界开发援助政策问题的普林斯顿会议。会后，罗斯托与其同事马克斯·米利肯（Max F. Millikan）联合提交的政策建议报告在美国政府内部广泛传阅，成为争论的焦点。[②] 1957年，该报告正式出版，名为《一项建议：实行有效外交政策的关键》。[③] 1960年，罗斯托又出版了其代表作《经济增长的阶段：非共产党宣言》。[④] 罗斯托“经济增长阶段论”的大体内容就体现在这两部著作中。[⑤]

---

① 沃尔特·罗斯托，美国著名经济史学家，1916年生于纽约，1951~1960年任麻省理工学院教授，1961~1968年先后担任总统国家安全事务副特别助理、国务院政策设计办公室主任兼顾问和总统国家安全事务特别助理，1968~2003年为得克萨斯大学教授，2003年去世。

② W. W. Rostow, *Eisenhower, Kennedy, and Foreign Aid*, pp. 95-97.

③ Max F. Millikan & W. W. Rostow, *A Proposal: Key to an Effective Foreign Policy*, New York: Harper & Brothers, 1957.

④ W. W. Rostow, *The Stages of Economic Growth: A Non-Communist Manifesto*, New York: Cambridge University Press, 1960.

⑤ 在《一项建议：实行有效外交政策的关键》中，罗斯托提出经济增长的三个阶段，即“前提条件阶段”、“起飞阶段”和“自促增长（Self-sustained Growth）阶段”。在《经济增长的阶段：非共产党宣言》中，罗斯托又将此阶段论的内容向前后延伸至五个阶段，依次为“传统社会”（经济结构在有限的生产函数内发展，其中农业为主要生产部门，制造业不同程度地得到发展。但由于缺乏必要的现代科学知识，劳动生产率的进步是有限的）、“起飞的前提条件阶段”（教育得到发展，新型企业家出现，对交通、通信及原材料等领域的投资增加，国内外商业范围扩大，现代制造业广泛发展。不过，因为受到旧的政治制度的束缚，以上经济活动发展缓慢）、“起飞阶段”（这是五个阶段中最重要的阶段，此期间投资率与储蓄率可能由大约（转下页注）

罗斯托首先批评了当时美国外援政策中的四个错误理念，即外援的任务是赢得朋友、加强受援国的军事力量、确保私企在受援国的主导地位以及通过消除饥饿来阻止共产主义影响的扩大。[①] 在他看来，美国对外经济援助计划的目的应是将欠发达国家的民族主义力量引向国内建设、确立城乡并重的发展战略、树立当地人民对政治民主的信心、促进西方政治思想的传播并最终建立一个由自由民主社会组成的世界共同体。[②] 为此，美国应发起一个由各工业化国家参与的促进世界经济增长的“伙伴计划”，根据各个欠发达国家所处的不同发展阶段向它们提供资本（贷款为主、赠与为辅）和技术援助。该计划的主要特征如下：银行观念（批准援助申请的前提是受援国的生产达到一定标准，如完成计划项目的技术管理能力、其他经济组成部分的发展足以保证援助项目的全力投产、制订全面的国家发展计划且该计划有利于扩大世界贸易和国际劳动分工）；自助原则（受援国在提高有效利用资金的能力方面承担主要责任）；提高资本

（接上页注⑤）占国民收入的5%提高到10%甚至更多，新兴工业迅速扩展，农业生产率大幅提高。在10年或20年后，经济和社会结构发生较大转变，以至于稳定的经济增长率得以保持）、“走向成熟阶段”（大体相当于“自促增长阶段”，“起飞”开始后大约60年一般可达到成熟阶段。此时，经济超越了曾推动其“起飞”的初级工业的水平，开始非常广泛地利用资源和现代技术的最先进成果）和“大众消费阶段”（这时，主要生产部门转向耐用消费品和服务业）。参见 Max F. Millikan & W. W. Rostow, *A Proposal: Key to an Effective Foreign Policy*, pp. 44 – 48; W. W. Rostow, *The Stages of Economic Growth: A Non-Communist Manifesto*, pp. 4 – 11。

① Max F. Millikan & W. W. Rostow, *A Proposal: Key to an Effective Foreign Policy*, pp. 9 – 23.

② Max F. Millikan & W. W. Rostow, *A Proposal: Key to an Effective Foreign Policy*, pp. 26, 33 – 40.

吸收能力（援助国通过技术援助提高受援国的资本吸收能力）；目的明确（援助国清楚地表明援助不附加任何政治或军事条件）；充分的国际性（推行国际通行的援助哲学和基本规则并协调各援助国的援助计划）；连续性（援助计划应做出相对长时间的援助承诺，避免美国国会的一年一审制）；有效地利用剩余农产品。[①]

在肯尼迪还是参议员的时候，罗斯托的现代化理论就对他产生了深刻的影响。1957 年秋以后，罗斯托和米利肯等哈佛大学和麻省理工学院的经济学家开始与肯尼迪定期联系，向他提供关于印度、中国以及西欧经济发展的资料。在这些人的帮助下，1958 ~1959 年，肯尼迪与库柏提出了援助印度的议案，该议案直接引用了罗斯托关于第三世界经济发展的“起飞”的概念。[②] 1960 年 12 月，罗斯托向已当选总统的肯尼迪进言：“新一届政府上台伊始的首要任务之一是在对欠发达国家的援助方面取得突破，这对（保持或提高）自由世界的地位至关重要。”[③] 1961 年 3 月 2 日，身为总统国家安全事务副特别助理的罗斯托在一份有关“发展的十年”的备忘录中进一步指出：“欠发达地区相当多的国家将在 20 世纪 60 年代到达或接近起飞点……只要我们大家埋头苦干，阿根廷、巴西、哥伦比亚、委

① Max F. Millikan & W. W. Rostow, *A Proposal: Key to an Effective Foreign Policy*, pp. 55 -77, 108 -109; W. W. Rostow, *The Stages of Economic Growth: A Non-Communist Manifesto*, pp. 142 -144.

② W. W. Rostow, *Eisenhower, Kennedy, and Foreign Aid*, pp. 71 -72; Zaheer Baber, “Modernization Theory and the Cold War,” pp. 71 -85.

③ Kimber Charles Pearce, *Rostow, Kennedy, and the Rhetoric of Foreign Aid*, East Lansing: Michigan State University Press, 2001, pp. 87, 97.

内瑞拉、印度、菲律宾、台湾、土耳其、希腊——或许还有埃及、巴基斯坦、伊朗和伊拉克——都有可能在1970年实现自促增长。”美国应努力改变发展中国家的面貌，为西方赢得人心。白宫在推进这一计划时须借用由“起飞”走向“自促增长”的学说，只有这样国会和受援国才会相信美国的干预只是暂时之举。肯尼迪接受了罗斯托的建议，委托他撰写3月22日呈交国会的外援特别咨文。[①] 咨文开篇便指出了推行新的外援政策的必要性，认为当前的外援计划和理念很多方面都不尽如人意，如断断续续的短期资助、毫无规划的项目取向、僵化拖沓的运行机制以及应急近视的政治目标等，根本无法适应美国和欠发达地区的需要；“自由欠发达国家”普遍存在的贫穷与动荡很可能引起现行政治和社会制度的崩溃，这些虚弱的肌体正是“共产主义病毒的最佳入侵对象”。如此恶劣的外部环境不仅会给美国的国家安全带来灾难性的影响，而且将使美国永享繁荣富庶的愿望化为一枕黄粱；20世纪60年代是“发展的十年”，为自由工业化国家通过外援推动欠发达国家实现自促增长——至少是逐渐走向自立——提供了前所未有的机遇。在这样一个特殊的历

① Kimber Charles Pearce, *Rostow, Kennedy, and the Rhetoric of Foreign Aid*, p. 97; Mark H. Haefele, "Walt Rostow's Stages of Economic Growth: Ideas and Action," in David C. Engerman, Nils Gilman, Mark H. Haefele, and Michael E. Latham (eds.), *Staging Growth: Modernization, Development, and the Global Cold War*, Boston: University of Massachusetts Press, 2003, pp. 89, 94 – 95; Piki Ish-Shalom, "The Role of Theoretical Concepts in Forming American Foreign Policy: The Case of Rostow, the Modernization Theory, and the Alliance For Progress," In C. Lovett and P. Kernahan (eds.), *On Religion and Politics*, Vol. 13 (2004), Vienna: IWM Junior Visiting Fellows' Conference, pp. 5 – 6.

史时期，美国一定可以向世人证明“20 世纪会像 19 世纪那样，南半球与北半球也并无分别，经济增长和政治民主是可以携手并进的”。为此，肯尼迪提出了一整套新的外援方针：统一外援管理机构；以单个受援国为单位制订长期开发援助计划并提供长期资金；在援助类型上特别强调以美元偿付的贷款；鼓励受援国充分动员自身资源、采取必要的社会经济改革措施并制订长期经济发展计划；尽可能地鼓励其他工业化国家提高对欠发达地区的援助水平；将社会和经济开发援助与军事援助分开。①

8 月 31 日，国会通过了《1961 年对外援助法》。9 月 4 日，肯尼迪签署了该法案。《1961 年对外援助法》承认了 3 月 22 日外援特别咨文提出的大部分方针，将推动第三世界发展看成是一个需要因国而异地制订计划并确保财力支持的长期奋斗目标，认定开发援助的主要目的是促使发展中国家实现经济增长、自由民主和政治稳定，进而阻止共产主义“扩张”，防止欠发达地区因贫困而陷入混乱。11 月 3 日，国际开发署（Agency for International Development）成立，它是美国历史上第一个主要强调长期经济和社会开发援助的外援机构，全面接管了分散在国际合作署（International Cooperation Agency）、开发贷款基金、进出口银行（Export-Import Bank）和农业部“粮食换和平”（Food for Peace）计划中的各项援助职能。隶属于国务院的国际开发署下设非洲和欧洲局、近东和南亚局、远东局与拉美局，具体职

① “Special Message to the Congress on the Foreign Aid,” March 22, 1961, reproduced from “The American Presidency Project,” available at: http: // www. presidency. ucsb. edu/ws/index. php? pid = 8545&st = &st1 = .

责是根据对单个国家的长期开发计划审核并完成援助项目。国际开发署的援助以开发贷款为主，诸多开发计划的理论假设来自罗斯托的“经济增长阶段论”。①

在肯尼迪当政期间，美国的经济开发援助首次超过外援拨款额的一半，同时军援和经援中的防务支持类援助被大幅削减。② 更重要的是，肯尼迪政府公开放弃了严格按西方“自由资本主义”原则“规划”第三世界经济发展进程的做法，明确提出鼓励受援国制订长期经济发展计划并采取社会经济改革等自助措施。原因是：一方面，50 年代国际社会已就国家经济计划对发展中国家经济进步的推动作用大体达成一致意见；另一方面，50 年代中期以后美苏冷战的主战场逐渐转至欠发达地区，发展中国家对于苏联经济模式的仿效使美国决策者十分担忧。无奈之下，美国才抛开了“自由企业”和“市场导向”的经济教条，将受援国的经济增长本身作为首要目标。可是，这并未影响美国政府宣扬西方经济增长模式的优越性。1965 年，随着中国台湾和韩国的经济走向“起飞”，美国官员和官方文件不断宣称这两个“国家”的经济增长是采纳以“自由制度”和“私有企业”为主要特征的“非共产党生产方式”的结果。③

① Samuel Hale Butterfield, *U. S. Development Aid——An Historic First: Achievements and Failures in the Twentieth Century*, London: PRAEGER, 2004, pp. 59 - 60, 62; United States Agency for International Development, "A History of Foreign Assistance," available at: http: //www. usaid. gov/about_ usaid/usaidhist. html.

② 王慧英：《肯尼迪当政时期美国的对外经济援助政策》，第 102 页。

③ Nick Cullather, "'Fuel for the Good Dragon': The United States and Industrial Policy in Taiwan, 1950 - 1965," p. 1; Donald Stone Macdonald, *U. S. -Korean Relations from Liberation to Self-Reliance: The Twenty-Year Record*, p. 31.

1963年11月22日，约翰逊继任总统。他在大体遵照前任确立的对外开发援助政策方针的同时，也进行了一些局部调整：有重点地向最有可能取得经济进步、实现经济自立的发展中国家提供开发援助；遵照“地区主义”，加强对以湄公河流域南俄大坝（Nam Ngum Dam）为代表的区域开发合作计划以及非洲开发银行（African Development Bank）等地区金融组织的支持；提出“向饥饿宣战”（War on Hunger）的口号，着力协助第三世界国家提高粮食产量、降低人口出生率；竭力提高欠发达国家人民的健康水平和受教育程度；更加重视私人机构和企业在促进发展中国家经济发展过程中的作用；以“多边主义”为指导，更坚决地要求其他工业化国家增加对第三世界的开发援助。[①]

纵观以上美国对第三世界的经济冷战战略，可得出如下结论：从杜鲁门到约翰逊政府时期，美国的经济冷战战略经历了一个由四处盲目推行西方资本主义经济增长方式到务实地大力促进第三世界国家经济发展的转变过程。在此过程中，遏制共

① “Special Message to the Congress on the Foreign Aid,” March 19, 1964, reproduced from “The American Presidency Project,” available at: http://www.presidency.ucsb.edu/ws/index.php?pid=26118&st=&st1=; “Special Message to the Congress on the Foreign Aid,” January 14, 1965, reproduced from “The American Presidency Project,” available at: http://www.presidency.ucsb.edu/ws/index.php?pid=26885&st=&st1=; “Special Message to the Congress on the Foreign Aid,” February 9, 1967, reproduced from “The American Presidency Project,” available at: http://www.presidency.ucsb.edu/ws/index.php?pid=28494&st=&st1=; “Special Message to the Congress on the Foreign Aid Program,” February 1, 1966, reproduced from “The American Presidency Project,” available at: http://www.presidency.ucsb.edu/ws/index.php?pid=27804&st=&st1=.

产主义“经济扩张”的目标并未改变，改变的只是遏制的手段。美国的经济冷战战略因此出现悖论：一方面依旧极力宣扬西方自由市场资本主义经济增长方式的优越性，鼓吹“西化”式的现代化，抵制社会主义生产方式在第三世界的传播；另一方面又在对亚非拉国家的经济政策中见机行事，鼓励当地制订长期经济发展计划，接受国家广泛干预这一经济增长手段。这种理论与实践的脱节、目标与手段的分离充分体现了美国的“实用主义”哲学。

第二章 反共与救济：朝鲜半岛分裂过程中的美国（1945～1948）

1945 年 8 月，美苏决定以朝鲜半岛中部的北纬 38°线作为两国地面部队对日作战和受降的分界线。9 月，美军进驻南部朝鲜。在政治方面，从一开始美国军政府的主要矛头就不是指向日军，而是对准要求“激进变革”的朝鲜人民，特别是包括共产党在内的左翼。随着美苏关系的逐渐恶化及双方在朝鲜统一问题上分歧的日益明显，美国在南部朝鲜彻底走上了“扶右抑左”的道路，这在客观上造成了朝鲜南部地区政治格局的极化、“强国家—弱社会”态势的形成以及美式民主思想的实践与传播。在经济方面，美国军政府对南部朝鲜的援助以“占领区政府救济援助”（Government and Relief in Occupied Areas，GARIOA）为主，主要目的在于防止饥饿和疾病的蔓延。华盛顿的决策者们也曾考虑在半岛南部推行长期经济发展计划。但由于美国国会的反对和朝鲜在美国全球战略中地位较低等原因，这一想法最终被束之高阁。

一 从提出“国际托管”设想到建立南方分立政权

“珍珠港事件”的爆发促使美国对日宣战，但华盛顿并未立即将解放朝鲜列为政策目标，原因是朝鲜解放与早日打败日本之间没有必然联系。① 经过相当长一段时间的犹豫迟疑，出于顺应亚太地区民族解放潮流和控制日本在亚太地区的殖民地和委托统治地的考虑，美国总统富兰克林·罗斯福终于提出对朝鲜实施国际托管的设想。1943 年 3 月，罗斯福在会见来访的英国外务大臣安东尼·艾登时首次明白无误地指出，战后朝鲜应被置于国际托管之下，托管国包括中国、美国和“其他一两个国家”。②

很快美国又在托管朝鲜的政策构想中加入了遏制苏联这一新的因素。1943 年下半年，国务院远东司明确地将朝鲜问题与战后苏联在远东的地位联系在一起：不管苏联最终是否参与太平洋战争，日本的战败都会促使苏联填补朝鲜半岛出现的权力真空。苏联很可能会以朝鲜为例鼓吹其在处理殖民地问题上的一贯主张，借此攫取更多的当地资源，获得不冻港，谋求比中日两国更有利的战略地位。“苏联对朝鲜的占领将会在远东造成一个全新的战略态势，这给中国和日本带来

① Susan Chung, “Disparity of Power: The U. S. Engagement with Korea, ” MA thesis, University of Southern California, 2004, p. 11.

② Kyun Kim, “The American Struggle for Korean Minds: U. S. Cultural Policy and Occupied Korea,” pp. 63 – 64.

的震动将是长远的。”“不但会严重挫伤中国对战后和平的信心，并且会挑起中国在东北亚或其他地区采取类似的单边行动。”[①]

1944年3月29日，国务院远东地区司际委员会（Inter-Divisional Area Committee on the Far East）在一份关于对朝鲜实施军事占领的备忘录中声称，假使苏联对日宣战，它最有可能从朝鲜半岛北部向日本人发动进攻，并因此占领相当一部分朝鲜领土。朝鲜海外军队中最引人注目的无疑是苏联远东红军训练出来的那批朝鲜人。他们完全接受了苏联的意识形态和政府管理模式，训练有素，装备精良。时机一旦成熟，这些人便会立即参加到解放朝鲜的军事行动中去。考虑到以上因素，美国应与中国和英国一道对朝鲜实施军事占领。倘若苏联也加入了太平洋战争，占领国还将包括苏联。[②] 5月4日，该委员会在另一份有关朝鲜临时政府问题的备忘录里进一步指出，长期的封建等级制度和日本人的殖民统治使朝鲜人几乎没有自治经验可言，因此独立后的朝鲜应暂时接受国际托管。为防止一国在朝鲜事务上独断专行，一般来说要尽量采取多国托管的形式。托管国可能包括美国、中国、苏联和英国。反之，如果由苏联单独监管朝鲜，朝鲜的苏化会令中国忧心忡忡，美国或许也认为

① 刘晓原：《东亚冷战的序幕：中美战时外交中的朝鲜问题》，《史学月刊》2009年第7期，第73～74页。

② "Memorandum Prepared by the Inter-Divisional Area Committee on the Far East," March 29, 1944, in *FRUS*, *1944*, Vol. 5, The Near East, South Asia, and Africa, The Far East, Washington: United States Government Printing Office, 1965, pp. 1225 - 1227.

这样做不利于太平洋地区未来的安全。[①] 1945 年 2 月罗斯福参加雅尔塔会议之前，国务院向他介绍相关情况时依旧对苏联在远东的影响持怀疑态度，并再次强烈建议不管苏联是否参加太平洋战争美国都应该在日本战败后与其他盟国一起占领朝鲜。4 月 12 日罗斯福突然去世，国务院不再像以往那样关注托管，转而更加强调防止苏联主导朝鲜事务的重要性。随着美苏两国在东欧问题上日益互不信任和彼此敌视，国务院坚决要求参与对朝鲜的军事占领。[②] 就这样，从 1943 年下半年开始对朝鲜实施多国军事占领和政治托管逐渐成为罗斯福政府防止苏联独占朝鲜的手段。1945 年上半年罗斯福去世后，政治托管的重要性日趋下降，军事占领问题受到更多的关注。

1945 年 8 月 8 日，苏联对日宣战，苏军很快在朝鲜半岛北部登陆并迅速向南推进。为了防止苏联占领整个朝鲜，10 日晚，美国外交和军事领导人召开紧急会议商讨对策。1950 年 7 月 12 日，时任远东事务助理国务卿的迪安·腊斯克（Dean Rusk）回忆了当年参加此次会议时的情景：那时美国的兵力明显不足，无论是从时间还是从空间来看均难以抢在苏联之前深入朝鲜半岛北方。在对美军所能达到的区域、朝鲜首都的地理位置以及苏联接受的可能性等诸多要素加以综合考量的基础上，腊斯克与查尔斯·伯恩斯蒂尔（C. H. Bonesteel）提议把半岛中部的北

---

① "Memorandum Prepared by the Inter-Divisional Area Committee on the Far East," May 4, 1944, in *FRUS*, *1944*, Vol. 5, The Near East, South Asia, and Africa, The Far East, pp. 1239 – 1241.

② Kyun Kim, "The American Struggle for Korean Minds: U. S. Cultural Policy and Occupied Korea," pp. 68 – 69.

纬38°线作为美苏军队对日作战和受降的分界线。虽然美国决策者最终提出了这一建议，但他们认为苏联很可能会讨价还价，谋求将分界线南移。令这些人感到意外的是，斯大林竟然接受了美方的主张。[①] 于是，9月8日，美军在仁川和釜山登陆。

虽然遏制苏联的目标得到了美国决策者的广泛认同，但战后初期美国对朝鲜的政策却呈现出双向分立的特点：根据《联合国宪章》有关国际托管制度的规定，华盛顿的政要们警告驻朝军政府不要给人留下支持类似于金九集团或李承晚这样的团体或个人而反对其他朝鲜人的印象，主张尽早结束对朝鲜的军事占领，与英国、苏联和中国达成四国托管协议，以防止相关国家之间出现争夺朝鲜控制权的争端，消除三八线这一人为的分界线，对朝鲜半岛实施统一管理，最终推动朝鲜走向独立；进驻朝鲜的美国军政官员则认为，相对来说他们更了解当地的境况。由于朝鲜人坚决反对国际托管，且苏联很难接受美国提出的托管建议，因此托管计划难以实行。在这种情况下，美国只能在朝鲜南部单独建立一个管理委员会，以维持当地局势的稳定，防止左翼力量夺权，进而推动南部朝鲜走向独立。然而，在国务院看来，苏联不会接受组建管理委员会的做法。为了避免对美苏协商造成不良影响，暂时不考虑这一建议。虽然如此，美国驻朝鲜官员仍有意无意地按原有设想行事，即在当地排斥左翼、扶植右翼并逐步

① “Draft Memorandum to the Joint Chiefs of Staff,” undated, in *FRUS*, *1945*, Vol. 6, The British Commonwealth, the Far East, Washington: United States Government Printing Office, 1969, p. 1039.

建立独立的南方政治实体。①

1945 年 12 月 16～26 日，美、苏、英三国外长在莫斯科举行会谈，最终以苏联提案为基础签署了关于朝鲜问题的“莫斯科协定”。主要内容如下：由美苏两国占领军司令部的代表组成

① “The Chief of Staff (Marshall) to General of the Army Douglas MacArthur, at Tokyo,” October 1, 1945, in *FRUS*, *1945*, Vol. 6, The British Commonwealth, the Far East, pp. 1067－1068; “Basic Initial Directive to the Commander in Chief, U. S. Army Forces, Pacific, for the Administration of Civil Affairs in Those Area of Korea Occupied by U. S. Forces,” undated, in *FRUS*, *1945*, Vol. 6, The British Commonwealth, the Far East, p. 1074; “Report by the State-War-Navy Coordinating Subcommittee for the Far East,” in *FRUS*, *1945*, Vol. 6, The British Commonwealth, the Far East, pp. 1094－1096; “Report by the State-War-Navy Coordinating Subcommittee for the Far East,” in *FRUS*, *1945*, Vol. 6, The British Commonwealth, the Far East, pp. 1096－1103; “Memorandum by the Director of the Office of Far Eastern Affairs (Vincent) to Colonel Russell L. Vittrup, War Department,” November 7, 1945, in *FRUS*, *1945*, Vol. 6, The British Commonwealth, the Far East, pp. 1113－1114; “The Assistant Secretary of War (McCloy) to the Under Secretary of State (Acheson),” November 13, 1945, in *FRUS*, *1945*, Vol. 6, The British Commonwealth, the Far East, pp. 1122－1124; “The Acting Political Adviser in Korea (Langdon) to the Secretary of State,” November 20, 1945, in *FRUS*, *1945*, Vol. 6, The British Commonwealth, the Far East, pp. 1130－1133; “The Secretary of State to the Acting Political Adviser in Korea (Langdon),” November 29, 1945, in *FRUS*, *1945*, Vol. 6, The British Commonwealth, the Far East, pp. 1137－1138; “The Acting Political Adviser in Korea (Langdon) to the Secretary of State,” December 11, 1945, in *FRUS*, *1945*, Vol. 6, The British Commonwealth, the Far East, pp. 1140－1142; “General of the Army Douglas MacArthur to the Joint Chiefs of Staff,” November 16, 1945, in *FRUS*, *1945*, Vol. 6, The British Commonwealth, the Far East, p. 1147; Tae-Gyun Park, “U. S. Policy Change toward South Korea in the 1940s and the 1950s,” *Journal of International and Area Studies*, Vol. 7, No. 2 (2000), pp. 91－93；陈波：《冷战同盟及其困境——李承晚时期美韩同盟关系研究》，上海人民出版社，2008，第 31～32 页。

联合委员会，同当地各民主政党和社会组织协商组建朝鲜临时政府；联合委员会“于咨商临时朝鲜民主政府后，应将建议送交苏、美、中、英四国政府联合考虑，俾给予四强在朝鲜以五年为限之托管制，得以成立协定”。1946 年 3 月 20 日，美苏两国占领军司令部召开联合委员会会议。最初，会议进展还算顺利，双方同意以是否赞成莫斯科三国外长会议达成的协议为标准来决定哪些朝鲜组织可以参加咨商组建朝鲜临时政府事宜的会议。可是，当具体讨论允许参加咨商会议的组织名单时，谈判立即陷入僵局。苏方反对美国代表提名的一些南部朝鲜的组织参加咨商会议，美方则坚持认为这些组织理应享有言论自由。经过 24 轮会谈，双方未能达成协议，只得宣布无限期休会。1947 年 5 月 21 日，美苏再次召开联合委员会会议，但三个月后仍毫无结果，障碍还是南部朝鲜哪些组织可以参加咨商会议的问题。为了寻求解决方法，8 月下旬，美国建议美、英、苏、中四国代表在华盛顿举行会议，并附加了一项包括在南北朝鲜分别建立临时立法机构以及由联合国监督朝鲜选举等内容在内的提议，结果遭到苏联的否定。10 月 9 日，苏方提出反建议，希望美苏同时从朝鲜撤军。但美国代表拒绝讨论撤军问题并要求终止美苏联合委员会的工作。至此，美国力图通过协商迫使苏联妥协的尝试彻底失败。①

1947 年秋，杜鲁门政府得出结论：朝鲜问题不可能通过美

① 资中筠主编《战后美国外交史——从杜鲁门到里根》（上册），第 200 页；“The Ambassador in the Soviet Union (Harriman) to the Secretary of State,” December 27, 1945, in *FRUS*, *1945*, Vol. 6, The British Commonwealth, the Far East, pp. 1150 – 1151.

苏对话协商解决。[①] 9 月 17 日，美国把朝鲜问题提交第二届联合国大会。虽然许多国家提出反对意见，但五天后联大还是决定将朝鲜问题列入议事日程。11 月 14 日，联大全体会议通过了关于朝鲜问题的决议，决定设立由澳大利亚、加拿大、萨尔瓦多、法国、印度、菲律宾、叙利亚和乌克兰等国组成的联合国朝鲜临时委员会（United Nations Temporary Commission on Korea），委托其监督全朝鲜的议会选举。1948 年 1 月 6 日，联合国朝鲜临时委员会到达汉城。然而，由于朝鲜人民普遍反对联大决议和北朝鲜人民委员会拒绝允许临时委员会人员入境，委员会不得不派分管托管问题的副秘书长胡世泽回纽约请示。联合国被迫决定召开"小型联大"会议讨论此事。会上，美国提议在临时委员会"所能进入的尽可能大的朝鲜地区"举行选举。2 月 26 日，"小型联大"通过了关于在南部朝鲜单独举行选举的决议。不久，未经联合国朝鲜临时委员会开会讨论，美国军政府就自行宣布在 5 月 9 日举行选举，后又改为 5 月 10 日。7 月 28 日，第一届南朝鲜国会以间接选举的方式推举李承晚为大韩民国总统。8 月 15 日，大韩民国政府正式成立。7 月 9 日，北朝鲜人民会议第五次会议决定于 8 月 25 日举行朝鲜最高人民会议议员选举。9 月 9 日，朝鲜民主主义人民共和国宣告成立。[②] 就这样，朝鲜半岛分裂成两个独立的国家，美国对此难辞其咎。

---

① Peter Clemens, "Captain James Hausman, US Army Military Advisor to Korea, 1946 - 48: The Intelligent Man on the Spot," *The Journal of Strategic Studies*, Vol. 25, No. 1 (March 2002), pp. 181 - 182.

② 曹中屏、张琏瑰：《当代韩国史（1945～2000）》，第 66～67、72～73 页。

二　推动南部朝鲜构建反共机制

1. 政治格局的极化

1945年8月15日，日本无条件投降，多年来一直渴望独立的朝鲜人民欢欣鼓舞。中左派政治领导人吕运亨（Lyuh Woon Hyung）建立了朝鲜建国筹备委员会，发表《告海内外三千万同胞书》，宣布三大建国纲领——缔造完全独立的国家、建立满足全民族政治社会要求的民主主义政权和在一定过渡期内自主维护社会秩序和确保大众生活。同时，该委员会还积极地在全国各地组建地方组织，至月末，全岛共建立145个具有支部性质的委员会。9月6日，建国筹备委员会在汉城举行全民会议，宣布成立朝鲜人民共和国。四天后，朝鲜人民共和国政府颁布施政纲领，具体内容为：废除日殖时期的法律、保障人民民主权利、无偿向农民分配日本殖民者和亲日分子的土地并将他们的其他财产收归国有等。[①]这一切立即引起了右翼的警觉甚至敌视。他们中相当一部分人是信仰基督教的地主和富商，曾有过亲日行为，因而担心左翼居主导地位的朝鲜人民共和国的政策会危及其财产安全和政治地位。静观其变之余，这些人也在伺机投靠新的外国势力。[②]得

① 余伟民、周娜：《1945～1948年朝鲜半岛南部地区的政治变动》，《史林》2003年第4期，第106页；曹中屏、张琏瑰：《当代韩国史（1945～2000）》，第11～12页；Hakjoon Kim, *Korea's Relations with Her Neighbors in a Changing World*, New Jersey: Hollym Press, 1993, p. 163.

② 曹中屏、张琏瑰：《当代韩国史（1945～2000）》，第23～24页；Donald Stone Macdonald, *U. S. -Korean Relations from Liberation to Self-Reliance: The Twenty-Year Record*, p. 143; "Analysis of Current Political Economic, and Military Situation in the U. S. and Soviet Zones," March 18, 1948, in *DDRS*, CK3100250486.

知美国即将占领朝鲜的消息后，右翼势力十分振奋，很快便公开拒绝与吕运亨合作，甚至大肆叫嚷着要推翻朝鲜人民共和国。[①]

在南部朝鲜登陆后不久，美国陆军中将约翰·霍奇（John R. Hodge）等人便开始着手考虑遏制北方苏联和南方“颠覆者”的问题。[②] 9月29日，美国驻朝鲜政治顾问梅里尔·本宁霍夫（Merrell Benninghoff）向国务卿汇报说：在汉城甚至整个南部朝鲜，总的来看政治势力分裂成保守派（或民主派）和激进派（或共产党）两大阵营。前者中许多人受过美国教育，认同西方民主原则，反对共产党；后者属于政治机会主义者，具有亲共倾向，是一系列游行示威的主谋。半岛北部的局势十分令人担忧，苏联正在组建一党制政府，北方苏化的可能性极大。美国很快便会在朝鲜半岛面对类似于在罗马尼亚、匈牙利和保加利亚遇到的困境，用不了多久，南部就会出现大批共产党追随者。[③] 此后，美国军政府对朝鲜政局的判断基本定格在如下框架内：朝鲜人民的革命要求非常有害，代表这种革命要求的激进派（或共产党）一贯无视法律法规，时常采用恐怖和压制手段，

① Hyesook Lee, "State Formation and Civil Society under American Occupation: The Case of South Korea," p. 21; Hakjoon Kim, *Korea's Relations with Her Neighbors in a Changing World*, p. 164.

② Bruce Cumings, "Introduction: The Course of Korean-American Relations, 1943 – 1953," in Bruce Cumings (ed.), *Child of Conflict: The Korean-American Relationship, 1943 – 1953*, London: University of Washington Press, 1983, p. 15.

③ "The Political Adviser in Korea (Benninghoff) to the Secretary of State," September 29, 1945, in *FRUS, 1945*, Vol. 6, The British Commonwealth, the Far East, pp. 1061 – 1065.

是苏联的傀儡和维护当地秩序的首要障碍；[①] 右翼保守势力是朝鲜主流思想的代表，愿意与美国军政府合作，持有反苏观念，与他们结盟有利于维持社会现状，建立反苏堡垒；[②] 苏联人竭力在北部朝鲜宣传共产主义，推动当地共产化，甚至屡次提及同美国发生战争的可能性。[③]

为了抵消南方左翼力量的发展和北方苏占区的影响，美国军政府多次提议迎接流亡海外的朝鲜独立运动领导人回国。一开始，国务院希望美国在对待朝鲜各政治团体方面不偏不倚、保持中立，对该建议反应冷淡。不过，考虑到朝鲜混乱的政局及某些朝鲜海外流亡者可能起到的“建设性”作用和配合美国军政府的态度，国务院很快便同意旅居美国的李承晚等朝鲜人以个人而非某一团

---

① Chan-pyo Park, "The American Military Government and the Framework for Democracy in South Korea," pp. 125 - 126; "The Political Adviser in Korea (Benninghoff) to the Acting Political Adviser in Japan (Atcheson)," October 10, 1945, in *FRUS*, *1945*, Vol. 6, The British Commonwealth, the Far East, p. 1070; "Lieutenant General John R. Hodge to General of the Army Douglas MacArthur, at Tokyo," November 2, 1945, in *FRUS*, *1945*, Vol. 6, The British Commonwealth, the Far East, p. 1106; "General of the Army Douglas MacArthur to the Joint Chiefs of Staff," November 16, 1945, in *FRUS*, *1945*, Vol. 6, The British Commonwealth, the Far East, pp. 1144 - 1146.

② Adrian Buzo, *The Making of Modern Korea*, New York: ROUTLEDGE Press, 2002, p. 58; Bong-jin Kim, "Paramilitary Politics under the USAMGIK and the Republic of Korea," pp. 291 - 292; "The Political Adviser in Korea (Benninghoff) to the Secretary of State," September 15, 1945, in *FRUS*, *1945*, Vol. 6, The British Commonwealth, the Far East, p. 1050.

③ "The Political Adviser in Korea (Benninghoff) to the Secretary of State," October 1, 1945, in *FRUS*, *1945*, Vol. 6, The British Commonwealth, the Far East, pp. 1065 - 1066; "General of the Army Douglas MacArthur to the Joint Chiefs of Staff," November 16, 1945, in *FRUS*, *1945*, Vol. 6, The British Commonwealth, the Far East, p. 1147.

体代表的身份归国。[①] 10月16日，李承晚乘坐麦克阿瑟派出的专机回到南部朝鲜。归国后，李立即表明其右翼立场，从而与左派拉开距离。在军政府的撮合下，最终李承晚与新近合并而成的右翼政党朝鲜民主党结成同盟。相形之下，占领当局对左翼力量的态度则明显地带有敌意，具体表现为宣布朝鲜人民共和国为非法组织，并强行解散各地的人民委员会。[②]

1945年12月的莫斯科三国外长会议决定成立美苏联合委员会，同朝鲜各民主政治力量协商建立朝鲜临时民主政府，并由美、苏、中、英共同对朝鲜实施为期五年的托管。总体上观察，对于莫斯科托管协议，左派支持，右派反对，二者互相指责对方是"卖国奴"和"反动势力"。[③] 最初，"反托管运动"是纯粹的民族主义运动，反映了正义的国家主权要求。但是，在以李承晚和

---

① "The Political Adviser in Korea (Benninghoff) to the Secretary of State," September 15, 1945, in *FRUS, 1945*, Vol. 6, The British Commonwealth, the Far East, p. 1053; "The Acting Secretary of State to the Ambassador in China (Hurley)," September 21, 1945, in *FRUS, 1945*, Vol. 6, The British Commonwealth, the Far East, pp. 1053－1054; "The Acting Secretary of State to the Charge in China (Robertson)," September 27, 1945, in *FRUS, 1945*, Vol. 6, The British Commonwealth, the Far East, p. 1060.

② 杨红梅：《试论1945年美国军政府在朝鲜半岛南部之措施》，第187～188页；余伟民、周娜：《1945～1948年朝鲜半岛南部地区的政治变动》，第106～107页；曹中屏、张琏瑰：《当代韩国史（1945～2000）》，第26页；Hakjoon Kim, *Korea's Relations with Her Neighbors in a Changing World*, p. 166.

③ 赵虎吉：《揭开韩国神秘的面纱——现代化与权威主义：韩国现代政治发展研究》，民族出版社，2003，第45页；"Lieutenant General John R. Hodge to General of the Army Douglas MacArthur, at Tokyo," December 30, 1945, in *FRUS, 1945*, Vol. 6, The British Commonwealth, the Far East, p. 1154; "The Political Adviser in Korea (Benninghoff) to the Secretary of State," January 23, 1946, in *FRUS, 1946*, Vol. 8, The Far East, pp. 615－616.

朝鲜民主党为代表的右翼分子的煽动下，不久“反托管”便成了反苏反共的代名词。在这场政治斗争中，右翼获益最多，他们借此抹去了“亲日派”的罪名，摇身一变成为“爱国主义者”。[①]

虽然杜鲁门政府主张对朝鲜进行托管，但霍奇依然让右翼独占政府要职。[②] 较为典型的事例如下：1946 年 1 月 7 日，本宁霍夫在致国务卿的电报中有意无意地曲解“莫斯科协定”的内容。他说，“莫斯科协定”规定要建立一个临时性的“朝鲜民主政府”。事实上，金九领导的朝鲜临时政府（Korean Provisional Government）已然存在。军政府“公共信息部”（Public Information Section）正准备为此发起一场宣传运动。为了避免名称混乱和偏袒之嫌，“公共信息部”建议使用“临时政府”（Interim Government）的称呼。国务院却认为，“莫斯科协定”规定建立的是临时性的朝鲜民主政府而非本宁霍夫所说的“临时政府”，更不是指所谓的金九“临时政府”。所谓的金九“临时政府”不是政府而是政党，只能与其他代表性团体一道参加朝鲜临时民主政府；[③]莫斯科会议后美国国务院打算建立

---

① Myung-lim Park, “The International of the Cold War in Korea: Entangling the Domestic Politics with Global Cold War in 1946,” *International Journal of Korean History*, Vol. 2 (December 2001), pp. 322 - 323, 326.

② “The Secretary of State to the Secretary of War (Patterson),” April 1, 1946, in *FRUS, 1946*, Vol. 8, The Far East, p. 655; William Stueck, “The Coming of the Cold War to Korea,” in Bonnie B. C. Oh (ed.), *Korea under the American Military Government, 1945 - 1948*, p. 52.

③ “The Political Adviser in Korea (Benninghoff) to the Secretary of State,” January 7, 1946, in *FRUS, 1946*, Vol. 8, The Far East, p. 608; “The Acting Secretary of State to the Political Adviser in Korea (Benninghoff),” January 12, 1946, in *FRUS, 1946*, Vol. 8, The Far East, p. 610.

一个由中派人士组成的南部朝鲜联合阵线，指示驻朝军政府一定要将极右和极左分子排除在外。然而，在拉拢中左人士不成的情况下，1946 年 2 月 14 日，美国军政府自行其是，建立了以反托管的极右分子为核心的“代议制民主委员会”。该委员会成为霍奇心目中参加未来朝鲜临时政府的政治力量代表。次日，为应对美苏联合委员会会议的召开，左翼势力成立了与代议制民主委员会相对的组织“人民民主阵线”。[①]于是，部分地由于美国军政府扶右抑左的举措，围绕国际托管问题，战后南部朝鲜的政治力量格局第一次出现明显的两极化趋势。

1946 年上半年，美国与苏联之间的相互猜疑和担忧明显加剧。在具体表现形态方面，如果说 2 月斯大林攻击资本主义制度的演说和凯南主张对苏联强硬的“长电报”构成了两国敌视对方的理论依据，那么伊朗、土耳其和希腊则成为美苏角逐的最初舞台。[②] 正是在这样的宏观背景和总体气氛下，3 月 20 日协商朝鲜托管问题的美苏联合委员会第一次会议召开。不久，双方就在究竟哪些朝鲜政治组织有资格参与协商

① Chan-pyo Park, "The American Military Government and the Framework for Democracy in South Korea," pp. 129 – 131; "The Political Adviser in Korea (Benninghoff) to the Secretary of State," January 28, 1946, in *FRUS*, *1946*, Vol. 8, The Far East, p. 627; "The Political Adviser in Korea (Benninghoff) to the Secretary of State," undated, in *FRUS*, *1946*, Vol. 8, The Far East, p. 631; "General of the Army Douglas MacArthur to the Secretary of State," undated, in *FRUS*, *1946*, Vol. 8, The Far East, p. 640；余伟民、周娜：《1945～1948 年朝鲜半岛南部地区的政治变动》，第 106～107 页。

② 〔美〕孔华润：《苏联强权时期的美国，1945～1991》，王琛译，《剑桥美国对外关系史》第 4 卷，第 247～251 页。

的问题上出现严重分歧。苏方主张协商对象严格限于莫斯科协议的支持者，美方则认为一切政治团体皆可参与协商。经过一段时间的争执，苏联代表团做出让步：以往反对托管的政党和组织只要宣布将来会支持莫斯科决议并公开斥责误导他们的领导人，便可参与协商，但这些领导人仍无权进入未来的朝鲜临时政府。美国代表团拒绝接受以上提议，理由是这样做无异于党派清洗，有违政治活动民主化的原则。反过来，美方建议暂缓讨论参与协商的政治团体名单，转而研究取消三八线的问题。苏方同样不以为然。5月6日，会议宣布无限期休会。①

一个月后，为了赢得朝鲜人民对美国政策的支持，使自身在未来与苏联进一步协商朝鲜问题时能够处于更有利的地位，美国国务院制定了新的对朝政策。主要内容如下：一、允许更多的南朝鲜人参与各级政府的管理工作；二、选举产生新的朝鲜顾问立法机关，由其制定供美国军政府审议的政治、经济和社会改革方案；三、在南部朝鲜实行广泛的、建设性的经济和教育改革。另外，国务院还特别提及，在执行前两项政策时要

① “The Political Adviser in Korea (Langdon) to the Secretary of State,” April 10, 1946, in *FRUS, 1946*, Vol. 8, The Far East, p. 658; “The Secretary of State to Certain Diplomatic Officers,” April 11, 1946, in *FRUS, 1946*, Vol. 8, The Far East, p. 659; “The Acting Secretary of State to Certain Diplomatic Officers,” April 25, 1946, in *FRUS, 1946*, Vol. 8, The Far East, pp. 661 - 662; “Lieutenant General John R. Hodge to the Secretary of State,” undated, in *FRUS, 1946*, Vol. 8, The Far East, pp. 665 - 667; “Lieutenant General John R. Hodge to the Secretary of State,” October 18, 1946, in *FRUS*, 1946, Vol. 8, The Far East, p. 749; 赵虎吉：《揭开韩国神秘的面纱——现代化与权威主义：韩国现代政治发展研究》，第45页。

尽量确保所有重要政治团体的参与。① 然而，由于从华盛顿到汉城的美国官员普遍持有反苏反共观点以及美国经济资源有限等原因，这些改良主张并未达到预期目的。最终，美国军政府管理人员"朝鲜化"的结果仍是右翼分子和前亲日派掌权，"左右合作委员会"在强硬左、右翼力量的反对下昙花一现，南部朝鲜临时议会依旧由右翼把持，当地的经济状况一时间也并未出现明显改观。②

与此同时，霍奇等人却在不断加强对左翼的攻势。早在第一次美苏联合委员会会议召开前后，美国军政府政治顾问威廉·兰登就屡次向华盛顿发出警告，声称南方左翼政党正在与北方共产党中央人民政府建立更紧密的联盟，并效仿苏联的宣传路线日益激烈地批评美国。③ 在华盛顿，以杜鲁门为首的美国官员也同样认为，朝鲜半岛是美苏意识形态斗争的战场，能否

① "Memorandum by the Assistant Secretary of State for Occupied Areas (Hilldring) to the Operations Decision, War Department," June 6, 1946, in *FRUS*, *1946*, Vol. 8, The Far East, pp. 692－699.

② Chan-pyo Park, "The American Military Government and the Framework for Democracy in South Korea," pp. 135, 137; "The Political Adviser in Korea (Langdon) to the Secretary of State," August 2, 1946, in *FRUS*, *1946*, Vol. 8, The Far East, pp. 722－723; "The Political Adviser in Korea (Langdon) to the Secretary of State," August 24, 1946, in *FRUS*, *1946*, Vol. 8, The Far East, pp. 729－731; "The Economic Adviser in Korea (Bunce) to the Secretary of State," December 27, 1946, in *FRUS*, *1946*, Vol. 8, The Far East, pp. 783～784; 曹中屏、张琏瑰：《当代韩国史（1945～2000）》，第35～36页。

③ "The Political Adviser in Korea (Langdon) to the Secretary of State," March 19, 1946, in *FRUS*, *1946*, Vol. 8, The Far East, p. 649; "The Political Adviser in Korea (Langdon) to the Secretary of State," April 10, 1946, in *FRUS*, *1946*, Vol. 8, The Far East, p. 658.

取得这场斗争的胜利关乎美国亚洲政策的成败。[①] 于是，出于阻止苏联吞并整个朝鲜半岛的考虑，南部朝鲜军警系统以“反对军政府”和“违反军政府法律法规”为由加强了对共产党等左翼力量的镇压。[②] 1946 年 5 月 3 日，美国军政府搜查到日殖末期近泽印刷所（解放后改名为“精版社”）印刷的“朝鲜银行券”，趁机诬指朝鲜共产党伪造假币，并以此为由查封了精版社大楼，宣布朝鲜共产党机关报《解放日报》无限期停刊。[③] 这就是著名的“精版社伪币事件”。9 月 6 日，美国军政当局命令《朝鲜人民报》、《现代日报》和《中央新闻》等左派报纸停刊，继而又签发了对多位强硬左派核心人物的逮捕令，左翼生存和活动的空间变得越来越狭小了。[④]

面对美国军政府的镇压，共产党决定放弃以往不与霍奇发生正面冲突的温和路线，转而与广大民众联合起来，领导他们举行罢工甚至发动武装起义。[⑤] 9 月 23 日，釜山 7000 名铁路工人罢工。翌日，朝鲜共产党建立总罢工斗争委员会，领导南部全境举行总罢

① “Ambassador Edwin W. Pauley to President Truman,” June 22, 1946, in *FRUS, 1946*, Vol. 8, The Far East, p. 706; “President Truman to Ambassador Edwin W. Pauley at Paris,” July 16, 1946, in *FRUS*, *1946*, Vol. 8, The Far East, p. 713.

② “The Political Adviser in Korea (Langdon) to the Secretary of State,” April 30, 1946, in *FRUS*, *1946*, Vol. 8, The Far East, pp. 662 – 663.

③ “The Political Adviser in Korea (Langdon) to the Secretary of State,” June 16, 1946, in *FRUS*, *1946*, Vol. 8, The Far East, p. 705; 曹中屏、张琏瑰：《当代韩国史（1945 ~ 2000）》，第 35 ~ 36 页。

④ 赵虎吉：《揭开韩国神秘的面纱——现代化与权威主义：韩国现代政治发展研究》，第 46 页。

⑤ Bong-jin Kim, “Paramilitary Politics under the USAMGIK and the Republic of Korea,” p. 302.

工。几天后，美国军政府派出大量警察和右翼准军事青年组织镇压罢工。[①] 斗争持续至10月中旬，死伤上千人。此后，共产党的活动转入地下。表面看来，“十月抗争”反对的是美国军政府；而实际上，由于美国军政府的军警力量主要由极右分子组成，镇压总罢工的恰恰就是这些人，因此这场斗争的实质是左翼领导的民众与隶属军政府的右翼分子之间的较量，它标志着左右翼之间的斗争形式已经由互相排斥和口头指责升级为武装冲突。[②]

1947 年 2 月 25 日，美国一个特别部际委员会提交了一份对朝鲜政策报告，最终获得国务卿和国防部长批准。报告认为，为了表明阻止苏联控制整个朝鲜半岛的决心，以便在未来与苏联协商时处于更有利的地位，美国应从 1948 年财政年度起在朝鲜南部发起一个总拨款额为 6 亿美元的三年经济发展计划，并向南部朝鲜派出负责提出经济重建和教育改革建议的高级经济和教育代表团。同时，还可以考虑与苏联进行政府层面的接触，争取重新召开美苏联合委员会会议。如果以上方式仍无法打破僵局，那么美国就将朝鲜问题提交联合国。[③] 虽然随后出台的“杜鲁门主义”为以上政策设想提供了理论依据，但 1946 年美

① 曹中屏、张琏瑰：《当代韩国史（1945～2000）》，第 59 页；Bong-jin Kim, “Paramilitary Politics under the USAMGIK and the Republic of Korea,” pp. 302－304.

② 负责调查“十月抗争”原因的朝美联合委员会认为，“十月骚乱”的主要根源在于对美国军政府中警察和前亲日派的仇视。参见“The Political Adviser in Korea (Langdon) to the Secretary of State,” undated, in *FRUS, 1946*, Vol. 8, The Far East, p. 774。

③ “Memorandum by the Special Inter-Departmental Committee on Korea,” February 25, 1947, in *FRUS, 1947*, Vol. 6, The Far East, Washington: United States Government Printing Office, 1972, pp. 608－618.

国共和党在国会中期选举中大获全胜的时局以及援助希、土的负担仍使对南部朝鲜的援助计划难以实施。此外，按照特别部际委员会的建议，4 月初美国国务卿乔治·马歇尔开始与苏联协商重新召开美苏联合委员会会议的问题。[①] 5 月 21 日，美苏召开第二次联合委员会会议。消息传开后，李承晚和金九等反苏反托管分子十分恐慌，指责霍奇是共产党或亲共分子，意欲通过美苏联合委员会将他们出卖给共产党。在这些右翼分子看来，“联合委员会”、“共产主义”与“托管”是同义词。为了破坏美苏合作，加速美国军政府在南部朝鲜建立分立政府的步伐，他们诉诸大规模政治示威游行和恐怖暴力活动。[②] 此外，在美苏联合委员会会

① “The Secretary of State to the Acting Secretary of State,” April 2, 1947, in *FRUS*, *1947*, Vol. 6, The Far East, pp. 623 – 625; “The Soviet Minister for Foreign Affairs (Molotov) to the Secretary of State, at Moscow,” April 19, 1947, in *FRUS*, *1947*, Vol. 6, The Far East, pp. 632 – 635; “The Secretary of State to the Embassy in the Soviet Union,” April 30, 1947, in *FRUS*, *1947*, Vol. 6, The Far East, pp. 638 – 639; “The Soviet Minister for Foreign Affairs (Molotov) to the Secretary of State,” undated, in *FRUS*, *1947*, Vol. 6, The Far East, pp. 640 – 642; “The Secretary of State to the Embassy in the Soviet Union,” May 12, 1947, in *FRUS*, *1947*, Vol. 6, The Far East, p. 643; “The Charge in the Soviet Union (Durbrow) to the Secretary of State,” May 17, 1947, in *FRUS*, *1947*, Vol. 6, The Far East, pp. 643 – 644.

② “Dr. Syngman Rhee to President Truman,” March 13, 1947, in *FRUS*, *1947*, Vol. 6, The Far East, p. 620; “The Political Adviser in Korea (Langdon) to the Secretary of State,” May 18, 1947, in *FRUS*, *1947*, Vol. 6, The Far East, p. 645; “The Political Adviser in Korea (Langdon) to the Secretary of State,” May 21, 1947, in *FRUS*, *1947*, Vol. 6, The Far East, pp. 646 – 647; “Lieutenant General John R. Hodge to the General of the Army Douglas MacArthur, at Tokyo,” June 2, 1947, in *FRUS*, *1947*, Vol. 6, The Far East, p. 661; “The General of the Army Douglas MacArthur to the Secretary of State,” July 9, 1947, in *FRUS*, *1947*, Vol. 6, The Far East, p. 696.

议召开期间，驻朝美国官员仍旧认为苏联的目标是控制整个朝鲜半岛，将其变成“卫星国”。8 月 7 日，美国军政府政治顾问约瑟夫·雅各布（Joseph E. Jacobs）向华盛顿报告说，苏联训练的北朝鲜青年正在向南部朝鲜军警队伍中渗透。统一的朝鲜临时政府建立后，美苏军队将会撤离朝鲜半岛。到那时，当地共产党集团势必控制大部分政府要害部门，伺机夺权。果真如此，朝鲜就会成为苏联的卫星国。[①] 南部朝鲜右翼势力的反对、美国占领当局的冷战思维以及美苏之间在参与协商的朝鲜政治组织问题上的固有分歧使第二次美苏联合委员会会议取得成效的几率微乎其微。

第二次美苏联合委员会会议召开不久，苏方便明确表示拒绝与曾经反对托管的政党和组织进行协商，美方对此不以为然，双方争执不下。[②] 各种迹象表明，及至 6 月底，特别是 7 月上旬，美苏联合委员会会议再度陷入僵局。[③] 与此同时，霍奇对朝

① “The Political Adviser in Korea（Jacobs）to the Secretary of State,” August 7, 1947, in *FRUS*, *1947*, Vol. 6, The Far East, pp. 745 - 746.

② “The Political Adviser in Korea（Langdon）to the Secretary of State,” May 30, 1947, in *FRUS*, *1947*, Vol. 6, The Far East, pp. 656 - 657.

③ “The Political Adviser in Korea（Jacobs）to the Secretary of State,” June 28, 1947, in *FRUS*, *1947*, Vol. 6, The Far East, pp. 680 - 682; “The Secretary of State to the Political Adviser in Korea（Jacobs）,” July 2, 1947, in *FRUS*, *1947*, Vol. 6, The Far East, p. 682; “The Political Adviser in Korea（Jacobs）to the Secretary of State,” July 3, 1947, in *FRUS*, *1947*, Vol. 6, The Far East, pp. 687 - 688; “The Political Adviser in Korea（Jacobs）to the Secretary of State,” July 4, 1947, in *FRUS*, *1947*, Vol. 6, The Far East, pp. 688 - 689; “The Political Adviser in Korea（Jacobs）to the Secretary of State,” July 8, 1947, in *FRUS*, *1947*, Vol. 6, The Far East, pp. 693 - 695; “Lieutenant General John R. Hodge to the Secretary of State,” July 10, 1947, in *FRUS*, *1947*, Vol. 6, The Far East, pp. 697 - 700; “Report to the President on China-Korea, September 1947, Submitted by Lieutenant General A. C. Wedemeyer,” in *FRUS*, *1947*, Vol. 6, The Far East, p. 798.

鲜半岛的形势做出了如下判断：在美苏联合委员会休会的一年间，苏联费尽心机地试图在南部朝鲜扶植一支更加强大的“共产国际第五纵队”，并加强对朝鲜北部的控制。左翼力量的上升使美式民主面对的外部环境越来越不利，联合委员会美方代表的任务也越来越艰巨。朝鲜的局势已进入美苏分区占领以来最危险的时期。①雅各布甚至认为，苏联已经在北部朝鲜建立了一个共产党国家。除非由共产党主导朝鲜统一进程，统一后的朝鲜成为苏联的卫星国，否则苏联不会与美国达成统一朝鲜半岛的协议。鉴于美苏联合委员会会议正在走向死胡同，美国必须对朝鲜政策做出重大调整。② 于是，杜鲁门政府开始酝酿改变在朝鲜问题上的立场。③

8 月 4 日，美国部际协调委员会（State-War-Navy Coordinating Committee，SWNCC）制定了第 176/30 号文件。文件认为，美国此时不能撤出朝鲜，否则共产党必将统治整个朝鲜半岛。共产党在朝鲜进行的政治压制会严重损害美国在远东乃至全球的信誉，使依赖美国抵制共产党压力的小国失望。同时，美国又必须在尽可能阻止苏联统治朝鲜的前提下努力消除或减少在朝鲜的人力与财力投入。如果至 8 月 7 日联合委员会会议所确定的

---

① “General of the Army Douglas MacArthur to the Secretary of State，” July 2，1947，in *FRUS*，*1947*，Vol. 6，The Far East，pp. 682 – 684.

② “The Political Adviser in Korea（Jacobs）to the Secretary of State，” July 7，1947，in *FRUS*，*1947*，Vol. 6，The Far East，pp. 690 – 691；“The Political Adviser in Korea（Jacobs）to the Secretary of State，” July 16，1947，in *FRUS*，*1947*，Vol. 6，The Far East，p. 706；“The Political Adviser in Korea（Jacobs）to the Secretary of State，” July 21，1947，in *FRUS*，*1947*，Vol. 6，The Far East，p. 710.

③ “The Secretary of State to the Political Adviser in Korea（Jacobs），” July 25，1947，in *FRUS*，*1947*，Vol. 6，The Far East，p. 734.

议程仍未取得进展，美国应放弃双边讨论，将朝鲜问题交由美、苏、英、中四国联合解决。若四国依旧不能就此达成协议，则应求助于联合国。考虑到联合国方案失败的可能性，单独赋予南部朝鲜独立地位也是政策选择之一。[①] 这是美国第一次在正式的对朝鲜政策文件中明确提出单独建立南部朝鲜分立政府的可能性。此举既反映出美苏在朝鲜托管问题上分歧的严重性，又是美国决策者以冷战思维看待朝鲜统一问题以及 1945 年 12 月以来驻朝军政府一直在实际行动中致力于建立南方分立政治实体的必然结果。

依据 SWNCC176/30 号文件，8 月 26 日，美国向苏联明确指出：苏联坚持要将反对托管的政党和组织排除在协商团体之外，这不但有违莫斯科协议的具体规定，而且背离了言论自由的民主原则。联合委员会会议的僵持状态充分表明美苏双边协商已无法取得进展，建议将朝鲜问题提交美、苏、英、中四国讨论。9 月初，苏联回应道：美苏联合委员会会议之所以难以取得进展，主要是因为美国不愿协助朝鲜建立真正的民主政府；美国单方面决定邀请英国和中国共同讨论朝鲜问题并确定了会议时间和地点，此举令人感到遗憾；美苏联合委员会仍有可能达成协议，且莫斯科决议也没有规定要由四国共同讨论朝鲜问题，因此苏联拒绝接受美国的建议。[②] 9 月 17 日，美国按原计划将朝

① "Report by the Ad Hoc Committee on Korea," August 4, 1947, in *FRUS*, *1947*, Vol. 6, The Far East, pp. 738 – 741.

② "The Acting Secretary of State to the Embassy in the Soviet Union," August 26, 1947, in *FRUS*, *1947*, Vol. 6, The Far East, pp. 771 – 774; "The Soviet Minister for Foreign Affairs (Molotov) to the Secretary of State," in *FRUS*, *1947*, Vol. 6, The Far East, pp. 779 – 781; James I. Matray, *The Reluctant Crusade*: *American Foreign Policy in Korea*, Honolulu: University of Hawaii Press, 1985, pp. 122 – 123.

鲜问题提交第二届联合国大会，23 日，朝鲜问题被纳入联大议事日程。[①] 11 月 14 日，联大决定建立专门负责监督朝鲜国会选举和组建政府的联合国朝鲜临时委员会。[②] 1948 年 2 月 26 日，鉴于北部朝鲜拒绝允许联合国朝鲜临时委员会入境，“小型联大”授权在南部朝鲜单独举行选举。[③]

面对国家即将分裂的局面，2 月 7 日，南部朝鲜的强硬左翼人士领导人民展开了广泛的救国斗争，矛头直指主张建立南部朝鲜分立政府的右翼。美国军政府十分惊慌，出动所有军警力量镇压反抗群众。暴力并没有扑灭人民心中愤怒的烈火。4 月 3 日，济州岛爆发大规模武装起义。非但如此，在南部单独选举问题上，右派内部也产生了严重分歧。金九和金奎植（Kimm Kiusic）等民族主义者坚决反对南部单独选举，力主通过选举在

① “The Acting Secretary of State to the Embassy in the Soviet Union,” September 16, 1947, in *FRUS, 1947*, Vol. 6, The Far East, p. 790; “Editorial Note,” in *FRUS, 1947*, Vol. 6, The Far East, p. 792; “The United States Representative at the United Nations (Austin) to the Secretary General of the United Nations (Lie),” in *FRUS, 1947*, Vol. 6, The Far East, pp. 832 – 835.

② “Resolution Adopted by the United Nations General Assembly on November 14 at Its 112th Plenary Meeting,” in *FRUS, 1947*, Vol. 6, The Far East, pp. 857 – 859.

③ “The Political Adviser in Korea (Jacobs) to the Secretary of State,” February 2, 1948, in *FRUS, 1948*, Vol. 6, The Far East and Australasia, Washington: United States Government Printing Office, 1974, p. 1089; “The Political Adviser in Korea (Jacobs) to the Secretary of State,” February 6, 1948, in *FRUS, 1948*, Vol. 6, The Far East and Australasia, pp. 1094 – 1095; “The United States Representative at the United Nations (Austin) to the Secretary of State,” February 24, 1948, in *FRUS, 1948*, Vol. 6, The Far East and Australasia, pp. 1128 – 1129.

整个朝鲜半岛建立统一的中央政府。[①] 然而，这一切均未能阻止美国军政府和当地右翼分子分裂朝鲜半岛的脚步。5 月 10 日，在警察和右翼准军事青年组织的威逼、恐吓和镇压下，南部朝鲜单独举行了国会选举。[②] 8 月 15 日，"大韩民国政府"正式成立。早在人们预料之中的是，右翼力量充斥其中。韩国建立以后，意识形态分歧和现实权力斗争使左右翼之间的矛盾愈演愈烈。与以往不同的是，这时右翼分子以"正统"国家统治者的身份走到了镇压左翼力量的前台，美国则隐居其后。

在西欧早期资本主义的发展历程中，经济上的中产阶级和政治上的温和力量极大地推动了当地民主制度的建立和发展。韩国的情况则不同。早在日殖时期，围绕"反日"和"亲日"问题，朝鲜人就已分化为极端对立的两派势力，二者互不信任甚至彼此仇恨。在行动上，"反日派"经常以暗杀和起义等方式

---

① "The Political Adviser in Korea (Jacobs) to the Secretary of State," February 10, 1948, in *FRUS*, *1948*, Vol. 6, The Far East and Australasia, p. 1101; "The Political Adviser in Korea (Jacobs) to the Secretary of State," February 10, 1948, in *FRUS*, *1948*, Vol. 6, The Far East and Australasia, pp. 1102 - 1103; "The Acting Political Adviser in Korea (Langdon) to the Secretary of State," February 19, 1948, in *FRUS*, *1948*, Vol. 6, The Far East and Australasia, p. 1120; "The Acting Political Adviser in Korea (Langdon) to the Secretary of State," February 20, 1948, in *FRUS*, *1948*, Vol. 6, The Far East and Australasia, pp. 1121 - 1122; 曹中屏、张琏瑰：《当代韩国史（1945～2000）》，第 67～68 页；赵虎吉：《揭开韩国神秘的面纱——现代化与权威主义：韩国现代政治发展研究》，第 47～48 页；事实上，在南部朝鲜，只有朝鲜民主党和李承晚支持美国通过联合国建立南朝鲜分立政府的政策。参见 Tae-Gyun Park, "U. S. Policy Change toward South Korea in the 1940s and 1950s," p. 93。

② James I. Matray, *The Reluctant Crusade*: *American Foreign Policy in Korea*, *1941 - 1950*, p. 148.

袭击“亲日派”，“亲日派”则多次借助日殖当局的支持疯狂镇压“反日派”。光复后，在“托管”和南部单独建立分立政府等问题上的分歧成为朝鲜南部政治格局两极化新的催化剂。不同的是，此时支持朝鲜右翼分子的外部势力变成了美国。从这个意义上讲，1945 年以来南部朝鲜政治格局的极化既是日殖时期“反日派”和“亲日派”斗争的延续，又是美国以反共主义为主要目标的占领政策的产物。这种政治格局对于朝鲜政治发展最直接的影响之一便是阻碍了当地“市民社会”的形成。

2. “强国家—弱社会”态势的形成

这里的“社会”具体指政治学上的“市民社会”，即独立于国家控制之外的社会公共机构和团体。一般来讲，当市民社会足够强大时，为了获得和维护政权的合法性，国家就必须努力满足市民社会提出的合理的政治、经济和文化要求，民主也会由此产生并得以保持。就韩国而言，从李承晚到朴正熙时代，市民社会相对于国家来说都处于弱小状态，其根源可追溯到日殖时期总督府对朝鲜社会的严密监视和控制，甚至远至李氏王朝以儒教为核心价值体系的封建统治。不过，最直接地促进韩国“强国家—弱社会”态势形成的仍是美国军政府的占领政策。

美国军政府认为自己在南部朝鲜的首要任务是维持社会秩序，压制朝鲜人民的革命和变革热情，削弱左翼甚至右翼民族主义力量。① 由于人力和财力的不足、对当地情况缺乏了解以及“反革命”的“必要性”，美国军政当局急于在短期内建立起强

---

① 王海龙、王静：《论美军政与韩国亲日派的转型》，《当代韩国》2009 年冬季号，第 72 ~ 73 页。

有力的国家军警系统。

首先，美国军政当局着手改组朝鲜警察。日占时期，警察是日本维持殖民统治的重要工具。当时，朝鲜人心目中的警察是腐败、残忍和反动的象征，是他们憎恶的主要对象。光复之初，警察四散而逃，当地的社会秩序转由人民委员会维持。[①] 1945 年 10 月，为了镇压左翼力量并与人民委员会争夺维持社会治安的权力，美国军政府重新组建“国民警察”，选拔标准为有经验者优先。结果，在人员构成上，新建的警察机构中充斥着前殖民警力，解放前的 8000 名朝鲜警察中被留用者达 5000 人，其中许多人在第二次世界大战时曾参与对当地地下反抗组织的镇压。由于害怕左翼掌权后遭到报复，这些人不遗余力地削弱人民委员会的影响。[②] 在规模上，至 1948 年 6 月，朝鲜警察的数量已由日殖末期的 2 万人上升到 3.5 万人。[③] 在装备方面，美国军政府以美式武器、通信设备和交通工具武装警察，警察的机动能力、战斗力和信息交流手段大大强化，成为最有效的统治工具。以通信手段为例，至 1946 年中，朝鲜警察已拥有 39 个广播电台和 2270 万米电话线。[④] 在职能方面，国民警察的任务

---

① Adrian Buzo, *The Making of Modern Korea*, pp. 62 – 63.

② James I. Matray, *The Reluctant Crusade: American Foreign Policy in Korea, 1941 – 1950*, pp. 77 – 78；曹中屏、张琏瑰：《当代韩国史（1945～2000）》，第 33 页；王海龙、王静：《论美军政与韩国亲日派的转型》，第 73 页。

③ Chan-pyo Park, "The American Military Government and the Framework for Democracy in South Korea," p. 140.

④ 赵虎吉：《揭开韩国神秘的面纱——现代化与权威主义：韩国现代政治发展研究》，第 59 页；Bruce Cumings, *The Origins of the Korean War*, Vol. 1, Liberation and the Emergence of Separate Regimes, 1945 – 1947, Princeton: Princeton University Press, 1981, pp. 164, 166.

包括以间谍手段搜集政治情报、对人民尤其是左翼力量进行严密的思想控制、镇压人民反对美国军政府的行动。[①]

美国军政府统治期间，朝鲜警察的控制和镇压活动同样引起了当地民众的极大不满和仇恨。这种情绪在1946年的“十月抗争”中表现得最为明显。当时，愤怒的群众多次袭击警察司令部和分散在各个小城市里的警察局，民众与警察之间的暴力对抗断断续续，一直到11月上旬才慢慢平息。[②] 10月末，朝美联合委员会成立，目的是调查“十月抗争”的原因。结果表明，民众反抗的主要根源在于敌视军政府中的警察和前亲日派。[③] 基于这一判断，朝美联合委员会建议军政府解雇日殖时期的警察，撤销汉城警察长官和朝鲜国民警察署署长的职务，且不再将警察用于政治目的。随后，美国国务院向驻朝军政府派出了12名警官，以监督朝鲜警察的行为。经过实际调查，他们提出与朝美联合委员会同样的撤职建议。[④] 可是，霍奇拒绝对朝鲜高级警官做出任何人事变动，也不愿改变国民警察的内部构成。最终美国军政府只是以没有按“民主警察的行为准则”行事为由，象征性地解雇了56名警官的职务。这次警察改革的尝试

---

① Bruce Cumings, *The Origins of the Korean War*, Vol. 1, Liberation and the Emergence of Separate Regimes, 1945 – 1947, pp. 163 – 164.

② “The Political Adviser in Korea (Langdon) to the Secretary of State,” November 1, 1946, in *FRUS*, *1946*, Vol. 8, The Far East, p. 754; “The Political Adviser in Korea (Langdon) to the Secretary of State,” November 24, 1946, in *FRUS*, *1946*, Vol. 8, The Far East, p. 770.

③ “The Political Adviser in Korea (Langdon) to the Secretary of State,” undated, in *FRUS*, *1946*, Vol. 8, The Far East, p. 774.

④ Chan-pyo Park, “The American Military Government and the Framework for Democracy in South Korea,” pp. 135 – 136.

就这样结束了。[①]

其次，美国军政当局筹建了一支朝鲜军队。由于警察重组之初效率相当低下，同时也是出于对未来朝鲜国防建设的长远考虑，1945 年 10 月，军政府决定建立朝鲜军队。[②] 11 月 10 日，美国驻朝陆军司令部成立军官委员会，讨论朝鲜的国防计划。霍奇很快便批准了委员会提出的临时国防计划，决定建立总数为 5 万人的朝鲜海陆空三军（陆军和空军 4.5 万人，海军 5000 人）。[③] 12 月初，在未得到华盛顿同意的情况下，美国军政府便开办了军事语言学校，培养朝鲜军官的语言能力。[④] 虽然学校只培养了 110 名朝鲜军官，但这些大多出身于前日军的朝鲜人最终成了韩军的中坚力量。1948～1969 年间的韩国陆军参谋长都是该校的毕业生。[⑤] 为了不影响即将召开的莫斯科三国外长会议，美国部际协调委员会主张延期执行朝鲜国防军建设计划。作为双方妥协的结果，霍奇提出的组建 2.5 万“警备队”的计划获准。[⑥]

---

① Bruce Cumings, *The Origins of the Korean War*, Vol. 1, Liberation and the Emergence of Separate Regimes, 1945 - 1947, pp. 168 - 169; Chan-pyo Park, “The American Military Government and the Framework for Democracy in South Korea,” p. 136.

② Bruce Cumings, *The Origins of the Korean War*, Vol. 1, Liberation and the Emergence of Separate Regimes, 1945 - 1947, p. 169.

③ Peter Clemens, “Captain James Hausman, US Army Military Advisor to Korea, 1946 - 48: The Intelligent Man on the Spot,” p. 166.

④ 杨红梅：《试论 1945 年美国军政府在朝鲜半岛南部之措施》，第 188～189 页；王海龙、王静：《论美军政与韩国亲日派的转型》，第 74 页。

⑤ Peter Clemens, “Captain James Hausman, US Army Military Advisor to Korea, 1946 - 48: The Intelligent Man on the Spot,” p. 194.

⑥ 曹中屏、张琏瑰：《当代韩国史（1945～2000）》，第 33 页。

1946 年 1 月 14 日，美国军政府开始在汉城附近招募警备队成员。由于工作人员不足，政治审查并不彻底，除了相当一部分曾在日军中服役的老兵以外，一些具有左翼倾向的朝鲜人也被招募进来。[①] 随着警备队规模的不断扩大，军官需求量也在急剧增加，原来的军事语言学校被扩建成南部朝鲜警备士官学校。开始，由于警察不与警备队分享政治情报，所以警备士官学校的头四期学员中也存在一定数量的同情共产党的朝鲜人。[②]

警备队建立之初，美国军政府并未给予充分重视，仍然主要倚重警察。在经费、装备和美国军事顾问的分配上，警察远远优先于警备队。虽然警备队也经常参与对平民起义的镇压，但并没有警察所拥有的广泛的搜查权和逮捕权。[③] 究其原因，一方面固然是美国军政府的占领经费有限，没有能力均衡地发展警察和警备队；另一方面，更重要的是，在美国军政府看来，警察队伍被右翼分子垄断，“成分可靠”，而警备队政审不严，成员政治背景复杂。

1947 年 9 月，美国参谋长联席会议和国务院在对朝鲜政策方面得出了基本相似的结论。参谋长联席会议认为，从军事

---

① Peter Clemens, “Captain James Hausman, US Army Military Advisor to Korea, 1946 – 48: The Intelligent Man on the Spot,” pp. 167 – 168.

② 赵虎吉：《揭开韩国神秘的面纱——现代化与权威主义：韩国现代政治发展研究》，第 73 页；Allan R. Millett, “James H. Hausman and the Formation of the Korean Army, 1945 – 1950,” in *Armed Forces & Society*, Vol. 23, Issue 4 (Summer 1997). 来源于 EBSCO 数据库。

③ Peter Clemens, “Captain James Hausman, US Army Military Advisor to Korea, 1946 – 48: The Intelligent Man on the Spot,” pp. 178 – 181.

安全的角度看，美国在南部朝鲜保留驻军和军事基地的意义不大。当前美国的军事人员相当短缺，最好能将约4.5万人的驻朝美军转移他处使用。不过，仓促撤军又会削弱美国的威信，给美国与其他重要地区的合作带来负面影响。① 在国务院看来，即使花费巨额资金，付出大量努力，美国仍无法保持在朝鲜的地位，但又不能不顾忌匆忙撤退可能给美国在远东乃至整个世界的信誉和政治立场带来的严重损害。稳妥的办法是在将负面影响降至最低的情况下撤出朝鲜。② 1948年2月6日，美国远东陆军司令道格拉斯·麦克阿瑟（Douglas MacArthur）不失时机地向陆军部建议将朝鲜警备队扩充至5万人，并以驻朝美国陆军复员后留下的装备武装朝鲜警备队，确保其能够维持国内治安并对付北朝鲜的小规模"入侵"。用他的话说，这样做"可以使美国政府在不放弃韩国的前提下（安全）撤离"。3月10日，参谋长联席会议批准了这项建议。美国军政府开始全力招募、装备和训练警备队，并赋予其自治权。6月，美国陆军部以安全需要为由再次授权将警备队人数增加至6.5万人。③ 韩国建立后，以李承晚为代表的极右势力把持政权，韩国军队在一定程度上变成了镇压左翼反抗、维护右翼私利的暴力

① "Memorandum by the Secretary of Defense (Forrestal) to the Secretary of State," September 26 (29), *1947*, in *FRUS*, 1947, Vol. 6, The Far East, pp. 817－818.

② "Memorandum by the Director of the Office of Far Eastern Affairs (Butterworth) to the Under Secretary of State (Lovett)," October 1, 1947, in *FRUS*, *1947*, Vol. 6, The Far East, pp. 820－821.

③ Peter Clemens, "Captain James Hausman, US Army Military Advisor to Korea, 1946－48: The Intelligent Man on the Spot," pp. 184－188.

工具。

再次，美国军政当局利用并亲自建立朝鲜右翼准军事青年组织。朝鲜解放初期，由于意识形态和建国主张不同，左翼和右翼力量争相团结广大青年，建立各自的青年组织。1945 年 8 月 18 日，左翼成立了"朝鲜共产主义青年同盟"（简称"共青"）。12 月 11～13 日，除"共青"外的其他接受共产党领导的青年团体在汉城集会，决定组建"全国青年团体总同盟"。1946 年 4 月 25 日，为适应"青年运动大众化"的要求，"共青"改名为"朝鲜民主青年同盟"（简称"民青"）。[①] 相应的，1945 年 9 月 29 日，第一个右翼准军事青年组织"朝鲜国家建设青年同盟"成立。为了对抗全国青年团体总同盟，12 月 21 日，右翼又建立了"朝鲜独立联合会青年总同盟"，共由 43 个组织组成。[②]

在镇压"十月抗争"的过程中，美国军政府和国民警察积极地利用现有的右翼准军事青年组织。不仅如此，1946 年 10 月 9 日，出于对付左翼和镇压人民反抗的考虑，霍奇还出资约 33 万美元成立了由崇尚希特勒法西斯的右翼分子领导的"国家青年同盟"（Korean National Youth）。该组织在很大程度上具有"御用"的性质，享有美国提供的装备和指导，其成员普遍接受了反共思想的灌输，成为国民警察的得力助手。在美国顾问欧内斯特·沃斯（Ernest Voss）的帮助下，国家青

① 详见曹中屏、张琏瑰《当代韩国史（1945～2000）》，第 28～29 页。

② Bong-jin Kim, "Paramilitary Politics under the USAMGIK and the Republic of Korea," pp. 293－294.

年同盟迅速扩张，1947 年 3 月达到 3 万人，9 月进一步膨胀至 20 万人。[①] 作为美国军政府的附属组织，国家青年同盟完全服从霍奇的指示：起初拒绝支持李承晚的反托管运动，及至美国支持李承晚和朝鲜民主党建立南方分立政府时，又公开宣布拥护李承晚对南部朝鲜的政治领导，并在 1948 年 5 月 10 日的普选中伙同其他右翼准军事青年组织一起强迫人民参与投票，全力帮助右翼分子“当选”。[②] 另外，在南部朝鲜普选之前，美国军政府还下令建立了“近邻防务团”（Neighborhood Defense Corps），将其作为国民警察的辅助组织。[③] 这些右翼准军事青年组织日后成为李承晚政府的半官方打手。

除此之外，美国军政当局采取的一系列经济政策也直接或

① James I. Matray, *The Reluctant Crusade*: *American Foreign Policy in Korea*, *1941 - 1950*, pp. 77 - 78; Bruce Cumings, *The Origins of the Korean War*, Vol. 2, The Roaring of the Cataract, 1947 - 1950, Princeton: Princeton University Press, 1990, p. 197. 事实上，美国军政府对右翼准军事青年组织的支持采取的是“先斩后奏”的策略。1946 年 10 月 28 日，霍奇才向麦克阿瑟提议建立右翼青年军，以辅助占领军、警察和警备队。美国国务院负责远东事务的官员认为此举“根本不合适”。11 月 1 日，麦克阿瑟明确表示拒绝批准霍奇的提议。参见“General of the Army Douglas MacArthur to the Chief of Staff (Eisenhower),” October 28, 1946, in *FRUS*, *1946*, Vol. 8, The Far East, pp. 750 - 751; “Memorandum by the Director of the Office of Far Eastern Affairs (Vincent) to the Secretary of State,” October 29, 1946, in *FRUS*, *1946*, Vol. 8, The Far East, pp. 751 - 752; “General of the Army Douglas MacArthur to the War Department,” November 1, 1946, in *FRUS*, *1946*, Vol. 8, The Far East, p. 753。

② Bong-jin Kim, “Paramilitary Politics under the USAMGIK and the Republic of Korea,” pp. 307 - 309.

③ Bong-jin Kim, “Paramilitary Politics under the USAMGIK and the Republic of Korea,” p. 316.

间接地促进了韩国强国家—弱社会态势的形成。1945 年 9 月 25 日和 12 月 6 日，美国军政府先后颁布了《军政法令第 2 号》和《军政法令第 33 号》，宣布接收、管理日本在朝鲜的财产。此举最主要的目的在于从当地工人、人民委员会和其他人手中夺回日产，防止朝鲜南部共产化。日产中最重要的是土地和工业企业。1945 年 11 月 12 日，美国军政府成立了新韩公社，负责经营和管理原日占土地。在此后的两年多里，新韩公社几乎按与过去日本地主相同的条件将土地租给当地农民，从中获取大量利润。这些收入成为美国军政府占领费用的重要来源。1946 年初，朝鲜北部推行土地改革，将前日占土地、不在地主和朝奸的土地以及普通地主超过 5 公顷以外的那部分土地没收，全部无偿分配给无地和少地的农民。于是，美国军政府也着手进行土地改革，公布《南朝鲜过渡政府法令第 173 号》，解散新韩公社，成立中央土地局（或称中央土地行政处），负责向农民有偿分配前日占土地。[①] 土地改革最直接的影响是削弱了地主的实力，使相当一部分雇农和半雇农获得了土地，继而在一定程度上瓦解了当时正在蓬勃兴起的农民运动。

① 董向荣：《美国对韩国政治经济发展的影响（1945～1963）》，北京大学博士学位论文，2003，第 32 页；曹中屏、张琏瑰：《当代韩国史（1945～2000）》，第 57 页；董正华、赵自勇、庄礼伟、牛可：《透视“东亚奇迹”》，学林出版社，1999，第 41 页；〔韩〕姜万吉：《韩国现代史》，陈文寿、金英姬、金学贤译，社会科学文献出版社，1997，第 285 页；李柱锡：《韩国经济开发论》，上海财经大学出版社，1996，第 45～46 页；Anne O. Krueger, *The Developmental Role of the Foreign Sector and Aid*, Massachusetts: Harvard University Press, 1982, p. 20.

1947年3月，美国军政府开始拍卖部分归属财产，主要限于小企业、矿山和银行等，大企业留待李承晚政权上台后拍卖。在这次拍卖活动中，受益最多的是新兴商人和商业资本家，此外还有少数股东、租赁人和管理者，参加自治运动的工人阶级被排斥在外。[①] 此次拍卖极大地改变了南部朝鲜企业的经营形态，促进了垄断资本主义的形成。据统计，1984年韩国前50位的大财团中有31家在美国军政府时期就已存在，它们的发展均与军政当局对归属财产的处理有关。在韩国十大财阀中，除大宇外，其余9家都是利用当时的环境成长为大企业的。[②] 1948年9月11日，李承晚政权与美国签订了《韩美财政及财产协定》，由此获得了对剩余归属财产的处理权。李承晚政权处理归属财产的方式是重要的自然资源和大企业收归国有，余下的通过优先权赋予制和指名竞买制出售。结果，获得这些财产的人大部分是李承晚的支持者。[③] 由于拍卖价格较低，加之连年的通货膨胀，购买归属财产者实际支付的购买金远远低于所购企业的实际价值。后来，这些企业中有一部分发展成为垄断企业，并向李承晚提供了大量的政治资金。

在西欧，市民社会形成的背景是反对传统社会旧有统治的

① 〔韩〕姜万吉：《韩国现代史》，第292页；董向荣：《美国对韩国政治经济发展的影响（1945～1963）》，第40页；Hyesook Lee, "State Formation and Civil Society under American Occupation: The Case of South Korea," pp. 27–28.

② 曹中屏、张琏瑰：《当代韩国史（1945～2000）》，第83页。

③ 〔韩〕姜万吉：《韩国现代史》，第292页；Donald Stone Macdonald, *U.S.–Korean Relations from Liberation to Self-Reliance: The Twenty-Year Record*, p. 237.

新兴资产阶级纷纷建立要求民主、自由和平等的自治组织，渐渐汇聚成一支独立于国家之外的政治力量。日殖时期尤其是20世纪30年代日本侵华战争打响后，日本确实在朝鲜培养了一批掌握一定资本和管理知识的资产阶级。但直至1945年，朝鲜工业资本的绝大部分仍归日本人所有，高级管理职务也基本上由日本人担当。[①] 因此，战后初期朝鲜南部市民社会的主体不是当时还相当软弱的资产阶级，而是工人和农民阶级。[②] 那时，在左翼的指导下，朝鲜的工人和农民运动日趋政治化。其中，工人在护厂运动的过程中按部门组成16个行业工会。1945年11月5~6日，各行业工会代表在汉城集会，建立了“朝鲜劳动组合全国评议会”（简称“全评”）。同时，农民组合也在不断增加。12月8~10日，以239个农民组合为基础，各地农民代表在汉城成立了“全国农民组合总联盟”（简称“全农”）。[③] 这些工农自治组织纷纷提出自己的政治经济主张，如工人自治管理、减租减息和无偿分配土地等。美国军政府对此采取了两手策略：一方面利用军警力量和右翼准军事青年组织严厉镇压工农反抗运动；另一方面通过接管和拍卖归属财产，拒绝工人自治管理，

① Jonghoe Yang, "Colonial Legacy and Modern Economic Growth in Korea: A Critical Examination of Their Relationships," *Development and Society*, Vol. 33, No. 1 (June 2004), p. 17; Jung-en Woo, *Race to the Swift: State and Finance in Korean Industrialization*, New York: Columbia University Press, 1991, p. 41.

② 近代韩国市民团体起源于20世纪初，当时出现了由民众自愿结成的组织，如十字会（1905年）和兴士团（1913年）等。此后至韩国建立为市民社会的萌芽期。参见卢恒《韩国现代化进程中公民社会的发展》，《当代亚太》2005年第9期，第57页。

③ 曹中屏、张琏瑰：《当代韩国史（1945~2000）》，第29页。

有限地满足农民对土地的要求并借机加强资产阶级力量。从这个角度讲，美国在很大程度上促进了韩国“强国家—弱社会”态势的形成。

3. 意识形态灌输与民主制度移植

日殖时期，朝鲜人毫无人权可言，随时可能不经审判就被投入监狱，没有言论自由，甚至不能讲本民族的语言。[①] 占领朝鲜之初，美国明确提出了促进民主思想传播和建立完全代表人民意愿的国民政府的政策目标，而实际上却很少依此行事。[②] 1946～1947 年，华盛顿的决策者们逐渐将朝鲜半岛视为美苏冷战意识形态斗争的主战场。他们认为，苏式民主的主要标志是大众福利，美式民主的主要标志是言论自由。在朝鲜，美国一定要以民主竞争机制击败日益强大的共产主义制度。[③] 为此，杜鲁门政府指示占领当局发起一个宣传教育计划，向朝鲜人民兜

① Kenneth B. Lee, *Korea and East Asia*: *The Story of a Phoenix*, London: PRAEGER Publishers, 1997, p. 179.

② "Memorandum by the Assistant Secretary of State for Occupied Areas (Hilldring) to the Operations Division, War Department," June 6, 1946, in *FRUS*, *1946*, Vol. 8, The Far East, p. 693; "Memorandum by the Special Inter-Departmental Committee on Korea," February 25, 1947, in *FRUS*, *1947*, Vol. 6, The Far East, p. 610; John Kie-Chiang Oh, "Role of the United States in South Korea's Democratization," *Pacific Affairs*, Vol. 42, No. 2 (Summer 1969), p. 164; George M. McCune, "Post-War Government and Politics of Korea," *The Journal of Politics*, Vol. 9, No. 4 (November 1947), pp. 612－616.

③ "Ambassador Edwin W. Pauley to President Truman," June 22, 1946, in *FRUS*, *1946*, Vol. 8, The Far East, pp. 706－707; "President Truman to Ambassador Edwin W. Pauley at Paris," July 16, 1946, in *FRUS*, *1946*, Vol. 8, The Far East, p. 713.

售美式民主。[①] 1947 年 6 月，美国陆军第二十四军司令部“民事新闻办公室”（Office of Civil Information）成立，与原有的美国军政府“公共新闻部”（Department of Public Information）一起针对即将到来的国会选举进行意识形态宣传。1947 年 11 月中旬到 1948 年 5 月，民事新闻办公室陆续发出选举权规定、选民登记、投票程序以及土改计划等通知，出版了《世界新闻》、《农民周报》和《文化与习俗》等报纸期刊，并通过发放传单、小册子和海报等形式向当地人民鼓吹美式民主的优越性。在这些活动中，最引人注目的是成人教育计划，它定期向近 100 万朝鲜人灌输美国的思想和价值观念，民事新闻办公室火车专列巡游南方各省时还组织约 300 万当地人观看了有关选举的电影和新闻短片。[②]

1947 年 6 月，为了确保在普选中取胜，右翼分子操纵临时立法会议通过了有利于自己的选举法。联合国朝鲜临时委员会对此表示反对，要求重新制定公平的选举法。美国占领当局不顾右翼势力的抵制，几乎全部接受了联合国朝鲜临时委员会的要求，包括将选民最低年龄由 23 岁降至 21 岁、废除文化测试和北方难民特别选区以

① “Memorandum by the Assistant Secretary of State for Occupied Areas (Hilldring) to the Operations Division, War Department,” June 6, 1946, in *FRUS*, *1946*, Vol. 8, The Far East, p. 693; “President Truman to Ambassador Edwin W. Pauley at Paris,” July 16, 1946, in *FRUS*, *1946*, Vol. 8, The Far East, p. 713; “Memorandum by the Special Inter-Departmental Committee on Korea,” February 25, 1947, in *FRUS*, *1947*, Vol. 6, The Far East, pp. 617 - 618.

② Charles K. Armstrong, “The Cultural Cold War in Korea, 1945 - 1950,” *The Journal of Asian Studies*, Vol. 62, No. 1 (February 2003), pp. 78, 80; Chan-Pyo Park, “The American Military Government and the Framework for Democracy in South Korea,” pp. 142 - 143, 149; 董向荣：《美国对韩国政治经济发展的影响（1945 ~ 1963）》，第 26 页。

及建立更为中立的选举委员会等。根据联合国朝鲜临时委员会的建议，1948年3月至5月间，军政府还废除了搜查令制度和六部违反人权的日本法律，签署了“朝鲜人民权利宣言”，赋予当地公众以集会、结社、出版、言论、宗教信仰和男女平等等十一项基本权利，并相应地引入了其他一些带有民主性质的司法制度。①

1948年2月，美国推动联合国通过了在南部朝鲜单独选举的决议。这时杜鲁门政府在朝鲜的政治目标是建立一个由非共产党政治力量（具体指右翼）主导的国家，使其获得联合国的承认，确立在国际社会和朝鲜人民心目中的法统地位，进而在与苏联的意识形态竞争中取胜。为此，美国双管齐下：一方面向朝鲜人民进行系统的美式民主制度的宣传，引入一系列带有民主性质的制度；另一方面允许朝鲜国民警察审查朝鲜人写给联合国朝鲜临时委员会的信件，在向临时委员会汇报选举准备情况时隐瞒事实真相，怀疑甚至指责要求改革朝鲜国民警察和右翼准军事青年组织的委员会成员为共产党或左翼。② 这些举动

① Leon Gordenker, “The United Nations, the United States Occupation and the 1948 Election in Korea,” *Political Science Quarterly*, Vol. 73, No. 3 (September 1958), pp. 439 - 441; Chan-pyo Park, “The American Military Government and the Framework for Democracy in South Korea,” pp. 142 - 143; John Kie-Chiang Oh, *Korea Politics: The Quest for Democratization and Economic Development*, pp. 27 - 28.

② Bruce Cumings, *The Origins of the Korean War*, Vol. 2, The Roaring of the Cataract, 1947 - 1950, pp. 75 - 76; “Lieutenant General John R. Hodge to the Secretary of State,” March 17, 1948, in *FRUS*, *1948*, Vol. 6, The Far East and Australasia, pp. 1155 - 1156; “The Political Adviser in Korea (Jacobs) to the Secretary of State,” May 13, 1948, in *FRUS*, *1948*, Vol. 6, The Far East and Australasia, pp. 1197 - 1198; “Lieutenant General John R. Hodge to the Secretary of State,” June 20, 1948, in *FRUS*, *1948*, Vol. 6, The Far East and Australasia, pp. 1220 - 1221.

均发生在朝鲜普选前近一年的时间里，说明美国的主要目的是为了诱迫朝鲜人民参与普选，以便给南部朝鲜的单独选举披上自由平等的外衣。更有甚者，对于右翼分子在普选中的舞弊行为，美国非但不加约束，反而允许军政府支持的右翼准军事青年组织参与其中。结果，只得到朝鲜民主党、国民警察和右翼准军事青年组织支持的李承晚掌权。[①] 不久，联合国朝鲜临时委员会发表声明，声称朝鲜普选过程中存在相当程度的自由气氛，人民的言论、新闻和集会权利得到了尊重，选举结果是选民自由意志的表达。[②] 至此，美国终于在南部朝鲜建立起了一个由右翼势力掌控的反共堡垒。在这期间，朝鲜人民不但没有得到向往已久的民主和自由，反而要被迫接受一个由外部催生而成的独裁政权。

1948 年 7 月 17 日，《大韩民国宪法》正式颁布。关于美国对韩国宪法的影响，学界众说纷纭。有的学者认为，虽然韩国宪法是由一小部分朝鲜人制定的，但美国的影响相当明显。[③] 另外一些学者则认为，美国对韩国宪法的影响不大，韩国制宪委员会并未积极听取美国专家的建议。[④] 仔细考察韩国宪法的内容，可以发现美国的影响确实存在，但并不明显。1948 年初，

---

① Bong-jin Kim, "Paramilitary Politics under the USAMGIK and the Republic of Korea," p. 319.

② 董向荣：《美国对韩国政治经济发展的影响（1945～1963）》，第 27 页。

③ John Kie-Chiang Oh, *Korea Politics: The Quest for Democratization and Economic Development*, p. 28.

④ Hakjoon Kim, *Korea's Relations with Her Neighbors in a Changing World*, pp. 139－140; Donald Stone Macdonald, *U. S.-Korean Relations from Liberation to Self-Reliance: The Twenty-Year Record*, pp. 149－150.

美国军政府曾为南部朝鲜起草过一个宪法草案。但6月初朝鲜制宪会议决定成立以朝鲜大学政法学院院长、民主党总务、法理学专家徐相日（Yu Chin-O）为首的制宪委员会，独立制定宪法。[①] 在第一个宪法草案中，徐相日主张建立内阁制政府，朝鲜民主党表示支持。但李承晚却叫嚷着要仿效美国实行总统制，并威胁说除非制宪委员会采纳他的主张，否则他将拒绝接受总统一职。制宪委员会最后做出让步，决定实行国会单院制和行政首脑间选制并将总统中心制和内阁责任制结合在一起。[②] 在政治上，1948年宪法明显地表现出两面性：一方面，特别规定国家要尊重公民的基本政治权利，并建立了形式上的三权分立制；另一方面，又规定考虑到维持社会公共秩序和保障社会福利的重要性，必要时可以通过法律限制公民的民主自由权利。例如，当国家面临危难时，总统可以在没有足够时间与国会磋商的情况下行使绝对权力。而且，在"三权分立"的表面框架内，总统有权任命总理和各部部长，完全控制了行政部门，司法的独立性并没有得到保证，国会也无法充分行使批准内阁任命的权力。[③]

---

① Donald Stone Macdonald, *U. S. -Korean Relations from Liberation to Self-Reliance: The Twenty-Year Record*, p. 150；曹中屏、张琏瑰：《当代韩国史（1945～2000）》，第72页。

② Central Intelligence Agency, "Prospects for Survival of the Republic of Korea," October 28, 1948, in *DNSA*, SE00046; Hakjoon Kim, *Korea's Relations with Her Neighbors in a Changing World*, pp. 140 – 141; Donald Stone Macdonald, *U. S. -Korean Relations from Liberation to Self-Reliance: The Twenty-Year Record*, p. 150.

③ Central Intelligence Agency, "Prospects for Survival of the Republic of Korea," October 28, 1948, in *DNSA*, SE00046; John Kie-Chiang Oh, *Korea Politics: The Quest for Democratization and Economic Development*, pp. 28 – 30; Hakjoon Kim, *Korea's Relations with Her Neighbors in a Changing World*, pp. 140 – 141.

可见，韩国宪法的核心并非真正意义上的三权分立制，而是总统强权制。正如美国驻朝鲜政治顾问所言：“在建立强大的中央集权制方面，（韩国宪法）与日殖时期的法律如出一辙。”① 美国中央情报局也认为韩国国会与西方典型的民主立法机关不同，它不能对行政部门形成有效的牵制，因此无力阻止“波拿巴主义”的产生。② 在经济上，1948 年宪法中存在相当一部分带有“社会主义”性质的规定。具体如下：第 15 款规定依照法律国家可以没收、使用或限制公民的私有财产；第 18 款规定工人依法有权平等地分享私企的利润；第 85 款规定重要的地下资源、水产资源和水力资源等归国家所有；第 86 款确立了“耕者有其田”的原则；第 87 款规定运输、通信、银行、保险、电力、供水和外贸等重要部门由国家管理；第 88 款涉及私企转归国有的问题。③ 事实上，当时的美国决策者对与苏联类似的经济组织形式相当敏感。如果说美国对韩国 1948 年宪法影响很大的话，那么上述经济条款绝不可能出现。况且，事后美国驻朝鲜代表团对以上经济条款的评价是：“根植于经济垄断的总统专制。”④ 总之，从韩国宪法

① Donald Stone Macdonald, *U. S. -Korean Relations from Liberation to Self-Reliance: The Twenty-Year Record*, p. 150.

② Bruce Cumings, *The Origins of the Korean War*, Vol. 2, The Roaring of the Cataract, 1947 - 1950, p. 219.

③ Dai-Kwon Choi, "Constitutional Developments in Korea," *The Review of Korean Studies*, Vol. 6, No. 2 (2003), pp. 42 - 43; John Kie-Chiang Oh, *Korea Politics: The Quest for Democratization and Economic Development*, pp. 30 - 31.

④ Donald Stone Macdonald, *U. S. -Korean Relations from Liberation to Self-Reliance: The Twenty-Year Record*, p. 241.

的内容和美国的评价来看，美国对韩国宪法的影响应该说是相当有限的。

一国发展民主的路径通常包括内生和外源两种。韩国显然属于后者。1947年，美国军政府开始从思想文化和国家制度两个层面向南部朝鲜移植民主。外来的民主思想很快遭遇当地权威主义政治文化传统的抵制，陷入了水土不服、淮橘成枳的困境：南部朝鲜的学生和知识分子对民主思想接受得最为主动，完成了价值观由传统向现代的转型，但其并未很快摒弃原有的思维和行为方式，以至于在第二共和国期间提出一系列不切实际的激进改革要求并试图通过极端行动迫使张勉政府就范；[①] 韩国1948年宪法采纳的仅仅是美国“三权分立”政治组织形式的外壳，内核则是与之相背离的总统强权制。换言之，美国在南部朝鲜播下的美式民主的种子从长期来看确实有利于消解当地传统的权威主义政治文化，但短期内却更多地充当了新式权威统治的护身符甚至一度阻碍了张勉民选政府的正常施政。

三　防止南部朝鲜经济崩溃

从战后初期美国对朝鲜政策文件看，杜鲁门政府的最终目标

① 尹保云：《韩国为什么成功——朴正熙政权与韩国现代化》，文津出版社，1993，第59页；Andrew C. Nahm，*Korea：Tradition & Transformation，A History of the Korean People*，New Jersey：HOLLYM International Crop，1988，pp. 440－441；Juergen Kleiner，*Korea：A Century of Change*，New Jersey：World Scientific Publishing Company，2001，pp. 129－130.

是在当地建立一个独立的民主国家。[①] 在这一宏观政策原则的指导下，华盛顿屡次指示美国军政府要援助朝鲜建立健全的经济体制和适合当地具体情况的教育制度。[②] 1947 年 2 月 25 日的美国朝鲜特别部际委员会报告进一步明确指出，为了表明阻止苏联控制整个朝鲜半岛的决心，以便在未来与苏联协商时处于更有利的地位，美国应从 1948 年财政年度起在朝鲜南部地区发起一项总拨款额为 6 亿美元的三年经济发展计划。[③] 不久，国务院决定建议国会批准一项针对南部朝鲜的总拨款额不超过 5.4 亿美元的三年援助计划。作为计划的必要组成部分，行政部门将要求国会在 1948 年财政年度间向朝鲜南部地区提供 2.15 亿美元的援助（包括 7800 万美元的赠与援助和 1.37 亿美元的“占领区政府救济援助”）。[④] 9

① “Basic Initial Directive to the Commander in Chief, U. S. Army Forces, Pacific, for the Administration of Civil Affairs in Those Areas of Korea Occupied by U. S. Forces,” Undated, in *FRUS*, *1945*, Vol. 6, The British Commonwealth, the Far East, p. 1074; “Policy Paper Adopted by the State-War-Navy Coordinating Committee,” in *FRUS*, *1946*, Vol. 8, The Far East, p. 624; “Memorandum by the Assistant Secretary of State for Occupied Areas (Hilldring) to the Operations Division, War Department,” June 6, 1946, in *FRUS*, *1946*, Vol. 8, The Far East, p. 693; “Memorandum by the Special Inter-Departmental Committee on Korea ,” February 25, 1947, in *FRUS*, *1947*, Vol. 6, The Far East, p. 610.

② “Memorandum by the Assistant Secretary of State for Occupied Areas (Hilldring) to the Operations Division, War Department,” June 6, 1946, in *FRUS*, *1946*, Vol. 8, The Far East, p. 693; “Memorandum by the Special Inter-Departmental Committee on Korea,” February 25, 1947, in *FRUS*, *1947*, Vol. 6, The Far East, p. 610.

③ “Memorandum by the Special Inter-Departmental Committee on Korea,” February 25, 1947, in *FRUS*, *1947*, Vol. 6, The Far East, p. 609.

④ “The Acting Secretary of State to the Secretary of War (Patterson), ” March 28, 1947, in *FRUS*, *1947*, Vol. 6, The Far East, p. 621; “The Secretary of State to the Political Adviser in Korea (Langdon),” June 9, 1947, in *FRUS*, *1947*, Vol. 6, The Far East, pp. 666 - 667.

月10日，美国占领区助理国务卿查理·萨尔茨曼（Charles E. Saltzman）在给同僚的一封信中透露说，虽然政府承认在接受经济援助方面，作为被解放区的朝鲜相对前敌国而言享有优先权，但短期内朝鲜不大可能得到额外的经济援助。[①] 就这样，美国对南部朝鲜的三年援助计划胎死腹中。直至美国军政府统治结束，南部朝鲜始终没有获得任何重建资金。[②] 原因主要有以下两点：其一，1947年夏由共和党主导的美国国会不愿在财政上承担新的国际义务，为了不影响对欧洲和中国的援助计划，杜鲁门政府决定暂不执行对南部朝鲜的三年援助计划；[③] 其二，当时，美国对详细的经济发展计划抱有偏见，认为这是社会主义经济组织形式的典型特征。[④]

以下将从财政、农业、工业和教育四方面分述美国军政府对南部朝鲜的经济政策。

财政方面。第二次世界大战末期，为了满足无止境的战争需求，日本殖民当局大量印发货币。[⑤] 解放初期，南部朝鲜陷入

① "The Assistant Secretary of State for Occupied Areas (Saltzman) to Mr. Ben C. Limb, of Washington," September 10, 1947, in *FRUS*, *1947*, Vol. 6, The Far East, pp. 786-787.

② Donald Stone Macdonald, *U. S. -Korean Relations from Liberation to Self-Reliance: The Twenty-Year Record*, p. 233.

③ James I. Matray, *The Reluctant Crusade: American Foreign Policy in Korea, 1941-1950*, pp. 116-117, 125-126.

④ Donald Stone Macdonald, *U. S. -Korean Relations from Liberation to Self-Reliance: The Twenty-Year Record*, p. 230.

⑤ Kenneth B. Lee, *Korea and East Asia: The Story of a Phoenix*, p. 175; John Kie-Chiang Oh, *Korea Politics: The Quest for Democratization and Economic Development*, p. 24.

一片混乱，税收无法保证。[①] 为了满足占领开支的需要，美国军政府被迫仿效日殖当局，大幅增加货币发行量，致使南部朝鲜的货币流通总量一度以每月十亿朝元的速度递增。[②] 当地货币流通总量增长的大体情况如下：1945 年 7～8 月间由 46.98 亿元升至 79.88 亿元，1946 年 7 月上升为 103.33 亿元，1947 年 7 月再次升至 186.38 亿元，1948 年 7 月更是达到了 305 亿元。[③] 美国军政当局在制止通胀方面也做过一些努力，如制订新的税收计划、提高国有企业的利润及削减各级行政开支等。[④] 上述举措虽取得了一定成效，但南部朝鲜的通胀仍如脱缰的野马一样不可遏止。[⑤] 相应的，当地的物价也在日益攀升。战后至 1946 年末，大部分生活必需品的价格上涨了 20 倍，部分商品的价格甚至上涨了 100 倍。[⑥] 在物价总指数方面，若以 1947 年为 100，当年 12 月为 143，1948 年 8 月则达到 185。[⑦]

农业方面。像许多刚刚摆脱殖民统治的国家和地区一样，光复之初朝鲜的经济结构是畸形的，以电力和化肥生产为代表

---

① Adrian Buzo, *The Making of Modern Korea*, p. 62.

② “The Economic Adviser in Korea (Bunce) to the Secretary of State,” December 27, 1946, in *FRUS*, *1946*, Vol. 8, The Far East, p. 783.

③ Andrew C. Nahm, *Korea: Tradition & Transformation, A History of the Korean People*, p. 352.

④ “The Economic Adviser in Korea (Bunce) to the Secretary of State,” December 27, 1946, in *FRUS*, *1946*, Vol. 8, The Far East, p. 783.

⑤ Donald Stone Macdonald, *U. S. -Korean Relations from Liberation to Self-Reliance: The Twenty-Year Record*, pp. 233 – 234.

⑥ Donald Stone Macdonald, *U. S. -Korean Relations from Liberation to Self-Reliance: The Twenty-Year Record*, p. 233.

⑦ Andrew C. Nahm, *Korea: Tradition & Transformation, A History of the Korean People*, pp. 352 – 353.

的重工业基本上集中于北方，南方主要是农业区和轻工业产品的产地。[①] 占领南部朝鲜后，摆在美国军政府面前的一大问题便是农业生产关系的调整和改革。1945 年，南部朝鲜的农户中约一半是佃农，他们租种的土地约占总耕地面积的70%。[②] 解放初期，朝鲜农民发动了一系列起义，要求土改、减轻地租并实行自治。[③] 面对广大农民的强烈要求，1945 年 10 月，美国军政府颁布了《地租三一制法令》：地租原则上为实物，根据情况也可以是货币，地租不得超过收成的三分之一；单方面解除租佃合同无效；不得签订新的超过三一制的合同。[④] 此举原本意在部分地满足农民的革命要求，保证社会稳定。然而这条法令并未得到有力执行。一方面，由于缺乏以往农业生产水平的记录，该规定难以在当地地主拥有的土地上实行；另一方面，农村人口的迅速增加使得地主们能够以威胁退佃的方式抵制减租。结果，农民的处境进一步恶化。[⑤] 1946 年初，北部朝鲜进行了相当彻底的土地改革，佃农们无偿获得了土地。在美国人看来，这严重地削弱了南部朝鲜人民对美国的支持。鉴于此，美国国务院也

---

① A. L. Müller, "The Creation of a Growth-oriented Society in Korea," *International Journal of Social Economics*, Vol. 24, No. 1/2/3 (1997), p. 183; John Kie-Chiang Oh, *Korea Politics: The Quest for Democratization and Economic Development*, pp. 24 - 25; Anne O. Krueger, *The Developmental Role of the Foreign Sector and Aid*, p. 8.

② 郑仁甲、蒋时宗：《南朝鲜经贸手册》，中信出版社，1991，第 43 页。

③ John Lie, *Han Unbound: The Political Economy of South Korea*, Stanford: Stanford University Press, 1998, p. 8.

④ 郑仁甲、蒋时宗：《南朝鲜经贸手册》，第 43 页。

⑤ Anne O. Krueger, *The Developmental Role of the Foreign Sector and Aid*, p. 19; 董正华、赵自勇、庄礼伟、牛可：《透视"东亚奇迹"》，第 42 页。

要求推行土地改革，满足农民对土地所有权的要求。[①] 2月，国务院驻朝鲜经济代表团提出了土改建议。3月7日，美国军政府正式宣布向南部朝鲜的佃农和半自耕农出售前日占土地。[②] 不过，由于当地保守派的坚决反对，土改迟迟没有实行。[③] 1948年2月末，“小型联大”决定在南部朝鲜单独举行普选。为了使农民不再向往共产主义制度，3月，美国军政府不顾当地保守右翼势力的反对，开始进行土改。最终，占农业人口总数四分之一的58.8万佃农购得了近68.7万英亩原日占土地。[④] 这次土改的意义相当深远。经济上，获得土地所有权后，农民的生产积极性大大提高，整个南部地区的农业产量因此有所上升，粮食供应严重不足的问题得到了一定程度的缓解。同时，土地所有权在以农业为主的南部朝鲜又是一个政治问题。长远来看，土改有利于缓解农民的反政府情绪，减少社会不安定因素。

此外，由于两大占领区之间的经济联系基本隔绝、南部人口的激增以及恶劣的天气等原因，粮食问题始终是美国军政当局的一块心病。[⑤] 为了防止南部朝鲜出现饥荒，杜鲁门政府主要采取了三方面措施。其一，1945年9月至1947年7月间，美国

---

① John Lie, *Han Unbound*: *The Political Economy of South Korea*, p. 9.

② "The Political Adviser in Korea (Langdon) to the Secretary of State," March 19, 1946, in *FRUS*, *1946*, Vol. 8, The Far East, p. 650.

③ Donald Stone Macdonald, *U. S. -Korean Relations from Liberation to Self-Reliance*: *The Twenty-Year Record*, pp. 234 - 235.

④ Andrew C. Nahm, *Korea*: *Tradition & Transformation*, *A History of the Korean People*, p. 354.

⑤ "The Economic Adviser in Korea (Bunce) to the Secretary of State," December 27, 1946, in *FRUS*, *1946*, Vol. 8, TheFar East, pp. 783 - 784.

向当地提供的9547万美元的"占领区政府救济援助"商品中一半以上是粮食。[①] 而且，1946年5月至1948年7月间，它还向南部朝鲜出口小麦、面粉和砂糖等农产品77.4万吨。[②] 美国的粮食援助和剩余农产品的出口有利于缓解南部朝鲜的粮食危机，对维持南部朝鲜的社会和经济稳定起到了一定的作用，但同时也使当地农产品价格下降，阻碍了农民生产积极性的提高。其二，由于南部朝鲜无力生产化肥，1948年，美国军政府动用本国资金购买了超过45万吨的化肥，供当地农业生产使用。这项措施取得了相当的成效，当年南部朝鲜的粮食产量由1947年的4570万蒲式耳（美制1蒲式耳合35.24升）上升到5860万蒲式耳。[③] 即便如此，1948年南部朝鲜的粮食总产量仍只相当于1940年的72.4%，并未实现粮食自给的目标。[④] 其三，由于南部朝鲜粮食囤积居奇的现象严重，城市地区粮食短缺，占领当局在广大农村实行了"谷物征集制"。至1946年12月23日，共征集谷物约30万公吨。[⑤] 美国学者丹顿·麦克唐纳认为，最初该计划是在"自愿"基础上实行的。[⑥] 其实，从农民们对这项

① "The Economic Adviser in Korea (Bunce) to the Secretary of State," September 12, 1947, in *FRUS, 1947*, Vol. 6, The Far East, p. 789.

② 郑仁甲、蒋时宗：《南朝鲜经贸手册》，第21页。

③ Andrew C. Nahm, *Korea: Tradition & Transformation, A History of the Korean People*, pp. 353-354.

④ Central Intelligence Agency, "Prospects for Survival of the Republic of Korea," October 28, 1948, in *DNSA*, SE00046；郑仁甲、蒋时宗：《南朝鲜经贸手册》，第20页。

⑤ "The Economic Adviser in Korea (Bunce) to the Secretary of State," December 27, 1946, in *FRUS, 1946*, Vol. 8, The Far East, p. 784.

⑥ Donald Stone Macdonald, *U. S. -Korean Relations from Liberation to Self-Reliance: The Twenty-Year Record*, p. 234.

政策的强烈反对[①]以及将国民警察作为政策执行者来看，麦克唐纳的说法很可能有违历史事实。1947 年 10 月，南部朝鲜临时立法会议通过“谷物征集法”，彻底剥去了谷物征集的“自愿”外衣。[②]

工业方面。日殖时期，朝鲜的工业资本主要掌握在日本人手中，高级技术工人和管理人员也主要由日本人担任。[③] 光复后，日本人大批撤走。因为缺乏技师、技术工人、电力以及原料，南部朝鲜的多数工厂被迫停产，机器生锈，甚至厂房也被偷拆了。[④] 美国军政府工业政策的重点有两个：一是扶助南部朝鲜的一些基础性工业实现自立，[⑤] 同时没收“归属工厂”并将其交由专业人员管理；[⑥] 二是致力于打破制约南部朝鲜工业发展的瓶颈——电力和交通运输。日本统治时期，电厂主要分布在北方。第二次世界大战结束后，北方对南方的电力供应逐渐减少，1948 年 5 月彻底断绝。为了提高供电量，美国向南部朝鲜提供了两艘军用发电驳船，而且还在当地陆续建立了三座蒸汽发电

① “General of the Army Douglas MacArthur to the Chief of Staff (Eisenhower),” October 28, 1946, in *FRUS*, *1946*, Vol. 8, The Far East, p. 750; “The Political Adviser in Korea (Langdon) to the Secretary of State,” November 1, 1946, in *FRUS*, *1946*, Vol. 8, The Far East, pp. 754 - 755.

② Donald Stone Macdonald, *U. S. -Korean Relations from Liberation to Self-Reliance*: *The Twenty-Year Record*, p. 234.

③ Youngil Lim, “Foreign Influence on the Economic Change in Korea: A Survey,” *The Journal of Asian Studies*, Vol. 28, No. 1 (November 1968), p. 80.

④ 尹保云：《韩国为什么成功——朴正熙政权与韩国现代化》，第 33 页；Youngil Lim, “Foreign Influence on the Economic Change in Korea: A Survey,” pp. 81 - 82.

⑤ 刘洪丰：《美国对韩国援助政策研究（1948 ~ 1968 年）》，第 35 页。

⑥ 郑仁甲、蒋时宗：《南朝鲜经贸手册》，第 20 ~ 21、34 页。

厂。至1948年7月，南部朝鲜的总发电量翻了一番。[①] 光复初期，南部朝鲜的铁路运输陷于瘫痪，公路也破旧不堪。为了解决工农业生产运输的困难，美国向南部朝鲜引入了101辆铁路机车并协助其修复旧有的破损机车。另外，1947年，美国还帮助南部朝鲜完成了京釜公路的修补工程。[②] 虽然美国在促进南部朝鲜工业复兴方面做了一些努力，但实际效果并不明显。1948年，南部朝鲜的工业总产值仅为1940年的21%，主要工业部门的生产能力明显下降。其中，纤维、机械、食品、化工、金属工业和制窑业的产值均呈下降趋势，只有重石、铝和铜等少数矿产品的产量略有增长。[③]

教育方面。日本在朝鲜推行的殖民教育政策的主要特征之一是歧视和压迫朝鲜人，朝鲜人的受教育机会因此十分有限。1937年，只有17%的适龄儿童上小学，1945年小学的入学率仍不到50%。基础教育以上的教育机会对朝鲜人来说同样有限。例如，1942年朝鲜在校大学生共7400人，42%是日本人。本质上，日本的殖民教育属于"奴化教育"，目标是培养顺民而非富于创造性和企业精神的现代公民。[④] 光复后，美国

---

① Donald Stone Macdonald, *U. S. -Korean Relations from Liberation to Self-Reliance: The Twenty-Year Record*, p. 232；刘洪丰：《美国对韩国援助政策研究（1948～1968年）》，第35页。

② 刘洪丰：《美国对韩国援助政策研究（1948～1968年）》，第35页；郑仁甲、蒋时宗：《南朝鲜经贸手册》，第52页。

③ 郑仁甲、蒋时宗：《南朝鲜经贸手册》，第20页。

④ Jonghoe Yang, "Colonial Legacy and Modern Economic Growth in Korea: A Critical Examination of Their Relationships," pp. 18－19; Kenneth B. Lee, *Korea and East Asia: The Story of a Phoenix*, pp. 176－177.

占领当局十分重视发展朝鲜的教育事业，重点强调重建朝鲜的教育制度并加强基础教育和教师培训。[①] 1946 年 3 月，国家教育计划委员会发表声明，详细阐述了教育改革的主要目标和方向。具体地说，朝鲜要建立民主教育制度，主抓科技和人文两大方面。关于后者，重点是要通过引入朝鲜历史和语言课程，重塑朝鲜人民的国民意识，培养他们的民族自豪感和社会责任心。[②] 在以上方针的指导下，美国军政府开始大力发展南部朝鲜的教育事业。第一，自 1946 年 3 月初起在南部朝鲜试行 6—3—3—4 学制，并于 9 月正式将其确立为新的教育体制；第二，颁布一系列法令，规范教育财政管理并在地方上设立由选举产生的教育委员会；第三，改革中小学课本，促进民主思想教育和科技教育；第四，重新创办各级各类学校，尽量满足朝鲜国民受教育的愿望；第五，开办三年制师范学校，培养中小学教师，同时建立旨在提高现任教师教学质量的在职教师培训机构。[③]

美国军政府时期，南部朝鲜教育事业的发展相当迅速。1945 年 9 月至 1948 年春，小学生数量由 136.6 万人上升到近 266.7 万人。1945 年，南部朝鲜共有 252 所中学，学生总数为

---

① Anne O. Krueger, *The Developmental Role of the Foreign Sector and Aid*, pp. 22 - 23; Donald Stone Macdonald, *U. S. -Korean Relations from Liberation to Self-Reliance: The Twenty-Year Record*, p. 237.

② Andrew C. Nahm, *Korea: Tradition & Transformation, A History of the Korean People*, p. 354.

③ Andrew C. Nahm, *Korea: Tradition & Transformation, A History of the Korean People*, p. 355; Donald Stone Macdonald, *U. S. - Korean Relations from Liberation to Self-Reliance: The Twenty-Year Record*, p. 238.

6.2 万人。1947 年末，中学数量达到 415 所，学生总数升至 27.7 万人。1945 年，南部朝鲜仅有一所大学和 18 所学院，大学生共 3000 人，且大部分为日本人。1947 年 11 月，高等教育组织包括 1 所国家级大学和 4 所国家级学院、3 所省级学院、21 所私人高等教育机构。至 1947 年末，在校大学生已达到 2.05 万人。[①] 同时，南部朝鲜的成人识字率也由解放时的 2% 上升到两年半以后的 71%。[②] 1950 年朝鲜战争爆发，美国军政府时期建立起来的基础教育设施遭到严重破坏。不过，此时韩国人民自身的文化素质已经有了一定程度的提高，这对 60 年代的经济腾飞起到了相当大的推动作用。事实上，韩国自然资源贫乏，市场狭小，经济增长的天然优势不多，受教育程度较高的劳动力是其经济发展最重要的基础，而该基础的建立恰恰始于此时。

总而言之，占领期间美国军政府对南部朝鲜的经济援助主要包括近 4.1 亿美元的"占领区政府救济援助"和 2500 万美元的贷款。其中，前者绝大部分用于提供粮食、肥料、燃料和衣物，以满足当地人民对基本生活用品的需求、防止饥饿和疾病的发生并提高农业产量。[③] 萨尔茨曼曾在 1948 年 9 月 7 日的一

---

① Andrew C. Nahm, *Korea: Tradition & Transformation, A History of the Korean People*, pp. 355 - 356.

② Anne O. Krueger, *The Developmental Role of the Foreign Sector and Aid*, p. 23.

③ Andrew C. Nahm, *Korea: Tradition & Transformation, A History of the Korean People*, p. 353; "The Political Adviser in Korea (Langdon) to the Secretary of State," September 14, 1946, in *FRUS, 1946*, Vol. 8, The Far East, p. 737; Anne O. Krueger, *The Developmental Role of the Foreign Sector and Aid*, p. 14; 李杜锡：《韩国经济开发论》，第 44 页。

份备忘录中总结道：占领南部朝鲜后，美国对当地的经济援助局限于粮食、化肥、燃料和医疗用品。救济计划虽然解决了人们的吃饭问题，但在推动南部朝鲜经济发展方面几乎毫无作为。[①] 也就是说，受到各种主客观因素的限制，美国占领当局对南部朝鲜经济援助政策的着眼点在于防止当地经济崩溃，经济增长尚未被真正提上议事日程。

部分地由于受到自身地缘政治形态的影响，朝鲜的发展进程长期处于周边大国的约束之下，以致最终沦为日本的殖民地。太平洋战争爆发后，随着亚太地区民族解放浪潮的悄然兴起和日本军国主义势力的日益式微，朝鲜重获自由的前景渐趋明朗。然而恰在此时，美国提出了战后对朝鲜实施国际托管的设想，并越来越明显地将这作为阻止苏联控制整个朝鲜半岛的手段，大国争霸的阴影再次笼罩在半岛上空，朝鲜的光复事业由此出现变数。

1945 年 8 月，苏军在朝鲜半岛胜利推进以及日本败降的消息传来，朝鲜国内的独立运动领导人们立即着手建立人民政权，得到全国绝大多数人支持的朝鲜人民共和国应运而生。[②] 可是，随之而来的美苏对朝鲜半岛的分区占领很快阻断了这一自然演进的国家建设进程。就美国而言，1946 ~ 1947 年间，无论是华盛顿的部际协调委员会和中央情报机构还是汉城的美国占领当局，均认为苏联正在不择手段地把朝鲜变成自己的卫星国，此

---

① "Memorandum by the Assistant Secretary of State for Occupied Areas (Saltzman)," September 7, 1948, in *FRUS*, *1948*, Vol. 6, The Far East and Australasia, pp. 1292 - 1293.

② 曹中屏、张琏瑰：《当代韩国史（1945 ~ 2000）》，第 6 ~ 12 页。

举必将严重损害美国的战略利益。[1] 换言之，在杜鲁门政府看来，朝鲜半岛是关乎美国亚洲政策成败的“意识形态战场”，美国一定要在朝鲜建成一个独立的民主国家以制止“某国”的“颠覆”和“威胁”。[2] 基于这种考虑，华盛顿自然不会认同苏联提出的仅与支持托管的政党和组织进行政治协商的建议，因为这意味着左翼将成为统御未来朝鲜政治舞台的核心力量。美苏的互不相让致使朝鲜半岛最终走向分裂。

事实上，美苏两个超级大国为夺取朝鲜半岛控制权而展开的意识形态之争的影响还不止于此。在东西方冷战的国际大背景下，美国和苏联分别将大韩民国和朝鲜民主主义人民共和国存在的主要意义浓缩为资本主义和社会主义制度的试验场，它们的发展历程特别是制度建设自然也因此备受这两个外部大国的关注。

---

① “Memorandum by the Assistant Secretary of State (Hilldring) to the Secretary of State,” August 6, 1947, in *FRUS*, *1947*, Vol. 6, The Far East, p. 742; “The Current Situation in Korea,” January 3, 1947, in *DDRS*, CK3100529752; “Implementation of Soviet Objectives in Korea,” November 18, 1947, in *DDRS*, CK3100534021; “The Political Adviser in Korea (Langdon) to the Secretary of State,” May 24, 1946, in *FRUS*, *1946*, Vol. 8, The Far East, pp. 685 - 686; “Memorandum of Conversation with Major General A. V. Arnold,” October 9, 1946, in *FRUS*, *1946*, Vol. 8, The Far East, p. 742; “General of the Army Douglas MacArthur to the Chief of Staff (Eisenhower),” October 28, 1946, in *FRUS*, *1946*, Vol. 8, The Far East, p. 750.

② “President Truman to Ambassador Edwin W. Pauley, at Paris,” July 16, 1946, in *FRUS*, *1946*, Vol. 8, The Far East, p. 713.

第三章 从有限遏制到全面遏制：美国在朝鲜半岛的战略抉择（1948～1953）

韩国建立前后，美国着手制定对朝鲜半岛的新政策，NSC8号系列文件随之产生。文件规定：美国应该在将负面影响降至最低的情况下撤出朝鲜；为了阻止苏联集团统治整个朝鲜半岛，美国必须继续向韩国提供政治、经济、技术以及军事援助。在政策执行过程中，政治上，美国依然将推行反共主义作为在朝鲜半岛的首要目标，坚决支持李承晚政权对韩国人民与共产党游击队反独裁斗争的残酷镇压，默许韩国军警系统对温和中间政治力量的排挤和压制。这一切最终导致了韩国反共主义国家意识形态的形成。经济上，朝鲜战争前杜鲁门政府对韩国的经济援助相对有限，且大多集中于救济领域。此时美国的政策主线是既要避免无条件地支持韩国，又要争取依照美国模式将韩国建设成为一个政治民主、经济进步的典范，防止韩国落入苏联集团之手。

朝鲜战争的爆发促使美国很快放弃了“有限遏制”的政策，转而直接进行军事干预。此后，在朝鲜半岛，杜鲁门政府主要关注发展韩国的军事力量和赢得战争胜利，当地政治经济发展被降为次要目标。政治上，战时李承晚疯狂地迫害以共产党为首的左翼力量和平民，压制国会的民主要求，并以修宪的形式确保自己连选连任。对于李氏的种种独裁行为，美国确实有意加以阻拦。但由于华盛顿政府各部门之间存在意见分歧、军事资源不足以及没有替代李承晚的合适人选等原因，美国的各种干预构想最终蜕化为软弱无力的规劝和外交抗议。经济上，朝鲜战争打断了此前刚刚启动的韩国经济重建进程，美国对韩国的经济援助政策再次将防止经济崩溃和救济作为优先目标。

一　NSC8 号系列文件、朝鲜战争与美国对外政策的转变

1947 年 7 月，讨论朝鲜半岛统一问题的第二次美苏联合委员会会议陷入僵局，杜鲁门政府开始考虑推行新的对朝政策。作为新的对朝政策指针的 SWNCC176/30 号文件认为，此时美国不能撤出朝鲜，否则共产党将占领整个朝鲜半岛，他们对当地人民的政治压制会严重损害美国在远东乃至全球的信誉，使依赖美国抵制内外共产党压力的小国失望。但与此同时，美国又必须想尽一切办法消除或减少在朝鲜的人力财力投入。① 随后，

① “Report by the Ad Hoc Committee on Korea,” August 4, 1947, in *FRUS*, *1947*, Vol. 6, The Far East, p. 738.

军方和国务院也分别从军事和政治的角度得出了相似的结论：美国应撤出朝鲜，但不能仓促行动。1948 年 1 月，南部朝鲜单独选举基本已成定局。于是美国陆军部催促国务院制订对朝鲜的援助计划，声称如果 3 月 1 日前不向国会提出拨款请求，美军将无法如期撤离。[①] 而国务院相对来说更关心即将建立的南部朝鲜政权的生存前景，认为陆军部应灵活对待撤军问题，不要急于确定时间表，因为撤军的前提是南部朝鲜建立起充足的安全部队，且当地经济不至于很快走向崩溃。[②] 陆军部副部长威廉·德雷帕（William Draper）对国务院的立场极为不满，指责国务院似乎将确定准确的撤离日期视为绥靖。他强调的是，美国不可能永远占领朝鲜，早晚要让朝鲜人自主。[③]

1948 年 4 月 2 日，作为军方和国务院妥协的结果，国家安全委员会出台了题为“美国对朝鲜立场”的第 8 号文件（NSC8）。8 日，该文件获得杜鲁门的批准。[④] 文件认为，美国在朝鲜的总体政策目标有三：“其一，尽可能地实现朝鲜统一，建

---

① James I. Matray, “Korea: Test Case of Containment in Asia,” in Bruce Cumings (ed.), *Child of Conflict: The Korean-American Relationship, 1943 - 1953*, p. 181.

② “Memorandum of Conversation, by Mr. John Z. Williams of the Division of Northeast Asia Affairs,” February 4, 1948, in *FRUS, 1948*, Vol. 6, The Far East and Australasia, p. 1092; “Memorandum by the Director of the Office of Far Eastern Affairs (Butterworth) to the Secretary of State,” March 4, 1948, in *FRUS, 1948*, Vol. 6, The Far East and Australasia, pp. 1137 - 1139; “Memorandum of Conversation, by the Chief of the Division of Northeast Asia Affairs (Allison),” March 5, 1948, in *FRUS, 1948*, Vol. 6, The Far East and Australasia, pp. 1139 - 1141.

③ James I. Matray, “Korea: Test Case of Containment in Asia,” pp. 181 - 182.

④ “Korean Policy Statement,” January 31, 1949, in *DDRS*, CK3100343880.

立一个独立、自治且作为联合国成员国的主权国家；其二，确保朝鲜政府能够代表人民的真实意志；其三，协助朝鲜人民建立作为独立民主国家必要基础的健全的经济和教育制度。”当前，美国的目标是尽早完成撤军。

随后该文件对朝鲜半岛的当前形势做出如下描述：军事上，驻朝美军约为2万人，当地安全部队约为5.7万人（包括海岸警卫队约3000人、警察近3万人以及接受美式训练和装备的警备队约2.4万人，其中警备队正扩充至5万人）。据估计，在北朝鲜约有苏联占领军4.5万人，还有接受苏式训练和装备的“朝鲜人民军”12.5万人；政治上，通过“南朝鲜临时政府”，美占区人民很大程度上参与了当地事务的管理。然而，朝鲜人民政治上的不成熟、当地政治格局的极化以及极左和极右势力之间的暴力斗争使美国难以促使朝鲜走向政治稳定和民主。在北朝鲜，苏联扶植起了临时的傀儡政府并开始谋求在当地建立自己的卫星国；经济上，南北分裂使南部朝鲜的经济相当脆弱。北部随时可能彻底切断对南部的供电，这是美占区经济的一大弱点。若美国此时停止对南部朝鲜的援助，当地经济将在数周内崩溃。

在此基础上，NSC8号文件详细分析了苏联在朝鲜半岛的意图及美国的政策选择。文件指出，苏联的主要目标是统治整个朝鲜半岛。一旦朝鲜半岛真的落入苏联之手，相对于中国和日本来说，苏联的政治和战略地位将明显加强，而相应的美国与联合国的威望和信誉则会急剧下降。时下有三条路摆在美国面前：放弃南部朝鲜新建政府；给予南朝鲜新建政府以实际可行的支持，进而将美国撤出朝鲜的负面影响降至最低；直接对南部朝鲜做出长期的政治、经济和军事承诺，即使冒全面战争的危险也要确保南部朝鲜的政治独立和主权完整。权衡利弊，最终美国决策者选择了第二条道路。具体行动方针如下：迅速扩建、训练和武装南部朝鲜警备队，使之能够保卫国家安全，抵制除北朝鲜或别国公开侵略之外的其他一切侵略；继续实行 1949 年财政年度对南部朝鲜的“占领区政府救济援助”计划，防止当地经济崩溃；在不违背美国对朝鲜政策目标和对联合国承担的相关义务的前提下，尽可能地为 1948 年底撤出驻朝美军创造条件，并在南部朝鲜建立负责处理援助事务的美国外交使团。①

仔细辨析 NSC8 号文件，至少可以发现两个特点。首先，它试图弥合军方和国务院之间的分歧，既承认南部朝鲜在政治、经济和军事上面临的困境及美国向南部朝鲜提供援助的必要性，又确定了美军必须撤离朝鲜的政策方针。其实，也许正因为“兼顾二者”而非偏袒一方的意图，双方的分歧未能就此消除。从事后双方的反应看，国务院从 NSC8 号文件中看到的是“尽可能地”和“在不违背美国对朝鲜政策目标和对联合国承担的相关义务的前提下”这些灵活的措辞，而军方却主要强调“1948 年底”这个时间表。其次，国内外学术界普遍认为 NSC8 号文件的政策规定表明美国走的是一条中间路线。② 若仅

① “NSC8, The Position of the United States with Respect to Korea,” April 2, 1948, in *DNSA*, PD00016.

② 唐志昂：《论战后朝鲜问题国际化和美国的撤军方案》，《韩国研究论丛》（第四辑）（复旦大学韩国研究中心编），上海人民出版社，1998，第 299 ~ 300 页；James I. Matray, “Korea: Test Case of Containment in Asia,” pp. 182 – 183.

从该文件提出的三种政策选择与弥合军方和国务院分歧的意图来看，确实如此。然而，从决策理论的角度观察，文件的政策规定则另具含义。如果将美国对朝鲜政策的三个总体目标和当时在朝鲜半岛的具体行动方针相对比，可以看出过高目标和有限手段之间的矛盾，或者说作为手段的后者相对于作为目标的前者的不充分性。如前所述，杜鲁门总统和国务院倾向于从政治战略和意识形态的角度看待朝鲜半岛在东西方冷战中的意义，而军方则更多地从军事尤其是全面战争爆发的角度考虑驻朝美军、朝鲜军事基地以及整个朝鲜半岛在美国全球军事战略中的价值。结果，二者分别将朝鲜半岛在美国全球战略中的地位界定为趋于无限高和无限低两个极端。美国对朝鲜政策目标和手段之间的相对分离就是双方在 NSC8 号文件中寻求妥协点的必然产物。

1948 年 5 月 10 日，南部朝鲜举行了普选。几天后，北部彻底切断了对南部的供电。半岛形势的变化使美国国务院和军方从各自的角度提出了对撤军问题的看法。6 月 23 日，国务卿马歇尔以当前世界政治局势的变化为由要求陆军部长肯尼思·罗亚尔（Kenneth C. Royall）在驻朝美军撤出时间的问题上保持必要的灵活态度，理由是 NSC8 号文件规定美军撤出朝鲜的前提是“不违背美国对朝鲜政策目标和对联合国承担的相关义务”。罗亚尔的答复是：南部朝鲜普选已顺利完成，美国正在扩充、训练和装备当地安全部队，最近美国对南部朝鲜的经济重建拨款也完全可以确保美国在朝鲜的利益。因此根据 NSC8 号文件关于 1948 年年底撤出朝鲜的相关规定，他希望马歇尔能在 7 月 1 日前同意陆军部提出的具体撤军计划。[1] 10月，南部朝鲜爆发了丽顺军队暴动，这成为国务院要求陆军部暂缓撤军的新理由。[2] 12月12日，第三届联大通过了关于朝鲜问题的第112号决议案，认为“南朝鲜的选举是在临时委员会合法监督范围内这部分朝鲜选民自由意志的真实体现，是合乎程序的有效选举，它选出的政府具有合法地位，并且是朝鲜境内唯一的这种政府”；临时委员会应改为联合国朝鲜委员会，继续致力于消除阻碍南北统一的政治经济壁垒，为将来的统一创造条件；美苏双方须尽快从朝鲜半岛撤军。[3] 但美国国务院官员坚持认为，美军这时不能撤出朝鲜，否则将严重损害韩国政府的安全与稳定。[4] 12月22日，德雷帕向占领区助理国务卿萨尔茨曼提出，考虑到联大决议、NSC8号文件的政策规定、朝鲜半岛的战略价值不大以及韩国安全部队近来在镇压

① “The Secretary of State to the Secretary of the Army (Royall)," June 23, 1948, in *FRUS*, *1948*, Vol. 6, The Far East and Australasia, pp. 1224 - 1225; “The Secretary of the Army (Royall) to the Secretary of State," June 23, 1948, in *FRUS*, *1948*, Vol. 6, The Far East and Australasia, pp. 1225 - 1226.

② “The Assistant Secretary of State for Occupied Areas (Saltzman) to the Director of Plans and Operations, Department of the Army (Wedemeyer)," November 9, 1948, in *FRUS*, *1948*, Vol. 6, The Far East and Australasia, pp. 1324 - 1325; “The Special Representative in Korea (Muccio) to the Secretary of State," November 12, 1948, in *FRUS*, *1948*, Vol. 6, The Far East and Australasia, pp. 1325 - 1327.

③ 唐志昂：《论战后朝鲜问题国际化和美国的撤军方案》，第295页；“Korean Policy Statement," January 31, 1949, in *DDRS*, CK3100343880; “NSC8/1, The Position of the United States with Respect to Korea," March 16, 1949, in *DNSA*, PD00017.

④ “Memorandum by the Chief of the Division of Northeast Asian Affairs (Bishop) to the Director of the Office of Far Eastern Affairs (Butterworth)," December 17, 1948, in *FRUS*, *1948*, Vol. 6, The Far East and Australasia, p. 1338.

“内乱”时的胜任表现，美军最晚应在 1949 年 3 月 31 日前撤出。[①] 双方的针锋相对和僵持不下促使国务院于 1949 年 1 月 17 日建议国家安全委员会重新审议朝鲜问题。[②]

在 3 月 22 日的第 36 次国家安全委员会会议上，杜鲁门及其顾问以国务院起草的新的对朝鲜政策文件草案 NSC8/1 为基础再次讨论朝鲜问题。[③] NSC8/1 号文件承认美军撤出朝鲜的必要性（具体日期为 1949 年 6 月 30 日以前），并坚决主张继续向韩国提供政治、经济和军事援助。会议对该文件的结论部分进行了局部修改，将其重新编序为 NSC8/2。第二天，杜鲁门批准了该文件。在对朝鲜政策的总体目标和当前目标、苏联在朝鲜半岛的意图、美国面临的三种政策选择以及对中间道路的认可等方面，NSC8/2 号文件大体承袭了以往的观点，区别仅在于政策分析更为详尽，对美国撤军条件的规定更为具体。文件认为，任何政策选择都不可能完全消除朝鲜局势严重恶化的可能性。不过，美国要想巩固在朝鲜所取得的战略成果，就必须继续向韩

① “The Under Secretary of Army (Draper) to the Assistant Secretary of State for Occupied Areas (Saltzman),” December 22, 1948, in *FRUS*, *1948*, Vol. 6, The Far East and Australasia, pp. 1341 – 1343.

② “Korean Policy Statement,” January 31, 1949, in *DDRS*, CK3100343885 – CK3100343886; “Memorandum by the Chief of the Division of Northeast Asian Affairs (Bishop) to the Director of the Office of Far Eastern Affairs (Butterworth),” December 17, 1948, in *FRUS*, *1948*, Vol. 6, The Far East and Australasia, p. 1340.

③ “Minutes of 3/23/49 NSC Meeting on U. S. Position with Respect to Korea, U. S. Objectives with Respect to Greece and Turkey,” March 23, 1949, in *DDRS*, CK3100455022 – CK3100455023; James I. Matray, “Korea: Test Case of Containment in Asia,” pp. 190 – 191.

国提供政治、经济和军事等方面的援助。当然，这并不意味着美国需要继续在朝鲜驻军。文件规定，1949 年 6 月 30 日前美军彻底撤出朝鲜的条件是：军事上，美国在 1949 年财年余下的时间和 1950 年财年继续训练和装备韩军，使韩军具备威慑外部侵略和维持国内秩序的能力；经济上，准备实行 1950 年财年对韩国经济技术援助计划，并根据未来的发展态势在随后的两年里继续向韩国提供援助；政治上，继续在联合国内外支持韩国。在结论部分，为了限制对韩国的军事援助，文件的措辞极其谨慎，主要表现为准确规定只向韩国移交半年用的军事装备和储备物资、严格将韩国陆军数量限制在 6.5 万人、清楚地表明只支持韩国发展海岸警卫队而非海军，以及明示仅以轻型武器和少量弹药武装韩国警察。①

NSC8/2 号文件是朝鲜战争以前最后一份美国国家安全委员会对朝鲜政策文件，它明确规定在准备撤出美国军队的同时继续向韩国提供政治、经济和军事援助。这一点与 NSC8 号文件并无本质区别。区别在于：NSC8/2 号文件对朝鲜半岛未来形势的估计更为悲观，认为考虑到韩国政府当前面临的国内外的致命压力，美国突然撤军可能会导致苏联吞并整个朝鲜半岛。果真如此，美国在远东的盟国将会视美军的撤离行动为背叛，甚至会因此决定重新选择盟友。但即使冒全面战争的风险，美国也依旧无法保证一定能阻止韩国局势的严重恶化。无奈，最终美国选择了既不舍弃韩国，又不对其做出无条件承诺的中间路线；

① “NSC8/2, The Position of the United States with Respect to Korea,” March 16, 1949, in *DNSA*, PD00018.

相对 NSC8 号文件来说，NSC8/2 号文件在一定程度上加强了对韩国经济援助的力度，同时又在军事援助方面予以更加严格的限制。

1948～1950 年，杜鲁门政府在朝鲜半岛推行的是有限遏制政策。不过，那时美国的亚洲和全球战略却正在由有限遏制转向全面遏制，这一转变对未来美国对韩国政策产生了重要影响。1948 年 10 月 9 日，杜鲁门批准了新的对日政策指导性文件 NSC13/2。文件认为，美国不应再把日本当成敌国加以改造，而应将其视为盟友。[①] 1949 年 5 月 6 日，美国国家安全委员会出台了题为“美国对日政策建议”的第 13/3 号文件，决定停止实施对日赔偿计划。这两份文件的政策设计和实施标志着美国东亚遏制战略的主要目标正在逐渐从苏联转向“苏中集团”和中国，日本则成为该战略的基石。12 月 30 日获得国家安全委员会批准的美国对亚洲政策文件 NSC48/2 进一步肯定了这一政策转变。[②] 日本在美国东亚战略中地位的上升对韩国来说意味着什么呢？第二次世界大战结束以来，杜鲁门政府始终认为，美国对朝鲜政策与日本的安全密切相关：苏联在朝鲜半岛的目标之一是“包围或钳制日本”；美军撤出南部朝鲜将直接导致苏联在整个朝鲜半岛建立“共产党傀儡政权”，这可能会对日本产生严重影响，

① “NSC13/2, Recommendations with Respect to United States Policy Toward Japan,” October 7, 1948, in *DNSA*, PD00038.

② “NSC13/3, Recommendations with Respect to United States Policy Toward Japan,” May 6, 1949, in *DNSA*, PD00039; “NSC48/2, The Position of the United States with Respect to Asia,” December 30, 1949, in *DNSA*, PD00138. 具体论述可参见崔丕《美国的冷战战略与巴黎统筹委员会、中国委员会（1945～1994）》，第 173～179、211～214 页。

使共产党更容易向日本“渗透”；一旦共产党统治了整个朝鲜半岛，日本将处于共产党国家的三面包围之中，这些国家会趁机更加积极地试图将日本并入共产党的势力范围。[①] 由此可以得出如下结论：1949 年上半年中国革命的胜利已成定局，为了遏制即将诞生的中共政权，美国将日本作为东亚战略的基石，于是，韩国便顺理成章地在美国的亚洲政策中扮演起了“自由日本”防卫门户的角色。这一点虽然在 NSC8 号系列文件的文字表述之外，却清晰地体现在朝鲜战争以前美国东亚战略的逻辑演变之中。

美国全球战略的演变也间接而有力地影响着韩国在美国决策者心目中的地位。1949 年，由于国际形势——尤其是亚洲形势——发生了巨大的变化，杜鲁门政府决定制定新的国家安全战略。1950 年 4 月 14 日，著名的 NSC68 号文件破茧而出。较之“遏制始祖”乔治·凯南的遏制思想，NSC68 文件具有三个主要特点：其一，抛弃了从美国的根本利益看待苏联威胁的逻辑，转而在夸大苏联能力的基础上推测其侵略意图；其二，不再区分关键利益和边缘利益，提出了“自由制度在任何地方的失败就是它在所有地方的失败”和一定要对苏联“零敲碎打的侵略”做出反应等观点；其三，改变了以往从政治、经济、心理和军

① “Ambassador Edwin W. Pauley to President Truman,” June 22, 1946, in *FRUS, 1946*, Vol. 8, The Far East and Australasia, p. 708; “Report to the President on China-Korea, Submitted by Lieutenant General A. C. Wedemeyer,” September 1947, in *FRUS*, *1947*, Vol. 6, The Far East, p. 803; “Memorandum by the Chief of the Division of Northeast Asian Affairs (Bishop) to the Director of the Office of Far Eastern Affairs (Butterworth),” December 17, 1948, in *FRUS*, *1948*, Vol. 6, The Far East and Australasia, p. 1338.

事等诸多方面对苏联实施有限遏制的主张，决意采纳军事凯恩斯主义，集中精力全面加强美国的军事力量。杜鲁门大体同意文件的基本观点。[①] 在 NSC68 号文件确立了以军事遏制为主的全面遏制战略之后，韩国在美国东亚战略中的军事意义和价值开始呈上升之势。和平时期，这种趋势将会促使美国增加对韩国的军援，而一旦战事发生则很可能意味着美国的直接军事介入。[②] 从这个角度讲，学术界普遍认同的韩国军事地位的提高源于朝鲜战争爆发的说法有失准确，韩国军事地位提高的真正前提是美国决策者对于对韩国政策与日本安全紧密联系的认识、日本在美国东亚战略中地位的上升以及 NSC68 号文件的问世。

如果说朝鲜战争爆发以前杜鲁门对 NSC68 号文件的正式批准尚处于两可之间，那么朝鲜战事发生后美国政府和国会就再也难以找到拒绝接受该文件的理由了。1950 年 9 月 30 日，杜鲁门决定将 NSC68 号文件作为“今后四五年内要执行的政策声明”，责令有关部门尽快予以实施。12 月 8 日，美国在 NSC68 号文件的基础上制定了 NSC68/3 号文件，对国家安全目标和政策提出了一系列详尽的暂行方案，具体包括军备计

① “NSC68, United States Objectives and Programs for National Security,” April 14, 1950, in *DNSA*, PD00176; Josh Ushay, “Fears & Images: NSC68,” pp. 9 – 33; 〔美〕约翰·加迪斯：《遏制战略：战后美国国家安全政策评析》，时殷弘、李庆四、樊吉社译，世界知识出版社，2005，第 97～98、103～104、106 页。

② Kim Seung-young, “American Elites' Strategic Thinking Towards Korea: From Kennan to Brzezinski,” *Diplomacy & Statecraft*, Vol. 12, No. 1 (March 2001), pp. 191 – 194.

划、对外军事和经济援助计划、民事防务计划、战略物资储备计划、对外宣传计划、国外情报活动计划和国内治安计划七个方面。这标志着美国以推行财政扩张主义、增强核打击能力与常规力量、军事援助优先于经济援助等为主要特征的对苏全面遏制战略的正式确立。[①] 根据冷战形势的变化，此后杜鲁门政府又制定了一系列国家安全政策文件，包括 NSC114、NSC135 和 NSC141。不过，在这些文件中，NSC68 所确立的国家安全政策基本原则依然有效。[②]

朝鲜战争爆发之前，欧洲在美国冷战战略中似乎占据着不可撼动的中心地位。那时美国决策者多次强调，东亚战略的目标是成功地进行防御，避免过分承担军事义务，不要花费太多的资源和力量。[③] 朝鲜战争打响后，杜鲁门政府的战略观念大为

---

① “NSC68/3, United States Objectives and Programs for National Security,” December 8, 1950, in *DNSA*, PD00180.

② “NSC114/1, Status and Times of Current U. S. Programs for National Security,” August 8, 1951, in *FRUS*, *1951*, Vol. 1, National Security Affairs; Foreign Economic Policy, Washington: United States Government Printing Office, 1979, pp. 127 – 157; “NSC114/2, United States Programs for National Security,” October 12, 1951, in *FRUS*, *1951*, Vol. 1, National Security Affairs; Foreign Economic Policy, pp. 182 – 192; “Editorial Note,” in *FRUS*, *1952 – 1954*, Vol. 2, National Security Affairs, Part 1, Washington: United States Government Printing Office, 1984, pp. 56 – 57; “NSC135/1, Reappraisal of United States Objectives and Strategy for National Security,” August 15, 1952, in *DNSA*, PD00304; “NSC135/3, Reappraisal of United States Objectives and Strategy for National Security,” September 25, 1952, in *DNSA*, PD00306; “NSC141, Reexamination of United States Programs for National Security,” January 19, 1953, in *DNSA*, PD00314.

③ 赵学功：《巨大的转变：战后美国对东亚的政策》，天津人民出版社，2002，第 93 页。

改观。1951年5月17日，美国国家安全委员会通过了题为“美国在亚洲的目标、政策和行动方针”的第48/5号文件。文件指出，现在对美国利益威胁最大的不是欧洲而是亚洲。苏联在亚洲的主要目的是“利用共产党中国的资源”，将东亚大陆、日本和西太平洋岛屿统统纳入自身的势力范围。因此，美国亚洲政策的当务之急是“促进亚洲有关国家的发展，以使任何国家或联盟都不能威胁美国在该地区的安全利益”。其中，美国对日政策的中心目标在于推动日本走向经济复兴，使日本“对远东的安全保障与稳定做出贡献”。[①] 虽然该文件并不一定表明美国已将亚洲作为全球冷战的中心，但从中可以清楚地看到美国对亚洲冷战重视程度的提高。

朝鲜战争的爆发与中美两国的刀兵相见对美国对华政策的影响相当深远，由此杜鲁门政府开始制定并推行对新中国的全面遏制政策。首先，力求“保台护蒋”，并加紧分裂西藏的步伐。其次，放弃在对华贸易政策方面的灵活性，扩大对华出口管制范围，重点强化对中国石油和石油产品的贸易管制。再次，拒绝承认新中国，极力阻挠中国恢复在联合国的代表权。最后，针对中国大陆展开情报战、游击战和政治心理战。[②] 同时，美国对华全面遏制政策的出台和实施又在相当大的程度上促使美国全力扶植日本。主要表现为：政治上，加快对日单独媾和的进程，迫使日本承认台湾蒋介石集团；经济上，借朝鲜战争之机，向日本提供大量

---

① “NSC48/5, United States Objectives, Policies and Courses of Action in Asia,” May 17, 1951, in *DNSA*, PD00141.

② 林利民：《遏制中国——朝鲜战争与中美关系》，时事出版社，2000，第127～168页。

“特需”订货和经济援助，严格限制日本与中国的贸易往来，鼓励日本开发东南亚市场；军事上，积极诱迫日本重整军备。①

随着美国对苏联和中国全面遏制政策的出台和全力扶植日本方针的确立，韩国李承晚政权的生存和发展在美国决策者心目中变得越来越重要，甚至渐渐演化成为一种共生共荣的关系。这一方面使杜鲁门政府被迫容忍李承晚的独裁统治，另一方面也使韩国获得了一定数量的经济援助。

二 加固反共堡垒与容忍独裁行径

1. 杜鲁门政府与韩国反共国家意识形态的形成

1948 年 5 月 10 日，南部朝鲜单独举行普选。选举前夕及过程中，右翼警察和准军事青年组织的舞弊行为随处可见，相当多的朝鲜人被迫参与了此次不得人心的选举。② 为了促使联合国朝鲜临时委员会承认选举结果，美国不得不虚伪地对整个选举表示称赞。11 日，国务卿马歇尔在记者招待会上发表声明，祝贺朝鲜第一次民主选举成功。他说：“虽然以共产党为主的少数人企图以非法手段阻止或破坏选举，但登记选民中约 90% 参与投票的事实清楚地表明朝鲜人民决心通过民主程序建立自己的政府。”③ 然

① H. W. Brands, Jr., “The United States and the Reemergence of Independent Japan,” *Pacific Affairs*, Vol. 59, No. 3, (Autumn 1986), pp. 388 - 394.

② James I. Matray, *The Reluctant Crusade: American Foreign Policy in Korea, 1941 - 1950*, p. 148.

③ “The Secretary of State to the Political Advisor in Korea (Jacobs),” May 12, 1948, in *FRUS, 1948*, Vol. 6, The Far East and Australasia, p. 1195.

而两天后，联合国朝鲜临时委员会主席在演说中声称选举中存在部分违反选举法和委员会建议的现象，一些委员会成员对右翼主导选举不满。而且，选举在数小时内便达到了相当高的投票率，这不禁使人在一定程度上对选举结果持谨慎和保留态度。[①] 当日，美国驻朝鲜政治顾问雅各布致电马歇尔，认为委员会偏袒北朝鲜和南部朝鲜持异议者。他和霍奇甚至指责委员会中存在共产党集团，且该集团正在努力将朝鲜半岛并入苏联的轨道。[②] 此后美国外交人员开始竭力促使各相关国家认可南部朝鲜的选举结果，承认即将建立的南部朝鲜政府为朝鲜半岛的唯一合法政府。

最初，美国的游说活动仅限于中国和印度等影响力较大的国家。[③] 7月10日，马歇尔向部分驻外外交官员发出指示，先是声明美国无意干涉联合国对朝鲜选举结果的认定和对未来朝鲜政府性质的判断，接着便转入正题说，联合国在推动朝鲜走向自由独立方面已取得了非常明显的成效，联合国朝鲜临时委员会及其成员国所采取的任何可能被认为拒绝承认朝鲜新政府的行动都将使这些成效大打折扣；任何有损朝鲜新政府信誉和权威的行动都会不可避免地有利于苏联在朝鲜北部扶植的傀儡政

① "The Political Advisor in Korea (Jacobs) to the Secretary of State," May 13, 1948, *FRUS*, *1948*, Vol. 6, The Far East and Australasia, pp. 1195 - 1197.

② "The Political Adviser in Korea (Jacobs) to the Secretary of State," May 13, 1948, in *FRUS*, *1948*, Vol. 6, The Far East and Australasia, pp. 1197 - 1198.

③ "The Secretary of State to the Embassy in India," June 22, 1948, in *FRUS*, *1948*, Vol. 6, The Far East and Australasia, pp. 1223 - 1224; "The Secretary of State to the Embassy in China," June 28, 1948, in *FRUS*, *1948*, Vol. 6, The Far East and Australasia, pp. 1230 - 1231.

权，甚至增加朝鲜半岛在作为苏联卫星国的方案下实现统一的可能性；如果国际社会不承认南部朝鲜新建政府为代表朝鲜半岛的唯一合法政府，那么就是公开支持苏联加强在朝鲜北部傀儡政权中的地位，排除新建朝鲜政府接纳北方代表的可能性，朝鲜半岛的分裂将会进一步加深。因此，美国准备承认朝鲜新政府为“联合国大会决议所设想的朝鲜国民政府”，建议联合国朝鲜临时委员会继续实施联大决议的其他条款。同时，美国驻外外交代表应与所在国政府的外交官员非正式地秘密协商此事。这些国家包括澳大利亚、加拿大、中国、萨尔瓦多、法国、印度、菲律宾、叙利亚和英国。① 结果对美国来说可谓“喜忧参半”：英国、澳大利亚、印度和加拿大明确表示不承认南部朝鲜新建政府，中国、叙利亚、菲律宾和萨尔瓦多支持美国的立场，法国的态度摇摆不定。②

① “The Secretary of State to Certain Diplomatic and Consular Officers Abroad,” July 10, 1948, in *FRUS*, *1948*, Vol. 6, The Far East and Australasia, pp. 1235 - 1237.

② “Prospects for Survival of the Republic of Korea,” October 28, 1948, in *DNSA*, SE00046; “Lieutenant General John R. Hodge to the Secretary of State,” June 20, 1948, in *FRUS*, *1948*, Vol. 6, The Far East and Australasia, pp. 1219 - 1220; “The Ambassador of the United Kingdom (Douglas) to the Secretary of State,” July 13, 1948, in *FRUS*, *1948*, Vol. 6, The Far East and Australasia, pp. 1239 - 1240; “The Charge in Australia (Nielsen) to the Secretary of State,” July 14, 1948, in *FRUS*, *1948*, Vol. 6, The Far East and Australasia, pp. 1241 - 1242; “The Ambassador of the United Kingdom (Douglas) to the Secretary of State,” July 14, 1948, in *FRUS*, *1948*, Vol. 6, The Far East and Australasia, p. 1242; “The Ambassador in China (Stuart) to the Secretary of State,” July 15, 1948, in *FRUS*, *1948*, Vol. 6, The Far East and Australasia, p. 1243; “The Charge in the Philippines (Lockett) to the Secretary of State,” July 16, 1948, in *FRUS*, *1948*, Vol. 6, The Far East and Australasia, p. 1245; “The (转下页注)

更令美国驻朝鲜军政代表担心的是，联合国朝鲜临时委员会并未马上正式承认南部朝鲜的选举结果。委员会先是宣布打算到日本起草提交联合国的报告，在遭日方拒绝后又将起草地点改为中国上海。5月29日～6月5日，委员会在上海起草了报告的前五章，6月7日返回汉城。① 然而，由于委员会内部成员对南部朝鲜选举的民主程度认识不一，报告中最重要的第六章迟迟没有完成。

7月22日，联合国朝鲜临时委员会终于批准了报告的第六章。报告认为：南部朝鲜选举的准备过程中和选举当天存在相当

（接上页注②）Charge in India (Donovan) to the Secretary of State," July 19, 1948, in *FRUS*, *1948*, Vol. 6, The Far East and Australasia, pp. 1246 - 1247; "The Ambassador of the United Kingdom (Douglas) to the Secretary of State," July 19, 1948, in *FRUS*, *1948*, Vol. 6, The Far East and Australasia, pp. 1247 - 1248; "Memorandum of Telephone Conversation, by the Chief of the Division of Chinese Affairs (Sprouse)," July 23, 1948, in *FRUS*, *1948*, Vol. 6, The Far East and Australasia, p. 1255; "The Ambassador in El Salvador (Nufer) to the Secretary of State," July 30, 1948, in *FRUS*, *1948*, Vol. 6, The Far East and Australasia, p. 1266; "The Ambassador of the United Kingdom (Douglas) to the Secretary of State," August 13, 1948, in *FRUS*, *1948*, Vol. 6, The Far East and Australasia, p. 1273; "The Canadian Under Secretary of State for External Affairs (Pearson) to the American Counselor of Embassy (Harrington)," August 13, 1948, in *FRUS*, *1948*, Vol. 6, The Far East and Australasia, pp. 1274 - 1275; "The Charge in India (Donovan) to the Secretary of State," August 14, 1948, in *FRUS*, *1948*, Vol. 6, The Far East and Australasia, p. 1276; "The Charge in Australia (Nielsen) to the Secretary of State," August 18, 1948, in *FRUS*, *1948*, Vol. 6, The Far East and Australasia, p. 1281; "Editorial Note," in *FRUS*, *1948*, Vol. 6, The Far East and Australasia, p. 1317.

① "The Political Adviser in Korea (Jacobs) to the Secretary of State," May 13, 1948, in *FRUS*, *1948*, Vol. 6, The Far East and Australasia, p. 1198; "The Political Adviser in Korea (Jacobs) to the Secretary of State," June 7, 1948, in *FRUS*, *1948*, Vol. 6, The Far East and Australasia, p. 1216.

程度的自由气氛，人民享有言论、出版和集会的权利；驻朝美军和朝鲜临时政府对选举活动的安排与委员会选举程序建议相一致，符合选举法的要求；根据委员会现场观察团的汇报，考虑到朝鲜人民的政治文化传统及以往经历，5 月 10 日选举的结果可以被认为是南部朝鲜人民自由意志的有效表达。① 虽然报告的内容不完全符合事实，措辞又隐含勉强的成分，但美国毕竟初步实现了推动联合国承认南部朝鲜选举结果的目的。在部分美国官员看来，此举的意义在于通过联合国对韩国的政治和道义支持，将韩国的生存和发展与联合国的信誉联系在一起，借此对“一直企图统治南部朝鲜”的苏联构成“政治威慑”，使美国可以更加安全地撤出朝鲜。②

虽说 1948 年 12 月 12 日第三届联大正式承认韩国为朝鲜半岛唯一合法政府，但李承晚政权国内法统的缺失并未因此得到根本改善。朝鲜民主党（后更名为“韩国民主国民党”）与李承晚关系的彻底破裂、国会与政府的权力之争、人民的反独裁运动以及共产党领导的游击战构成了韩国成立初期对李氏政权统治合法性的主要挑战。

朝鲜民主党领导人大多为前亲日派，他们需要借助李承晚的政

① “The Political Adviser in Korea (Jacobs) to the Secretary of State,” July 25, 1948, in *FRUS*, *1948*, Vol. 6, The Far East and Australasia, pp. 1260 - 1261.

② 事实上，虽然美国陆军部在 12 月 22 日以 10 天前联合国大会通过有利于韩国的决议为由主张尽早撤军，但 1949 年初，参谋长联席会议和中央情报局仍然认为美军撤出朝鲜之后北朝鲜非常可能入侵韩国。参见 Bruce Cumings, *The Origins of the Korean War*, Vol. 2, The Roaring of the Cataract, 1947 - 1950, pp. 75 - 76; “The Under Secretary of Army (Draper) to the Assistant Secretary of State for Occupied Areas (Saltzman),” December 22, 1948, in *FRUS*, *1948*, Vol. 6, The Far East and Australasia, pp. 1341 - 1343。

治威望来保护自己。反过来，李承晚也需要朝鲜民主党的资金和影响力，以加强自己在国内的政治地位。或许正因为如此，归国后的李承晚很快便与朝鲜民主党结成政治同盟。[①] 但这一同盟并不稳固：1948 年国会普选时，朝鲜民主党 91 位候选人中只有 29 人获胜，而李承晚领导的“朝鲜促进独立国民党”却获得 55 席；[②] 在制定宪法过程中，李承晚迫使朝鲜民主党放弃内阁制主张；朝鲜民主党预计将在李承晚指定的 12 名内阁成员中占据 8 席，而实际上仅有两人进入内阁。这一切令朝鲜民主党极其失望，认为李承晚背信弃义。1949 年 2 月 10 日朝鲜民主党实施改组，吸收了朝鲜独立党的申翼熙・池青天系和大韩国民党的部分势力，更名为“韩国民主国民党”，并作为反对党对李承晚集团发起了强有力的挑战。[③]

1950 年 3 月，韩国民主国民党提出宪法修正案，要求建立以总理向国会负责为特征的“半议会制”。李承晚恐吓道：一旦如此，美国会断绝援助，政府也将为之举行全民公决。法案最终没有获得通过。[④] 实际上，对于韩国修宪问题，美国并未发表

---

① 曹中屏、张琏瑰：《当代韩国史（1945～2000）》，第 32 页；Bruce Cumings, *The Origins of the Korean War*, Vol. 2, The Roaring of the Cataract, 1947 – 1950, pp. 218 – 219.

② Byong-man Ahn & Soong-hoom Kil & Kwang-woong Kim, *Elections in Korea*, Seoul: Seoul Computer Press, 1988, p. 7.

③ 董向荣：《美国对韩国政治经济发展的影响（1945～1963 年）》，第 28～29 页；Bruce Cumings, *The Origins of the Korean War*, Vol. 2, The Roaring of the Cataract, 1947 – 1950, p. 219.

④ Hakjoon Kim, *Korea's Relations with Her Neighbors in a Changing World*, p. 141; Donald Stone Macdonald, *U. S. -Korean Relations from Liberation to Self-Reliance: The Twenty-Year Record*, p. 185; James I. Matray, *The Reluctant Crusade: American Foreign Policy in Korea, 1941 – 1950*, pp. 222 – 223; 曹中屏、张琏瑰：《当代韩国史（1945～2000）》，第 81 页。

官方意见。当私下里被问及对此事的看法时，美国驻韩国使馆官员认为宪法修正案之争及该法案的通过会影响韩国政府的稳定，最好等到5月选举产生新一届国会时再议。与此同时，美国驻韩国经援代表团团长阿瑟·邦斯（Arthur Bunce）致函韩国总理李范奭（Lee Bum-Suk），重申美国经济合作署（Economic Cooperation Administration）不会以经援影响任何受援国人民的政治立场，从而否定了李承晚关于美国断绝援助的威吓，客观上鼓励了修宪派。3月8日，美国使馆官员又以“违宪”和“对美援计划产生负面影响”为由，通过李承晚的夫人间接劝说李承晚放弃越过国会举行全民公决的想法，但李置之不理。[①] 此时的美国陷入了尴尬的两难境地：支持修宪案，将会面对与李承晚的矛盾；反对修宪案，又与平时自己在意识形态方面的宣传不符。无奈之下，杜鲁门政府选择了折中路线，即私下表达目前韩国不宜修宪的看法，并委婉地规劝李承晚保持克制。在这里，我们不仅可以看到美国对与李承晚保持良好关系的重视，更能发现选择李承晚为“代理人”之后杜鲁门政府所面临的困境。

相比之下，李承晚与国会的矛盾更为激烈。李氏出身贵族，成年后大部分时光是在海外流亡中度过的。朝鲜光复不久，年过七旬的他归国。[②] 那时在朝鲜人心目中，李承晚是一个坚持不懈地争取民族独立的英雄，值得爱戴。实际上，他

---

① Donald Stone Macdonald, *U. S. -Korean Relations from Liberation to Self-Reliance: The Twenty-Year Record*, pp. 185 - 186.

② John Kie-Chiang Oh, *Korea Politics: The Quest for Democratization and Economic Development*, pp. 32 - 33.

在当地并无牢固的政治根基。大韩民国成立后，为了培植真正属于自己的政治势力，李承晚任命官员主要基于以下三个标准：盲目地对他表示忠诚；曾是臭名昭著的亲日派；具有北朝鲜背景。在当时的社会环境下，具有这些特征的人一旦成为政府官员，必然在很大程度上依赖李承晚的政治保护，顺从李承晚的个人意志。1948 年 8 月，李承晚宣布内阁名单，相当一部分是前亲日派。国会对此提出强烈抗议，[①] 但毫无结果。9 月 12 日，谋求反击的国会通过了以惩罚和肃清前亲日分子为主要内容的“惩治叛徒法”（又称“反民族行为特别处罚法”），继而相应地成立了“国会反民族行为特别调查委员会”（简称“反特委”）。由于李承晚的统治基础是由前亲日分子组成的中央官僚机构和军警系统，因此以上举措直接引发了府会冲突。

1948 年 10 月，韩国的丽水市和顺天市发生大规模士兵暴动。李承晚政府一面调集军警力量镇压“叛乱”，一面大肆逮捕“可疑分子”，矛头直指共产党和以金九及其追随者为代表的反对派。[②] 为了给压制活动披上合法的外衣，李承晚不顾众多议员的反对，于11 月操纵国会批准了《国家安全法》，将“敌人”宽泛地界定为任何密谋反对国家的组织，并规定以任何形式诽谤宪政机构的人都将被处以十年以下徒刑。12 月 1 日，这项法

① Bruce Cumings, *The Origins of the Korean War*, Vol. 2, The Roaring of the Cataract, 1947 – 1950, pp. 234 – 235.

② Joong-Seok Seo, “The Establishment and Anti-Communist State Structure Following the Founding of the Korean Government,” *Korea Journal*, Vol. 36, No. 1 (Spring 1996), p. 84; Adrian Buzo, *The Making of Modern Korea*, pp. 74 – 75.

令正式颁布实施。[①] 美国对此基本抱支持态度。在杜鲁门政府看来，李承晚政权面对着金九反对派和共产党的双重挑战。如果后两者“相互勾结”，韩国政府将面临垮台的危险。[②] 如今，《国家安全法》的通过恰好给美国吃了一颗定心丸。

从1949年1月8日开始，反特委先后逮捕了朴兴植、崔麟、崔南善和李兴洙等主要前亲日派。前亲日派分子并没有坐以待毙，崔兰洙、卢德述和洪宅喜等高级警官一直在策划绑架和杀害国家整肃亲日分子机构主要官员以及主张整肃的国会议员。后来职业杀手白民泰自首，阴谋才暴露出来。以此为契机，反特委进一步加大了整肃力度，一批罪大恶极的前亲日分子陆续被捕。[③] 这时李承晚决定不再静观其变，公开以“影响国家安

---

① John Kie-Chiang Oh, *Korea Politics: The Quest for Democratization and Economic Development*, pp. 36 – 37; Donald Stone Macdonald, *U. S. -Korean Relations from Liberation to Self-Reliance: The Twenty-Year Record*, p. 184; Bruce Cumings, *The Origins of the Korean War*, Vol. 2, The Roaring of the Cataract, 1947 – 1950, p. 219; 曹中屏、张琏瑰:《当代韩国史（1945～2000）》，第76～77、80～81页。表面上看，《国家安全法》是为了对付作为韩国主要共产党组织的朝鲜劳动党。实际上，李承晚意在利用该法消灭一切反政府力量。例如，1949年李承晚以《国家安全法》和“反共”为名数次逮捕包括金若水和卢镒焕在内的进步派国会议员。在对这些人进行审判的过程中，严刑拷打获得的供词成为判决的依据。

② 美国的根据是：1948年10月13日，韩国47名国会议员联合要求美军立即撤出朝鲜。这表明韩国国会议员中已有四分之一认同共产党的宣传，倒向了金九和金奎植的政治路线，或者说加入到了民族主义运动之中。参见Joong-Seok Seo, “The Establishment and Anti-Communist State Structure Following the Founding of the Korean Government,” p. 86。

③ Andrew C. Nahm, *Korea: Tradition & Transformation, A History of the Korean People*, 1988, p. 353; 曹中屏、张琏瑰:《当代韩国史（1945～2000）》，第79页。

全”和“惩治叛徒法违宪”为由要求反特委释放被捕人员、停止逮捕行动并修改“惩治叛徒法”。接着，李承晚政府又气急败坏地逮捕了国会议员中“青年进步团体”[①] 的三名领袖，唆使右翼组织指称支持肃清亲日派的国会议员为“赤色分子”，还命令警察袭击了反特委总部。[②] 反特委也毫不示弱，继续逮捕前亲日分子，同时通过决议要求内阁对以上政府行为负责并引咎辞职，否则国会将不考虑政府提交的任何议案。国会的抗议得到了司法机关的支持，最高法院主法官宣布警察对反特委总部的攻击非法。然而，这一切均未能阻止李承晚的倒行逆施，他继续借助《国家安全法》疯狂逮捕进步国会议员，破坏反特委的工作。[③] 国会最后被迫做出让步，缩短了“惩治叛徒法”的实施期限并于 1951 年 2 月正式废除该法。[④] 事实上，在亲李势力的反对和阻挠下，对亲日派的整肃工作并未取得实际成果。至 1949 年 9 月，被指控为“国家叛徒”的 241 人中只有一人被关押在狱，116 人获得保释，另外 124 人则逍遥法外。对此，美国驻韩

① 这些人以金若水和卢镒焕为首，坚决反对李承晚的独裁统治，主张以社会主义方式改革国家体制，并要求美国撤军。

② Joong-Seok Seo, “The Establishment and Anti-Communist State Structure Following the Founding of the Korean Government,” pp. 90 – 92, 97; Bruce Cumings, *The Origins of the Korean War*, Vol. 2, The Roaring of the Cataract, 1947 – 1950, p. 235.

③ 曹中屏、张琏瑰：《当代韩国史（1945～2000）》，第 79～80 页；Joong-Seok Seo, “The Establishment and Anti-Communist State Structure Following the Founding of the Korean Government,” pp. 97 – 98.

④ Joong-Seok Seo, “The Establishment and Anti-Communist State Structure Following the Founding of the Korean Government,” p. 98; Bruce Cumings, *The Origins of the Korean War*, Vol. 2, The Roaring of the Cataract, 1947 – 1950, pp. 235 – 236.

大使穆西奥（John J. Muccio）评价说：“（韩国对国家叛徒的审判）轰轰烈烈地开始，实际上却以一些最臭名昭著的前亲日分子的安然逃脱而结束。”①

在保护亲日派的同时，李承晚政权也在策划消灭温和民族主义力量，其中最典型的事例就是暗杀金九。金九是前流亡朝鲜临时政府的总统，光复后曾与李承晚一起反对托管。1947 年末 1948 年初，南部朝鲜单独选举的态势日益明显。由于在南部朝鲜建立分立政府的问题上存在严重分歧，金九与李承晚矛盾日深，最终分道扬镳。此后金九走上了要求美国撤军和推动南北协商统一的道路，并获得了相当一批民众和国会议员的支持。② 1949 年 6 月 26 日，金九被安度晖（An Tu-hŭi）暗杀。李承晚一再声明此事与己无涉，并谎称刺客是金九领导的朝鲜独立党的成员，但后来的调查证明韩国的军警官员参与了暗杀活动，李承晚也以某种方式卷入其中。更令人震惊的是，1992 年安度晖承认在暗杀金九之前曾两次与美国中央情报局官员会面。③ 美国驻韩使馆分析认为，金九遇刺标志着韩国军队开始介入政治。不过，金九死后，韩国军队和政府倒是可以更加安心了。虽然金九事件遭到美国公众舆论的广泛谴责，但美国政府并未公开表态。④

① Bruce Cumings, *The Origins of the Korean War*, Vol. 2, The Roaring of the Cataract, 1947 - 1950, p. 235.

② 曹中屏、张琏瑰：《当代韩国史（1945～2000）》，第 78 页。

③ James I. Matray, *The Reluctant Crusade: American Foreign Policy in Korea, 1941 - 1950*, p. 201; Joong-Seok Seo, “The Establishment and Anti-Communist State Structure Following the Founding of the Korean Government,” pp. 101 - 102.

④ Donald Stone Macdonald, *U. S. -Korean Relations from Liberation to Self-Reliance: The Twenty-Year Record*, p. 185.

由此可见，即便美国没有直接参与策划暗杀金九的阴谋，至少也是默许甚至持赞同态度。

如果说李承晚对付国会中的“青年进步团体”和温和的民族主义力量时还要或多或少地顾及一下“法律依据”，那么在镇压人民和共产党的反独裁斗争方面则是肆无忌惮。1948 年4 月3 日，左翼力量领导济州岛人民发起了反对当地警察和右翼准军事青年组织西北青年团专制统治的斗争，起义者明确提出反对南部单独选举，要求实现南北统一。美国军政府调动警察、警备队和右翼准军事青年组织疯狂镇压济州岛起义。美军也参与其中，审问被捕岛民、训练反颠覆部队并利用弹着观察机搜索游击队。[①] 不久，起义被镇压下去，但人民心中愤怒的烈火并未因此熄灭。10 月 19 日，驻丽水的韩军第14 联队的一个大队接到镇压济州岛游击队的命令，反对同族杀戮的40 名军人在南朝鲜劳动党党员池昌洙的提议下决定举行暴动。[②] 数千名士兵起而响应，迅速占领了丽水和顺天两市。[③] 虽然此时韩国已然建立，但根据秘密协议，美国依旧控制着韩军。因此，美国仍是此次镇压活动的重要参与者：由美国驻韩军事顾问团的哈利·富勒（Harley E. Fuller）、詹姆斯·霍斯曼（James Hausman）和约翰·瑞德（John P. Reed）等人指挥作战行动；美国的C－47 运

---

① Bruce Cumings, *The Origins of the Korean War*, Vol. 2, The Roaring of the Cataract, 1947－1950, pp. 253－254.

② 曹中屏、张琏瑰：《当代韩国史（1945～2000）》，第 89 页。

③ Peter Clemens, "Captain James Hausman, US Army Military Advisor to Korea, 1946－48: The Intelligent Man on the Spot," p. 190; Donald Stone Macdonald, *U. S.-Korean Relations from Liberation to Self-Reliance: The Twenty-Year Record*, p. 104.

输机帮助运送韩军、武器和其他物资；美国驻韩军事代表团利用弹着观察机监视暴动地区；美国情报部门与韩国军警系统下属情报机关密切合作。[①] 27日，暴动宣告失败。[②]

丽顺暴动对韩国政治影响很大。首先，在霍斯曼的建议下，李承晚政府以“保持军队忠诚”和“清除共产党势力”为名在韩军中展开大清洗。至1950年春，至少有5000多名军人被开除军籍。[③] 其次，李氏政权借助因人民起义造成的政治恐慌，以“维护国家安全”为由大肆镇压异己，限制人民民主权利。具体措施包括：制定以新闻检查为主要内容的《新闻法》，详细规定“出版指导原则”，严禁出版物中出现承认朝鲜和反对美军的迹象；通过《邮件取缔法》赋予政府检查信函的权力；凭借《公演法》严格控制艺术活动；利用《国家安全法》疯狂逮捕政治反对派。再次，起义结束不久，韩国警察对西北青年团进行了为期12天的训练。然后，受训的西北青年团成员就以正规警察的身份赶赴丽水市和顺天市，负责维护当地秩序。至1948年12

① Allan R. Millett, "James H. Hausman and the Formation of the Korean Army, 1945 - 1950"; Bruce Cumings, *The Origins of the Korean War*, Vol. 2, The Roaring of the Cataract, 1947 - 1950, p. 264.

② "The Special Representative in Korea (Muccio) to the Secretary of State," October 28, 1948, in *FRUS, 1948*, Vol. 6, The Far East and Australasia, pp. 1317 - 1318；曹中屏、张琏瑰：《当代韩国史（1945 ~ 2000）》，第90页。

③ Allan R. Millett, "James H. Hausman and the Formation of the Korean Army, 1945 - 1950"; Peter Clemens, "Captain James Hausman, US Army Military Advisor to Korea, 1946 - 48: The Intelligent Man on the Spot," p. 191; Bruce Cumings, *The Origins of the Korean War*, Vol. 2, The Roaring of the Cataract, 1947 - 1950, p. 266.

月末，驻守两地的西北青年团成员已达600名左右。这说明李承晚决心强化在当地的独裁统治。[①]

丽顺暴动后，在南朝鲜劳动党的领导下，游击队分成湖南战区、智利山战区、太白山战区、岭南战区和济州岛战区开展游击战争。1949年6~10月，各战区的游击队被重新整编成人民游击队，在北部受训的1400余名骨干也加入进来。当时在南部朝鲜流行一句话："白天是大韩民国，夜间是人民共和国。"游击队的影响由此可见一斑。[②] 美国决策者明显感觉到了威胁。迪安·艾奇逊和乔治·凯南等人认为，如果韩国不能抵制内部颠覆，那么东北亚将会出现另一个国民党政权。[③] 于是，李承晚政府一面宣布包括南朝鲜劳动党在内的133个左翼政党和社会团体非法，一面与美国一道发起了对人民游击队的全面"讨伐"。"讨伐军"将美式和日式反颠覆策略结合在一起加以利用，包括屠杀同情共产党的农民、实行"三光政策"、营建"设防村落"和处死被俘的共产党员或对其进行"洗脑"等。[④] 此次

---

① Joong-Seok Seo, "The Establishment and Anti-Communist State Structure Following the Founding of the Korean Government," pp. 88 - 90; Bruce Cumings, *The Origins of the Korean War*, Vol. 2, The Roaring of the Cataract, 1947 - 1950, pp. 266 - 267; 曹中屏、张琏瑰：《当代韩国史（1945~2000）》，第77页。

② 赵虎吉：《揭开韩国神秘的面纱——现代化与权威主义：韩国现代政治发展研究》，第52、68页。

③ Bruce Cumings, *The Origins of the Korean War*, Vol. 2, The Roaring of the Cataract, 1947 - 1950, p. 285.

④ 曹中屏、张琏瑰：《当代韩国史（1945~2000）》，第91页；Bruce Cumings, *The Origins of the Korean War*, Vol. 2, The Roaring of the Cataract, 1947 - 1950, pp. 285 - 287; Donald Stone Macdonald, *U. S. -Korean Relations from Liberation to Self-Reliance: The Twenty-Year Record*, pp. 105 - 106.

“讨伐”活动一直持续到朝鲜战争前，打散或消灭了大部分游击队。①

不仅如此，李承晚还通过社会动员的方式建立了“大韩青年团”和“学生国防军”等反共组织。1948 年末 1949 年初，李氏将各右翼准军事青年组织合并成“大韩青年团”。它既是李承晚的私人组织，又接受政府的资助，以“半警察”的身份维护李承晚政府的独裁统治，因而兼具准军事和半官方性质。正如美国驻韩使馆官员埃弗雷特·德拉赖特（Everett Drumwright）所认为的，该组织成立的主要目的就是反共。1949 年 4 月 22 日，另一个重要的反共组织“学生国防军”宣告成立。李承晚指定“学生国防军”为唯一合法的学生组织，并通过该组织向各级学校安插极右反共分子，借以阻止共产主义思想在知识分子中传播。同时，朝鲜劳工联合会、朝鲜妇女协会以及朝鲜农民联合会等各种各样的反共组织也纷纷成立。②

总的来说，朝鲜解放初期南部地区主要存在三种意识形态：共产主义、反共主义和民族主义。③ 美国军政府期间，官方的主导意识形态是坚决反对共产主义和在相当程度上排斥民族主义。韩国建立后，李承晚政权严厉镇压了以金九和金奎植为代表的主张南北统一和美国撤军的民族主义力量，并逮捕了韩国国会

① 赵虎吉：《揭开韩国神秘的面纱——现代化与权威主义：韩国现代政治发展研究》，第 68 页。

② Joong-Seok Seo, “The Establishment and Anti-Communist State Structure Following the Founding of the Korean Government,” pp. 94 – 95.

③ 当然，这种划分方法的准确性是相对的，事实上三者或多或少地也以交叉的方式存在着。

中的进步议员。[①] 在这种情况下，民族主义一度退出韩国主流意识形态的舞台。在反共方面，李承晚更是不择手段：借丽顺暴动之机制定了《国家安全法》，使镇压共产党的行为“有法可依”，并在约一年后宣布南朝鲜劳动党非法；在美国的帮助下“讨伐”共产党游击队；对军队进行大清洗，彻底清除左倾军人；通过社会动员的方式，在各阶层中广泛建立反共组织，企图使反共主义渗入占人口大多数的农民、工人和学生中，根除共产主义思想赖以生存的社会土壤。就这样，1950 年春，反共主义彻底取代了强调同文同种的民族主义和主张按照大众意愿实行彻底变革的共产主义，成为韩国的主导意识形态。

历史不能假设，但根据某个特定时期的特定社会背景进行一些推论也许有助于对史实的认知。日本败降后，共产主义思想在相当程度上代表着朝鲜工农大众的建国意愿，而日殖时期发展起来的民族主义思潮在人民心目中也享有很高的地位。应该说，如果那时朝鲜的发展没有受到外部的强有力干涉，共产主义和民族主义都有可能成为当地主导的意识形态和建国思想。然而，随着美国军政府的建立、美苏关系的逐渐恶化以及李承晚领导的极右势力的不断壮大，反共主义跻身主流意识形态行列，并于 1950 年春发展成为国家主导意识形态。此后李承晚政权不断以“反共”为由加强独裁统治，韩国民主化进程严重受阻。客观地讲，杜鲁门政府并未任由李承晚践踏人民民主权利。为了不过分破坏韩国的国际形象，美国也曾劝说李承晚不要进

① Joong-Seok Seo, “The Establishment and Anti-Communist State Structure Following the Founding of the Korean Government,” p. 100.

行太多的政治压制，反对韩国推迟1950年国会选举，甚至命令正在进行反游击战争的韩国“讨伐叛军”司令宋虎生采取有力措施制止警察的非法暴力行为，但大都无果而终。① 原因有三：其一，美国在要求李承晚保持克制时的态度多数情况下并不十分坚决；其二，韩国占据着反共前沿的战略地位，李承晚可以借此较轻易地抵制杜鲁门政府的压力；其三，美国在韩国的首要政治目标是反对共产主义，而非推动当地的民主化进程。② 为了反共，有时美国甚至会有意无意地加强李承晚的独裁统治。此后的美韩政治关系进一步证明了以上认识。

2. 李承晚独裁统治的加强与美国的反应和对策

朝鲜战争对韩国人民来说是一场巨大的灾难，而对李承晚来说却是加强独裁统治的良机。战争爆发之初，在朝鲜人民军的强大攻势下，李承晚政权被迫撤出汉城。撤离之前，政府趁机未经审理就处决了一大批其认为有可能协助朝鲜人民军的人员和左派人士，温和派和左翼力量被大大削弱。麦克阿瑟指挥美军在仁川登陆后，朝鲜人民军腹背受敌，平壤失守。李承晚政权向北方占领区派出了警察团、治安队以及灭共团、西北青

① James I. Matray, *The Reluctant Crusade: American Foreign Policy in Korea, 1941 - 1950*, pp. 201 - 202; Stephen Pelz, “U. S. Decisions on Korean Policy, 1943 - 1950: Some Hypotheses,” in Bruce Cumings (ed.), *Child of Conflict: The Korean-American Relationship, 1943 - 1953*, pp. 126 - 127; Donald Stone Macdonald, *U. S. -Korean Relations from Liberation to Self-Reliance: The Twenty-Year Record*, p. 165; Bruce Cumings, *The Origins of the Korean War*, Vol. 2, The Roaring of the Cataract, 1947 - 1950, pp. 257, 265 - 266.

② 以上观点在很大程度上引申自 William Stueck, *Rethinking the Korean War: A New Diplomatic and Strategic History*, Princeton: Princeton University Press, 2002, pp. 194 - 196。

年团、大韩青年团等右翼准军事青年组织，在40多天的占领期内杀害了大量共产党人士和无辜人民。其中，平壤有15000人被杀，黄海道的被残害者更是达到了12万多人。①

在北方人民军短暂占领南部期间，韩国游击队的力量迅速壮大。根据“联合国军”司令部的命令，韩国政府组建了第11师团，专门“讨伐”游击队。1951年2月初，在围剿屡遭失败的情况下，行政当局命令第11师团第9联队大规模进攻居昌、咸阳和山清等地的游击队。此次下达的作战命令规定，枪杀作战地区内的全体人员，烧毁作为“共匪”根据地的一切建筑物，并把可能作为敌人补给的粮食和其他物资运送至后方安全地区或就地焚烧。据此，2月10～11日，第9联队第3大队队长韩少锡以“通匪罪”对庆尚南道居昌郡神院面内吞和朴山部落的无辜村民进行集体屠杀，共600余人被害（包括50名婴儿和304名妇女）。这就是著名的“居昌事件”。② 国会组成专门的委员会调查此事。由于担心事情败露，庆南地区戒严司令部民事部长金宗元（Kim Chongwon）命令属下向调查委员会成员开枪，阻止调查活动。③ 1950年12月，李承晚政府公布了《组建国民

---

① Andrew C. Nahm, *Korea: Tradition & Transformation, A History of the Korean People*, p. 427；赵虎吉：《揭开韩国神秘的面纱——现代化与权威主义：韩国现代政治发展研究》，第49页；尹保云：《韩国为什么成功——朴正熙政权与韩国现代化》，第36页。

② 曹中屏、张琏瑰：《当代韩国史（1945～2000）》，第118、126～128页；Adrian Buzo, *The Making of Modern Korea*, p. 85.

③ "The Ambassador in Korea (Muccio) to the Department of State," February 14, 1952, in *FRUS, 1952 - 1954*, Vol. 15, Korea, Washington: United States Government Printing Office, 1984, p. 49.

防卫军法》，规定将 17～40 岁属“第二国民兵役”的壮丁编入国民防卫军。1951 年 1 月韩军后撤时，国民防卫军被集体转移至后方，司令官金润根等人乘机侵吞了 23 亿元公款和 52000 石粮食，致使千余名士兵因补给不足而死亡。国会对这一事件展开了详细调查，金润根等 4 名军官被处死。此即“国民防卫军事件”。[①] 美国情报部门对这一切了如指掌。在韩国政府毫不收敛的情况下，1952 年 2 月 12 日，穆西奥会见李承晚，逐一指出了李承晚自认为绝密的独裁措施，并明确表达了使馆的担忧。对此，李氏多少有些震惊，但并没有流露出任何悔悟之意。[②]

1951 年春，战事趋于稳定，韩国政坛却波澜再起。民主国民党借“居昌事件”和“国民防卫军事件”攻击李承晚，试图趁舆论界和人民对政府不信任之机掀起倒李浪潮。李承晚的反应是将民主国民党各部长官解职，并大批开除民主国民党出身的警察和公务员。5 月 9 日，李始荣副总统因受这两起事件的牵连而辞职。5 月 15 日，在国会对副总统的补选中，民主国民党的金性洙当选。民主国民党乘势又一次要求修改宪法，试图通过建立责任内阁制控制国家政权。[③] 李承晚意欲反守为攻，一面在 10 月正式提出宪法修正案，要求建立总统和副总统的直接选举制以及两院制立法机关，一面命其追随者拉拢国会中的非民

① 曹中屏、张琏瑰：《当代韩国史（1945～2000）》，第 118 页；董向荣：《美国对韩国政治经济发展的影响（1945～1963）》，第 63 页。

② “The Ambassador in Korea (Muccio) to the Department of State,” February 14, 1952, in *FRUS*, *1952 - 1954*, Vol. 15, Korea, pp. 47 - 50.

③ 曹中屏、张琏瑰：《当代韩国史（1945～2000）》，第 118 页；董向荣：《美国对韩国政治经济发展的影响（1945～1963）》，第 63 页。

主国民党势力，并于12月组建了执政党自由党。1952年1月18日，国会以143票对19票否决了李承晚的修宪案。① 李承晚并未善罢甘休，他指使自由党纠集右翼准军事青年组织在各地召开反对否决修宪案国民大会、举行游行示威、包围国会并组织"罢免国会议员运动"。② 一场政治风波正在悄然酝酿。

2月20日，美国驻韩使馆向国务院汇报了李承晚对政治反对派进行的赤裸裸的恐吓活动，并于次日建议杜鲁门致函李承晚，表明美国对韩国政府反停战运动和违宪行为的担忧。③ 杜鲁门在3月4日的信中声称：美国越来越担心韩国政府发起的公开的反停战运动，国际社会对韩国的援助取决于韩国政府的责任感、保持人民团结的能力和奉行民主思想的决心。④ 3月21日，李承晚复信抱怨停战谈判影响"自由人民"的士气，认为除非美国同意与韩国签订共同安全条约并大力援助韩国扩充军队，否则他无法保证韩国人民会支持停战谈判。关于修宪问题，李承晚辩称政府修宪案意在强化和永久保持共和制，不会影响国内团结。⑤

---

① Stephen Jin-Woo Kim, *Master of Manipulation: Syngman Rhee and the Seoul-Washington Alliance, 1953 - 1960*, Seoul: Yonsei University Press, 2001, p. 71; Jongsuk Chay, *Unequal Partners in Peace and War: The Republic of Korea and the United States, 1948 - 1953*, pp. 281 - 282; Donald Stone Macdonald, *U. S. -Korean Relations from Liberation to Self-Reliance: The Twenty-Year Record*, p. 187; Andrew C. Nahm, *Korea: Tradition & Transformation, A History of the Korean People*, p. 428.

② 曹中屏、张琏瑰：《当代韩国史（1945～2000）》，第119页。

③ "The Acting Secretary of State to the Embassy in Korea," February 26, 1952, in *FRUS, 1952 - 1954*, Vol. 15, Korea, p. 61.

④ "President Truman to the President of the Republic of Korea (Rhee)," March 4, 1952, in *FRUS, 1952 - 1954*, Vol. 15, Korea, pp. 74 - 76.

⑤ "The President of the Republic of Korea (Rhee) to President Truman," March 21, 1952, in *FRUS, 1952 - 1954*, Vol. 15, Korea, pp. 114 - 116.

4月17日，主张建立责任内阁制的议员再次向国会递交了修宪案。李承晚针锋相对，立即建立了由自由党等18个政治团体的代表组成的"反对内阁责任制修宪全国斗争委员会"，向国会施压。5月14日，他又一次将略事修改的政府修宪案提交国会，并指使政府官员和青年暴力组织在国会举行会议时上街示威，要求开除支持责任内阁制修宪案的主要议员。[①] 23日，穆西奥在奉命回国协商之前拜访了李承晚。李趁机解释道，他已进入暮年，对连任兴趣不大，但他不能容忍不关心人民福祉、只知道争权夺利的人掌权，因此才要修改宪法，建立总统直选制和国会两院制。穆西奥指出，韩国的政治混乱可能会被共产党利用。李承晚赶忙随声附和，声称为了打击共产党，他已指示国防部长在釜山（韩国政府临时所在地）等地实施军管法。无奈之下，穆西奥只得提醒李承晚，韩国国内局势的恶化将使其在"自由世界"眼中丧失信誉。[②]

5月24日午夜，李承晚政府未与"联合国军"司令部协商便以搜捕共产党游击队为借口在釜山等地区宣布军管法，同时分别任命激进反共分子李范奭、洪范熙（Hong Pom-Hi）、尹敬（Yun-Kyong）为内务部长、内务部副部长和国民警察长官。李承晚"依据军管法"下令逮捕47名反对派国会议员，理由是他们密谋建立包括共产党在内的联合政府。次日凌晨，徐珉浩（So Min Ho）等四位反对派国会议员被捕。该行动直接违背了1948年宪法的第40条，即国会会议期间未经国会批准政府不得

① 曹中屏、张琏瑰：《当代韩国史（1945～2000）》，第119页。

② "Memorandum of Conversation, by the Ambassador in Korea (Muccio)," May 23, 1952, in *FRUS, 1952－1954*, Vol. 15, Korea, pp. 228－231.

逮捕国会议员，除非他们有犯罪行为。[①]

釜山政治风波引起了美国报界和“联合国军”参与国的广泛不满。[②] 27日，驻韩美国第八军司令詹姆斯·万佛里特（James A. Van Fleet）将军与李承晚讨论了韩国的政治局势。会谈中，万佛里特表示，韩国政府的政治活动会使国际社会对韩国失去信心。李承认军管法遭到人们的反对，甚至让步说如果万佛里特也不赞成，他会取消军管法。对于万佛里特提出的当前韩国政府的反国会行为将在国外产生不良影响的问题，李承晚则极力辩白：“暴徒集团”已在国会获得多数，他们中很多人都从敌人那里收受了贿赂，并与反政府的民主国民党一道制订了选举“暴徒总统”的计划，且就未来的内阁成员名单达成了一致。毫无疑问，这些人是叛徒，政府必须采取强有力的措施粉碎他们的阴谋。虽然有人批评他正在努力确保自己连任，但事实并非如此，政府的行动完全是为了挽救韩国及其民主事业，他而非国会议员才是韩国民主的真正守护者。这时，与会的美国驻韩代办小艾伦·莱特纳（Allan E. Lightner, Jr.）[③] 提出异议，声称韩国政府正在阻止国会自由行使职权，反对李承晚的国会议员纷纷被捕，这一切会使国际社会不愿向韩国提供援助。李答复说，他的行动是正确的，代表人

① Stephen Jin-Woo Kim, *Master of Manipulation: Syngman Rhee and the Seoul-Washington Alliance, 1953 – 1960*, p. 71; “Editorial Note,” in *FRUS, 1952 – 1954*, Vol. 15, Korea, p. 242; “The Charge in Korea (Lightner) to the Department of State,” May 27, 1952, in *FRUS, 1952 – 1954*, Vol. 15, Korea, p. 252; 曹中屏、张琏瑰：《当代韩国史（1945～2000）》，第119～120页。

② “The Acting Secretary of State to the Embassy in Korea,” May 29, 1952, in *FRUS, 1952 – 1954*, Vol. 15, Korea, p. 265.

③ 在穆西奥赴华盛顿协商期间，莱特纳代行大使职权。

民的意志，外界的批评不会对他产生任何影响。两个月内，政府定会恢复社会秩序，任何人都无须担心。[①]

随着李承晚一意孤行地在独裁道路上渐行渐远，美国驻韩使馆转而主张采取更强硬的措施。28日，莱特纳在致国务院的电报中指出，李承晚的独裁意图和手段似乎已相当明显。如果此时美国仍坚持传统的不干涉政策，仅仅提出外交抗议，李承晚将如愿以偿。倘若美国决定要全力支持韩国民主事业的发展，那么就必须尽快对李承晚发出最后通牒，要求他立即释放被捕的国会议员，保证国会会议顺利召开并保护国会议员及其家属的安全。假使24小时内韩国政府仍未按此要求行事，“联合国军”将对国会议员采取必要的保护措施。此前，最好先由“联合国军”司令向韩国政府提出正式的抗议和要求，一旦不果再采取强硬行动。[②] 次日，杜鲁门和穆西奥详细讨论了韩国的局势，指出了釜山政治危机正在或可能造成的不良后果：加大了共产党乘韩国内部分裂之机再次发动进攻的危险；增加争取“联合国行动”参与国或其他国家向朝鲜增兵的困难；联合国朝鲜重建署（UNKRA）[③] 和联合国驻韩国民事援助司令部（UNCACK）[④] 更加难于获得财政和人员支

---

① “The Charge in Korea（Lightner）to the Department of State,” May 27, 1952, in *FRUS*, *1952–1954*, Vol. 15, Korea, pp. 252–256.

② “The Charge in Korea（Lightner）to the Department of State,” May 28, 1952, in *FRUS*, *1952–1954*, Vol. 15, Korea, p. 264.

③ 1950年12月，第五届联合国大会决定成立联合国朝鲜重建署，由其代行美国经济合作署援韩使团的职权，专门负责向韩国提供经济援助。

④ 1950年9月，美国政府决定结束对韩国的经济合作署援助计划，同时授权“联合国军”司令部组建联合国驻韩国民事援助司令部，将其作为对韩援助的主要负责机构。

持；此时正值克拉伦斯·迈耶（Clarence E. Meyer）代表团全面考察韩国经济状况之际，人们会越发怀疑韩国的政治形势能否保证其充分利用美元偿付金（具体论述参见本章第三部分）；美国政府将难以继续认真考虑增加对韩军援的问题。总统当即催促穆西奥尽快返回韩国，当面向李承晚转达他个人对韩国政治危机的看法，且希望驻韩使馆能让联合国朝鲜统一和重建委员会（UNCURK）[①]、“联合国军”司令马克·克拉克（Mark W. Clark）和万佛里特敦促韩国政府保持国内团结。[②]

29日，联合国朝鲜统一和重建委员会公开发表声明指出，委员会非常关心韩国的政治发展，希望韩国能遵守民主承诺，保持政府的宪政形式，取消釜山军管法，释放在押国会议员。[③]第二天，莱特纳正式告知李承晚美国政府支持联合国朝鲜统一和重建委员会的声明，要求韩国立即取消军管法。李依旧以挫败“共产党代理人”颠覆韩国政府的阴谋和保卫韩国民主为由替反国会行为辩护。莱特纳反唇相讥，质问被捕者因何都是反对李承晚的国会议员。李氏恼羞成怒，严厉指责美国与联合国朝鲜统一和重建委员会干涉韩国内政，并再次宣称逮捕国会议员是反共的必然要求。[④]当日，莱特纳又向国务院进言：韩国的

① 朝鲜战争爆发后，联合国大会决定成立联合国朝鲜统一和重建委员会，取代1948年建立的联合国朝鲜委员会。

② “The Acting Secretary of State to the Embassy in Korea,” May 29, 1952, in *FRUS, 1952 - 1954*, Vol. 15, Korea, pp. 264 - 265.

③ “The Charge in Korea (Lightner) to the Department of State,” May 30, 1952, in *FRUS, 1952 - 1954*, Vol. 15, Korea, p. 266.

④ “The Charge in Korea (Lightner) to the Department of State,” May 30, 1952, in *FRUS, 1952 - 1954*, Vol. 15, Korea, pp. 266 - 267.

政治形势非常危急，李承晚的行为正在使大众甚至其支持者疏远他，所以美国必须立即（“我的意思是立即”——莱特纳语）在得过且过和采取必要措施之间做出选择。[①] 可国务院并未完全认同莱特纳的紧迫感，主张先评估采取“极为正式的行动”和为各种不测做准备可能产生的影响，暂不考虑干预的问题。[②]

30日，国务院与国防部联合建议“联合国军”司令部支持美国政府及联合国朝鲜统一和重建委员会的立场，推动李承晚取消军管法并恢复宪政。[③] 克拉克却有不同看法。他认为，目前美国有两种政策选择：一是继续敦促李承晚依法行事，可怜地寄希望于他能够理性地听从劝说；二是接管韩国政权并建立某种形式的临时政府。除非釜山政治危机干扰了“联合国军”的行动，否则应选择第一种政策。而且，即便选择了第二种政策，“联合国军”司令部也没有足够的兵力同时应付共产党的大规模进攻、看管战俘和处理后方的政治动荡问题。“因此，美国必须在某种程度上放弃自尊，直至李承晚的非法暴力行径迫使我们必须积极地采取行动为止。”[④]

① “The Charge in Korea（Lightner）to the Department of State,” May 30, 1952, in *FRUS*, *1952 - 1954*, Vol. 15, Korea, pp. 268 - 269.

② “The Acting Secretary of State to the Embassy in Korea,” May 30, 1952, in *FRUS*, *1952 - 1954*, Vol. 15, Korea, pp. 269 - 270.

③ “The Commander in Chief, United Nations Command（Clark）to the Chief of Staff, United States Army（Collins）,” May 31, 1952, in *FRUS*, *1952 - 1954*, Vol. 15, Korea, p. 274.

④ “The Commander in Chief, United Nations Command（Clark）to the Chief of Staff, United States Army（Collins）,” May 31, 1952, in *FRUS*, *1952 - 1954*, Vol. 15, Korea, pp. 274 - 276; “Memorandum by the Deputy Assistant Secretary of State for Far Eastern Affairs（Johnson）to the Secretary of State,” June 2, 1952, in *FRUS*, *1952 - 1954*, Vol. 15, Korea, p. 283.

6月1日，莱特纳两次致电国务院，称李承晚已将逮捕的范围扩大到了非议员，韩国的政治形势异常紧迫，共产党可能趁机发动进攻或加强颠覆活动，美国应当机立断，采取紧急行动。所谓“紧急行动”是指：要求李承晚及其内阁完全接受美国的建议；如果他们固执己见，则软禁李承晚、接管釜山地区的韩国警察和军队、保护国会议员及其家属的安全、确保国会会议顺利召开、释放在押国会议员、签署对新闻媒体的指令并最大限度地公布实施紧急行动的原因；[①] 如果暂时不宜由“联合国军”司令部颁布军管法，那么也可以考虑宣布停止对韩国的经援、把美国军舰开进釜山港、将“联合国军”调至釜山附近并尽可能地促使韩国陆海军按照由“联合国军”司令部实施军管法的设想行事。[②] 然而，国务院依旧担心美国直接干预韩国内政将会造成严重后果，认为长远来看这样做对美国不利，不准驻韩使馆对李承晚发出最后通牒或进行威胁。[③] 至此，在如何解决韩国政治危机的问题上，大体存在两种态度：联合国朝鲜统一和重建委员会与美国驻韩使馆倾向于由“联合国军”司令部出面，以军事手段解决危机；“联合国军”司令部与美国国务院则主张继续对李承晚施加外交压力，避免“最后通牒”式的直接

① “The Charge in Korea (Lightner) to the Department of State,” May 30, 1952, in *FRUS*, *1952 – 1954*, Vol. 15, Korea, pp. 279 – 280.

② “Memorandum by the Deputy Assistant Secretary of State for Far Eastern Affairs (Johnson) to the Secretary of State,” June 2, 1952, in *FRUS*, *1952 – 1954*, Vol. 15, Korea, p. 284.

③ “Memorandum by the Deputy Assistant Secretary of State for Far Eastern Affairs (Johnson) to the Secretary of State,” June 2, 1952, in *FRUS*, *1952 – 1954*, Vol. 15, Korea, p. 284.

干涉。

3日，李承晚召开内阁会议，声称要对国会发出最后通牒，要求国会在24小时内同意政府修宪案，否则将解散国会。[1] 大多数内阁成员对此持反对意见。正值此时，莱特纳向李承晚转交了杜鲁门的信函。在信中，杜鲁门强烈要求李承晚以可行的方式解决政治危机，希望他不要采取向国会发出最后通牒等“不可挽回的行动”。这次，李选择了暂时后退，同意再次修改政府修宪案。[2] 不过，他仍宣称韩国政府的行动意在维护民主，外国不得干涉，甚至还当着莱特纳的面指责美国驻韩使馆站在共产党阴谋参与者一边，宁愿相信那些人也不愿相信他。莱特纳则质问李承晚宪法中哪一条允许他解散国会。李氏反驳说，宪法并没有阻止他解散国会，且人民解散国会的要求将使这一行动合法化。[3]

克拉克仍坚持不干涉立场，甚至不愿公开支持联合国朝鲜统一和重建委员会的主张。[4] 国务院也作如是观：美国应尽一切

① 实际上，按照韩国宪法的规定，总统无权解散国会。

② “President Truman to the President of the Republic of Korea (Rhee),” June 2, 1952, in *FRUS*, *1952 - 1954*, Vol. 15, Korea, pp. 285 - 286; “The Charge in Korea (Lightner) to the Department of State,” June 3, 1952, in *FRUS*, *1952 - 1954*, Vol. 15, Korea, p. 290; “The Charge in Korea (Lightner) to the Department of State,” June 3, 1952, in *FRUS*, *1952 - 1954*, Vol. 15, Korea, pp. 293 - 295.

③ “The Charge in Korea (Lightner) to the Department of State,” June 3, 1952, in *FRUS*, *1952 - 1954*, Vol. 15, Korea, pp. 290 - 293.

④ “The United States Deputy Representative at the United Nations (Gross) to the Department of State,” June 2, 1952, in *FRUS*, *1952 - 1954*, Vol. 15, Korea, pp. 286 - 287.

努力以军事干预以外的手段解决釜山政治危机；韩国政府必须要有领导人，在一定的约束下李承晚是最好的人选，由他来继续执政似乎最符合美国和联合国的利益；目前，美国只想帮助矛盾双方寻找解决方案而不想压制任何一方。几经权衡，国务院授权驻韩大使灵活地向李承晚表达如下立场：李承晚过去两周的行动使美国国务院、国防部和总统大为震惊并因此忧虑万分；美国出版界和国会也在关注此事，这使韩国难以继续获得援助；美国对韩政策的基本准则是尊重韩国的主权，但同时美国也非常关心韩国人民的福祉，因此不可能对韩国政局无动于衷；韩国未与“联合国军”司令和驻韩美国第八军司令协商便在釜山实施军管法，美国政府对此提出强烈抗议；当前韩国的政治动荡可能会促使共产党发动进攻并使美国及其他联合国成员国支持韩国的积极性下降；美国反对韩国政府继续在釜山等重要地区实施军管法，也不愿看到李承晚煽动人民在釜山举行大规模的反国会抗议活动；美国要求韩国解除军事管制、释放在押国会议员并在宪政民主的框架内与国会就宪法修正案问题达成妥协；虽然美国对韩国施加了很大压力，但并未公开发表对釜山政治危机的看法，如果李承晚不立即采取令人满意的行动，美国政府将必须重新考虑这一做法。① 莱特纳并不同意国务院的主张。他认为，坚持宪政原则确实可能会使韩国面临没有合适的总统候选人的问题，但美国必须在李承晚与韩国民主之间做出抉择，若选择了李承晚就意味着韩国不会再向民主的方

① “The Secretary of State to the Embassy in Korea,” June 4, 1952, in *FRUS, 1952 - 1954*, Vol. 15, Korea, pp. 302 - 305.

向前进。时下，在韩国受教育群体眼中，李承晚已成为了专制的代名词，继续允许李承晚掌权将会极大地压制韩国的民主气氛。因此，美国必须采取强硬立场。①

5日，李承晚在给杜鲁门的回信中声称，韩国目前的局势并不像一小撮反政府分子叫嚷的那样严重。人民和各省均要求解散国会，政府有义务按照全体国民的愿望行事。不过，他正在努力以更温和的方式解决危机，希望杜鲁门总统再耐心些。② 7日，联合国朝鲜统一和重建委员会再次致函李承晚，要求他解除军事管制、释放被捕的国会议员并努力与国会达成协议。10日，美国国务院指示穆西奥通知联合国朝鲜统一和重建委员会、李承晚以及韩国国会领导人，美国支持联合国朝鲜统一和重建委员会的立场。这是杜鲁门政府第一次公开与李承晚在釜山政治危机问题上的分歧，明确站在韩国国会一边。此举使李异常恼怒。③

14日，穆西奥致电国务院，汇报了韩国的政治状况：李承晚对外国政府和报界的压力无动于衷，仍无意取消军管法或允许国会自由行使职权，且扬言要进行更广泛的逮捕和清洗。之所以如此，主要是由于李认为只要不发生内战，美国军方和“联合国军”司令部就不会干涉。因此，穆西奥建议克拉克和万佛里特支持驻

① “The Charge in Korea (Lightner) to the Director of the Office of Northeast Asian Affairs (Young),” June 5, 1952, in *FRUS*, *1952 - 1954*, Vol. 15, Korea, pp. 305 - 308.

② “The President of the Republic of Korea (Rhee) to President Truman,” June 5, 1952, in *FRUS*, *1952 - 1954*, Vol. 15, Korea, pp. 316 - 317.

③ “The Ambassador in Korea (Muccio) to the Department of State,” June 12, 1952, in *FRUS*, *1952 - 1954*, Vol. 15, Korea, pp. 324 - 326.

韩使馆与联合国朝鲜统一和重建委员会的立场，共同向李承晚施压。[①] 但克拉克依旧认为，除非韩国国内政治状况明显妨碍了“联合国军”的行动，否则他和万佛里特不能主动介入韩国的内务。[②]

25 日，李承晚致函杜鲁门，重申某些国会议员涉嫌参与共产党的重大阴谋，共产党正通过国会向韩国政府渗透。然而，其他国家的政府却要求韩国取消军管法，释放被指控的国会议员，这样做正合敌人的心意。他还声称正在不解散国会的前提下努力解决政治危机，一定不会让自己成为“独裁者”或民主化进程的障碍。[③] 穆西奥认为，由于韩国的政治冲突有可能在不使局势进一步恶化的情况下得到解决，因此暂时不宜发出最后通牒。[④]

从 7 月 2 日起，韩国政府动用军警人员陆续将拒绝参与讨论政府修宪案的国会议员强行带到国会大厅。4 日晚，在武装警察和宪兵的包围下，“出席”会议的 166 名国会议员以起立表决的方

① “The Ambassador in Korea (Muccio) to the Department of State,” June 12, 1952, in *FRUS*, *1952 - 1954*, Vol. 15, Korea, pp. 337 - 338.

② “The Ambassador in Korea (Muccio) to Commander in Chief, United Nations Command (Clark),” June 16, 1952, in *FRUS*, *1952 - 1954*, Vol. 15, Korea, pp. 338 - 340; “The Ambassador in Korea (Muccio) to the Department of State,” June 18, 1952, in *FRUS*, *1952 - 1954*, Vol. 15, Korea, pp. 341 - 343; “The Ambassador in Korea (Muccio) to the Ambassador in Japan (Murphy),” June 23, 1952, in *FRUS*, *1952 - 1954*, Vol. 15, Korea, pp. 349 - 351; “The Commander in Chief, United Nations Command (Clark) to the Joint Chiefs of Staff,” July 5, 1952, in *FRUS*, *1952 - 1954*, Vol. 15, Korea, p. 377.

③ “The President of the Republic of Korea (Rhee) to President Truman,” June 25, 1952, in *FRUS*, *1952 - 1954*, Vol. 15, Korea, pp. 354 - 355.

④ “The Ambassador in Korea (Muccio) to the Department of State,” June 28, 1952, in *FRUS*, *1952 - 1954*, Vol. 15, Korea, pp. 361 - 362; “The Ambassador in Korea (Muccio) to the Department of State,” June 28, 1952, in *FRUS*, *1952 - 1954*, Vol. 15, Korea, pp. 362 - 364.

式“通过”（163 票赞成，0 票反对，3 票弃权）了以总统直选制为主要内容的“拔萃改宪案”，首开了韩国宪政史上使用武力通过议案的先例。15 日，宪法修正案正式生效。8 月 5 日，根据新的宪法修正案，李承晚在第二届总统选举中以 74.6% 的得票率获得连任。[①]

为什么杜鲁门政府没有在韩国 1952 年政治危机中采取更强硬的干预手段？李承晚又何以能够在与美国的外交斗争中取胜？

其一，早在美国军政府时期，霍奇就非常讨厌和不信任收受腐败政治资金且卷入恐怖暗杀活动的李承晚，但李所持的顽固的反共立场又使霍奇不得不支持他。[②] 在釜山政治风波中，美国国务院主要决策者同样认为，不管怎样，毕竟李承晚坚决反共，就这一点而言，暂时还没有更合适的人选可以代替他。[③] 而且，在大多数国务院官员看来，韩国国会内部存在严重的宗派纷争和腐败现象，无法代表公众意志。[④] 这些看法使国务院始终

① 曹中屏、张琏瑰：《当代韩国史（1945～2000）》，第 121 页；"Editorial Note," in *FRUS*, *1952－1954*, Vol. 15, Korea, pp. 376－377; "South Korean National Assembly on 7/4/52 Votes to Pass 4 Constitutional Amendments," July 5, 1952, in *DDRS*, CK3100239354; Donald Stone Macdonald, *U. S. -Korean Relations from Liberation to Self-Reliance: The Twenty-Year Record*, p. 189.

② Bruce Cumings, *The Origins of the Korean War*, Vol. 2, The Roaring of the Cataract, 1947－1950, pp. 226, 228－229.

③ Jongsuk Chay, *Unequal Partners in Peace and War: The Republic of Korea and the United States, 1948－1953*, p. 281; "The Secretary of State to the Embassy in Korea," June 4, 1952, in *FRUS*, *1952－1954*, Vol. 15, Korea, pp. 302－303; "Memorandum by the Director of the Office of Northeast Asia Affairs (Young) to the Assistant Secretary of State for Far Eastern Affairs (Allison)," June 13, 1952, in *FRUS*, *1952－1954*, Vol. 15, Korea, pp. 334－335.

④ Jong Yil Ra, "Political Crisis in Korea, 1952: The Administration, Legislature, Military and Foreign Powers," p. 304.

拒绝批准驻韩使馆提出的对李承晚发出最后通牒等强硬的政策建议。

其二，美国国务院与“联合国军”司令部同美国驻韩使馆与联合国朝鲜统一和重建委员会在解决韩国政治危机问题上意见相左，持强硬立场的后两者没有对韩国实施经济制裁的实权，且内部均存在不同看法，[①] 这严重阻碍了美国强硬政策的出台，更使李承晚有机可乘。李曾当面严厉指责美国驻韩使馆官员站在共产党阴谋参与者一边，同时声言万佛里特支持釜山军管法，甚至称他为“真正的朋友”。[②] 正因为李氏十分清楚“联合国军”司令部反对采取强硬的军事干预措施，所以才有恃无恐地镇压反政府国会议员。[③]

其三，美国在国际上一再标榜“不干预他国内部事务”，加之韩国国内日益高涨的民族主义情绪和危机期间韩国公众并未发起大规模的反独裁运动[④]等因素，因此杜鲁门政府很难下决心秘密或公然推翻李承晚政权。

---

① Donald Stone Macdonald, *U. S. -Korean Relations from Liberation to Self-Reliance: The Twenty-Year Record*, p. 250; Jong Yil Ra, "Political Crisis in Korea, 1952: The Administration, Legislature, Military and Foreign Powers," p. 313.

② "The Charge in Korea (Lightner) to the Department of State," June 3, 1952, in *FRUS, 1952 - 1954*, Vol. 15, Korea, p. 291; "The Ambassador in Korea (Muccio) to the Ambassador in Japan (Murphy)," June 23, 1952, in *FRUS, 1952 - 1954*, Vol. 15, Korea, p. 350; Jong Yil Ra, "Political Crisis in Korea, 1952: The Administration, Legislature, Military and Foreign Powers," p. 312.

③ Garry Woodard, "The Politics of Intervention: James Plimsoll in the South Korean Constitutional Crisis of 1952," *Australian Journal of International Affairs*, Vol. 56, No. 3 (2002), p. 480.

④ Jong Yil Ra, "Political Crisis in Korea, 1952: The Administration, Legislature, Military and Foreign Powers," p. 306.

韩国1952年宪政危机的影响非常深远。首先，李承晚以相当高的得票率再次当选后，原本的自负心理与“自恋”情结更加膨胀到了极致。促使这一心态形成的背景主要有两个：一方面，他长期在海外从事反日活动，回国后又一直坚持极端的反日立场，在处理与美国的关系时亦有意无意地树立自己民族利益维护者的形象，因而被相当多的韩国人奉为国之磐石；另一方面，李承晚拥有至高无上的任用权，且喜好下属的讨好逢迎和绝对服从，这使得官员们多数情况下不敢如实汇报人民的反李反政府情绪，以免触怒总统或招致“煽动”之嫌。[①] 可以说，李承晚的“自信心”一直受到周围人的“充分保护”。久而久之，他便开始真心相信自己所做的一切都得到了人民的拥护。在以上与美国人的外交交涉中，李曾屡次宣称他是韩国民主的守护者，所做的一切都来自于人民的意志，为了维护韩国的民主他愿意承受一切批评和误解。这些言论或许不完全是李承晚的外交辞令，其内心抑或真的曾有过类似想法也未可知。在1952年总统选举中，李以绝对优势获胜，这使他更加认为自己具有非同一般的个人魅力，只有他才能治理韩国，才能救国于危难之中。[②] 在这种思想的支配下，李承晚依旧很少认真考虑维护政权合法性的问题，越来越忽视国家的经济发展和人民的福利事业，并于1954年为了继续连任而再度修宪。

其次，韩国政府在1952年政治危机中动用了军队，首开军

---

① 尹保云：《韩国为什么成功——朴正熙政权与韩国现代化》，第67页。

② Quee-Young Kim, *The Fall of Syngman Rhee*, Berkeley: University of California Press, 1983, p. 16.

队干政的先例。釜山政治风波中，李承晚一再要求军队支持政府镇压国会。为了保持军队的政治中立，陆军参谋长李钟瓒（Lee Chong Chang）以军队控制权在美国手中为由拒绝向釜山派兵。然而，李承晚依旧动用军队迫使国会通过了政府修宪案并将李钟瓒撤职。① 这种不顾国家安危、一味强化独裁的行为使在前线浴血奋战的将士们尤其是一些年轻将领十分反感，越来越厌恶政客们尔虞我诈的斗争，憎恨李承晚置人民福祉于不顾的独裁行径，反政府情绪日益高涨。这一切为“五一六军事政变”埋下了火种。

再次，1952 年美李围绕釜山政治危机的较量是韩国建立以来二者在外交上的首次正面交锋，在很大程度上奠定了此后美李同盟关系的基调。自韩国制定宪法之日起，李承晚就一直企图全面削弱国会的权力。由于韩国国会中一度存在强烈的反美情绪，且毕竟那时李承晚镇压国会的行动还是以《国家安全法》为名，最初美国并未积极干预。1952 年，李承晚以“反共”和“保卫民主”为借口公然大肆逮捕拒绝支持政府修宪案的国会议员，以彻底摆脱国会对总统职权的制约。为了保住美国亲手为韩国打造的民主外壳，避免严重影响“联合国军”成员国支持韩国的积极性，杜鲁门政府不断向李承晚政权施加外交压力。

① “The Charge in Korea (Lightner) to the Department of State,” May 27, 1952, in *FRUS*, *1952 - 1954*, Vol. 15, Korea, pp. 253 - 254; Garry Woodard, “The Politics of Intervention: James Plimsoll in the South Korean Constitutional Crisis of 1952,” p. 480；董向荣：《美国对韩国政治经济发展的影响（1945～1963）》，第 65 页；赵虎吉：《揭开韩国神秘的面纱——现代化与权威主义：韩国现代政治发展研究》，第 91 页。

但李承晚一意孤行，依旧肆无忌惮地迫害国会议员，强迫国会通过有利于其再次当选的修宪案。期间，美李外交斗争的特点是：美国秘密考虑了包括由“联合国军”司令部实施军管法和建立某种形式的临时政府在内的能够解决韩国政治危机的多种政策选择，但最终还是采用了以劝说和抗议为主的外交手段；李承晚凭借韩国所处的冷战前沿的战略地位以及他本人在部分美国决策者眼中的“不可替代性”，抗议美国干涉韩国内政，拒绝接受美国的建议或做出应有的让步。这一特点一直延续至美李同盟形成后相当长一段时间。

三 重建计划的出师未捷与救济工作的再度启动

1. 重建还是救济：美国对韩国援助政策构想与执行的脱节

早在韩国成立前，美国就已开始考虑新的经援政策。但由于美国政府各部门对韩国未来经济发展普遍持悲观态度，因此很少有机构愿意承担对韩国的经援责任。[①] 1948 年 8 月 25 日，杜鲁门在致国务卿马歇尔的备忘录中指示，经济合作署应准备在 1949 年 1 月 1 日至 3 月 15 日间接管对韩国的经济援助事务。[②] 经合署署长保罗·霍夫曼（Paul G. Hoffman）勉强接受了这一任务。9 月 7 日，美国占领区助理国务卿萨尔茨曼在一份题为

① Donald Stone Macdonald, *U. S. -Korean Relations from Liberation to Self-Reliance: The Twenty-Year Record*, p. 239.

② “Memorandum by the President Truman to the Secretary of State,” August 25, 1948, in *FRUS*, *1948*, Vol. 6, The Far East and Australasia, pp. 1288 - 1289.

“未来对韩国经济援助”的备忘录中称，目前美国对韩国援助政策面对四种选择：（1）在1949年财年结束时停止援助；（2）在年度基础上实行救济计划；（3）在年度基础上或根据长期计划继续向韩国提供救济和重建援助；（4）依据长期计划，向韩国提供包括一定资本在内的救济和经济发展援助，援助当地的煤业、化肥工业、电业和渔业的发展，迅速大幅减少贸易逆差，进而使美援的数量不断下降。但无论如何，美国也不能指望该计划能使韩国完全实现经济自立。萨尔茨曼倾向于选择第四种方案，并具体提出了总额约为4.1亿美元的三年援助计划，目标是使未来对韩国的援助降至每年约4500万美元。这一建议获得了国务院、经合署和陆军部的同意。①

9月17日，马歇尔指示霍夫曼，强调美国对韩国政策的目的依旧是尽可能地实现朝鲜统一，建立一个独立、自治并作为联合国成员国的主权国家，同时协助朝鲜人民建立作为独立民主国家必要基础的健全的经济和教育制度。为此，美国不仅需要向韩国提供大量的经济援助，而且还要考虑尽最大可能减轻美国的经济压力。经研究，国务院决定实施一项时间跨度为1949年财年后半年到1952年6月30日的救济和经济发展计划，以迅速促使韩国经济尽可能走向自立。② 1949年1月1日，经合

① “Memorandum by the Assistant Secretary of State for Occupied Areas (Saltzman),” September 7, 1948, in *FRUS*, *1948*, Vol. 6, The Far East and Australasia, pp. 1292 - 1298.

② “The Secretary of State to the Administrator of the Economic Cooperation Administration (Hoffman),” September 17, 1948, in *FRUS*, *1948*, Vol. 6, The Far East and Australasia, pp. 1303 - 1305.

署正式接管了援助韩国的责任，并于随后制订了一项总额为4.1亿美元的三年援助计划。具体目标为：维持充足的消费品和原材料供应，大幅提高韩国人民的生活水平，防止疾病和社会动荡；为韩国的经济发展打下持久的基础，迅速减轻美国的援助负担，并使韩国成为世界经济中具有偿付能力的贸易伙伴。这一计划旨在使韩国成为农产品出口国，因而首先关注韩国煤炭工业的发展，希望借此加强火力发电业，继而在化肥产量不断提高的情况下促进当地农产品的出口。① 由此判断，美国对韩国经济援助政策的目标似乎正在由军政府时期单纯的救济转向促进韩国经济的发展和自立。

然而，这种转变在很大程度上只停留在政策构想层面。在实际运行过程中，经合署计划在国会遇到了巨大障碍。1949年6月7日，美国总统、国务卿、助理国务卿等高级官员一齐上阵游说国会，希望政府提交的总额为1.5亿美元的对韩国经济援助议案能够获准通过。他们的主要理由是：实行三年经济重建计划比提供救济援助更节省资金；韩国是受到亚洲人民普遍关注的“反共试验场”，美国的经济援助可以保证韩国在短期内维持生存。虽然参议院外交事务委员会中的某些共和党成员认为这项经援计划太迟了，规模也太小，在美军撤出朝鲜的情况下

① “Korean Policy Statement,” January 31, 1949, in *DDRS*, CK3100343882; Anne O. Krueger, *The Developmental Role of the Foreign Sector and Aid*, p. 15; Dennis Merrill (ed.), *Documentary History of the Truman Presidency*, Vol. 22, The Emergency of an Asian Pacific Rim in American Foreign Policy: Korea, Japan and Formosa, Bethesda, Md.: University Publications of America, 1998, Document13.

将是一种浪费，但最终参议院还是批准了这项编号为 H. R. 5330 的计划。①

1950 年 1 月 19 日，众议院针对援助韩国计划展开讨论。总体来说，共和党众议员对韩国的生存前景持悲观态度，且对政府拒绝扩大对台军援不满，结果 H. R. 5330 号法案以 192 对 191 一票之差遭到否决。② 无奈之下，杜鲁门在对台湾军援问题上做出让步并将对韩国援助总额削减至 6000 万美元，众议院这才批准了作为第 447 号公法（PL 447）的对韩国经援计划修正案。另外，参众两院还在 1949 年 10 月 6 日和 17 日分别批准了共 6000 万美元的对韩国临时援助拨款（分别包含在 H. R. 5360 号和 H. R. 5895 号法案中）。③ 虽然在援助金额上，杜鲁门政府大体实现了预定目标，但经过修改的法案与初案相比几乎蜕变成了零敲碎打的救济计划。而且，当援助计划的实施出现延误时，真正受损的还是计划中的"重建"部分。④

具体地说，首先，美国对韩国的援助仍主要是"占领区政府救济援助"。1948 年财年和 1949 年财年重建物资相对总援助

① Jongsuk Chay, *Unequal Partners in Peace and War: The Republic of Korea and the United States, 1948 - 1953*, pp. 140 - 141；刘洪丰：《美国对韩国援助政策研究（1948 ~ 1968 年）》，第 40 ~ 41 页。

② William Stueck, *Rethinking the Korean War: A New Diplomatic and Strategic History*, p. 204；Anne O. Krueger, *The Developmental Role of the Foreign Sector and Aid*, pp. 15 - 16；刘洪丰：《美国对韩国援助政策研究（1948 ~ 1968 年）》，第 41 页。

③ 刘洪丰：《美国对韩国援助政策研究（1948 ~ 1968 年）》，第 41 页。

④ Jongsuk Chay, *Unequal Partners in Peace and War: The Republic of Korea and the United States, 1948 - 1953*, pp. 142 ~ 143；董向荣：《韩国起飞的外部动力——美国对韩国发展的影响（1945 ~ 1965）》，第 94 ~ 95 页。

额的比例确实有所上升，但仍分别只占 15% 和 21.7%。[①] 也就是说，经合署时期的“占领区政府救济援助”依旧以救济为主。

其次，美国多次督促李承晚政府关注经济发展、维持经济稳定。1948 年 12 月 10 日，《韩美经济援助协定》签订。协定要求韩国政府贯彻预算平衡原则、有效地管理货币、制定汇率政策、扩大贸易、适当征集和配给粮食、引进外资、发展产业、合理运营和处理国有资产。同时，韩国要将出售援助物资所获的资金存入中央银行设立的名为“对等基金”（美援物资在韩国出售所获资金存入固定账户后的称谓）的特别账户中，并在事先与美国协商的前提下使用该基金。单从协定来看，美国似乎在很大程度上控制了韩国的对外贸易和经济管理权，[②] 但事实上美国对韩国经济发展战略的实施颇费周折。

韩国初建之时，为了防范朝鲜的“入侵”、做好“北进统一”的准备并镇压国内人民和共产党的反抗，李承晚将发展军警力量作为第一要务，且屡次要求美国提高军事援助并不要过早撤军。[③] 在有限遏制政策的指导下，杜鲁门政府认为经济发展

① Anne O. Krueger, *The Developmental Role of the Foreign Sector and Aid*, pp. 17 - 19.

② 曹中屏、张琏瑰：《当代韩国史（1945 ~ 2000）》，第 83 ~ 84 页；Dennis Merrill（ed.），*Documentary History of the Truman Presidency*, Vol. 22, The Emergency of an Asian Pacific Rim in American Foreign Policy: Korea, Japan and Formosa, Document18.

③ “The Special Representative in Korea（Muccio）to the Secretary of State,” November 5, 1948, in *FRUS*, *1948*, Vol. 6, The Far East and Australasia, pp. 1320 - 1321; “The Special Representative in Korea（Muccio）to the Secretary of State,” November 19, 1948, in *FRUS*, *1948*, Vol. 6, The Far East and Australasia, pp. 1331 - 1332.

对于维护韩国国家安全来说至少与军事发展同等重要。基于此，1949 年 2 月，魏德迈将军在访问韩国时向李承晚强调：韩国对国际社会的最大贡献是维持国内稳定、推动经济发展和实现政治民主；韩国应优先发展经济而非建设强大的军事力量，后者将使韩国经济承受过大的压力。但李承晚坚持认为，只有占据军事优势才能统一朝鲜。①

由于国防部和内务部开支过多，韩国政府 1949~1950 年财政年度头几个月的财政赤字就已超过全年预算，② 加之那时的韩国人尚缺乏必要的经济管理能力，因此 1949 年底韩国经济一片混乱。主要表现为通货膨胀严重、失业率上升、对外贸易严重失衡、投机和囤积居奇现象随处可见、高利贷盛行、货币贬值以及储蓄率偏低等。虽然李承晚政府被迫相应地采取了一些改善措施，但远远不能解决根本问题。③ 这一切令美国决策者甚为忧虑。于是，经合署以断绝经济援助相威胁要求李承晚履行《韩美经济援助协定》，在维持经济稳定方面采取更有力的措施，如改善税收、减少不必要的政府开支、加强财政管理和加速归属财产拍卖等。12 月末，李承晚部分地采纳了美国的建议。可是，在驻韩美国官员看来，为了解决财政问题，韩国必须进行更广泛的改革。④ 1950 年 1 月 15 日，穆西奥依照美国助理国务

① James I. Matray, *The Reluctant Crusade: American Foreign Policy in Korea, 1941 -1950*, pp. 182 -183.

② 董向荣：《美国对韩国政治经济发展的影响（1945~1963）》，第 44 页。

③ Donald Stone Macdonald, *U. S. -Korean Relations from Liberation to Self-Reliance: The Twenty-Year Record*, p. 244.

④ James I. Matray, *The Reluctant Crusade: American Foreign Policy in Korea, 1941 -1950*, pp. 214 -215.

卿沃尔顿·巴特沃斯（Walton Butterworth）的指示，明确告知李承晚：除非韩国政府按美国的要求实施财政控制，否则经合署将停止目前在韩国的投资项目。当月，由韩美两国高级官员组成的联合经济稳定委员会成立并制定了控制通货膨胀的具体方案。在美国官员准备重审对韩国援助政策的强大压力下，李承晚政府完全接受了委员会的意见。朝鲜战争前夕，韩国经济趋于稳定，日韩贸易有序进行。[①]

总的来说，美国的经济援助和改革压力取得了一定的效果。农业方面，韩国政府实行的主要举措如下。首先，在美国官员的催促下，1948 年 10 月颁布并开始越来越严格地实施《谷物收购法》，全面恢复粮食统制制。后来，随着粮食紧张局面的缓解，1949 年 7 月和 1950 年 2 月分别公布了《粮食临时紧急措施法》和《粮食管理法》，确立统制制与自由制兼半的体制。其次，1949 年 6 月颁布《农业改革法》，1950 年 3 月起正式实行。再次，制订《农业增产三年计划》（1949 ~ 1951 年）、《畜牧业九年计划》（1949 ~ 1957 年）和《民有林造林十年计划》（1949 ~ 1958 年）。[②] 结果，1949 年和 1950 年，韩国的粮食总产量均比上年增长了约 5%。朝鲜战争爆发前，韩国基本实现了粮食自给并开始出口少量的稻米。这一切与美国提供的化肥和技

① Donald Stone Macdonald, *U. S. -Korean Relations from Liberation to Self-Reliance: The TwentySelf-Year Record*, pp. 244 - 246.

② 曹中屏、张琏瑰：《当代韩国史（1945 ~ 2000）》，第 83、85 页；郑仁甲、蒋时宗：《南朝鲜经贸手册》，第 43 页；Donald Stone Macdonald, *U. S. -Korean Relations from Liberation to Self-Reliance: The Twenty-Year Record*, p. 243.

术援助密不可分。[①] 工业方面，美国重点帮助韩国进行公路和铁路建设，并向韩国提供了煤炭生产方面的技术援助和一定数量的重建物资。在美国的帮助下，1949 年韩国的工业产量比上年增长了 40%。其中，纤维化工和食品工业增长显著，橡胶和造纸工业的产量已超过战前水平。[②] 尽管如此，制约韩国工业发展的电力瓶颈仍未打破。[③] 1950 年初，美国驻韩国经合署代表团要求其成员限制用电，理由是在汉城限电时，经合署大楼的电灯一直亮着看起来不妥。[④] 韩国电力短缺的程度由此可见一斑。

2. 救济：美国对韩国援助政策目标的回归

朝鲜战争的爆发使正在逐步恢复的韩国经济遭到严重破坏。韩国仅非战斗人员就损失了约 120 万人，另有约 1/4 的固定资产被损毁。以战争的第一年为例，据统计，截至 1951 年 8 月，仅金属、机械、化学、纤维、制窑业、食品和印刷七个工业部门的损失就已达到近 1.15 亿美元，破坏率为 60%。1951 年，韩国的国民生产总值比 1949 年下降了 19.5%。其中，农业下降了 22.7%，工业下降了 45.2%，商业和服务业下降了 8.5%。[⑤] 于

① Dennis Merrill (ed.), *Documentary History of the Truman Presidency*, Vol. 22, The Emergency of an Asian Pacific Rim in American Foreign Policy: Korea, Japan and Formosa, Document 18 and Document 49.

② Dennis Merrill (ed.), *Documentary History of the Truman Presidency*, Vol. 22, The Emergency of an Asian Pacific Rim in American Foreign Policy: Korea, Japan, and Formosa, Document49；郑仁甲、蒋时宗：《南朝鲜经贸手册》，第 21 页。

③ Donald Stone Macdonald, *U. S. -Korean Relations from Liberation to Self-Reliance: The Twenty-Year Record*, pp. 246 - 247.

④ David Karl Francis Ekbladh, "A Workshop for the World: Modernization as a Tool in United States Foreign Relations in Asia, 1914 - 1973," pp. 196 - 197.

⑤ 郑仁甲、蒋时宗：《南朝鲜经贸手册》，第 21 页。

是，美国再次明确地将救济作为对韩国经济援助政策的主要目标。

1950年7月，联合国安理会要求经济和社会理事会及其他机构准备向“联合国军”司令部和韩国人民提供援助。8月，经社理事会开始向韩国提供长期经济和社会援助。另外，国际难民组织、世界卫生组织和世界粮农组织在援助韩国方面也相当积极。鉴于此，美国国务院决定充分利用联合国这个多边框架向韩国提供援助。9月，国务院官员腊斯克呼吁联合国支持对韩国经济重建计划，而且承诺联合国负责朝鲜重建的机构可以利用美国经合署的人员和设施。相应的，杜鲁门政府批准不再实行经合署对韩国经济重建计划，停止援韩使团负责的所有援助项目，授权“联合国军”司令部组建联合国驻韩国民事援助司令部，其援助类型以意在防止当地出现饥饿、疾病和混乱的“韩国民间救济援助”（Civil Relief in Korea，CRIK）为主。[①] 随着朝鲜战事向着有利于“联合国军”的方向发展，美国认为战争很快就会结束，朝鲜半岛的统一也将指日可待。12月，第五届联合国大会决定成立联合国朝鲜重建署，由其接替美国经合署管理对韩援助，“为这个国家的政治统一和独立构筑经济基础”。[②] 然

① David Karl Francis Ekbladh, “A Workshop for the World: Modernization as a Tool in United States Foreign Relations in Asia, 1914 - 1973,” pp. 198 - 199; Donald Stone Macdonald, *U. S. -Korean Relations from Liberation to Self-Reliance: The Twenty-Year Record*, p. 249; Anne O. Krueger, *The Developmental Role of the Foreign Sector and Aid*, pp. 24 - 25; 刘洪丰：《美国对韩国援助政策研究（1948 ~ 1968年）》，第67页。

② 1951年4月，美国废除了驻韩经济合作署代表团，由联合国朝鲜重建署接管其部分职能。

而，接下来的拉锯战打碎了美国统一朝鲜半岛的梦想，联合国朝鲜重建署的地位因此变得尴尬。其一，联合国朝鲜重建署援助计划的多边重建性质因为战争的持久化蜕变为美国单方面的一般性救济援助。其二，“联合国军”司令部极力要在敌对期间全权负责对韩国的援助事务，战争的胶着状态有利于联合国驻韩国民事援助司令部排斥联合国朝鲜重建署，独揽援助大权。1953 年 2 月 13 日，美国国务卿杜勒斯致电驻联合国代表团，声称“迄今为止，联合国朝鲜重建署一直没有广泛参与对韩国经援计划的实施，主要原因是美国军方的阻挠。最近，美国军方才同意由联合国朝鲜重建署实施一项 7000 万美元的计划。可是，国务院刚刚由联合国朝鲜重建署署长那里秘密了解到美国军方近来好像还是对以上计划的实施施加了意外的限制并拖而不决”。其三，由于“联合国军”的阻挠和李承晚拒不合作等原因，联合国朝鲜重建署迟迟没有采取有力的重建措施，这招致包括美国在内的许多国家的批评。[①] 在这种情况下，战时韩国接受的外援自然主要是由联合国驻韩国民事援助司令部提供的“韩国民间救济援助”（参见表 3－1）。

① David Karl Francis Ekbladh, “A Workshop for the World: Modernization as a Tool in United States Foreign Relations in Asia, 1914－1973,” pp. 198－205; Donald Stone Macdonald, *U. S. -Korean Relations from Liberation to Self-Reliance: The Twenty-Year Record*, p. 250; “Memorandum by the Director of the Office of Northeast Asian Affairs (Young) to the Assistant Secretary of State for Far Eastern Affairs (Allison),” November 14, 1952, in *FRUS*, *1952－1954*, Vol. 15, Korea, p. 627; “The Secretary of State to the United States Mission at the United Nations,” February 13, 1952, in *FRUS*, *1952－1954*, Vol. 15, Korea, p. 778; 刘洪丰：《美国对韩国援助政策研究（1948～1968 年）》，第 67～68 页；曹中屏、张琏瑰：《当代韩国史（1945～2000）》，第 136 页。

表 3 - 1　1950～1953 年韩国受援情况

单位：千美元

年　份	经济合作署	韩国民间救济援助	联合国朝鲜重建署	总　计
1950	49330	9376	—	58706
1951	31972	74448	122	106542
1952	3824	155235	1969	161028
1953	—	158787	29580	188367
总　计	85126	397846	31671	514643

资料来源：BOK, *Economic Statistics Yearbook*, *1961 and 1964*, as given by Wontack Hong, “Trade Distortions and Employment,” text Table 4.2. 转引自 Anne O. Krueger, *The Developmental Role of the Foreign Sector and Aid*, p. 26。

朝鲜战争的爆发使韩国人民再次陷入苦海，衣食住医成为他们的首要需求。1950 年 8 月前后，“联合国军”司令部向韩国提供了 2 万公吨大米、10 万公吨大麦和价值 500 多万美元的救济物资。至 1951 年春，“联合国军”司令部已经向难民发放了 5 万公吨粮食，给 1200 万人接种了牛痘、1300 万人注射了伤寒疫苗、900 万人注射了斑疹伤寒疫苗、300 万人注射了霍乱疫苗，其他方面的医疗救济也在不断扩大。至 1953 年夏，韩国已有 94 所医院和 573 家诊所，日接待患者量约 7000 人。[①] 从构成上来看，在 1951 年和 1952 年“联合国军”司令部的“韩国民间救济援助”中，粮食和衣服是主体，农用机械、运输设备和建筑材料等有助于提高生产能力的援助几乎可以忽略不计。即使是在 1953 年，粮食和纺织品仍占“韩国民间救济援助”总量的

① Jongsuk Chay, *Unequal Partners in Peace and War: The Republic of Korea and the United States, 1948 - 1953*, p. 274.

2/3以上（参见表3-2）。这些救济援助在很大程度上使韩国人民免于饥饿和疾病的困扰，但并没有也不可能很快从根本上解决当地人民基本需求的问题。例如，根据韩国农业部粮食管理局的统计，1951年韩国的粮食消费总量只及1949年的40%，1952年该比例上升至69%。1953年，韩国的粮食消费总量进一步上升，比战争前一年还要多25%。至此，韩国人民的温饱问题才真正得到实质性的解决。①

表3-2 "韩国民间救济援助"主要商品

单位：千美元

商品＼年份	1951	1952	1953	1954	1955
粮食	37746	45756	73974	23397	8721
（稻米）	(20121)	(18537)	(30236)	(853)	(2310)
（大麦）	(6831)	(12474)	(17502)	(5343)	—
医疗卫生用品	6220	5592	1742	1362	1035
燃料	555	8991	12985	2810	—
建材	4496	5560	13260	1674	2893
运输设备	1947	1454	347	485	393
农用机械	—	23495	19874	13904	14
橡胶及橡胶制品	1039	3875	709	—	—
纺织衣物	25444	47004	33286	5037	583
杂物	—	13805	2610	1472	395
合　计	77447	155532	158787	50141	14034

资料来源：ROK, *Economic Review, various Issues.* 转引自 Anne O. Krueger, *The Developmental Role of the Foreign Sector and Aid*, p. 30。

① Jongsuk Chay, *Unequal Partners in Peace and War: The Republic of Korea and the United States, 1948-1953*, p. 274.

战时，困扰美国的另一个问题是如何处理包括韩国韩元预支清偿问题在内的美韩财政关系。韩国韩元预支清偿问题十分复杂，牵扯到韩元与美元的汇率、韩国的经济稳定以及“联合国军”的日常生活。按照美国在第二次世界大战时确立的惯例，1950 年 7 月 28 日，美韩达成协议：韩国预先支付“联合国军”日常开支所需的韩元，清偿问题留待以后在合适的时间研究解决。为此，美国财政部特地开设了一个账户，根据预支韩元数额存入相同价值的美元，专门用于偿还韩国。这里涉及的韩元兑换美元的汇率由美国国防部、国务院和财政部联合决定。以 6000:1 的汇率为准，至 1951 年 12 月 31 日，该账户中共存入了约 7000 万美元。① 1951 年 10 月，美国向韩国支付了截至当年 7 月 31 日的偿付金 12155714 美元，用以支持韩国的进口。1952 年初，李承晚政府致函美国大使，声称“联合国军”在当地的消费支出加剧了韩国的通货膨胀。目前韩国每月印发的货币量已达 400 亿韩元，预计 1952 年 1 月底货币流通总量将达到 6000 亿韩元。为了遏制通胀，韩国将被迫停止韩元预支。② 美方认

① “The Assistant Secretary of the Army for General Management (Bendetsen) to the Chairman, Senate Foreign Relations Committee (Connally),” February 16, 1952, in *FRUS*, *1952 - 1954*, Vol. 15, Korea, pp. 52 - 53; “Memorandum by the Secretary of defense (Wilson) to the National Security Council,” February 9, 1953, in *FRUS*, *1952 - 1954*, Vol. 15, Korea, p. 748; “NSC Considers Settlement of Republic of Korea Advances of Korean Currency to U. S. Forces,” February 9, 1953, in *DDRS*, CK3100230088.

② 朝鲜战争爆发后，韩国的通货膨胀大体上一直处于上升势头。据美方统计，韩国 1952 年初的物价是 1947 年的约 40 倍。“Memorandum by the Deputy Director of the Office of the Northeast Asian Affairs (McClurkin) to the Assistant Secretary of State for Far Eastern Affairs (Allison),” February 27, （转下页注）

为，韩国的指责是有根据的，但美国还为韩国提供了大量无偿民间救济援助，“联合国军”司令部也承担了一些诸如维持铁路运营等本应由韩国政府支付的费用，这一切无疑有助于缓解当地的通胀压力。对韩国来说，正确的做法应该是按照美韩协议提高进口，使用进口商品出售所得的韩元为“联合国军”提供货币预支，并充分利用通过各种渠道赚得的外汇来缓解通胀。虽然心存异议，韩国停止韩元预支的威胁还是使美国非常紧张，甚至做好了临时以美元购买韩元的准备。①

那时正在进行的关于美韩援助协议的谈判同样陷入困境。争论的焦点是：其一，关于韩元预支清偿问题，韩方认为美国应以美元同步全额提供偿付金以缓解韩国的通货膨胀。美方则认为，考虑到未来美国对韩国经济援助的不确定性，一次性向韩国支付约 7000 万美元绝非明智之举。作为韩国主要的外汇储备，这笔钱最好用于战后重建；其二，关于外汇控制问题，一开始韩国政府就强烈反对美韩联合控制韩国的外汇，认为此举侵犯

（接上页注②）1952, in *FRUS*, *1952 - 1954*, Vol. 15, Korea, p. 62. 韩国政府信件的具体内容参见“The Assistant Secretary of the Army for General Management (Bendetsen) to the Chairman, Senate Foreign Relations Committee (Connally),” February 16, 1952, in *FRUS*, *1952 - 1954*, Vol. 15, Korea, pp. 53 - 54;“NSC Considers Settlement of Republic of Korea Advances of Korean Currency to U. S. Forces,” February 9, 1953, in *DDRS*, CK3100230088 - CK3100230089。

① “The Assistant Secretary of the Army for General Management (Bendetsen) to the Chairman, Senate Foreign Relations Committee (Connally),” February 16, 1952, in *FRUS*, *1952 - 1954*, Vol. 15, Korea, pp. 54 - 55;“Memorandum by the Deputy Director of the Office of the Northeast Asian Affairs (McClurkin) to the Assistant Secretary of State for Far Eastern Affairs (Allison),” February 27, 1952, in *FRUS*, *1952 - 1954*, Vol. 15, Korea, pp. 62 - 63.

了韩国的主权。但李承晚个人表示并不反对双方联合控制韩国从“联合国军”那里获得的外汇。美方的看法也不一致，国务院反对美韩联合控制韩国所有的外汇，国防部财政官员则认为美国有权参与控制韩国的外汇；其三，关于韩元与美元的汇率问题，韩方希望继续保持6000:1的汇率，理由是韩元继续贬值会加剧通胀。美方认为6000:1的汇率已实行一年之久，不再是现实汇率。根据韩国的物价水平，至少应将汇率调整至10000:1。①

1952年3月，应穆西奥和“联合国军”司令李奇微的要求，杜鲁门政府决定委派克拉伦斯·迈耶率总统特别代表团赴韩国协助“联合国军”司令部解决韩元预支以及韩国经济稳定的问题。经过一个多月的协调，迈耶代表团最终通过“如无法达成协议，则回国”的威胁迫使韩国与“联合国军”司令部签署了“韩国与联合国军司令部经济协作协议”，并交换了有关预支韩元清偿问题的备忘录。协议规定，美韩应建立一个联合经济委员会，以加强韩国与“联合国军”的经济合作，为“联合国军”的军事行动提供最有力的经济支持，逐步满足韩国人民的基本生活需求并促进韩国的经济稳定。为此，韩国必须按照联合经济委员会的建议使用外汇。关于偿付预支韩元问题的备忘录承袭了1950年7月28日美韩财政协议的规定，即按照韩元的现实汇率予以清偿。具体地说，美方同意按照6000:1的汇率支付1952年1月1日至5月31日间“联合国军”用于军事方面的韩

① “Memorandum by the Director of the Office of Northeast Asian Affairs (Young) to the Assistant Secretary of State for Far Eastern Affairs (Allison),” April 4, 1952, in *FRUS*, *1952 - 1954*, Vol. 15, Korea, pp. 140 - 141.

元的偿付款。此后，美国每月向韩国支付400万美元的用于军事目的的韩元偿付金。1953年3月31日以后，美国将尽早按照韩元的现实汇率全额支付1952年6月1日至1953年3月31日间韩国在军事方面为“联合国军”预付的韩元的清偿款。至于1952年1月1日以前的预支韩元的清偿问题，则留待以后在适当的时候解决。①

7月，“联合国军”司令部与韩国建立了联合经济委员会。虽然委员会组织完备，但在促进韩国经济稳定方面并未取得明显成效。② 例如，在韩国的货币改革方面，美国一直主张韩国应首先制止通货膨胀，然后再实行货币改革。③ 但李承晚对此置若罔闻。1952年9月，他向穆西奥指出，韩国在经济重建方面进展缓慢，过去以现实为基础对韩元汇率进行的几次调整均未能制止通胀，生活开支仍在不断上升，无人从中受益。因此，当务之急是推行人人受益的货币改革，希望美国能为此向韩国提供3亿美元的贷款。④ 为了缓解通货膨胀和金融危机，1953年2

① Donald Stone Macdonald, *U. S. -Korean Relations from Liberation to Self-Reliance: The Twenty-Year Record*, pp. 250 - 251; "The Chief of the Unified Command Mission to Korea (Meyer) to the Secretary of State," May 24, 1952, in *FRUS*, *1952 - 1954*, Vol. 15, Korea, pp. 238 - 240; "Memorandum by the Secretary of defense (Wilson) to the National Security Council," February 9, 1953, in *FRUS*, *1952 - 1954*, Vol. 15, Korea, p. 749.

② Donald Stone Macdonald, *U. S. -Korean Relations from Liberation to Self-Reliance: The Twenty-Year Record*, pp. 251 - 252.

③ "Memorandum of Conversation, by the Ambassador in Korea (Muccio)," May 23, 1952, in *FRUS*, *1952 - 1954*, Vol. 15, Korea, p. 229.

④ "The Charge in Korea (Lightner) to the Department of State," September 11, 1952, in *FRUS*, *1952 - 1954*, Vol. 15, Korea, p. 510.

月，韩国实行货币改革，以 100:1 的比例把旧币韩元（won）转换为新币韩元（hwan）。然而，改革并未使人民走出困境，通胀率也没有随之迅速下降。[①]

美韩之间关于韩元汇率和预支韩元清偿问题的争执同样仍未解决。战争之初，双方商定的韩元兑换美元的汇率为 1800:1，1951 年 3 月调整至 6000:1。此后，由于韩国多次声称韩元继续贬值会加剧通货膨胀并以停止韩元预支相威胁，因此 6000:1 的汇率不断得以延续。[②] 1952 年 11 月 7 日，美国向韩国支付了当年 5 月 24 日到 9 月的韩元预支清偿金 1800 万美元。可是，韩国继续威胁美国说，除非美国同步全额支付韩元预付清偿金，否则韩国将在 1952 年 12 月 15 日，停止所有韩元预支。[③] 事实上，1952 年 12 月 15 日，韩国确实以缓解通胀为由不再按双方协议向“联合国军”司令部提供韩元，只是临时性地维持韩元供应。没过多久，韩国又声称要立即停止临时性韩元预支。[④]

---

① Andrew C. Nahm, *Korea: Tradition & Transformation, A History of the Korean People*, pp. 428 - 429.

② "Memorandum by the Secretary of Defense (Wilson) to the National Security Council," February 9, 1953, in *FRUS, 1952 - 1954*, Vol. 15, Korea, pp. 748 - 749.

③ "Memorandum by the Director of the Office of Northeast Asian Affairs (Young) to the Assistant Secretary of State for Far Eastern Affairs (Allison)," November 14, 1952, in *FRUS, 1952 - 1954*, Vol. 15, Korea, pp. 627 - 628.

④ "Memorandum by the Secretary of Defense (Wilson) to the National Security Council," February 9, 1953, in *FRUS, 1952 - 1954*, Vol. 15, Korea, pp. 749 - 750; "NSC Considers Settlement of Republic of Korea Advances of Korean Currency to U. S. Forces," February 9, 1953, in *DDRS*, CK3100230089; "Political, Economic and Military Situation as of 1/13/53," January 13, 1953, in *DDRS*, CK3100237136.

1953年2月，两国就预支韩元清偿问题进行谈判。美方认为，按照“迈耶协定”，截至1952年12月15日，韩元偿付金总额应为1.39亿美元，美国实际已向韩国支付了7400万美元的韩元偿付金，尚有6500万美元没有偿付。可韩方反驳说应该一直按照6000∶1的汇率计算韩元偿付金，总额约为1.71亿美元。[①] 面对韩国即将停止所有韩元供应的可能性，“联合国军”司令部与美国驻韩大使均主张做出让步，向韩国支付8700万美元的清偿金，换取韩国同意在不断调整韩元汇率的基础上解决未来“联合国军”司令部的韩元需求问题。在他们看来，达成新的协议比节省一些清偿金更重要，节省的资金会相应地导致韩国外汇储备的减少，而韩国外汇储备的不足最终还要通过美援来弥补。美国国家安全委员会批准了这一提议。[②] 1953年2月25日，美韩双方达成协议：为了清偿至1953年2月6日的韩元预支款，美国需向韩国支付8580万美元（其中，1952年12月16日以前的清偿金额为8280万美元。1952年12月17日至1953年2月6日的清偿金额按照18000∶1的汇率计算，总数为300万美元）。自1953年2月25日起，“联合国军”司令部将以180∶1的汇率

---

① “Memorandum by the Secretary of Defense (Wilson) to the National Security Council,” February 9, 1953, in *FRUS, 1952－1954*, Vol. 15, Korea, p. 747; “NSC Considers Settlement of Republic of Korea Advances of Korean Currency to U. S. Forces,” February 9, 1953, in *DDRS*, CK3100230086, CK3100230090.

② “Memorandum by the Secretary of Defense (Wilson) to the National Security Council,” February 9, 1953, in *FRUS, 1952－1954*, Vol. 15, Korea, pp. 750－751; “Memorandum by the Assistant Secretary of State for Far Eastern Affairs (Allison) to the Secretary of State,” February 9, 1952, in *FRUS, 1952－1954*, Vol. 15, Korea, p. 754.

购买新韩元。4月30日，双方会对汇率做出变更。从那以后，每隔三个月就依据釜山批发价格指数对汇率进行一次调整。[1] 对李承晚政府而言，一再拒绝货币贬值，以远远高于韩元实际价值的汇率解决预支韩元清偿问题使韩国额外获得了相当一大笔外汇。“作为美国对韩援助的一种特殊形式，通过美元清偿获得的这笔外汇成为朝鲜战争期间韩国商业进口的最主要资金支撑。”[2]

还有一个问题值得注意，那就是战时美国为韩国提供的大量军援与美国对韩国的经济援助和韩国的经济增长之间存在一定关联。1950年11月1日，杜鲁门正式授权麦克阿瑟和陆军部可以不受NSC8/2号文件规定的限制，把韩军扩建至必要规模。[3] 此后，“扩建和装备韩国军队，使之可以承担更大的防务和安全责任”成为美国对韩国政策的目标之一。[4] 1951年春，万佛里特代替李奇微成为美国第八军司令。在他的努力下，1952年秋韩军已由6.5万人发展到20万人。韩军的扩建对美国对韩国的经济援助的数量和构成产生了直接影响：一方面，为了给韩军扩建计划提供必要的经济基础，1952年财年至1953年财年美国对韩国的经济援助翻了一番还多；另一方面，为了扩建韩军，美国对韩国援助政策强调优先发展重工业，这在某种程度上改变了满足韩国人民基本消费需求的援助计划。[5]

---

① “Editorial Note,” in *FRUS, 1952 - 1954*, Vol. 15, Korea, p. 797.

② 刘洪丰：《美国对韩国援助政策研究（1948～1968年）》，第73页。

③ 刘洪丰：《美国对韩国援助政策研究（1948～1968年）》，第75页。

④ “The Secretary of State to the Embassy in Austria,” March 28, 1952, in *FRUS, 1952 - 1954*, Vol. 15, Korea, p. 123.

⑤ Jongsuk Chay, *Unequal Partners in Peace and War: The Republic of Korea and the United States, 1948 - 1953*, p. 278.

相比较而言，韩国军队现代化对经济发展的影响更为深远。1951年末，美韩两国政府联合启动了推动韩国军队现代化的计划。为此，韩军设立了负责教育和培训的教育司令部，重新建立了培养专业技术人员的军事院校，并将大批军人送到国外接受包括建筑、通信和电子在内的先进科学技术教育（参见表3－3）。在这种情况下，韩国军队逐渐成为“技术精英”集聚之地。① 艾森豪威尔政府末期，美国决定鼓励韩国利用军队促进民用经济的发展，这一设想在朴正熙执政初期得以实现，掌握先进科学技术的军人成为推动韩国经济“起飞”的一支生力军。从这个角度讲，战时美国的军事援助为韩国未来的经济发展提供了一个增长点。

表3－3　1951～1953年韩国军队各类专门技术人员培养人数情况

年份	建筑	通信	电器	电子	运输	司机（陆军）	航空（陆军）	航海及气象	物理化学	其他	总计
1951	6421	16553	4494	61	976	—	—	157	43	40	28755
1952	17604	4136	7676	78	1286	—	201	70	617	396	32064
1953	23230	28227	10516	246	8247	4868	350	77	642	466	76860

资料来源：赵虎吉：《揭开韩国神秘的面纱——现代化与权威主义：韩国现代政治发展研究》，第81页。

韩国建立后，杜鲁门总统和国务院依然一如既往地从东西方意识形态斗争的角度看待朝鲜半岛在冷战中的象征意义。

① 赵虎吉：《揭开韩国神秘的面纱——现代化与权威主义：韩国现代政治发展研究》，第77、80～82页；刘洪丰：《美国对韩国援助政策研究（1948～1968年）》，第77页；Adrian Buzo, *The Making of Modern Korea*, p. 86.

1949年5月16日，美国代理国务卿詹姆斯·韦伯（James E. Webb）在一份绝密文件中从以下几方面论述了韩国生存和发展的重要性：韩国是西方民主在东北亚的唯一立足点，从这个意义上讲，在民主制度下走向繁荣富强的韩国将鼓舞东北亚人民继续抵制共产主义的影响；朝鲜是世界上唯一一个西方民主与共产主义的对决之地，受到全世界特别是亚洲的关注，一旦韩国取得成功，东南亚、南亚和大洋洲的人民会因此认同西方民主的优越性，并对美国支持民主、反对共产主义的决心深信不疑；如果美国抛弃韩国，正在建设民主国家的日本人将对美国产生深深的怀疑，日共也将因此更加得势；韩国的败落有损联合国的声誉和影响力，进而间接地损害美国的利益。杜鲁门总统的看法与此大同小异。是年6月7日，他在国会咨文中踌躇满志地宣称：“朝鲜已经变成了一个试验场，韩国正在实践的民主思想和原则的正确性和实际价值在于与强加在北朝鲜人民头上的共产主义制度形成对比……韩国的民主实践在抵制共产主义方面取得的成功以及表现出来的坚强意志将使其成为反对共产党统治的东北亚人民心中的灯塔。”① 韩国的国家安全及其在西方资本主义制度指导下的发展就这样与美国的全球冷战战略紧紧地联系在一起，而杜鲁门政府对朝鲜战争的全力介入在一定程度上可以被视为是这一遏制逻辑的自然延伸。

① “The Acting Secretary of State to the Director of the Bureau of the Budget (Pace),” May 16, 1949, in *FRUS*, *1949*, Vol. 7, The Far East and Australasia, Part 2, Washington: United States Government Printing Office, 1976, pp. 1025 - 1026; John Kie-Chiang Oh, “Role of the United States in South Korea's Democratization,” p. 165.

朝鲜战争爆发前，杜鲁门总统已明确将促进民主作为美国对韩国政策的核心目标之一，国务院和经济合作署也十分关注韩国民主事业的发展，以至于在呈递给国会的对韩援助联合声明中仅四个句子里就七次出现“民主”字样。[①] 在政策执行过程中，美国也确实希望韩国政府能够奉行民主原则。最明显的例子是杜鲁门政府对1950年韩国国会选举的干预。依照宪法，韩国将于1950年5月举行国会选举。但当年3月31日，李承晚提议将国会选举日期推迟半年。此举令美国十分不满。国务卿艾奇逊立即对李承晚指出：“美国向韩国提供军事和经济援助的前提是韩国民主制度的存在和发展。根据韩国宪法和其他基本法律的规定，广泛的自由选举是民主制度的基础。在美国政府看来，依照韩国基本法律的规定如期举行选举似乎与前面提及的采取必要的反通胀措施同样紧迫。”华盛顿的压力很快奏效，5月30日韩国举行了国会选举，且选举结果相对来说较为公正。[②] 不过，与此相类似的情形并非1948～1953年美韩政治关系的常态。更多的情况是，当推动反共与促进民主两个目标相互抵触时美国屡屡做出牺牲后者的选择，如对有利于遏制共产主义但明显具有反民主性质的韩国1948年《国家安全法》的基本认

① Robert A. Packenham, *Liberal America and the Third World: Political Development Ideas in Foreign Aid and Social Science*, Princeton: Princeton University Press, 1973, pp. 36 – 37.

② “The Secretary of State to the Korean Ambassador (Chang),” in *FRUS*, *1950*, Vol. 7, Korea, Washington: United States Government Printing Office, 1976, pp. 43 – 44; Donald Stone Macdonald, *U. S. -Korean Relations from Liberation to Self-Reliance: The Twenty-Year Record*, p. 165; William Stueck, *Rethinking the Korean War: A New Diplomatic and Strategic History*, pp. 195 – 196.

同，协助李承晚政权镇压共产党和广大人民的反独裁斗争，以及在1952年釜山宪政危机中以劝说和外交抗议为主的无力反应。

相对来说，1948～1953年美国对韩国经济政策中的反共意识更多地体现在目标而非手段方面。1949年中，杜鲁门政府开始着手推行对韩国的三年经济重建计划，基本的政策逻辑如下：韩国的经济还远未自立，严重缺乏煤炭、电力、运输设备和化肥，如果外部援助不能使这些需求获得满足并进而推动韩国经济走向自立，那么美援停止之时即是韩国经济迅速崩溃之际。一旦如此，韩国人民的士气必定明显受挫，政权也将落入共产党之手。美国是韩国经济自立所需外部经济援助的唯一来源，因此必须首先帮助韩国完成经济重建。① 然而，在计划实际运行时，由于美国国会的阻挠和李承晚政府的屡屡拒不配合等原因，最终重建方案大打折扣。朝鲜战争爆发后，杜鲁门政府对韩国的经济援助政策目标彻底回归救济。换言之，在美国依照自身发展模式推动韩国经济实现自立之前，战争使韩国经济再次濒临崩溃的边缘，华盛顿不得不又一次专注于救济工作。

① “The Acting Secretary of State to the Director of the Bureau of the Budget (Pace),” May 16, 1949, in *FRUS*, *1949*, Vol. 7, The Far East and Australasia, Part 2, p. 1025.

第四章
“军事力量发展优先”：朝鲜战争后美国政策的惯性延伸（1953～1957）

朝鲜战争停战前夕，李承晚以支持停战协定和继续将韩军置于“联合国军”司令部管辖之下为条件，换取美国同意签订《共同安全防卫条约》并承诺支持韩国的军事和经济发展。随着艾森豪威尔政府对华遏制政策的出台和对日“渐增军备”计划的启动，1954年，国家安全委员会制定了对韩国长期政策文件NSC5514，标志着美国正式确立了韩国“军事力量发展优先”的根本原则。此后，发展和保持韩国强大的军事力量一度成为美国的首要目标，促进政治民主和推动经济重建居于其次。

一 “新面貌”战略与“西太平洋集体防务协定”构想

1. “新面貌”战略的出笼

NSC68号文件的出台和朝鲜战争的爆发使杜鲁门政府放弃

了竭力压低军费的政策，转而集中精力加强自身及盟国的军事力量，随之而来的是通货膨胀、高额税收和大举国债。在这种情况下，保持经济健康发展成为1952年美国总统竞选的主题之一。[①] 新上任的艾森豪威尔总统是一位财政保守主义者，他不相信杜鲁门政府末期大行其道的军事凯恩斯主义，认为和平时期的军费开支不具有生产性质。1953年4月，艾森豪威尔指出，这样的开支分散了本应配置给国内项目的宝贵资源：

> 造出的每一支枪、下水的每一艘战舰、发射的每一枚火箭说到底都意味着偷窃着那些无食果腹、无衣御寒的人们。
>
> 一架现代重型轰炸机的成本相当于在30多个城市里各建一座现代化的砖瓦校舍。
>
> 这等于两个发电厂，每个可以为6万人口的城镇供电。
>
> 等于两座漂亮的、设备完善的医院。
>
> 等于50英里长的混凝土高速公路。
>
> 我们用50万蒲式耳小麦支付单单一架战斗机。
>
> 我们用可以容纳8000多人居住的新住宅支付一艘驱逐舰。

在他看来，坦克、枪炮、飞机和舰只不会带来持久的安全，“它们能够做的至多只是保护你一时所有”。而且，无节制的军费开支还会导致通货膨胀或经济管制，继而改变社会的性质。

---

① Saki Dockrill, *Eisenhower's New-Look National Security Policy, 1953 - 61*, p. 19.

因此，艾氏希望能略微增加用于住房建造、公共工程和自然资源保护的资金，同时全面大幅削减国防部的开支。国务卿杜勒斯也持类似看法，认为“如果经济稳定毁了，那么一切都毁了”。财政部长汉弗莱更是一位不折不扣的预算平衡论者，据说他害怕赤字几乎甚于害怕共产主义。[①] 一句话，上任伊始的美国决策者们雄心勃勃地想要在军事安全和政治经济安全之间寻求平衡，兼顾眼前利益与长远利益。在这种想法的催生下，以“新面貌”命名的新的国家安全基本政策出台了。

1953 年 10 月 30 日，艾森豪威尔签署通过了国家安全基本政策纲领性文件 NSC162/2。它提纲挈领地指出：“美国国家安全政策的基本问题是在对付苏联安全威胁的同时避免严重削弱美国经济或损害美国根本的价值观和制度。”具体而言，面对苏联威胁，美国需要从三方面加强自身安全。第一，建立以“大规模报复能力”为主的强大的军事力量，使美国及其盟国随时可以对“苏联集团”的“侵略”做出快速反应，确保关键地区、交通线以及军事基地的安全；第二，维持健全、强大且不断增长的美国经济，使之长远地满足包括全面动员在内的军事需求；第三，保持自由制度和信念以及人民支持国家安全必要措施的意愿。文件特别强调经济安全的重要性，郑重警告：“维持国家安全的财政支出必须考虑对经济运行机制造成的危害，包括军事计划所需的必要工业生产能力的下降以及过高的政府开支、税收和借贷。”这就是所谓的“大平衡”战略，它

① 〔美〕约翰·加迪斯：《遏制战略：战后美国国家安全政策评析》，第 140～142 页。

基本上贯彻了美国政要们要求同时维护政治经济安全和军事安全的想法。

依据“大平衡”原则，文件从核威慑、联盟、对外援助以及谈判策略四个方面详细阐述了国家安全基本政策。

文件认为，苏联的核攻击能力正在不断增强，完全可以通过突袭给美国造成严重损失，使美国的工业基地和继续进行战争的能力遭受致命打击。在这种情况下，美国的大陆防御变得至关重要。而且，在今后相当长一段时间内，“自由世界”其他国家仍不会具备对付苏联核力量的能力。因此，为了保卫自身及盟国安全，美国必须制造充足的核武器并设计出有效的发射方式。当美苏双方都处于“核充足”状态时，二者将不会轻易发动全面战争，核恐怖平衡便会出现。

不过，如果没有盟国的支持，即使美国付出再高的代价也不能实现安全目标。盟国的重要性表现在三个方面：为美国的战略空军提供海外军事基地；高度工业化的非共产党国家的军队、经济资源和物资是美国应付全面战争和保持国际力量平衡的必要基础；美国核战略的成功实施要求盟国的理解和信任。另外，在文件看来，当前驻外美军过多，不利于美国采取机动灵活的军事行动，应该逐步撤离。这时，美国的盟国必须提供抵抗当地侵略所需的大部分地面部队。

为了节省对外开支，美国应通过推动国际贸易发展、提高市场准入程度和促进原材料自由流通等措施努力帮助“自由世界”国家走向自立，提高它们的防务能力，减少这些国家对美援的需求。具体到各个地区：在欧洲，必须继续援助当地国家建立并保持一定数量的军队，同时在美国利益允许的范围内迅速削减这类援助；在远东，应首先强调对日本的援助，将其作为主要力量支点，此外，还要保证沿海岛屿链的安全并继续促进韩国和东南亚国家防务能力的提高；在中东，土耳其和巴基斯坦等国是美国援助的重点，对其他国家美国也将给予有限的军事、经济和技术援助；在“自由世界”的其他地区，也要根据自身利益向当地提供有限的军事、经济和技术援助。

如果美国及其盟国不断提高力量、坚定决心、加强团结并保持充足的报复能力，即使苏联不一定放弃对非共产党世界的敌视，至少也可能越来越倾向于以协商的方式解决问题。在美国的盟国看来，与苏联进行认真的谈判是它们摆脱紧张、恐惧与挫折感的唯一途径。苏联的“和平攻势”恰恰就是利用了这一点，旨在诱使盟国对美国施加更大的压力，要求美国与苏联通过协商缓和关系。所以，美国必须考虑就个别甚至重要问题与苏联和共产党中国举行谈判。①

仔细考辨NSC162/2号文件，可以发现艾森豪威尔政府初期的国家安全基本政策具有如下特点。其一，与杜鲁门政府末期相比，艾氏政府在更大的程度上承认美国力量的有限性，并将经济安全提升至几乎与军事安全相同的地位；其二，在军事上放弃对称反应战略，重点发展核武器，试图将核威慑作为遏制共产党集团“对外侵略”的主要手段；其三，提高对盟国的重视，重点加强其防务能力尤其是地面部队的战斗力；其四，努力促进国际贸易发展，进而削减对外援助；其五，将谈判作为

① “NSC162/2, Basic National Security Policy,” October 30, 1953, in *DNSA*, PD00353.

对共产党国家政策的重要组成部分。

应该特别强调的是，美国认为1955年中以前苏联似乎不可能蓄意发动全面战争，但其军事力量却在不断增强，扩大势力范围并最终统治非共产党世界的目标也并未改变。[①] 鉴于此，艾森豪威尔政府决定重点发展核武器，逐渐撤出驻外美军并着力协助盟国加强地面部队。然而，正如文件所承认的那样，盟国的经济发展水平大多不足以支持当地军队建设，因此美国必须继续为它们提供军援。考虑到艾森豪威尔政府削减外援的决心，对盟国经济援助的限度已可想而知。而且，文件预计随着美国推行合理的对外经贸政策，不久的将来，盟国对美国赠与经援的需求可能会不断减少。由此可见，这时美国仍然坚持对外军事援助优先于经济援助的方针。换言之，如果说艾森豪威尔政府试图兼顾美国自身的军事和经济安全的话，那么在对部分盟国的政策中，它首先关注的是当地军事力量的发展。

2. “西太平洋集体防务协定”构想的提出及其内部分工

美国对中国的全面遏制始于朝鲜战争期间，却没有随着朝鲜战争的停战而终结。1953年11月6日，艾森豪威尔批准了本届政府第一份国家安全委员会对华政策文件NSC166/1。

在“总体考虑”部分，文件认为，中共已经在中国大陆建立起了“强大的、中央集权式的政治统治”，并妥善处理了经济问题。“在可预见的将来，中共的政治经济实力可能还会进一步增强。”而且，共产党中国的军事实力也很强大，完全有能力扩

① “NSC162/2, Basic National Security Policy,” October 30, 1953, in *DNSA*, PD00353.

大“对外侵略”。可以说，“纪律严明且倡导革命的强大的共产党政权在中国大陆的出现从根本上改变了远东的力量格局”。结果，西方影响力下降，苏联影响力上升。因此，“美国远东外交政策面临的主要问题是应付强大而敌视西方的共产党中国的存在与中苏同盟的形成带来的新的力量格局”。

在“政策结论”部分，文件详细分析了对华政策面临的多种选择：当前，促使中共政权“转向”（reorientation）或以不敌视美国的政权取而代之符合美国的利益。不过，除非中共进一步进行“侵略”或大陆的境况发生根本改变，否则美国不能试图推翻或取代中共政权，也不能为了使共产党中国不再强烈敌视西方而对其做出让步。“目前，美国对共产党中国的政策应该是以战争以外的其他手段削弱其在亚洲相对的实力地位。”为此，必须加强亚洲非共产党国家的政治、经济和军事力量，削弱至少阻止中共力量的上升并破坏中苏关系。具体的行动方针如下：保证亚洲沿海岛屿链的安全；在可行和必要的情况下，以美军阻止中国继续进行“领土扩张”；帮助远东非共产党国家挫败共产党的“颠覆阴谋”；在朝鲜、台湾以及印支等地区培植强大而健康的非共产党政府；支持日本等亚洲非共产党国家的政治、军事和经济发展；继续探索实施太平洋地区整体计划的可能性，鼓励当地各国消除彼此间的分歧，克服其他障碍，实现地区内部合作；继续对共产党中国施加政治经济压力；坚持承认并支持“福摩萨中国国民党政府”，提高台军的战斗力，使之能够保卫台湾并在符合美国利益的情况下袭击共产党大陆及其海上商业线；利用一切可行的手段破坏中苏同盟；尽量使“自由世界”其他成员认可美国对共产党中国的政策并建议它们依此行事。①

由是观之，此时朝鲜战争的阴影依旧清晰地笼罩着美国对华政策。朝鲜战场上真刀实枪的较量使美国亲身感受到了中国的实力，以往认为中国经济落后、工业技术发展水平低、在相当长一段时间内不会对美国构成威胁的言论不见了，取而代之的是对“中国威胁”的夸大性估计。这使美国既不敢再轻易对中国采取直接或间接的军事行动，又不愿任由中国自由发展或向其做出重大让步。于是，美国决定以战争之外的一切手段遏制中国。主要有三个特点：从大体由日本、琉球、菲律宾、澳大利亚和新西兰组成的亚洲沿海岛屿链和由朝鲜、台湾和印支构成的环中国大陆防卫线对中国进行双层遏制；促进太平洋地区内部各国之间的团结，争取通过它们之间的分工协作削弱中国；在破坏中苏同盟的方式上，彻底由“以和促变”转向“以压促变”。

1954 年 4 月 26 日 ~7 月 21 日，中、苏、英、法、美等国在日内瓦召开了解决朝鲜和印度支那问题的国际会议。日内瓦会议是中华人民共和国参加的第一次重大国际会议，其中印度支那问题的解决更是中国外交的一大胜利。在“零和游戏”和“此消彼长”观念的影响下，艾森豪威尔政府视日内瓦会议为美国亚洲政策的败笔，并据此制定了新的亚洲战略。② 8 月 20 日，

① “NSC166/1, U.S. Policy Toward Communist China,” November 6, 1953, in *DNSA*, PD00361.

② Rosemary Foot, “The Eisenhower Administration's Fear of Empowering the Chinese,” *Political Science Quarterly*, Vol. 111, No. 3 (Autumn 1996), p. 505; Nancy Beck Young (ed.), *Documentary History of the Dwight David Eisenhower Presidency*, Vol. 5, The Geneva Conference of 1954, Bethesda, Md.: University of Publications of America, 2007, Document 140.

题为"美国远东政策回顾"的国家安全委员会第5429/2号文件出台。文件由"前言"和"行动方针"两部分组成。"前言"首先指出："日内瓦协议的签署标志着共产党在印度支那取得了巨大的胜利。这造成了严重的后果，损害了美国在远东的安全利益，加强了共产党的力量。""行动方针"分为"共产党中国"、"沿海岛屿链"、"在远东地区的总体政治经济措施"和"东南亚"四部分。第一部分认为，"虽然不蓄意挑起战争，但即使冒战争的风险，也要削弱共产党中国的力量"。具体手段如下：武力反击共产党中国支持的"扩张颠覆活动"和"军事挑衅行为"；加强亚洲非共产党国家的政治、经济和军事实力；保持对共产党中国的政治经济压力；支持"福摩萨中国国民党政府"在联合国的"代表权"；在中共政权内部制造分裂并破坏中苏关系。第二部分明确提出了保卫岛屿链安全的措施：确保日本的政治经济稳定，扩大其与"自由世界"的联系；加强日本和菲律宾的军事实力并提高韩国和台湾军队的战斗力；为当地经济无力支持军队建设的国家提供经济援助；"建立一个包括菲律宾、日本、'中华民国'和韩国在内的西太平洋集体防务体系，使之最终与东南亚条约组织和澳新美条约组织联系起来。"第三部分的内容为建立亚洲"自由国家"经济集团、促进"自由亚洲国家"内部及其与"自由世界"其他国家的贸易往来并为这些国家提供有利于政治稳定和经济增长的技术援助。第四部分决定要借助筹建中的东南亚条约组织阻止共产党继续对该地区进行"渗透"和"侵略"。①

---

① "NSC5429/2, Review of U.S. Policy in the Far East," August 20, 1954, in *DNSA*, PD00419.

虽然NSC5429/2号文件是一个正式执行文件，但亚洲局势的突变决定了它的短命。1953年9月3日，中国人民解放军驻福建前线部队猛烈炮击金门。10月10日，中国政府向联合国控诉美国武装侵略中国领土台湾的行为，同时决定要解放一江山岛和大陈岛等沿海岛屿并对金门国民党军队实施惩罚性打击。炮击金门事件使美国决策者惊慌失措，艾森豪威尔甚至称其为执政十八个月以来遇到的最严重的问题之一。另外，此时的日本和西欧在缓和了对苏东国家的贸易管制之后纷纷要求消除所谓的“中国差别”，并在实际上越来越多地利用巴黎统筹委员会的“例外程序”对华出口。台海危机爆发后，美国政府内部也在对华贸易问题上发生了争执。国防部和参谋长联席会议建议对中国实行更加严厉的贸易制裁，国务院和中央情报局却主张维持现行对华贸易管制政策并继续迫使其他国家实行同样或类似水平的对华贸易管制。①

1954年12月21日，美国国家安全委员会讨论了中国问题。虽然会议没有就对华贸易管制问题做出最后决定，但批准了名为“当前美国对远东政策”的NSC5429/5号文件。② 文件分为“总体考虑”、“目标”和“行动方针”三部分。在“总体考虑”中，文件提出美国远东政策的基本问题是对付敌对共产党势力在中国大陆、朝鲜及越南北部的扩张。其中，在过去五年里，中共

① 崔丕：《美国的冷战战略与巴黎统筹委员会、中国委员会（1945～1994年）》，第344～345页；赵学功：《巨大的转变：战后美国对东亚的政策》，第109～110页。

② 1955年1月5日，美国国家安全委员会就对华贸易管制问题做出最后决定：继续保持对中国的出口、进口和财政控制，并敦促其他国家保持现行对华出口管制水平。参见刘雄《艾森豪威尔政府亚洲政策论纲》，《冷战时期美国对外政策史探微》，第196页。

建立了自己的政权，巩固了对大陆的统治，并不断加强同苏联的合作关系。目前还没有迹象表明中共政权会在短期内崩溃，但其内部存在的僵化和不稳定因素终将引起危机，美国应随时准备对此加以利用。“目标”方面，美国认为在不挑起战争的前提下甘冒战争风险也要争取实现政策目标，包括保持亚洲非共产党国家的领土和主权完整，改善亚洲非共产党国家相对于共产党政权的实力地位，削弱中共的实力和影响或促使中国大陆政府“转向”，瓦解中苏同盟以及在亚洲培植热衷于宣传“自由世界”价值观并揭露共产党意识形态攻势欺诈性的政治和社会力量。

接下来，文件从五个方面细致而微地阐明了今后美国在亚洲的行动方针。

第一，为了保持亚洲的领土和主权完整，应采取如下行动：保证太平洋岛屿链的安全，协助它们发展符合各自利益的军事力量；保卫韩国的安全，向韩国提供军事和经济援助，支持朝鲜半岛的和平统一，同时适当阻止韩国的北进行动；批准美台《共同安全防卫条约》，阻止台湾对大陆的进攻行动，装备并训练台湾军队，使之能够保卫沿海岛屿；准备以武力迎击共产党国家对《马尼拉条约》成员国的公开侵略；尽可能防止印度尼西亚等国落入共产党之手；努力促使菲律宾、日本、“中华民国”和韩国签订“西太平洋集体防务协定”，使之与东南亚条约组织和澳新美条约组织联系在一起。

第二，为了加强亚洲非共产党国家的力量，应采取以下措施：促使非共产党国家尤其是日本和印度保持基本的稳定并加强自身力量；承认“国民党政府”为中国唯一合法政府，有权在联合国代表中国，并向其提供军事和经济支持；尽最大努力鼓励更多的“自由国家”共同建立亚洲经济集团，推动它们加强彼此之间以及与“自由世界”其他国家的贸易往来；向南亚和东南亚国家提供经济和技术援助；进一步鼓励和支持私人资本向亚洲“自由国家”的流动。

第三，为了削弱亚洲共产党政权尤其是共产党中国的力量和影响或阻止其力量和影响的增强，应采取如下行动：继续拒绝承认中国共产党政权及其他亚洲共产党政权；继续反对共产党中国获得在联合国的代表权；利用一切可行手段促使远东共产党控制区内部产生不满和分裂。

第四，努力使其他“自由世界”国家相信美国对共产党中国和“中华民国”政策的合理性，并在不引起严重分裂的前提下劝说它们也实行类似的政策。对于欧洲盟国的立场，在太平洋事务中不应像在大西洋事务中那样给予过多考虑。

第五，考虑就个别或重要问题与苏联和共产党中国举行谈判。①

纵观 NSC5429 号系列文件，可以发现：此时，美国亚洲遏制政策的主要目标已经由苏联转为中国。抑或是说，在艾森豪威尔政府看来，中国是美国在亚洲的主要敌人。而且，与 NSC166/1 号文件相比，在遏制中国的手段上，该系列文件已经完成了由“除战争以外的手段”到“甘冒战争的风险”的“进化”。唯一例外的是，NSC5429/5 号文件决定不再支持韩国对朝鲜的军事进攻和台湾对大陆的武装骚扰。前者是美国在朝鲜战

① “NSC5429/5, Current U.S. Policy Toward the Far East,” December 22, 1954, in *DNSA*, PD00422.

争以后一贯的政策，后者在很大程度上是第一次台海危机发生后美国对台政策的微调。

在遏制中国的具体行动方针方面，艾森豪威尔政府的设想是：综合利用政治、经济、军事和意识形态攻势等多种手段；既从外部构建对中国的包围圈，又随时准备在中国国内制造不安与分裂；不再明确地从太平洋沿海岛屿链和亚洲大陆线对中国进行双层遏制，转而谋求通过联合国、巴黎统筹委员会、东南亚条约组织、澳新美条约组织、构想中的“西太平洋集体防务协定”以及拟议中的“亚洲自由国家经济集团”等国际和地区组织对中国进行全方位、多角度的遏制。这里，与本文最为相关的是“西太平洋集体防务协定”构想，它是NSC166/1号文件中规定的“探索实施太平洋地区整体计划”努力中的重要一环。既然这一计划十分强调地区内部合作，那么“西太平洋集体防务协定”“成员国”中政治、经济和地缘联系最为紧密的日韩台三者间又该如何分工呢？

1952年4月，旧金山和约生效，美国结束了对日本的占领。此前约一个月，东京盟军最高司令部开始考虑媾和后日本的军备水平问题。它认为，考虑到日本与苏中毗邻，而美军又即将大批撤出，日本急需建立10个陆军师，总数约35万人。与日本的能力相比，该目标尚属保守。同样，美国中央情报局在1951年4月20日的一份报告中提出，如果日本愿意，它可以在6个月到12个月间将军队数量提高到50万人。[①] 1952年8月7日，美国国家安

① H. W. Brands, Jr., “The United States and the Reemergence of Independent Japan,” p. 388.

全委员会通过了新的对日政策文件 NSC125/2。在“总体考虑”部分，文件认为日本的安全对保持美国在太平洋地区的地位至关重要，必须尽一切努力阻止敌对势力控制日本。因此，应协助日本迅速发展自卫力量，进而减轻美国防卫日本的负担，使日本能够为太平洋地区其他“自由国家”的防务做出贡献。在“行动方针”部分，文件进一步指出，在第一阶段应协助日本建立均衡发展的军事力量，包括 10 个师的地面部队及相应的海空军。①

实际上，日本重整军备问题绝非东京盟军最高司令部和美国中央情报局想象的那样简单。首先，美国政府内部在日本加强军事力量问题上存在意见分歧。国防部从军事必要性的角度出发，认为应该不顾吉田茂政府的反对和其他国家的抗议继续催促日本全速重新武装。国务院则更多地从外交关系的角度考虑，提出不应对吉田茂政府施加过大的压力，以免削弱该政府的统治或加剧日本的反美情绪。② 其次，日本首相吉田茂以宪法禁止军队建设和避免遭受反对派攻击为由拒绝按照美国要求的速度发展军事力量，主张渐进谨慎地扩建自卫军。再次，澳大利亚、新西兰、韩国和菲律宾等国纷纷强烈反对日本重新武装，担心日本军国主义会因此借尸还魂，又一次危害亚洲人民。重重阻力使杜鲁门政府终未实现推动日本重整军备的目标。

艾森豪威尔上台后，在国家安全基本政策方面提出了“大平衡”原则。艾氏不仅将该原则应用于美国自身，在考虑日本

① “NSC125/2, United States Objectives and Courses of Action With Respect to Japan,” August 7, 1952, in *DNSA*, PD00287.

② H. W. Brands, Jr., “The United States and the Reemergence of Independent Japan,” pp. 389 - 394.

重新武装问题时亦作如是观。在 1953 年 6 月的一次国家安全委员会会议上，艾森豪威尔指出，美国不能对日本重整军备的水平提出过高的要求，以防止日本经济在巨额军费开支的压力下走向崩溃。国务卿杜勒斯也有同感，认为日本经济正处于美元储备不足和贸易赤字时期，无力迅速重整军备。① 相反，参谋长联席会议主张，鉴于亚洲形势的不断恶化，美国应进一步提高日本的军备水平：重建一支由 4 艘轻型航空母舰、3 艘巡洋舰、105 艘驱逐舰和驱逐护卫舰组成的海军部队；将日本保安队扩大到 15 个师、348000 人；建设一支由 36 个飞行编队、771 架飞机组成的空军部队。在建设次序上，首先发展陆军部队，于 1956 年 10 月 1 日前建成 15 个师。至 1960 年财政年度，实现海空军的发展目标。② 双方的争执直接体现在 1953 年 6 月 25 日由美国国家安全委员会通过的对日政策文件 NSC125/6 中。文件规定，应继续协助日本发展军事力量，以达到参谋长联席会议认为适当的水平。但由于日本宪法的限制、当前的政治发展状况以及日本人表现出来的勉强态度，按现在的速度，至 1954 年 6 月 30 日，日本的武装力量不会达到 10 个师。“尽管如此，仍应继续鼓励日本发展与其经济能力相适应的防务力量。”③ 如果说 NSC125/6 号文件的语气和措辞表明在总统和国务卿的推动下，

① H. W. Brands, Jr., “The United States and the Reemergence of Independent Japan,” p. 395.

② 崔丕：《美国的冷战战略与巴黎统筹委员会、中国委员会（1945～1994 年）》，第 305～306 页。

③ “NSC125/6, United States Objectives and Courses of Action with Respect to Japan,” June 29, 1953, in *DNSA*, PD00292.

美国对日重整军备政策出现了一定程度上的“后退”，那么不久以后“福龙丸事件”的发生则使该“后退”变得不可逆转。

1954 年 3 月 1 日凌晨，捕捞金枪鱼的日本渔船福龙丸第五（以下简称福龙丸）在比基尼环礁东北部抛锚。那时美国正在为比基尼环礁上的氢弹试验做最后准备，试验的目的之一是测试放射性物质的释放量。福龙丸抛锚地距美国此前公布的危险区域的边缘尚有 19 英里。氢弹爆炸后，释放出约 1500 万吨梯恩梯的能量，大大超出科学家们的预料。不巧的是，天空突然起风，风携带着大量放射性物质吹向福龙丸作业地，船上 23 名船员成为核辐射受害者。3 月 16 日，《读卖新闻》报道了福龙丸遭遇核爆炸的消息。日本国民一片哗然，猛烈抨击吉田茂政府的亲美外交路线。但吉田茂政府仍不愿公开谴责美国的核试验，希望仅以赔偿了事，而美国政府对此并未给予充分重视，《纽约时报》还进行了歪曲性报道。这一切激起了日本民众更大的愤怒。4 月 9 日，美国驻日大使约翰·艾利逊（John M. Allison）向日本正式表达了美国政府的歉意，并保证予以公正赔偿。9 月 23 日，福龙丸报务员久保山爱吉死去，日本国民发起了大规模抗议活动。1955 年 1 月 4 日，日美签订协议，日本最终获赔 200 万美元。“福龙丸事件”对日美关系的直接影响之一是促使美国最高决策层重新审视对日政策。①

1955 年 4 月 7 日，美国国家安全委员会讨论通过了新的对日政策文件 NSC5516/1。在“总体考虑”部分，文件承认在重新武装问题上美日之间存在严重分歧，即部分地由于忽视直接

① 关于“福龙丸事件”的经过及其影响详见郭培清《福龙丸事件与美国对日政策的调整》，《东北师大学报》2001 年第 3 期，第 43～48 页。

遭受侵略的危险，日本奉行政治稳定和经济增长优先的方针，拒绝提高军费开支。接下来，在“行动方针”部分，美国做出了让步，认为应“鼓励并协助日本发展最终能够承担基本防务责任的军事力量。日本军队建设的规模和时间问题不仅与军事力量发展的必要性有关，还涉及政治经济稳定。美国不能要求日本将军事力量提高到有损政治经济稳定的程度”。“为了能够对日本发展军事力量的意愿做出现实的评估，美国应就日本防务力量建设的速度和美国军援的范围问题与日本协商。”然后，“基于以上评估，重审美国关于日本军事力量发展的目标和时间表、对日军援计划以及美军在该地区的部署情况，以确保满足日本的最低安全需求”。这表明，美国接受了日本“渐增军备”的方针。[①] 而且，在削减防卫分担经费与防卫预算相互关系的问题上，艾森豪威尔政府否定了参谋长联席会议的提案，不要求日本在防卫经费中追加与削减的分担经费等额的预算，而是将削减下来的防卫分担经费直接纳入防卫经费预算。“重整军备问题从此不再是日美关系领域中双方讨论、争执的重要问题，而是成为日本国内吉田茂派‘对美协调论’与反吉田茂派‘对美自主论’两种政策主张争论的焦点、日本国内政治斗争中的重大问题和日本与亚洲国家关系发展过程中的重要问题。”[②]那么，

① “NSC5516/1, U. S. Policy Toward Japan,” April 9, 1955, in *DNSA*, PD00456.

② 崔丕：《美国的冷战战略与巴黎统筹委员会、中国委员会（1945～1994年）》，第311页。事实上，1953～1958年，日本防务开支占整个财政支出的比例由12%降至7.87%。参见“Memorandum of Discussion at the 446th Meeting of the National Security Council,” May 31, 1960, in *FRUS*, *1958－1960*, Vol. 18, Japan; Korea, p. 318。

防卫日本乃至整个太平洋地区安全的任务又由谁来承担呢？

朝鲜战争爆发后，美国军援物资源源不断地运往台湾，以扩建台湾军队。在美国的扶植下，1953 年下半年，台湾军队已达到约 50 万人。[①] 当年 11 月 6 日，艾森豪威尔批准了国家安全委员会对台政策文件 NSC146/2。文件认为，在太平洋地区，西方盟国的人力水平远远不及共产党国家。因此，美国要尽力加强国民党的军事力量，将台军作为该地区急需的后备军。据美国估计，如果给予台湾当地人以公正的待遇并使其在军官团中拥有充分的发言权，那么他们中可能会有 45 万至 65 万青壮年男子应征入伍。[②] 据此，从 1955 年起，美国再次大量增加对台军事援助。1957 年 5 月，艾森豪威尔政府同意在台湾部署能够携带核武器的地对地斗牛士导弹，并于当年在台湾投入 2500 万美元修筑供携带核弹的 B－52 飞机使用的空军基地。1958 年秋，美国又给台湾沿海岛屿配备了原子炮。[③] 在韩国，情况大体类似。朝鲜战争期间，在美国的支持下，韩国建立了一支约 60 万人的军队。[④] 非但如此，为了确保韩国政府支持朝鲜停战协定，1954 年 11 月 17 日，艾森豪威尔政府还与韩国签署了一份对韩援助谅解备忘录。备忘录规定：1955 年财政年度，美国计划给

---

① John W. Garver, *The Sino-American Alliance: Nationalist China and American Cold War Strategy in Asia*, New York: M. E. Sharpe, Inc., 1997, pp. 76－77.

② “NSC146/2, United States Objectives and Courses of Action with Respect to Formosa and the Chinese National Government,” November 6, 1953, in *DNSA*, PD00326.

③ 茅家琦：《台湾三十年（1949～1979）》，第 63～64 页。

④ “Special Estimate,” October 16, 1953, in *FRUS*, *1952－1954*, Vol. 15, Korea, p. 1538.

予韩国 7 亿美元的军事和经济援助；美国愿意支持总数为 72 万人的韩国军队，至 1955 年末帮助韩国组建 10 个预备役师，并制订进一步扩充和装备韩军的计划。① 1955 年 2 月 25 日，美国对韩国政策纲领性文件 NSC5514 正式确立了韩国“军事力量发展优先”的原则。②

总括以上论述，可以得出如下结论：“西太平洋集体防务协定”构想在日本的防务与台韩的军事力量之间建立起了某种联系；艾森豪威尔政府同意日本“渐增军备”的前提条件之一是台湾和韩国已拥有具有一定战斗力的大规模军队；日本“渐增军备”方针的出台不是美国决定大力支持台韩军事力量发展的原因，却使尽可能地援助台韩军队建设成为艾森豪威尔政府短期内难以放弃的既定政策。

二 美韩结盟与美国对韩国长期政策的出台

1. 美韩同盟的形成

1953 年 8 月 8 日，美国与韩国草签了《共同安全防卫条约》。③ 1954 年 11 月 1 日，双方交换了《共同安全防卫条约》

① “Memorandum by the Executive Officer of the Operations Coordinating Board (Staats) to the Executive Secretary of the National Security Council (Lay),” December 30, 1954, in *FRUS*, *1952 - 1954*, Vol. 15, Korea, pp. 1944, 1953.

② “NSC5514, United States Objectives and Courses of Action in Korea,” February 25, 1955, in *DNSA*, PD00452.

③ “Memorandum of Conversation, by the Director of the Office of Northeast Asian Affairs (Young),” August 8, 1953, in *FRUS*, *1952 - 1954*, Vol. 15, Korea, pp. 1489 - 1490.

批准书，美韩同盟正式形成。[1] 该同盟的形成与韩国的安全保障、朝鲜停战协定的签订及“联合国军”司令部继续拥有韩军管辖权等问题密切相关，在很大程度上昭示出李承晚政权对美讨价还价的能力。

1951 年下半年，朝鲜战争进入边打边谈的阶段。李承晚不断公开指责停战谈判。在 1952 年 3 月 21 日给杜鲁门总统的回信中，他明确地开出了韩国支持停战的价码——美国同意与韩国签订共同安全条约并协助韩国加速扩军。[2] 由于战俘问题使停战谈判陷入僵局，因此杜鲁门政府也一直没有认真考虑李承晚的要求。是年 12 月，红十字会协会（League of Red Cross Societies）敦促战争双方早日停止冲突，并首先考虑交换伤病战俘的问题。克拉克很快意识到响应这一呼吁可能带来的宣传价值。[3] 于是，1953 年 2 月 22 日，克拉克致函金日成和彭德怀，建议双方先行交换伤病战俘。3 月 28 日，金日成和彭德怀复函克拉克，同意交换伤病战俘，并建议立即恢复停战谈判。3 月

① “Memorandum by the Executive Officer of the Operations Coordinating Board (Staats) to the Executive Secretary of the National Security Council (Lay),” December 30, 1954, in *FRUS*, *1952 - 1954*, Vol. 15, Korea, p. 1944.

② “The President of the Republic of Korea (Rhee) to President Truman,” March 21, 1952, in *FRUS*, *1952 - 1954*, Vol. 15, Korea, pp. 114 - 116. 实际上，早在 1949 年 6 月美军撤出朝鲜半岛之前，李承晚就曾要求美国建立类似于北约的太平洋公约组织、签订美韩双边共同防卫协定或公开承诺保卫韩国的安全，但最终一无所获。参见 William Stueck, *Rethinking the Korean War: A New Diplomatic and Strategic History*, p. 187。

③ Kim Dong-Soo, “U. S. -South Korea Relation in 1953 - 1954: A Study of Patron-Client State Relationship,” PhD dissertation, The University of Connecticut, 1985, pp. 55 - 56.

30日，中国总理兼外长周恩来提出了一个彻底解决战俘问题的新建议：谈判双方应保证在谈判后立即遣返所有坚决要求遣返的战俘，并将其余战俘转交中立国，以保证公正地解决这些人的遣返问题。4月2日，艾森豪威尔指示杜勒斯同意中朝一方的建议。4月26日，中断了6个月零18天的板门店谈判得以恢复。[①] 战俘问题上的突破极大地加速了朝鲜停战谈判的进程，同时也触动了李承晚那根武力统一的敏感神经。

3月末，韩国掀起了大规模的反停战运动，国会通过反停战决议，出版界和高级将领们纷纷表示支持“北进统一”，李承晚政府更是直接向美国发出了单独北上和把韩军撤出“联合国军”司令部的威胁。[②] 一时间，“不统一，毋宁死”和“挺进鸭绿江”的口号传遍了整个韩国。4月3日，韩国外长卞荣泰（Pyun Yung Tai）告知艾森豪威尔政府，如果美国同意与韩国签订共同安全条约，那么停战合作问题就解决了。8日，韩国驻美大使梁裕灿（Yang You Chan）向杜勒斯转达了李承晚的看法。李认为，停战的五项条件是：（1）必须统一朝鲜；（2）中共军队必须全部撤离；（3）必须解除北朝鲜军队的武装；（4）必须禁止“任何第三方”向在朝鲜的共产党提供武器；（5）必须明确界定韩国的主权范围，并保证韩国在关于朝鲜未来的国际讨论中拥

① “The Commander in Chief, United Nations Command (Clark) to the Joint Chiefs of Staff,” March 28, 1953, in *FRUS*, *1952－1954*, Vol. 15, Korea, pp. 818－819; “Editorial Note,” in *FRUS*, *1952－1954*, Vol. 15, Korea, p. 824.

② 1950年7月14日，李承晚致函美国太平洋陆军最高司令官麦克阿瑟，表示“在目前的敌对状态继续之期间，把韩国陆、海、空军的作战指挥权转让（给美国）”。麦克阿瑟接受了韩国的请求。

有发言权。接下来，梁裕灿转向共同安全条约问题，指出“该条约将大大缓解总是担心会被美国和联合国抛弃的韩国人的恐惧和忧虑”。在9日给艾森豪威尔的信中，李承晚表示一旦停战协定允许中国军队继续驻留朝鲜，他将要求所有不想把共产党军队驱逐到鸭绿江边的国家撤出朝鲜。假使美国也想撤离，那么它可以自便。24日，梁裕灿在给美国国务院的一份备忘录中警告说，如果停火协议没有将中国共产党赶出朝鲜，李承晚将把韩军撤出“联合国军”司令部。期间，李承晚的立场偶尔也有软化的时候。14日，在与美国驻韩大使埃利斯·布里格斯（Ellis O. Briggs）会谈时，李承晚表示韩国最需要的是美韩共同安全条约。不过，退而求其次，如果艾森豪威尔能够公开表示无论如何美国都不会忘记韩国，对韩国来说同样也是大有裨益的。[①]

面对韩国的诱迫，美国官员的反应是矛盾的，既不以为然又不敢完全掉以轻心。布里格斯指出，韩国反停战言辞背后隐藏的是不安全感和国家统一的强烈愿望。虽然李承晚宣布将单

① Yong-Pyo Hong, *State Security and Regime Security: President Syngman Rhee and the Insecurity Dilemma in South Korea, 1953 - 1960*, pp. 42 - 43; Stephen Jin-Woo Kim, *Master of Manipulation: Syngman Rhee and the Seoul-Washington Alliance, 1953 - 1960*, pp. 81 - 82; William Stueck, *Rethinking the Korean War: A New Diplomatic and Strategic History*, pp. 189 - 190; "The Ambassador in Korea (Briggs) to the Department of State," April 15, 1953, in *FRUS, 1952 - 1954*, Vol. 15, Korea, p. 912; "The President of the Republic of Korea (Rhee) to the President Eisenhower," April 9, 1953, in *FRUS, 1952 - 1954*, Vol. 15, Korea, pp. 902 - 903; "President of the Republic of Korea Syngman Rhee Informs Eisenhower that with or without the Help of Friendly Nations His Country Intends to Continue Their Efforts to Drive the Chinese Communists out of Korean Territory," April 9, 1953, in *DDRS*, CK3100280018 - CK3100280019.

独战斗，但他是政治现实主义者，定会意识到此类行动将使韩国失去美国和联合国的支持。美国远东事务副助理国务卿亚历克西斯·约翰逊（Alexis U. Johnson）也持类似看法，认为李承晚可能已完全意识到无法阻止美国走向停战，目前他只是希望通过反停战迫使美国同韩国签订双边防务条约，以实现其个人的政治目的并防止美国抛弃韩国。可是，美国对李承晚的威吓并没有视而不见。在布里格斯看来，李承晚可能不会再像以往那样支持"联合国军"司令部了，或许他会撤出停战委员会中的韩国代表甚至收回韩军指挥权。当前，危险主要在于李氏通常所具有的"不可预计性"及其偶尔在不预先充分考虑后果的情况下便采取行动的倾向。克拉克也认为韩国可能试图收回"联合国军"司令部对韩军的管辖权。①

关于如何应对李承晚的问题，各方意见不一。布里格斯倾向于考虑韩国对共同安全条约的要求，但国防部以全面战争计划不包括防卫韩国为由强烈反对签订美韩防务条约，克拉克也认为此时不能在共同防卫条约问题上向韩国政府做出任何保证。② 艾森豪威尔和杜勒斯等人同样不愿与韩国签订共同安全条约。理由如

① "The Ambassador in Korea (Briggs) to the Department of State," April 14, 1953, in *FRUS*, *1952 - 1954*, Vol. 15, Korea, pp. 906 - 907; "Memorandum by the Deputy Assistant Secretary of State for Far Eastern Affairs (Johnson) to the Secretary of State," April 8, 1953, in *FRUS*, *1952 - 1954*, Vol. 15, Korea, p. 896.

② "The Ambassador in Korea (Briggs) to the Department of State," April 14, 1953, in *FRUS*, *1952 - 1954*, Vol. 15, Korea, p. 907; "Memorandum by the Deputy Assistant Secretary of State for Far Eastern Affairs (Johnson) to the Secretary of State," April 8, 1953, in *FRUS*, *1952 - 1954*, Vol. 15, Korea, p. 896; "The Ambassador in Korea (Briggs) to the Department of State," April 23, 1953, in *FRUS*, *1952 - 1954*, Vol. 15, Korea, pp. 931 - 932.

下：该条约将“削弱联合国授权的多边性质”并意味着在法律上承认共产党对北朝鲜的控制；担心韩国误以为条约的适用范围为整个朝鲜半岛；最近韩国的反停战运动使美国国会和人民难以接受这一条约；更重要的是，美国不想因此承诺保卫亚洲大陆。①

最终，后一种意见占了上风。在4月23日给李承晚的回信中，艾森豪威尔只是保证美国不会忘记韩国，不会不关心韩国的福祉和安全。同时，他重申联合国“抵制侵略”的任务业已完成，不打算进一步以武力统一朝鲜半岛。如果韩国一意孤行地单独采取军事行动，结果只会给自己带来灾难，美国人民以牺牲换来的胜利果实也将随之化为乌有。② 可是，美国不会弃韩国于不顾的承诺根本满足不了李承晚的胃口，艾森豪威尔的警告更是毫无效力。当天，包括五十名国会议员在内的几千名韩国示威者高喊着“不统一，毋宁死”的口号，试图强行冲入美国大使馆。③

---

① Stephen Jin-Woo Kim, *Master of Manipulation: Syngman Rhee and the Seoul-Washington Alliance, 1953 – 1960*, p. 87; Yong-Pyo Hong, *State Security and Regime Security: President Syngman Rhee and the Insecurity Dilemma in South Korea, 1953 – 60*, p. 45.

② “President Eisenhower to the President of the Republic of Korea (Rhee),” April 23, 1953, in *FRUS, 1952 – 1954*, Vol. 15, Korea, pp. 929 – 930; “U. S. Urges South Korea to Accept Armistice,” April 23, 1953, in *DDRS*, CK3100449747 – CK3100449749.

③ “The Ambassador in Korea (Briggs) to the Department of State,” April 26, 1953, in *FRUS, 1952 – 1954*, Vol. 15, Korea, pp. 938 – 939; “The Commander in Chief, Far East (Clark) to the Joint Chiefs of Staff,” May 13, 1953, in *FRUS, 1952 – 1954*, Vol. 15, Korea, p. 1011; Kim Dong-Soo, “U. S. -South Korea Relation in 1953 – 1954: A Study of Patron-Client State Relationship,” p. 67.

这时，朝鲜停战谈判正在紧锣密鼓地进行着。中朝方面首先提出解决战俘问题的六点方案，主张在停战后两个月内将坚持要求遣返的战俘全部遣返，其余战俘移交中立国看管，并由战俘所属国向战俘进行6个月的解释。此后，要求遣返的战俘应立即予以遣返，其余战俘的去留问题交由停战协定所规定的政治会议协商解决。5月7日，中方对方案进行了修正，提出八点建议，将解释期缩短为4个月，并建议由波兰、捷克斯洛伐克、瑞士、瑞典和印度组成遣返委员会。13日，美方提出对案，主张不直接遣返的朝鲜籍战俘在停战协定生效时就地释放。双方立场的差距仍然很大。[①] 25日，美国决定做出让步，以中朝方案为基础提出对案，战俘问题的解决指日可待。[②]

随着停战谈判接近尾声，美韩关于停战合作的讨价还价也进入到实质性阶段。5月25日，也就是美国提出新的战俘遣返方案的当天，布里格斯约见李承晚，试图敦促韩国支持停战协定并继续承诺赋予“联合国军”司令部韩军管辖权。美方开出的筹码是：发表16国“扩大制裁宣言”[③]；支持韩国政治经济发展并协助其提高国际地位；努力通过未来的政治会议实现朝鲜

① “Editorial Note,” in *FRUS, 1952－1954*, Vol. 15, Korea, p. 1020；陶文钊：《中美关系史（1949～1972）》，上海人民出版社，1999，第74页。

② “The Commander in Chief, Far East (Clark) to the Joint Chiefs of Staff,” May 23, 1953, in *FRUS, 1952－1954*, Vol. 15, Korea, pp. 1090－1095; “Editorial Note,” in *FRUS, 1952－1954*, Vol. 15, Korea, pp. 1096－1097; “Editorial Note,” in *FRUS, 1952－1954*, Vol. 15, Korea, p. 1151.

③ 具体内容为：参与朝鲜行动的“联合国军”成员国坚决反对违反停战协定的侵略行为，那时军事冲突将可能不再局限于朝鲜境内。

统一并促使中共军队撤离朝鲜；支持韩国将地面部队扩充至约20个师。李氏对此无动于衷，认为“扩大制裁宣言”与美韩防务条约相比意义不大。他的反建议是：立即停火；中共军队和“联合国军”同时撤离；朝鲜非遣返战俘由韩国释放，中国战俘由“联合国军”司令部处理。[①] 韩国的反应引起了美国官员的高度警觉。克拉克认为，由于目前关押朝鲜非遣返战俘的9个陆上战俘营均由韩军充当卫兵主力，因此李承晚有可能、也完全有能力单方面释放朝鲜非遣返战俘。鉴于卞荣泰几乎已经暗示正在考虑单方面释放朝鲜非遣返战俘，布里格斯也警告国务院这种可能性确实存在。[②]

5月29日，美国国务院和参谋长联席会议一同认真讨论了对策，提出三种选择：（1）实施1952年7月5日由克拉克制订的代号为“时刻准备着”（Plan Everready）的计划，关押李承晚及其追随者，建立军政府；（2）如果李承晚拒绝支持停战协定，“联合国军”司令部就撤离朝鲜；（3）以共同安全条约换取李承晚对停战协定的认可。实际上，与会者无一真正支持“时刻准备着”计划，也难以下定放弃韩国的决心，因此似乎只能答应

---

① 会谈记录参阅“The Acting Secretary of State to the Embassy in Korea,” May 22, 1953, in *FRUS*, *1952 - 1954*, Vol. 15, Korea, pp. 1086 - 1090; “The Ambassador in Korea (Briggs) to the Department of State,” May 25, 1953, in *FRUS*, *1952 - 1954*, Vol. 15, Korea, pp. 1100 - 1101。

② “The Commander in Chief, United Nations Command (Clark) to the Joint Chiefs of Staff,” May 25, 1953, in *FRUS*, *1952 - 1954*, Vol. 15, Korea, pp. 1098 - 1100; “The Ambassador in Korea (Briggs) to the Department of State,” May 25, 1953, in *FRUS*, *1952 - 1954*, Vol. 15, Korea, p. 1103.

与韩国协商共同安全条约的问题了。① 翌日，艾森豪威尔授权布里格斯和克拉克通知李承晚：只要韩国在实施停战协定方面予以合作且继续赋予“联合国军”司令部韩军管辖权，美国就准备立即遵照美菲和美澳新条约与韩国进行共同安全条约的谈判，条约的适用范围为韩国现在或以后拥有行政管辖权的地区。但按照美国宪法，此条约需经参议院批准。②

美国并未立即告知李承晚以上决定，它要依据板门店谈判的进程寻找最有利的时机抛出诱饵。6月4日，中朝一方就战俘问题提出反建议，大体同意美方5月25日的方案。6日，艾氏政府接受了中朝的建议并准备在18日签订朝鲜停战协定。③ 第二天，克拉克与李承晚举行会谈，通知后者战俘问题即将解决，并表示美国愿意与韩国协商共同安全条约的问题。李氏的反应完全出乎克拉克的意料，他声称：美国关于共同安全条约的承诺太迟了，只要中共军队驻留朝鲜，韩国就无法生存；美国的绥靖政策大错特错，韩国不会接受当前的停战协定；今后，韩

① Stephen Jin-Woo Kim, *Master of Manipulation: Syngman Rhee and the Seoul-Washington Alliance, 1953 - 1960*, pp. 89 - 90; Yong-Pyo Hong, *State Security and Regime Security: President Syngman Rhee and the Insecurity Dilemma in South Korea, 1953 - 60*, pp. 45 - 46; "Memorandum of the Substance of Discussion at a Department of State-Joint Chiefs of Staff Meeting," May 29, 1953, in *FRUS, 1952 - 1954*, Vol. 15, Korea, pp. 1114 - 1119.

② "The Chief of Staff, United States Army (Collins) to the Commander in Chief, Far East (Clark)," May 30, 1953, in *FRUS, 1952 - 1954*, Vol. 15, Korea, pp. 1122 - 1123.

③ "Editorial Note," in *FRUS, 1952 - 1954*, Vol. 15, Korea, p. 1137; Stephen Jin-Woo Kim, *Master of Manipulation: Syngman Rhee and the Seoul-Washington Alliance, 1953 - 1960*, p. 92.

国可以自由行动了，它将继续战斗下去，即便最终走向灭亡也在所不惜。①

9 日，李承晚会见美国第八军司令马克斯韦尔·泰勒（Maxwell D. Taylor），又一次提出了韩国接受停战协定的条件，包括政治会议的合理会期约为 60 天，美韩签订共同安全条约，将韩国陆军扩建至 20 个师并辅以相应的海空军等内容。② 11 日，杜勒斯致函李承晚，邀请他到华盛顿秘密交换关于停战协定的看法。李承晚以无法脱身为由婉言谢绝了美国的邀请，并回请杜勒斯访韩。同时，他重申韩军采取单方面行动前定会通知克拉克，且最近韩国不会采取这样的行动。③ 16 日，杜勒斯又一次致函李承晚，建议派远东事务助理国务卿沃尔特·罗伯逊（Walter S. Robertson）立即赶赴韩国协商停战合作事宜。李承晚欣然接受了这一建议。④

正当美国想要签订朝鲜停战协定并热切盼望着罗伯逊的韩

① “The Commander in Chief, United Nations Command (Clark) to the Joint Chiefs of Staff,” June 7, 1953, in *FRUS*, *1952 - 1954*, Vol. 15, Korea, pp. 1149 - 1151.

② “The Commanding General, United States Eighth Army (Taylor) to the Commander in Chief, Far East (Clark),” June 9, 1953, in *FRUS*, *1952 - 1954*, Vol. 15, Korea, pp. 1159 - 1160.

③ “The Secretary of State to the President of the Republic of Korea (Rhee),” June 11, 1953, in *FRUS*, *1952 - 1954*, Vol. 15, Korea, pp. 1165 - 1166; “The Ambassador in Korea (Briggs) to the Department of State,” June 12, 1953, in *FRUS*, *1952 - 1954*, Vol. 15, Korea, pp. 1166 - 1167; “The President of the Republic of Korea (Rhee) to the Secretary of State,” June 14, 1953, in *FRUS*, *1952 - 1954*, Vol. 15, Korea, p. 1168.

④ “The Secretary of State to the President of the Republic of Korea (Rhee),” June 16, 1953, in *FRUS*, *1952 - 1954*, Vol. 15, Korea, p. 1188.

国之行能使李承晚接受停战的时候，韩国军队于18日凌晨在论山、马山、釜山和尚武台四个战俘营强行打开由美军看守的大门，释放了约2.7万朝鲜非遣返战俘。[①] 此举令美国十分震惊，克拉克和艾森豪威尔严厉斥责李承晚背信弃义，甚至威胁说要“另行安排”（another arrangement）。[②] 在给李承晚的信中，杜勒斯更是大发雷霆，不留情面地称：

……你已经无视联合国军司令的权威采取了单边行动，而且据报告说你甚至要将韩军撤出联合国军司令部。

你有权利这样做吗？是你援引团结一致的原则要求我们付出代价的。为此，我们已经付出了鲜血，承受了苦难。在需要帮助的时候，你要求我们付出如此高昂的代价，现在你又怎能理直气壮地抛弃该原则呢？

你（应该）明白目前韩国自行其是的企图将意味着一场可怕的灾难。共产党会因此成为最大的赢家。在他们面

① Henry Chung, *Korea and the United States Through War and Peace, 1943 - 1960*, Seoul: Yonsei University Press, 2000, pp. 290 - 291; Yong-Pyo Hong, *State Security and Regime Security: President Syngman Rhee and the Insecurity Dilemma in South Korea, 1953 - 60*, p. 48; 陶文钊：《中美关系史（1949～1972）》，第75～76页；赵学功：《巨大的转变：战后美国对东亚的政策》，第87页。

② “Editorial Note,” in *FRUS, 1952 - 1954*, Vol. 15, Korea, pp. 1199 - 1200; “Eisenhower, Dwight D. Cable. Secret To Syngman Rhee,” 18 June 1953, in L. Galambos and D. van Ee (eds.), *The Papers of Dwight David Eisenhower*, Document 252. World Wide Web facsimile by the Dwight D. Eisenhower Memorial Commission of the print edition; Baltimore, MD: The Johns Hopkins University Press, 1996, available at: http://www.eisenhowermemorial.org/presidential-papers/first-term/documents/252.cfm.

> 临严重的国内不安时，这将使其欢欣鼓舞。原因是：共产党十分清楚，如果自由世界保持团结一致的前提是各成员国能各自为政，那么它根本无法存在。
>
> ……
>
> ……应你的请求，我们付出高昂的代价挽救了你的国家，在道义上你有权利使其走向灭亡吗？现在当我们要求保持团结时，你能装聋作哑吗？①

然而，美国的反应仅止于口头抗议，问题能否得到解决还要看罗伯逊与李承晚会谈的结果如何。

6月25日，即罗伯逊到达汉城的当天，李承晚在演说中竭力煽动公众的反停战情绪，声称“决不能接受”停战协定，因为该协定允许中国军队继续驻留朝鲜并批准印度武装力量进入韩国监管战俘。由于联合国有意接受共产党草拟的停战协定，所以目前韩国的处境比三年前更危险。他建议“联合国军”和中国军队同时撤离，政治会议限期三个月，会议失败后继续战斗。在接受美国国家广播公司采访时，李承晚再次表示不会从原来的立场上后退，希望罗伯逊能做出一些让步。他声称，在这一点上，韩国人民完全支持他并将和他一道继续作战。非但如此，在一个约有5万人参加的群众集会上，韩国国防部副部长宣称已经制订了北进计划。相比之下，美国的宣传攻势显得

① 6月26日，罗伯逊将此信呈交李承晚。具体内容参见“The Secretary of State to the President of the Republic of Korea (Rhee)，” June 22，1953，in *FRUS*，*1952 - 1954*，Vol. 15，Korea，pp. 1238 - 1240。

有气无力。当日，共和党参议员亚历山大·史密斯（Alexander H. Smith）在国会发表演说时指出，僵持的停战总比僵持的战争要好，李承晚及韩国人民应支持美国的停战政策。罗伯逊本人在汉城的演讲则更多是在强调美韩目标的一致性。①

26日，罗伯逊与李承晚举行第一次正式会谈。李承晚提出，韩国接受停战的条件是：（1）将剩下的8600名朝鲜非遣返战俘转移至非军事区，由中立国遣返委员会看管，中国战俘继续留在济州岛；（2）政治会议的会期为90天；（3）美国向韩国提供经援并支持韩国将陆军增加到约20个师；（4）立即签订美韩共同安全条约。美国的答复是：答应第一点和第三点要求；如果政治会议召开90天后仍无成果且为共产党所利用，则美韩协商联合退出；准备参照美菲条约立即与韩国就共同安全条约问题进行协商；作为回报，韩国应承认“联合国军”司令部处理战争事务的权威、支持停战协定并继续赋予“联合国军”司令部韩军管辖权。② 随后，李承晚向罗伯逊递交了一份备忘录，详细罗列了停战合作条件：在停战协定签订前缔结共同安全条约；协助韩国建设足以支持陆军的海空军，必要时进一步扩军；向韩国提供经济援助；一旦政治会议90天内仍未取得成果，美国应在不和其他国家或组织协商的情况下与韩国一同北上，武力

① “The Rhee-Robertson Conversation and Their Aftermath: A Chronology of Principal Developments in Korean-American Relations, June 22 - July 26, 1953,” in *DDRS*, CK3100349049 - CK3100349052.

② “The Assistant Secretary of State for Far Eastern Affairs (Robertson) to the Department of State,” June 26, 1953, in *FRUS*, *1952 - 1954*, Vol. 15, Korea, pp. 1279 - 1280.

统一朝鲜半岛。[①]

李承晚的顽固不化使美国的态度变得强硬起来。29日，罗伯逊明确拒绝了李承晚的备忘录。7月1日，美国前驻韩大使蒲立德（William C. Bullitt）、参议员威廉·诺兰（William Knowland）、亚历山大·史密斯和众议员周以德（Walter H. Judd）等人纷纷敦促李承晚与美国合作。[②] 同一天，李承晚致函罗伯逊，表示不再要求中国军队在停战协定前撤离并同意将所有战俘转移至中立区，但仍坚持政治会议失败后美国应继续以武力统一朝鲜半岛。如果美国不愿如此，至少也应该为韩国单独北上提供海空军支持。[③] 2日，美国向李承晚递交了一份回复性备忘录，唯一的让步是承诺政治会议失败后立即与韩国讨论如何通过“适当和理性的”方式争取实现朝鲜统一的问题。4日，罗伯逊明确告知李承晚7月2日备忘录代表美国的最终立场，并将一份美方拟定的美韩共同安全条约草案送交韩方。面对美国的最后通牒，李承晚在继续要求对方承诺政治会议失败后支持韩国统一战争的同时，将反建议的重点调

---

① “Aide-Memoire from the President of the Republic of Korea (Rhee) to the Assistant Secretary of State for Far Eastern Affairs (Robertson),” June 28, 1953, in *FRUS*, *1952 - 1954*, Vol. 15, Korea, pp. 1282 - 1284.

② “The Commander in Chief, Far East (Clark) to the Department of State,” June 29, 1953, in *FRUS*, *1952 - 1954*, Vol. 15, Korea, pp. 1285 - 1286; “Editorial Note,” in *FRUS*, *1952 - 1954*, Vol. 15, Korea, p. 1292; “The Rhee-Robertson Conversation and Their Aftermath: A Chronology of Principal Developments in Korean-American Relations, June 22 - July 26, 1953,” in *DDRS*, CK3100349067 - CK3100349068.

③ “The President of the Republic of Korea (Rhee) to the Assistant Secretary of State for Far Eastern Affairs (Robertson),” July 1, 1953, in *FRUS*, *1952 - 1954*, Vol. 15, Korea, pp. 1292 - 1295.

整至希望艾森豪威尔政府保证国会一定能够批准共同安全条约。[①]

7日，美国参议院两党领袖表示只要李承晚支持停战协定并在政治会议上采取合作态度，他们就愿意批准美韩共同安全条约。当天，共和党参议员亚历山大·威利（Alexander Wiley）发表声明，指责李承晚正在走向极端主义、顽固不化和专横武断，其不顾后果的鲁莽行为使韩国及其盟国乃至整个世界的和平事业蒙受了无法估量的损失。他的观点与大多数共和党议员的看法形成了鲜明的对比。[②] 不管美国是否有意如此安排，这种“一打一拉”的做法客观上确实有利于促使李承晚接受艾森豪威尔政府的条件。8日，罗伯逊通知李承晚，美国参议院已经承诺支持共同安全条约，因此他打算10日回国。李承晚接受了艾森豪威尔政府关于国会将批准共同安全条约的保证并对罗伯逊的归国计划表示不解，声称双方的观点已经接近，完全可以达成一致。[③] 11日，

---

① “Memorandum of Conversation, by the Assistant Secretary of State for Far Eastern Affairs (Robertson),” July 4, 1953, in *FRUS*, *1952 - 1954*, Vol. 15, Korea, pp. 1326 - 1329; “The Rhee-Robertson Conversation and Their Aftermath: A Chronology of Principal Developments in Korean-American Relations, June 22 - July 26, 1953,” in *DDRS*, CK3100349069 - CK3100349078.

② “The Rhee-Robertson Conversation and Their Aftermath: A Chronology of Principal Developments in Korean-American Relations, June 22-July 26, 1953,” in *DDRS*, CK3100349082.

③ “The Assistant Secretary of State for Far Eastern Affairs (Robertson) to the Department of State,” July 8, 1953, in *FRUS*, *1952 - 1954*, Vol. 15, Korea, p. 1353; “The President of the Republic of Korea (Rhee) to the Assistant Secretary of State for Far Eastern Affairs (Robertson),” July 9, 1953, in *FRUS*, *1952 - 1954*, Vol. 15, Korea, pp. 1357 - 1359; “The Rhee-Robertson Conversation and Their Aftermath: A Chronology of Principal Developments in Korean-American Relations, June 22 - July 26, 1953,” in *DDRS*, CK3100349084 - CK3100349085.

李承晚分别向艾森豪威尔和杜勒斯保证韩国将遵守停战协定。[①]第二天，美韩双方发表了“罗伯逊—李承晚共同声明”，宣称两国已准备签署共同安全条约，且在政治、经济和防务合作方面达成了广泛的共识。至此，罗伯逊认为美韩停战合作问题已基本解决。[②]

然而，李承晚并未停止战争威胁，并屡次曲解美韩共同声明。11 日，他在接受美国一家媒体采访时声称，韩国只承诺三个月内不破坏停战协定，因为美国确信此期间能够使中共撤军并统一朝鲜半岛。15 日，梁裕灿警告西方国家不要“与邪恶妥协”。罗伯逊严厉斥责了韩国的说法，认为这只会危害美韩共同事业，使共产党从中渔利。[③] 由于李承晚单方面释放战俘以后中

① “The President of the Republic of Korea (Rhee) to President Eisenhower,” July 11, 1953, in *FRUS*, *1952 - 1954*, Vol. 15, Korea, pp. 1368 - 1369; “The President of the Republic of Korea (Rhee) to the Secretary of State,” July 11, 1953, in *FRUS*, *1952 - 1954*, Vol. 15, Korea, pp. 1370 - 1373; “Syngman Rhee Suggests to Eisenhower that in the Formulations of American Policies in the Pacific Area, Korea Should be Accorded Consideration as a Strategic Power Center and as a Loyal and Effective Ally,” July 11, 1953, in *DDRS*, CK3100279974 - CK3100279975.

② “Memorandum of Conversation, by the Assistant Secretary of State for Far Eastern Affairs (Robertson),” July 11, 1953, in *FRUS*, *1952 - 1954*, Vol. 15, Korea, pp. 1373 - 1374; “The Rhee-Robertson Conversation and Their Aftermath: A Chronology of Principal Developments in Korean-American Relations, June 22 - July 26, 1953,” in *DDRS*, CK3100349101 - CK3100349102.

③ “The Assistant Secretary of State for Far Eastern Affairs (Robertson) to the President of the Republic of Korea (Rhee),” July 21, 1953, in *FRUS*, *1952 - 1954*, Vol. 15, Korea, pp. 1411 - 1412; “The Rhee-Robertson Conversation and Their Aftermath: A Chronology of Principal Developments in Korean-American Relations, June 22 - July 26, 1953,” in *DDRS*, CK3100349099 - CK3100349100, CK3100349108 - CK3100349109.

朝屡次要求美国保证遵守停战协定，美方代表在19日的板门店会议上郑重声明：即使韩国违反停战协定，“联合国军”司令部仍会信守承诺。李承晚政府对此提出强烈抗议，再次要求美国在政治会议失败后支持韩国武力统一朝鲜半岛，甚至威胁说要重新考虑关于停战问题的立场。① 艾森豪威尔政府连忙向韩国做出解释，并承诺支持韩国反对任何外部侵略。25日和26日，李承晚两次在信中向杜勒斯保证不会破坏停战协定。② 27日，朝鲜停战协定签订。8月8日，美韩草签了《共同安全防卫条约》。1954年11月17日，双方交换了条约的批准书，美韩同盟正式形成。

美韩同盟形成过程表现出来的最重要的特点是韩国通过威胁利诱迫使艾森豪威尔政府与其缔结了一份美国本不想缔结的

① "The Ambassador in Korea (Briggs) to the Department of State," July 21, 1953, in *FRUS, 1952 - 1954*, Vol. 15, Korea, pp. 1404 - 1406; "The Rhee-Robertson Conversation and Their Aftermath: A Chronology of Principal Developments in Korean-American Relations, June 22 - July 26, 1953," in *DDRS*, CK3100349113 - CK3100349116.

② "The Secretary of State to the Embassy in Korea," July 21, 1953, in *FRUS, 1952 - 1954*, Vol. 15, Korea, pp. 1407 - 1408; "The Assistant Secretary of State for Far Eastern Affairs (Robertson) to the President of the Republic of Korea (Rhee)," July 21, 1953, in *FRUS, 1952 - 1954*, Vol. 15, Korea, pp. 1411 - 1412; "The President of the Republic of Korea (Rhee) to the Secretary of State," July 25, 1953, in *FRUS, 1952 - 1954*, Vol. 15, Korea, pp. 1436 - 1438; "The President of the Republic of Korea (Rhee) to the Secretary of State," July 26, 1953, in *FRUS, 1952 - 1954*, Vol. 15, Korea, pp. 1439 - 1440; "The Rhee-Robertson Conversation and Their Aftermath: A Chronology of Principal Developments in Korean-American Relations, June 22 - July 26, 1953," in *DDRS*, CK3100349136 - CK3100349141.

同盟条约。[①] 1953 年 3 月底 4 月初，一度陷入僵局的板门店谈判出现重大转机。李承晚一面要求与美国结盟，一面屡次威胁要将韩军撤出“联合国军”司令部，单独北上。美国官员认为，韩国确实由于担心“联合国”弃之不顾而存在一定的反停战情绪，且李承晚具有明显的“非理性”倾向，[②] 因此他们并不能完全排除韩军继续北进的可能性。另外，当时“联合国军”的战线三分之二由韩军防守，一旦韩军不再服从“联合国军”司令部的命令，美军的安全将难以保证。[③] 于是，为了赢得李承晚对停战协定的支持并促使韩国继续赋予“联合国军”以韩军管辖权，艾森豪威尔政府先是声明不会忘记韩国，继而又承诺以“扩大制裁宣言”保卫韩国并向韩国提供政治、经济和军事援助。可是，李承晚依旧坚持要与美国缔结共同安全条约，否则即使“联合国军”撤出朝鲜并停止对韩经援，韩国仍将继续北上。万般无奈之

① 美国国务卿杜勒斯事后承认：“（我）原本非常不愿意协商美韩共同安全条约的问题，但作为获得停战协定的代价我们还是有理由这样做的。” Stephen Jin-Woo Kim, *Master of Manipulation*: *Syngman Rhee and the Seoul-Washington Alliance*, *1953 - 1960*, p. 112.

② 罗伯逊认为李承晚既是一个精明强干、足智多谋的商人，又是一个高度情绪化的、非理性的、不可理喻的狂热分子，他完全有能力将韩国引向自杀之路。“The Assistant Secretary of State for Far Eastern Affairs (Robertson) to the Department of State,” July 1, 1953, in *FRUS*, *1952 - 1954*, Vol. 15, Korea, p. 1291.

③ Stephen Jin-Woo Kim, *Master of Manipulation*: *Syngman Rhee and the Seoul-Washington Alliance*, *1953 - 1960*, p. 89. 具有讽刺意味的是，正是美国的援助和训练才使韩军有能力承担如此重大的军事任务，而如今这种军事能力却成为李承晚要挟美国的砝码。不仅如此，在 1953 年 5 月 13 日的美国国家安全委员会第 787 号行动指令中，艾森豪威尔还进一步授权“联合国军”司令将韩国地面部队扩充至 20 个师，同时国防部长批准了参谋长联席会议关于进一步加强韩国海空军的建议。详见“NSC156/1, Strengthening the Korean Economy,” July 17, 1953, in *DNSA*, PD00346。

下，美国决定与韩国讨论共同安全条约问题。或许是因为担心过早停战会使韩国失去讨价还价的筹码，甚至导致美国在停战后拒绝与韩国实际签订共同安全条约，① 所以得知美国同意协商共同安全条约的消息后，李承晚非但未做出妥协，反而还在美国预计签订停战协定的那天单方面释放了大批朝鲜非遣返战俘。为了打击李承晚政权的嚣张气焰，中朝坚决要求美国确保韩国遵守停战协定，并寻找时机痛击韩军。② 这样，李承晚便既赢得了与美国谈判的时间，又借助中朝提出的确保韩国遵守停战协定的要求间接地向美国施加了压力。最终，经过罗伯逊与李承晚长达两周的会谈，美韩基本上就停战合作问题达成了协议：美国同意与韩国签订共同安全条约并向韩国提供军事和经济援助，韩国回报以不破坏停战协定并承诺继续赋予“联合国军”司令部韩军管辖权。

在与韩国讨价还价的过程中，美国的选择余地非常小。面对即将达成的停战协定和李承晚的顽固不化，艾森豪威尔政府考虑了实施代号为“时刻准备着”的换马计划的可能性，但很少有决策者支持这项计划。原因是：“联合国军”司令部似乎没有权力关押李承晚、颁布军管法并建立军政府；③ 难以预料韩国民众对

① 事实上，美国国务院官员确实认为，只答应李承晚与之协商而非实际签订共同安全条约可以使美国保持对李氏的压力。“Memorandum of the Substance of Discussion at a Department of State-Joint Chiefs of Staff Meeting,” May 29, 1953, in *FRUS*, *1952 - 1954*, Vol. 15, Korea, p. 1119.

② 陶文钊主编《中美关系史（1949～1972）》，第 76～77 页；Stephen Jin-Woo Kim, *Master of Manipulation*: *Syngman Rhee and the Seoul-Washington Alliance*, *1953 - 1960*, pp. 100 - 101.

③ “Memorandum of the Substance of Discussion at a Department of State-Joint Chiefs of Staff Meeting,” May 29, 1953, in *FRUS*, *1952 - 1954*, Vol. 15, Korea, p. 1117.

“联合国军”司令部建立的军政府的态度；[①] 更重要的是，李承晚具有“不可替代性”。在1953年5月22日致英国首相丘吉尔的电文中，艾森豪威尔表示同意丘吉尔“不能让李承晚支配英美两国政策”的主张。接着，他话锋一转，称韩国人正在英勇地抵抗共产党“侵略”，激励他们反共斗志的主要是李承晚。[②] 多年后，克拉克解释说，1953年美国之所以没有实施“时刻准备着”计划，主要是因为当时没有一个坚决反共的领导人可以替代李承晚。[③]

美国也曾考虑过撤出朝鲜，但这比抛弃李承晚更难决断。参谋长联席会议认为：“如果在我们撤退的时候共产党决定发起攻击，那么撤离对我们来说将是非常困难的。”即使美国能顺利撤出朝鲜，“一旦共产党控制了朝鲜的军事基地，日本的安全将会受到威胁”。或者说，“除非美国大力强化在远东的海空军力量，否则如果中共借助朝鲜基地加强空中进攻能力，那么美国在日本的地位可能就会变得岌岌可危”。[④] 相应的，国务院官员

---

① Stephen Jin-Woo Kim, *Master of Manipulation: Syngman Rhee and the Seoul-Washington Alliance, 1953 - 1960*, pp. 90 - 91.

② “The Acting Secretary of State to the Embassy in Pakistan,” May 22, 1953, in *FRUS, 1952 - 1954*, Vol. 15, Korea, pp. 1080 - 1081.

③ Stephen Jin-Woo Kim, *Master of Manipulation: Syngman Rhee and the Seoul-Washington Alliance, 1953 - 1960*, p. 91. 罗伯逊也持类似看法：李承晚在韩国激起的反共斗志也许是包括美国在内的其他国家所无法比拟的，这种精神只应保持而不能破坏。参见“The Assistant Secretary of State for Far Eastern Affairs (Robertson) to the Department of State,” July 1, 1953, in *FRUS, 1952 - 1954*, Vol. 15, Korea, p. 1291。

④ “Memorandum of the Substance of Discussion at a Department of State-Joint Chiefs of Staff Meeting,” May 29, 1953, in *FRUS, 1952 - 1954*, Vol. 15, Korea, p. 1117; “Memorandum by the Joint Chiefs of Staff to the Secretary of Defense,” June 30, 1953, in *FRUS, 1952 - 1954*, Vol. 15, Korea, p. 1289.

从政治的角度提出了自己的看法：美军撤离朝鲜不仅是军事问题，而且具有很大的政治意义。经过三年的浴血奋战，最终美国却抛弃了韩国，这将引起严重的政治反响。[①] 此处的政治反响无非是指亚洲“自由国家”对美国支持弱小国家“反共”的决心产生怀疑。[②] 艾森豪威尔说得更清楚：“（抛弃朝鲜将意味着）向中国人投降，并双手奉上他们在战争中所要得到的一切。”[③]

最后，摆在美国面前的就只有尽可能地满足李承晚的要求以换取其支持停战协定这一条路了。

2. NSC5514 的问世

从 1953 年 6 月起，美国开始制定停战协定以后一段时间内对韩国的暂定政策。7 月，NSC154/1、NSC157/1 和 NSC156/1 号文件陆续出台。三者的关系大体是 NSC154/1 号文件为对韩国政策总论，NSC157/1 和 NSC156/1 号文件分别为关于美国参加解决朝鲜问题的政治会谈时所应遵循的立场和对韩国的经济政策。

1953 年 7 月 2 日，美国国家安全委员会通过了题为“朝鲜停战初期美国的策略”的 NSC154/1 号文件。文件分为“总体考虑”和“临时行动方针”两部分。“总体考虑”是“朝鲜停战并未表明共产党中国放弃了基本目标或以武力争取实现这些目标的企图。共产党试图利用停战削弱和分裂自由世界，侵略

① “Memorandum of the Substance of Discussion at a Department of State-Joint Chiefs of Staff Meeting,” May 29, 1953, in *FRUS*, *1952 - 1954*, Vol. 15, Korea, p. 1117.

② Stephen Jin-Woo Kim, *Master of Manipulation*: *Syngman Rhee and the Seoul-Washington Alliance*, *1953 - 1960*, p. 105.

③ Yong-Pyo Hong, *State Security and Regime Security*: *President Syngman Rhee and the Insecurity Dilemma in South Korea*, *1953 - 60*, p. 51.

的危险依然存在，尤其在东南亚”。因此，美国必须在朝鲜停战后一段时间内继续维持对中国的政治经济压力。“临时行动方针”主要体现在以下几个方面：首先，在对华政策上，继续承认台湾国民党政权的“合法性”，加强对它的经济和军事援助，同时利用一切可行手段阻止中国加入联合国，保持对中国的贸易禁运和财政控制，并以16国“扩大制裁宣言”防止共产党国家“再次侵略”韩国；其次，在韩国驻扎一定数量的美军和其他“联合国军”；再次，继续加强韩国的军事力量，推动韩国的经济复兴，促进韩国的政治民主化并参照美菲和美澳新条约向韩国做出类似的安全承诺。①

在NSC154/1号文件的基础上，7月3日，艾森豪威尔总统批准了题为“朝鲜停战后美国的目标”的NSC157/1号文件。文件认为美国对朝鲜统一的立场是在韩国不发生实质性改变的情况下实现亲西方的中立化统一。为此，美国不再保留在朝鲜的驻军和基地，不与韩国缔结《共同安全防卫条约》。考虑到以上立场与NSC154/1号文件的矛盾之处以及美国军方和李承晚政权对“中立化统一”的反对等因素，该方针的短命并不出人意料。② 7

① “NSC154/1, United States Tactics Immediately Following an Armistice in Korea,” July 7, 1953, in *DNSA*, PD00342.

② “NSC157/1, United States Objective with Respect to Korea Following an Armistice,” July 7, 1953, in *DNSA*, PD00348; In Kwang Hwang, “The 1953 U. S. Initiative for Korea Neutralization,” *Korea & World Affairs*, Vol. 10, No. 4 (Winter 1986), pp. 798 - 826; “Memorandum of Conversation, by the Director of Office of Northeast Asian Affairs (Young),” August 7, 1953, in *FRUS*, *1952 - 1954*, Vol. 15, Korea, p. 1481; “Memorandum by the Joint Chiefs of Staff to the Secretary of Defense (Wilson),” November 17, 1953, in *FRUS*, *1952 - 1954*, Vol. 15, Korea, pp. 1611 - 1612.

月23日，国家安全委员会出台了以“加强韩国经济”为题的NSC156/1号文件。按照该文件，只要韩国遵守停战协定，美国就立即启动对韩国更大规模的经援计划，主要目的是在保持经济稳定的基础上支持韩国的军事建设并使韩国人民的生活大致恢复到1949～1950年的水平。其中，最初的投资计划应仅限于重建项目，对于与朝鲜半岛冲突再起或统一有关的项目和地区的投资也应加以限制。① 上述美国对韩国政策确实具有临时性，但由于美国对共产党国家尤其是中国“侵略性”的无端夸大并以此指导对韩国政策的制定，NSC154/1和NSC156/1号文件也在某种程度上反映出未来美国政策的趋势，如促进韩国的军事发展，经济重建和政治民主。而且，这时军事力量发展的优先性已经可以从美韩《共同安全防卫条约》的即将签订和NSC156/1号文件有关对韩国经援计划目标的规定中依稀看出。

朝鲜停战初期，美国最关心的是防止朝鲜半岛战火再起。它既担心共产党破坏停战协定，“再次侵略”韩国；又害怕李承晚单方面挥师北进，使美国被迫卷入其中。② 同时，艾森豪威尔

① “NSC156/1, Strengthening the Korean Economy,” July 17, 1953, in *DNSA*, PD00346.

② “Special Estimate,” October 16, 1953, in *FRUS*, *1952 - 1954*, Vol. 15, Korea, pp. 1534 - 1540; “Memorandum of Discussion at the 168th Meeting of the National Security Council, Thursday,” October 29, 1953, in *FRUS*, *1952 - 1954*, Vol. 15, Korea, pp. 1570 - 1576; “NSC167, United States Courses of Action in Korea in the Absence of an Acceptable Political Settlement,” October 22, 1953, in *DNSA*, PD00362; “NSC167/1, United States Courses of Action in Korea in the Absence of an Acceptable Political Settlement,” November 2, 1953, in *DNSA*, PD00363; “NSC167/2, United States Courses of Action in Korea in the Absence of an Acceptable Political Settlement,” November 6, 1953, in *DNSA*, PD00364.

政府内部也在继续争论朝鲜“中立化统一”问题。[①] 结果，1953年11月19日，国家安全委员会通过了有关对韩国政策的NSC170/1号文件。在一定程度上，该文件具有长期政策声明的性质。在“政策目标”方面，长期目标是：统一朝鲜，使之对美国友好并拥有自立的经济和自由独立的代议制政府；通过国际协议确保朝鲜的主权与领土完整；加强朝鲜军队，使其足以保证国内安全并能够抵制大国以外的攻击。从此，“中立化统一”的原则在对韩国政策的长期目标中消失，蜕变为“行动方针”中与共产党谈判的立场。当前目标是：“支持联合国反侵略的承诺”；“挫败共产党颠覆或推翻韩国的阴谋”，“确保朝鲜半岛自由政府的延续”。在“行动方针”方面，文件首先关注阻止韩国或共产党国家在朝鲜半岛重起战端，其次才是寻求与共产党达成有关朝鲜半岛统一的满意协议以及加强韩国的实力地位。关于后者，美国认为，“（应该）将韩国纳入美国的安全体系，使其成为美国的军事盟友”。具体措施包括：批准美韩《共同安全防卫条约》；继续加强韩国政府及其民主制度；实施更大规模的经援计划，使韩国人民的生活大体恢复到1949～1950年的水平。该计划应重点扶持“那些有助于最快地提高生活水平和未来生产水平的部门”，最终使韩国经济能够在最低外援的情况下支撑下去。[②] 以上急功近利的短期行为说明美国并不十分重视韩

① “Memorandum of Discussion at the 171th Meeting of the National Security Council, Thursday,” November 19, 1953, in *FRUS*, *1952 - 1954*, Vol. 15, Korea, pp. 1616 - 1620.

② “NSC170/1, U. S. Objectives and Courses of Action in Korea,” November 20, 1953, in *DNSA*, PD00368.

国的经济发展。这与韩国作为美国军事盟友的身份相一致，以后美国对韩国政策彻底转向“军事力量发展优先”也由此产生了可能性。

1954 年，随着美韩《共同安全防卫条约》的签订和执行，解决朝鲜统一问题的政治会议的失败以及美国“西太平洋集体防务协定”构想的提出，美国对朝鲜半岛形势的估计出现了重大变化。12 月 29 日，国家安全委员会执行调整委员会提交了 NSC170/1 号文件的第二个进程报告，声称在当年 11 月 17 日的美韩谅解备忘录中，李承晚已许诺“在统一朝鲜的过程中与美国合作”，并同意直至美韩双方通过协商做出变更为止，“在联合国军司令部负责防卫朝鲜期间（将韩军）置于其控制之下”。同时，“虽然驻扎朝鲜的共产党力量仍具有发动突袭的能力，但当前他们的军事部署和态度并未表明其企图重新挑起冲突”。最后的结论如下：“共产党和韩国重启战端的危险已经下降，美国也已经采取了适当的措施防止冲突再起。另一方面，朝鲜半岛统一的前景似乎渺茫。因此，当前的美国对韩国政策应首先强调加强韩国的实力。”① 于是，美国决定调整对韩政策。

1955 年 3 月 10 日，NSC5514 号文件获得通过，这标志着美国对韩国长期政策的确立。该文件包括“目标”和“行动方针”两部分。目标分为长期目标和当前目标。长期目标：统一的朝鲜拥有自立的经济和自由独立的代议制政府；对美国及其他自

① “Memorandum by the Executive Officer of the Operations Coordinating Board (Staats) to the Executive Secretary of the National Security Council (Lay),” December 30, 1954, in *FRUS*, *1952 - 1954*, Vol. 15, Korea, pp. 1948, 1950 - 1951.

由世界国家友好；由国际协议确保其主权与领土完整；朝鲜的军队足以保证国内安全并能够抵制外国的袭击。当前目标：“协助韩国使之能为太平洋地区的自由世界力量做出实质性贡献”；“阻止共产党通过颠覆或侵略获得更多的朝鲜领土”；“发展韩国军队，使其足以保证国内安全并能够防卫韩国领土免受大国以外的袭击。”与 NSC170/1 号文件相比，以上目标有两处重要改变。一是 NSC170/1 号文件的长期目标只强调统一后的朝鲜对美国友好，而 NSC5514 号文件的长期目标却强调统一后的朝鲜既要对美国友好，又要对其他“自由世界”国家友好。这说明美国想要把韩美双边关系扩大至韩国与整个“自由世界”的多边关系，该思想是“西太平洋集体防务协定”构想出现后在美国对韩国长期政策目标中的体现。二是相对 NSC170/1 号文件而言，NSC5514 号文件提高了对韩国防务力量的要求。后者把 NSC170/1 号文件规定的韩国军事力量发展的长期目标变为当前目标，将长期防务力量要求扩展为防卫一切外国对朝鲜的袭击，并加入了“为太平洋地区的自由世界力量做出实质性贡献”一款，从而扩大了军援的范围，加强了军援的力度。[①]

为达到上述目标，NSC5514 号文件从五方面阐明了今后的行动方针：关于停战协定；防止韩国重新挑起冲突；对“再次挑起战争”的共产党予以反击；加强韩国的实力地位；寻求与共产党达成满意的协议。由于日内瓦政治会议已然失败以及在美国决策者眼中朝鲜半岛冲突再起的可能性正在下降，因此前三方面新意不多，后

① “NSC5514, United States Objectives and Courses of Action in Korea,” February 25, 1955, in *DNSA*, PD00452.

两方面则变化颇大。美国准备从政治、经济、军事以及发展同“自由世界”国家的关系四个方向加强韩国的实力地位。经济上，继续扩大经援计划。具体目标有三：恢复1949～1950年的生活水平；在不破坏经济稳定的前提下尽快提高投资额，重点加强那些能很快提高生产水平的部门；“使韩国能够承担更大份额的军费开支。”第三个目标是美国提高对韩国防务力量要求的必然产物，韩国军事发展优先于经济发展的原则得以确立。在发展同“自由世界”国家的关系上，提出了“西太平洋集体防务协定”构想，韩国进一步被纳入美国亚洲政策的轨道。在“寻求与共产党达成满意的协议”方面，文件提出了对朝鲜统一的立场：“在联合国监督下举行真正的自由选举，按当地人口比例选出国会代表，建立亲美的、独立的代议制政府，在其领导下完成朝鲜统一。”至此，“中立化统一”的原则被抛到九霄云外。①

综上所述，NSC5514号文件的形成表明：在“西太平洋集体防务协定”构想、日本“渐增军备”以及讨论朝鲜统一问题的政治会议无果而终的大背景下，艾森豪威尔政府决定彻底放弃朝鲜“中立化统一”的设想，将政策重点调整至加强韩国的实力。其中，美国尤其关注韩国军事力量的发展，并正式确立了韩国军事力量发展优先、经济增长其次和政治民主最末的原则。在此后相当长一段时间内，韩国在美国亚洲战略中的主要价值不再是展示美国“意识形态优越性”的橱窗，而是中日之间的军事缓冲区。直至1960年，以上政策方针才出现根本转变的趋势。从这个意义上讲，NSC5514号文件的出台标志着艾森

① “NSC5514, United States Objectives and Courses of Action in Korea,” February 25, 1955, in *DNSA*, PD00452.

豪威尔政府对韩国长期政策的确立，而在很大程度上与防止朝鲜半岛冲突再起联系在一起的 NSC170/1 号文件只是美国对韩国政策由临时状态转入长期状态的中间环节。

三 “反共主义”滋养下的独裁与重建

1. 李承晚个人独裁的“盛极而衰”

在 1952 年釜山政治危机中，美国的劝说和外交抗议软弱无力，不但没有收到制止李承晚独裁脚步之功，反而起到了纵容个人和一党专制之效。9 月 8 日，李承晚向穆西奥大使表达了对国内政局的看法：目前韩国仍存在很多受共产党或日本人雇用的叛徒，他们在国会中依然具有很大影响。为了挫败这些人接管政府的阴谋并保证人民的基本权利和国家安全，应继续引入一系列宪法修正案。虽然国会很难同意再次修改宪法，但情况紧急时政府定会采取必要措施。①

1954 年 5 月 20 日，韩国举行了第三届国会选举。执政的自由党“大获全胜”，在 203 个席位中占据 114 席，成为绝对意义上的多数党。在其余的席位中，民主国民党占 15 席，大韩国民党占 3 席，国民会占 3 席，制宪同志会占 1 席，无党派人士占 67 席。② 美国使馆官员从非官方的角度观察了选举。他们认为：与 1948 年和 1950 年国会选举相比，此次选举中威胁和压制的现

---

① “The Charge in Korea (Lightner) to the Department of State,” September 11, 1952, in *FRUS*, *1952 - 1954*, Vol. 15, Korea, pp. 510 - 512.

② 曹中屏、张琏瑰：《当代韩国史（1945 ~ 2000）》，第 154 页。

象较多，警察干预不同程度地广泛存在，甚至在某些地区引起了严重的骚乱。选举委员会主要由政府官员组成，几乎没有反对党成员，因此在保持选举的自由气氛方面基本没起什么作用。对于各投票站便衣警察随处可见的问题，当地选举委员会的解释是需要这些警察来维持投票秩序。事实上，国会选举前警察的干预活动在很大程度上损害了选举结果的真实性，致使无党派人士和民主国民党的席位明显下降，自由党赢得多数。这次国会选举标志着韩国一党制的形成和专制传统的重现。如果不及时加以制止，近来韩国的政治发展态势不但最终会将 1948 年建立起来的民主框架破坏殆尽，而且不利于朝鲜半岛南北双方的意识形态斗争并影响国际社会对韩国的同情和支持。另外，韩国政府公开声称选举结果说明李承晚的统治获得了人民的广泛支持，加之反对党地位和影响的下降，这一切可能促使李承晚在处理美韩关系时更加固执己见。① 虽然美国驻韩使馆就此次选举的消极影响提出了精辟的见解，但艾森豪威尔政府除了对选举进行例行观察外并未采取其他有效措施制止李承晚的独裁活动。②

国会选举“胜利”后，李承晚更加坚定了成为“终身总统”的决心。9 月 6 日，自由党向国会递交了一份宪法修正案，主要内容为取消国会对国务院的不信任权和国务总理制，废除对现任总统连任的限制。修正案的主要目的在于削弱国会和内阁的权限，强化总统责任制，为李承晚终身掌权和自由党继续执政开道。修

① “The Ambassador in Korea (Briggs) to the Department of State,” July 14, 1954, in *FRUS*, *1952 - 1954*, Vol. 15, Korea, pp. 1796 - 1799.

② Donald Stone Macdonald, *U. S. -Korean Relations from Liberation to Self-Reliance*: *The Twenty-Year Record*, pp. 165 - 166, 192.

宪案公布后，舆论大哗，广大民众和各在野势力纷纷表示强烈反对。民主国民党甚至谴责李承晚要在韩国“建立封建君主制”，并为此专门成立了“反对修宪斗争委员会”。为了打击在野势力并使修宪案获得通过，10 月 20 日，自由党指责民主国民党首脑申翼熙与“越北”政治家赵素昂在新德里密谋策划韩国中立（即“新德里密会事件”），高额贿赂国会议员。[①] 11 月 27 日，国会就修宪案进行了投票，结果，135 票赞成，60 票反对，其余议员缺席、弃权或投了无效票。随后，国会副议长崔淳周宣布：由于通常认为 203 位国会议员中 136 位才能构成三分之二多数，因此议案被否决。[②]

李承晚并未就此罢休。在一位大学数学教授的帮助下，经过投票当晚的彻夜讨论，他终于找到了推翻国会决议的理由：203 名在籍议员的 2/3 应该是 135.33，按照数学上的“四舍五入法”正好为 135 票。据此，自由党宣布 135 张赞成票已使修宪案获准。11 月 29 日，国会召开全体会议，崔淳周声明取消原国会决议，修宪案获得通过。在反对派议员抗议离场后，自由党议员一致表示同意崔淳周的声明。李承晚很快签署并颁布了该宪法修正案。[③] 李承晚的倒行逆施激起了国民的普遍不满。1948 年宪法起草者徐相日认为，即使距宪法要求的三分之二多数只差 0.001 票，也不能认为议案获得通过。大部分韩国人似乎支持这种看法。其中，

① 曹中屏、张琏瑰：《当代韩国史（1945~2000）》，第 154~155 页。

② Yong-Pyo Hong, *State Security and Regime Security: President Syngman Rhee and the Insecurity Dilemma in South Korea, 1953-60*, p. 83.

③ 曹中屏、张琏瑰：《当代韩国史（1945~2000）》，第 156 页；Donald Stone Macdonald, *U. S. -Korean Relations from Liberation to Self-Reliance: The Twenty-Year Record*, p. 192.

国会议员的反应最为激烈。反对派议员宣称政府对国会投票的解释是“非法的和无效的”，并组成“保卫宪法同志会”，甚至还有14名自由党议员由于对本党的高压手段不满而退党。[①] 国际舆论也强烈谴责了韩国的修宪行为，英国《泰晤士报》称李氏为“具有十足的独裁野心的、反动的、不负责而且残忍的李承晚”。[②]

如果说1952年修宪案通过时，李承晚尚可以凭借战争时期和修宪内容为之披上“保卫民主”和“反对共产主义”的外衣，那么1954年修宪案则使他的独裁野心“路人皆知”，其刚刚由反停战和对美交涉中赚得的“民族英雄”形象因此遭到彻底“玷污”。面对韩国新一轮的政治斗争，美国并未进行正式干预，而是依旧作壁上观。关于1954年韩国修宪案中含有鼓励私企和外部投资的条款[③]是否为艾森豪威尔政府不愿制止李承晚独裁活动的原因，尚不得而知。不过，当我们反观美国对1952年釜山政治危机的反应时，或许可以找到一点线索。那时，朝鲜战争正处于边打边谈阶段，战争的结局尚不明晰，杜鲁门政府迫切希望国际社会能够支持美国的朝鲜政策和停战谈判立场，但李承晚通过军管法强迫国会批准修宪案的做法恰恰与美国的意愿背道而驰。对此，杜鲁门政府多次提出外交抗议，甚至一度考虑实施换马计划。1954年末，朝鲜半岛的局势迥然不同。在美国看来，朝鲜半岛冲突再起的可能性已然下降，当务之急是加

---

① Yong-Pyo Hong, *State Security and Regime Security: President Syngman Rhee and the Insecurity Dilemma in South Korea, 1953－60*, p. 84.

② 转引自曹中屏、张琏瑰《当代韩国史（1945～2000）》，第156页。

③ Donald Stone Macdonald, *U. S. -Korean Relations from Liberation to Self-Reliance: The Twenty-Year Record*, p. 192.

强韩国的实力，尤其是军事实力。而且，与促进韩国的政治民主相比，艾森豪威尔政府似乎更重视推动韩国的经济重建。本来李承晚就对美援助的管理方式以及在日本采购援助物资不满，[①] 假使此时美国再就政治民主化问题对李氏施压，美韩经济关系的进一步恶化可想而知。再者，经过停战合作问题的讨价还价之后，美国也一定深知难以轻易让李承晚俯首。以上考虑可能构成了美国没有制止韩国修宪闹剧的原因。

实际上，李承晚的高压手段非但没有使反对派[②]就此沉寂，反而促使他们进一步走向联合。反对派领导人起初考虑将所有反李人士召集一处，组成一个大党。但由于这些人之间存在严重的派系和个人斗争（主要表现在接纳进步党领导人曹奉岩的问题上），这一设想中途夭折。1955 年 9 月民主党建立，包括民主国民党、一部分前自由党成员以及前总理张勉领导的其他反李人士。该党的党纲主张通过“提高国家实力和加强同民主国家的关系”实现国家统一。12 月，曹奉岩领导的进步党筹备委员会明确宣称支持通过联合国争取“和平统一”。[③] 以上反对党

① “Memorandum of Conversation, by the Director of the Office of Northeast Asian Affairs (Young),” August 6, 1953, in *FRUS*, *1952 - 1954*, Vol. 15, Korea, pp. 1475 - 1478; “The President of the Republic Korea (Rhee) to President Eisenhower,” February 4, 1954, in *FRUS*, *1952 - 1954*, Vol. 15, Korea, pp. 1745 - 1747.

② 当时韩国的反对派主要由民主国民党、独立同志会以及无党派人士三部分组成。Yong-Pyo Hong, *State Security and Regime Security: President Syngman Rhee and the Insecurity Dilemma in South Korea, 1953 - 60*, p. 86.

③ Yong-Pyo Hong, *State Security and Regime Security: President Syngman Rhee and the Insecurity Dilemma in South Korea, 1953 - 60*, pp. 86 - 87; Donald Stone Macdonald, *U. S. -Korean Relations from Liberation to Self-Reliance: The Twenty-Year Record*, pp. 166, 192 - 193.

的组织联合及独立的政治主张使韩国的政治格局呈现出了两党制的某些特征，同时也预示着1956年的总统选举将会更加激烈。

1956年总统选举前，民主党和自由党彼此展开了猛烈的宣传攻势，不断抨击对方并鼓动公众支持自己的竞选主张。民主党推选申翼熙和张勉分别担任总统和副总统候选人，自由党候选人则分别为李承晚和李起鹏。从各大城市群众集会的参加人数来看，民主党候选人相对更受欢迎。主要原因是民主党的竞选主张深得民心：韩国真正独立的象征是经济福利而非半岛统一；李承晚政府的统治腐败无能、朝令夕改；“北进统一”政策有损国家的信誉并使美国对韩国的信任度下降。不幸的是，5月5日申翼熙突患脑溢血身亡。由于韩国选举法禁止更换候选人，李承晚再次当选已无悬念。15日，韩国举行了总统选举。虽然选举中仍然存在官方压力和军队投票舞弊等现象，但外国观察人士认为，按照韩国的标准，选举总体上是自由公正的。结果，李承晚以55.6%的选票当选。与1952年74.6%的支持率相比，其个人威望明显下降。而且，张勉还以微弱优势击败李起鹏当选副总统。[①] 这一切说明李承晚政府的统治已失去了人民的信任。

1956年8月，韩国举行地方选举，李承晚再不敢掉以轻心。最后，通过修改选举规则、高压手段以及加强自由党竞选活动

① Stephen Jin-Woo Kim, *Master of Manipulation: Syngman Rhee and the Seoul-Washington Alliance, 1953－1960*, pp. 236－237; Yong-Pyo Hong, *State Security and Regime Security: President Syngman Rhee and the Insecurity Dilemma in South Korea, 1953－60*, p. 104; Donald Stone Macdonald, *U. S.-Korean Relations from Liberation to Self-Reliance: The Twenty-Year Record*, p. 168; “Editorial Note,” in *FRUS, 1955－1957*, Vol. 23, Part2, Korea, Washington: United States Government Printing Office, 1993, p. 335.

的组织性，自由党候选人中约70%“获胜”。为此，美国驻韩使馆建议政府发表公开声明批评韩国的选举舞弊活动。但国务院只同意向韩国官员（而非李承晚）“非正式地”、“谨慎地”表明对干预选举现象的担心，并鼓励联合国朝鲜统一和重建委员会也这样做。对此，李起鹏的答复是责任在于内务部长，他本人“根本无力影响事态的发展”。[1]

为了维护自身统治，总统选举失利后，李承晚转而采取恩威并施的策略：一方面，在8月15日的就职演说中，他没有像以往那样就国际事务发表鸿篇大论，反而提出了一个致力于推动小型工厂发展、稳定财政状况并提高农民生活水平的五年经济计划；另一方面，他改组了内阁、警察和军队，四处安插忠实支持者，并将大部分国内事务交给李起鹏处理。由于李起鹏健康状况不佳，实权渐渐落在了自由党内主张不择手段地维持现政权的强硬派手中。同时，李氏极力夸大朝鲜的军事力量，为继续坚持“北进统一”主张辩护。[2]

1956年总统选举表明，韩国民众已对李承晚的个人独裁相当不满。首先，在政治上，李承晚醉心于个人魅力统治，藐视国内舆论对其统治方略的指导作用，希望通过高超的舆论操控

① Donald Stone Macdonald, *U. S. -Korean Relations from Liberation to Self-Reliance: The Twenty-Year Record*, pp. 168 – 169.

② "Editorial Note," in *FRUS*, *1955 – 1957*, Vol. 23, Part 2, Korea, pp. 335 – 336; Yong-Pyo Hong, *State Security and Regime Security: President Syngman Rhee and the Insecurity Dilemma in South Korea*, *1953 – 1960*, pp. 105 – 106; Stephen Jin-Woo Kim, *Master of Manipulation: Syngman Rhee and the Seoul-Washington Alliance*, *1953 – 1960*, p. 239; Donald Stone Macdonald, *U. S. -Korean Relations from Liberation to Self-Reliance: The Twenty-Year Record*, p. 168.

能力赢得人民的支持。[①] 朝鲜战争期间，人民的注意力大多集中于统一问题。那时，李氏的反停战主张和“北进统一”战略对于公众来说具有巨大的煽动性，获得了几乎整个政界和相当一部分人民的支持。[②] 此外，1952 年修宪案的通过以及当年总统选举中的极高得票率也使李承晚确信人民永远都会站在他那一边，而美国对韩国政局的影响力则微乎其微。战争结束后，为了终身统治韩国，李承晚不顾国内外舆论的制约，公然借助贿赂议员和巧言强辩强制通过意在保证其连任的宪法修正案。相反，他本人却日渐年老体衰。1955 年，李氏已 80 岁高龄，思维迟钝，动作缓慢，无力与政治家和社会显贵们经常会晤，渐渐远离了公众视野。[③] 于是，广大民众对李承晚的个人统治产生怀疑，人心思变。

同时，部分地由于美国的援助，韩国的城市化进程不断加快，公民受教育机会日益增多，民主思想渐渐地在人们的脑海中占据了一席之地。1949 年，韩国城市人口只占总人口的 18.3%。1955 年，该比例上升到 34.5%。1947～1956 年，初中学生总数由 227400 人发展到 733185 人，高中学生总数由 10300 人发展到 90104 人。另外，各类报纸数量和质量的提高也极大地改善了公众的政治意识，越来越多的政治家、商人、记者和

① Quee-Young Kim, *The Fall of Syngman Rhee*, p. 17.

② Stephen Jin-Woo Kim, *Master of Manipulation: Syngman Rhee and the Seoul-Washington Alliance, 1953 - 1960*, pp. 102 - 103.

③ Quee-Young Kim, *The Fall of Syngman Rhee*, p. 17; Donald Stone Macdonald, *U. S. - Korean Relations from Liberation to Self-Reliance: The Twenty-Year Record*, p. 158.

知识分子要求政府关注经济发展和扩大政治参与。[①] 民主党对此洞若观火，在党纲和竞选主张中相应地反映了人民的要求。

其次，在经济和军事发展的关系方面，韩国政府始终奉行军事发展优先的政策。多年来，李承晚一直将“北进统一”、反对日本再次崛起以及争取美国援助作为统治合法性的主要来源，严重忽视经济发展和福利事业。而且，内阁的有名无实、官员们常有的官位不保之感以及经济决策的高度集权化客观上也使韩国政府很难集中精力推动经济发展。[②] 朝鲜战争结束后，人民的最大愿望就是提高生活水平。可是，1956 年韩国的经济增长速度却由 1954 年和 1955 年的 5.5% 和 5.4% 猛然下滑至 0.4%。[③] 同时通货膨胀率不断攀升（1953～1957 年平均为 31%），价格指数持续上涨（1954 年上升 26.4%，1955 年和 1956 年又分别上升 51% 和 42.9%），失业率居高不下（一直在 15% 左右）。[④] 一位韩国学者这样概括了

---

① Yong-Pyo Hong, *State Security and Regime Security: President Syngman Rhee and the Insecurity Dilemma in South Korea, 1953 – 60*, p. 105; Stephen Jin-Woo Kim, *Master of Manipulation: Syngman Rhee and the Seoul-Washington Alliance, 1953 – 1960*, p. 237.

② L. L. Wade & B. S. Kim, *Economic Development of South Korea: The Political Economy of Success*, New York: Praeger, 1978, p. 21.

③ Atul Kohli, *State-Directed Development: Political Power and Industrialization in the Global Periphery*, New York: Cambridge University Press, 2004, p. 75; Edward S. Mason & Mahn Je Kim, *The Economic and Social Modernization of the Republic of Korea*, Massachusetts: Harvard University Press, 1980, p. 98.

④ Congressional Budget Office, "The Role of Foreign Aid in Development: South Korea and the Philippines," September 1997. available at: http://www.dec.org/pdf_docs/PNACP064.pdf; Yong-Pyo Hong, *State Security and Regime Security: President Syngman Rhee and the Insecurity Dilemma in South Korea, 1953 – 60*, pp. 105, 110.

当时民众对李承晚的看法：“很明显，韩国人民尊敬李承晚，因为他曾为独立而战，具有爱国主义精神。但与此同时，他们也对李氏多年来未能推动经济发展却一直实行独裁统治心灰意冷。”①

2. 韩国经济的重建

1953年4月9日，根据美国国家安全委员会的建议，艾森豪威尔任命亨利·塔斯卡（Henry J. Tasca）为朝鲜经济事务总统特别代表，要求他率领代表团赴韩国考察，就如何在符合美国和联合国安全利益的前提下加强韩国经济提出建议。② 经过六周的实地走访调查，6月15日，塔斯卡代表团向总统递交了题为“加强韩国经济”的报告书，史称“塔斯卡报告”。

报告指出，韩国经济的继续恶化将导致其防务能力的下降及内部颠覆危险的上升。更令人不安的是，如果“自由世界”人民尤其是远东人民据此认为“抵制类似侵略可能仅仅意味着未来将面临相似的困境”，那么他们“反对侵略”、“保卫自由”的意志必定渐渐消沉，美国的国际领导地位和国家安全也会随之严重受损。因此，美国必须大力发展韩国经济。具体目标是：“为韩军和联合国军的军事行动提供最大的经济支持；保证韩国人民的生活水平，防止饥饿、疾病、动荡以及颠覆的发生；尽早使韩国实现最大限度的自卫和自立。”③

为了达到以上目标，美国必须通过经济援助计划使韩国在

① Quee-Young Kim, *The Fall of Syngman Rhee*, p. 31.

② “Excerpt of Tasca Mission Report on Strengthening the Korean Economy,” June 15, 1953, in *FRUS*, *1952 - 1954*, Vol. 15, Korea, p. 1247.

③ “Excerpt of Tasca Mission Report on Strengthening the Korean Economy,” June 15, 1953, in *FRUS*, *1952 - 1954*, Vol. 15, Korea, pp. 1248 - 1250.

保持财政稳定的基础上提高生产能力。“实施该计划的基本理念如下：将韩国的救济、重建与防务计划充分结合起来，将外部援助和内部行动恰如其分地融为一体，努力引导韩国经济走出当前的危险境地，进而使当地人民的生活恢复到战前水平并能够承担必要的高额防务支出。”具体而言，要想为韩国约20个师的地面部队提供必要的经济基础，美国必须立即向韩国提供援助。为此，首先要制订一项为期三年的军事支持和救济重建计划，1954年、1955年和1956年财政年度分别向韩国提供4.46亿、3.48亿和2.75亿美元的经援。由于韩国的矿产、农业或许还有家庭手工业最具出口潜力，因此援助计划投资的主要方向是农业、矿产、工业、运输和电力。重点项目如下：重建和发展基础设施；快速提高日用品产量并提供必要的商品和服务；实现粮食、燃料和消费品自给；满足最低水平的住房和教育需求；防洪治洪、土地开荒和植树造林。[①] 据此可知，无论是艾森豪威尔总统4月9日的指示，还是后来“塔斯卡报告”中对韩国的经济政策目标和援助计划基本理念，都明显地强调韩国的军事安全而非经济增长，或者说韩国经济增长首先是为了支持军队建设。这是韩国“军事力量发展优先”原则的最初体现。

在1953年7月17日的NSC156/1号文件中，美国国家安全委员会正式同意将“塔斯卡报告”作为未来对韩国经济援助计划的基础。变化之处在于：为了向驻韩“联合国军”提供最有力的经济支持，文件高度重视韩国的经济稳定，将美国经援计划的目标

① “Excerpt of Tasca Mission Report on Strengthening the Korean Economy,” June 15, 1953, in *FRUS*, *1952 – 1954*, Vol. 15, Korea, pp. 1251, 1253 – 1255.

确定为在保持经济稳定的基础上支持韩国的军事建设并使韩国人民的生活大致恢复到 1949～1950 年的水平；经济援助具体的时间和金额由 3 年 10.69 亿美元改为 4～5 年 7 亿～10 亿美元。[①] 此后的 NSC170/1 号文件规定，应实施更大规模的经援计划，使韩国人民的生活大体恢复到 1949～1950 年的水平。该计划的实施应重点强调“那些有助于最快地提高生活水平和未来生产水平的部门”，最终使韩国经济能够在最低外援的情况下支撑下去。NSC5514 号文件规定，继续扩大经援计划，具体目标有三：恢复 1949～1950 年的生活水平；在不破坏经济稳定的前提下尽快提高投资额，重点加强那些能很快提高生产水平的部门；“使韩国能够承担更大份额的军费开支”。[②] 就这样，美国在对韩国经济援助政策中逐渐确立了“军事力量发展优先”的原则。经济方面，艾森豪威尔政府主要关注的是经济稳定和重建，经济发展暂时没有被列入首要目标之列。

然而，韩国并不完全认同以上方针。首先，在内向还是外向发展的问题上，韩国坚决主张和推行实行进口替代战略。在李承晚看来，韩国要想生存，就必须面向国内市场，实现自给自足，建立独立的现代经济。[③] 因此，他多次抱怨艾森豪威尔政

① “NSC156/1, Strengthening the Korean Economy,” July 17, 1953, in *DNSA*, PD00346.

② “NSC170/1, U. S. Objectives and Courses of Action in Korea,” November 20, 1953, in *DNSA*, PD00368; “NSC5514, United States Objectives and Courses of Action in Korea,” February 25, 1955, in *DNSA*, PD00452.

③ Charles Harvie and Hyun-hoon Lee, “Export-led Industrialisation and Growth: Korea's Economic Miracle, 1962 – 1989,” *Australian Economic History Review*, Vol. 43, No. 3 (November 2003), p. 267; Edward S. Mason & Mahn Je Kim, *The Economic and Social Modernization of the Republic of Korea*, p. 192.

府偏袒日本，反对美国将援助韩国的大量资金用于采购日货，担心这样会加深韩国对日本的经济依赖，甚至使韩国无法建立完善的工业体系。[①] 相反，美国则更多地从远东整体战略的角度考虑，希望优先推动日本的经济复兴。在该战略中，韩国的价值主要表现为军事上保护日本，经济上支持日本。[②] 所谓韩国对日本的经济支持主要指将韩国作为日本的重要商品出口市场之一。朝鲜停战后，美国在日本的军事订货大大减少，而日本的进口又有增无减。结果，日本的外汇储备急剧下降，经济复兴的前景一时间变得黯淡起来。[③] 为了缓解日本的经济危机，艾森豪威尔政府在日本采购了大量对韩援助物资，企图借此实现对东北亚经济援助的“大循环”。也正因为如此，美国才不愿支持韩国推行内向的进口替代战略，担心这样会关闭韩日贸易

① “Memorandum of Conversation, by the Director of the Office of Northeast Asian Affairs (Young),” August 6, 1953, in *FRUS*, *1952 - 1954*, Vol. 15, Korea, p. 1478; “The President of the Republic of Korea (Rhee) to President Eisenhower,” February 4, 1954, in *FRUS*, *1952 - 1954*, Vol. 15, Korea, pp. 1746 - 1747; “The President of the Republic of Korea (Rhee) to President Eisenhower,” December 29, 1954, in *FRUS*, *1952 - 1954*, Vol. 15, Korea, p. 1940; “Letter from President Rhee to the Assistant Secretary of State for Far Eastern Affairs (Robertson),” August 1, 1955, in *FRUS*, *1955 - 1957*, Vol. 23, Part2, Korea, p. 132; “Operations Coordinating Board Daily Intelligence Abstracts No. 143,” May 21, 1954, in *DDRS*, CK3100117710; “Operations Coordinating Board (OCB) Detailed Review of Major Actions Relating to U. S. Objectives and Courses of Action in Korea,” November 17, 1955, in *DDRS*, CK3100499245.

② “The Commander in Chief, Far East (Hull) to the Chief of Staff, United States Army (Ridgway),” July 5, 1954, in *FRUS*, *1952 - 1954*, Vol. 15, Korea, pp. 1823 - 1824.

③ 蔡佳禾：《双重的遏制——艾森豪威尔政府的东亚政策》，南京大学出版社，1999，第156~157页。

的大门。[①]

其次，在经济稳定和发展的关系上，韩国政府认为平衡预算、紧缩通货金融、高利率和通货贬值等稳定政策不能推动经济增长。为尽快实现经济自立，必须实行以赤字财政和银行超限度信贷为支撑的投资政策，将更多的资源投向新建基础设施和工业发展项目。但在美国看来，经济稳定是第一位的，韩国政府不断进行的大规模长期投资只会引发通货膨胀。在财政状况恢复正常之前，韩国的一切长期追加预算都应中止。[②]

再次，在轻重工业比例上，始终将“北进统一”作为主要目标之一的李承晚政权迫切渴望优先发展资本密集型的重工业，继而迅速提高军事进攻能力。对此，反对“北进统一”战略的美国不以为然，一再强调韩国应发挥“比较优势”，优先发展劳动密集型的轻工业。[③] 结果是李承晚对美国经援计划及援助项目态度冷漠，甚至暗中破坏。[④]

最后，在内部积累为主还是外部援助为主的问题上，韩国政府一直片面追求通过高估币值等手段实现外援的最大化，忽视税收、储蓄以及扩大出口等内部资金积累方式。美国政府的立场恰好相反，

① Jung-en Woo, *Race to the Swift: State and Finance in Korean Industrialization*, pp. 47-48.

② 陈龙山、张玉山、贲贵春：《韩国经济发展论》，社会科学文献出版社，1997，第 56 页；Donald Stone Macdonald, *U. S. -Korean Relations from Liberation to Self-Reliance: The Twenty-Year Record*, pp. 269-270.

③ Edward S. Mason & Mahn Je Kim, *The Economic and Social Modernization of the Republic of Korea*, p. 193.

④ Norman Jocobs, *The Korea Road to Modernization and Development*, Urbana: University of Illinois Press, 1985, p. 126. 转引自刘洪丰《美国对韩国援助政策研究（1948～1968 年）》，第 90～91 页。

认为没有储蓄的追加投资将会刺激通货膨胀，相应的美国的援助也只能重点提供那些有助于缓解通货膨胀的制成消费品，而非需要韩国进一步加工的原料或半成品。这样，结果必然是韩国越来越依赖美援，无法迅速实现经济自立。因此，艾森豪威尔政府一再鼓励韩国将国内税收和储蓄作为主要资金来源，尽量减少对美援的依赖。①

以上宏观经济战略上的分歧直接引发了美韩双方在具体经济政策方面的争端。朝鲜停战协定签订后，美国开始考虑根据对韩国援助计划协调美韩经济关系。为此，“联合国军”司令部经济协调官②泰勒·伍德（Tyler C. Wood）与李承晚政府展开了长达几个月的谈判，重点协商与美援计划相关的韩国经济政策问题，具体涉及汇率、信贷、财政、物价、外汇管制以及进口计划等。1953年10月27日，韩国向伍德递交了新的对应提案：废除1953年2月25日美韩协议中有关汇率的规定，保证180∶1汇率的永久性；③ 取

① Anne O. Krueger, *The Developmental Role of the Foreign Sector and Aid*, p. 78; Edward S. Mason & Mahn Je Kim, *The Economic and Social Modernization of the Republic of Korea*, pp. 192 - 193.

② 1953年7月底，美国决定由“援外事务管理署”（Foreign Operations Administration, FOA）和“联合国军”司令负责管理对韩国援助，并任命一位经济协调官。该协调官既是“联合国军”司令的经济顾问，又是援外事务管理署的代表，专门负责从韩国财政和经济政策的角度协调美国和联合国对韩国的各项援助计划。“Memorandum by the Assistant Secretary of State for Far Eastern Affairs (Robertson) to the Secretary of State,” July 29, 1953, in *FRUS*, *1952 - 1954*, Vol. 15, Korea, p. 1448.

③ 朝鲜战争结束后，相当一部分“联合国军”依旧驻扎在韩国，因此战争期间的韩元预支问题依然困扰着美韩经济关系。前文述及，1953年2月25日，美韩商定将新韩元兑换美元的汇率确定为180∶1。此后，韩国的通货膨胀率继续一路飙升。为了获得更多的美元清偿金，李承晚政府拒绝按照美韩协商的方式修改汇率。Donald Stone Macdonald, *U. S. -Korean Relations from Liberation to Self-Reliance: The Twenty-Year Record*, pp. 257 - 258.

消美韩联合经济委员会对韩国外汇使用的干预权；经济协调官无权将5%的"对等基金"用于行政管理；大体废除稳定计划。[①] 为了迫使李承晚做出让步，伍德拒绝批准韩国提出的任何海外采购要求。迫于压力，最终李承晚政府在一定程度上放弃了极端的立场。[②] 12月14日，美韩签署了"经济重建和财政稳定计划协议书"。在汇率问题上，双方互有妥协，同意将180∶1的汇率维持到1954年6月。[③] 但此后的美韩经济关系依旧摩擦不断，主要争论点为新建工厂和设施的比率、援助物资中反通胀进口与投资的比例、韩国外汇的使用、将美援资金用于在日采购的问题以及韩元与美元的汇率。[④]

1954年5月，依照协议书，美国和韩国即将再次讨论韩元汇率问题。伍德认为，根据韩国的商品零售价计算，韩元兑换美元的汇率应为300∶1。可是，为了使美援最大化，韩国坚持180∶1的原汇率。[⑤] 此外，李承晚政府还不断指责美援计划实施

① 韩方对案内容参见"Memorandum by the Deputy Director of the Office of Northeast Asian Affairs (McClurkin) to the Assistant Secretary of State for Far Eastern Affairs (Robertson)," October 27, 1953, in *FRUS*, *1952－1954*, Vol. 15, Korea, p. 1562。

② Donald Stone Macdonald, *U. S. -Korean Relations from Liberation to Self-Reliance: The Twenty-Year Record*, p. 256.

③ "Memorandum of Discussion at the 175th Meeting of the National Security Council, Tuesday," December 15, 1953, in *FRUS*, *1952－1954*, Vol. 15, Korea, p. 1659; Donald Stone Macdonald, *U. S. -Korean Relations from Liberation to Self-Reliance: The Twenty-Year Record*, pp. 258, 265.

④ "Progress Report by the Operations Coordinating Board to the National Security Council," March 26, 1954, in *FRUS*, *1952－1954*, Vol. 15, Korea, pp. 1773－1774.

⑤ Donald Stone Macdonald, *U. S. -Korean Relations from Liberation to Self-Reliance: The Twenty-Year Record*, pp. 265－266.

不利，企图趁机迫使美国撤销伍德经济协调官的职务。[①]

7月26~30日，李承晚访问美国，与艾森豪威尔举行了会谈。双方商定，由韩国代表与美国国务院、援外事务管理署、国防部、财政部和预算局的代表联合组成美韩经济分委会，讨论协调美国对韩国经济和军事援助计划的问题。经过一个多月的讨价还价，9月14日，双方开始正式协商谅解备忘录的最后草案。其中，附录A专门规定了推行有效经济计划的举措：通过韩国银行拍卖美元，以获得驻韩美军所需的当地货币。同时，以大体相同的现实汇率计算美援物资的价格；美国对韩国援助物资采购的原则是在满足质量要求的前提下尽可能按最低价格在非共产党国家购买，且优先考虑在韩国当地采购；韩国政府有义务使美国官员充分了解外汇使用计划；韩国应继续努力平衡预算，遏制通货膨胀；美国承诺1955年财政年度给予韩国7亿美元的援助，其中经援2.8亿美元。[②]

10月1日，在美国以254:1的汇率支付了当年6月至8月的美元清偿金之后，韩国突然宣布除非继续执行180:1的原汇率，否则将不再向驻韩美军提供韩元。[③] 几乎与此同时，韩方对美国起草的谅解备忘录草案提出异议，包括反对在与中国和朝鲜进行贸易的国家尤其是日本采购美国援韩物资；美国应同意

---

① “The Ambassador in Korea (Briggs) to the Department of State,” September 5, 1954, in *FRUS, 1952-1954*, Vol. 15, Korea, p. 1870.

② “The Department of the Army to the Commander in Chief, United Nations Command (Hull),” September 15, 1954, in *FRUS, 1952-1954*, Vol. 15, Korea, pp. 1876-1878.

③ “Editorial Note,” in *FRUS, 1952-1954*, Vol. 15, Korea, p. 1891.

"甚至以武力"支持朝鲜半岛统一；建议美国重新任命"联合国军"司令部经济协调官。[①] 面对韩国的威吓和反建议，美国并未让步。10月29日，布里格斯大使通知李承晚，艾森豪威尔政府无法接受韩国对谅解备忘录草案的修改，理由是韩方对案加重了美国的责任，却减少了韩国的义务。如果韩国不同意美方提出的谅解备忘录草案，那么美国将不做出任何援助承诺。李承晚亦毫不示弱，威胁美国说："如果美国不合作，我将被迫与共产党协商朝鲜统一（计划）。"[②] 11月17日，布里格斯再次与李承晚举行会谈。在汇率问题上，一开始李氏仍坚持认为变更汇率是通货膨胀的主要原因，甚至宣称"汇率经常变换会毁掉韩国"，要求继续实行180∶1的原汇率。后来，他才同意通过韩国银行拍卖美元的做法。当天，美韩签署了共同谅解备忘录。[③]

然而，共同谅解备忘录墨迹未干，美韩汇率争端又起。11

① "The Acting Secretary of State to the Embassy in Korea," September 18, 1954, in *FRUS*, *1952 - 1954*, Vol. 15, Korea, pp. 1884; "The Ambassador in Korea (Briggs) to the Department of State," October 22, 1954, in *FRUS*, *1952 - 1954*, Vol. 15, Korea, pp. 1898 - 1900; "The Ambassador in Korea (Briggs) to the Department of State," October 22, 1954, in *FRUS*, *1952 - 1954*, Vol. 15, Korea, pp. 1900 - 1901; "The Ambassador in Korea (Briggs) to the Department of State," October 22, 1954, in *FRUS*, *1952 - 1954*, Vol. 15, Korea, pp. 1902 - 1905.

② "The Secretary of State to the Embassy in Korea," October 26, 1954, in *FRUS*, *1952 - 1954*, Vol. 15, Korea, pp. 1905 - 1906; "The Ambassador in Korea (Briggs) to the Department of State," September 5, 1954, in *FRUS*, *1952 - 1954*, Vol. 15, Korea, pp. 1906 - 1907; "The Ambassador in Korea (Briggs) to the Department of State," September 5, 1954, in *FRUS*, *1952 - 1954*, Vol. 15, Korea, pp. 1907 - 1910.

③ "The Ambassador in Korea (Briggs) to the Department of State," November 17, 1954, in *FRUS*, *1952 - 1954*, Vol. 15, Korea, pp. 1921 - 1923.

月 29 日，美国进行了第一次美元拍卖，结果因投标者普遍出价太低而失败。[①] 随后，在与李承晚的会谈中，布里格斯强烈抗议韩国干预美元拍卖的行为，认为此举违反了共同谅解备忘录的精神。李承晚则表示希望废除该备忘录中有关美元拍卖的条款。于是，布里格斯和伍德建议以废弃共同谅解备忘录和收回 1955 年财政年度的援助承诺相威胁，迫使李承晚保证美元的自由拍卖。[②] 美国国务院采纳了该建议。李承晚对此十分恼火，并拒不承认曾恐吓和压制投标人。[③] 但事实上，美国的威胁还是起作用了。12 月 12 日，美国进行了第二次美元拍卖，以平均 426∶1 的汇率拍卖了近 196 万美元。1955 年 1 月 7 日，在与布里格斯会谈时，李承晚指责美元拍卖正在破坏韩国经济，浮动汇率制是韩国通胀的罪魁祸首，要求停止美元拍卖，继续执行 180∶1 的原汇率。[④]

1955 年 2 月 28 日，美国再次拍卖美元，总成交额近 107 万美元，平均汇率为 485∶1。几天后，韩方经济协调官致函伍德，严厉指责美国拍卖美元的动机，要求停止美元拍卖活动。[⑤] 3 月

① “Telegram from the Embassy in Korea to the Department of State,” January 8, 1955, in *FRUS, 1955 - 1957*, Vol. 23, Part 2, Korea, p. 4.

② “The Ambassador in Korea (Briggs) to the Department of State,” December 3, 1954, in *FRUS, 1952 - 1954*, Vol. 15, Korea, pp. 1929 - 1931.

③ “The Secretary of State to the Embassy in Korea,” December 6, 1954, in *FRUS, 1952 - 1954*, Vol. 15, Korea, pp. 1931 - 1932; “The Ambassador in Korea (Briggs) to the Department of State,” December 8, 1954, in *FRUS, 1952 - 1954*, Vol. 15, Korea, pp. 1933 - 1934.

④ “Telegram from the Embassy in Korea to the Department of State,” January 8, 1955, in *FRUS, 1955 - 1957*, Vol. 23, Part 2, Korea, pp. 3 - 4.

⑤ “Telegram from the Embassy in Korea to the Department of State,” March 8, 1955, in *FRUS, 1955 - 1957*, Vol. 23, Part 2, Korea, p. 52.

7日，赴远东和南亚地区调查援外事务管理署计划实施情况的援外事务管理署署长哈罗德·史塔生（Harold Stassen）到达汉城。在会谈中，美韩双方各执己见。伍德指出，目前韩国经济困境的主要原因是固定汇率制和病态的反日情绪。李承晚反唇相讥，指责美元拍卖活动有损韩国经济稳定。不过，他答应以180∶1到600∶1之间的任何汇率恢复原来的韩元预支和偿付制度。关于进行其他交易时所使用的汇率，李氏认为应维持180∶1的原汇率。倘若事实证明应提高汇率，他准备接受220∶1、300∶1或400∶1。如果美国仍无法接受，那么它可以撤回援助。最后，史塔生与李承晚达成协议：将美元拍卖制度维持至6月30日；届时美韩双方将进一步协商韩元稳定计划。①

6月1日，李承晚指示驻美大使梁裕灿接受高于180∶1的汇率，因为韩国必须建立固定汇率制。② 当月末，美韩经济委员会会议在华盛顿召开，重点讨论韩国的经济发展问题。③ 韩方提出，1953年12月以来韩国物价指数上升了51%，因此韩元兑换美元的汇率可以提高至270∶1；该汇率将应用于所有交易场合，并保持固定。美方认为，韩国应建立浮动汇率制，目前的美元拍卖制度是令人满意的，并建议把韩元汇率提高至700∶1，应用

① “Telegram from the Embassy in Korea to the Department of State,” March 8, 1955, in *FRUS*, *1955－1957*, Vol. 23, Part 2, Korea, pp. 52－55.

② “Memorandum from the Director of the Office of Northeast Asian Affairs (McClurkin) to the Assistant Secretary of State for Far Eastern Affairs (Robertson),” June 1, 1955, in *FRUS*, *1955－1957*, Vol. 23, Part 2, Korea, p. 107.

③ “Telegram from the Department of State to the Embassy in Korea,” June 30, 1955, in *FRUS*, *1955－1957*, Vol. 23, Part 2, Korea, pp. 118－119.

于美援物资的出售和“联合国军”司令部对韩元的购买。9月1日后，一旦汉城批发价格指数相对当前浮动25%以上（包括25%），韩元的汇率应立即做出相应调整。韩方对以上建议十分震惊。[①] 8月1日，李承晚在给美国远东事务助理国务卿罗伯逊的信中声称，目前重建韩国经济最重要的事情是稳定通货，美元相对韩元不断成倍升值是韩国物价上涨的主要原因。如果美元肆意升值的问题得不到解决，韩国代表团将被迫退出经济委员会会议。8月13日，罗伯逊在复函中表示，相信美韩经济委员会会议不仅能够达成明确的协议，而且将加深双方在相关经济问题上的相互理解。[②] 实际上，梁裕灿与罗伯逊此前已经就修改1954年11月17日美韩谅解备忘录问题达成协议。双方商定韩元兑换美元的比率升至500:1，基本适用于所有两国政府间的交易。当时未公开的修改内容还有：500:1汇率的有效期至1956年9月30日；此后，每季度审查一次；一旦汉城批发价格指数较上次调整时浮动了25%以上（包括25%），则再次相应地调整韩元汇率。[③] 但事实上，由于韩国的反对，直至1960年2月23日，李承晚政府才不情愿地将汇率调整至650:1。[④]

---

① “Telegram from the Department of State to the Embassy in Korea,” July 1, 1955, in *FRUS*, *1955 - 1957*, Vol. 23, Part 2, Korea, p. 120; “Telegram from the Department of State to the Embassy in Korea,” July 11, 1955, in *FRUS*, *1955 - 1957*, Vol. 23, Part 2, Korea, p. 125.

② “Letter from President Rhee to the Assistant Secretary of State for Far Eastern Affairs (Robertson),” August 1, 1955, in *FRUS*, *1955 - 1957*, Vol. 23, Part 2, Korea, pp. 131 - 133.

③ “Editorial Note,” in *FRUS*, *1955 - 1957*, Vol. 23, Part 2, Korea, pp. 147 - 148.

④ “OCB Report on U. S. Policy toward Korea (NSC 5907),” July 27, 1960, in *DDRS*, CK3100268075.

在控制通货膨胀问题上，美韩之间也时有分歧。朝鲜战争结束初期，由于美国支付了 8580 万美元的韩元清偿金、韩国在进口和工业发展中开始使用美元外汇以及韩国财政管理方面的进步等原因，韩国通货膨胀率螺旋式上升的势头有所减缓。① 但好景不长。1953 年 12 月 26 日，艾森豪威尔宣布驻韩美国地面部队将“在条件允许的情况下逐渐撤出”，第一阶段先撤出两个陆军师。尽管艾氏明确承诺继续保卫韩国，但该声明还是在韩国引起了轩然大波。② 1954 年 1 月，韩国几次向美国提议续签钨购买协议，甚至威胁说一旦遭到拒绝，韩国将被迫向敌国出售钨。③ 李承晚政府之所以对此事如此紧张，主要原因是钨为韩国大宗出口产品，1953 年头九个月占出口总额的近 70％。④ 考虑

① Donald Stone Macdonald, *U. S. -Korean Relations from Liberation to Self-Reliance: The Twenty-Year Record*, pp. 263 – 264.

② “The Ambassador in Korea (Briggs) to the Department of State,” December 31, 1953, in *FRUS, 1952 – 1954*, Vol. 15, Korea, p. 1679.

③ 1952 年 3 月 28 日，美韩签订钨购买协议，美国承诺购买所有韩国生产的钨、有偿向韩国提供设备和技术援助并无偿帮助韩国解决钨生产过程中的运输问题。具体而言，钨购买期为五年或者说总购买量为 15000 吨。其中，头两年的购买价格为 65 美元 1 吨。此后，按照世界市场价格做相应的调整。在协议执行的两年中，钨的国际价格下降至约 18 美元 1 吨。而且，韩国的钨生产能力大大超过预计水平。至 1954 年 1 月，韩国已生产钨 13000 多吨，估计到当年 4 月 1 日，总产量即可达到 15000 吨。不仅如此，早在 1953 年 7 月 6 日和 11 月 24 日，艾森豪威尔政府已两次告知韩国，美国不会再续签钨购买协议。参见“Memorandum by the Deputy Director of the Office of Northeast Asian Affairs (McClurkin) to the Deputy Assistant Secretary of State for Far Eastern Affairs (Drumright),” February 2, 1954, in *FRUS*, *1952 – 1954*, Vol. 15, Korea, pp. 1742 – 1743。

④ “Memorandum by the Deputy Director of the Office of Northeast Asian Affairs (McClurkin) to the Deputy Assistant Secretary of State for Far Eastern Affairs (Drumright),” February 2, 1954, in *FRUS*, *1952 – 1954*, Vol. 15, Korea, p. 1743.

到自身紧急采购计划已无额外资金，而且作为援助意义上的钨购买协议在效率上又不如赠与援助，因此美国决定不再续签钨购买协议，代之以向韩国提供市场技术援助并帮助其提高钨工业的财政管理水平。① 上述事件加上因巨额军费开支引发的货币供应量增加，最终导致1954年4月以后韩国通货膨胀率再次上升，以致全年价格总指数上扬56%。② 美韩互相指责，韩国官员甚至声称美国从未遏制住韩国的通货膨胀，双方的经济关系一度恶化。1955年12月和1956年6月，为了遏制韩国通胀，美国两次追加经援，总额为5000万美元。此期间韩国的通货膨胀率有所下降。不过，由于农业歉收等原因，1956年4月以后韩国批发价格指数再次攀升。至1956年底，韩国的物价指数已比前一年上升了50%。③

在经济计划和所有制方面，美韩双方亦是纷争不断。50年

① "Memorandum by the Deputy Director of the Office of Northeast Asian Affairs (McClurkin) to the Deputy Assistant Secretary of State for Far Eastern Affairs (Drumright)," February 2, 1954, in *FRUS*, *1952 - 1954*, Vol. 15, Korea, pp. 1743 - 1745; "The Secretary of State to the Embassy in Korea," February 25, 1954, in *FRUS*, *1952 - 1954*, Vol. 15, Korea, p. 1751.

② "Memorandum by the Executive Officer of the Operations Coordinating Board (Staats) to the Executive Secretary of the National Security Council (Lay)," December 30, 1954, in *FRUS*, *1952 - 1954*, Vol. 15, Korea, pp. 1955 - 1956; "Progress Report on 'U. S. Objectives and Courses of Action in Korea' (NSC 5514)," November 30 1955, in *DDRS*, CK3100287820; Donald Stone Macdonald, *U. S. - Korean Relations from Liberation to Self-Reliance: The Twenty-Year Record*, p. 264.

③ Donald Stone Macdonald, *U. S. -Korean Relations from Liberation to Self-Reliance: The Twenty-Year Record*, p. 264; "Progress Report Prepared by the Operations Coordinating Board," July 18, 1956, in *FRUS*, *1955 - 1957*, Vol. 23, Part 2, Korea, p. 296.

代中期以前，美国对韩国经济政策中存在诸多偏见，如无条件地支持私人企业、厌恶国家的经济管制、反对类似于社会主义经济组织形式的详细经济计划以及坚持私有财产神圣不可侵犯等。[①] 前已述及，韩国1948年宪法的经济条款中存在相当一部分具有“社会主义”性质的规定，包括国家可以依据法律没收、使用或限制公民的私有财产以及私企可以转归国有等。[②] 朝鲜战争结束后，由于对主权问题高度敏感，同时也是出于防止再次成为日本经济附庸的考虑，许多韩国人坚决排斥外资。[③] 为此，美国一再鼓励韩国建立投资项目私人所有制，并强调吸引外资的重要性。[④] 李承晚政府的反应是：根据1953年2月韩美达成的协议，作为“从半自由、半统制的管理经济体制向自由经济体制转换”的重要一环，决定对通信和交通等公共事业以外的政府经营的一般性“归属”资产实行民营化。1956年，韩国还实现了银行的私有化；[⑤] 在1954年的宪法修正案中，对第85、

① Donald Stone Macdonald, *U. S. -Korean Relations from Liberation to Self-Reliance: The Twenty-Year Record*, p. 230.

② Dai-Kwon Choi, “Constitutional Developments in Korea,” pp. 42 - 43. 尹保云：《集权官僚制的现代化道路——韩国发展经验探索》，《战略与管理》1994年第2期，第36页。

③ Donald Stone Macdonald, *U. S. -Korean Relations from Liberation to Self-Reliance: The Twenty-Year Record*, p. 257.

④ “The Department of the Army to the Commander in Chief, United Nations Command (Hull),” September 15, 1954, in *FRUS*, *1952 - 1954*, Vol. 15, Korea, p. 1876; “Telegram from the Economic Coordinator in Korea (Wood) to the Department of State,” October 8, 1955, in *FRUS*, *1955 - 1957*, Vol. 23, Part 2, Korea, p. 168.

⑤ 曹中屏、张琏瑰：《当代韩国史（1945～2000）》，第150页；尹保云：《集权官僚制的现代化道路——韩国发展经验探索》，第36～37页。

87 和 88 款等部分带有“社会主义”性质的条款进行了修改；[①] 由于美国参议员指责韩国搞“半社会主义经济”，1955 年 12 月，李承晚使国有盐场私有化。[②] 此外，1956 年 3 月 17 日美国国务卿杜勒斯访问韩国。会谈期间，韩方声称正在制订总投资为 24 亿美元的经济重建五年计划，不久将正式送交美国。杜勒斯含糊其辞，只承诺对此加以研究。[③] 会后，韩国宣布了这一五年经济计划，但美国使馆官员对其评价不高，认为它看起来更像一个“购物单”而非“整体战略”。该计划被束之高阁。[④]

虽然受到以上分歧和矛盾的困扰，但美国对韩国的经济援助计划最终大体实现了既定目标。朝鲜刚刚停战，艾森豪威尔政府便开始认真考虑韩国的重建问题。1953 年 8 月 1 日，美国与其他“联合国军”参与国召开朝鲜情况简报特别会议。会上，杜勒斯声称：

> 美国异常渴望以一种将会给亚洲乃至整个世界留下深刻印象的方式着手在韩国开展经济重建工作，借此说明自由国

① 第 85 款改为“依据法律可以发放允许在有限时间内开采、开发或利用矿产及其他重要的地下资源、海洋资源、水力和自然力的许可证”；第 87 款改为“根据法律外贸应该置于国家的控制之下”；第 88 款改为“私企不应被转为国有或公有。除非法律认为在国防或公民生活需求方面具有必要性，否则私企的管理权不应受到控制或监督”。详见 Dai-Kwon Choi, “Constitutional Developments in Korea,” p. 44。

② Donald Stone Macdonald, *U. S. -Korean Relations from Liberation to Self-Reliance: The Twenty-Year Record*, p. 257.

③ “Telegram from the Embassy in Korea to the Department of State,” March 18, 1956, in *FRUS*, *1955 - 1957*, Vol. 23, Part2, Korea, pp. 234 - 235.

④ “Evaluation of Korea Program,” April 15, 1958, in *DDRS*, CK3100340381.

家是有所作为的。由于该工作可以使韩国对北朝鲜人产生难以抵挡的吸引力，因此从许多方面我们都将其看作和平统一朝鲜半岛的最好机会……在昨天与威尔逊部长和史塔生先生长达一个小时的会面中……艾森豪威尔总统表示，其最想做的一件事就是重建韩国。他认为，在那里自由世界可以充分发挥想象力，做一些力所能及的事情，这是促使共产党世界分崩离析的最好办法。总统打算将驻韩美军作为经济传教士，让他们参与建设桥梁、公路、医院、工厂和学校。此时，士兵们会像传教士一样引人注目地展示自由世界的优越性。我们的军人即将接到尽快参与韩国重建的命令。①

具体地说，当时艾森豪威尔这样概括美国对韩国援助计划的冷战意义：向全世界显示美国及其盟友的人道主义精神；加深韩美两国人民的友谊；缓解战后通常会产生的对占领军的厌烦情绪；改善韩国人民的健康状况和生活水平，确保该地区成为真正的“自由堡垒”，而非“共产党独裁统治下无助的奴隶”。② 正是在以上反共意识的支配下，美国决策者在脑海中勾画了一幅热火朝天的重建韩国的图景。同时，也正因为如此，NSC170/1 号文件和 NSC5514 号文件的经济条款才呈现出明显的

① “Memorandum of Conversation, by Elizabeth A. Brown of the Office of United Nations Political and Security Affairs,” August 1, 1953, in *FRUS*, *1952 – 1954*, Vol. 15, Korea, pp. 1464 – 1465.

② “Draft Memorandum by the President to the Secretary of State, the Secretary of Defense (Wilson) and the Mutual Security Administrator (Stassen),” July 31, 1953, in *FRUS*, *1952 – 1954*, Vol. 15, Korea, p. 1458.

“急功近利”的特征。

与美国政要们的乐观情绪[①]形成鲜明对比的是援助计划实际执行过程中的举步维艰。1954年3月26日，美国国家安全委员会行动协调委员会（Operations Coordinating Board）提交了NSC170/1号文件的第一份进程报告。报告指出，由于计划本身存在问题，美韩双方在维持经济稳定方面又意见不一，1954年财政年度上半年经援计划的实施相当缓慢。直至1953年11月末，“联合国军”司令部经济协调官伍德尚未启动新的建设计划。1954年1月，经援计划的进展加快，但预计本财政年度提供的援助额不会超过1.5亿美元。而且，除非增加出口、降低投资比例并采取其他适当措施，否则1954年上半年韩国财政支出的上升和货币发行量的增加必将加剧通货膨胀。[②]不过，情况很快有所好转。根据1954年12月29日NSC170/1号文件的第二份进程报告，1954年财政年度下半年美国经援计划实施的速度一直很快，援助总额已达2亿美元。其中，最令美国得意的是利用“联合国军”在韩国的设施向韩国提供的援助。整个1954年财政年度，用于该项援助的资金总额为1500万美元，共完成了包括

① 1953年7月31日，艾森豪威尔总统在一份致马克斯韦尔·泰勒的备忘录中甚至声称：“一旦韩国人和我们的占领军朋友们通力合作，数月甚至数周内就可能发生惊人的变化。”“Draft Memorandum by the President to the Secretary of State, the Secretary of Defense (Wilson), and the Mutual Security Administrator (Stassen),” July 31, 1953, in *FRUS*, *1952 - 1954*, Vol. 15, Korea, p. 1459.

② “Progress Report by the Operations Coordinating Board to the National Security Council,” March 26, 1954, in *FRUS*, *1952 - 1954*, Vol. 15, Korea, pp. 1770 - 1771.

146所学校和94处民用建筑在内的544个项目，且尚有819个项目正在进行当中。报告认为，虽然该项援助投入的资金较少，但在加强美韩关系方面却非常成功。因此，1955年财政年度，美国准备再投入500万美元，专门用于该项目的物资采购。①

1954年财政年度下半年，巨额的军费开支迫使韩国增加了货币发行量，通货膨胀再次成为韩国经济发展的绊脚石。很明显，如果继续维持庞大的韩军，美国援助计划中用于投资的资金就会不足。伍德建议，为了遏制通胀，美国应在1955年财政年度援助计划中增加约1亿美元的防务支持类援助。结果，在1954年11月17日签署的美韩谅解备忘录中，美国承诺在该财政年度向韩国提供7亿美元的军事和经济援助。② 不过，援助额的增加并未马上带来韩国经济的高速增长和美韩经济关系的改善。1955年中，即将上任的美国驻韩大使威廉·莱西（William S. Lacy）接到一份由“联合国军”司令部、经济协调小组成员以及驻韩使馆官员联合起草的韩国经济评估报告。报告总结了此前两年韩国的经济发展情况：

> 目前，美国对韩国大规模的经济重建计划即将进入第三个年头。根据以往的权威估计，大约在两年后的今天，

① “Memorandum by the Executive Officer of the Operations Coordinating Board (Staats) to the Executive Secretary of the National Security Council (Lay),” December 30, 1954, in *FRUS, 1952 - 1954*, Vol. 15, Korea, p. 1955.

② “Memorandum by the Executive Officer of the Operations Coordinating Board (Staats) to the Executive Secretary of the National Security Council (Lay),” December 30, 1954, in *FRUS, 1952 - 1954*, Vol. 15, Korea, pp. 1955 - 1956.

随着韩国经济活力的逐渐恢复，重建工作应该进展顺利。但对韩国重建工作进展情况所做的任何现实评估都将表明，当前我们距离目标几乎与1953年时一样遥远。虽然在我们的努力下，韩国经济正在取得某些进步，但其根本就没有进入经济发展的轨道。韩国的财政和信贷政策始终不完善。而且，为了达到某种政治目的，它还愚蠢地对外贸、国内商业和外部投资加以控制。结果是：通货膨胀无法遏止，积极性受到压抑，正常的物价关系遭到破坏，资本无法积累，整个生产过程陷入瘫痪，以致大量的美援几乎没有促成任何真正的经济进步。

除非韩国人的心态和规范韩国经济运行的法律框架发生明显改变，否则再大规模的援助也不能使韩国在几十年内获得生存能力……①

1955年夏美韩经济委员会会议后，韩国明显改变了经济政策，甚至同意在1956年财政年度为了恢复经济稳定而削减投资项目。作为奖励，美国追加了2500万美元的经济援助。最终，美国驻韩使馆在1955年年度经济报告中声称：按人均计算，韩国谷物和豆类的产量仍略低于1949年的水平，但工业产量已比1949年高出55%。最引人注目的是三个近于建成的总发电量为10万千瓦时的热力发电厂、运输能力的改善以及煤炭产量的明显提高。同时，韩国正在建设或重建通信设施、盐场、捕鱼队、

① Donald Stone Macdonald, *U. S. -Korean Relations from Liberation to Self-Reliance: The Twenty-Year Record*, pp. 268 – 269.

水泥厂、玻璃厂以及化肥厂。①

1953 年 8 月 8 日，杜勒斯曾与李承晚在汉城签署联合声明宣布美国在三到四年内向韩国提供 10 亿美元的经济重建援助资金。至 1957 年财政年度，美国在国际合作署计划中向韩国提供的援助总额已超过 10 亿美元。如果将美国陆军部提供的防务支持类援助和非军事援助也算在内，至 1956 年底，美国的援助就已达到 10 亿美元。② 在对 1956 年韩国经济发展状况的评估中，美国驻韩使馆宣称，当年韩国在控制通胀、缩小外贸逆差以及提高农业产量等方面没有取得明显进步。制造业和矿业发展较快，二者产量均已超过朝鲜战争以前的水平。总的来说，在这一年里美国完成了对韩国经济的救济和重建工作。③ 换言之，1956 年韩国的生产和消费总体上均已达到或超过 1949～1950 年的水平。④ 至 1957 年底，除住房一项外，美国彻底完成了重建韩国的任务。⑤

在经济增长速度方面，1954～1956 年，韩国国民生产总值的年均增长率近 3.8%。农业增长速度最慢（年均略高于 1.4%），服务业居中（年均近 4.1%），工业最快（年均 16.3%）（参见表

① 详见 *Confidential U. S. State Department Special Files, Korea, 1950 - 1957* [Microform], 0400946, 0319 - 0410, 0585 - 0660，华东师范大学冷战国际史研究中心藏；Donald Stone Macdonald, *U. S. -Korean Relations from Liberation to Self-Reliance: The Twenty-Year Record*, p. 270.

② "Progress Report Prepared by the Operations Coordinating Board," July 18, 1956, in *FRUS*, *1955 - 1957*, Vol. 23, Part 2, Korea, p. 294.

③ Donald Stone Macdonald, *U. S. -Korean Relations from Liberation to Self-Reliance: The Twenty-Year Record*, p. 272.

④ "Progress Report Prepared by the Operations Coordinating Board," July 18, 1956, in *FRUS*, *1955 - 1957*, Vol. 23, Part 2, Korea, p. 293.

⑤ "Evaluation of Korea Program," April 15, 1958, in *DDRS*, CK3100340430.

4－1)。农业方面，停战以后，韩国政府制订了《家业增产五年计划》、《畜牧业复兴五年计划》和《茧业增产五年计划》。付诸实行的增产措施有：修复农田水利设施，修筑防汛堤坝，改良耕地；提高化肥产量，增加施肥量；发展农机生产，提高农业机械化水平；提高农药产量，增加农药进口，防治虫害；积极扶植畜牧业和养蚕业，改变农业的单一经营模式。另外，为了改善农业信用制度，1956年5月，韩国成立了农业银行。而且，在农业技术方面，1953年，韩国建立了农业要员指导制，1955年在农林部增设农业教育科，1957年公布《农业教育法》并相应地成立了农业研究院。[①] 然而，因为气候恶劣以及由美国大量进口剩余农产品等原因，从1955年开始，韩国农业增长速度不断下滑，1956年甚至出现了近6%的负增长的现象（参见表4－1）。

表4－1　李承晚时期韩国经济增长情况

单位：百分比

年　份	国民生产总值	农　业	工　业	服务业
1954	5.5	7.6	11.2	2.5
1955	5.4	2.6	21.6	5.7
1956	0.4	－5.9	16.2	4.0
1957	7.7	9.1	9.7	5.8
1958	5.2	6.2	8.2	3.5
1959	3.9	－1.2	9.7	7.5
1960	1.9	－1.3	10.4	2.8
年均增长率	4.3	2.4	12.4	4.5

资料来源：Bank of Korea, *Economic Statistics Yearbook* (Seoul: Bank of Korea, 1973), pp. 298－299. 转引自 Atul Kohli, *State-Directed Development: Political Power and Industrialization in the Global Periphery*, p. 75。

① 郑仁甲、蒋时宗：《南朝鲜经贸手册》，第44页。

工业上，韩国推行的是进口替代战略。其中，纺织业的发展最引人注目。1953~1957年，该产业的年均增长率约为24%。至1957年，棉、毛、丝以及针织品完全实现了进口替代。[①] 建筑业是另一个主要增长点。朝鲜战争使大批住宅和城市的其他设施遭到破坏。停战后，随着美援计划的实行，建筑业渐趋兴盛，基建企业猛增到1500多家。钢铁工业也有了一定的发展。朝鲜战争结束后，经济重建引起钢铁需求的增加，一些以回收战争废铁和生产钢筋为主的零散小型企业相继出现。1954年，三和制铁所的三座小型高炉维修完毕。1957年，大型重工业会社50吨级平炉厂建成，开始用三和制铁所提供的生铁生产钢铁。那时，还有东国制钢等20家工厂的轧钢设备得到维修。当然，这一时期的钢铁工业主要是废铁处理或单纯轧钢，制铁制钢部门相对薄弱，而中间材料大部分还要依靠进口。[②]

艾森豪威尔入主白宫后，提出了“新面貌”国家安全战略，强调促进盟国间的合作，加强盟国的实力，尤其是地面部队的战斗力。在亚洲，美国将中国作为主要敌人，努力构建西太平洋集体防务体系，推动日本与韩台的经济合作，依靠韩台的大规模军事力量保卫西太平洋“自由国家”特别是日本的安全，借助菲律宾这一精心装点的“民主橱窗”彰显西方资本主义政治制度的优越与普适。[③] 落实到朝鲜半岛，第一届艾森豪威尔政

① Atul Kohli, *State-Directed Development: Political Power and Industrialization in the Global Periphery*, p. 77.

② 郑仁甲、蒋时宗：《南朝鲜经贸手册》，第36、63~64页。

③ 梁志：《论艾森豪威尔政府对韩国的援助政策》，第81页。

府时期，美国的关注焦点逐渐由防止朝鲜半岛冲突再起转向加强韩国实力地位，遵循的基本原则为军事力量发展优先、经济增长其次、政治民主最末。

美国驻韩大使沃尔特·道林（Walter C. Dowling）曾在1956年12月的一份政策讨论报告中明言：“美国对韩国经济援助政策的基本目标是强化当地人民抵制共产主义的意志和能力。”① 在实际操作过程中，经济援助的反共总体目标又衍生出两大主要使命：为维护和发展韩国军事力量提供经济基础；体现西方国家的仁慈，展现自由企业制度的优越性。朝鲜战争结束后，韩国军队一度增至并维持在20个师、72万人左右。当地经济根本无法支撑如此庞大的军费开支。正因为这样，美国对韩国援助政策呈现出军事援助高于经济援助、经济援助部分地服务于军事需要的特点。例如，1955年11月30日的NSC5514号文件进程报告显示，过去一年里美国向韩国提供了大量的经济援助，但相当一部分用于支持韩国的军事计划，而用于进口资本设备的份额很小。② 再如，经济协调人办公室（Office of the Economic Coordinator）③ 制订的1958年财年对韩国经济援助计划预计提供3.35亿美元，其中1.2亿~1.3亿美元用于弥补韩

① “Report on Foreign Economic Policy Discussions between U. S. Officials in the Far East and Clarence B. Randall and Associates: Korea-Walter C. Dowling,” December 1, 1956, in *DDRS*, CK3100279622.

② “Progress Report on ‘U. S. Objectives and Courses of Action in Korea’ (NSC 5514),” November 30 1955, in *DDRS*, CK3100287822.

③ 1953年8月7日，艾森豪威尔命令成立经济协调人办公室，专门负责规划和协调美国对韩国的经济援助计划。“Evaluation of Korea Program,” April 15, 1958, in *DDRS*, CK3100340381.

国的军费赤字。[①] 这一状况充分体现了美国对韩国政策军事力量发展优先的原则。但与此同时，美国决策者并没有忘记处于冷战前沿阵地的韩国面临着来自朝鲜的制度竞争。因此，艾森豪威尔政府对韩国经济援助计划不仅要将当地人民的生活恢复到1949~1950年的水平，还致力于推动李承晚政府尊奉自由企业制度。为此，一方面，美国新闻署（United States Information Agency）优先关注通过报纸、海报、广播和电影宣传美国对韩国的经济援助计划和韩国取得的经济进步，以凸显西方世界的仁善之举，提高韩国公众发展经济的自信心，证明李承晚政权存在的合法性；[②] 另一方面，华盛顿不断敦促韩国支持私人企

① "Report on Foreign Economic Policy Discussions between U. S. Officials in the Far East and Clarence B. Randall and Associates: Korea-Walter C. Dowling," December 1, 1956, in *DDRS*, CK3100279625 - CK3100279626.

② "Memorandum to Operations Coordinating Board (OCB) Staff Member John MacDonald from William Peterson Regarding United States Information Agency (USIA) Contributions to Keep South Koreans Informed of Political and Economic Proceedings in that Country through USIA Radio Broadcasts and Press Releases," October 24, 1955, in *DDRS*, CK3100499106; "Frank Tenny Provides a Progress Report on United States Information Agency (USIA) Contributions to the U. S. Economic Aid Program in South Korea," May 14, 1956, in *DDRS*, CK3100501457; "Operations Coordinating Board (OCB) Detailed Review of Major Actions Relating to U. S. Objectives and Courses of Action in Korea," November 17, 1955, in *DDRS*, CK3100499245; "Operations Coordinating Board (OCB) Outline Plan of Operations with Respect to South Korea," March 14, 1956, in *DDRS*, CK3100287843; "Detailed Development of Major Actions Relating to Korea (NSC 5514) from 11/19/55 - 6/21/56," June 28, 1956, in *DDRS*, CK3100287856 - CK3100287857; "Operations Coordinating Board Progress Report on 'U. S. Objectives and Courses of Action in Korea' (NSC5514)," March 6, 1957, in *DDRS*, CK3100287878; "Evaluation of Korea Program," April 15, 1958, in *DDRS*, CK3100340428 - CK3100340429.

业、减少国家经济管制和保护私有财产，目的是增强亚洲其他国家对资本主义制度的信心。①

朝鲜战争结束后，李承晚在个人独裁的道路上越走越远，不顾一切地通过操纵选举或强行修宪满足一己之私。面对韩国政府背离民主原则的种种行径，华盛顿几乎无所作为。美国行动协调委员会1956年3月14日在韩行动计划纲要中的一句话似乎对此做出了解释：“美国与韩国休戚相关，哪怕是我们所有的观点都没有得到认同，美国也无法撤离韩国或对韩国严加惩治。”② 无奈之下，艾森豪威尔政府被迫着眼于长远，努力以下面几种方式为韩国未来的政治进步奠定基础：推动韩国教育民主化，促使新一代大学精英接受西方政治思想，敢于为了实践自己的信念而挑战政府；支持和扶植亲民主、反专制的韩国报刊和报业人士；安排杰出的韩国政府官员和商界领袖赴美国考察；指示美国新闻署向韩国公众宣传美国民主观念。③ 不过，在此过程中，美国仍顾虑重重。例如，艾森豪威尔政府一面希望通过资助韩国的报纸和教育机构加强韩国的民主制度，一面又担心这样做会削弱韩国政府或招致韩国政府的忌恨；④ 既

① “Report by Robert M. Macy, Bureau of the Budget, on Korea,” October 25, 1956, in *DDRS*, CK3100266143, CK3100266146.

② “Operations Coordinating Board (OCB) Outline Plan of Operations with Respect to South Korea,” March 14, 1956, in *DDRS*, CK3100287832.

③ Gregg Brazinsky, *Nation Building in South Korea: Koreans, Americans, and the Making of a Democracy*, pp. 47 – 62; “Frank Tenny Provides a Progress Report on United States Information Agency (USIA) Contributions to the U. S. Economic Aid Program in South Korea,” May 14, 1956, in *DDRS*, CK3100501458.

④ “Operations Coordinating Board (OCB) Outline Plan of Operations with Respect to South Korea,” March 14, 1956, in *DDRS*, CK3100287842 – CK3100287843.

要对韩国无礼的指责做出回应，又要尽可能避免直接批评李承晚政权。[①] 从中，我们可以清楚地看到美国促进韩国民主的限度。

① “Frank Tenny Provides a Progress Report on United States Information Agency (USIA) Contributions to the U. S. Economic Aid Program in South Korea,” May 14, 1956, in *DDRS*, CK3100501458.

第五章
维持稳定：美国政策转型期的无奈之举（1957～1961）

第二届艾森豪威尔政府时期，美国对国家安全基本政策和亚洲政策进行了大幅调整。与此同时，朝鲜半岛的局势发生了很大变化。在此背景下，美国对韩国政策出现明显转变，主要表现为更加重视韩国的政治经济进步并有意识地推动美韩关系走向平等化。不过，由于美国决策者普遍片面夸大共产党国家对“自由世界”的“威胁”、对韩国经济自立前景的悲观看法以及持有的进一步削减韩军会危害韩国国家安全和增加失业人口的观点，该政策转变是艰难的、渐进的和不彻底的。结果，此期间美国并没有从韩国“军事力量发展优先”的原则上完全“后退”，对韩国政治经济发展状况的关注更多地局限在维持稳定的层面。

一　美国对国家安全基本政策和亚洲政策的重审

第二届艾森豪威尔政府对韩国政策转变的宏观背景是美国

在1955年以后相继进行的对国家安全基本政策和亚洲政策的重审。20世纪50年代上半期，苏联、中国与亚非拉国家的经贸关系逐渐加强。中苏对外政策的新动向越来越引起美国决策者的深切关注和忧虑，多次成为国家安全委员会会议讨论的主题。他们认为，苏联对欠发达地区的援助正在由“军事援助优先”转向“经济援助优先”；“共产党集团”对欠发达地区发动经济攻势的目的是为了“加强共产党在这些地区的影响”，“它不是真正的经济援助，而是伪装的政治渗透”；与美国相比，苏联投入了较少的资源却对欠发达国家政府和人民产生了更大的影响；中苏两国的经济增长增强了共产主义制度对欠发达地区的吸引力；“自由世界和共产主义世界的斗争场所正在发生改变。今后，美国和自由世界必须准备应付苏联更激烈的经济竞争”，否则“苏联最终将统治整个亚洲”。① 与上述看法相呼应的是美国

---

① “Memorandum of Discussion at the 266th Meeting of the National Security Council, Washington,” November 15, 1955, in *FRUS*, *1955 - 1957*, Vol. 10, Foreign Aid and Economic Defense Policy, pp. 28 - 30; “Memorandum of Discussion at the 267th Meeting of the National Security Council, Camp David, Maryland,” November 21, 1955, in *FRUS*, *1955 - 1957*, Vol. 10, Foreign Aid and Economic Defense Policy, pp. 32 - 33, 35; “Memorandum of Discussion at the 269th Meeting of the National Security Council, Camp David, Maryland,” December 8, 1955, in *FRUS*, *1955 - 1957*, Vol. 10, Foreign Aid and Economic Defense Policy, p. 53; “Memorandum of Discussion at the 273rd Meeting of the National Security Council, Washington,” January 18, 1956, in *FRUS*, *1955 - 1957*, Vol. 10, Foreign Aid and Economic Defense Policy, pp. 64 - 65; “Memorandum of Discussion at the 320th Meeting of the National Security Council, Washington,” April 17, 1957. *FRUS*, *1955 - 1957*, Vol. 10, Foreign Aid and Economic Defense Policy, p. 187; “Memorandum of Discussion at the 348th Meeting of the National Security Council, Washington,” December 12, 1957, in *FRUS*, *1955 - 1957*, Vol. 10, Foreign Aid and Economic Defense Policy, p. 200; （转下页注）

决策者的另一种观念：相比较而言，中国比苏联更好战、更富侵略性，前者从未放弃武力侵略的意图。① 以上认识在很大程度上推动了美国对国家安全基本政策的调整并反映在相应的国家安全基本政策文件 NSC5501、NSC5602/1 和 NSC5707/8 中。

50 年代中期以后，美国对国家安全基本政策进行了重大调整。在“共产党集团”对“自由世界”安全的“威胁”方面，华盛顿做出了如下判断。经济上，虽然苏联的生活水平相对美国来说仍然较低，但它的经济增长速度要比美国等“自由世界”国家快得多。苏联的经济进步给欠发达地区的人民留下了深刻的印象，这可能成为其在亚洲等地扩大影响的主要方式之一。另外，中国的快速工业化也将对亚洲人民产生巨大的吸引力。外交上，斯大林去世以后，国内事务缠身和对全面战争的恐惧使新上台的苏联领导人较以往更多地采取了“软”路线，对外

（接上页注①）“Memorandum of Discussion at the 235th Meeting of the National Security Council, Washington,” February 3, 1955, in *FRUS, 1955 - 1957*, Vol. 21, East Asia Security; Cambodia; Laos, p. 28; “Memorandum of Discussion at the 427th Meeting of the National Security Council,” December 3, 1959, in *FRUS, 1958 - 1960*, Vol. 4, Foreign Economic Policy, pp. 473 - 475.

① “Telegram from the Office of the Permanent Representative to the North Atlantic Council to the Department of State,” in May 11, 1955, in *FRUS, 1955 - 1957*, Vol. 21, East Asia Security; Cambodia; Laos, pp. 98 - 99; “Memorandum of a Conversation Among the Secretary of State, the Secretary of Treasury (Humphrey), and the Secretary of Defense (Wilson), Washington,” April 19, 1956, in *FRUS, 1955 - 1957*, Vol. 21, East Asia Security; Cambodia; Laos, pp. 214 - 215; “National Intelligence Estimate,” January 5, 1956, in *FRUS, 1955 - 1957*, Vol. 3, China, Washington: United States Government Printing Office, 1986, pp. 232 - 234; “National Intelligence Estimate,” March 19, 1957, in *FRUS, 1955 - 1957*, Vol. 3, China, p. 507.

政策变得更加灵活。在他们看来，“和平攻势”几乎是当前分裂“自由世界”、孤立美国最有效的手段。在不牺牲苏联基本国家利益的前提下，这些人可能希望缓和的局面维持下去，甚至会为此做出一些必要的让步。军事上，“今后五年，考虑到与美国发生战争的危险，苏中似乎不会蓄意挑起战端或进行公开的军事侵略”。唯有一点例外，那就是中共政权仍极端敌视美国，企图公然占领台湾，并很可能会在国民党控制的沿海岛屿进行试探性的军事行动。[①]

在此基础上，根据“大平衡”原则，美国提出了名为“总战略”的新的国家安全基本政策，即“影响共产党政权尤其是苏联的行动和政策，使之（有利于）促进包括有保障的裁军在内的美国的安全利益”；“推动导致共产党政权放弃扩张政策的趋势。”“总战略”要求军事、政治、经济手段和心理战、秘密行动的综合运用以及以上各种遏制方式之间的相互协调和彼此加强。其中，政治、经济手段被置于比以往更为重要的位置。美国决策者认为，“从长远来看，自由世界抵制共产主义世界挑战和竞争的能力在很大程度上取决于其在满足自由世界人民基本需求和愿望方面所取得的进步”。为此，美国必须推动“自由世界”的经济发展并支持当地建设性的民族主义和改革运动。[②]

---

① “NSC5501, Basic National Security Policy,” January 6, 1955, in *DNSA*, PD00438; “NSC5707/8, Basic National Security Policy,” June 3, 1957, in *DNSA*, PD00510.

② “NSC5501, Basic National Security Policy,” January 7, 1955, in *DNSA*, PD00438; “NSC5707/8, Basic National Security Policy,” June 3, 1957, in *DNSA*, PD00510.

概括地说，这时美国国家安全基本政策的主要特征有三。首先，仍然相当重视盟国在美国国家安全中的地位和作用，认为美国的国家安全将继续有赖于主要盟国及其他“自由世界”国家的支持和合作，包括利用其军事力量与美国一起制止当地侵略并向美国提供军事基地等。① 其次，越来越强调欠发达地区政治稳定与经济发展的重要性。在华盛顿看来，欠发达国家政治动荡、经济落后且面对极端民族主义和摆脱殖民统治两大难题，是“自由世界”的主要薄弱环节。如果“自由世界”不能有效处理欠发达地区的问题，国际共产主义的力量必将不断上升。鉴于此，政治上美国不应通过施压迫使欠发达国家与“自由世界”结盟。即便这些国家不与美国结盟，只要它们远离共产主义而保持独立，同样符合美国的利益。另外，美国还应努力与亚非地区建设性的民族主义和主张变革的力量合作，防止它们倒向共产主义。中立主义“不道德”的论调从此消失。经济上，为了保持欠发达地区的政治稳定，加强“自由世界”的凝聚力，美国应向欠发达国家大量提供长期经济开发援助，同时鼓励它们最大限度地利用私人投资，并将国内外资本有机地结合起来。② 再次，逐步实现对盟国“军事援助优先”向“经济援助优先”的转变。有选择地鼓励非欧洲盟友削减当地军队，以警察部队替代正规军，进而降低其对美国的军援要求。同时，

① “NSC5707/8, Basic National Security Policy,” June 3, 1957, in *DNSA*, PD00510.

② “NSC5501, Basic National Security Policy,” January 7, 1955, in *DNSA*, PD00438; “NSC5707/8, Basic National Security Policy,” June 3, 1957, in *DNSA*, PD00510.

为了促进“自由世界”欠发达国家的发展、向它们说明在不依赖苏联集团或危及独立的情况下同样可以取得经济进步并尽可能地消除苏联集团经济攻势的吸引力和破坏性影响，美国需向欠发达国家提供经济援助。不过，考虑到收支平衡问题，经济开发援助的提高应尽量由削减其他经济或军事援助计划来抵消。①

1958 年下半年，第二次台海危机爆发。危机中，中美两国剑拔弩张，大有战争一触即发之势，而美台在国民党反攻大陆以及由金门和马祖撤军等问题上也是矛盾重重。与此同时，50 年代下半期亚洲形势的发展证明 1954 年美国提出的“西太平洋集体防务协定”构想并不现实。由于第二次世界大战的经历，韩国、菲律宾和台湾一直不愿与日本结成休戚与共的同盟关系。1956 年 5 月 9 日，日菲签署了有关日本战后赔偿问题的《赔偿协定》与《关于经济开发借款的交换公文》。7 月 23 日，两国建立了外交关系。相比较而言，日韩和日台关系的发展更为曲折。1957 年日本岸信介政府上台后，着手改善日韩关系。1958 年 4 月 15 日，在美国的敦促下，日韩正式举行第四轮会谈。同前三轮会谈一样，在殖民地时期的遗留问题上，双方各执己见，僵持不下。朝鲜战争以后，日本对华政策逐渐出现政经分离的倾向。但台湾坚决反对日本与中国大陆的经济往来。1958 年初，根据中国与日本签订的一项协议，日本政府允许中国在其领土上悬挂中华人民共和国国旗。国民党集团对此极为不满，日台之间出现危机。虽然美国从中调停，但危机并未很快化解。此

① “NSC5707/8, Basic National Security Policy,” June 3, 1957, in *DNSA*, PD00510.

外，日本在重整军备问题上态度依然消极，希望继续依赖美国的威慑力量保卫自身安全，反对加入西太平洋集体防务计划，担心该计划要求日本承担向海外派兵的义务。这一切令“西太平洋集体防务协定”难以从“构想”变为现实。

以上亚洲新形势的出现推动艾森豪威尔政府重新审查亚洲政策。1959 年 9 月 25 日，NSC5913/1 号文件出台。在“总体考虑”部分，文件开宗明义地指出，“美国远东政策面临的主要问题是对付不断增长的亚洲共产党力量对自由世界安全日益严重的威胁”。其中，美国最关注的依然是中国的发展态势：共产党中国可能在 1963 年前的某个时候拥有核武器、在可预见的将来依旧有效地控制中国大陆并继续保持高于除日本以外其他亚洲国家的经济增长速度；中苏同盟可能出现分歧，但总体上会依然维持稳固；虽然共产党中国内部存在严重的政治经济问题，但今后五年它将对“自由世界”构成日趋严重的威胁。

在对亚洲非共产党国家的认识上，文件提出三个看法：亚洲非共产党国家面临着政权不得人心和彼此敌视等诸多困境；亚洲民族主义在很大程度上是一支反殖民和反西方的力量。可是，随着它们对共产主义侵略性和破坏性认识的加深，共产党中国将成为其心目中最大的威胁。从这个角度看，亚洲民族主义正在成为远东“自由世界”力量的重要来源；在建设亚洲非共产党国家的过程中，应重点加强日本和印度的实力。虽然它们均无力单独抵制共产党中国的扩张，但如果二者联合起来并与其他非共产党国家合作，便可以抵消共产党中国实力的增长。

文件总结道：“在可预见的将来，中国共产党政权不可能被取而代之，也不可能脱离苏联。因此，对付中国威胁的主要手段应是保持自由世界足够强大的总体军事实力、在维持稳定的基础上增强自由亚洲的政治经济实力、利用一切机会阻止中共实力和影响的增强并在中苏关系上制造紧张局面。”此时的美国已不再坚持以往“甘冒战争的风险”也要削弱中国的实力和影响的看法，转而将加强亚洲非共产党国家的政治经济力量作为遏制中国的主要手段。究其原因，或许是第二次台海危机使美国既亲身感受到了全面战争的危险，又清楚地看到了中国军事行动的限度。

在随后的“目标”部分，文件提出三方面内容：首先，阻止共产党进一步扩张，保持“自由世界”国家的主权和领土完整；加强“自由亚洲”国家的政治经济实力，维持其社会稳定；削弱亚洲共产党政权尤其是共产党中国的力量，至少要阻止其实力的增强。与此同时，尽一切可能分裂中苏同盟。

最后，文件具体而微地从政治、军事和经济等几方面阐述了对亚洲的政策方针。其中，对亚洲非共产党国家的政策如下：政治上，应加强亚洲非共产党国家的民主制度，并在一定程度上满足其追求独立自主的愿望。如果美国远东驻军所在国提出修改驻军协定的要求，应立即做出反应，尽量与之协商并适当地对驻军协定做出调整；军事上，放弃1954年对亚洲政策文件NSC5429/2和NSC5429/5确立的“西太平洋集体防务协定”构想，依旧尽可能地为亚洲非共产党国家提供保持军队必需的军援。另外，为了促使追求独立自主地位的亚洲非共产党国家与“自由世界”结盟或阻止它们倒向共产党，准备有选择地向这些国家提供有限的军援。在亚洲，美国对外援助政策由“军事援助优先”向“经济援助优先”转变的艰难由此可见一斑；经济上，出于加强亚洲欠发达国家与“自由世界”关系的考虑，应积极支持该地区的经济发展。在此过程中，要遵循两个原则：欠发达国家对自身经济发展负主要责任；欠发达国家政治、经济和社会发展之间必须相互促进、彼此协调。[1]

总之，NSC5913/1号文件在相当程度上反映了包括第二次台海危机的发生、中国实力的增长、韩台与日本关系的紧张以及亚洲国家独立自主意识的增强在内的亚洲新形势。此后，在遏制亚洲共产党国家的具体政策方面，美国放弃了“西太平洋集体防务协定”构想，转而更多地依靠政治经济手段，并企图利用当地民族主义力量。从这个角度讲，该文件是一份真正意义上的美国对亚洲的冷战政策纲领。

50年代中期以后，日本的国际政治地位不断提高，经济增长速度日益加快。1956年10月，经过一年零四个月的交涉，日苏终于签署《日苏共同宣言》，从而结束了两国的战争状态，实现了邦交正常化。是年12月18日，日本加入联合国，正式重返国际社会。与此同时，日本经济全面恢复。1957年是所谓的“神武景气”之年，日本国民生产总值的增长率为8%；1958年，由于生产过剩和国际收支恶化，日本经济陷入“锅底景气”，但增长率仍为5.4%；1959年出现“岩户景气”，增长率上升到9.2%；1960年，增长率进一步达到了14.1%。[2] 这一切

---

① “NSC5429/2, Review of U.S. Policy in the Far East,” August 20, 1954, in *DNSA*, PD00419; “NSC5429/5, Current U.S. Policy Toward the Far East,” December 22, 1954, in *DNSA*, PD00422; “NSC5913/1, U.S. Policy in the Far East,” September 25, 1959, in *DNSA*, PD00593.

② 宋成有、李寒梅：《战后日本外交史（1945～1994）》，世界知识出版社，1995，第142、147页。

使日本国民的自信和自主意识不断增强。与此相适应，1957 年上台的岸信介内阁提出了新的对美政策：日本需要借助美国提高国际地位，也需要美国的核保护伞保卫国家安全，因此必须加强日美关系，但日美之间应当对等。或者说，日本需要美国，但不能受美国束缚。

此时日本的对美独立外交包括要求改善对华关系和修改《日美安全条约》两方面。岸信介内阁时期，日本经济界多次表示要加强日中贸易，并借此改善两国关系。1958 年 3 月 5 日，日中签署第四次《中日贸易协定》。然而，后来因为日本两名暴徒制造的“长崎国旗事件”，中国断绝了与日本的贸易往来。[①] 但日本并不想永久阻断日中贸易。1960 年 1 月 19 日，岸信介与美国国务卿克里斯琴·赫脱（Christian A. Herter）就中日关系问题举行会谈。岸信介指出，中日之间的历史交往和近邻关系要求双方进行贸易及其他往来。适当的时候，日本愿意恢复与中国的贸易关系。虽然日本将继续坚持不承认中国的基本方针，但这样做并不排除未来与中国在交通、邮政、气象、无线电通信、公海营救以及其他技术领域展开合作的可能性。对此，美国的反应比较温和，希望日本在与中国进行技术合作的同时明确表示依旧坚持不承认中国的政策，并提前同美国协商。[②]

1957 年 1 月 30 日的“哲拉德事件”（又称“相马原事

---

① 宋成有、李寒梅：《战后日本外交史（1945～1994）》，第 223～230 页。

② “Memorandum of Conversation,” January 19, 1960, in *FRUS*, *1958－1960*, Vol. 18, Japan; Korea, pp. 277－278.

件”）[1]和1958年9月7日的“朗格布里事件”[2]在日本国民中激起了反美风潮，矛头直指驻日美军、《日美安全条约》以及在日本部署核武器的问题。岸信介趁机向美国施压，要求修改《日美安全条约》。1958年10月4日，两国在东京举行第一次会谈。由于双方在条约适用区域等问题上久久争执不下，谈判一度中断。1959年4月13日，谈判重新开始。经过长达10个月的讨价还价，1960年1月19日，日美两国在华盛顿签署了《日美共同合作和安全保障条约》。[3]

以上日美关系新的发展态势引起了艾森豪威尔政府的极大关注。1959年4月8日，美国国家安全委员会行动协调委员会起草了关于NSC5516/1号文件的进程报告。报告考察了过去八个多月日美关系的发展历程，结论是：目前日本已不再像以往那样依赖美国，它正在推行日益独立的外交政策，日美关系也随之进入了一个新的时代。建议国家安全委员会重新审查对日政策。鉴于不久以后日美将再次进行修改安全条约的谈判，国家安全委员会决定暂缓讨论重新制定对日政策的问题。[4] 1960年2月9日，美国各情报部门联合提交了第41～60号“国家情报评

① 当天，在日本群马县相马原的美军演习场，美军下士威廉·哲拉德向因拾空弹壳而进入演习场的相马原村女村民坂井开枪射击，将其打死。该事件在日美政府间引起了关于裁判权问题的争议，致使两国关系一度紧张。

② 那日，在日本琦玉县约翰逊基地，美国士兵朗格布里突然用卡宾枪射击行驶中的西武电车。一名乘客被打死。

③ 宋成有、李寒梅：《战后日本外交史（1945～1994）》，第153～156页。

④ “Memorandum of Discussion at the 404th Meeting of the National Security Council,” April 30, 1959, in *FRUS*, *1958 - 1960*, Vol. 18, Japan; Korea, pp. 159 - 160.

估”报告（NIE 41～60）。报告认为，日本在防务和贸易方面严重依赖美国及其他非共产党国家。在这种情况下，只要《日美共同合作和安全保障条约》获得批准，日本经济不出现严重衰退，今后两三年内日本的外交政策就不会发生重大转变。根据新近签署的《日美共同合作和安全保障条约》，美国可以继续使用日本的军事基地。一般来说，今后五年内日本会继续坚决反对在其领土上部署核武器。此外，改善对华关系并最终实现中日关系正常化仍将是日本政府重要的外交政策目标。一旦中国做出缓和姿态，日本便可能同意与中国发展贸易及其他关系。如果中国加入联合国或其他主要国家承认中国，那么接下来实现中日邦交正常化将有可能被列入日本的议事议程。更糟糕的是，苏联人造地球卫星发射成功使日本对美国的军事威慑力产生了怀疑，日本人的中立情绪因此呈现上升之势。[①] 新的对日政策呼之欲出。

1960年6月11日，美国对日政策纲领性文件NSC6008/1出笼。与NSC5516/1号文件相比，NSC6008/1号文件在坚持对日“渐增军备”的同时更加重视日本的政治稳定、经济发展及其在加强“自由世界”力量方面所能做出的政治经济贡献，更加关注日本独立自主意识的增强并首次提出以“平等伙伴精神”指导美国对日政策。

政治上，继续支持日本反共；将平等伙伴精神作为处理美日关系的指导原则，涉及美日共同利益的问题，由双方政府协商解决；推动日本与其他“自由国家”友好关系的进一步发展，

---

① “National Intelligence Estimate,” February 9, 1960, in *FRUS*, *1958 - 1960*, Vol. 18, Japan; Korea, pp. 286 - 288.

促进日韩邦交正常化；促使日本对亚非国家施加有益的影响，并以日本为例在欠发达国家中宣传“自由制度”框架下迅速取得经济进步的可行性。

军事上，“鼓励日本加强军事力量，使之在防卫本土方面承担更大的责任，进而与美军一起制止共产党在太平洋的侵略。不过，在此过程中，要避免对其施加可能产生负面效应的压力。如果日本主动提出希望更加积极地保护自由世界在远东的利益，应给予肯定的答复。但除非情况允许，否则不宜推动日本这样做”。同时，“继续就日本防务力量发展的速度、方向以及美国军援的范围、性质问题与日本政府协商。在避免损害日本政治经济稳定的前提下，鼓励其进一步加强防务力量并实现军队的现代化”。此外，还应“与日本政府协商双方共同关心的安全防务问题，使其更好地理解自由世界安全条约促进共同安全的作用以及地区安全努力的重要性，但不能在加入集体安全条约方面向日本政府直接施加压力”。由此可见，此时美国仍坚持对日“渐增军备”的原则，并彻底放弃了“西太平洋集体防务协定”构想。

经济上，“鼓励日本保持强大、健康、自立且不断发展的经济，进而提高当地的生活水平，向欠发达国家提供更多的资本，为自由世界贡献更大的力量”。[①]

简言之，50 年代中期以后美国国家安全基本政策的调整和亚洲政策的重审对 1957 ~ 1961 年美国对韩国政策转变的主要影响是：美国在国家安全基本政策中对盟国地位和作用的重视、

① “NSC6008/1, United States Policy Toward Japan,” June 11, 1960, in *DNSA*, PD00607.

在亚洲政策中对非共产党国家独立自主意识或多或少的关注及在对日政策中以平等伙伴精神指导美日关系未来的发展预示着美韩同盟关系向平等方向转化的趋势；美国在国家安全基本政策和亚洲政策中对欠发达国家政治稳定和经济发展的强调是更加重视韩国政治经济发展的征兆；美国在亚洲政策中提出欠发达国家政治、经济和社会发展之间相互促进的原则成为未来美国对韩国政策的基本导向；美国在国家安全基本政策和亚洲政策中不断夸大中国对"自由世界"安全的"威胁"、在亚洲由"军事援助优先"向"经济援助优先"转变的受挫及在对日政策中"渐增军备"原则的依然有效昭示着美国对韩国政策由军事发展优先向政治经济发展优先转变的限度。

二　美国对韩国政策的调整

在经济与军事安全的关系方面，艾森豪威尔政府一直奉行"大平衡"思想，非常重视维持收支平衡。然而，经济安全在美国的冷战战略中终究还是受到了损害。50 年代中期以后，巨额的外援开支与美国资源有限的矛盾日益凸显，"大平衡"原则渐渐地难以为继。① 毋庸置疑，每年吞噬掉美国约 10 亿美元援助的韩国对此难辞其咎。② 而且，根据 1956 年普罗克诺委员会

① 〔日〕李钟元：《东亚冷战与韩日美关系》，东京大学出版会，1996，第 219 页。

② "Memorandum of Discussion at the 276th Meeting of the National Security Council, Washington," February 9, 1956, in *FRUS*, *1955 - 1957*, Vol. 23, Part 2, Korea, p. 217.

(Prochnow Committee) 对韩国政策研究报告，如果继续执行当前对韩国的军事和经济建设计划，今后五年，该计划每年将耗费美国6.5亿~9亿美元。其中，仅维持现有韩军一项就无限期地要求美国每年支出大概6.5亿美元。委员会认为，目前解决这一问题的唯一可行方案是“减少军事花费”。[①] 另外，维持近70万的军队也使韩国经济不堪重负。1953~1958年间，韩国军费支出占政府总开支的比重平均在一半以上。因此，1956年韩国国民生产总值的增长速度陡然下滑，通货膨胀率日益严重，价格指数持续上涨，失业率居高不下。[②] 于是，美国开始考虑削减韩军。

1956年9月，在美国国家安全委员会第297次会议上，与会者纷纷提出了总体海外支出与收支平衡状况日益恶化的问题。财政部长汉弗莱认为，“美国必须尽快想办法削减10亿美元的海外支出”。“削减的办法是先确定美国能够承担的海外支出的准确数额，然后再根据该数额调整个别地区的计划。”艾森豪威尔对此提出异议。他说，“韩国为美国提供了一个很好的实验室，有助于我们决定在全球支出方面应该做些什么”。实际上，

① 1955年12月8日，美国国家安全委员会成立了专门负责协调对土耳其、伊朗、巴基斯坦、越南、台湾和韩国军事经济援助计划的部际委员会（即普罗克诺委员会），该委员会对韩国政策研究报告参见“Memorandum from the Officer in Charge of Economic Affairs in the Office of Northeast Asian Affairs (Ockey) to the Deputy Assistant Secretary of State for Far Eastern Economic Affairs (Jones)，” June 8，1956，in *FRUS*，*1955 - 1957*，Vol. 23，Part 2，Korea，pp. 281 - 282。

② Yong-Pyo Hong，*State Security and Regime Security*：*President Syngman Rhee and the Insecurity Dilemma in South Korea*，*1953 - 1960*，pp. 105，110.

艾氏是想从解决个别地区的问题入手来削减10亿美元的海外支出。最后，艾森豪威尔的意见占了上风，他命令参谋长联席会议准备一份报告，确定今后两年符合美国在韩国利益的驻韩美军和韩军的最低水平。[①] 以上做法反映出艾森豪威尔削减海外开支的态度仍然不十分坚决，在其心目中，所谓"国家安全"依然是主要考虑。[②]

与此同时，美国还面临着驻韩美军现代化和改善韩军装备的问题。朝鲜战争结束后，由中立国监察委员会（Neutral Nations Supervisory Commission，NNSC）负责监督停战协定的实施。[③] 然而，不久"联合国军"司令部和韩国均指责共产党国家"违反"停战协定，向朝鲜秘密提供先进的军事装备，打破了朝鲜半岛内部原有的军事平衡。于是，1956年6月9日"联合国军"司令部把在韩国的中立国监察委员会成员驱逐到板门店。在1957年6月21日板门店军事停战委员会会议上，"联合国军"司令部又以共产党"违反"朝鲜停战协定第13－d款（主要内容为禁止提高韩国和朝鲜军队的战斗力）为由，宣布不再

① "Memorandum of Discussion at the 297th Meeting of the National Security Council, Washington," September 20, 1956, in *FRUS*, *1955－1957*, Vol. 23, Part 2, Korea, pp. 312－314.

② 艾森豪威尔在1957年1月31日第311次国家安全委员会会议上的一番话进一步对此作了注解：对美国来说，外援不仅仅是一个承受能力的问题。如果美国在与共产党的斗争中失去了一些重要地区，后果将是非常严重的。"Memorandum of Discussion at the 311th Meeting of the National Security Council, Washington," January 31, 1957, in *FRUS*, *1955－1957*, Vol. 23, Part 2, Korea, pp. 400－401.

③ 《朝鲜问题文件汇编》（第一集），世界知识出版社，1960，第460～461、466～467页。

接受该条款的限制。[①] 期间，为了恢复朝鲜半岛内部的“军事平衡”、更新驻韩美军和韩军的军事装备并使李承晚政府同意削减韩军，美国开始讨论在韩国部署包括“两用武器”（在功用上既可以作为常规武器，又可以作为原子武器的一类武器）在内的大量新式军事装备的问题。[②]

以上诸问题促进了美国对韩国政策的重审。1957 年 8 月 9 日，作为政策重审结果的 NSC5702/2 号文件出台，取代了 NSC5514 号文件。该文件分为“目标”、“主要政策指针”和“加强韩国”三部分，与 NSC5514 号文件相比增加了“主要政策指针”部分。

“目标”部分：NSC5702/2 号文件的长期目标与 NSC5514 号文件完全一致；在当前目标方面，NSC5702/2 号文件除了像 NSC5514 号文件那样强调韩国的安全外，还提出鼓励韩国进一步发展稳定的民主制度并加强与其他亚洲“自由国家”间的合作关系、推动韩国获得最快的经济发展速度、促使韩国按照联合国宪章

---

① “Editorial Note,” in *FRUS*, *1955 - 1957*, Vol. 23, Part 2, Korea, p. 1; “Memorandum from the Chairman of the Joint Chiefs of Staff (Radford) to the Secretary of Defense (Wilson),” February 2, 1955, in *FRUS*, *1955 - 1957*, Vol. 23, Part 2, Korea, pp. 15 - 16; “Circular Telegram from the Department of State to Certain Diplomatic Missions,” June 8, 1956, in *FRUS*, *1955 - 1957*, Vol. 23, Part 2, Korea, p. 280; “Telegram from the Embassy in Korea to the Department of State,” June 21, 1957, in *FRUS*, *1955 - 1957*, Vol. 23, Part 2, Korea, pp. 460 - 461.

② “Report Prepared by the Operations Coordinating Board,” November 30, 1955, in *FRUS*, *1955 - 1957*, Vol. 23, Part 2, Korea, p. 189; “Memorandum for the Record of a Meeting, Washington,” September 11, 1956, in *FRUS*, *1955 - 1957*, Vol. 23, Part 2, Korea, pp. 305 - 309.

处理对外关系并同意签署“西太平洋集体防务协定”。其中，作为政治和经济目标的前两者被置于安全目标之前，这表明 NSC5702/2 号文件比 NSC5514 号文件更加重视韩国的政治经济发展。

“主要政策指针”部分：NSC5702/2 号文件依旧认为，美国对韩国强大的政治、军事和经济支持对于阻止共产党集团统治整个朝鲜半岛十分必要。同时，“美国也应重视减少韩国对美援的依赖并推动韩国在实现经济自立这个最终目标的过程中取得更大的进步。”

“加强韩国”部分：军事上，NSC5702/2 号文件进一步将 NSC5514 号文件提出的提高韩国现役军队战斗力和削减韩国现役军队两个政策目标具体化。具体地说，1958 年财政年度间，现驻韩美军仍旧驻韩并逐步实现现代化。关于韩军，美国将与李承晚政府协商削减韩国现役军队，至少削减四个师，并尽量少增加预备役师，同时支持韩军实现部分现代化。另外，“在充分考虑敌人的情况、初步削减韩军的影响以及美国全球军援计划水平的前提下，计划在长期内进一步逐渐削减韩军”；政治上，与 NSC5514 号文件相同，NSC5702/2 号文件仍然认为美国应尽可能通过联合国加强韩国政府及其民主制度并鼓励韩国与其他亚洲“自由国家”进行合作。变化之处为该文件强调要“努力促使韩国政府和政治领导人支持美国的重要外交政策”；经济上，NSC5702/2 号文件提出“应为韩国提供有助于支持韩国军队、保持类似于当前必要消费水平的经济技术援助”。这与 NSC5514 号文件大体一致。不同的是，NSC5702/2 号文件不再像 NSC5514 号文件那样强调韩国经济的重建和“重点加强那些能很快提高生产水平的部门”，而是着眼于在完成重建工作的基础上为韩国经济持续增长打下坚实的基础，进而逐渐提高韩国经济的自立程度。[①]

总之，与 NSC5514 号文件相比，NSC5702/2 号文件的特点主要表现为：为了维持“大平衡”原则，在保证韩国安全的前提下，强调减少韩国对美援的依赖；依然坚持 NSC5514 号文件所确立的韩国军事力量发展优先于经济力量发展的原则（主要表现为开始着手实现驻韩美军现代化和韩军部分现代化以及对韩国援助政策中军事援助优先于经济援助的规定），在此基础上较以往或多或少地增加了对韩国政治民主和经济自立尤其是后者的关注。

1958～1959 年，根据对韩国军事计划的改变，美国两次进行局部政策修订，NSC5817 号文件和 NSC5907 号文件随之产生。除军事计划外，NSC5817 号文件与 NSC5702/2 号文件完全一致。在军事方面，NSC5817 号文件规定，1959 年财政年度间，现驻韩美军依旧驻韩并逐步实现现代化；继续劝说韩国同意将韩军削减至 63 万人。但不管协议达成与否，1959 年美国都将只为 63 万韩军提供援助。“计划在 1959 年财政年度间尽可能地进一步逐渐削减韩军。（但）这样的计划要考虑国际形势、敌人的情况、最初削减韩军的影响、对韩国经济的影响、驻韩美军现代化以及美国全球军事援助的整体水平等因素。”在上述诸多条件的限制下，再加上“尽可能地”这一措辞，美国对削减韩军所持的暧昧态度早已跃然纸上。[②]

① “NSC5514, United State Objectives and Courses of Action in Korea,” February 25, 1955, in *DNSA*, PD00452; “NSC5702/2, United States Policy Toward Korea,” August 9, 1957, in *DNSA*, PD00495.

② “NSC5817, United States Policy Toward Korea,” August 11, 1958, in *FRUS, 1958 - 1960*, Vol. 18, Japan; Korea, pp. 483 - 491.

替代 NSC5817 号文件的 NSC5907 号文件分为“目标”、“主要政策指针”和“加强韩国”三部分。“目标”部分：“长期目标”与以往相同；“当前目标”规定，在美国军事行动和后勤支持下，韩军能够与驻韩美军共同抵制朝鲜的单独侵略，阻止朝鲜和中国的联合进攻并以其军事力量向整个亚洲表明韩国反对共产党侵略的决心。其中，表明韩国反共决心的任务是新添加的，这在一定程度上说明美国提高了对韩国军事力量发展水平的要求。NSC5907 号文件的“主要政策指针”部分与 NSC5817 号文件的相应部分相同。与 NSC5817 号文件相比，NSC5907 号文件“加强韩国”部分在军事和政治方面有所变化。军事上，NSC5907 号文件规定，继续在韩国驻扎与 1959 年 6 月 30 日驻韩美军力量相当的美军并逐步实现驻韩美军现代化。同时，文件删去“削减韩军”一款，仅在脚注中规定 1959 年只向 63 万韩军提供援助。政治上，NSC5907 号文件在“在可行的情况下通过联合国加强韩国的政治民主制度”一款后轻描淡写地加上了“向韩国政府表明美国对加强其民主制度的重视”的字样，我们姑且把它当成是美国对 1958 年末以来韩国政治动荡的无力回应。①

实际上，NSC5817 号文件和 NSC5907 号文件在对韩国政策原则方面与 NSC5702/2 号文件基本一致：在不影响美国安全利益的前提下，为了减轻援助负担，与韩国协商削减韩军；依然坚持韩国军事力量发展优先于经济力量发展的指导方针。在此范围内，有限地增加了对韩国政治民主、经济自立尤其是对后者的关注。同

① “NSC5907, United States Policy Toward Korea,” July 1, 1959, in *FRUS, 1958–1960*, Vol. 18, Japan; Korea, pp. 571–579.

时，上述政策演变过程也说明，面对韩国的经济停滞和政治动荡，美国决策的僵化或者说美国对韩国政策转变的艰难性和渐进性。

在以上政策基本原则的指导下，1957～1960年，美国或多或少地增加了对韩国政治民主和经济发展的关注，包括规劝李承晚政府按照民主原则行事、削减韩国现役军队以及促使韩国重视长期经济发展等。[①] 不过，多数情况下，艾森豪威尔政府的政策意图未能得以实现，以至于被迫将更多的注意力放在了维持韩国政治经济稳定方面。究其原因，主要有三点。第一，美国片面夸大共产党国家对韩国“军事威胁”的程度。例如，1958年中国军队全部撤出朝鲜，但美国决策者坚持认为这并未改变朝鲜半岛的军事战略形势。又如，1960年11月22日，美国的一份国家情报评估（NIE. 1－2－60）提出，韩国要想实现经济自立，就必须削减韩军。韩国民主党在竞选纲领中也提出要削减10万军队，将节省下来的资金用于经济发展。美国参谋长联席会议却坚持认为，进一步削减韩军会危及韩国安全。结果，再次削减韩军的建议一度被束之高阁。[②] 第二，1956年美国

① Donald Stone Macdonald, *U. S. -Korea Relations from Liberation to Self-Reliance: The Twenty-Year Record*, pp. 199－208; “Telegram from the Commander in Chief, United Nations Command (Decker) to the Department of State,” February 12, 1958, in *FRUS, 1958－1960*, Vol. 18, Japan; Korea, pp. 438－439; “Telegram from the Commander in Chief, United Nations Command (Decker) to the Department of State,” November 19, 1958, in *FRUS, 1958－1960*, Vol. 18, Japan; Korea, pp. 505－507; Adrian Buzo, *The Making of Modern Korea*, p. 105.

② “Memorandum of Discussion at the 470th Meeting of the National Security Council,” December 20, 1960, in *FRUS, 1958－1960*, Vol. 18, Japan; Korea, pp. 711－712; John Kie-Chiang Oh, *Korean Politics: The Quest for Democratization and Economic Development*, p. 47.

决定重新制定对韩国政策的基本出发点是减少韩国对美援的依赖及加强驻韩美军和韩军的战斗力，促进韩国的政治经济发展并非此次政策转变的主要动力。第三，美国促进韩国政治经济发展政策的执行效果不仅取决于该政策本身，还取决于韩国政府的配合。李承晚政权的主要目标是在维持自身统治的前提下保持美国对韩国的支持，反共反日以及实现韩国主导下的朝鲜半岛统一，政治民主和经济发展位居其次。[①] 惟其如此，该政府多次以美国干涉韩国内政为由抵制华盛顿的建议，导致美国的许多政策设想落空。

1957～1960 年，美国调整了国家安全基本政策和亚洲政策，这构成了美国对韩国政策重审的宏观背景。与此同时，韩国的发展状况进一步推动美国改变 1957 年以来相对僵化的政策。1960 年 4 月李承晚政权倒台后，许政作为代总统临时组成看守政府。8 月，民主党人张勉上台。数月后，美国第 42.1－2－60 号国家情报评估报告（NIE42.1－2－60）对此后几年韩国的发展前景做出了如下预测：政治上，张勉政权不易保持国会的多数支持，韩国领导层更迭和政治力量重组的可能性依然存在，人民的情绪仍不稳定；经济上，韩国面临的主要的长期问题仍是经济贫困。由于资源贫乏、军费负担沉重以及国家分裂，在可预见的将来韩国不可能实现经济自立；军事上，大批有经验的高级军官的离职以及随后必要的再培训和整顿削弱了韩国的军事实力。而且，由于警察大改组，韩军在维持国内稳定方面仍发挥重要作用；对外关系上，张勉政府可能愿意与日本协商

① Adrian Buzo, *The Making of Modern Korea*, pp. 105－106.

解决两国关系中存在的突出问题，但实现关系正常化的障碍依然很多。为了抵制共产党的再次“侵略”并推动经济发展，韩国国民一致希望加强与美国及西方的关系。然而，韩国新近产生的民族主义情绪以及对统一的渴望之情和对东西方对抗中韩国软弱地位的不满可能会使当地人民更加倾向于选择中立路线并削弱美国对韩国发展的“指导”作用。[①]

韩国政局的突变以及美国对韩国未来发展形势的预测促使艾森豪威尔政府制定新的对韩政策。1960 年 11 月 28 日，国家安全委员会计划委员会起草出一份题为“美国对朝鲜政策”的文件草案，编序为 NSC6018。该文件经过 12 月 8 日和 12 月 20 日国家安全委员会会议两次讨论修改，成为 NSC6018/1 号文件。1961 年 1 月 18 日，该文件获得艾森豪威尔总统批准，取代了 NSC5907 号文件。NSC6018/1 号文件包括“目标”和“主要政策指针”两部分。“目标”部分分为长期目标和暂定目标。长期目标是：“统一后的朝鲜具有自立且不断增长的经济；它所拥有的自由独立的代议制政府能够有效地满足公众愿望和处理社会问题；该政权对美国及其他自由世界国家友好、有能力保证国内安全并能够强有力地抵制外部袭击。”与 NSC5907 号文件的“长期目标”相比，以上规定进一步突出了统一后朝鲜经济的增长并具体界定了朝鲜政府的职责。NSC6018/1 号文件的“暂定目标”较以往更加强调韩国的政治民主、社会稳定与经济自立，

① “Memorandum of Conference with President of Eisenhower,” September 14, 1960, in *FRUS*, *1958 – 1960*, Vol. 18, Japan; Korea, p. 691; “National Intelligence Estimate,” November 22, 1960, in *FRUS*, *1958 – 1960*, Vol. 18, Japan; Korea, pp. 697 – 698.

即“推动韩国建立强有力的、稳定的政府和社会，其政策、制度以及建设性的行动计划将不断促进国家统一和进步，满足公众愿望，减少腐败并实现自由世界有关个人自由和社会公正的愿望”。同时，“促使韩国取得有益于政治和社会稳定的经济进步，减少对外部军事和经济援助的依赖，最终走向经济自立”。此外，该文件的“暂定目标”放弃了促使韩国签订“西太平洋集体防务协定”的构想，这与 NSC5913/1 和 NSC6008/1 号文件的有关规定相契合。①

“主要政策指针”部分囊括十方面内容，依次为国内政治与社会发展、经济发展、改革和发展计划、国际关系、联合国代表权、保卫韩国、韩国军队、统一、北朝鲜以及美韩关系。从次序来看，与 NSC5907 号文件“加强韩国”部分的军事、政治、经济次序相比，NSC6018/1 号文件将政治民主和经济自立放在了更为显著的位置。去其粗末，可以从四个角度概括“主要政策指针”部分的新意所在。

第一，重视韩国的政治与社会发展，鼓励韩国进行诸多方面的改革，强调韩国政府要对自身发展承担更多的责任。文件认为，应“向韩国领导人强调，无论其面临的短期问题是什么，作为一个独立自治的国家，韩国的长期生存能力取决于他们如何满足人民对社会进步和个人尊严的渴望”；“鼓励韩国领导人制定与自由世界原则相一致的适当的国家目标”，将日益加深的民族情感转化为对改革和发展计划的支持，防止其倒向专制主

① “NSC6018/1, United States Policy Toward Korea,” January 18, 1960, in *DNSA*, PD00620.

义、马克思主义或中立主义；鼓励并协助韩国政府努力实施适当的、与民主原则相一致的教育、情报和国内安全计划，包括政府内部强有力的反腐败运动；“鼓励、协助韩国领导人制订并完成经济、劳工、军事、教育和文化计划”，这些计划应该不受政府更迭的影响，并有利于全体人民。同时，“努力确保上述计划符合自由世界的原则和目标，但要按韩国人的想法设计执行。在计划的选择、宣传和完成方面，应有利于增强公众对韩国政府的（组织）原则、制度和领导人的合法性以及效率的信任”。[①]

第二，鼓励韩国努力获得经济自立，有计划地发展韩国经济，逐渐减少对韩国经援中的赠与部分，减轻援助负担。文件规定：应“鼓励韩国竭力实现经济自立，促使韩国政府和人民相信他们具有这方面的能力”；“鼓励、协助韩国通过以下途径立即推出并强有力地执行建立合理国家经济财政基础的计划和政策：改革外汇制度，以减少进口并促进本国产品的出口及内销，实现韩日商业关系正常化，消除多余的官僚控制，改革税收结构，改善商业运行机制以及实现税收利用率合理化”；“鼓励、协助韩国推出并实行推动经济进步和稳定的计划和政策”，在尽量维持现有人均消费水平的同时增加投资，更好地利用国内外私人资金，更有效地利用人力物力资源以及发展劳动密集型产业等；逐渐减少对韩国经援计划中的赠与部分。[②]

① “NSC6018/1, United States Policy Toward Korea,” January 18, 1960, in *DNSA*, PD00620.

② “NSC6018/1, United States Policy Toward Korea,” January 18, 1960, in *DNSA*, PD00620.

第三，在一定程度上降低对韩国防务力量的要求，重新确定韩国军队在国民生活中的作用。文件决定将韩国的防务与驻扎在远东的美军及其他“自由世界国家”的军事力量联系起来即“应在韩国保持足够的美军及支援力量，确保其能够与远东的韩军、其他的美军和自由世界军队一起通过联合国军司令部迅速有效地抵制共产党对韩国的侵略行动”。而且，还要“促使韩国军事领导人理解军队在国民生活中的适当作用，包括政治中立、拥护文官政府、支持政府在军队中的反腐计划、在尽可能与其基本军事职责相一致的前提下，将军队的技术和人力用于发展计划，促进民用经济的发展。①

第四，促使美韩关系向更加平等的方向发展。文件认为，应“以平等伙伴精神指导美韩关系及美国在韩国的行动，凡涉及共同利益的事情要与韩国政府协商”。同时，“在保证正确执行美国对韩国政策的前提下，将美国在韩国组织机构的人员和设施的规模及行动的程度和范围降至最低”。②

NSC6018/1 号文件的问世表明，在艾森豪威尔政府即将卸任之时，美国将注意力更多地放在了韩国的政治民主与经济发展上。其中，将美国对韩国经济计划建立在韩国长期经济发展的目标基础之上以及利用韩国军队促进政治稳定和经济进步的思想充分说明了美国已不再像以往那样过分强调韩国军事力量的发展。文件还十分重视韩国政治、经济和军事发展之间的关

① “NSC6018/1, United States Policy Toward Korea,” January 18, 1960, in *DNSA*, PD00620.

② “NSC6018/1, United States Policy Toward Korea,” January 18, 1960, in *DNSA*, PD00620.

系，认为三者应相互促进、共同进步。而且，在该文件看来，韩国政府应对自身发展承担更多的责任。相应的，美国也将更加尊重韩国的立场并推动美韩关系向更加平等的方向发展。

通过进一步考察，还可以发现：此时艾森豪威尔政府并没有从韩国“军事力量发展优先”的原则上彻底“后退”。[①] NSC6018/1号文件依旧认为，应继续向韩国提供“有助于支持韩国军队、支持韩国努力获得经济进步并最终达到经济自立的经济技术援助”。而且，在削减韩军问题上，华盛顿的态度仍然不十分坚决，主张“在与美国政策目标相一致的前提下，按照韩国政府可能提出的建议与其达成有关裁减韩军的协议”。[②] 这样，美国便把削减韩军的主动权拱手让给了韩国。从这个角度讲，NSC6018/1号文件仅仅表明了艾氏政府放弃对韩国“军事力量发展优先”原则的趋势，而非实际意义上的彻底转变。

三　政治动荡与经济衰退

1. 两难境地：顽固的独裁抑或无力的民主

【民意难违：李承晚政权的土崩瓦解】就韩国政治发展而

① “National Intelligence Estimate,” November 22, 1960, in *FRUS*, *1958 - 1960*, Vol. 18, Japan; Korea, p. 697; “Memorandum of Discussion at the 477th Meeting of the National Security Council,” December 20, 1960, in *FRUS*, *1958 - 1960*, Vol. 18, Japan; Korea, pp. 711 - 712.

② “NSC6018/1, United States Policy Toward Korea,” January 18, 1960, in *DNSA*, PD00620; “Memorandum of Discussion at the 477th Meeting of the National Security Council,” December 20, 1960, in *FRUS*, *1958 - 1960*, Vol. 18, Japan; Korea, p. 713.

言，1958 年是关键的一年。那时李承晚已 83 岁高龄，记忆力减退，注意力难以集中，反应越来越迟钝，很难事无巨细地掌控国家事务，开始将更多事务交付手下处理。反过来，为了尽量避免某些国务刺激李承晚，他的夫人和助手们又严格控制其信息来源，致使李承晚仅能了解经过筛选和过滤的片面国情。与此同时，自由党内“强硬派”的势力不断上升，渐渐掌握了国内事务的决策权。这些人决心不择手段地镇压日益壮大的反对党，全力维护李承晚及自由党的独裁统治。①

1957 年，民主党要求修改国会选举法，自由党最初对此事避而不谈。9 月中旬，它突然改变态度，表示接受民主党的建议，并着手与保守的在野势力协商。自由党采取的是以退为进的策略：一方面通过同部分民主党人的协商加深该党的分裂；另一方面借机在新的选举法中增加“拒绝国会记者团 24 小时采访”的条款，加强对新闻舆论的控制。协商过程中，各方代表矛盾重重。后来美国使馆官员进行了非正式的调停，以若干民主党领导人的辞职和牺牲言论自由为代价换取了矛盾各方的妥协。1958 年 1 月 1 日，保守三党代表李起鹏（自由党）、赵炳玉（民主党）和张泽相（政友会）达成协议，通过了《选举法修正案》（史称“协商选举法”）。该修正案的特点是禁止一段时期以来新闻界所进行的有利于在野党的反政府报道，以此换取警察不再介入选举。5 日，韩国新闻编辑协会发表声明，号召全国新闻界人士“为恢复限制言论所受侵犯的民权，与国民共同

① Yong-Pyo Hong, *State Security and Regime Security: President Syngman Rhee and the Insecurity Dilemma in South Korea, 1953 - 60*, pp. 124 - 126.

愤然崛起”，开展坚决的斗争。同日，《朝鲜日报》发表《吊第三届国会的悼词》，强烈谴责自由党践踏人民言论自由的罪行。17日，《京乡新闻》、《东亚日报》、《朝鲜日报》和《韩国日报》等媒体共同发表声明，抨击政府剥夺国民言论自由的行为。李承晚政府对此充耳不闻。[①]

5月2日，韩国举行普选。民主党议员由47席上升至79席，第一次获得三分之一以上的席位，具有了阻止宪法修正案通过的能力。自由党赢得126席，仍占据多数席位，但失去了绝对多数的优势。更值得注意的是，在城市地区，民主党赢得了69%的选票，自由党仅得21%；在农村地区，自由党赢得了66%的选票，民主党仅得21%。这意味着自由党已经完全退化为乡村党。[②] 面对眼前的局面，民主党士气大振，自由党却忧心忡忡，以至于在10月的国会补缺选举中采取了诸多舞弊手段，可仍未能阻止民主党获得与之几乎相当的选票。[③]

在此前后，日益担心失去执政地位的李承晚和自由党进一步加强了对人民及反对党的控制，主要措施包括制造“进步党事件”、修改《国家安全法》和《地方自治法》以及查封《京乡新闻》。

---

① 曹中屏、张琏瑰：《当代韩国史（1945～2000）》，第158～159页；Donald Stone Macdonald, *U. S. -Korean Relations from Liberation to Self-Reliance: The Twenty-Year Record*, p. 169.

② Andrew C. Nahm, *Korea: Tradition & Transformation, A History of the Korean People*, p. 434; Chung-in Moon & Sang-young Rhyu, "'Overdeveloped' State and the Political Economy of Development in the 1950s: A Reinterpretation," *Asian Perspective*, Vol. 23, No. 1 (1999), p. 193.

③ Donald Stone Macdonald, *U. S. -Korean Relations from Liberation to Self-Reliance: The Twenty-Year Record*, p. 170.

1958年1月12～15日，韩国陆军特务队以所谓间谍罪逮捕了进步党委员长曹奉岩、副委员长朴己出、干事长尹吉重、组织部长金吉哲等人，查封了进步党中央办事处，并没收了各地区党员名册。接下来，政府又以违反《国家安全法》为由拘留了进步党下属团体“和平统一研究会”成员朴俊吉等人。更荒唐的是，李承晚政权还“根据”“美国军政府第55号法令”宣布进步党为非法。2月8日，汉城法院分别以间谍罪、间谍协助罪和违反《国家安全法》罪对14名进步党主要领导人提起公诉。6月17日，起诉人要求判处曹奉岩死刑。①

美国的态度如下：曹奉岩曾是共产党分子，主张“和平统一”，但并没有证据表明其参与颠覆活动；李承晚政府此举是为了压制进步党，阻止“和平统一”思想的进一步传播，警告其他反对党；曹奉岩被判处死刑不仅会给共产党提供极好的宣传材料，还会使其他国家难以看到美国在推动韩国政治民主方面所取得的进步。② 6月23日，道林大使会见了韩国国会发言人李起鹏，从非官方的角度对“进步党事件”表示严重关切，希望不要判处曹奉岩死刑。后者仅承诺尽力而为。③

---

① 曹中屏、张琏瑰：《当代韩国史（1945～2000）》，第159页；“Editorial Note,” in *FRUS, 1958－1960*, Vol. 18, Japan; Korea, p. 461; Donald Stone Macdonald, *U. S. -Korean Relations from Liberation to Self-Reliance: The Twenty-Year Record*, pp193－194.

② “Memorandum from the Director of the Office of Northeast Asian Affairs (Parsons) to the Deputy Assistant Secretary of State for Far Eastern Affairs (Jones),” February 3, 1958, in *FRUS, 1958－1960*, Vol. 18, Japan; Korea, pp. 433－434;“Editorial Note,” in *FRUS, 1958－1960*, Vol. 18, Japan; Korea, p. 461.

③ “Editorial Note,” in *FRUS, 1958－1960*, Vol. 18, Japan; Korea, p. 462.

7月，汉城法院宣布曹奉岩与共产党确有来往，但进步党党纲并不违反《国家安全法》。最终，曹奉岩被判处五年徒刑。10月，李承晚政府颁布法律，建立法官任命制，赋予总统否决高级法官提出的法官任命建议的权力。在政府的高压下，10月27日受理上诉的法院二审驳回了汉城法院的判决，宣布曹奉岩犯有间谍罪，其统一主张意味着要推翻政府，因而判处他死刑。[①] 美国国务院再次指示道林与韩国政府官员接触，呼吁他们考虑判处曹奉岩死刑的国内外影响。这使道林非常为难。他认为美国一向主张司法独立，现在却来干涉韩国法院的判决，这样做不合适。[②] 1959年2月27日，韩国高级法院宣布维持对曹奉岩处以死刑的原判。5月5日，曹奉岩要求高级法院重审。7月30日，该请求遭到拒绝。第二天，曹奉岩被处死。随后，国民警察厅厅长还警告报界不要对此事进行补充报道，理由是这样做不但会“刺激公众情绪”，而且会“给敌人带来好处”。出版界和反对党一致抗议，要求官方做出合理解释。无奈，政府荒唐地抛出了1921年日本总督府禁止报道死刑囚犯的命令。[③]

美国国务院对这一独裁行为又惊又怒，命令道林向李承晚

---

① Yong-Pyo Hong, *State Security and Regime Security: President Syngman Rhee and the Insecurity Dilemma in South Korea, 1953 - 60*, pp. 114, 133 - 134.

② Donald Stone Macdonald, *U. S. -Korean Relations from Liberation to Self-Reliance: The Twenty-Year Record*, p. 194.

③ "Editorial Note," in *FRUS, 1958 - 1960*, Vol. 18, Japan; Korea, p. 462; Yong-Pyo Hong, *State Security and Regime Security: President Syngman Rhee and the Insecurity Dilemma in South Korea, 1953 - 60*, p. 134; "Rhee Opponent Hanged," *New York Times*, August 1, 1959, p. 3.

指出处决曹奉岩所带来的国内外不良影响。当时，“恰逢”李承晚外出，道林只见到了韩国外长。后者声称，虽然有时得不到国际社会的理解，但韩国仍要严厉打击共产主义。事后，道林分析说，自由党已不再寄希望于争取人民支持，只要不影响韩美关系，李承晚政府会继续强迫反对党和公众放弃反抗活动。[①]

在“进步党事件”中，为什么美国没有对韩国施加更大的压力呢？一方面，可能是为了尽量避免被指责为“干涉韩国内政”；但另一方面，更重要的还是因为冷战思维在作祟。在1956年韩国总统大选中，进步党领导人曹奉岩获2164000张选票，占总选票数的近24%。[②] 韩国自由党、民主党以及美国对此都很震惊。在艾森豪威尔政府看来，进步党势力的陡然上升表明韩国社会潜藏着反对资本主义的情绪。于是，为了削弱进步党和独立派人士，美国努力促使自由党和民主党就前述的“协商选举法”达成妥协。该法颁布后，自由党得以更好地控制新闻舆论，民主党则借此获得了平等地参加选举管理委员会的权利。在美国的敦促下，自由党和民主党还采纳了选举保证金制度，要求参与国会竞选的公民必须首先在政府寄存一定数额的资金。这使囊中羞涩的独立派人士和进步党成员难以参加国会议员竞选。最终，美国如愿以偿，独立派人士和进步党在1958年国会

① Donald Stone Macdonald, *U. S. -Korean Relations from Liberation to Self-Reliance: The Twenty-Year Record*, p. 194.

② “Memorandum from the Director of the Office of Northeast Asian Affairs (Parsons) to the Deputy Assistant Secretary of State for Far Eastern Affairs (Jones),” February 3, 1958, in *FRUS*, *1958 – 1960*, Vol. 18, Japan; Korea, p. 433.

选举中“彻底败北”。[①] 当年7月11日，美国驻韩使馆对韩国普选的评估清楚地表明了这一点：

> 1958年5月2日韩国国会选举的过程及两大主要政党的竞选活动表明当地政治发展进入高峰期。为了达到政治目的并表达内心的不满情绪，反对党提高了叫屈喊冤的调门。但是，（实际上）此次选举比以往好得多。由于两党制稳定发展，两大主要政党绝对主宰着选举。双方在重大问题上展开了强大的选举攻势，这已接近更加发达的民主国家的选举模式。[②]

从这个意义上讲，李承晚处决曹奉岩也是替美国除去了一块心病。

1958年8月，韩国政府以“共产党颠覆活动日趋严重”为借口向国会提交了《国家安全法修正案》。与1948年《国家安全法》相比，该法案更加关注反间谍活动，进一步剥夺了被指控者的公民权和司法权，真实目的无非是限制反对党和新闻出版界的言论自由。这一点连美国驻韩使馆也不得不承认。[③] 在国

① Il-Young Kim, "The Race against Time: Disintegration of the Chang Myun Government and Aborted Democracy," *The Review of Korean Studies*, Vol. 7, No. 3 (2004), pp. 171 - 172.

② "Editorial Note," in *FRUS*, *1958 - 1960*, Vol. 18, Japan; Korea, p. 456.

③ "Airgram from the Embassy in Korea to the Department of State," November 26, 1958, in *FRUS*, *1958 - 1960*, Vol. 18, Japan; Korea, p. 508; Donald Stone Macdonald, *U. S. -Korean Relations from Liberation to Self-Reliance: The Twenty-Year Record*, p. 195.

内的一片反对声中，11月18日，政府将新《国家安全法修正案》和《地方自治法修正案》提交国会审议。新国家安全法草案在审判被指控者的程序方面有所改善，并不再将公开的事实划入"国家机密"的范畴，但依旧宽泛地界定"间谍活动"。依据该草案，凡是反对李承晚的个人或团体，均被视为反政府者，将受到最高刑罚的惩处；禁止任何人传播有利于敌人的错误事实或歪曲新闻，否则将以扰乱民心罪论处；"国家机密"包括军事、政治、经济、社会以及文化等多方面的信息。根据这一界定，揭露李承晚和自由党腐败、受贿和恐怖行为者可能被处以10年徒刑或极刑；凡"诽谤"总统、国会议长以及大法院院长者，均被视为"不敬罪"，判处10年劳役。《地方自治法修正案》则以提高地方官员素质为由，将各地市长和地方公务员的选举制改为总统任命制。①

新国家安全法草案一出台便遭到了新闻出版界和民主党的强烈反对。11月21日，汉城各大报社、通讯社主编和编辑局长举行集会，一致谴责草案侵犯人民自由民主权利，要求政府立即撤回提案。两天后，民主党公开表示，现存法律足以保卫国家安全，《国家安全法修正案》蓄意破坏出版自由，意在扼杀反对党。② 但

① 曹中屏、张琏瑰：《当代韩国史（1945～2000）》，第161～162页；"Airgram from the Embassy in Korea to the Department of State," November 26, 1958, in *FRUS, 1958－1960*, Vol. 18, Japan; Korea, p. 508; Yong-Pyo Hong, *State Security and Regime Security: President Syngman Rhee and the Insecurity Dilemma in South Korea, 1953－60*, p. 126.

② 曹中屏、张琏瑰：《当代韩国史（1945～2000）》，第162页；"Airgram from the Embassy in Korea to the Department of State," November 26, 1958, in *FRUS, 1958－1960*, Vol. 18, Japan; Korea, pp. 508－509.

李承晚依旧固执己见。27日，政府各部部长联合发表长篇声明，呼吁国会通过国安法修正案。理由是：为了保卫自由，韩国正在与“北方共产党傀儡政权”进行一场生死存亡的较量。目前北方进行的颠覆活动十分广泛，技巧也非常高明，现行法律难以对付。第二天，首都警察局局长配合性地宣称汉城地区存在“共产党颠覆国家的重大阴谋”，因此禁止一切室外集会。这使民主党计划在次日举行的反对修改国安法的公众集会中途夭折。①

韩国国安法危机引起美国驻韩使馆的极大关注。为了缓解危机，使馆官员多次与韩国政要和自由党领导人会谈，警告他们限制出版自由会严重影响韩国的国际形象，希望李承晚政府删除国安法修正案中违反出版自由的条款。但后者对此置之不理。同时，美国使馆还劝说韩国民主党领导人在反对修改国安法方面保持克制。② 12月6日，按照驻韩使馆的建议，美国远东事务助理国务卿罗伯逊会见韩国大使梁裕灿，声称韩国国安法修正案存在违反出版自由的条款，该法案的通过会影响韩国的国际形象并引起国际舆论的批评。梁裕灿答应立即将美国的看法转达本国政府。③ 结果，李承晚十分恼怒。他认为：艾森豪威尔政府意欲干预韩国内政，美国驻韩使馆偏袒民主党；如美国固执己见，韩国可能会发生反美示威；民主党正在成为共产党

① “Airgram from the Embassy in Korea to the Department of State,” December 2, 1958, in *FRUS*, *1958 - 1960*, Vol. 18, Japan; Korea, pp. 511 - 512.

② “Airgram from the Embassy in Korea to the Department of State,” December 5, 1958, in *FRUS*, *1958 - 1960*, Vol. 18, Japan; Korea, pp. 513 - 514.

③ “Telegram from the Department of State to the Embassy in Korea,” December 6, 1958, in *FRUS*, *1958 - 1960*, Vol. 18, Japan; Korea, pp. 514 - 515.

的工具。倘若反对派报纸继续“追随共产党路线”并“滥用”出版自由，政府将查封它们。韩国司法部长也表明，美国没有真正理解韩国修改国安法的目的，韩国无意压制出版界或反对党。[①] 最终，艾森豪威尔政府做出了让步。12 月 23 日美国国务院发言人发表声明，声称国安法问题是韩国的内部事务，美国不做任何评价。[②]

12 月 24 日，在李承晚并不完全知情的情况下，李起鹏等身穿防弹衣，借用“警护权”调集 300 名武装警察包围了国会议事堂，先把正在静坐的在野党议员拖到地下室，随后召开只有自由党议员参加的国会会议，通过了《新国家安全法》、《新地方自治法》以及 1959 年预算案。[③] 此举在韩国国内引起强烈反响，民主党宣称以上法案无效，釜山、大邱、全州等地的民众先后举行抗议示威，各大报纸纷纷发表抨击性文章。[④]

---

① "Memorandum from the Director of the Office of Northeast Asian Affairs (Parsons) to the Assistant Secretary of State for Far Eastern Affairs (Robertson)," December 12, 1958, in *FRUS, 1958 - 1960*, Vol. 18, Japan; Korea, pp. 515 - 516.

② Donald Stone Macdonald, *U. S. -Korean Relations from Liberation to Self-Reliance: The Twenty-Year Record*, p. 196.

③ 董向荣：《韩国起飞的外部动力：美国对韩国发展的影响（1945～1965）》，第 145～146 页；曹中屏、张琏瑰：《当代韩国史（1945～2000）》，第 162 页；"Telegram from the Embassy in Korea to the Department of State," December 24, 1958, in *FRUS, 1958 - 1960*, Vol. 18, Japan; Korea, p. 520; Donald Stone Macdonald, *U. S. -Korean Relations from Liberation to Self-Reliance: The Twenty-Year Record*, p. 197; Yong-Pyo Hong, *State Security and Regime Security: President Syngman Rhee and the Insecurity Dilemma in South Korea, 1953 - 60*, pp. 129 - 130.

④ 曹中屏、张琏瑰：《当代韩国史（1945～2000）》，第 162 页；Yong-Pyo Hong, *State Security and Regime Security: President Syngman Rhee and the Insecurity Dilemma in South Korea, 1953 - 60*, p. 128.

艾森豪威尔政府很快做出反应。当天，美国国务院发表声明，希望韩国《新国家安全法》的实施不要妨碍民主的发展，同时推迟批准对韩国的开发贷款。[①] 次日，艾森豪威尔在致李承晚的信中声称，韩国在软禁民主党议员的情况下通过《新国家安全法》的方式令他十分忧虑，也使美国难以在联合国争取对韩国的支持。美国出版界和公众正在关注此事，希望李承晚政府真的能够如其所宣称的那样利用《新国家安全法》有效地制止共产党的颠覆活动，而不影响韩国的民主进程。[②] 27日，美国国会议员周以德以老朋友的身份秘密致函李承晚，指出美国报纸准确地报道了韩国自由党以暴力手段强行通过议案的事件。而且，韩国政府的举动也确实很难让人相信新法案除了更好地对付共产党之外别无其他影响。更严重的是，该举动还会给共产党以口实，使其反过来有力地攻击韩国政府。最后，他建议李承晚以某种方式表明新法案只用于反共，决不针对反对党中忠诚的本国公民。[③] 两天后，罗伯逊再次会见梁裕灿，声称对李承晚政府拒绝允许美国驻韩使馆观察国会会议提出抗议，《新国家安全法》通过的方式使美国忧心忡忡。梁裕灿辩解说，当时民主党议员正在议事堂中睡觉，自由党采取行动也是不得已而为之。罗伯逊不以为然，坚持认为韩国政府为了使法案获得通

① Donald Stone Macdonald, *U. S. -Korean Relations from Liberation to Self-Reliance: The Twenty-Year Record*, p. 196.

② "Telegram from the Department of State to the Embassy in Korea," December 25, 1958, in *FRUS*, *1958 – 1960*, Vol. 18, Japan; Korea, pp. 522 – 523.

③ "Telegram from the Department of State to the Embassy in Korea," December 27, 1958, in *FRUS*, *1958 – 1960*, Vol. 18, Japan; Korea, pp. 525 – 526.

过而软禁反对党议员的举动不仅违反民主原则，而且还为共产党提供了宣传材料。这一切令关心韩国民主发展前景的友邦十分不安。①

1959 年 1 月 7 日，李承晚针对艾森豪威尔的来信做出解释：拒绝让反对党议员参加国会会议的原因是这些人企图破坏正常的法律程序。而且，《新国家安全法》的实施也决不会影响韩国民主制度的存续。② 无奈，艾森豪威尔政府命令道林回国协商韩国的政治状况，同时《华盛顿邮报》的两位编辑及其他几家美国报纸和新闻机构的记者进驻汉城。在 24 日的一次记者招待会上，国务卿杜勒斯就韩国政治危机发表了如下声明："我们必须密切注意韩国的局势，并在可能的情况下施加韩国欢迎或可以接受的善意影响，努力确保其不脱离现代民主国家的轨道。"但李承晚依旧不为所动，坚持认为修改《国家安全法》是为了更好地对付共产党的颠覆活动，而不是出于任何其他政治目的，希望美国不要干涉韩国内政。③

1 月末 2 月初，在警告无效的情况下，美国驻韩使馆转而寄希望于民主党做出让步。使馆官员劝说民主党放弃李起鹏公开致歉和宣布 12 月 24 日法案无效等要求，声称只有两党达成妥

① "Memorandum of Conversation," December 29, 1958, in *FRUS*, *1958 - 1960*, Vol. 18, Japan; Korea, pp. 526 - 528.

② "Telegram from the Embassy in Korea to the Department of State," December 27, 1958, in *FRUS*, *1958 - 1960*, Vol. 18, Japan; Korea, p. 525.

③ Donald Stone Macdonald, *U. S. -Korean Relations from Liberation to Self-Reliance: The Twenty-Year Record*, pp. 197 - 198; "Coordinating of Planning and Implementation of U. S. Programs in Korea," February 16, 1959, in *DDRS*, CK3100264888.

协，国会才能正常运转。而民主党领导人张勉坚决要求自由党致歉、删除《新国家安全法》的争议性条款并取消《地方自治法修正案》。[①] 4月1日，自由党与民主党商定建立一个致力于解决立法争端的“协商委员会”。[②] 然而，5月11日“协商委员会”最后一次会议宣告失败。[③] 极具讽刺意味的是，当月前驻太平洋美军总司令、退伍将军菲利克斯·斯坦普（Felix Stump）代表“自由基金会”授予李承晚“自由领导人勋章”。[④]

《新国家安全法》颁布后，李承晚政府很快将其用于对付新闻出版界。《京乡新闻》是韩国第二大报纸，支持民主党领导人张勉，反对政府的独裁统治。1959年初，该报纸加大了批评政府的力度：1月11日，以“政府与执政党土崩瓦解”为题，发表社论揭露政府内部的混乱；2月5日，在“余滴”栏目中指出，国民如果成熟，在认为多数党名不副实时，可以将其降为少数党，“伪装的多数”实际上是“少数人的暴政”；2月16日，以“师团汽油舞弊”为题，揭露韩军某师团以黑市价格出售统制汽油的行为。[⑤] 这一切使《京乡新闻》成为李承晚政府的眼中钉。

---

① “Telegram from the Embassy in Korea to the Department of State,” February 2, 1959, in *FRUS*, *1958 - 1960*, Vol. 18, Japan; Korea, pp. 541 - 542.

② “Telegram from the Embassy in Korea to the Department of State,” April 29, 1959, in *FRUS*, *1958 - 1960*, Vol. 18, Japan; Korea, pp. 547 - 548.

③ “Telegram from the Embassy in Korea to the Department of State,” May 11, 1959, in *FRUS*, *1958 - 1960*, Vol. 18, Japan; Korea, pp. 548 - 549.

④ Donald Stone Macdonald, *U. S. -Korean Relations from Liberation to Self-Reliance: The Twenty-Year Record*, p. 199.

⑤ 曹中屏、张琏瑰：《当代韩国史（1945 ~ 2000）》，第162页。

2月4日，在《京乡新闻》专栏中，社论撰写人、民主党议员朱耀翰（Chu Yo-han）介绍了一位美国教授撰写的名为“多数人暴政”的文章，并加上了如下评论：“当然，仅仅通过选举并不能让我们了解何为真正的多数……如果选举不能决定真正的多数，那么可能就要另寻他途了……那就是我们所说的革命。”这篇报道引起了警察的注意，朱耀翰及《京乡新闻》出版者被提起公诉，罪名是“煽动和宣传反政府革命”。虽然出版者最终辞职，但4月4日，政府还是以违反《新国家安全法》为名逮捕了该报的两名记者。《京乡新闻》认为，此举无非是在为查封报社搜罗证据，至少要迫使其改变反政府的宣传基调。[①]

4月30日，韩国“国家新闻办公室”以上述事件为由，“依据”“美国军政府第88号法令”吊销了《京乡新闻》的发行许可证，逮捕了该社社长及记者。[②]当批评者质疑此举的法律依据时，国家新闻办公室主任辩称，在情况可能对国家产生不利影响时，政府可以在司法部门做出判断之前采取适当的行政措施。事实上，李承晚政府此次行动意在压制民主党。1959年1月美国的军事情报表明：此前韩国警察曾调查过张勉与共产党往来的情况，计划利用国安法打击张勉。后来，由于担心可能产生的国际影响，被迫放弃了该计划，转而谋求通过消灭张勉

① Yong-Pyo Hong, *State Security and Regime Security: President Syngman Rhee and the Insecurity Dilemma in South Korea, 1953－60*, p. 131.

② 曹中屏、张琏瑰：《当代韩国史（1945～2000）》，第162～163页；"Memorandum from the Director of the Office of Northeast Asian Affairs (Bane) to the Assistant Secretary of State for Far Eastern Affairs (Robertson)," May 20, 1959, in *FRUS, 1958－1960*, Vol. 18, Japan; Korea, p. 555.

的主要支持者来削弱他的地位。这次，查封《京乡新闻》就是为了割断张勉的喉舌。①

渐渐地，自由党的真实目的开始浮出水面。5月19日，“根据”“美国军政府第55号法令”，国家新闻办公室向民主党发出一份备忘录：召开大会或其他“政治集会”，必须提前十天通知国家新闻办公室，并在会后五天内汇报“结果”；向该办公室提交有关党的所有分支办公室的位置、领导干部的个人历史、会议记录、收支状况以及当前与未来活动情况的报告。如果哪个政党胆敢不向政府呈交政治活动报告，政府将宣布其为非法。②

6月3日，即将离任的罗伯逊与韩国外长赵钟焕（Cho Chong-hwan）举行会谈。罗伯逊声称：他不想干涉韩国内政，但作为朋友，仍要被迫表明对韩国政府查封《京乡新闻》一事的忧虑。美国一位地位显赫的参议员已表达了对此事的严重关切。美国难以就此替韩国政府辩护，因为在美国，出版自由是民主的基石之一。韩国的民主程度高于亚洲其他国家，此次行动有损韩国在友邦心目中的形象，希望李承晚政府能够采取某种挽救性措施。赵答复说：韩国在民主方面确实取得了明显的

① Yong-Pyo Hong, *State Security and Regime Security: President Syngman Rhee and the Insecurity Dilemma in South Korea, 1953 - 60*, p. 132. 不过，在此事的实际决策中，起主要作用的是司法部长、内务部长以及“国家新闻办公室”主任，李承晚并未参与其中。参见 Yong-Pyo Hong, *State Security and Regime Security: President Syngman Rhee and the Insecurity Dilemma in South Korea, 1953 - 60*, p. 133。

② “Memorandum from the Director of the Office of Northeast Asian Affairs (Bane) to the Assistant Secretary of State for Far Eastern Affairs (Robertson),” May 20, 1959, in *FRUS, 1958 - 1960*, Vol. 18, Japan; Korea, pp. 554 - 555.

进步，但毕竟它的民主化进程只有10年，期间还被朝鲜战争打断过。韩国政府一直尽最大努力保证出版自由，同时应付共产党渗透和颠覆活动带来的安全问题。事实上，在查封《京乡新闻》前，政府已竭力劝说它不要进行损害政府而有利于共产党的虚假报道。罗伯逊反驳道，无论怎样，韩国民主党并非共产党，查封《京乡新闻》会给美国国会中反对对韩援助的议员提供"炮弹"。赵辩称，查封《京乡新闻》不是因为它合法地批评政府，而是由于其有意散播使人民对政府失去信心的虚假新闻。但罗伯逊认为，任何一个民主国家中都存在虚假新闻，这是维护出版自由必须付出的代价，像韩国这样的民主国家不应该以查封报纸解决该问题。赵钟焕无言以对，只得敷衍说，如果他是美国人，或许也不理解此事。①

被吊销发行许可证后，《京乡新闻》向汉城高等法院提出行政诉讼。6月26日，法院做出撤回停刊处分的判决。然而，行政当局坚持"无限期停止发行许可"。《京乡新闻》不服，再次提出申诉。此次汉城高等法院被迫屈服于政府的压力，驳回了《京乡新闻》的诉讼，做出法院判决与政府行政令均不违法、"美国军政府第88号法令"也不违宪的裁决。② 结果，1960年4月李承晚政府倒台以前，《京乡新闻》一直没有复刊。③

① "Memorandum of Conversation," June 3, 1959, in *FRUS*, *1958 - 1960*, Vol. 18, Japan; Korea, pp. 556 - 558.

② 曹中屏、张琏瑰：《当代韩国史（1945～2000）》，第163页；"Telegram from the Department of State to the Embassy in Korea," September 15, 1959, in *FRUS*, *1958 - 1960*, Vol. 18, Japan; Korea, p. 586.

③ Yong-Pyo Hong, *State Security and Regime Security*: *President Syngman Rhee and the Insecurity Dilemma in South Korea*, *1953 - 60*, p. 133.

1958～1959年韩国的政治危机在一定程度上推动美国决定从1960年初开始在对韩国政策中采取更坚定的立场，以求在涉及美国利益的事情上改变韩国的态度，使其按照“成熟、负责的自由世界共同体成员”的标准行事。[①] 不过在实际执行过程中，就手段和效果而言，该政策都被大打折扣。

1959年6月29～30日，韩国自由党在汉城举行第九次全国代表大会，指定李承晚为第四届总统候选人，并决定由他挑选竞选伙伴。李承晚选择了李起鹏。美国使馆分析：自由党几乎提前一年指定总统候选人，主要目的是为了制止党内关于副总统候选人的争执，并迫使民主党也提前指定总统候选人，加剧其内部纷争。[②]

9月28日，应国务院的要求，即将离任的道林大使[③]详细分析了韩国的政治状况及未来发展趋势：自由党内的“强硬派”势力仍在不断上升。在过去的半年里，李承晚政府进一步加强了政治控制，企图通过全力的宣传和组织活动逆转公众日益强烈的反政府情绪、对反对派的同情者施加压力。显然，自由党希望在可能的情况下尽最大努力避免公开采取压制措施，以求给人留下“公平选举”的印象。但没有任何迹象表明自由党或李承晚政府不会为了达到政治目的而在必要的时候诉诸武力或实行高压政策。为了继续掌权，自由党一定会毫不犹豫地在

① “Telegram from the Department of State to the Embassy in Korea,” April 23, 1960, in *FRUS*, *1958－1960*, Vol. 18, Japan; Korea, p. 635.

② “Editorial Note,” in *FRUS*, *1958－1960*, Vol. 18, Japan; Korea, p. 571.

③ 10月2日，道林离开韩国。5日，美国任命沃尔特·麦康瑙希（Walter P. McConaughy）为新任驻韩大使。

1960年大选之前或期间采取非法手段，美国必须准备应付一场更加严重的政治危机。虽然美国近来推动韩国改变政治行为的举措引起了李承晚政府惯常的反击，但“只要我们仔细地挑选武器并坚决而谨慎地加以利用，我认为以上局面不会限制美国影响韩国国内局势的能力”。具体措施包括尽可能地促使美国及其他国际媒体关注韩国大选、安排支持美国对韩国政策的国会领袖和社会知名人士访韩、指示美国新闻署强调“自由选举”的必要性并相应地开展公民教育运动、警告韩国政府将警察用于政治目的的结果只能是美国取消对韩国警察的援助、尽可能地组织美国使馆和联合国朝鲜统一和重建委员会对1960年韩国大选进行大范围的观察；以暂不发放经济援助等方式施压。时间紧迫，美国必须马上决定采取何种行动路线并立即付诸实施，否则长期来看，韩国的局势必将损害美国的国家利益。[①]

10月22日，美国国务院远东事务助理国务卿帕森斯（J. Graham Parsons）在致新任国务卿赫脱的备忘录中依据道林建议进一步阐发了应对韩国日益恶化的政治局势的策略。他指出，全世界大部分国家均认为美国与韩国的发展息息相关。在它们眼中，韩国民主事业的中途夭折意味着美国政治制度根本不适合亚非国家。如此一来，美国在该地区的影响必将下降。当前美国在韩国的首要目标是阻止和逆转李承晚政权不断加强独裁统治的趋势，全力确保1960年大选的公正自由。为此，美国应在不影响韩国军事实力增长的前提下采取道林提出的诸项措施，

① “Airgram from the Embassy in Korea to the Department of State,” September 28, 1959, in *FRUS*, *1958–1960*, Vol. 18, Japan; Korea, pp. 585–589.

希望国务卿予以批准。但没有任何迹象表明赫脱批准了以上建议。①

韩国民主党预计在10月15日召开全国代表大会，但分别以申翼熙和张勉为首的两大派系间的斗争使会议无法按时举行。经过若干次的武力争斗，11月26~27日，民主党在汉城市政厅召开全国代表大会，赵炳玉和张勉以微弱多数分别当选总统和副总统候选人。二人号召全党以内部团结为重，放弃派系斗争，共同针对明年的总统选举发起强大的宣传攻势。②

可是，与1956年总统选举类似的一幕再次发生。1960年1月底，赵炳玉患病赴美治疗。2月3日，自由党趁机通过“国务院第75号公告”，宣布将大选日期提前至3月15日。正当两党竞选活动渐入高潮之时，2月15日，赵炳玉突然在美国陆军医院不治身亡，李承晚又一次在没有竞争对手的情况下参加总统选举。③ 尽管如此，自由党和政府仍在全力筹划选举舞弊之事。首先，利用一切合法和非法手段筹措竞选资金70亿元，大部分

① “Memorandum from the Assistant Secretary of State for Far Eastern Affairs (Parsons) to the Secretary of State Herter,” October 22, 1959, in *FRUS*, *1958 - 1960*, Vol. 18, Japan; Korea, pp. 589 - 594.

② “Editorial Note,” in *FRUS*, *1958 - 1960*, Vol. 18, Japan; Korea, p. 596; “Seoul Party to Meet,” *New York Times*, November 25, 1959, p. 8; Robert Trumbull, “Chough to Oppose Rhee in Election,” *New York Times*, November 27, 1959, p. 6.

③ “Telegram from the Department of State to the Embassy in Korea,” February 24, 1960, in *FRUS*, *1958 - 1960*, Vol. 18, Japan; Korea, p. 599; “Memorandum from the Acting Assistant Secretary of State for Far Eastern (Steeves) to Secretary of State Herter,” March 10, 1960, in *FRUS*, *1958 - 1960*, Vol. 18, Japan; Korea, p. 600.

来自企业。反过来，又使用这些资金大肆进行收买活动。2月24日，经自由党中央副议长韩熙锡和内务部长崔仁圭批准，分别给予警察11.1亿元，一般公务员和教育公务员2.4亿元，反共青年团1.8亿元，另有3亿元用于收买在野党。其次，制定具体的选举舞弊方案：制造虚假公民、替换投票箱、换票、伪造计票报告以及实行40%的事前投票；将投票站的钟拨快10分钟，以免在野党的选举管理委员会和观察者发现事前舞弊和对事前投票提出抗议；在每个投票站部署带袖标的自由党党员和反共青年团成员各50名，并安插2名"决死队员"，以备不测；选民被编为三人组、九人组进行集体"公开"投票，九人组组长自动成为三人组组长，组长由自由党党员、警官、公务员或其家庭成员以及被收买者担任；收买在野党选举委员会成员。不能收买者，或事先使用麻醉酒，或寻衅殴打，或向他们发亲属死亡电报，以迫使他们离开投票现场。再次，早在1959年12月26日，政府当局就通过各道知事向全国各市郡教育长和各级学校校长发出《关于指导学生的文件》。文件命令学校教职员工"对一般民众进行选举启蒙、训育"（主要内容是要在竞选中"赞赏"李承晚和李起鹏），强制教师借助家访说服学生家长投自由党的票。教职员工如不执行命令，将立即被解雇。①

① 曹中屏、张琏瑰：《当代韩国史（1945～2000）》，第173～174页；董向荣：《韩国起飞的外部动力：美国对韩国发展的影响（1945～1965）》，第148页；Yong-Pyo Hong, *State Security and Regime Security: President Syngman Rhee and the Insecurity Dilemma in South Korea, 1953－60*, p. 139；"Memorandum from the Acting Assistant Secretary of State for Far Eastern (Steeves) to Secretary of State Herter," March 10, 1960, in *FRUS, 1958－1960*, Vol. 18, Japan; Korea, pp. 601－602.

详细全面的舞弊计划说明，即使在民主党总统候选人意外死亡的情况下，渐失人心的自由党仍没有把握取得大选胜利。这些舞弊手段无异于饮鸩止渴。事后看，最为失算的莫过于明目张胆地强制学校支持执政党。当时，学生和知识分子是民主潮流的中坚力量，最痛恨独裁。2月28日（星期日），民主党准备在大邱举行演讲会。为阻挠学生参加反对党竞选活动，24日，庆北高中根据教育当局指令要求学生照常到校参加原定3月3日的期中考试。其他多所中学也分别以开运动会、补课或狩猎等名义通知学生上学。被激怒的700多名大邱学生在28日走上街头，举行反政府、争民主示威。政府当局出动警察当场逮捕了50名学生。此事在全国引起了强烈反响。游行活动如燎原烈火迅速地在其他城市展开，3月中上旬，汉城、大田、水原、釜山均爆发了规模不等的反政府示威。①

3月1日，韩国民主党公开揭露了自由党大规模舞弊计划的详情。根据民主党的说法，自由党的舞弊手段包括提前塞满投票箱、政府支持者重复投票、公开投票、禁止知名的反对党支持者参与投票、限制反对党选举委员会代表和观察员的活动和动员韩国反共青年团，目的在于使本党获得85%的选票。虽然内务部长矢口否认，但美国驻韩第八军情报部门仍认为民主党的说法可能符合事实。美国国务院代远东事务助理国务卿约翰·斯蒂夫斯（John M. Steeves）则悲观地认为，由英、法、美驻韩使馆官员组

① 曹中屏、张琏瑰：《当代韩国史（1945～2000）》，第174～175页；"Telegram from the Department of State to the Embassy in Korea," March 12, 1960, in *FRUS*, *1958-1960*, Vol. 18, Japan; Korea, p. 603.

成的选举观察团不会对李承晚及自由党形成威慑。除非美国放弃不干涉别国内政的原则，否则根本无法阻止韩国政府破坏民主原则。考虑到当前的各种迹象，韩国“三一五大选”至少会产生以下四方面影响：严重阻碍韩国民主制度和程序的正常运行；损害韩国的国际形象；挫伤美国国会支持韩国发展的热情；进一步扩大韩国政府的权力，使之在涉及韩国根本利益的问题上更加顽固，处理同李承晚的关系将成为美国国务院的难题。①

3月12日，美国驻韩使馆向国务院较为详细地汇报了韩国选举准备过程中出现的大量暴力事件及由此引发的学生示威和民主党与自由党之间的相互指责（民主党指责自由党以获得选举“胜利”为目的的非法暴力手段；自由党指责民主党煽动公众的反政府情绪）。使馆官员认为，各种迹象表明自由党的选举策略引起了国民的强烈忌恨和厌恶。虽然学生示威规模有限且可能受到了民主党的鼓励，但这是韩国建国以来的首次学生反政府示威，或许美国可以从中看出广大公众对自由党操纵竞选活动的不满。自由党在最后一刻放弃政治压制的可能性极小，因此其几乎一定会在三天后的大选中获得“压倒性胜利”。②

从美国对李承晚政权选举准备过程实际情况的掌握和对策分析看，应该说驻韩使馆和某些国务院官员对韩国政治局势的恶化和美国采取紧急措施的必要性有着清醒的认识。然而，这

① “Memorandum from the Acting Assistant Secretary of State for Far Eastern (Steeves) to Secretary of State Herter,” March 10, 1960, in *FRUS*, *1958 - 1960*, Vol. 18, Japan; Korea, pp. 601 - 602.

② “Telegram from the Department of State to the Embassy in Korea,” March 12, 1960, in *FRUS*, *1958 - 1960*, Vol. 18, Japan; Korea, pp. 603 - 605.

些认识并未转化为实际行动。面对李承晚政权压制民意的种种非法行径，国务院的态度依旧是旁观漠视。对此，它有自己的解释。14 日，在回答记者关于韩国大选情况的提问时，国务院发言人仍然坚持不干涉韩国内政的原则，并声称：“在共产主义边界上保持民主确有困难。当然，美国政府对韩国 3 月 15 日大选准备过程中出现的暴力行为已表示关切。”① 由此可见，“反对共产主义”不仅是李承晚政权加强独裁统治的借口，而且是美国为其保护下的“友好独裁政权”选举舞弊行为辩护的理由。

15 日，韩国举行大选，实际情况向世人证明了民主党揭露的舞弊计划确实存在。结果，自由党“大获全胜”，李承晚、李起鹏以“绝对优势”分别当选总统、副总统。执政党的强盗行径引起了反对党及公众的强烈不满。民主党斥责自由党在选举过程中的威胁和欺诈行为（包括不许民主党观察员履行职责、违反秘密投票原则和胁迫选民等），声称要在 30 天内通过法律手段推翻选举结果。马山、光州及蒲项的学生和市民举行了抗议选举舞弊的大规模示威。其中，马山市的示威很快发展为示威者与警察间的暴力冲突。警察们肆意向游行队伍射击，造成 10 人死亡（大部分是学生）、70 人受伤。示威者也不示弱，放火焚烧了北马山警察署支所，捣毁了自由党马山支部、御用《汉城新闻》马山支社以及一些自由党官员的家。韩国国家新闻办公室实施新闻封锁，禁止海外对当地的示威活动进行报道；

① Donald Stone Macdonald, *U. S. -Korean Relations from Liberation to Self-Reliance: The Twenty-Year Record*, p. 201; “U. S. Deplores Violence,” *New York Times*, March 15, 1960, p. 2.

军方向“联合国军”司令请求并获准派韩军“恢复秩序”。[①]

翌日，赫脱会见梁裕灿时严肃指出：李承晚政府在大选中的舞弊行为不仅引起了本国人民的强烈反抗，也使美国公众和国会十分不满，对韩国援助可能会因此受到影响。在韩国历史上，这似乎是最差的选举，充满了暴力和非法行为。梁裕灿表示，他已就有关“三一五大选”的负面报道一事向李承晚总统做了汇报，因为后者并不总是十分了解国内形势。关于当前的政治动荡，梁裕灿认为骚乱并不“仅仅是恐吓的结果”，宗教问题也是原因之一。张勉正在操纵新闻界的导向，这一策略是错误的，共产党将会从中获利。不过，最终连梁也不得不承认“三一五大选”是韩国历史上最糟糕的选举。同时，美国国务院决定推迟宣布对韩国贷款和援助项目，以免给人造成漠视甚至支持韩国政府选举舞弊的印象。[②]

17日，美国驻韩使馆向国务院转发了国家队（Country Team）对韩国政治局势的分析报告。报告认为，越来越多的迹象表明为了确保胜利自由党政府确实广泛地运用了压制手段。韩国人十分关注美方对此次选举的态度，美国政府必须明确表

① 曹中屏、张琏瑰：《当代韩国史（1945～2000）》，第175页；“Telegram from the Department of State to the Embassy in Korea,” March 16, 1960, in *FRUS, 1958－1960*, Vol. 18, Japan; Korea, pp. 605－606; “Editorial Note,” in *FRUS, 1958－1960*, Vol. 18, Japan; Korea, p. 610; Andrew C. Nahm, *Korea: Tradition & Transformation, A History of the Korean People*, p. 435; Robert Trumbull, “Bloodshed Mars Election of Rhee,” *New York Times*, March 16, 1960, p. 3; Robert Trumbull, “Landslide Korean Vote Attests to Rhee's Durable Popularity,” *New York Times*, March 17, 1960, p. 10.

② “Memorandum of Conversation,” March 16, 1960, in *FRUS, 1958－1960*, Vol. 18, Japan; Korea, pp. 606－608.

态，否则会给韩国人留下对选举舞弊行为漠不关心甚至持赞同态度的印象，使当地公众困惑不解甚至忌恨美国，李承晚政权可能也会因此更加肆无忌惮地采取镇压行动。美国可以考虑采取以下措施：在今后两周或更长一段时间内，暂不宣布对韩国的开发援助贷款等重要计划；推迟举行忠州化肥厂落成仪式；通过各种渠道警告韩国政府“三一五大选”在美国舆论界产生的负面影响，表达美国对韩国民主事业的关心，甚至暗示重新考虑对韩国政策的可能性。21 日，国务院表示计划推迟宣布美韩贷款协定、暂停对韩援助发放，防止李承晚政府认为美国赞同自由党在最近大选中的行为或对此漠不关心。①

17 日，韩国中央选举委员会公布了大选结果。为了对 15 日的示威活动进行报复，军警在当天逮捕了 219 名群众。次日，70 名民主党议员撤出国会，抗议自由党政府的选举舞弊行为，并要求国会组建特别委员会调查 15 日的马山事件。25 日，韩国新任内务部长洪信基（Hong Chin Ki）在现场调查后声称要惩罚马山事件中向示威者开枪的警察，马山警察局局长及其他两位警官将被移交纪律委员会审查。然而，当天马山成百上千名高中生发起抗议活动，要求宣布“三一五大选”无效，警察再次向示威人群开枪，许多学生被捕。②

① “Telegram from the Embassy in Korea to the Department of State,” March 17, 1960, in *FRUS*, *1958 - 1960*, Vol. 18, Japan; Korea, pp. 608 - 610.

② 曹中屏、张琏瑰：《当代韩国史（1945 ~ 2000）》，第 175 页；Robert Trumbull, “U. S. Said to Block Rhee Attack Bid,” *New York Times*, March 18, 1960, p. 3; “Korea to Try Police,” *New York Times*, March 26, 1960, p. 6; “Election Stirred Korean Violence,” *New York Times*, April 26, 1960, p. 2.

3月中下旬，美国驻韩使馆一直在密切关注当地政局的发展。4月2日，使馆致电国务院，详细阐明了处理韩国政治危机时所应遵循的政策原则：其一，各政府部门步调一致，“用一个声音说话”，防止李承晚再次使用“分化瓦解”的一贯伎俩；其二，在避免干涉韩国内政的前提下，向李承晚政府清楚地表达美国的观点和看法；其三，不应将美国的“解决办法”强加给韩国；其四，为了防止严重损害美国对韩国长期经济和军事计划、伤及无辜的韩国人并引起韩国的反美情绪，应避免对韩国实施经济制裁或削减军事援助。在此基础上，可以考虑削减对韩国警察和国家新闻办公室等大选相关部门的援助或加强对援助资金流向的控制；其五，解决韩国的政治危机需要美韩之间保持密切友好的关系，因此不能以对韩国官员的冷淡来表示不满；其六，不能使美国的“威胁”退化为“吓唬”。① 以上原则看似滴水不漏，实则自相矛盾。或者说，美国驻韩使馆既想避免干涉韩国内政、维护美韩关系，又想对李承晚政府施加民主化压力；既想避免危及在韩国长期的经济和军事计划，又想防止“威胁”蜕变为“吓唬”。从这个角度讲，电报内容清晰地体现了美韩同盟形成后艾森豪威尔政府在对韩国政策方面面临的两难困境：不能对韩国的局势袖手旁观，但维护美韩关系的必要性又使其只能以极其有限的手段向韩国施加压力。

或许正是由于以上建议的自相矛盾，6日，美国国务院催促驻韩使馆提出具体的行动方针。国务院官员希望使馆可以就美

① “Telegram from the Department of State to the Embassy in Korea,” April 2, 1960, in *FRUS*, *1958 - 1960*, Vol. 18, Japan; Korea, pp. 611 - 613.

国对韩国援助的范围和时间发表看法，以便促使李承晚政府认识到在国内外采取负责任的行动的必要性，防止美韩关系恶化甚至破裂。[①]可是，韩国的局势并没有给驻韩使馆太多的思考时间，五天后，当地的反政府运动再掀高潮。

11 日，人们在马山近海海面发现了 3 月 15 日示威后失踪的 17 岁学生金铢烈（Kim Chu-yol）的尸体。虽然尸体已明显腐烂，但仍可以看出其脑后和一只胳膊严重受伤，且有四支短木棍穿透了他的右眼。此事立即引发了“第二次马山事件”。短暂的悼念仪式后，近千名学生要求将尸体运至汉城，但遭到政府当局的拒绝。包括大量成年人在内的示威群众高喊着“打死李起鹏”和“推翻李承晚政权”的口号涌向当地警察局。示威者像滚雪球一样越聚越多，很快达到 4 万人。警察向示威人群开枪，造成大量人员伤亡。[②] 同一天，大邱等地也爆发了大规模的反政府示威，总人数达到 15 万人之多。不久，汉城的市民和学生起而响应。[③] 与 3 月 15 日不同，这次示威不仅仅是学生，还有大量成年人参加，人民对政府长期以来的强烈不满如火山迸发般急速奔涌。李承晚政府决心镇压这些“大部分由共产党煽动”的反政府活动，“联合国军”司令再次授权韩国军队“恢复

① “Telegram from the Department of State to the Embassy in Korea,” April 2, 1960, in *FRUS*, *1958 - 1960*, Vol. 18, Japan; Korea, p. 613.

② “Telegram from the Department of State to the Embassy in Korea,” April 12, 1960, in *FRUS*, *1958 - 1960*, Vol. 18, Japan; Korea, pp. 614 - 615; Donald Stone Macdonald, *U. S. - Korean Relations from Liberation to Self-Reliance: The Twenty-Year Record*, p. 203; Robert Trumbull, “Korea City in Grip of Fear and Fury,” *New York Times*, April 14, 1960, p. 8.

③ 曹中屏、张琏瑰：《当代韩国史（1945 ~ 2000）》，第 176 页。

秩序"。[①]

13 日，李承晚发表声明指出，马山暴乱将国家置于"非常危险的境地"。随后，反政府示威者同警察发生冲突，政府逮捕了几百名示威者。第二天，马山市依旧示威不断。此时暴力已不再具有以往那样的威慑力。一位老妇人向荷枪实弹的警察挥舞着拳头，高喊着"你们偷走了我的选票"。大学生们则高举着写有"鲜血换来的自由能被暴政夺走吗?"的标语，抗议政府的非法暴力行为。为了防止示威活动失控，警察们严格执行宵禁令。15 日，马山等四个南部城市的公众准备再次举行反政府示威。得知消息后，警察驱逐了示威人群。[②]

接到驻韩使馆的汇报后，美国国务院认为：以往的学生示威确实受到了煽动，但此次有所不同，大量成年群众参与其中。这表明韩国大选舞弊事件引燃了长期以来民众对自由党和政府的不满情绪。李承晚政府必须采取积极措施扭转国内政局，而不是仅仅以"共产党煽动"为由堂而皇之地敷衍了事。[③] 17 日，驻韩使馆连续向国务院发出三封电报，详尽阐述了所谓"美国在韩国行动和对韩计划的新面貌"。主旨如下：趁艾森豪威尔访韩之机，[④]

① Donald Stone Macdonald, *U. S. -Korean Relations from Liberation to Self-Reliance: The Twenty-Year Record*, p. 203.

② "Hundreds Are Arrested," *New York Times*, April 14, 1960, p. 8; Robert Trumbull, "Threat to Ballot Arouses Koreans," *New York Times*, April 15, 1960, p. 5; "Korean Rallies Curbed," *New York Times*, April 16, 1960, p. 3.

③ "Telegram from the Department of State to the Embassy in Korea," April 12, 1960, in *FRUS, 1958 - 1960*, Vol. 18, Japan; Korea, pp. 615 - 616.

④ 4 月 12 日，艾森豪威尔总统决定在 6 月出访苏联和日本时顺便对韩国做短期访问，与李承晚讨论"美韩双方共同关心的问题"。参见"Eisenhower Will Visit Korea on His June Trip," *New York Times*, April 13, 1960, p. 8。

向韩国政府强调在国际事务中更负责任地采取行动、加强民主制度以恢复公众信心以及防止将美国援助用于政治目的的必要性；以国务卿和驻韩大使分别向韩国驻美大使和李承晚递交备忘录的形式，借助美国某些国会议员和有声望的人之口向韩国表达遵照民主原则行事的重要性，警告对方政府当局的镇压活动只能加深公众的反抗情绪、玷污韩国的国际形象、增加共产党颠覆的可能性。当务之急是积极地采取措施加强民主制度，恢复人民对政府的信心，进而保持长期的政治稳定。驻韩使馆预计，以上措施可在今后几个月内有效地防止韩国局势进一步恶化。[①] 然而，韩国政局的瞬息万变很快使这一希望化为泡影。

18 日，汉城高丽大学的4000 名学生举行集会，抗议政府当局屠杀马山市民和学生的暴行。刚过正午，高丽大学示威队伍冲破警察的重重封锁，通过钟路到达国会议事堂，在那里静坐示威。他们高呼口号，要求政府“停止独裁的、杀人的政策”，“清除民族逆贼”，“立即严惩马山事件责任者”。后来，在民主党国会议员的劝说下，学生准备暂时返校。归途中，他们遭到自由党豢养的暴力团、反共青年团和特务的武装袭击，20 余名学生身负重伤。此次流血事件直接引发了以汉城为中心的全国学生反政府运动。[②]

19 日清晨，通过晨刊了解到昨晚事态的学生怒不可遏，纷

① “Telegram from the Department of State to the Embassy in Korea,” April 17, 1960, in *FRUS*, *1958 - 1960*, Vol. 18, Japan; Korea, pp. 616 - 618.

② 曹中屏、张琏瑰：《当代韩国史（1945 ~ 2000）》，第 176 ~ 177 页；“Telegram from the Department of State to the Embassy in Korea,” April 19, 1960, in *FRUS*, *1958 - 1960*, Vol. 18, Japan; Korea, pp. 618 - 619.

纷走上街头。上午，汉城大学、建国大学、东国大学、高丽大学、汉城师大和中央大学等高校的学生及以东城高中为代表的各中学学生陆续来到国会议事堂。下午，包括市民在内的示威者已达10万之众。其中，约2万名学生向总统府进发。行至孝子洞入口时，游行队伍突然遭到早已埋伏在那里的警察的射击。学生们被迫后退，继而放火焚烧了反共会馆，占领了中央广播电台。[①] 李承晚政府宣布在汉城地区实施军管法。军管总司令宋尧赞立刻调集坦克部队镇压示威群众，和平示威随之变成武装起义。晚上，应韩国军方的请求，"联合国军"司令部派出的戒严部队第15师团进驻汉城，大批学生领袖和市民被投入监狱。与此同时，大邱、釜山和光州等地方城市也爆发了大规模示威游行。军管法司令部事后宣布：4月19日，仅在汉城、釜山和光州，就有115人死亡，773人受伤。[②] 在韩国历史上，当天被称为"流血的星期日"。

面对这一局面，美国开始更加积极地促使韩国政府缓和政局。19日晚，麦康瑙希紧急要求会见李承晚。这位美国大使发现李承晚对学生运动的起因、本质及可能产生的影响知之甚少。为此，麦康瑙希提出了六点看法：（1）一定要阻止流血事件的发生；（2）不要惩罚民主党领导人和学生示威者；（3）有必要

---

① 曹中屏、张琏瑰：《当代韩国史（1945～2000）》，第177页；"Telegram from the Department of State to the Embassy in Korea," April 19, 1960, in *FRUS*, *1958－1960*, Vol. 18, Japan; Korea, pp. 618－619；"Seoul Police Kill or Wound 30 Rioters at Rhee Palace," *New York Times*, April 19, 1960, p. 1.

② 曹中屏、张琏瑰：《当代韩国史（1945～2000）》，第177～178页；"Editorial Note," in *FRUS*, *1958－1960*, Vol. 18, Japan; Korea, pp. 619－620.

积极地采取措施为公众申冤；（4）共产党并未参与此次示威活动。但如果李承晚政府不能纠正自身的不当行为，当前的动荡局势将为共产党所利用；（5）韩国的安全和稳定涉及美国的切身利益；（6）“三一五大选”中广泛存在的欺诈和压制行为是公众不满的主要原因，重新举行选举是解决问题的最好办法。为进一步表示对韩国政局的关注，赫脱和麦康瑙希分别将一份备忘录交给梁裕灿及李承晚。主要内容为：美国对韩国政府在大选中的舞弊行为及其导致的暴乱极为关切。当前的政治动荡会给韩国带来不利的国际影响，损害韩国在“自由世界”中的威望、使“自由世界”在联合国有关朝鲜问题的讨论中难以支持韩国并有利于共产党攻击韩国的独裁统治等。美国建议惩罚舞弊官员、废除对《地方自治法》的修改及《国家安全法修正案》中的争议性条款并建立民主的投票程序。更为引人注目的是，美国国务院发言人和驻韩使馆公开发表声明，指出这次示威是人民对与自由民主原则相背离的“三一五大选”以及政府压制手段普遍不满的反映，要求李承晚政权平息民怨，恢复秩序。[①] 这意味着美国公开站在了示威者一边。考虑到韩国民众长期的积怨，以上声明无疑成为使美国与李承晚政权这艘沉船拉开距离的“弃李宣言”。20日，李承晚签署声明，表示要恢复秩序，

① “Telegram from the Department of State to the Embassy in Korea,” April 19, 1960, in *FRUS*, *1958 – 1960*, Vol. 18, Japan; Korea, pp. 620 – 622; “Telegram from the Department of State to the Embassy in Korea,” April 19, 1960, in *FRUS*, *1958 – 1960*, Vol. 18, Japan; Korea, pp. 624 – 626; “Memorandum of Conversation,” April 19, 1960, in *FRUS*, *1958 – 1960*, Vol. 18, Japan; Korea, pp. 627 – 629; “Telegram from the Department of State to the Embassy in Korea,” April 21, 1960, in *FRUS*, *1958 – 1960*, Vol. 18, Japan; Korea, pp. 629 – 633.

惩处舞弊官员。紧接着，李起鹏和李承晚先后宣布辞去“当选”副总统和自由党总裁职务。但这并不意味着李承晚接受了美国的规劝，他依旧坚信美国不了解真相，韩国的混乱是张勉煽动的，而非人民对政府不满的反映。[①]

美国国务院对李承晚的反应非常失望，认为应继续对李承晚及其政府采取强硬立场，坚决要求对方恢复公众信心。假使李承晚一意孤行地继续推行压制性政策，拒绝重新举行选举，美国将立即考虑孤立李及其追随者，在自由党、民主党或其他非党派人士中物色负责任的温和派人士，以便组成符合“自由世界”原则和安全利益的民主政府。另外，还必须立即准备应付李承晚去世、无力执政或被推翻等不测情况。[②] 弃李正式成为美国的政策选择之一。

25 日，汉城数十万人举行游行示威。下午 3 时，约 300 位教授在汉城大学教授会馆集会。会议通过了《时局宣言》，强烈要求宣布 3 月 15 日选举无效、举行新的选举、惩罚选举舞弊者和镇压和平示威者及李承晚政府总辞职。在教授们的号召下，大量学生和市民加入游行队伍。政府出动坦克阻拦示威者前行，

① 曹中屏、张琏瑰：《当代韩国史（1945～2000）》，第 177 页；“Telegram from the Department of State to the Embassy in Korea,” April 19, 1960, in *FRUS, 1958 – 1960*, Vol. 18, Japan; Korea, p. 622; “Telegram from the Department of State to the Embassy in Korea,” April 21, 1960, in *FRUS, 1958 – 1960*, Vol. 18, Japan; Korea, pp. 629 – 630; “Text of Rhee's Statement,” *New York Times*, April 21, 1960, p. 2; “Opinion of the Week: At Home and Abroad,” *New York Times*, April 24, 1960, p. E9.

② “Telegram from the Department of State to the Embassy in Korea,” April 23, 1960, in *FRUS, 1958 – 1960*, Vol. 18, Japan; Korea, pp. 634 – 637.

军警们用催泪弹对付群众。游行队伍以砖瓦石块相对抗，寸步不让。同时，国会反对党发言人要求李承晚辞职、重新举行选举、采纳英式责任内阁制。[①] 第二天，至少有五万人在总统府附近举行示威，要求李承晚辞职、处死李起鹏。美国驻韩使馆门前也有一批人在游行，请求美国促使李承晚政府重新举行大选，恢复人民的自由。麦康瑙希催促李承晚马上接见学生代表并签署重新举行大选的声明。美国驻韩使馆还发表声明指出：

> 美国使馆正忧心忡忡地注视着让人极其痛心的韩国政局。我们完全支持（政府当局）在汉城及其他城市维持法律秩序的举措，韩国公众有义务对此予以配合。同样，政府当局也有义务理解人民的情绪并立即采取适当措施替他们申冤。示威者和政府当局的行为均应保持正义、有利于真正地解决问题和维护法律秩序。时间紧迫，决不能拖延不决。

上午10时30分，李承晚在接见示威者代表后签署声明，内容如下：只要人民希望，他将辞去总统一职；重新举行大选；免去李起鹏所有的政治职务；如果人民希望修改宪法，确立内阁责任制，他会满足人民的要求。接着，麦康瑙希同李承晚及

① 曹中屏、张琏瑰：《当代韩国史（1945～2000）》，第179～181页；"Telegram from the Department of State to the Embassy in Korea," April 26, 1960, in *FRUS*, *1958–1960*, Vol. 18, Japan; Korea, p. 638; Robert Trumbull, "Rhee Opponents Demand New Vote for 2 Top Posts," *New York Times*, April 25, 1960, p. 1.

其他韩国政府要员举行了会谈。李声称，直至25日晚他才了解到“三一五大选”的非法本质，认为理应惩罚舞弊者并重新举行选举。麦康瑙希策略性地暗示李承晚辞职。李表示在这方面他会尊重人民的意愿。① 下午，国会召开会议，一致通过要求李承晚立即辞职的决议。另外一份国会决议案认为：3月15日大选无效，应重新举行选举；应修改宪法，建立责任内阁制，举行新一届国会选举。27日，李承晚向国会递交了辞呈，新任外交部长许政作为代总统组成临时看守政府。第二天，许政首次发表声明，承诺恢复宪政统治、推行以禁止警察干政和充分利用美援为主要内容的政治改革、三个月内重新举行选举、改善与美日两国的关系。② 1958年末以来的韩国政治危机至此终于暂时告一段落。

导致李承晚政权倒台的主要原因有两个：一个是西方民主主义与韩国威权主义矛盾的激烈碰撞；另一个是韩国都市化的快速发展与经济缓慢增长之间的巨大反差。作为韩国“保护人”的美国在一定程度上促成了以上矛盾和反差的产生。

政治上，1945～1948年，美国从思想文化和国家制度两个

① “Telegram from the Department of State to the Embassy in Korea,” April 26, 1960, in *FRUS*, *1958 - 1960*, Vol. 18, Japan; Korea, pp. 639 - 640; “Telegram from the Embassy in Korea to the Department of State,” April 26, 1960, in *FRUS*, *1958 - 1960*, Vol. 18, Japan; Korea, pp. 640 - 644; Donald Stone Macdonald, *U. S. -Korean Relations from Liberation to Self-Reliance*: *The Twenty-Year Record*, pp. 206 - 207; “100000 Rioters Defy Troops,” *New York Times*, April 26, 1960, p. 3.

② “Editorial Note,” in *FRUS*, *1958 - 1960*, Vol. 18, Japan; Korea, pp. 644 - 645; “Korea after Syngman Rhee,” *New York Times*, April 28, 1960, p. 34.

层面向南部朝鲜移植了西方民主思想。[①] 其中，特别值得一提的是，美国促进了韩国人民尤其是城市中产阶级平等意识和实利主义观念的产生。李朝时期，韩国社会等级的分化在很大程度上是以土地所有权为基础的。当时的土地原则上归国王所有，两班（文班和武班）[②] 官员都从国王那里分得与自己地位相符的土地，包括科田、柴田和功臣田。光复以后，美国军政府和初建的韩国先后进行过两次土地改革，地主—佃农制转化为现代小农制。因而，“朝鲜战争后韩国成为相对平等的国家”，追求民主和参与的平等意识渐渐产生。[③] 此外，驻韩美军和好莱坞电影对韩国公众的思想也形成了巨大的冲击。克拉克将军在1954年的一本书中提及：

> 韩国人看到美军正在使用美国工业制造出来的奇妙的机械设备：钻孔机在为电线杆挖掘坑穴；推土机在平整建筑场地；满载物资的直升飞机在飞越韩国运载工具耗时许久才能翻越的山冈；前线掩体中的美国人在享用后方送来的盛在巨大金属器皿中的热腾腾的食物和冰淇淋。很快，

---

① Andrew C. Nahm, *Korea: Tradition & Transformation, A History of the Korean People*, pp. 354 - 356; Chan-Pyo Park, “The American Military Government and Framework for Democracy in South Korea,” pp. 141 - 142; John Kie-chiang Oh, *Korean Politics: The Quest for Democratization and Economic Development*, pp. 27 - 29.

② 李朝时期，社会分成四个等级：两班（独占所有的政府官职，只有他们的子孙才有条件和资格参加科举）；中人（由政府部门的技术人员和书记官等构成，属于“中产阶级”）；常民（一般的农民和商人）；贱民（由奴婢等构成）。

③ John Lie, *Han Unbound: the Political Economy of South Korea*, pp. 39 - 40.

他们也想得到这一切。

好莱坞电影的影响也毫不逊色，它们向韩国民众展现了美国生活中的特定画面：明亮的房子、宽敞的汽车以及豪华的宴会。渐渐地，这种消费文化在韩国人的思想中生根、发芽并重塑他们对未来生活的向往。[①] 但李承晚统治的残酷现实却使韩国百姓心中平等富庶愿望的实现变得遥遥无期，最终当地人民起而反抗。

不过，对美国来说，更重要的是在韩国建立反共堡垒。从军政府时期开始，美国就极力“扶右抑左”。该政策在很大程度上加速了南部朝鲜政治力量的极化、反共主义国家意识形态的形成以及左派的衰微。朝鲜战争期间，温和派或被杀，或北逃，右翼保守势力逐渐占据了政治舞台。此后，与民主自由思想相适应的政治力量多元化不再是韩国政治格局的主要特征，[②] 反共主义逐渐成为韩国政府压制反对党和人民民主要求的杀手锏。借助“遏制共产党”的幌子，李承晚两次修宪、修改《国家安全法》和《地方自治法》、制造“进步党事件”、查封《京乡新闻》并镇压公众反政府运动。起初，在韩国政府尚能基本维持政治稳定之时，美国并未全力规劝李承晚悬崖勒马，后者在独裁的道路上渐行渐远。结果，自由党在“四一三措施”中明目张胆的舞弊行为使其很快成为人民公敌。虽然政府当局多次采

① John Lie, *Han Unbound: the Political Economy of South Korea*, pp. 40 – 42.
② 尹保云：《韩国为什么成功——朴正熙政权与韩国现代化》，第36页；赵虎吉：《揭开韩国神秘的面纱——现代化与权威主义：韩国现代政治发展研究》，第66～69页。

取镇压行动，但人民的反抗活动仍旧渐呈燎原之势。这时的"联合国军"司令部依然以保持政局稳定为重，几次授权韩国军方动用韩军"维持秩序"。4月下旬，鉴于李承晚下台基本已成定局，美国这才公开抛弃李承晚，被迫站在韩国人民一边。从中可以看到，就美国在韩国的政治目标而言，与促进民主相比，维持政治稳定更为重要。①

就这样，李承晚统治时期，在韩国政治发展进程中，美国一方面促进了西方民主制度的建立和自由平等思想的传播，另一方面又在推动李承晚政权反共的同时，使反共主义及在此过程中发展起来的强大国家机器成为韩国政府强化独裁统治的工具。最终，这一切引发了韩国的"四一九运动"。

经济上，1953～1960年，韩国年均经济增长率仅为4%。从人均年收入来看，1953年为67美元，1959年也只有81美元左右，人民生活仅仅维持在自给的水平。② 除了李承晚政权不关心经济发展之外，美国对韩国的经济政策也在某种程度上阻碍

① 1960年6月8日，美国召开了第447次国家安全委员会会议。会上，艾森豪威尔悲叹道：近几个月，古巴、韩国、老挝、越南、土耳其和印尼的政局纷纷出现动荡。美国难以帮助别国保持政治稳定，获得美援最多的国家却最不稳定。对此，副国务卿狄龙（Douglas C. Dillon）解释说，教育和生活水平的改善并不一定产生保守主义或稳定。二者的对话清楚地表明了美国对于第三世界国家政治稳定的高度重视。相关的会议记录参见"Memorandum of Discussion at the 447th Meeting of the National Security Council," June 8, 1960, in *FRUS, 1958 - 1960*, Vol. 18, Japan; Korea, p. 665。

② Eul Young Park, "From Bilateralism to Multilateralism: The American-Korean Economic Relations, 1945 - 1980," in Youngnok Koo and Dae-Sook Suh (eds.), *Korea and the United States: a Century of Cooperation*, Honolulu: University of Hawaii Press, 1984, p. 244; John Kie-chiang Oh, *Korean Politics: The Quest for Democratization and Economic Development*, p. 35.

了当地经济的长期发展。第一，“艾森豪威尔及其谋士认为，经济发展必须通过自由市场资本主义和私人企业的运作来达成。他们指出，由政府运作的计划只能造就庞大的掌管外援事务的官僚机构，伤害企业的利益”。[①] 因此，美国政府不愿推动韩国制订长期经济发展计划。直至1958年，李承晚政权才着手制订真正的长期经济发展计划。但该计划生不逢时，随着李承晚政权的倒台而夭折；第二，为了遏制共产党国家，艾森豪威尔政府对韩国援助政策长期坚持军事援助优先于经济援助的原则；[②] 第三，美国对韩国援助多以消费品和原材料为主，机械设备只占援助物资的20%，且技术含量较低，这在很大程度上阻碍了韩国经济自立能力的提高；[③] 第四，为了减少美国的财政赤字，1957年以后，艾森豪威尔政府开始大幅削减对韩国经济援助。与韩国经济增长缓慢形成鲜明对比的是韩国都市化的飞速发展。1949年，韩国只有18.3%的人口居住在城市，1955年该比率上升为34.5%。[④] 城市是韩国受教育者和失业人口的聚集之地，这里对政府漠视经济发展的不满尤为强烈。在野的民主党趁机将这种不满转化为政治资本。[⑤] 从这个意义上讲，韩国都市化

① 〔美〕雷迅马：《作为意识形态的现代化：社会科学与美国对第三世界政策》，第120～121页。

② 梁志：《论艾森豪威尔政府对韩国的援助政策》，第78～97页。

③ 李柱锡：《韩国经济开发论》，第50～51页；Un-chan Chung, “The Development of the South Korean Economy and the Role of the United States,” p. 188.

④ Yong-Pyo Hong, *State Security and Regime Security: President Syngman Rhee and the Insecurity Dilemma in South Korea, 1953－60*, p. 105；尹保云：《韩国为什么成功——朴正熙政权与韩国现代化》，第76～77页。

⑤ Andrew C. Nahm, *Korea: Tradition & Transformation, A History of the Korean People*, p. 434.

迅速发展与经济缓慢增长之间的巨大反差加速了李承晚政权的灭亡。

【淮橘成枳：责任内阁制的“水土不服”】作为对李承晚独裁统治反思的结果，6月15日，韩国国会第三次通过修宪案，由此产生的政权结构是：行政权的二元结构，总统只有象征意义，内阁总理掌握主要行政权；国会实行两院制；国务院拥有解散国会的权力，国会则拥有对政府的不信任权；增设拥有宪法解释权、弹劾权和解散政党案审判权的宪法法院。同样重要的是，修宪案还取消了第一共和国宪法对公民基本权利的一切限制。①

对此，美国国务院和驻韩使馆的看法是：考虑到当地人民的愿望以及目前尚缺乏胜任的领导人，韩国应尝试建立议会制政府。议会制不仅有利于选拔领导人，而且便于美国对韩国施加政治影响。当然，该制度也存在明显缺陷，例如可能产生依靠收买上台的不稳定的联合政府或再次使韩国受到一党专制的困扰。议会制政府短期内成功执政和韩国的稳定大体上取决于国会中组织良好的、具有温和倾向的多数派的存在以及政府对经验丰富的政治家和科层人员的接纳。目前，只有民主党具有以上能力。

因此，美国应该在竞选活动中秘密支持民主党，确保它获得（议会）多数。但这样做时要注意行动的分寸和方式，以免给人留下美国干预的迹象或引起与此相关的流言。另一方面，现在对民主党表示友好也会增强日后美国对其施加影响的能力，

① 赵虎吉：《揭开韩国神秘的面纱——现代化与权威主义：韩国现代政治发展研究》，第94页；Juergen Kleiner, *Korea: A Century of Change*, pp. 128 - 129.

进而保证韩国走向民主，而非重蹈覆辙……

……当前，美国的责任不是主导韩国的政治发展，但在韩国真正走向稳定和成熟之前应间接地秘密支持该社会中的建设性力量、阻止暴政的发生。①

然而，此次等待美国的仍是"失望"和"无力"。

韩国1956年总统大选以后，美国开始极力推动当地保守两党制的形成。最初的设想是促使李起鹏领导的自由党和民主党老派合并，组成新的保守执政党，同时鼓励以张勉为首的民主党新派单独组成新的保守反对党。由于共同面临张勉继任总统的威胁，1959年初，自由党与民主党老派开始秘密商议对策，甚至策划修改宪法，改总统制为议会制。不久，会谈因走漏消息而被迫中断。虽然在此次危机中，民主党努力避免了分裂，但新老派之间的矛盾却依然存在。

1960年4月李承晚政权的倒台使民主党在失去主要政敌的情况下陷入内部斗争。许政临时政府时期，民主党的新派和老派争相拉拢自由党议员，企图借此单独控制立法机关。在先修宪还是先普选的问题上，双方的矛盾尤为激烈。赵炳玉去世后，民主党老派中暂时没有其他人可以在选举中与张勉抗衡。为了给重组甚至与自由党结盟争取时间，民主党老派主张先修宪。民主党新派对老派的打算了如指掌，因而提议先普选，然后由新产生的国会修改宪法。最终，老派的意见占了上风。②

① "Telegram from the Department of State to the Embassy in Korea," June 11, 1960, in *FRUS*, *1958－1960*, Vol. 18, Japan; Korea, pp. 665－667.

② Il-Young Kim, "The Race against Time: Disintegration of the Chang Myun Government and Aborted Democracy," pp. 172－174.

修宪期间，新老派之间仍旧冲突不断。二者都毫不犹豫地与自由党结盟，民主党党员与自由党议员之间的非法交易很快成为人们议论的主要话题。同时，根据当地报纸的报道，许多以前向自由党捐献政治资金的大企业迅速转向民主党，寻求新的政治保护。然而，在起诉腐败、选举舞弊或违反人权的自由党领导人、大企业主以及政府官员方面，民主党却无所作为。①

7月29日，韩国举行国会选举，民主党取得决定性优势。在下院，民主党获得177席，自由党仅获12席。剩余席位被各少数党瓜分。在新建的上院（又称“民议院”），民主党占据了58席中的31席。应该说，对民主党而言，国会中根本没有强有力的反对党。或许正因为如此，不久民主党内部新老派之间再次发生分裂。8月4日，老派宣布为避免一党专制的危险，民主党必须分成两个独立的党。四天后，议员们第一次开会。在官员任命问题上，由于民主党新老派各执己见，最后独立派人士当选上院主席。8月11日，两院举行联席会议，民主党老派领导人尹潽善当选总统。随后，他任命本派的金度演为总理，但下院对此予以否决。尹潽善决定改任新派的张勉，这次下院以微弱多数批准该任命。23日，张勉宣布内阁成员名单，14名内阁成员中只有2人属于老派。新老派之间发生了激烈的争吵。更为严重的是，新派内部还分裂成“老壮派”和被排斥在内阁之外的“少壮派”。为了安抚老派，张勉调整了内阁名单，以4名老派成员代替4名新派成员。然而，这一举措未能阻止民主

① Il-Young Kim, “The Race against Time: Disintegration of the Chang Myun Government and Aborted Democracy,” p. 174.

党彻底分裂。10 月 18 日，老派正式宣布建立“新民党”。[①] 1952 年 5 月 23 日，美国驻韩大使穆西奥就釜山政治危机问题与李承晚会谈。《美国外交关系文件》对此次会谈做了如下记载：

> 他（李承晚）提及，光复以前宗派主义曾使上海朝鲜临时政府陷入严重混乱。接着，李承晚声称，韩国政治舞台上仍存在许多派系，当前它们或多或少地尚能团结在一起共同反对他。一旦他离职而去，这些派系将分崩离析，不断争斗。这会给韩国及其内部团结带来一场灾难。[②]

极具讽刺意味的是，反观 1960 年下半年的韩国政局，李承晚的这些辩辞竟然变成了准确的预言！

在执政过程中，合法性危机和社会动荡是张勉政府在政治上面临的两大困境，前者为里，后者为表。虽然民主党是第一共和国时期的主要反对党，但并未积极参与“四一九运动”，它在第二共和国掌权很大程度上可以说是摘取了“四一九运动”的胜利果实，在法统上有很大欠缺。[③] 同时，在冷战的特殊环境

① “Editorial Note,” in *FRUS, 1958 - 1960*, Vol. 18, Japan; Korea, pp. 680 - 681; Il-Young Kim, “The Race against Time: Disintegration of the Chang Myun Government and Aborted Democracy,” pp. 176 - 177; Andrew C. Nahm, *Korea: Tradition & Transformation, A History of the Korean People*, pp. 438 - 439; 赵炜：《韩国现代政治论》，东方出版社，1995，第 12～13 页；曹中屏、张琏瑰：《当代韩国史（1945～2000）》，第 195～196 页。

② “Memorandum of Conversation, by the Ambassador in Korea (Muccio),” May 23, 1952, in *FRUS, 1952 - 1954*, Vol. 15, Korea, pp. 229 - 230.

③ Juergen Kleiner, *Korea: A Century of Change*, p. 129.

下，韩国的对外关系主要集中于美国，取得美国的支持成为张勉政府外交政策的首要目标。为此，张勉对美国几乎唯命是从，这使他在50年代末60年代初韩国民族情绪不断高涨的阶段失去了抵制美国控制的政治资本，统治合法性进一步受损。①

第二共和国宪法彻底取消了对公民出版、集会、结社和言论的限制，无政府主义随之泛滥。首先，报刊和记者的数量成倍增长。1960年初至1961年4月，报刊由600份增加到约1600份。虽然这些报刊大部分发行量很小，却拥有16万记者。为了维持和增加发行量，新闻界不负责任地攻击政府并登载耸人听闻的消息，社会情绪被引向反政府方向。② 其次，“国家教师劳工联合会”和“民族统一学生同盟”等以知识分子为主的组织纷纷提出激进改革和立即统一的要求，如制定革命立法，严惩前政府官员、亲李政客以及“三一五选举”中的舞弊者。为迫使政府就范，它们不断发起抗议活动甚至占领国会。③ 张勉对这些过激要求和行为一味姑息。1960年10月31日，韩国颁布特别法，严惩“三一五选举”中的犯罪行为。至12月末，约2217名前政府官员、81名警官、4000名警察及大批军人遭到清洗。这一切尤其是对警察的清洗和80%警察工作地点的调换使社会陷入极度混乱，犯罪率直线

① Donald Stone Macdonald, *The Koreans: Contemporary Politics and Society*, Oxford: Westview Press, 1996, pp. 53 - 54.

② Andrew C. Nahm, *Korea: Tradition & Transformation, A History of the Korean People*, p. 441；赵虎吉：《揭开韩国神秘的面纱——现代化与权威主义：韩国现代政治发展研究》，第94页。

③ Andrew C. Nahm, *Korea: Tradition & Transformation, A History of the Korean People*, pp. 440 - 441; Juergen Kleiner, *Korea: A Century of Change*, pp. 129 - 130.

上升。[①] 这一动荡局面与多年以来韩国社会存在的各种弊端以及多数人民对政府提出的迅速解决各种问题的不切实际的要求同恶相济，直接引发了广泛的反政府行为。李承晚政权倒台后一年间，韩国共发生近2000次示威游行，90多万人参与其中。[②] 在以上问题的困扰下，张勉政府的统治犹如风中残烛，随时可能破灭。

第二共和国宪法取消了对公民基本权利的限制，建立了责任内阁制，这是韩国反思李承晚独裁统治、向往西欧民主体制的结果。然而，由西方移植过来的民主制度在韩国遭遇了"水土不服"、淮橘成枳的困境。"西欧式民主政治是以高度现代化，政党政治的制度化，军队、公务员、警察的中立化以及较高的政治社会化等条件为前提的，而当时的韩国并不具备这些条件。"[③] 朝鲜高丽时代建立起来的中央集权制一直延续至随后的李朝，1910年日本吞并朝鲜后仍实行李朝的官僚集权制。1948年韩国采纳美式民主体制，但李承晚政权的统治只不过是"民主其外，独裁其中"。1960年6月，千余年来始终处于中央集权压迫下的韩国人民一夜之间获得了充分的自由，这好比一个处于重压下的弹簧突然被撤去压力会产生强烈的反弹一样，极端无政府主义开始泛滥。当时韩国的学生和新闻界虽接受了西方民主观念，完成了价值观由传统向现代的转型，但思维和行为方式仍是传统的。[④] 他们不

---

① Andrew C. Nahm, *Korea: Tradition & Transformation, A History of the Korean People*, pp. 440－441.

② 赵炜：《韩国现代政治论》，第11～12页。

③ 赵虎吉：《揭开韩国神秘的面纱——现代化与权威主义：韩国现代政治发展研究》，第94页。

④ 尹保云：《韩国为什么成功——朴正熙政权与韩国现代化》，第59页。

切实际的要求和过激的行为使韩国的民主制度变得扭曲。从这个角度讲，如果说第一共和国时期的美国式民主制移植面对的更多的是与李承晚政府独裁政治实践的冲突，那么第二共和国时期的西欧式民主制移植面对的更多的则是与韩国政治文化传统的冲突。[①] 根本症结只有一个：民主只能培育，不能移植。

李承晚政权的倒台在一定程度上说明美国式民主实验的失败。当韩国转向西方民主制的另一类型西欧式议会民主制时，美国表示接受甚至支持。此时美国对韩国的政策更加强调加强政治民主和社会稳定，推动美韩关系走向平等化。然而，在不干涉韩国内政的前提下如何实现对韩国政策的政治和社会目标是美国面临的难题。在政策实际执行过程中，由于韩国民族主义和种族优越感日益上升，美国在影响韩国政局时表现得十分小心，手段主要集中于秘密建议和劝告，以免给人留下干涉韩国内政的印象。[②] 应

① 事实上，早在 1952 年，美国驻韩大使穆西奥就断言：韩国由李承晚个人独裁体制转向责任内阁制是“刚出油锅，又入火海”，韩国人根本无法使议会制正常运转。“The Ambassador in Korea（Muccio）to the Assistant Secretary of State for Far Eastern Affairs（Allison），” February 15，1952，in *FRUS*，*1952 - 1954*，Vol. 15，Korea，p. 50.

② “Telegram from the Department of State to the Embassy in Korea，” June 11，1960，in *FRUS*，*1958 - 1960*，Vol. 18，Japan；Korea，p. 666；“Telegram from the Embassy in Korea to the Department of State，” July 3，1960，in *FRUS*，*1958 - 1960*，Vol. 18，Japan；Korea，p. 674；“Telegram from the Department of State to the Embassy in Korea，” July 21，1960，in *FRUS*，*1958 - 1960*，Vol. 18，Japan；Korea，p. 679；“Letter from the Assistant Secretary of State For Far Eastern of Affairs（Parsons）to the Ambassador to Korea（McConaughy），” August 12，1960，in *FRUS*，*1958 - 1960*，Vol. 18，Japan；Korea，pp. 683，686；“National Intelligence Estimate，” November 22，1960，in *FRUS*，*1958 - 1960*，Vol. 18，Japan；Korea，p. 698；“Telegram from the Embassy in Korea to the Department of State，” April 11，1961，in *FRUS*，*1961 - 1963*，Vol. 22，Northeast Asia，pp. 443 - 444.

该承认，面对韩国的政治和社会动荡，美国有着清醒的认识，但施加影响的手段却极为有限。这样一来，混乱的局面就只有留待韩国人自己收拾了。

2. 走向经济自立之路的举步维艰

第二届艾森豪威尔政府上台之时，正值韩国重建工作刚刚完成之际。于是，在 NSC5702/2 号文件中，美国提出了新的经济方针："鼓励并协助韩国在最大限度地维持适度经济稳定的前提下增加质优多样的工农业产品的产量，且在强调缓解失业和缩小外贸逆差目标的同时提高自立程度"；"促使韩国更有效地利用外援及其自身的人力和物力资源"；"推动韩国制定并实施合理的经济和财政政策，在加强财政管理方面承担更大的责任"；"促使韩国将经济增长的所得主要用于投资而非提高消费水平，进一步吸引国内外私人投资"；推动韩国重点在农村地区采取经济自助措施，在促进自身经济增长方面做出更多努力，减少对美国的依赖；鼓励韩国采取必要措施，努力实现与其他"自由世界"国家尤其是日本商业关系的正常化。[①] 简单讲，美国的主要目标是在维持稳定的前提下致力于提高韩国经济的自立程度。

1958 年财政年度，美国国会将政府的援助拨款请求削减了约 20%。得知此消息后，李承晚政府十分担心美国会相应地减少对韩国的援助。1957 年 9 月 21 日，韩国财政部长金勋述（Kim Hun-chul）与美国远东事务助理国务卿罗伯逊举行会谈，表达了对美国削减援助的担忧。罗伯逊表示，由于国会大刀阔

① "NSC5702/2, United States Policy Toward Korea," August 9, 1957, in *DNSA*, PD00495.

斧地削减外援，相应地减少对韩国的援助已在所难免。美国政府向国会请求的总援助额中约40%用于远东，后者中的约75%用于受“共产党威胁”最为严重的韩国、台湾和越南。可见，韩国在美国外援计划中的地位相当高，美国会尽可能地照顾对韩国的援助计划。[①] 10月末，艾森豪威尔政府宣布大量削减对外经济援助。李承晚是从报纸上了解到此事的，因而相当恼火。随后在与道林大使讨论1958年财年美国援助问题时，李承晚首先例行公事地表达了对美援的感激，接着便是长达半个小时的激烈的反美谩骂。他认为，当前美国正在“不惜一切代价地谋求和平”。在这种情况下，除非共产党立即罢手，否则“自由世界”最终将一败涂地。韩国根本无法依赖美援求生度日，只有早日统一才能解决韩国的生存问题。[②] 无论李承晚如何反对，艾森豪威尔政府还是大幅削减了对韩经援（参见表5－1）。

表5－1　1953～1960年韩国受援情况

单位：百万美元

年　份	1953	1954	1955	1956	1957	1958	1959	1960
美国单方面援助	12.8	108.4	205.8	271.0	368.8	313.6	219.7	245.2
韩国民间救济援助	158.8	50.2	8.7	0.3	—	—	—	—
联合国朝鲜重建署	29.6	21.3	22.2	22.4	14.1	7.7	2.5	0.2
总　额	201.2	179.9	236.7	293.7	382.9	321.3	222.2	245.4

资料来源：Anne O. Krueger, *The Developmental Role of the Foreign Sector and Aid*, p.67。

① “Memorandum of a Conversation, Department of State, Washington,” September 21, 1957, in *FRUS*, *1955－1957*, Vol.23, Part2, Korea, pp.513－515.

② “Telegram from the Embassy in Korea to the Department of State,” October 30, 1957, in *FRUS*, *1955－1957*, Vol.23, Part2, Korea, pp.517－519.

那么，艾森豪威尔政府为什么要削减对韩经济援助呢？一方面固然是因为国会大幅削减整体对外经援，另一方面则是由于中立国家和拉丁美洲在美国冷战战略中地位的上升。1957年后，美国的行政部门和国会接受了下面这种思想：虽然中立国家没有就美援向美国提供相应的军事或战略回报，表面上信奉意识形态不可知论，实际上却实行社会主义，且只是相对专制主义来说才认可民主思想，但出于自身国家安全的考虑，美国仍要向这些国家提供援助。在这种新观念的指导下，艾氏政府开始大规模地增加对中立国家的援助。以印度为例，1957年印度北部干旱造成了谷物进口需求的大量增加，甚至使“二五计划”走向失败的边缘。尼赫鲁请求美国提供援助。此后美国对印度的经济援助数量直线上升：1958年为9000万美元，1959年增至1.37亿美元，1960年更是达到1.94亿美元。①

1958年5月，副总统尼克松访问拉美，遭遇了前所未有的反美浪潮。尼克松认为其不幸遭遇很大程度上是若干年来美国支持拉美独裁者和拒绝向拉美提供经济援助引起的反美情绪的反映。同年，巴西向美国提议推行大规模的、政府投资的经济发展计划（即“泛美行动”），受到美国决策者的欢迎。1959年1月1日，古巴的菲德尔·卡斯特罗推翻了巴蒂斯塔独裁政权，建立了临时革命政府。不久，华盛顿得出结论：古巴正在苏联

① H. W. Brands, *India and the United States: The Cold Peace*, Boston: Twayne Publishers, 1990, pp. 94 - 96; "NSC5701, U. S. Policy Toward South Asia," January 10, 1957, in *FRUS*, *1955 - 1957*, Vol. 8, South Asia, Washington: United States Government Printing Office, 1987, p. 40; Seyom Brown, *The Faces of Power: Constancy and Chance in United States Foreign Policy from Truman to Clinton*, p. 104.

的怂恿下向邻国输出革命，主要表现为呼吁他国没收外资、实行土地改革并重新分配财产。拉美各国首脑们也趁机不断提醒美国，当地人民对于经济困境的日益不满将使游击战短时间内难以平息。① 于是，美国决定采取更有力的措施促进拉美地区的发展和改革：改变进出口银行贷款的性质，由硬性贷款转变为软性贷款，允许用当地货币而非美元或黄金偿还贷款；协助美洲国家组织建立美洲开发银行，同意设立针对拉美地区的总额为5亿美元的进步信托基金。②

在削减对韩国经济援助的同时，美国也曾考虑相应地采取一些补救性措施。首先，继续依据第480号公法向韩国提供剩余农产品。这些农产品大部分在当地出售，所得资金主要用于资助韩国的军费开支。③ 为了得到更多的美援，李承晚命令官员隐瞒农业产量。结果，1956～1959年，美国平均每年向韩国提供农产品60万吨，约占当地粮食总产量的15%。美国的剩余农产品援助一方面有助于维持韩国的经济稳定，缓解通货膨胀；另一方面也极大地冲击了当地的农产品市场，导致农产品价格下跌。假

① Thomas Zoumaras, "Eisenhower's Foreign Economic Policy: The Case of Latin America," pp. 176 - 178; Gabriel Kolko, *Confronting the Third World: United States Foreign Policy, 1945 - 1980*, New York: Pantheon Books, 1988, p. 108; 〔美〕雷迅马：《作为意识形态的现代化：社会科学与美国对第三世界政策》，第123页。

② Thomas J. McCormick, *America's Half-Century: United States Foreign Policy in the Cold War and After*, Baltimore: The Johns Hopkins University Press, 1995, p. 142; Seyom Brown, *The Faces of Power: Constancy and Chance in United States Foreign Policy from Truman to Clinton*, p. 107.

③ Donald Stone Macdonald, *U. S. -Korean Relations from Liberation to Self-Reliance: The Twenty-Year Record*, p. 281.

定1956年韩国粮食价格的指数为100，那么1959年则为82.5。[①]

其次，考虑向韩国提供开发贷款。早在1956年财政年度，美国国务院就曾建议在对韩国援助计划中加入开发贷款项目。不过，由于“联合国军”经济协调官和李承晚政府的反对，该建议未被采纳。随着美国对韩国赠与援助的下降以及韩国经济状况的改善，美韩双方开始认真讨论开发贷款问题。1958年5月，美国驻韩使馆催促华盛顿针对韩国合理的投资建议提供开发贷款。1959年春，艾森豪威尔政府宣布美韩开发贷款协议。当年12月，韩国国会批准该协议。[②] 在此前后，美国开始向韩国提供越来越多的开发贷款。[③]

再次，鼓励韩国引进国外私人投资。1954年，韩国财政部起草了一部促进国外私人投资法案，但没有正式颁布。1956年，重建部制定了《外资引入法》，结果又在一片反对声中被束之高阁。当时的韩国不但极端排斥日资，而且担心外资会损害本国利益，因此直至1958年，李承晚政府才逐渐接受美国关于引入外资的建议，考虑制定相应的法律。1960年1月，韩国制定出了《外资引进促进法》。1959～1961年，韩国共引进外资438.6万美元。[④]

---

① 尹保云：《韩国为什么成功——朴正熙政权与韩国现代化》，第51页；郑仁甲、蒋时宗：《南朝鲜经贸手册》，第23页。

② Donald Stone Macdonald, *U. S. -Korean Relations from Liberation to Self-Reliance*: *The Twenty-Year Record*, p. 282.

③ "Operations Coordinating Board Progress Report on U. S. Policy toward Korea (NSC 5817)," April 29, 1959, in *DDRS*, CK3100268022.

④ 美国促进韩国引进国外私人投资的情况参见 Donald Stone Macdonald, *U. S. -Korean Relations from Liberation to Self-Reliance*: *The Twenty-Year Record*, pp. 282 -283；郑仁甲、蒋时宗：《南朝鲜经贸手册》，第115～116页。

最后，试图推动韩国增加出口。1959 年 2 月 6～11 日，美国总统委员会远东分委会主席威廉·德雷帕（William H. Draper）访问韩国。10 日，德雷帕拜访了李承晚，警告说：美国不可能无限期地向韩国提供援助，韩国的当务之急是发展出口工业和开发出口市场。为此，应首先确立现实的汇率，以提高韩国商品和服务在世界市场上的竞争力。[①] 在德雷帕看来，韩国可以出口 20 万吨大米，但美韩双方在这方面的努力不够；纺织品本来也有条件成为韩国的出口项目，可是美国国际合作署却阻止韩国出口纺织品。[②] 这种看法是有道理的，在韩国出口停滞不前的问题上，美韩双方确实都有责任。当时，韩国对出口商品的标准化和交付日期等国际通行惯例都相当陌生。[③] 而李承晚政权 50 年代末正忙于应付国内的政治危机，根本无暇顾及促进出口事宜。更糟糕的是，1950 年代美国禁止以援助原棉为原料制造的棉纺织品对美出口。[④] 例如，1957 年梁裕灿大使要求美国帮助将价值 200 万美元的韩国纺织品出口香港，但美国答复说，原棉是由美国第 480 号公法援助提供的，办理此事非常困难。[⑤] 而且，在促使韩国进行货币贬值方面，1955 年以后艾森豪威尔

---

① "Telegram from the Embassy in Korea to the Department of State," February 11, 1959, in *FRUS, 1958－1960*, Vol. 18, Japan; Korea, p. 543.

② "Memorandum of Conversation," February 28, 1959, in *FRUS, 1958－1960*, Vol. 18, Japan; Korea, p. 546.

③ Donald Stone Macdonald, *U. S. -Korean Relations from Liberation to Self-Reliance: The Twenty-Year Record*, p. 283.

④ 陈龙山、张玉山、贲贵春：《韩国经济发展论》，第 50 页。

⑤ Donald Stone Macdonald, *U. S. -Korean Relations from Liberation to Self-Reliance: The Twenty-Year Record*, p. 283.

政府也是一无所获。最终，虽然1958～1960年韩国年出口额由1600万美元提高到3300万美元，但相对此期间年均3亿多美元的进口额来说仍微不足道（参见表5－2）。

表5－2　1953～1960年韩国进出口情况

单位：百万美元

年度	出口	进　口		
		总额	一般进口构成比（%）	援助进口构成比（%）
1953	40	345	43.8	56.2
1954	24	243	36.8	63.2
1955	18	341	30.7	69.3
1956	25	386	15.4	84.6
1957	22	442	13.4	86.6
1958	16	378	15.0	85.0
1959	20	304	26.9	73.1
1960	33	344	28.5	71.5

资料来源：郑仁甲、蒋时宗：《南朝鲜经贸手册》，第78页。

经济稳定是此时美韩经济关系中的又一大问题。1956年自由党在大选中的失利使李承晚在某种程度上意识到了公众中广泛存在的反政府情绪。为了推动经济发展，他决定改组内阁，接纳经济管理人才。这些新上任的内阁官员又聘用了一批受过美式教育的年轻学者。此后，美韩双方各派出四名官员定期举行秘密的、非正式的讨论会，研究相关的政治经济问题，加深彼此间的理解和信任。在此基础上，1956年中以后，美韩经济关系一度大为改善，① 主要

① Donald Stone Macdonald, *U.S. – Korean Relations from Liberation to Self-Reliance*: *The Twenty-Year Record*, pp. 276 – 277.

表现之一是1957年春“联合国军”经济协调官与韩国财政部长联合制订了由美韩联合经济委员会负责执行的财政稳定计划。主要内容包括：限制国库券的发行和新投资项目的上马；1957年至1958年上半年间，不允许增加货币发行量。此后，可以视情况少量增加；确定政府财政赤字的最高限额；超过1000万韩元的商行贷款需由美韩联合经济委员会监督和指导下的韩国货币委员会批准。[①] 结果，一方面，韩国物价上涨的问题得到了明显缓解。若以韩国1955年的批发物价指数为100，1958年则为143，1959年为147，1960年为123；[②] 另一方面，由于国防、教育和政府开支的持续上升，韩国遏制通货膨胀的政策又不可避免地导致工业产量下降。此外，银行贷款的明显紧缩也迫使不惜一切代价争取政府贷款的大企业与自由党进行非法交易。[③]

在经济发展战略方面，1957年后，韩国政府或多或少地开始关注经济发展。早在1955年，韩国就建立了重建部，与美国援助使团一起负责协调年度稳定计划的执行。1958年3月，李

---

① "Memorandum of a Conversation, Department of State, Washington," September 21, 1957, 11 a.m. in *FRUS, 1955 - 1957*, Vol. 23, Part2, Korea, p. 513; Jung-en Woo, *Race to the Swift: State and Finance in Korean Industrialization*, pp. 71 - 72; Hyun-Dong Kim, *Korea and the United States: The Evolving Transpacific Alliance in the 1960s*, p. 59.

② "Memorandum from the Director of the Office of Northeast Asian (Parsons) to the Assistant Secretary of State for Far Eastern Affairs (Robertson)," June 4, 1958, in *FRUS, 1958 - 1960*, Vol. 18, Japan; Korea, p. 460; 郑仁甲、蒋时宗：《南朝鲜经贸手册》，第23页。

③ Hyun-Dong Kim, *Korea and the United States: The Evolving Transpacific Alliance in the 1960s*, p. 59.

承晚政府又在重建部内部设立了一个名为“经济发展委员会”的研究咨询机构。[1] 作为第一个致力于推动长期经济发展的政府机构，它成为60年代经济企划院的先驱，并为韩国经济“起飞”阶段的“专家治国”准备了条件。[2] 1959年4月，“经济发展委员会”起草出三年经济发展计划。该计划一出台便遭到了自由党、私企和行政部门本身的强烈反对。直至1960年1月，内阁才通过了这项计划。可是，随后李承晚政权的垮台又使其成为一纸空文。[3]

从经济发展实绩来看，李承晚统治末期，韩国经济增长率不断下滑：1958年为5.2%，1959年为3.9%，1960年为1.9%。其中，农业的发展状况最令人担忧，1959年和1960年都处于负增长状态。不过，此期间工业增长率仍然很高，分别为8.2%、9.7%和10.4%（参见表4－1）。

1960年8月，民主党政府上台。13日，尹潽善总统在就职演说中宣布：“政府所执行的政策居首位的是经济第一主义，这要求国民耐苦、节制，具有首创精神和努力。”9月30日，国务总理张勉在国会发表施政演说时指出：“政府在经济方面所要实行的是以增进社会福利为基本目标的迅速促进经济快速增长的

---

① Stephan Haggard, Byung-kook Kim and Chung-in Moon, “The Transition to Export-led Growth in South Korea: 1954－1966,” *The Journal of Asian Studies*, Vol. 50, No. 4 (November 1991), p. 855.

② Adrian Buzo, *The Making of Modern Korea*, p. 105.

③ Stephan Haggard, Byung-kook Kim and Chung-in Moon, “The Transition to Export-led Growth in South Korea: 1954－1966,” p. 855；尹保云：《韩国为什么成功——朴正熙政权与韩国现代化》，第133～134页。

经济第一主义。”[①] 由此，民主党正式放弃了“北进统一”的主张，确立了“经济第一”的基本国策，承诺维持经济稳定、制订长期经济发展计划、推行国土开发计划、扩大就业、发展贸易并解决住房问题。[②] 为了获得更多的建设资金，张勉政府一再要求美国增加经援。10 月 25 日，韩国财政部长金永舜（Kim Young-sun）与美国副国务卿狄龙举行会谈。双方商定：1961 年 3 月 1 日前，韩国采取改革外汇体制、重新签订美韩经济援助协定以及加速发展运输和电力事业等四项基本经济举措。为此，美国将给予韩国 2500 万美元的汇率稳定基金和 1500 万美元的追加援助。[③] 1960 年 11 月，为履行以上协议，韩国成立了一个特别小组，下设七个分委会。12 月，美韩开始协商韩国外汇体制改革问题。在美国国务院专家的帮助下，1961 年初，韩国政府两次实行货币贬值，将韩元相对美元的汇率提高 104%。[④] 此外，2 月 8 日，美韩签订了经济援助和技术合作协定。[⑤] 4 月中旬，韩国大

① 曹中屏、张琏瑰：《当代韩国史（1945~2000）》，第 203 页。

② Sang-Yoon Ma, “From ‘March North’ to Nation-Building: The Interplay of U. S. Policy and South Korean Politics during the Early 1960s,” p. 22; Il-Young Kim, “The Race against Time: Disintegration of the Chang Myun Government and Aborted Democracy,” pp. 180 – 181.

③ Donald Stone Macdonald, *U. S. -Korea Relations from Liberation to Self-Reliance: The Twenty-Year Record*, pp. 286 – 287; Sang-Yoon Ma, “From ‘March North’ to Nation-Building: The Interplay of U. S. Policy and South Korean Politics during the Early 1960s,” p. 23.

④ Donald Stone Macdonald, *U. S. -Korea Relations from Liberation to Self-Reliance: The Twenty-Year Record*, pp. 287 – 288; Anne O. Krueger, *The Developmental Role of the Foreign Sector and Aid*, pp. 83, 86, 88.

⑤ Hyun-Dong Kim, *Korea and the United States: The Evolving Transpacific Alliance in the 1960s*, p. 63.

体完成了四项基本经济改革，此期间美国亦履行了援助诺言。①

1960 年 11 月，重建部受命起草五年经济发展计划。② 韩国政府首先需要改组经济管理机构。民主党政府成立了一个由政府部长和执政党领导人组成的“七人政府改组委员会”，下设了一个分委会，专门负责制订重组国家机构的计划。分委会建议成立一个集计划和财政权于一身的开发部。由于内部纷争，民主党并没有将该建议付诸实施。不过，最终重建部还是基于李承晚统治末年的三年经济发展计划制订出了一个五年经济发展计划（1961 ~ 1965 年）。1961 年 5 月 10 日，韩国将计划草案呈交美国，供双方负责援助的官员讨论。该计划草案并未提出促进经济增长的可行战略，美国对此很不满意，将其称为“购物单”和“项目列表”，甚至批评它“带有社会主义性质”。③

为减少失业，张勉政府还发起了一个国土开发计划。1961 年 1 月，韩国对服过兵役后的 2000 名大学生进行公务员选拔考试。合格者被派赴生产第一线，并计划在他们完成实习任务后任命这些人为中央和地方政府官员。该计划得到了社会公众和民主党各派政治势力的支持。3 月 1 日，当受训的大学生身穿工作服，肩扛锄头，意气风发地走在汉城街头时，民主党少壮派

① Donald Stone Macdonald, *U. S. -Korea Relations from Liberation to Self-Reliance: The Twenty-Year Record*, pp. 287 – 289; Sang-Yoon Ma, “From ‘March North’ to Nation-Building: The Interplay of U. S. Policy and South Korean Politics during the Early 1960s,” p. 24.

② Stephan Haggard, Byung-kook Kim and Chung-in Moon, “The Transition to Export-led Growth in South Korea: 1954 – 1966,” p. 856.

③ Il-Young Kim, “The Race against Time: Disintegration of the Chang Myun Government and Aborted Democracy,” pp. 181 – 184.

院内集团“新风会”和新民党少壮派院内集团“青潮会”均自发参加到大学生行进的行列。[①] 事实上，由于工资较低，食宿条件难以令人满意，大学生们经常抱怨甚至拒绝到建设现场参加工作。而且，以上计划还受到资金不足和注重形象工程等问题的困扰，结果仅实行了两个月便不了了之。[②]

虽说民主党怀有发展经济的良好愿望，但在张勉政府统治的近十个月里，韩国的经济状况毫无改善，主要表现为对外依存度有增无减、通货膨胀率居高不下、失业人口众多、粮食紧缺、电力枯竭。[③] 究其原因，主要有：政府无力同时完成发展民主和维持社会稳定的双重使命，经济发展缺少安定的社会环境；执政党内部你争我夺，张勉几次改组内阁，经济计划难以付诸实施；“五一六军事政变”发生时，民主党政府的多项经济改革尚未真正取得成效。

1957～1961年，美国官员在思想观念或政策制定层面依旧强调推动韩国“民族国家建构”进程的重要性。在他们看来，韩国很大程度上已变成了华盛顿决心援助“自由亚洲国家”抵制共产党“侵略”的象征。而且，朝鲜半岛南北方乃至整个远东都在密切关注美国在韩国的建设计划与共产党在朝鲜的努力二者间的绩效对比。[④] 或者说，美国必须在这场竞争中取胜，否则西方资本主义制度的号召力和声誉将严重受损。正因为如此，

① 曹中屏、张琏瑰：《当代韩国史（1945～2000）》，第203～204页。

② Il-Young Kim, “The Race against Time: Disintegration of the Chang Myun Government and Aborted Democracy,” p. 185.

③ 曹中屏、张琏瑰：《当代韩国史（1945～2000）》，第204～205页。

④ “Evaluation of Assistance Program to South Korea Summarized,” April 15, 1958, in *DDRS*, CK3100340352 - CK3100340353.

美国国家安全委员会对韩国政策文件才越来越重视加强韩国民主制度和促使韩国实现经济自立。然而，残酷的现实很快将这一雄心壮志击得粉碎：李承晚政权不择手段地维护自身统治的独裁行为和张勉政府面对人民激进改革和立即统一要求的无力反应使韩国政局陷于长期动荡之中；韩国经济不断受到通货膨胀、失业、外援减少等诸多困扰，自立的前景十分渺茫。最后美国不得不退而求其次，把维持韩国的政治经济稳定作为当前的首要政策目标。

1956年以后，李承晚及其自由党在人民心目中的威望日益下降，市民和知识阶层的反政府情绪不断高涨。为了继续维持执政地位，李氏政权接连制造"进步党事件"、修改《国家安全法》和《地方自治法》、查封《京乡新闻》、操纵总统选举。艾森豪威尔政府既担心李承晚变本加厉的独裁行径破坏徒有其表的民主制度，又害怕共产党利用韩国动荡的政局加强宣传和"渗透"。然而，在考虑应对之策时，美国的选择余地非常小。一方面，在华盛顿看来，李承晚的爱国主义、反共热情和政治控制力毋庸置疑，甚至难以替代；另一方面，美国在韩国存在巨大的利益，撤销对李承晚政权的支持极不明智。因此，艾森豪威尔政府只能继续与李承晚打交道。在这一前提下，美国制止韩国政府专制行为的手段大体局限于苦口婆心的劝说、严厉的指责和推迟援助供给。但正如国际合作署评估小组所言，即便是停止援助的威胁也很难令李就范，因为他完全了解美国的处境，深知美国不会弃韩国而去。① 结果，直至韩国公众的不满

① "Evaluation of Assistance Program to South Korea Summarized," April 15, 1958, in *DDRS*, CK3100340366 – CK3100340367.

在“四一九运动”中升至顶点而李承晚又无力收拾残局之时，美国才被迫决定“换马”，扶植民主党上台。但西欧议会民主制统治下的韩国依旧动荡不安，而在韩国民族主义和种族优越感渐趋强烈之际，美国的对策更多地也只能是暗中提议和规劝。最终，对艾森豪威尔政府来说，就连维持韩国政局稳定这一最低目标似乎也没有达到。

第二届艾森豪威尔政府时期，美国大幅削减对韩国的经济援助，加之维持庞大韩军所需的高额军费以及李承晚政权很少关心经济事务，使韩国经济增长速度迅速下滑。张勉政府上台后，清醒地意识到国防开支给经济带来的沉重负担和加快经济增长速度的重要性，并提出了改革税收体制、有效利用国家资源和扩大出口等一系列改革措施。① 相应的，美国也以增加援助为条件鼓励韩国推进经济改革。然而，动荡的政局、民主党内部的派系斗争和朴正熙军事政变极大地制约着乃至最终彻底打断了张勉的经济改革步伐。面对眼前的一切，无论是美国国务院还是国际合作署抑或是情报部门都对韩国经济自立的前景持悲观态度，② 以致维持经济稳定在第二届艾森豪威尔政府对韩国经济政策执行过程中始终占据着压倒一切的地位。在此期间，美国决策部门依旧密切关注南北

① “Summary of a Conference between President Dwight D. Eisenhower and South Korean Prime Minister Huh Chung,” June 28, 1960, in *DDRS*, CK3100501471 - CK3100501472.

② “Background Report on South Korea,” June 1, 1960, in *DDRS*, CK3100024392; “Evaluation of Assistance Program to South Korea Summarized,” April 15, 1958, in *DDRS*, CK3100340345 - CK3100340347; “National Intelligence Estimate (NIE) No. 42.1 - 58,” January 28, 1958 in *DDRS*, CK3100561418.

朝鲜之间的经济竞赛，但在一番对比之后留下的只是对共产党“经济宣传攻势”的担忧和对韩国官员极少信奉自由企业原则的抱怨。①

---

① “Operations Coordinating Board Progress Report on U. S. Policy toward Korea (NSC 5817)，” April 29，1959，in *DDRS*，CK3100268019 - CK3100268020.

第六章 “发展第一”及其限度：美国政策的新面貌与再调整（1961～1969）

1960年代，美国较以往更加重视第三世界的内部发展，极力谋求在现代化理论的框架内推动欠发达国家的政治民主和经济“起飞”。在亚洲，东南亚和南亚吸引了华盛顿决策者更多的目光，逐渐成为美国遏制共产主义的主战场。以此为背景，肯尼迪、约翰逊政府一方面努力减轻对韩国的援助负担，一方面又将援助作为杠杆迫使朴正熙政权“归还民政”、采取适当的经济改革措施。历经一系列曲折和失败后，韩国建立了民选政府，经济亦达至“起飞点”。随后，韩军大批开赴越南，朝鲜半岛非军事区武装冲突加剧，“青瓦台事件”和“普韦布洛”号危机相继发生。朴正熙政府判断，三者间存在密切的逻辑关联，或者说朝鲜正在利用韩国国防松懈之机加紧“渗透”和“颠覆”，甚至寻求借此实现武力统一。为了换取韩军赴越，缓解韩国的安全忧虑，解决美韩信任危机，华盛顿再次将部分注意力转向加强韩国的军事力量。

一 肯尼迪、约翰逊政府的第三世界战略与亚洲政策

20世纪50年代末60年代初，美国内外交困。1957年，美国的贸易顺差约为63亿美元，1958年下降到35亿美元，1959年又跌至2亿美元。1958～1960年，美国国际收支赤字每年均在30亿～40亿美元之间，与之相伴相生的是前所未有的黄金外流现象。1957年末，美国黄金储备价值为229亿美元，几乎占国际官方黄金储备总额的60%。然而，此后两年间，美国黄金储备额流失了近30亿美元。面对这一局面，肯尼迪在1961年1月19日第一份国情咨文中悲叹道：“目前的经济情况是令人不安的。我们是在七个月的衰退、三年半的停滞、七年的经济增长速度降低和九年的农场收入下降之后就职的。”①

不过，在肯尼迪政府看来，这些困难仍无法与“在全世界面临的问题相比”。“在亚洲，中国共产党人的无情压力威胁着整个地区的安全，从印度和南越的边界，直到老挝的丛林地区，都在努力保卫自己新近赢得的独立”；“在非洲，刚果因内讧、

① 崔丕：《美国美元防卫政策的演变》，崔丕主编《冷战时期美国对外政策史探微》，第419～420页；〔美〕保罗·沃尔克、〔日〕行天丰雄：《时运变迁——国际货币及对美国领导地位的挑战》，贺坤、贺斌译，中国金融出版社，1996，第19页；〔美〕约翰·肯尼迪：《扭转颓势》，约翰·加德纳编，沙地译，第14～15页；James A. Nathan & James K. Oliver, *United States Foreign Policy and World Order*, Boston: Little, Brown and Company, 1985, p. 238.

政治动荡和社会骚乱而遭受分裂”；“在拉丁美洲，共产党代理人企图利用这一地区所希望的和平革命，并在距我国海岸不过九十哩的古巴建立了一个基地”；“在欧洲，我们的联盟有空白，而且有点混乱”；“我们面临的最大挑战仍然是位于冷战彼方的世界，但是第一个大障碍仍然是我们同苏联和共产党中国的关系。”[①] 一句话，环顾四周，美国政要们看到的或是激进的民族独立运动，或是肆虐的“共产主义扩张”。更令他们忧虑的是，二者呈现出合流并轨的趋势。

因应时势，肯尼迪及其顾问从多个角度提出了自己的外交观念：“首先，我们寻求的是一个可以进行自由选择的世界，这个世界的国家是形形色色的，每个国家都忠于自己的传统和才智，并将学习尊重人类生存的基本法则。我们不希望按照我们自己的形象来改造世界——我们也不愿让世界按照任何其他社会形象或教条来进行改造。我们反对实行强制的世界，我们赞成进行自由选择的世界”；均势是脆弱的，权势的些微变化甚至是变化的表象都能引起席卷世界的惊恐连锁反应，连同种种的毁灭性后果；共产主义在任何地方之所得皆为美国之所失；在同共产主义斗争的过程中，严防“尴尬窘迫、蒙羞受辱和显得软弱的危险”；更加重视在经济、技术和文化领域同共产党国家展开竞争；更加现实客观地对待民族解放运动的问题，支持亚非国家的民族独立和非殖民化

① 〔美〕约翰·肯尼迪：《扭转颓势》，第21～23页；相关论述可另参见张屹峰《肯尼迪政府的“时势观”与对华政策》，《史林》2009年第2期，第159～160页。

进程。[①]

在以上种种观念的支配下，肯尼迪政府制定了新的国家安全战略，主要特征如下：经济安全方面奉行财政扩张论，不过分限制国内外开支，努力维持国内经济的健康发展；军事安全方面追求对称反应，同时加强常规和非常规力量；强调经济、技术和文化等非军事遏制手段；以实力为基础，与苏联进行谈判；重新努力巩固同盟。[②]

其中，特别值得注意的是，此时的美国较以往更加重视第三世界的发展问题。该变化首先源自于肯尼迪对外部世界的认识。1951 年，时为众议员的肯尼迪访问了中东和东南亚。回国后，他在呈送国会的报告中称：

在印度支那，我们已经把自己同死抱法兰西帝国残余

---

① 〔美〕小阿瑟·施莱辛格：《一千天——约翰·菲·肯尼迪在白宫》，仲宜译，三联书店，1981，第 492 页；刘国柱：《美国文化的新边疆——冷战时期的和平队研究》，中国社会科学出版社，2005，第71～72 页；〔美〕约翰·加迪斯：《遏制战略：战后美国国家安全政策评析》，第 215～216、222、234～235、244 页。

② 〔美〕约翰·加迪斯：《遏制战略：战后美国国家安全政策评析》，第 217～218，226～227 页；Anna Kasten Nelson，“President Kennedy's National Security Policy：A Reconsideration，” *Reviews in American History*，Vol. 19，No. 1（March 1991），p. 5；Meena Bose，*Shaping and Signaling Presidential Policy*：*The National Security Decision Making of Eisenhower and Kennedy*，Texas：Texas A & M University Press，1998，pp. 6，43，113；Kees Van der Pijl，“The Kennedy Offensive and the New Liberalism，” 2004，p. 20. available at：http：//www. theglobalsite. ac. uk/atlanticrulingclass/Chapter%207%20The%20Kennedy%20Offensive%20and%20the%20New%20Liberalism. pdf.

不放的法国政权的绝望挣扎绑在一起了……阻止共产主义南进是有意义的，但决不能只靠武力。目前要做的工作是在这些地区树立坚强的反共产主义的民族情绪，并以此作为防卫的矛头……我们的做法如果背离甚至违抗这种固有的民族愿望，其结果注定是要失败的。

在这里，肯尼迪明确地提出了反殖民主义的主张。1952年11月，肯尼迪进入参议院。面对美国对法国军事援助的不断上升，他坚决反对介入印度支那战争，认为应“促进法属殖民地人民所希望的自由和独立”。[①]

50年代中期以后，肯尼迪对第三世界问题的看法日渐成熟，越来越意识到新兴独立国家在国际政治经济中的作用。在他看来，美国应积极地引导第三世界国家中的民族主义力量，使之脱离共产主义轨道，走向寻求变革之路。对于盛行于欠发达国家的中立主义，肯尼迪主张采取容忍的态度。1954年秋，阿尔及利亚爆发了反抗法国殖民统治的民族运动。此次，艾森豪威尔政府仍一如既往地支持法国，向其提供大量的军事援助，帮助镇压了阿尔及利亚人民起义。1957年7月2日，肯尼迪在国会发表长篇演说：

① Anna Kasten Nelson, "President Kennedy's National Security Policy: A Reconsideration," p. 7; Roger Hilsman, "Vietnam: the Decisions to Intervene," in Jonathan R. Adelman (ed.), *Superpowers and Revolution*, New York: PRAEGER, 1986, p. 115;〔美〕小阿瑟·施莱辛格：《一千天——约翰·菲·肯尼迪在白宫》，第248页；刘国柱：《美国文化的新边疆——冷战时期的和平队研究》，第66～67页。

> 无论法国人喜欢不喜欢，承认不承认，无论法国人有没有我们的支持，他们在海外的领地，迟早会一个一个地、不可避免地获得自由……如果法国和整个西方想要在北非继续保持势力，那么，第一个必不可少的步骤就是，阿尔及利亚也像摩洛哥和突尼斯那样宣告独立。

该演说一方面立即引起了国内外的抨击和咒骂，另一方面最终又使肯尼迪赢得了“自由变革者”的美誉。[①]

在 1960 年大选前后，肯尼迪进一步将第三世界问题与美苏冷战斗争联系在一起。他指责共和党决策者“对一个正处在非殖民化进程中的、民族主义思想广泛传播的世界懵懂无知”，并危言耸听地说在“新生国家”那里，美国已经在教育、技术和威望方面处于苏联的下风，“莫斯科、北京、捷克斯洛伐克和东德的千百万男男女女，其中有科学家、物理学家、教师、工程师、医生、护士……正准备到国外去献身于世界共产主义”。[②]

综观以上肯尼迪对第三世界问题的基本看法，可以发现实际上其并不像学界普遍认为的那样具有明显的新意。因为早在第二届艾森豪威尔政府上台之初，美国就已经在国家安全基本政策文件中提出，不能通过施压迫使欠发达国家与“自由世界”

① 王慧英：《肯尼迪当政时期美国的对外经济援助政策》，第 25 页；刘国柱：《美国文化的新边疆——冷战时期的和平队研究》，第 66～67 页；Anna Kasten Nelson, “President Kennedy's National Security Policy: A Reconsideration,” pp. 7－8.

② 〔美〕雷迅马：《作为意识形态的现代化：社会科学与美国对第三世界政策》，第 45 页。

结盟，即便这些国家不与美国结盟，只要它们远离共产主义而保持独立，同样符合美国的利益。另外，美国还应努力与亚非地区建设性的民族主义和主张变革的力量合作，防止它们倒向共产主义。[①] 那么，与以往相比，肯尼迪政府对第三世界政策的特点到底表现在哪里呢？主要表现在观察问题的视角和解决问题的理论方法。

50 年代至 60 年代初，以马克斯·米利肯、沃尔特·罗斯托、乔治·鲍尔、爱德华·梅森、林肯·戈登、戴维·贝尔和约翰·加尔布雷斯等人为代表的查尔斯河学派[②]诞生。该学派的成员们多数参加过对外开发工作，促进第三世界发展一直是他们的兴趣所在。这些人的观点是：现代化已成为世界发展的大势，作为“自由世界”领袖的美国不能对此置若罔闻，而应按照自身模式帮助第三世界国家进行建设，扶植一批中产阶级，建立非共产党政权；对外援助的真正作用既不在于军事援助，也不在于技术援助，而在于有组织地促进受援国在民主制度的框架内创造经济“自促增长”的条件。过去，美国的援助计划缺乏具体标准，没有将推动不发达国家走向“起飞”继而进入“自促增长”作为目标。今后，在推动其他国家发展的过程中，美国不仅要考虑经济问题，还要考虑有关国家的政治体制改革、土地改革、人力资源状况以及社会文化水平等其他因素。更重要的是，查尔斯河学派认为，其经济理论不但可以用于认识当

① “NSC5707/8, Basic National Security Policy,” June 3, 1957, in *DNSA*, PD00510.

② 因为这些人大多是哈佛大学和麻省理工学院的教授，于是这两所大学附近的查尔斯河便成了对该学派命名的依据。

今世界，而且能够作为理论基础指导美国的对外战略，进而影响全球发展变迁的进程。[①] 其中，罗斯托的“经济增长阶段论”最具代表性。

经过对工业化国家经济发展历程细致入微的研究，罗斯托将经济增长按时序划为五个阶段，依次为“传统社会”、“起飞的前提条件阶段”、“起飞阶段”、“走向成熟阶段”和“大众消费阶段”。接下来，他将“经济增长阶段论”用于认识第二次世界大战后的世界。面对此时民族解放运动的浪潮，罗斯托认为民族主义的发展方向大致可分为外向（对外洗雪旧耻或扩张）和内向（在国内巩固对地方势力的控制或致力于经济、政治和社会现代化）两种。在此情况下，即使若干年后“共产主义威胁”下降了，美国仍可能受到欠发达地区沿敌视西方发展方向的重大威胁。为此，美国必须加强对第三世界国家的发展援助，引导它们仿效西方工业化道路走向“起飞”，维持“自促增长”，成为合乎西方标准的民主国家。[②] 对于共产主义，罗斯托将它看成是“过渡时期的一种病症”。共产主义能够使一个国家在尚未产生大量有企业精神的商业中产阶级且领导人也未达成政治共识的情况下，推动并维持增长过程。该“病症”最易出现在大多数亚非拉国家正处于的“过渡社会”（“起飞的前提条件阶段”）和“起飞阶段”尚未巩固之前的时期。在罗氏看来，50

① Seyom Brown, *The Faces of Power: Constancy and Chance in United States Foreign Policy from Truman to Clinton*, pp. 146 - 148.

② Max F. Millikan & W. W. Rostow, *A Proposal: Key to an Effective Foreign Policy*, pp. 39 - 40, 141 - 142; W. W. Rostow, *The Stages of Economic Growth: A Non - Communist Manifesto*, pp. 29, 112 - 114, 141 - 142.

年代初苏联就已开始将“侵略”的目光由“发达国家”转向“欠发达地区”，在那里展开强大的政治、经济和心理攻势，以期扩大共产主义制度的吸引力并最终将美国的势力赶出欧亚大陆。目前，此攻势已取得明显成效。最后，罗斯托开出的“药方”是加强对第三世界国家长期发展的支持。[①] 为此，应发起一个由各工业化国家参与的促进世界经济增长的“伙伴计划”，根据各个欠发达国家所处的不同发展阶段向它们提供资本（贷款为主、赠与为辅）和技术援助。[②]

从1957年开始，肯尼迪经常听取罗斯托和米利肯等人的建议，查尔斯河学派的经济理论渐渐地渗入到这位年轻参议员的思想当中。[③] 因此，进驻椭圆形办公室之后，他并未忘记这些谋臣策士，逐个将这些人委以重任。[④] 在这些知识精英的极力鼓吹和智力支持下，以肯尼迪为代表的美国政要开始“自信美国的经济力量、专业知识和全面计划能够使它迅速取得国际成就，而他们也相信美国能够将民族主义力量和发展中经济体制引向

① Max F. Millikan & W. W. Rostow, *A Proposal: Key to an Effective Foreign Policy*, pp. 1 - 2, 135, 139 - 141; W. W. Rostow, *The Stages of Economic Growth: A Non - Communist Manifesto*, pp. 160, 162 - 164.

② Max F. Millikan & W. W. Rostow, *A Proposal: Key to an Effective Foreign Policy*, pp. 55 - 77, 108 - 109; W. W. Rostow, *The Stages of Economic Growth: A Non - Communist Manifesto*, pp. 142 - 144.

③ 〔美〕雷迅马：《作为意识形态的现代化：社会科学与美国对第三世界政策》，第90~91页。

④ 罗斯托为总统国家安全事务副特别助理，后担任国务院政策设计办公室主任；梅森被任命为国际开发署顾问委员会主席，该机构的成员中包括米利肯；戈登先加入拉美工作组，后成为驻巴西大使；贝尔升任国际开发署署长；加尔布雷斯先进入对外经济政策工作组，后担任驻印度大使。

自由和民主的轨道”。①

1961年1月，赫鲁晓夫发表演说，声称要支持“民族解放战争”。肯尼迪认为，“（这是赫鲁晓夫先生在）肯定时代的潮流是朝着他的方向发展的，肯定各新兴国家的革命最终要变成共产主义革命，并肯定克里姆林宫支持的所谓解放战争……会代替那些直接侵略和入侵的旧方法”。在他看来，无论是赫氏发表演说的时机，还是其演说的内容，均明显地表明苏联在傲慢地挑衅刚刚上台的美国民主党政府。对此，肯尼迪的看法是：

> 我们当前有一个历史性的机会去帮助这些（新兴而又比较贫穷的）国家建设它们的社会，直到它们变得如此坚强，并且具有广泛的基础，以致只有外来的入侵才能把它们推翻，而这种外来的入侵，我们知道，是可以制止的。
>
> 我们能够训练和装备它们的军队去抵抗由共产党支持的叛乱。我们能够帮助它们建立工业和农业的基础，从而建立起新的生活标准。我们能够鼓励它们进行更好的行政管理，更好的教育工作，更好的税收工作和更好的土地分配，并给人民带来更好的生活……
>
> 如果我们不准备帮助它们去为自己的人民创造良好的生活，那么我认为，在这些地区，自由的前景将会是没有把握的。②

① 〔美〕雷迅马：《作为意识形态的现代化：社会科学与美国对第三世界政策》，第91页。

② James A. Nathan & James K. Oliver, *United States Foreign Policy and World Order*, pp. 240, 245; Roger Hilsman, “Vietnam: the Decisions to Intervene,” p. 112; 〔美〕约翰·肯尼迪：《扭转颓势》，第151～153页。

在这里，肯尼迪政府提出了应对苏联挑战的两个相互关联的对策，即“反叛乱”和“民族国家建构”。前者侧重于军事，后者侧重于政治、经济和社会；前者用于对付共产党短期的“军事挑衅”，后者致力于根除共产主义滋生的土壤。一软一硬，长短期结合，既要树立威信，又要显示力量。更值得注意的是，支撑“反叛乱”和“民族国家建构”战略的是同一种理论——现代化理论。正如罗斯托在一份正式的政策声明中所指出的那样：共产党推动的游击战争是其“利用欠发达国家内在的不稳定因素”的策略的一部分。他们力求在现代化这个“革命性变迁的大舞台上”大捞一把，还试图利用“许多欠发达地区对殖民主义积压已久的怨恨”。通过推广自己的“民族解放”的发展模式，共产党企图使“新兴国家”相信，只有共产主义才能帮助其实现“取得独立、世界地位和经济进步”的热切愿望。要想对付共产党人发动的游击战，就必须控制和利用现代化进程，加速社会进步。①

在亚洲，遏制中国仍是肯尼迪政府的主要目标。1961 年 1 月 25 日，上台伊始的肯尼迪曾对他的助手西奥多·索伦森（Theodore C. Sorensen）说：“我认为，美国长期对中共采取僵硬的政策是不可思议的，我觉得这不是永久的状态，如果我们能找到一种方式改变中共对美国怀有敌意的看法，我会全力赞成。”可是，新任总统的观点遭到了大多数国会议员、国防部长助理帮办爱德华·兰斯代尔、远东事务助理国务卿瓦尔特·麦

① 〔美〕雷迅马：《作为意识形态的现代化：社会科学与美国对第三世界政策》，第 266 ~267 页。

克康纳伊以及中央情报局驻台北站站长雷·克莱恩的反对。[①] 在随后的近两年里，肯尼迪政府一面以“重要问题案”策略代替“暂缓讨论”的伎俩，继续阻止中国重返联合国；[②] 一面屡次试图趁中国粮食短缺之时，通过向其提供剩余农产品来表明美国的“好意”，进而寻找转变对华政策的时机。[③]

1962 年 11 月 30 日，美国国务院政策设计办公室制定了一份名为《美国对共产党中国的政策》的文件，这标志着肯尼迪政府对华政策基本原则的确立。文件认为：“经济困难及其与苏联关系的恶化使共产党中国内部出现极大的不稳定因素。而且，它还必须面对长征老一代领导人退出政治舞台后不可避免地带来的权力继承问题。”在以上形势下，美国对华政策的基本目标有两个：维持对处于重组之中的中共政权的压力，同时避免采取迫使中国重新投入苏联怀抱的行动；在此基础上，保持足够的灵活性，以鼓励中国朝着明显有利于美国的方向转变并争取使之“为我所用”。接下来，文件提出当前美国对华政策应坚持三项基本原则：

其一，除非有证据表明北京方面有意改变其侵略政策

① 唐小松：《遏制的困境——肯尼迪和约翰逊政府的对华政策（1961～1968）》，中山大学出版社，2002，第 53～59 页。

② 牛大勇：《肯尼迪政府与 1961 年联合国的中国代表权之争》，《中共党史研究》2000 年第 4 期，第 78～84 页；梁志：《论 1961 年中国在联合国的代表权问题中的蒙古因素》，《当代中国史研究》2001 年第 1 期，第 47～56 页。

③ 牛大勇：《缓和的触角抑或冷战的武器——美国政府 20 世纪 60 年代初期对中国粮荒的决策分析》，《世界历史》2005 年第 3 期，第 32～42 页。

和行动并不再像以往那样强烈地敌视美国及非共产党世界，否则美国将继续坚决反对任何减轻对华压力或与北京政权妥协（的主张）。其二，当北京采取具体的缓和行动时，作为回应，美方也愿意采取适当的、相应的行动，但是并不一定以同样的方式。其三，一旦中国政权通过国内外的政策和行动令人信服地说明其愿意将精力和资源用于满足人民的合理需要，并希望同美国、亚洲邻国以及整体上的西方世界建立长期的友好关系，那么美国也准备全面解决同中国的分歧。

在上述目标和原则的指导下，文件具体从“保持压力”和“政策转变”两个方面论述了近期行动方针。一方面，如果中国顽固不化地坚持对内压制和对外侵略的政策主张，美国将继续维持对中国的压力，包括“领土遏制、支持受到中国直接或间接侵略威胁的人民、在各危机爆发地进行直接的军事对抗、保护并支持台湾国民党政权、同受美国影响的友好国家一起推行对华差别贸易政策并最大限度地在政治上孤立中国”；另一方面，还要时刻注意中国领导人政策和态度的转变，并适时地采取行动促使其“真正转向”。所谓中国的“转变”，主要指在国际上明显地淡化对美国的敌对宣传，改变在台湾问题上的立场，不再将“民族解放”作为对东南亚政策的主题，主动表示希望恢复同美国的贸易关系，加强同非共产党世界的联系，在不附加“先决条件”的前提下提出与美国协商的建议，放松国内的军事化统治。另外，在与中国传递缓和信号的过程中，美国必须坚持平行对等的原则，行动范围应首选贸易和军事对抗领域，但决不能主动谋求达成正式协议或展开协商。①

1963年12月13日，美国远东事务助理国务卿罗杰·希尔斯曼（Roger Hilsman）在旧金山联邦俱乐部发表了题为《美国对华政策的再确认》的长篇讲演，充分表达了以上文件的基本精神。虽然肯尼迪此时已经遇刺身亡，但据说希尔斯曼演讲的思路和提纲曾获得他的首肯。在演说中，希尔斯曼将美国对华政策概括为“坚定”、“灵活”和“冷静”，即坚决履行对“中华民国”和台湾人民的承诺并抵制中共任何形式的侵略、对中国行为的明显转变做出灵活的反应并冷静客观地分析中国问题。特别值得注意的是，希尔斯曼声称：中国政权具有“警察国家”所特有的稳固性，且中共领导人在内外挫折面前已表现出退缩和务实的倾向，推翻该政权并非易事；“我们决心对未来中国可能发生的变化敞开大门，对那里出现的能够促进我国利益、服务于自由世界和有益于中国人民的变化，不把门关起来。”②

概括起来说，艾森豪威尔政府末期，美国看到的更多的是“共产党中国”的高速经济增长、在1963年以前拥有核武器的可能性、对大陆的有效控制、在可预见的将来中共政权的不可

① “Paper Prepared in the Policy Planning Council,” November 30, 1962, in *FRUS, 1961 - 1963*, Vol. 22, Northeast Asia, Washington: United States Government Printing Office, 1996, pp. 325 - 332.

② “Letter from the Assistant Secretary of State for Far Eastern Affairs (Hilsman) to the Representative to the United Nations (Stevenson),” December 19, 1963, in *FRUS, 1961 - 1963*, Vol. 22, Northeast Asia, pp. 411 - 412.

替代性、中苏关系的稳固及其对“自由世界”安全构成的“威胁”。因此，美国的策略是一面在尽量避免战争的前提下继续强调对华军事威慑，一面开始更广泛地应用政治经济手段遏制中国实力的增长。相比较而言，肯尼迪政府关注的是“共产党中国”面临的经济困境、权力继承问题以及中苏关系的恶化。这一切让美国看到了中国内外政策发生“真正转向”的希望。可是，长期以来美国对华遏制政策的惯性却使自觉立足未稳的民主党政府左右为难，既不愿放弃推动中国“转向”的机会，又担心主动对华示好带来的国内外负面影响。权衡再三，该政府决定“坚定”遏制、“灵活”反应和“冷静”分析，即在不主动谋求同中国达成妥协的同时争取利用一切时机促使中国“真正转向”。

1964 年，中法建交、中国核武器试爆成功以及越南形势的“恶化”使刚刚继任总统的约翰逊焦头烂额。他的对策是以越南为“试验场”加大对华遏制的力度，为实施某种“灵活”政策做铺垫。事实很快证明，以上逻辑根本无法成立，美国的强硬立场迫使中国在试图通过外交途径缓和越南局势的同时也相应地做好了战争的准备。于是，约翰逊政府中的许多官员开始越来越担心中国直接介入越战的可能性，美国的盟友们更是纷纷抗议华盛顿的对华政策。在 1966 年 3 月美国参议院外交委员会举行的对华政策听证会上，耶鲁大学政治学教授鲍大可提出了“遏制但不孤立”的对华外交理念。该观点在政府高层引起强烈反响，副总统汉弗莱在一次公开讲话中将鲍大可的话略加修改，称美国对华政策应该是“遏制而未必孤立”。汉弗莱的讲话受到了美国新闻媒体的广泛好评。新的美国对华政策悄然酝酿着。①

1966年6月，美国国务院—国防部特别研究小组制定出了一份名为《共产党中国：长期研究》的政策报告，重点探讨了1976年以前对中国及远东其他潜在“敌对或破坏力量”的政治军事立场。报告开宗明义地指出：“对美国来说，共产党中国问题的实质可以非常简略地概括为中国谋求地区霸权和推动世界革命的目标与美国阻止任何国家单独控制亚洲和建立由自由国家组成的和平开放的世界共同体这个根本利益之间的冲突。”为了解决该问题，美国可以有三种宏观战略选择：“脱身”、“遏制”和“摊牌”。其中，“脱身”和“摊牌”均弊大于利。前者意味着背叛亚洲那些依靠美国支持和保护的国家，且可能导致某一敌国单独控制亚洲大部分地区；后者则会引发与中国的战争，使美国面临付出鲜血、财富和声誉等巨大代价的风险。

报告认为，中国的经济形势仍然严峻，领导干部的革命热情也可能下降。不过，在今后十年里，中国的军事力量将会继续增强，尤其是在核武器领域。至70年代中期，它可能会拥有60枚中程弹道导弹和若干枚洲际弹道导弹。外交上，中国依旧会在敌视美苏的同时避免与二者发生战争，在越南实施颠覆战略，联合巴基斯坦反对印度并破坏美日关系。在以上估计的基础上，美国

① Kassi Klinefelter, “The Role of America's East Asian Scholars in Sino – American Rapprochement,” Prepared for the Second U. S. – China Doctoral Forum on the Cold War, August 3 – 4, 2009, Washington, pp. 31 – 50；朱明权主编《约翰逊时期的美国对华政策（1964～1968）》，上海人民出版社，2009，第25页；袁小红：《公众舆论与美国对华政策（1949～1971）》，湖南大学出版社，2008，第261～263页。

决定对中国进行“合围遏制”（close-in containment），并争取逐渐实现由“合围遏制”向沿海岛屿链遏制的转变。具体策略如下：威慑或击退共产党的对外扩张，加强受亚洲共产主义侵略威胁的地区的实力并促进亚洲共产党行为的转变。最具新意的是第三点策略。在该策略中，美国企图通过表明无意推翻中国政权、愿意同中国讨论军备控制问题以及放松对中国的出口管制（即允许向中国出售粮食、药品和医疗设备等人道主义物资）促使中国领导人重新评估美国的意图；继续同中国进行非官方的联系，提出教育文化交流和互办展览的建议，并设法让中国清楚地意识到只要它缓和中美关系，美国就会逐渐放松经济管制。在美国看来，这些行动可以将中国推向更广阔的国际舞台，使其了解外部世界并承担相应的国际责任。如果中国因此获得某种国际地位和尊重，那么它谋求成为地区霸主和超级大国的愿望也将得到一定程度的满足。结果可能是中国变得更加温和开放，中美关系得以缓和以及亚洲地区出现有利于美国的力量平衡。①

与以往的美国对华政策相比，约翰逊政府对华政策的特点是为了尽早摆脱越战僵局，不再消极被动地等待中国做出缓和姿态，转而在经济、军事以及文教等领域主动发起“和平攻势”，希望以一些次要的让步换取中美关系的缓和。实际上，在《共产党中国：长期研究》出台前后，华盛顿在对华政策方面确

① “Study Prepared by the Special State - Defense Study Group,” June 1966, in *FRUS, 1964 - 1968*, Vol. 30, China, Washington: United States Government Printing Office, 1998, pp. 332 - 343.

实有所调整，主要表现是：在1965年12月15日的第128次中美大使级会谈过程中，美方代表格罗诺斯基提出中美互派记者、医生和科学家的建议；1966年3月，在第129次会议上，他首次称中国为“中华人民共和国”；1966年4月14日，批准数所美国大学的请求，允许它们邀请中国科学家和学者访美；1966年6月，考虑与中国举行外长级会谈；1966年8月31日，国务卿腊斯克命令格罗诺斯基在中美大使级会谈第131次会议上向中方转达美国希望改善两国关系的愿望；1967年，放松了对中国的药品禁运；1968年2月，腊斯克建议总统放松对中国的化肥、杀虫剂和农用机械的禁运；1968年5月，允许中国记者来美国报道总统竞选活动。① 可是，由于中国“文化大革命”的爆发，1968年2月中旬，美国国务院、中央情报局和国家安全委员会均提出，“在当前中国这种极端局面下，美国尝试任何‘和解’的措施都行不通”。② 这样，直至尼克松政府时期，美国缓和对华关系的大门才缓缓开启。

60年代，美国遏制中国的主战场是南亚和东南亚。肯尼迪政府南亚政策的基本指向之一是“在一定程度上容忍印度的不结盟立场，以此换取印度加强亲美的方向。促使印度成为美国遏制中国的战略伙伴”。一方面，美国大幅增加对印度的经援；

① “Telegram from the Department of State to the Embassy in Poland,” August 31, 1966, in *FRUS*, *1964 - 1968*, Vol. 30, China, pp. 374 - 378; Yafeng Xia, *Negotiating with the Enemy*: *U. S.-China Talks during the Cold War*, *1949 - 1972*, Bloomington: Indiana University Press, 2006, p. 130.

② 唐小松：《遏制的困境——肯尼迪和约翰逊政府的对华政策（1961～1968）》，第107页。

另一方面，1962 年中印冲突发生后，肯尼迪政府着手向印度提供有限的军援。在肯尼迪任内，"印度列为世界上美国援助的最大受援国"。[①] 1965 年，印度和巴基斯坦之间发生大规模武装冲突。此后，由于美国的某些官员认为中国对印度的威胁似乎正在下降、印度并不全力配合美国的对华遏制政策以及印度继续请求苏联向其提供武器，约翰逊政府转而削减对印度的经济和军事援助。[②]

为了遏制中国，美国全力干涉东南亚尤其是越南事务。50 年代中期，在当时的艾森豪威尔政府看来，越南具有整个印度支那的重要性，印度支那具有整个东南亚的重要性，整个东南亚又对大半个地球意义深远。抑或是说，一旦越南落入共产党之手，接下来的必然是印度支那危在旦夕，整个东南亚难以保全以及亚洲其他地区的陆续倒下。故而，美国决心要把越南南部打造成一块磁石，吸引北越，使之脱离共产主义轨道。[③] 为此，艾氏政府不惜破坏日内瓦协定、支持吴庭艳的独裁统治并斥重金装备训练南越政府军。肯尼迪当选总统后，依旧担心越南成为亚洲的第一块多米诺骨牌。该政府认为，相比较而言，中国比苏联更好战，更热衷于支持世界革命。在东南亚，北越

---

① 蔡佳禾：《肯尼迪政府与 1962 年的中印边界冲突》，《中国社会科学》2001 年第 6 期，第 188 ~ 197 页；〔英〕罗斯玛丽·福特：《60 年代美国国内政局与中美关系——重新定义：美国国内因素与对华政策》，《从对峙走向缓和——冷战时期中美关系再探讨》，第 557 页。

② Shivaje Ganguly, *U. S. Policy Toward South Asia*, Oxford: Westview Press, 1990, pp. 127 - 129; W. W. Rostow, *Eisenhower, Kennedy, and Foreign Aid*, p. 176.

③ 〔美〕孔华润：《苏联强权时期的美国，1945 ~ 1991》，《剑桥美国对外关系史》第 4 卷，第 371 ~ 374 页。

是中国的侵略工具。为了阻止中国在亚洲的扩张，必须首先遏制北越。① 于是，1961 年初，美国国务院通知驻西贡使馆：白宫已经把在南越进行的“反叛乱”活动列为对外政策最优先的事务之一。据此，肯尼迪政府相应地增加对越军援并加派驻越军事顾问。更令人瞩目的是，用于反游击战的各种先进的美式装备陆续进入南越，包括超低耗油高灵敏度轻型飞机、酒精燃料超潜水两栖运兵船、轻型远射自动步枪以及微型远程秘密报警系统等。美国希望这些高科技武器能够帮助南越政府军消灭隐匿在丛林中的民族解放阵线成员。然而，这一切均未能扭转南越的局势。11 月 15 日，肯尼迪决定加大赌注，尽力增强南越政府军的空中打击能力，大量增派美国驻越军事顾问和特种部队人员，并将美国军援顾问团改组为“准战区司令部”。至肯尼迪遇刺时，美国驻越军事人员已经由 1961 年初的不到1000 人增加到 16000 多人。②

1963 年初，南越局势丝毫没有令华盛顿感到快慰：当地政府军依然节节败退，吴庭艳政权日益腐败专制，民族解放阵线仍是民之所望。1 月中旬，美国飞机支持下的南越政府军遭到了人数处于劣势、已被包围在西贡附近湄公河三角洲的越南共产党军队的痛击。正在学习对付现代军事技术的越共击落了 5 架美国直升机，击伤了另外 9 架。6 月 11 日，为了抗议政府的独

---

① George C. Herring, “The Vietnam War,” in John M. Carroll & George C. Herring (eds.), *Modern American Diplomacy*, Wilmington: Scholarly Resources Inc., 1986, p. 169.

② 资中筠主编《战后美国外交史——从杜鲁门到里根》（下册），第 520 ~ 523、525、528 ~ 529 页。

裁统治，一位佛教徒当街自焚。当美国及其他国家的电视观众看到这一幕时，肯尼迪政府再也无法为其越战政策辩护了。更令美国气恼的是，南越政权竟然有意与民族解放阵线暗中谈判。情急之下，美国决定换马。11 月 1 日，吴庭艳兄弟在军事政变中被杀，杨文明将军上台。[①]

继任总统约翰逊仍旧无法停止干涉越南事务的脚步，而且越走越远：1964 年 1 月 30 日，支持阮庆将军发动军事政变；1964 年 8 月初，决定轰炸北越；1965 年 3 月 8 日，批准美国海军陆战队两个营开赴越南。此后，美国政府一次次增兵，1969 年 1 月达到 542400 人。美国的越战开支因此不断攀升，1965 年 68 亿美元，1967 年 201 亿美元，1968 年 270 亿美元。随之而来的是国际收支赤字的居高不下、美元地位的日渐衰落以及黄金储备的愈益减少。[②]

综上所述，在 20 世纪 60 年代的大部分时间里，美国依旧将遏制中国作为亚洲政策的首要目标。为此，肯尼迪、约翰逊政府在南亚和东南亚投入了大量资源，本已面临困境的美国经济变得更加不堪重负。迫于财政能力的限制，在相对稳定的东北亚地区，美国退而谋求在推动韩台政治稳定和经济发展的同时

---

① John G. Stoessinger, *Nations in Darkness: China, Russia, and America*, New York: Mcgraw - Hill College, 1990, p. 78; Roger Hilsman, “Vietnam: the Decisions to Intervene,” pp. 126 - 129.

② 〔美〕罗伯特·舒尔辛格：《成功的战术与失败的战略：约翰逊政府与越南战争》，《从对峙走向缓和——冷战时期中美关系再探讨》，第 299 ~ 332 页；资中筠主编《战后美国外交史——从杜鲁门到里根》（下册），第 539 ~ 572 页。

减轻援助负担，并极力争取日韩对美国越南政策的支持。① 这一切成为1960年代美国对韩国政策制定和调整的重要依据和宏观背景。

二 在开发与安全间徘徊的美国对韩国政策

1961年2月，美国驻韩国援助使团副团长休·法利（Hugh D. Farley）因不满张勉政府的腐败无能与援助使团的无所事事而愤然辞职。3月6日，他向政府提交了一份韩国形势评估报告（即著名的“法利报告”）。报告认为，韩国社会存在广泛的贿赂、腐败和欺诈现象，韩国人对自身发展普遍悲观。美国对韩国援助使团优柔寡断，与韩国决策者之间缺乏沟通。因此，韩国人的反美情绪非常强烈，共产主义及其他“极端思想”很有可能对他们产生吸引力。法利建议向韩国派一位特使，敦促张勉政府加快改革步伐。否则，韩国可能会发生军事政变。② “法利报告”引起了美国决策层的极大关注。肯尼迪政府决定依据新的外援政策调整美韩经济关系，并任命经济学家塞缪尔·伯

① Park Kunyoung, “Change of U. S. Involvement in the Process of Korean - Japanese Negotiations: Focusing on U. S. Domestic Response to Foreign Aid Policy,” MA thesis, Seoul National University, 2003, pp. 12 - 14; Midori Yoshii, “Reducing the American Burden: Kennedy's Policy toward Northeast Asia,” PhD dissertation, Boston University, 2003, pp. 17, 341 - 342.

② Kim Il-Young, “The Race against Time: Disintegration of the Chang Myun Government and Aborted Democracy,” p. 191; “Report by Hugh D. Farley of the International Cooperation Administration to the President's Deputy Special Assistant for National Security Affairs (Rostow),” March 6, 1961, in *FRUS, 1961 - 1963*, Vol. 22, Northeast Asia, pp. 424 - 425.

杰（Samuel D. Berger）为新任驻韩大使。[①] 期间，韩国经历了朴正熙“五一六军事政变”，这进一步促使美国重新审查对韩国政策。

6月13日，美国国家安全委员会第2430号行动指令（NSC Action No. 2430）出台，取代了艾森豪威尔政府末期的对韩国政策文件NSC6018/1。指令规定，当前的政策是：要求韩国推行财政、外汇和稳定改革，规范法人团体，合理地利用电力和运输工业并使已经建成的工厂投产。如果韩国在履行美韩协议方面表现出令人满意的意愿和能力，美国将向韩国发放1961年财政年度余下的2800万美元的防务支持援助，为扩大韩国电力工业拨款，对韩国的国家公共事业建设（National Construction Service）予以长期支持，并向韩国派出协助制订五年发展计划的技术专家。同时，应清楚地表明，假如今后几个月韩国能够取得明显进步，美国准备向它提供完成五年发展计划所需的资源。反之，一旦韩国未完成美韩协商的计划，美国将终止经济开发援助。今后的政策包括：首先，美国要促使韩国确立符合美国利益的现实发展目标，即确定“一五计划”中具体的年均经济增长率，降低失业率，提高农民收入，缩小进出口差额和实现国际收支平衡。其次，鼓励并支持韩国军队更多地参与国家公共事业建设。再次，向韩国政府强调，要想获得经济进步并更好地利用美国的开发援助，必须制订并完成国家发展计划，由国家领导人公开宣布国家理想与目标，推动公务员与警察改

① Midori Yoshii, “Reducing the American Burden: Kennedy's Policy toward Northeast Asia,” pp. 98 - 101, 106.

革，加强同学生、知识分子与报界的关系，改善国家形象，“归还民政”，保证人民民主权利并铲除腐败。最后，文件要求国务院与国防部根据美国亚洲战略、“共产党威胁”的程度和韩国的政治经济发展状况紧急评估韩军的人力及装备水平。简言之，指令的最大特点是在保持韩国对共产党国家威慑能力的前提下优先促进韩国的政治和经济发展，将韩国按照美国的意愿推行经济和政治改革作为获得美援的前提。①

1962 年 4 月，美国国务院制定了一份题为“对韩国政策和行为指针”的政策文件。经国务卿签署后，该文件成为对韩国政策实施的依据。在“引言”中，文件在承认持续存在的安全问题的同时，更加强调经济和政治目标。它认为，韩国对日本和西太平洋的安全有重要意义，因此美国应保证韩国成为一个民主的非共产党独立国家并推动其持续发展。文件提出：

> 要想让韩国一直作为美国的资产而存在，那么它必须取得明显的经济和社会进步，以更好地满足韩国人民对于个人和国家安全、人权和尊严以及更好的物质生活乃至最终实现半岛统一的渴望。为此，自由世界尤其是美国必须向韩国提供加速经济发展、保持适当的消费水平和支撑军事建设所需的大量援助。我们必须促使韩国领导人有效地满足人民物质和非物质方面的需求并努力获得自立。我们必须帮助这些领导人尽力用他们自己的方法解决以上困难。

① “Report of National Security Council Action No. 2430,” June 13, 1961, in *FRUS*, *1961 - 1963*, Vol. 22, Northeast Asia, pp. 482 - 486.

在“目标”方面，该文件较以往更强调韩国的自立。“行动方针”的具体内容如下：经济上，为了使韩国获得最大限度的自立、稳定和发展，必须推动韩国制订合理配置资源的计划，并明确列出韩国需自己承担责任的领域；一旦韩国未能很好地完成政治经济任务，则拒绝援助韩国或不再上马新的建设项目；鼓励韩国引进私人投资并以自身外汇进行采购。政治上，重点强调实行温和有效而负责的领导并通过自由选举“归还民政”。军事上，首次提及韩国要求签署驻韩美军地位协定的问题，认为这是韩国民族主义上升的表现。同时，努力寻求削减韩国的军费开支，鼓励韩国军队参与民用项目建设。然而，文件并未对裁军问题做具体规定。外交上，特别关注促进韩日关系正常化。1963 年 2 月，美国修改了以上文件，进一步强调韩国的自立并“要求”（1962 年文件此处的措辞为“鼓励”）韩国领导人借助国内外资源配置计划推动经济发展。[①] 纵观 1962 年和 1963 年国务院对韩国政策文件，可以看出肯尼迪政府越来越重视韩国的政治和经济发展，坚持以援助为杠杆迫使韩国推动政治经济进步，日益强调韩国自立。

对韩国来说，1965 年是关键的一年。此时，朴正熙政府已“归还民政”，“一五计划”的实施完全步入正轨，韩日关系正常化也指日可待。11 月 9 日，美国国务院政策设计办公室出台了一份新的政策文件，题为“对韩国国家政策文件”。与过去相比，该文件更强调韩国的发展和自立。文件开篇便指出：

① Donald Stone Macdonald, *U. S. -Korean Relations from Liberation to Self-Reliance: The Twenty-Year Record*, pp. 30 – 31.

在当前和可预见的未来，美国在韩国的主要利益表现在以下三个方面。其一，继续将韩国作为日本和共产党亚洲之间的缓冲区以及自由世界在亚洲大陆的前沿防卫阵地。其二，像在台湾一样，也以韩国为例在亚洲证明非共产党国家建构方式使人受益匪浅。其三，说明与美国结盟并获得其支持的可靠性。

接着，文件提出了在韩国的政策目标。其中，长期目标是“使韩国成为一个统一稳定的独立国家，拥有充满活力的、不断增长的经济和关心人民需求的政府，实行与自由世界要求和目标相一致的政策并具有维护国内安全和抵制有限的外部进攻的能力”。当前目标为：

(a) 政治稳定：建立一个强大、稳定、自立的韩国政府，其关心民众需求，(具体的) 目标、制度和 (工作) 方法与自由世界的思想观念相一致。

(b) 经济进步：

(1) 年均经济增长率至少要达到6%，最终实现经济自立并减少失业。

(2) 让尽可能多的韩国人民分享经济增长所带来的利益。

(c) 外部防务：

(1) 保持一支强大的、目标明确的韩国军队，其能够确保国内安全并威慑北朝鲜，使之不敢公开发动侵略；即使威慑失败，也有能力击退北朝鲜的进攻。

(2) 组织并装备驻韩美军、联合国军和韩军，威慑中国和北朝鲜，使其不敢发动进攻；一旦威慑失败，在不利用核武器的情况下，仅通过扩编即可成功地击退以上进攻，但并不排除使用核武器的可能性。

(3) 在不损害文件规定的经济目标的前提下，促使韩国最大限度地为国内安全部队筹措所需资金。

(d) 国内安全：支持韩国加强国内安全部队，使之能够制止颠覆活动并在与人民适当合作的基础上维持法律秩序。

(e) 社会发展：使韩国拥有建立当代自由国家所必需的态度、价值观和制度。

(f) 推动统一……

(g) 国际支持……

(h) 美韩关系……

在追求以上目标的过程中，应优先关注防务、经济发展和政治稳定；鼓励韩国领导人尽最大努力争取自立；即使冒浪费、资源滥用和决策失误的危险，也要更多地依靠美韩双方达成的政策和计划协议而非对韩国“详尽指导”。①

该文件的特点十分鲜明。其一，明确提出要将韩国作为美国在亚洲的“意识形态橱窗”，并具体规定韩国的年均经济增长率至少要保持在6%的水平上。这反映出美国彻底放弃了50年代末60年代初对韩国经济发展的悲观情绪，转而雄心勃勃地要

① Donald Stone Macdonald, *U. S. -Korean Relations from Liberation to Self-Reliance: The Twenty-Year Record*, pp. 31 – 34.

将韩国打造成展现“自由世界”“民族国家建构”方式优越性的典范；其二，在政治发展方面，同时关注政治稳定和民主；其三，更加强调韩国的自立，并相应地提高韩国在美韩同盟中的自主权。

然而，在实际政策执行过程中，随着亚洲冷战形势的发展变化，约翰逊政府的注意力越来越多地转向韩国的军事力量发展和国家安全。

1965 年，约翰逊政府决定在越南打一场地面战争，不断向越南增兵。在此前后，为了向世界各国表明美国的越南政策获得了国际支持，华盛顿多次推动韩国出兵越南。[①] 仅 1964～1966 年，韩国就应美国要求陆续向越南派出了一个医疗队、一个跆拳道教官团、2000 名非作战人员及两个作战师。[②] 美国也为此付出了极大的代价：搁置对韩国军援转移计划（MAP Transfer Program，即由军援向军售转变）；向韩军提供大量军事装备；付给赴越韩军高额工资和津贴；使越战采购向韩国倾斜等。[③]

① “Editorial Note,” in *FRUS, 1964 – 1968*, Vol. 29, Part1, Korea, Washington: United States Government Printing Office, 2000, p. 16.

② “Telegram from the Embassy in Korea to the Department of State,” November 22, 1966, in *FRUS, 1964 – 1968*, Vol. 29, Part1, Korea, p. 219.

③ “Telegram from the Embassy in Korea to the Department of State,” June 23, 1965, in *FRUS, 1964 – 1968*, Vol. 29, Part1, Korea, p. 120; “Telegram from the Department of State to the Embassy in Korea,” January 27, 1966, in *FRUS, 1964 – 1968*, Vol. 29, Part1, Korea, pp. 158 – 160; “Letter from President Johnson to President Pak,” March 23, 1967, in *FRUS, 1964 – 1968*, Vol. 29, Part1, Korea, pp. 239 – 240; Nancy B. Tucker, “Threats, Opportunities, and Frustrations in East Asia,” in Warren I. Cohen & Nancy Bernkopf Tucker (eds.), *Lyndon Johnson Confronts the World: American Foreign Policy, 1963 – 1968*, pp. 130 – 131.

毋庸置疑，以上让步在某种程度上促成了对1965年“对韩国国家政策文件”中有关防务、经济和政治并重的既定方针的偏离。

1966年10月中旬以后，朝鲜非军事区的武装冲突开始加剧，1967年达到顶峰。据美国人统计，1967年该地区共发生了300多起武装冲突，与1966年的42起形成了鲜明的对比。[①] 美国的情报及安全部门普遍认为，朝鲜加强对韩国“颠覆”活动的目的是迫使韩国在朝鲜统一问题上向共产党让步，表明对北越的支持并阻止韩国进一步向越南派兵。[②] 韩国军方在未通知“联合国军”司令部的情况下暗中制订了进攻计划。得知这一消息，“联合国军”司令查尔斯·伯恩斯蒂尔（Charles H. Bonesteel Ⅲ）两次以担心影响约翰逊总统访问韩国和联合国安理会对朝鲜问题的讨论为由力劝韩国保持克制。韩方对此无动于衷，按计划在非军事区东部向朝鲜军队发起突袭，造成对方30人伤亡。[③] 为了消除韩国对朝鲜“渗透”的担心，阻

① “Intelligence Memorandum,” November 8, 1966, in *FRUS*, *1964 - 1968*, Vol. 29, Part1, Korea, p. 209; “Memorandum of Conversation,” September 15, 1967, in *FRUS*, *1964 - 1968*, Vol. 29, Part1, Korea, p. 274.

② “Intelligence Memorandum,” November 8, 1966, in *FRUS*, *1964 - 1968*, Vol. 29, Part1, Korea, p. 209; “Memorandum from Alfred Jenkins of the National Security Council Staff to the President's Special Assistant (Rostow),” June 26, 1967, in *FRUS*, *1964 - 1968*, Vol. 29, Part1, Korea, p. 262; “Memorandum of Conversation,” September 15, 1967, in *FRUS*, *1964 - 1968*, Vol. 29, Part1, Korea, p. 275.

③ Nicholas Evan Sarantakes, “Quiet War: Combat Operations along the Korean Demilitarized Zone, 1966 - 1969,” *The Journal of Military History*, Vol. 64, No. 2 (April 2000), pp. 441 - 442.

止朴正熙政府对朝鲜继续实施“报复行动”，更直接地是为了推动韩国继续向越南派兵，配合美国的越南政策，约翰逊政府决定为韩国警察提供武器，在1968年财政年度美国对外军事援助由6.2亿美元降至4亿美元的情况下保持对韩国军援不变。[①] 1967年12月初，韩国政府同意再向越南增派一个非满员师（11000人）。相应的，美国答应为韩军提供一批新的军事装备（包括两艘驱逐舰和部分直升机等），以增强韩国的反渗透能力。[②] 由此，华盛顿进一步提高了对韩国防务的关注程度。

1968年1月21日深夜，31名训练有素的武装人员袭击了韩国青瓦台总统府，刺杀朴正熙未遂。朴正熙立即在青瓦台召见美国驻韩大使威廉·波特（William J. Porter），要求美国支持韩国对朝鲜予以报复。波特表示美国不愿与朝鲜发生冲突，这令朴大失所望。[③] 时隔不到48小时，朝鲜又俘获了美国舰只“普

---

① 因韩国人民对国家安全的担忧，朴正熙总统意欲报复朝鲜一事见“Telegram from the Embassy in Korea to the Department of State,” September 19, 1967, in *FRUS, 1964 - 1968*, Vol. 29, Part1, Korea, p. 280。美国在对韩国援助方面的让步详见“Telegram from the Embassy in Korea to the Department of State,” August 23, 1967, in *FRUS, 1964 - 1968*, Vol. 29, Part1, Korea, p. 271; “Notes on Conversation between President Johnson and Pak,” December 21, 1967, in *FRUS, 1964 - 1968*, Vol. 29, Part1, Korea, p. 303。

② “Telegram from the Embassy in Korea to the Department of State,” December 6, 1967, in *FRUS, 1964 - 1968*, Vol. 29, Part1, Korea, p. 297; “Memorandum from the President's Special Assistant (Rostow) to President Johnson,” December 29, 1967, in *FRUS, 1964 - 1968*, Vol. 29, Part1, Korea, pp. 305 - 306.

③ Jong Dae Shin & Kihl Jae Ryoo, “ROK - DPRK Relations in the late 1960s and ROK Diplomacy,” International Workshop on Foreign Relations of the Two Koreas during the Cold War Era, Seoul, Korea, May 11, 2006, p. 88.

韦布洛”号并扣押了全部船员，理由是该舰只作为一艘武装间谍船侵入了朝鲜领海。① 约翰逊政府立即要求苏联和日本向朝鲜施压，并向朝鲜及其附近地区进行大规模的军事调动，以促使“普韦布洛”号危机的迅速解决。② 美国专注于解决“普韦布洛”号危机、忽视“青瓦台事件”的做法令韩国人心怀不满。“普韦布洛”号危机发生后，伯恩斯蒂尔马上向韩国国防部长金洙谦（Kim Sung-Eun）通报了情况。金的情绪非常激动，指责美国对“青瓦台事件”漠不关心，仅象征性地要求在板门店召开会议讨论此事。但“普韦布洛”号被俘却促使美国在未提前通知韩国的情况下便向乌山军事基地派出直升机，并调动“企业”号航空母舰，大有甘冒战争风险的架势。目前，韩国愿意保持克制，不对北朝鲜采取报复行动。但如果北朝鲜继续发动大规模攻击，韩国将不再向美国做出任何承诺。③ 紧接着，波特告知韩国外交部长崔圭夏（Choi Kyu Ha）和朴正熙，约翰逊政

① “Telegram from the Department of State to the Embassy in the Soviet Union,” January 23, 1968, in *FRUS*, *1964 - 1968*, Vol. 29, Part1, Korea, p. 459; “Notes of Meeting,” January 23, 1968, in *FRUS*, *1964 - 1968*, Vol. 29, Part1, Korea, p. 461. 事实上，“普韦布洛”号自1968年1月10日起即在朝鲜海岸开始了情报收集行动，详见 CIA, “Chronology of Events Concerning the Seizure of the USS Pueblo,” January 24, 1968. available at: “h = &startReleaseDay = &startReleasedYear = &endReleasedMonth = &endReleasedDay = &endReleased Year = 0&sortOrder = DESC”.

② 梁志：《“普韦布洛危机”始末初探》，《冷战时期美国对外政策史探微》，第171、174页。

③ “Report by the Historical Studies Division of the Department of State Entitled ‘Chronology of Diplomatic Activity in the Pueblo Crisis’,” October 1, 1968, in *DDRS*, CK3100150487.

府坚决反对韩国单方面攻击朝鲜。最终，朴勉强表示同意。① 事实上，根据美国驻韩使馆的观察，韩国举国上下皆认为“普韦布洛”号危机以来美国的言行没有反映出对“青瓦台事件”的应有重视。出于对自身安全的忧虑，韩国正在讨论不再授予“联合国军”司令部以韩军管辖权并撤出赴越韩军。②

1月29~31日，美国和朝鲜达成协议，决定秘密讨论“普韦布洛”号危机的解决方案。③ 事实证明，这种只讨论“普韦布洛”号危机的美朝秘密会谈引起了韩国的强烈不满。④ 2月7日，约翰逊致电朴正熙，承认朝鲜“渗透”问题与“普韦布洛”号危机密切相关。接着，他话锋一转，提出“普韦布洛”号危机属于短期问题，对美国构成了直接的挑战，必须通过谈判等方式立即果断地加以解决。相反，保卫韩国安全、对付朝鲜对韩国的袭击属于长期问题，不能以谈判方式解决，只能通过加强韩国的军事力量来防范应付。关于美朝会议，美国情愿秘密

① “Report by the Historical Studies Division of the Department of State Entitled ‘Chronology of Diplomatic Activity in the Pueblo Crisis’,” October 1, 1968, in *DDRS*, CK3100150488, CK3100150505.

② “Memorandum from the President's Special Assistant (Rostow) to President Johnson,” January 28, 1968, in *FRUS*, *1964 - 1968*, Vol. 29, Part1, Korea, p. 541; “Report by the Historical Studies Division of the Department of State Entitled ‘Chronology of Diplomatic Activity in the Pueblo Crisis’,” October 1, 1968, in *DDRS*, CK3100150521.

③ “Editorial Note,” in *FRUS*, *1964 - 1968*, Vol. 29, Part1, Korea, pp. 570 - 571.

④ “Ambassador Porter Reports on Messages from Neutral Nations Survey Commission (NMSC) on the USS Pueblo Situation,” January 27, 1968, in *DDRS*, CK3100021047; “Chronological Events Regarding North Korean Seizure of the USS Pueblo,” in *DDRS*, CK3100121309.

进行，因为公开的会谈只会招致失败。原则上，美国不反对韩国代表与“联合国军”司令部高级官员一起参加。不过，朝鲜一方很可能予以反对，美国不希望因此冒谈判破裂的危险。最后，约翰逊逐一列举了在韩国继续向越南派兵的情况下美国愿意为韩国提供的军事装备，并声称美国已决定在1969年财政年度增加1亿美元的对韩国军援。他本人视这些举动为美国依然十分关心韩国安全的明证，希望朴正熙能以此缓解韩国人民对美国只顾自身利益、不顾韩国安全的批评。①

美国慷慨的军援和苦口婆心的解释似乎并没有收到预期的效果。韩国新闻界认为，武器和金钱并不那么重要。相对来说，更重要的是美国决心抵制北朝鲜的挑衅行为。为此，应修改《美韩共同安全防卫条约》，以确保韩国遭到侵略时美国能够立即给予援助。朴正熙在对美国增加军事援助表示感谢的同时指出，美朝应该公开谈判。如果谈判一定要秘密进行，那么韩国官员理应参加。另外，仅仅加强军事力量对像金日成这样的人没用，“企业”号航空母舰不应该南移，应该北进至元山港外，借此要求北朝鲜还船放人，否则将封锁港口。此举如不奏效，则直接以武力夺回“普韦布洛”号。此外，北朝鲜还必须为侵略行为致歉，并保证永不再犯。否则，两国应立即根据《美韩共同安全防卫条约》采取报复措施。目前韩国不会单独行动，但倘若北朝鲜再次袭击韩国，韩国将对北朝鲜开战。面对以上情况，伯恩斯蒂尔也不敢保证百分之百能够控制住韩军，使之

① “Telegram from the Department of State to the Embassy in Korea,” February 7, 1968, in *FRUS*, *1964 - 1968*, Vol. 29, Part1, Korea, pp. 339 - 341.

不对北朝鲜单独予以报复。[①] 正在美国进退两难之际，朴正熙政府请求美国派总统特使访问韩国，讨论当前的美韩关系。约翰逊政府认为这是解决美韩信任危机的契机，决定派前国防部副部长赛勒斯·万斯（Cyrus R. Vance）作为总统特使率领国务院和国防部官员前往韩国。[②]

2月12～15日，万斯会见了朴正熙、丁一权（Chung Il Kwon）、崔圭夏等韩国政要。最终，美国承诺不会在索要回船只和船员后抛弃韩国，而只会继续加强驻韩美军。韩国则向美国保证：朴正熙政府将采取行动安抚韩国人民；只要美朝秘密会议不持续很长时间，韩国就不会采取妨碍行动；韩国不会因

---

① "Report by the Historical Studies Division of the Department of State Entitled 'Chronology of Diplomatic Activity in the Pueblo Crisis'," October 1, 1968, in *DDRS*, CK3100150752, CK3100150761, CK3100150767, CK3100150769 - CK3100150770, CK3100150773; "Telegram from the Commander in Chief, United States Forces (Bonesteel) to the Commander in Chief, Pacific (Sharp)," February 7, 1968, in *FRUS*, *1964 - 1968*, Vol. 29, Part1, Korea, p. 342; "Telegram from the Embassy in Korea to the Department of State," February 8, 1968, in *FRUS*, *1964 - 1968*, Vol. 29, Part1, Korea, p. 343; "Telegram from the Commander in Chief, United States Forces (Bonesteel) to the Commander in Chief, Pacific (Sharp)," February 9, 1968, in *FRUS*, *1964 - 1968*, Vol. 29, Part1, Korea, p. 356.

② "Report by the Historical Studies Division of the Department of State Entitled 'Chronology of Diplomatic Activity in the Pueblo Crisis'," October 1, 1968, in *DDRS*, CK3100150768; "Telegram from the Embassy in Korea to the Department of State," February 8, 1968, in *FRUS*, *1964 - 1968*, Vol. 29, Part1, Korea, pp. 346 - 347; "Editorial Note," in *FRUS*, *1964 - 1968*, vol. 29, Part1, Korea, pp. 347 - 349; "Telegram from the Embassy in Korea to the Department of State," February 9, 1968, in *FRUS*, *1964 - 1968*, Vol. 29, Part1, Korea, p. 353; "Telegram from the Embassy in Korea to the Department of State," February 10, 1968, in *FRUS*, *1964 - 1968*, vol. 29, Part1, Korea, p. 366.

“青瓦台事件”或“普韦布洛”号危机报复北朝鲜；韩国在对北朝鲜采取重大报复行动前会与美国协商；赴越韩军将继续留在越南。应该说，万斯访韩使原本相当紧张的美韩关系得到了缓和。据波特反映，万斯离开后，朴正熙情绪放松，韩国新闻界也渐渐平静下来。短期内韩国采取单方面报复行动的可能性明显减小了。[1] 虽然如此，万斯本人对未来美韩关系的前景并不乐观，建议重新评估美国对韩国政策。[2]

6月15日，在美国国务院、国防部、参谋长联席会议以及中央情报局等机构的共同参与下，国务院政策设计办公室制定了一份题为“美国对韩国政策”的新文件。文件首先指出：

> 虽然美国对韩国政策取得了明显的成功，但其行事方式却越来越需要有所改变。韩国的经济进步已不再依赖美国大量的经援，政治发展形势也与美国深深地介入其经济决策以及有时对其政治决策的干预越来越不相称。而且，

① “Notes of President's Meeting With Cyrus R. Vance,” February 15, 1968, in *FRUS*, *1964 - 1968*, vol. 29, Part1, Korea, pp. 376 - 383; “Memorandum from Cyrus R. Vance to President Johnson,” February 20, 1968, in *FRUS*, *1964 - 1968*, Vol. 29, Part1, Korea, pp. 386 - 387; “Report by the Historical Studies Division of the Department of State Entitled ‘Chronology of Diplomatic Activity in the Pueblo Crisis’,” October 1, 1968, in *DDRS*, CK3100150816 - CK3100150818, CK3100150824, CK3100150858.

② “Report by the Historical Studies Division of the Department of State Entitled ‘Chronology of Diplomatic Activity in the Pueblo Crisis’,” October 1, 1968, in *DDRS*, CK3100150859, CK3100150911 - CK3100150912; “Memorandum from Cyrus R. Vance to President Johnson,” February 20, 1968, in *FRUS*, *1964 - 1968*, Vol. 29, Part1, Korea, pp. 390 - 391.

北朝鲜日益好战的行为构成了刺激美国重新审视在韩国安全形势的新动因。

总的来说，美国不能为已取得的成绩沾沾自喜，甚至鲁莽地从朝鲜半岛抽身而退，这样做可能会引起韩国的政治经济混乱乃至更严重的后果。相反，美国虽然在支援韩国方面的作用越来越小，但仍需长期扮演韩国支持者的角色。

文件认为，“（因此，）美国对韩国政策的选择余地异常狭窄，大部分集中于安全考虑”。当前，美国在韩国的军事战略有两种选择：继续向韩国提供军援，逐渐提高韩国的防务能力；投入大量的额外资源，迅速使韩国具备在美国后勤支持下击退朝鲜全力进攻的能力。如果不考虑开销问题，第二项选择更加合理。它既可以使美国更快地调整对韩国的政治、经济和军事政策，使之更适应韩国日益走向自立的现实，又能几乎完全消除美军帮助韩国反击朝鲜“再次进攻”的可能性。

美国对韩国的经济战略在某种程度上取决于军事战略方面的选择。相对来说，第一项军事战略将使韩国承担较小的经济压力，美国也可以较快地削减对韩国经援。第二项军事战略则会加大韩国的经济压力，使其未来经济发展面临更多的未知因素。直至韩国1971年大选之后，美国才能不再向韩国提供开发贷款和军事财政支持。

美国对韩国的政治决策仍然具有一定的影响力，应该将这种影响力维持至韩国1971年大选。与此同时，美国必须认识到其当前地位与多年前迥然不同，“不能试图由原来的飞行教官转变为永久的副驾驶员”。

最后，文件总结说：任何战略都存在弱点，不过，这里倡导的战略能够提高韩国迟滞中国和朝鲜联合进攻的能力，使美国最大限度地避免直接介入另一场朝鲜战争。而且，韩国已由过去的"受庇护者"成长为"羽翼丰满的自立盟友"，该战略可以确保美国在处理崭新的美韩关系时更好地维护其在韩国的重要利益。[①]

在某种意义上，"美国对韩国政策"文件是对约翰逊政府1965～1968年较以往更加关注韩国防务政策的总结。它认为韩国的安全暂时压倒一切，对韩国政策的考虑大多集中于安全领域，这与过去对韩国发展和自立的强调大相径庭。

三 "归还民政"与经济"起飞"

1."归还民政"过程中的美韩政治关系

【"五一六军事政变"与美国的反应】1961年5月16日凌晨3时，汉江边上出现了一批全副武装的军人，他们仅用了30分钟，以5名轻伤为代价，就冲破汉江桥防线进入了市区。4时30分，朴正熙少将等政变军官率领空运战斗团一个排占领了中央广播电台。接着，他以正在阻止政变的陆军参谋总长张都瑛的名义向全国发表了事先准备好的"革命宣言"，宣布军事当局已掌握了国家的一切权力，成立了"军事革命委员会"，对全国实行管制。此即韩国现代史上著名的"五一六军事政变"。[②]

① "Paper Prepared by the Policy Planning Council of the Department of State," June 15, 1968, in *FRUS*, *1964－1968*, Vol. 29, Part1, Korea, pp. 433－436.

② 赵虎吉：《揭开韩国神秘的面纱——现代化与权威主义：韩国现代政治发展研究》，第95页；曹中屏、张琏瑰：《当代韩国史（1945～2000）》，第220页。

清晨，韩国陆军参谋长要求“联合国军”司令卡特·马格鲁德（Carter B. Magruder）派兵镇压政变。后者以其职权只涉及韩国外部安全为由予以拒绝。上午10时，马格鲁德和美国驻韩代办马歇尔·格林（Marshall Green）同时发表声明，宣布支持张勉政府，希望韩军能重新恢复合法政府的职权及社会秩序，同时建议韩国军方不要动用驻守前线的第一军。① 华盛顿的反应是：肯尼迪总统因马格鲁德和格林的声明而感到不安；参谋长联席会议持尽可能不干涉韩国内政的态度，要求“联合国军”司令集中精力保卫韩国，使其免遭共产党国家的袭击，不要再进一步发表声明；由于张勉内阁成员得知政变消息后躲藏起来，韩国总统、军方领导人和其他重要官员不愿镇压政变，公众对张勉政府的命运漠不关心，国务院指示驻韩使馆静观其变。② 此时，美国决策者最关心的是尽快恢复秩序，以防共产党乘虚而入。③

---

① Donald Stone Macdonald, *U. S. -Korean Relations from Liberation to Self-Reliance: The Twenty-Year Record*, pp. 208 - 209.

② "Telegram from the Chairman of the Joint Chiefs of Staff (Lemnitzer) to the Commander in Chief, U. S. Forces Korea (Magruder)," May 16, 1961, in *FRUS, 1961 - 1963*, Vol. 22, Northeast Asia, pp. 451 - 452; "Telegram from the Department of State to the Embassy in Korea," May 16, 1961, in *FRUS, 1961 - 1963*, Vol. 22, Northeast Asia, pp. 455 - 456; "U. S. Adopts Wait - see Attitude during Coup in South Korea," May 16, 1961, in *DDRS*, CK3100164002 - CK3100164003.

③ 例如，国务院在5月17日发给驻韩使馆的电文中指出：如果尹潽善总统愿意留任，可以建议他将那些深受爱戴的军界与平民中的领袖人物和政变领导人召集在一起，请这些人共同确定总理人选和内阁成员名单。“虽然从严格意义上讲此举绝非宪政手段，但它符合确立有序统治的精神，可以最有效地防止可能被共产党利用或导致彻头彻尾的军事独裁的混乱局面的出现。”“Telegram from the Department of State to the Embassy in Korea,” May 17, 1961, in *FRUS, 1961 - 1963*, Vol. 22, Northeast Asia, pp. 461 - 462.

18日，张勉内阁集体辞职，美国决定进一步向韩国政变集团表明立场。25日，马格鲁德与作为韩国政变主要领导人之一的金钟泌会谈。马格鲁德声称其职责是保卫韩国，而非决定韩国有什么样的政府，只要革命政府的行动不损害韩国的防务，他就不会干涉。[①] 至此，肯尼迪政府明确抛出了不干涉政策，但美国一时还难以承认韩国军政府。原因是：这与美国“支持民主政权”的原则相违背；更重要的是，朴正熙以往曾被认为参与过“共产党叛乱活动”。虽说此时美国情报部门没有有力证据证明他继续与共产党保持联系，但也不能完全排除朴正熙作为“共产党长期代理人”的可能性。因此，肯尼迪政府对他并不完全信任。[②] 在这种不确定的情况下，美国考虑采取两手策略。一方面，私下表示对政变集团的支持。6月9日，美国国务院指示格林与朴正熙会谈时表明欢迎韩国军事领导人5月16日发表的“六点誓言”，[③] 美国视韩国国

① “Telegram from the Chairman of the Joint Chiefs of Staff (Lemnitzer) to the Commander in Chief, U. S. Forces Korea (Magruder),” May 16, 1961, in *FRUS, 1961 - 1963*, Vol. 22, Northeast Asia, pp. 451 - 452; “Telegram from the Commander in Chief, United Nations Command (Magruder) to the Chairman of the Joint Chiefs of Staff (Lamnitzer), in Paris,” May 25, 1961, in *FRUS, 1961 - 1963*, Vol. 22, Northeast Asia, pp. 466 - 467.

② “Current Situation in South Vietnam (‘Vietnam’ 原文如此，疑为‘Korea’——笔者注) Following 5/15/61 Coup,” May 18, 1961, in *DDRS*, CK3100209552; John Kie - chiang Oh, *Korean Politics: The Quest for Democratization and Economic Development*, pp. 49 - 50; “Special National Intelligence Estimate,” May 31, 1961, in *FRUS, 1961 - 1963*, Vol. 22, Northeast Asia, p. 469.

③ 即政变当天军人们宣布的“革命公约”，具体内容为：（1）反共为国家第一要义，强化反共体制；（2）遵守联合国宪章，切实执行国际条约，进一步巩固与美国为首的“自由友邦”的纽带；（3）肃清一切腐败和陈旧恶习，振奋民族精神；（4）迅速缓解国民生活的疾苦，全力发展经济；（5）努力实现国家统一；（6）随时准备“归还民政”。

家再建最高会议[①]为政府，准备与之进行友好合作，新任美国驻韩大使伯杰到任后将与韩国军事领导人讨论包括经济改革在内的具体合作事宜。另一方面，格林认为，韩国军事领导人经常漠视美国的建议，此时美国不应与政变集团走得太近，这种有所保留的态度有利于美国在与其相处的过程中获得更大的讨价还价的能力。[②]

依据“六点誓言”，韩国政变集团迅速采取了一系列政治和社会举措。首先，在政变当天发布军事革命委员会“第一号令”，宣布“对言论、出版以及报道等实行事前检查”，严惩“有害于治安维持”者，甚至将其处以极刑。随后，军政集团开始大肆逮捕民主人士并查封中央和地方的报刊；其次，6月13日，公布公务员“任用令”、“考试令”和“铨衡令”，以考试优先和政绩考核为原则，对国家公务员全面清理整顿。至7月20日，共淘汰了35684名腐败无能的官员，对所有高级公务员和1594名部门负责人进行了教育培训。接着，又用了3个月的时间对全国5694个政府机构进行了人员考核检查和调整定编；再次，6月14日，颁布《非法敛财处理法》。该法规定，在1953年7月1日至1961年5月15日间，凡利用职权非法敛财5000万元以上的国家与政党公务人员，通过买卖或借贷国有财产、公有财产或归属财产获得1亿元以上非法收入者，以不正当方法获得政府或银行美元贷款及以非法

① 5月19日，军事革命委员会被改组为“国家再建最高会议”（简称“最高会议”），张都瑛任议长，朴正熙任副议长。

② 美国的两手策略参见 Donald Stone Macdonald, *U. S. -Korean Relations from Liberation to Self-Reliance: The Twenty-Year Record*, pp. 215－216。

手段兑换美元数额在10万元以上者，为获得融资机构贷款而提供5000万元以上政治资金者等均为非法敛财处理对象；最后，6月27日，成立了“再建国民运动本部”，任命高丽大学校长俞镇午为部长，开展以文明启蒙、倡导艰苦朴素、改善衣食住、计划生育和消除文盲为主要内容的社会改革运动。[①]

7月3日，韩国最高会议公布了经过修改的由原张勉政府起草的《反共法》，以“强化反共体制”，惩治“反国家团体”。当天，军政府解除了张都瑛最高会议议长、内阁首脑、国防部长官、参谋总长和戒严司令官等职，决定由朴正熙出任最高会议议长。随后，最高会议又以“反革命阴谋罪”逮捕了张都瑛以及其他几十名陆军军官，彻底清洗了向“朴（正熙）金（钟泌）系”挑战的“警备士五期生”西北派。[②]军政府还猛烈攻击前张勉政府的“亲共”行为，打击可能对政变集团构成威胁的文官领导人和组织。肯尼迪政府对此深表忧虑。9日，美国驻韩使馆致电国务院，认为当前美国的强大压力无助于改变韩国政变集团的上述行为。除了支持朴正熙并通过私下会谈的方式规劝他保持克制外，美国别无选择。13日，按照驻韩使馆的建议，国务卿腊斯克会见韩国驻美大使丁一权时指出：韩国政变集团扣押韩军军官和指责张勉政府“通共”的行为引起了美国公众、国会以及行政部门的忧

① 曹中屏、张琏瑰：《当代韩国史（1945~2000）》，第226~227、229~230页；赵虎吉：《揭开韩国神秘的面纱——现代化与权威主义：韩国现代政治发展研究》，第99页。

② 曹中屏、张琏瑰：《当代韩国史（1945~2000）》，第228页。

虑，希望韩国能尽快调查并公开审判被捕者。在此过程中，应避免报复和压制，否则会使国家陷入苦难和分裂。[①]

15日，美国驻韩使馆向国务院报告对朴正熙政变动机的调查结果：虽然不能排除韩国政变与共产党有关的可能性，但当前的证据表明该政变主要是由“爱国主义”、“民族主义”和“反共主义”促成的。国务院认可这一判断，情报部门也持类似观点。[②] 因此，肯尼迪政府决定以支持朴正熙政权为条件换取韩国军政府对“归还民政”的承诺。几天后，美国驻韩大使伯杰与朴正熙举行会谈。会谈中，伯杰强调韩国重新实行文官统治的重要性，声称美国准备公开支持朴正熙政权，但军政府的逮捕和清洗活动使华盛顿无法这样做。他暗示朴正熙，只要韩国采取积极行动，美国很快就会发表有利于军政府的声明。次日，韩国大赦了1293名政治犯，伯杰立即对此表示欢迎。紧接着，朴正熙进一步就“归还民政”问题做出承诺。作为回应，腊斯克在记者招待会上称赞韩国政治气氛的改善尤其是朴正熙关于“归还民政”的承诺，认为美韩两国密切合作的基础正在形成。[③] 8月12日，朴正熙公开宣布，韩国将于1963年恢复文官统治。

---

① “Telegram from the Embassy in Korea to the Department of State,” July 9, 1961, in *FRUS*, *1961 – 1963*, Vol. 22, Northeast Asia, pp. 496 – 498.

② “Korean Task Force Discusses Whether There Was a Significant Communist Influence in the New Military Regime in Korea,” June 28, 1961, in *DDRS*, CK3100214751; “Special National Intelligence Estimate,” July 18, 1961, in *FRUS*, *1961 – 1963*, Vol. 22, Northeast Asia, p. 501; “Telegram from the Department of State to the Embassy in Korea,” July 20, 1961, in *FRUS*, *1961 – 1963*, Vol. 22, Northeast Asia, p. 503.

③ Donald Stone Macdonald, *U. S. -Korean Relations from Liberation to Self-Reliance: The Twenty-Year Record*, p. 217.

11月，朴正熙应邀对美国进行了国事访问。① 美韩关系进入了一个崭新的时代。

朴正熙政变虽不是美国直接策动的，却间接地与美国有相当大的关系。初创时期，韩军在组织、训练和装备方面主要仰赖美国。朝鲜战争爆发后，美韩军事后勤系统合并，美国对韩国的军事援助居高不下，如1955~1960年，美国的直接和间接军援占韩国军费总支出的80%左右，1961年该比例更是高达99%。② 美援对韩军产生了两方面的积极影响：一方面，培养了大批机械、建筑、物理、化学、气象和翻译等领域的专门技术人员和行政管理人员；③ 另一方面，1945~1961年，韩国的人均年收入始终未突破100美元，军人在美国军援不断输入的情况下成为生活很有保障的职业，加之军人社会地位的不断提高以及军队中身份职位的流动性相对较大，因此大批有才华的青年

---

① “Telegram from the Department of State to the Embassy in Korea,” August 5, 1961, in *FRUS*, *1961 - 1963*, Vol. 22, Northeast Asia, p. 511; “Memorandum of Conversation,” November 14, 1961, in *FRUS*, *1961 - 1963*, Vol. 22, Northeast Asia, pp. 529 - 534; “Memorandum of Conversation,” November 14, 1961, in *FRUS*, *1961 - 1963*, Vol. 22, Northeast Asia, pp. 535 - 539; “Memorandum of Conversation,” November 16, 1961, in *FRUS*, *1961 - 1963*, Vol. 22, Northeast Asia, pp. 540 - 541.

② 梁志：《论艾森豪威尔政府对韩国的援助政策》，第78~97页；Young-Sun Ha, “American-Korean Military Relations: Continuity and Change,” in Youngnok Koo & Dae-Sook Suh (eds.), *Korea and the United States: A Century of Cooperation*, pp. 117 - 118.

③ Un-chan Chung, “The Development of the South Korean Economy and the Role of the United States,” in Gerald L. Curtis & Sung-joo Han (eds.), *The U. S. -South Korean Alliance*, Massachusetts : D. C. Heath and Company, 1983, pp. 188, 191；赵虎吉：《揭开韩国神秘的面纱——现代化与权威主义：韩国现代政治发展研究》，第80、84、92页。

纷纷参军，军队逐渐成为精英集聚之地。① 朝鲜战争结束后，一些在战争中成长起来的年经中下级军官丧失了快速升迁的机会。这些人中的正义者对高级军官的腐败日益不满，对文官政治家的争权夺势和迂腐无能深恶痛绝，对国家经济的停滞不前忧心忡忡。在美国的军事教育和培训下，他们逐渐掌握了先进的科学技术和管理经验，主张“发展”和“秩序”优先，崇尚节俭和清廉。② 这与依旧被民间政治精英奉为圭臬的重哲学、重历史、重文理、轻实践的仕林传统和其他政治集团不断出现的离合集散形成了鲜明的对比。③ 最终，对现状的不满和个人野心的膨胀使这些以朴正熙为代表的中下级军官逐渐会聚成一股改革力量。

1961年，朴正熙等一批具有发展取向的中下级军官建立了半威权政权，④ 成为韩国现代化的启动者。我们不能抽象地以“民主程度对比”评价政权更替的进步或倒退，进而认为朴正熙政权取代张勉政权是历史的退步。对韩国来说，经济现代化和

① 赵虎吉：《揭开韩国神秘的面纱——现代化与权威主义：韩国现代政治发展研究》，第75～76页。

② Gregg Brazinsky, *Nation Building in South Korea: Koreans, Americans, and the Making of a Democracy*, pp. 84－96; John Kie-chiang Oh, *Korean Politics: The Quest for Democratization and Economic Development*, pp. 50－51；赵虎吉：《揭开韩国神秘的面纱——现代化与权威主义：韩国现代政治发展研究》，第90～92页。

③ 刘森：《朴正熙政权的特征、绩效与局限性分析》，中共中央党校硕士学位论文，2001，第9页。

④ 美国学者亨廷顿（Samuel P. Huntington）认为1961～1973年间的朴正熙政权实行的是“半威权主义”。参见〔美〕塞缪尔·亨廷顿《第三波——20世纪后期民主化浪潮》，刘军宁译，上海三联书店，1998，第19页。

政治民主化很难同步实现。换言之，韩国经济现代化实现的必要条件是政治稳定而非政治民主。朴正熙上台后提出“经济发展第一”的施政方针，并为此提供了一个强有力的高效政府和稳定的社会秩序。因此，介于专制政权和民主政权之间的朴正熙“半威权政权”适合韩国的国情，它取代张勉政权是历史的进步。从这个意义上讲，如果说美国对韩国的经济援助帮助韩国在朝鲜战争以后完成了经济重建，那么美国对韩国的军事援助则为韩国经济现代化的启动和运行提供了组织者和领导者。就后者而言，美国作用的发挥是其反共政策的副产品或者说在很大程度上是无意识的。

【“归还民政”之争】1962 年，朴正熙着手筹划“归还民政”事宜。3 月 6 日，最高会议公布了《政治活动净化法》。法案规定，如果民主党政府时期被认定的公民权受限者、第五届国会议员、民主党政府内阁成员、政党与社会团体干部、地方长官、地方议会议员、国营企业经理以及非法敛财者在本法实施后 15 天内不能通过“政治净化委员会”政治活动资格审查，那么 1968 年 8 月 5 日前不得参加政治活动。同时，朴正熙暗中指示中央情报部部长金钟泌秘密创建民主共和党，以便使之在未来的大选中成为由军方控制的执政党。可是，在金钟泌秘密筹建民主共和党“事前组织”“再建同志会”时，陆军防谍队队长金在春发现了此事。一场轩然大波继之而起，本已十分激烈的领导人之间的宗派斗争变得更加不可收拾，政变集团内部很快明确地形成了以金东河和金在春为首的反金（钟泌）派和以金东焕为首的亲金（钟泌）派。两派在归还民政的问题上也存在严重分歧：反金派大体主张及早结束军政，军人返回军营；亲金派大多认为应延长军政或至少允许军人继续参政。这一切引起了美国的极大关注。[①]

7月23日，美国驻韩使馆致电国务院，详细汇报了韩国领导人政治斗争的问题。它认为，为了获得尽可能多的支持，朴正熙在亲金派和反金派的斗争中保持中立。但事实上，他并没有置身于宗派斗争之外。更为严重的是，在各派系的相互攻讦中，经济倒退、不正当交易以及中央情报部的镇压行动等被公之于众。这一切不但有损军政府的公众形象，而且给明年的大选带来了不稳定因素。不过，韩国领导人之间的派系斗争问题理应由朴正熙自己解决。除非情况急剧恶化，否则美国此时不应直接介入。当前，朴正熙仍是最有能力维持政治稳定的领导人，因此美国要继续支持他并对其面临的问题表示理解。同时，鉴于韩国政治发展前景越来越不明朗，美国又不宜公开明确赞同军政府所有的政策。[②] 7月27日，美国驻韩使馆再次致电国务院，声称韩国的基本政治问题是金钟泌和中央情报部的权限过大。该部门除了从事通常的情报活动外，还兼具政治、经济、立法和公共信息等功能，且其中一些重要雇员曾经是共产党或左翼，有的还怀有极端的反美情绪。该部门似乎“无所不能”，不仅可以将其成员安插在报业和商业部门中，而且还能够从股市和商业交易中抽取利润。虽然朴正熙曾两次向伯杰保证要缩小中央情报部的权限，使其仅负责情报活动，但至今仍

① 曹中屏、张琏瑰：《当代韩国史（1945～2000）》，第237页；“U.S. Relations with the Korean Military Junta Assessed,” March 27, 1963, in *DDRS*, CK3100183229－CK3100183230.

② “Telegram from the Embassy in Korea to the Department of State,” July 23, 1962, in *FRUS*, *1961－1963*, Vol. 22, Northeast Asia, pp. 581－585.

未付诸实施。[1] 8 月 5 日，国务院回电表示完全同意使馆的分析，也认为坚决要求韩国在 1963 年建立成熟的民主制度并使所有的军事领导人退出政治舞台是不现实的，但美国在韩国长期目标的实现又取决于韩国是否能够按照“自由社会”的标准行事。“因此，我们可以处处容忍，但是（在对韩国政策方面）不做重大让步。”当前具体的政治方针是：继续与朴正熙合作并含蓄地表明对他的支持；不公开反对金钟泌，但应明确提出情报间谍和秘密警察的首脑不能同时兼任主要决策人和第二号领导人；韩国应扩大包括内阁在内的行政部门的权限；军政府需通过自由公正的选举向立宪政府过渡；朴正熙应加强与高级政治领导人的联系，听取他们对国家未来发展的建议；1963 年选举后，韩国军事领导人可以通过适当的制度安排保留部分影响力。不过，新建政府一定不能再绝对地依赖中央情报部。[2] 从以上美国驻韩使馆和国务院对韩国政变集团内部斗争的反应来看，在对韩国政治目标方面，此时的肯尼迪政府较以往更加务实，即更多地从当地的政治现实出发，允许朴正熙等军事领导人继续保持某种政治影响，同时全力促使军政府通过自由公正的选举“归还民政”，继而再渐进地推动韩国采纳西方民主制。

值得特别注意的是，肯尼迪政府还将“归还民政”问题与驻韩美军地位协定（Status of Forces Agreement）谈判联系在一

① “Telegram from the Embassy in Korea to the Department of State,” July 27, 1962, in *FRUS*, *1961 - 1963*, Vol. 22, Northeast Asia, pp. 589 - 591.

② “Telegram from the Department of State to the Embassy in Korea,” August 5, 1962, in *FRUS*, *1961 - 1963*, Vol. 22, Northeast Asia, pp. 591 - 594.

起。1950年7月12日至1961年5月16日间，韩国以各种方式多次要求与美国进行驻韩美军地位协定谈判，但由于各种原因双方未达成一致意见。[①] 1962年3月13日，朴正熙政府再次要求尽早协商驻韩美军地位问题。美方的答复是，韩国的军事法庭依然存在，民法程序尚未完全恢复，此时难以进行驻韩美军地位谈判。[②] 6月，美国同意同韩国协商驻韩美军地位问题，但前提是直到韩国重建立宪政府并恢复司法程序双方才能达成刑事裁判权协定。[③]

12月7日，伯杰与朴正熙就即将到来的韩国总统选举和“归还民政”问题进行会谈。朴首先保证，军政府将尽量阻止政党分裂和贿选现象的发生。当伯杰提及需要解除对政治家们政治活动的禁令时，朴表示反对，认为美国不了解这些政客们是多么不思改悔。[④] 1963年1月24日，伯杰向国务院汇报说，朴正熙已通知他解决派系斗争的决定：金钟泌在即将建立的民主共和党中不担任任何职务，出国长期旅行；不再撤销五名反对

① “Status of Force Agreement (SOFA) Detailed,” June 6, 1962, in *DDRS*, CK3100316212.

② “South Korea Requests Resumption of Negotiations on Status-of-forces Agreement with U. S.,” March 13, 1962, in *DDRS*, CK3100170393; “U. S. Will not at Present Renegotiate Status-of-forces Agreement with South Korea since Abnormal Political Situation Prevails,” March 13, 1962, in *DDRS*, CK3100170394.

③ “U. S. Prepared to Resume Status-of-forces Negotiations with South Korea Including Discussions on Criminal Jurisdiction,” June 14, 1962, in *DDRS*, CK3100164069; “Status of Force Agreement (SOFA) Detailed,” June 6, 1962, in *DDRS*, CK3100316212.

④ “Airgram from the Embassy in Korea to the Department of State,” December 7, 1962, in *FRUS*, *1961–1963*, Vol. 22, Northeast Asia, p. 617.

金钟泌的最高会议成员的职务；最高会议与民主共和党分离；朴将参加下半年的总统选举。[①] 2月17日，韩国国防部长等人联合向朴正熙发出最后通牒，明确要求解除金钟泌在民主共和党中的职务，使之离开韩国。2月20日，金钟泌辞去民主共和党筹备委员会委员长职务。五天后，他以无任所大使的身份出国旅行。[②]

2月14日，在与伯杰会谈时，朴正熙透露他正考虑退出总统竞选、几乎完全解除《政治活动净化法》对前政府政治家的限制并推迟选举日期。18日，朴正熙在最高会议上宣布：如果3月23日前在野人士接受九项条件，那么他将不参加总统选举。美国驻韩使馆立即公开对此表示支持，认为该计划为韩国顺利地依据民主程序向文官政府过渡打下了基础。2月27日，韩国主要政治领导人正式接受了以上计划。[③] 3月12日晚，韩国首都警备司令部的30名军官拜访朴正熙，要求他在“参与民政”与

① “Telegram from the Department of State to the Embassy in Korea,” January 24, 1963, in *FRUS*, *1961 – 1963*, Vol. 22, Northeast Asia, p. 618.

② Donald Stone Macdonald, *U. S. -Korean Relations from Liberation to Self-Reliance: The Twenty-Year Record*, p. 221; “Editorial Note,” in *FRUS*, *1961 – 1963*, Vol. 22, Northeast Asia, p. 627; 曹中屏、张琏瑰：《当代韩国史（1945 ~ 2000）》，第239页。

③ “Summary of Ambassador Berger's Meeting with Chairman Pak Regarding Pak's Decisions on Presidential Election,” February 14, 1963, in *DDRS*, CK3100060757 – CK3100060758; “U. S. Relations with the Korean Military Junta Assessed,” March 27, 1963, in *DDRS*, CK3100183232 – CK31001832233; “Editorial Note,” in *FRUS*, *1961 – 1963*, Vol. 22, Northeast Asia, p. 627. 朴正熙的条件是：此后建立的民选政府不得报复“五一六军事政变”参与者，继承“五一六”精神和“革命任务”，保证军政府任用的公务员的身份地位，维护新宪法的权威，各级政府优先任用有能力、有贡献的预备军官，促进韩日关系正常化等。参见曹中屏、张琏瑰《当代韩国史（1945 ~ 2000）》，第238 ~ 239页。

"延长军政"之间做出选择。[①] 14日，韩国总理金炫哲（Kim Hyon-chol）同伯杰举行会谈，声称当地存在诸多的政变和暗杀阴谋，不久将会发生要求朴正熙收回以上声明、参加总统竞选的大规模学生示威和反美学生示威。伯杰认为，韩国存在政变暗杀阴谋以及军方卷入其中的说法部分是捏造的，目的是为了在混乱中迫使朴收回2月18日的决定。[②] 15日，韩国50名军官和30名下士在最高会议门前游行，要求延长军政、罢免反对宣布戒严命令的现任国防部部长林炳权并处死金东河等变节军人。16日，朴正熙未与美国及其同僚协商便公开建议由全民公决决定军政是否再延长四年，理由是韩国尚未做好向代议制政府过渡的准备。同时，政府颁布了《非常事态收拾临时措施法》，禁止一切政治活动，限制言论、出版和集会。[③] 当天，朴通知伯杰，过几天他将宣布举行全民公决，以决定军政府是否再统治四年。[④] 三天后，朴正熙在给肯尼迪的信中详细说明了不愿将政府移交给"依旧腐败的政客"的原因，包括政客间的相互欺诈和长期不和以及某些激进分子策划的推翻国家的阴谋等。[⑤]

---

① 曹中屏、张琏瑰：《当代韩国史（1945～2000）》，第239页。

② "Telegram from the Embassy in Korea to the Department of State," March 14, 1963, in *FRUS*, *1961–1963*, Vol. 22, Northeast Asia, p. 628.

③ Donald Stone Macdonald, *U. S. -Korean Relations from Liberation to Self-Reliance: The Twenty-Year Record*, p. 222；曹中屏、张琏瑰：《当代韩国史（1945～2000）》，第239～240页。

④ "Telegram from the Department of State to the Embassy in Korea," March 16, 1963, in *FRUS*, *1961–1963*, Vol. 22, Northeast Asia, p. 630.

⑤ "Memorandum from Michael V. Forrestal of the National Security Council Staff to President Kennedy," March 28, 1963, in *FRUS*, *1961–1963*, Vol. 22, Northeast Asia, p. 640.

美国国务院的态度非常明确，反对韩国军政府继续执政的决定和为此举行全民公决。[①] 21 日，伯杰面见朴正熙，声称美国“不可能同意而且可能被迫公开反对韩国军政府再统治四年”。韩国政治纷争的解决之道在于政府与民间政治家举行联合会议，共同探讨韩国的政治发展问题，争取找到能够为全国人民所接受的方案。25 日，韩国官员向美方做出解释：延长军政的时间并非一成不变，也许只有两三年；最高会议将增补 50 名成员，2/3 为平民，余下的为军人，以更全面地反映民意；即将成立一个由约 30 名老政治家组成的总统顾问委员会。同时，韩方恳请美国不要反对或批评朴正熙政府的做法，以免引起政治混乱。[②] 当日，国务院发表低调声明，语气温和地要求韩国“归还民政”。[③] 29 日，韩国大使丁一权将朴正熙解释延长军政必要性的信函呈递给肯尼迪。肯尼迪指出，他和美国人民都非常关心韩国未来的发展，急切地盼望韩国能够取得成功。为了尽快确立民主程序，一定要避免政治动荡，希望韩国军事和平民领导人能够就向文官政府平稳过渡的时间表达成一致。[④] 31 日，肯尼迪复函朴正熙，明确表示韩国政府应该与政治领导人举行

① “Telegram from the Department of State to the Embassy in Korea,” March 16, 1963, in *FRUS*, *1961 – 1963*, Vol. 22, Northeast Asia, p. 630.

② “Korean Acting President Park Sends Letter to Kennedy Outlining Plan for ‘Transitional Military Government’,” March 25, 1963, in *DDRS*, CK3100179565 – CK3100179566.

③ Donald Stone Macdonald, *U. S. -Korean Relations from Liberation to Self-Reliance*: *The Twenty-Year Record*, p. 223.

④ “Ambassador Chung Delivers Letter from Chairman Park to Kennedy Explaining Reasons for Extending Military Rule in Korea 4 More Years,” March 29, 1963, in *DDRS*, CK3100177762.

协商，共同寻求一个能够为全国所接受的过渡程序。[①]

韩国国内的抗议之声也日益高涨。3月20日，尹潽善和许政等人举行“散步示威”。22日，卞荣泰、金度演和朴顺田等150名政治家召开“民主救国宣言大会”，并举行了有600人参加的抗议示威。政府逮捕了前总统尹潽善和其他100名政治家。伯杰就此事向韩国政要发出警告，威胁说美国将被迫发表评论。在美国的干预下，大部分人很快获释。[②]

面对国内外的压力，4月8日，朴正熙被迫做出如下决定：将全民公决由4月推迟至9月；届时政府将同各政党代表协商，决定是举行公决还是进行总统和国会选举；解除对政治活动的禁令。同一天，美国国务院指示驻韩使馆，在形势完全明朗之前不要对该决议做任何评价。[③] 此后，韩国的政治紧张局势逐渐缓和，美韩的注意力转向经济问题。7月27日，朴正熙正式宣布，10月中旬举行总统选举，11月举行国会选举。[④]

随着大选的临近，韩国政坛的斗争日趋白热化。8月8日，前总理宋尧赞在《东亚日报》发表文章指出：“军人应专心于国防”，“腐败可恶，独裁更可恶”，“朴（正熙）议长下台是爱

① “Memorandum of Conversation,” March 29, 1963, in *FRUS*, *1961 - 1963*, Vol. 22, Northeast Asia, p. 641.

② 曹中屏、张琏瑰：《当代韩国史（1945～2000）》，第240页；Donald Stone Macdonald, *U. S. -Korean Relations from Liberation to Self-Reliance*: *The Twenty-Year Record*, p. 223.

③ “Telegram from the Department of State to the Embassy in Korea,” April 8, 1963, in *FRUS*, *1961 - 1963*, Vol. 22, Northeast Asia, p. 642.

④ Donald Stone Macdonald, *U. S. - Korean Relations from Liberation to Self-Reliance*: *The Twenty-Year Record*, p. 224.

国”。几天后，最高会议以杀人和唆使杀人罪逮捕了宋尧赞。[①]为此，美国助理国务卿希尔斯曼向韩国驻美大使提出抗议。紧接着，韩国出现了反美标语，指责美国干预宋尧赞案件。不过，美国的抗议最终还是起作用了，韩国军政府释放了宋尧赞，没有进行大范围的政府人员变更和政治镇压，并推迟了金钟泌的归国日期。[②]

8 月 30 日，朴正熙脱下军装，转为预备役，加入民主共和党。次日，他当选民主共和党总裁，并接受总统候选人提名。10 月 15 日，韩国举行第五届总统选举，1300 万选民中有 1100 万人参与投票，投票率为 84.9%。结果，朴正熙获得了 4702640 票，尹潽善获得了 4546614 票，其余三个政党的总统候选人共获得 831944 票，另有 954977 张无效票及 1948840 张弃权票。[③]随后，各政党开始紧锣密鼓地开展国会竞选活动。在 11 月 26 日的国会选举中，民主共和党获得了 175 席中的 110 席。[④] 12 月 27 日，韩国新宪法生效，朴正熙宣誓就任第五届总统，第三共和国由此诞生。在就职演说中，朴正熙发誓一定使国家“摆脱旧世纪的枷锁”，“用汗水、鲜花和艰苦工作”创造新韩国。[⑤]

---

① 曹中屏、张琏瑰：《当代韩国史（1945～2000）》，第 241 页。

② Donald Stone Macdonald, *U. S. -Korean Relations from Liberation to Self-Reliance: The Twenty-Year Record*, p. 224.

③ “Telegram from the Embassy in Korea to the Department of State,” October 16, 1963, in *FRUS*, *1961 – 1963*, Vol. 22, Northeast Asia, p. 665；曹中屏、张琏瑰：《当代韩国史（1945～2000）》，第 241 页。

④ Donald Stone Macdonald, *U. S. -Korean Relations from Liberation to Self-Reliance: The Twenty-Year Record*, p. 226.

⑤ 曹中屏、张琏瑰：《当代韩国史（1945～2000）》，第 242 页。

事实证明，从经济腾飞的角度讲，朴正熙实现了他的诺言。然而，在政治上，第三共和国政府仍具有"半权威性"。体制方面，第三共和国宪法的主要特征如下：确立总统中心制，总统无须征得议会同意便可任免国务总理，能够对司法部门施加正式和非正式的影响，有权动员军队维持国家安全秩序，在紧急情况下可以限制公民的基本自由权利。相应的，国务院被降为顾问机构；取消副总统职务，新设副总理一职；废除两院制国会；在严苛的政党法的配合下，从多方面限制公众的政治活动。① 实践方面，朴正熙政权几度严厉镇压学生反对独裁、反对韩日关系正常化的运动，加强对新闻媒体的控制，迫害知识分子，为了维护自身统治而强行"三选改宪"。② 对于这种美式"三权分立"构架和朴正熙个人权力过大并存的畸形状态，美国洞若观火。③ 在韩国政治动荡之时，美国更是忧心忡忡，担心出现第二次"四一九运动"甚至导致左翼

① Stephan Haggard, Byung-Kook Kim and Chung-In Moon, "The Transition to Export-led Growth in South Korea, 1954 - 1966," p. 858；曹中屏、张琏瑰：《当代韩国史（1945～2000）》，第235～237页。

② 通过修改宪法取消总统两届任期的限制。曹中屏、张琏瑰：《当代韩国史（1945～2000）》，第258～263页；"Park Government's Strong Attack by Political Opposition, the Press, and Student Elements Discussed," May 24, 1964, in *DDRS*, CK3100009167 - CK3100009169；"Secretary of State William Rogers Provides President Richard M. Nixon with Background Information and Talking Points in Preparation for Nixon's Meeting with South Korean President Park Chung Hee during His U. S. Visit," August 21, 1969, in *DDRS*, CK3100523797.

③ "Situation in the Republic of Korea," October 12, 1966, in *DDRS*, CK3100015425.

夺权。[①] 尽管如此，美国的反应更多的已经不再是1960年代初的抗议和施压，而是规劝和建议。主要原因之一是，这一时期朴正熙统治下的韩国在很大程度上实现了“政治稳定”，经济发展态势良好，国际地位不断提高，正在从“完全依赖美国”走向“自立和独立”，相应的，美国逐渐失去了对韩国经济援助这一重要杠杆，韩国领导人也“越来越不愿听从美国的指导”。[②]

2. 为“起飞”助力——“汉江奇迹”背后的美国

【作为“加油站”与“方向盘”的美国】1961年5月朴正熙军政府上台之时，韩国经济一片残破，大多数韩国人生活在贫困之中，人均年收入只有82美元。[③] 为了维护政权的合法性，该政府提出了“经济发展第一”的基本施政方针，并为此成立了经济企划院。1962年1月，韩国正式公布了第一个五年经济发展计划。概括地说，朴正熙的总体经济发展思路是内向的进口替代战略，其主要特征是在国家的广泛干预下，依据长期经济计划，优先发展资本密集型的基础中间原材料工业，重点扶植私营大企业，

① “Amb. Berger Seeks DOS Advice on U. S. Actions following Student Demonstrations with Some Civilian Participation and the Declaration of Martial law,” Jun 3, 1964, in *DDRS*, CK3100009211; “Strategy and Role of the Civil Rule Party with Respect to the Student Demonstrations Outlined,” March 26, 1964, in DDRS, CK3100015401 - CK3100015403.

② “General Howze and Amb. Berger Summarize Meeting with President Park to Ask How He Views Developments since Martial Law Invoked and What is the Outlook,” June 6, 1964, in *DDRS*, CK3100009181; “Situation in the Republic of Korea,” October 12, 1966, in *DDRS*, CK3100015425 - CK3100015426; “U. S. Policy Assessment on South Korea,” June 7, 1967, in *DDRS*, CK3100552922 - CK3100552923.

③ Charles Harvie and Hyun-hoon Lee, “Export-led Industrialisation and Growth: Korea's Economic Miracle, 1962 - 1989,” p. 268.

以负债财政推动经济高速增长。[①] 美国赞成韩国五年经济计划的发展形式，支持至少是不情愿地接受韩国政府对经济的广泛干预，而推动私营企业的发展也一直是美国所推崇的。[②] 在其他方面，美国则与韩国的想法相左，主张韩国在保持稳定的前提下充分动员国内资金，重点推行外向型发展战略，发展具有出口能力的劳动密集型工业。[③] 二者在韩国经济发展战略上的矛盾由此产生。

上台伊始，朴正熙在经济发展上奉行民粹主义路线：免除农民和渔民的高利贷债务，保证政府在合法利息范围内代为偿还；以津贴的形式维持粮食的持续高价；提高公务员工资；建立扶植中小企业的中小工业银行（Medium and Small Industry Bank）。1961 年韩国的货币发行量增加了 60%，高额财政赤字随之出现。[④]

---

① Hun Joo Park, "The Origins of Faulted Korean Statism," *Asian Perspective*, Vol. 27, No. 1 (2003), pp. 176 - 179; Gregg A. Brazinsky, "From Pupil to Model: South Korea and American Development Policy during the Early Park Chung Hee Era," p. 90; Hyun-Dong Kim, *Korea and the United States: The Evolving Transpacific Alliance in the 1960s*, p. 179; 陈龙山、张玉山、贲贵春：《韩国经济发展论》，第 337 页；尹保云：《韩国为什么成功——朴正熙政权与韩国现代化》，第 134～136 页。

② Nan Wiegersma & Joseph E. Medley, *US Economic Development Policies towards the Pacific Rim: Successes and Failures of US Aid*, New York: ST. MARTIN'S Press, INC., 2000, p. 51; Stephan Haggard, Byung-Kook Kim and Chung-In Moon, "The Transition to Export-led Growth in South Korea, 1954 - 1966," p. 862; Hun Joo Park, "The Origins of Faulted Korean Statism," pp. 178 - 179; 董向荣：《美国对韩国政治经济发展的影响（1945～1963）》，第 50、95 页。

③ Gregg A. Brazinsky, "From Pupil to Model: South Korea and American Development Policy during the Early Park Chung Hee Era," p. 91.

④ Stephan Haggard, Byung-Kook Kim and Chung-In Moon, "The Transition to Export-led Growth in South Korea, 1954 - 1966," p. 862; Anne O. Krueger, *The Developmental Role of the Foreign Sector and Aid*, p. 83.

1962 年，韩国未与美国协商便决定上马一些新建经济项目、进行货币改革并临时冻结银行存款。1962 ~ 1963 年，许多基建项目的启动和农业的严重歉收使韩国在美国赠与援助逐渐减少的情况下大批进口工业设备、原材料和粮食。此期间，韩国的通货膨胀日益严重（1963 年通胀率为 20.6%，1964 年升至 34.6%），物价持续飞涨（以汉城物价总指数的上升为例，假定 1960 年为 100，1961 年则为 113.2，1962 年为 123.8，1963 年为 149.3，1964 年进一步升至 164.7），外汇储备不断下降（由 1962 年 6 月的 1.93 亿美元下降至 1963 年 7 月的 1 亿美元以下）。①

韩国在经济上的“自作主张”和“天真行为”使美国忧心忡忡。② 肯尼迪政府的对策是不断向韩国施压，要求它推行经济稳定计划。1962 年 6 月 19 日，美国驻韩援助使团团长詹姆斯·基利（James Killen）会见韩国工商部部长，质问韩国货币改革的目的何在。韩国工商部部长回答说，意在动员社会上的闲散资金，增加发展投资。基利反驳道，韩国政府冻结工商企业的

① “Telegram from the Embassy in Korea to the Department of State,” April 29, 1963, in *FRUS*, *1961 - 1963*, Vol. 22, Northeast Asia, p. 644; Donald Stone Macdonald, *U. S. -Korean Relations from Liberation toSelf-Reliance: The Twenty-Year Record*, pp. 298 - 299; Stephan Haggard, Byung-Kook Kim and Chung-In Moon, “The Transition to Export-led Growth in South Korea, 1954 - 1966,” p. 863; Andrew C. Nahm, *Korea: Tradition & Transformation*, *A History of the Korean People*, p. 450; Hyun-Dong Kim, *Korea and the United States: The Evolving Transpacific Alliance in the 1960s*, pp. 187 - 188, 196.

② “Memorandum from the President's Special Assistant for National Security Affairs (Bundy) to President Kennedy,” June 20, 1963, in *FRUS*, *1961 - 1963*, Vol. 22, Northeast Asia, pp. 577 - 578.

流动资金好像是为了更为彻底地控制企业界。韩国工商部部长慌忙解释，企业可以通过某些程序获得相当于冻结资金50%甚至更多的贷款。而基利却认为，这恰恰进一步说明了韩国政府的目的是为了控制个别企业。两天后，在另外一次会谈中，基利再次向韩国工商部部长指出，美国政府和私人在竭力推动韩国政治经济稳定和进步，他们不希望自己的资源直接或间接地被用于破坏美国人信奉的制度。[①] 当日，美国副助理国务卿爱德华·赖斯（Edward Rice）会见丁一权，表达了美国对韩国近来“擅自行动”的不满。他说：韩国的生存和人民的福利主要依靠美韩发展经济的共同努力。“如果美国的努力被（韩国）废弃了，我们必定重新评估（对韩国）援助政策。”[②] 朴正熙政府很快承认已经认识到没有在双方共同关心的事务方面与美国协商以及采取仓促的、不明智的经济措施带来的实际和潜在的危害。[③] 7月13日，韩国宣布取消货币改革。[④]

11月，基利再次郑重警告韩国领导人，剩余美援的供给要

---

① “Ambassador Berger Discusses Killen's Conference with South Korea's Minister of Commerce and Industry; They Discussed Reasons behind South Korea's Currency Conversion Regulations and other Economic Moves,” June 21, 1962, in *DDRS*, CK3100020738 - CK3100020742.

② “DOS Concerned that ROK Seems to Have Taken a Path of Non-consultation,” June 21, 1963, in *DDRS*, CK3100202995 - CK3100202996; Donald Stone Macdonald, *U. S. - Korean Relations from Liberation to Self-Reliance: The Twenty-Year Record*, p. 293.

③ “DOS Welcomes Indications ROK Aware of Actual and Potential Damage due to Failure to Consult with U. S. on Matters of Mutual Concern and to Hasty and Ill-advised Economic Measures,” June 27, 1963 in *DDRS*, CK3100203002.

④ Kim Hyung-A, *Korea's Development under Park Chung Hee: Rapid Industrialization, 1961 - 79*, New York: RoutledgeCurzon, 2004, p. 81.

以韩国推行稳定计划和提高资源利用水平为条件。① 具体要求如下：1963 年，韩国必须减少财政赤字，新增货币量不得超过 5%。次年，美国在提出类似要求的同时又建议韩元贬值 50%，并将以此作为继续向韩国提供援助的条件。② 上述压力绝非只表现在口头上，实际上美国不仅拒绝了韩国军政府为实行五年经济发展计划而提出的 2500 万美元的经援要求，而且突然削减了赠与援助。③ 1963 年 7 月，专门负责讨论韩国发展战略的“美韩经济合作联合委员会”（The Joint U. S. -Korean Economic Cooperation Committee）成立。④ 1964 年上半年，美国驻韩使馆继续向韩国强调经济稳定的重要性：货币贬值对于成功实施 1964 年稳定计划至关重要；韩国的外汇正在以每年 4000 万美元的速度流失，必须尽快解决这一问题；除非汇率得到稳定，否则 1964 年的出口任务将难以完成。非但如此，约翰逊政府还将落实这些建议作为签署美韩援助协定和发放对韩援助资金的前提。美国的督促和现实的经济困难促使韩国制订了经济稳定计划，具体措施包括控制通货膨胀，最大限度地提高生产能力，

① Donald Stone Macdonald, *U. S. -Korean Relations from Liberation to Self-Reliance: The Twenty-Year Record*, p. 294.

② Phillip Wonhyuk Lim, “Path Dependence in Action: The Rise and Fall of the Korean Model of Economic Development,” May 2000, p. 13. available at: http://siepr.stanford.edu/conferences/Lim.pdf.

③ Shin Woohee, “The Political Economy of Security: South Korea in the Cold War System,” p.161.

④ Stephan Haggard, *Pathways from the Periphery: the Politics of Growth in the Newly Industrializing Countries*, Cornell University Press, 1990, pp. 69 - 70. 转引自 Shin Woohee, “The Political Economy of Security: South Korea in the Cold War System,” pp. 161 - 162。

限制不必要的进口，保持外汇储备，确定财政开支、信贷和货币发行的最高限额及外汇储备的最低限额。① 与此同时，1962年11月，韩国着手修改“一五计划”。1964年2月，朴正熙政府公布了新计划（以1964～1966年为期限），将年均经济增长率由原计划规定的7.1%降至5.0%，各生产部门的发展指标也相应做了调整。在投资方面，该计划“从投资标准到投资顺序都显示出产业政策已向劳动密集型的中小企业和轻纺工业倾斜，向自己的劳动力要素优势倾斜，减少和推迟了资本密集型重化工业的建设，保留了支援轻纺工业顺利发展所必要的基础设施的建设投资”。② 由于以上努力，1965年上半年，韩国经济发展形势日趋稳定。鉴于此，美国正式决定支持韩国的长期经济发展，承诺提供1.5亿美元开发贷款。③

① “Cable from Ambassador Berger to Secretary Rusk on U. S. Policy with South Korea,” January 21, 1964, in *DDRS*, CK3100060768 - CK3100060769; “Cable Regarding a U. S. Call for the Devaluation of South Korean Currency in Order to Assure the Success of a 1964 South Korean Stabilization Program,” March 10, 1964, in *DDRS*, CK3100503682; “Briefing Information for 3/14 - 3/15/67 U. S. Visit of Prime Minister Il Kwon Chung: Economic Development and Foreign Economic Assistance Programs,” March 10, 1967, in *DDRS*, CK3100006181 - CK3100006184; Donald Stone Macdonald, *U. S. -Korean Relations from Liberation to Self-Reliance: The Twenty-Year Record*, pp. 294 - 295; Stephan Haggard, Byung-Kook Kim and Chung-In Moon, “The Transition to Export-led Growth in South Korea, 1954 - 1966,” p. 863.

② 赵虎吉：《揭开韩国神秘的面纱——现代化与权威主义：韩国现代政治发展研究》，第121～122页；陈龙山、张玉山、贲贵春：《韩国经济发展论》，第339页。

③ W. W. Rostow, *Concept and Controversy: Sixty Years of Taking Ideas to Market*, Austin: University of Texas Press, 2003, pp. 257 - 258; “Summary of Conversation between President Johnson and President Chung Hee Park of South （转下页注）

1964年夏，美国国际开发署和韩国经济企划院都进行了重要的人员调整，这标志着美国由优先关注经济稳定转向主要强调发展出口，美韩经济关系渐渐走向和谐。新上任的美国驻韩援助使团官员主张低汇率、低贷款利息和高存款利率，认为由此引起的通货膨胀可以通过充分利用新资源而部分抵消。朴正熙政府据此采取了一系列刺激出口的举措：1964年5月3日，将韩元相对美元的币值由130∶1调整至256∶1；1965年3月，实行浮动汇率制，以保持韩元的真实币值；1965年9月，在美国的支持下要求国会同意将利率最高限额提高一倍；1964年5月，工商部着手起草详细的促进出口计划；1965年3月，美韩建立了由美国国际开发署官员以及韩国政府各部和私人部门代表组成的联合发展出口委员会（Joint Export Development Committee），专门负责促进韩国的出口；1964～1965年，朴正熙政府采取了一系列促进出口的措施，包括出口所得税收减半，出口贷款利率优惠，用于制造出口产品的原材料进口补贴制度，提高商人

（接上页注③）Korea," May 17, 1965, in *DDRS*, CK3100284382 - CK3100284384; "Briefing Information for 3/14 - 3/15/67 U. S. Visit of Prime Minister Il Kwon Chung: Economic Development and Foreign Economic Assistance Programs," March 10, 1967, in *DDRS*, CK3100006181 - CK3100006184; "Joint Communique to be Issued by Presidents Johnson and Park," May 18, 1965, in *DDRS*, CK3100016974 - CK3100016975; "Briefing Information for 3/14 - 3/15/67 U. S. Visit of Prime Minister Il Kwon Chung: U. S. Economic Aid to South Korea," May 9, 1967, in *DDRS*, CK3100006167 - CK3100006168; Donald Stone Macdonald, *U. S. -Korean Relations from Liberation to Self-Reliance: The Twenty-Year Record*, p. 295; *Confidential U. S. State Department Special Files, Korea, First Supplement, 1951 - 1966* [Microform], 0400957, 0240 - 0246, 华东师范大学冷战国际史研究中心藏。

的最低出口要求，支持企业海外市场开发活动。① 1964 年末，韩国着手制订第二个五年经济发展计划（1967～1971 年），美国驻韩国援助使团指定罗伯特·内森（Robert R. Nathan）顾问团予以全面协助。内森的许多观点与驻韩国援助使团成员的看法相同，且个人与韩国主要官员的关系良好，但经济企划院却将他冷落一旁。1966 年 6 月，内森亲临韩国，采取高压手段强行改写计划各章，以致终稿更多地反映了美方而非韩方的思想，如遵循竞争性市场经济的原则以及要求提高农业和制造业产量但增幅目标相对保守等。②“二五计划”的问世表明韩国出口导向战略的正式确立。此后，美国一边积极推动韩国发展出口，一边依旧以援助资金为杠杆监督韩国严格执行经济稳定计划。例

① “Briefing Information for 3/14 - 3/15/67 U. S. Visit of Prime Minister Il Kwon Chung: Economic Development and Foreign Economic Assistance Programs,” March 10, 1967, in *DDRS*, CK3100006182; Kwang Suk Kim, “The 1964 - 65 Exchange Rate Reform, Export-Promotion Measures, and Import-Liberalization Program,” in Lee-Jay Cho and Yoon Hyung Kim (eds.), *Economic Development in the Republic of Korea*, Hawaii: University of Hawaii Press, 1991, pp. 105, 108 - 110; Stephan Haggard, Byung-Kook Kim and Chung-In Moon, “The Transition to Export-led Growth in South Korea, 1954 - 1966,” pp. 864 - 866; Anne O. Krueger, *The Developmental Role of the Foreign Sector and Aid*, pp. 86, 92 - 94; Donald Stone Macdonald, *U. S. -Korean Relations from Liberation to Self-Reliance: The Twenty-Year Record*, pp. 296 - 297; Gregg A. Brazinsky, “From Pupil to Model: South Korea and American Development Policy during the Early Park Chung Hee Era,” p. 90.

② Gregg A. Brazinsky, “From Pupil to Model: South Korea and American Development Policy during the Early Park Chung Hee Era,” pp. 102 - 103; “Summary of a Conversation between Deputy Assistant Secretary of State Robert Barnett and South Korean Prime Minister Chung Il Kwon Regarding the South Korean Economic Situation and South Korean-Japanese Relations,” September 14, 1964, in *DDRS*, CK3100518408 - CK3100518409; 赵虎吉：《揭开韩国神秘的面纱——现代化与权威主义：韩国现代政治发展研究》，第 123 页。

如，约翰逊政府预计在1967年最后一个季度发放1000万美元支持类援助资金。但由于1967年12月韩国货币发行量明显超过稳定计划的规定，美国暂时扣留了这笔款项。直到两国就1968年年度稳定计划达成协议，华盛顿才再次考虑补发该援助资金。① 或许正因为如此，美国国会财政办公室（Congressional Budget Office）才在1997年9月的一份备忘录中声称，韩国转向出口导向战略的过程几乎每个方面都与国际开发署顾问的建议有关。② 虽然这一说法有夸张之嫌，但并非子虚乌有，此期间美国确实在很大程度上起到了“缓冲器”和“方向盘”的作用。

美国还为韩国的经济发展提供了其他多方面的援助。1957年，对韩国经援达到顶峰，总数为3.83亿美元。随后，援助额开始下降，1960年为2.452亿美元，1961年为1.928亿美元，1965年进一步降至1.769亿美元。1966～1972年间，年经援量基本稳定在1.7亿至2.4亿美元之间。在援助形式上，60年代上半期仍以赠与为主。1965年以后，由无偿赠与转向长期贷款的速度明显加快。1972年，赠与援助完全停止，贷款达到近2.6亿美元。（参见表6－1、表6－2）③ 作为对韩援助新形式的

① “William S. Gaud's Memorandum for President Johnson Pertaining to Authorization for Fiscal Year 1968 Supporting Assistance and the PL－480 Program for South Korea,” March 28, 1968, in *DDRS*, CK3100132312.

② CBO Memorandum, *The Role of Foreign Aid in Development: South Korea and the Philippines*, September 1997, p. 22. available at: http: //www. cbo. gov/ftpdics/43xx/dic4306/1997doc10_ Entire. pdf.

③ Un-chan Chung, “The Development of the South Korean Economy and the Role of the United States,” pp. 189, 193; Hyun-Dong Kim, *Korea and the United States: The Evolving Transpacific Alliance in the 1960s*, p. 208.

市场准入的意义变得越来越大。1960～1965年，对美出口占韩国出口总额的比例由11.1%升至35.2%，1967年达到42.9%，1971年约占50%左右。美国亦是韩国技术引进的主要来源之一。不仅如此，1965年5月朴正熙访美时，美韩发表联合声明，提及美国援助韩国筹建科学技术研究所（Korea Institute of Science and Technology）一事。1966年2月10日，韩国科学技术研究所成立，美国投资676.6万美元，负责提供设备、器材与技术援助。同时，该研究所与美国巴特尔研究所结成姊妹研究所，聘请后者的科学家参与本所的筹建、研究和管理工作。①

表6-1 1961～1965年美国对韩援助情况

单位：百万美元

年份	1961	1962	1963	1964	1965
非计划支持类援助	113.6	126.6	102.7	72.8	79.2
计划类援助	29.8	21.7	13.0	5.5	4.3
PL480出售	32.6	36.1	62.7	94.7	54.4
PL480第二、三款	10.2	24.0	21.8	27.6	28.5
开发贷款	3.2	10.5	20.0	4.5	2.6
总额	192.8	245.5	252.3	164.8	176.9

资料来源：Anne O. Krueger, *The Developmental Role of the Foreign Sector and Aid*, p. 113。

必须着重指出的是，美国并未忽视韩国的农业发展。在宏观管理方法上，美韩之间存在一定分歧。为了赢得朝鲜半岛冷战

① Eul Young Park, "From Bilateralism to Multilateralism: The American-Korean Economic Relations, 1945－1980," p. 256；李庆臻、金吉龙：《韩国现代化研究》，济南出版社，1995，第252～253页。

表 6－2 1966～1975 年美国对韩援助情况

单位：百万美元

年 份	1966	1967	1968	1969	1970	1971	1972	1973	1974	1975
非计划支持类援助	54.8	59.8	43.7	16.7	14.2	9.4	0.6	—	—	—
计划类援助	5.2	5.6	9.9	7.5	6.4	5.1	3.4	3.3	2.1	0.9
PL480 出售	35.0	58.0	58.5	64.9	54.7	30.8	3.7	—	—	—
PL480 信贷	28.5	31.6	47.3	118.5	67.8	84.9	197.0	61.0	—	84.0
开发贷款	49.7	74.8	38.0	31.9	38.8	55.7	36.8	27.7	44.1	192.2
总 额	173.2	229.8	197.5	239.7	181.8	185.9	241.4	92.1	46.2	277.0

资料来源：Anne O. Krueger, *The Developmental Role of the Foreign Sector and Aid*, p. 153。

战意识形态斗争的胜利，美国援助顾问极力降低韩国农业合作发展的重要性，企图迫使当地走个体小农经济的道路。朴正熙不以为然，将“中央集权下的经济统制”的理念同样应用于农业。1961 年，韩国建立了国家农业合作联合会（National Agricultural Cooperative Federation）。该组织完全垄断了化肥供应、发放农村贷款及政府粮食收购等职能，实际上起到了“代理地主”的作用。以此为基础，朴正熙全面推行农村合作制。后来，国际开发署不得不承认在农业发展战略上对韩国影响很小。在具体援助方面，美国取得了若干成就：60 年代初，利用第 480 号公法提供的粮食援助支持韩国的开荒和灌溉，使可用耕地增加 15%，灌溉农田也不断增多；60 年代上半期为韩国大部分农业物资的进口提供资助；在 60 年代帮助韩国建立了五个化肥厂；1962 年后，着手协助韩国进行农业调查研究和技术推广，效果显著。[①]

总的说来，20世纪60年代上半期，美国集中精力推动韩国维持经济稳定、保持现实汇率并提供了相当数量的赠与援助。60年代下半期，在韩国经济渐趋稳定的基础上，美国转而支持和协助韩国发展出口，发放大量优惠的政府贷款并给予充分的贸易援助（主要指市场准入）。虽然很难准确地界定美国在60年代韩国经济“起飞”（1962~1966年年均增长率为8.3%，1967~1971年达到10.5%[②]）过程中所起的作用，但大体上可以说，无论是在政策制定层面，还是在资金、技术和贸易援助层面，美国均是韩国经济增长的最大外部动力。[③]

【转移负担——美国与韩日关系正常化】50年代末，日本经济的高速增长、对美国依赖的减少及对外政策日益走向独立的发展态势推动美国重新审查对日政策，并首次提出以“平等伙伴精神”指导美日关系发展。[④] 1960年代初，肯尼迪政府继

① Hun Joo Park, "The Origins of Faulted Korean Statism," p. 183; CBO Memorandum, *The Role of Foreign Aid in Development: South Korea and the Philippines*, pp. 19 - 20; Nan Wiegersma & Joseph E. Medley, *US Economic Development Policies towards the Pacific Rim: Successes and Failures of US Aid*, pp. 44, 48 - 49.

② 赵虎吉：《揭开韩国神秘的面纱——现代化与权威主义：韩国现代政治发展研究》，第123、125页。

③ 类似的看法参见 Nicholas Nash Eberstadt, "Policy and Economic Performance in Diveded Korea, 1945 - 1995," PhD dissertation, Harvard University, 1995, p. 208。

④ "Memorandum of Discussion at the 404th Meeting of the National Security Council," April 30, 1959, in *FRUS, 1958 - 1960*, Vol. 18, Japan; Korea, pp. 159 - 160; "National Intelligence Estimate," February 9, 1960, in *FRUS, 1958 - 1960*, Vol. 18, Japan; Korea, pp. 286 - 288; "NSC6008/1, United States Policy toward Japan," June 11, 1960, in *DNSA*, PD00607.

续在对日政策中强调“平等伙伴关系”,[①] 积极要求日本分担美国在亚洲冷战中的负担，韩日关系正常化即是其中的一部分。

事实上，从韩国初建之日起，为了在亚洲推行“区域一体化”政策，美国就一直努力推动韩日复交。[②] 50 年代，由于李承晚强烈的反日情绪、日本对日韩合并历史的认识不诚恳以及美国对日韩邦交问题采取的不介入政策，日韩复交谈判未取得明显进展。60 年代初，美国决定支持韩国的长期经济发展计划，同时逐渐减轻对韩国援助负担。鉴于此，肯尼迪政府决定将韩日复交作为解决韩国经济发展问题的关键步骤之一。[③] 1961 年中，韩日两国政府相继表现出对复交的兴趣和决心。[④] 韩国的主要目的在于借助对日财产请求权问题（日本就殖民统治予以赔偿）的解决引入日资，弥补美援减少留下的空白，促进韩国长期经济发展计划的实施。日本一方面是出于自身安全考虑，希

---

① Midori Yoshii, "Reducing the American Burden: Kennedy's Policy toward Northeast Asia," p. 133; Michael Schaller, "Altered States: The United States and Japan During the 1960s," in Diane B. Kunz (ed.), *The Diplomacy of the Crucial Decade: American Foreign Relations During the 1960s*, pp. 261 - 262.

② 安成日：《试论第二次世界大战后首次日韩“预备会谈”》,《东疆学刊》2004 年第 2 期，第 87 ~ 96 页。

③ 在 1962 年 5 月 17 日的一份备忘录中，美国国务院认为美国推动韩日早日复交的意图如下：日本的经济援助对于韩国快速经济发展至关重要；可以增加韩国对日本的出口；消除日韩敌对，增强亚洲“自由世界”的团结和实力；在与朝鲜日益严峻的竞争中提高韩国的威望。“Memorandum Prepared in the Department of State," May 17, 1962, in *FRUS*, *1961 - 1963*, Vol. 22, Northeast Asia, p. 567.

④ 赵成国：《朴正熙与韩日关系正常化》,《世界历史》2003 年第 3 期，第 64 ~ 65 页；Midori Yoshii, "Reducing the American Burden: Kennedy's Policy toward Northeast Asia," p. 114; "Memorandum of Conversation," June 20, 1961, in *FRUS*, *1961 - 1963*, Vol. 22, Northeast Asia, p. 490.

望维护作为“反共堡垒”的韩国的稳定，阻止“共产党侵略韩国”。另一方面，日本的许多政界和商界人士怀疑“中共扩张威胁”的真实性，他们真正关心的是发展日中贸易并在国内劳动力短缺和实际工资上涨的情况下利用韩国的廉价劳力建立海外生产网络。① 因此，经济利益是促使日本积极改善同韩国关系的又一动因。

随着韩日两国对复交兴趣的日渐浓厚以及东南亚及南亚紧张局势的升级，美国急于将援助韩国的负担转嫁给日本。为此，肯尼迪政府加大了对日韩复交谈判的干预力度。在 1961 年 6 月 13 日的美国国家安全委员会会议上，肯尼迪指出，促进韩国发展的最好机会是韩日关系的改善，要求驻韩大使集中精力解决该问题。② 6 月 20 日，肯尼迪在与日本首相池田勇人的会谈中强调，美国十分关注韩日邦交正常化问题，希望日本能为韩国提供援助。③ 10 月 20 日，日韩第六次复交谈判开始。11 月初，国务卿腊斯克访问韩日两国，一面向池田说明了韩日复交的重要性，一面建议朴正熙采取直接交涉与秘密外交相结合的方式解决韩日复交问题，且保证美国会在不直接介入的前提下尽可能

---

① 姜良杰：《美国与日韩邦交正常化》，东北师范大学硕士学位论文，2002 年，第 20 页；“Memorandum of Conversation,” June 20, 1961, in *FRUS, 1961 - 1963*, Vol. 22, Northeast Asia, p. 490; Michael Schaller, “Altered States: The United States and Japan During the 1960s,” p. 270; Nan Wiegersma &Joseph E. Medley, *US Economic Development Policies towards the Pacific Rim: Successes and Failures of US Aid*, pp. 57 - 58.

② “Notes of the 485th Meeting of the National Security Council,” June 13, 1961, in *FRUS, 1961 - 1963*, Vol. 22, Northeast Asia, p. 481.

③ “Memorandum of Conversation,” June 20, 1961, in *FRUS, 1961 - 1963*, Vol. 22, Northeast Asia, pp. 489 - 490.

地帮助韩国。[①] 几天后朴正熙访美，美国国务院在为此准备的文件中决定秘密通知韩国政府美国反对违反公海自由原则的“李承晚线”。[②] 在华盛顿举行的正式会谈中，腊斯克对朴正熙保证：在美国看来，日本对韩国的援助只是美援的补充，而非取代后者。[③] 归途中，朴正熙在日本短暂逗留，与池田进行了会谈。朴正熙表示，倘若日本在请求权问题上表现出诚意，韩国将不再对日本提出巨额财产请求，甚至可以不要求政治性赔偿。[④] 虽然朴正熙在美国的劝说下做出了重大让步，但 1962 年上半年，韩日协商仍陷入僵局，3 月还曾一度出现破裂的迹象。美国人认为，造成日韩谈判停滞不前的主要原因是日益临近的日本上院和保守党选举以及韩日之间在财产请求权数额上的悬殊差距。[⑤]

1962 年 5 月 3 日，在与主张韩日和解的日本前首相岸信介的会谈中，肯尼迪强调日本应对韩国经济发展承担责任。[⑥] 在具

① “Memorandum of Conversation,” November 5, 1961, in *FRUS*, *1961 - 1963*, Vol. 22, Northeast Asia, pp. 527 - 528.

② 1952 年 1 月 8 日，韩国发布由李承晚签署的《对邻近海洋的主权宣言》，宣布对朝鲜半岛周围及大陆架 199 海里内的自然资源、矿物及水产拥有国家主权，此即“李承晚线”。

③ “Memorandum of Conversation,” November 14, 1961, in *FRUS*, 1961 - 1963, Vol. 22, Northeast Asia, p. 534.

④ 赵成国：《朴正熙与韩日关系正常化》，第 85 页。

⑤ “Memorandum from Secretary of State Rusk to President Kennedy,” May 17, 1962, in *FRUS*, *1961 - 1963*, Vol. 22, Northeast Asia, p. 565; “Memorandum Prepared in the Department of State,” May 17, 1962, in *FRUS*, *1961 - 1963*, Vol. 22, Northeast Asia, p. 568.

⑥ “Memorandum from Secretary of State Rusk to President Kennedy,” May 17, 1962, in *FRUS*, *1961 - 1963*, Vol. 22, Northeast Asia, p. 565; “Memorandum Prepared in the Department of State,” May 17, 1962, in *FRUS*, *1961 - 1963*, Vol. 22, Northeast Asia, p. 569.

体的谈判主张上，美国在幕后迫使韩国放弃了对日财产请求权名义而接受日援。[①] 结果，8 月日韩谈判恢复，美国趁机再次对此表示关注。[②] 10 月和 11 月，韩国中央情报部部长金钟泌两次赴日与日本外相大平正芳会谈，最终双方达成了关于请求权问题的“大平·金备忘录”。[③] 此后，渔业问题成为两国复交的主要障碍。1963 年 2 月 12 日，美国国务院指示驻韩使馆，要求强有力地敦促韩国做出让步，提醒韩国高级官员：“李承晚线”是非法的；没有日援，韩国的经济发展计划可能失败。[④] 这时，韩国军政府内部的权力斗争日渐激烈，“归还民政”的问题更是一波三折，日韩复交谈判难以取得明显进展。

由于越战的迅速升级、“伟大社会”计划的推行及国会对外援的反对，约翰逊政府决定公开介入韩日复交谈判。[⑤] 1964 年 1 月 26 日，腊斯克在与大平的会谈中指出，美国只对日韩谈判的结果感兴趣，不在乎日韩复交协议达成的基础。[⑥] 三天后，腊斯

① Kunyong Park, “Change of U. S. Invlovement in the Process of Korean-Japanese Negotiations: Focusing on U. S. Domestic Response to Foreign Aid Policy,” pp. 21 -22, 47 -48.

② Donald Stone Macdonald, *U. S. -Korean Relations from Liberation to Self-Reliance: The Twenty-Year Record*, p. 134.

③ 宋成有、李寒梅：《战后日本外交史（1945～1994）》，第 300～301 页。

④ Midori Yoshii, “Reducing the American Burden: Kennedy's Policy toward Northeast Asia,” p. 277; “Memorandum from Michael V. Forrestal of the National Security Council Staff to the Assistant Secretary of State for Far Eastern Affairs (Harriman),” February 12, 1963, in *FRUS*, *1961 -1963*, Vol. 22, Northeast Asia, p. 621.

⑤ Kunyong Park, “Change of U. S. Invlovement in the Process of Korean-Japanese Negotiations: Focusing on U. S. Domestic Response to Foreign Aid Policy,” p. 1.

⑥ “Memorandum of Conversation,” January 26, 1964, in *FRUS*, *1964 - 1968*, Vol. 29, Part1, Korea, p. 750.

克与朴正熙会谈。双方的会谈公报指出，“两国认为（韩日）协商的早日完成明显有利于韩国、日本乃至整个自由世界的利益。”① 同时，美国保证韩日复交不影响美国对韩国援助。虽然韩日均做出了积极的反应，但韩国国内反对日韩邦交正常化的浪潮使日韩谈判再次受阻。于是，美国公开站在朴正熙政府一边，试图以此影响韩国舆论导向：美国驻韩大使伯杰劝说韩国反对党领袖尹潽善不要反对日韩邦交会谈；② 8月17日，新任美国驻韩大使温斯罗普·布朗（Winthrop G. Brown）与韩国外长李东元签署了一个共同声明，声称美国支持韩国与日本早日复交并保证此后将继续为韩国提供经济与军事援助；③ 10月3日，美国远东事务助理国务卿威廉·邦迪（William P. Bundy）在访韩期间与韩国外长李东元发表联合公报，双方认为韩日和解有利于东南亚和平进程，希望两国公众舆论在复交问题上摒弃党派偏见，将国家利益放在首位。④ 11月，日本佐藤荣作内阁上台，表示要积极促进日韩关系发展。12月，第七次日韩关系谈

---

① Kwang-Il Baek, *Korea and the United States: A Study of the ROK-U. S. Security Relationship within the Conceptual Framework of Alliances between Great and Small Powers*, Seoul: Seoul Computer Press, 1988, p. 70; Kunyong Park, “Change of U. S. Invlovement in the Process of Korean-Japanese Negotiations: Focusing on U. S. Domestic Response to Foreign Aid Policy,” p. 25.

② 赵虎吉：《揭开韩国神秘的面纱——现代化与权威主义：韩国现代政治发展研究》，第129~130页；Hyun-Dong Kim, *Korea and the United States: The Evolving Transpacific Alliance in the 1960s*, pp. 272-273.

③ Kunyong Park, “Change of U. S. Invlovement in the Process of Korean-Japanese Negotiations: Focusing on U. S. Domestic Response to Foreign Aid Policy,” pp. 27-28.

④ Hyun-Dong Kim, *Korea and the United States: The Evolving Transpacific Alliance in the 1960s*, p. 275.

判开始。1965年2月17日，日本外相椎名访问汉城，双方草签《日韩基本关系条约》。4月，两国就渔业、旅日朝侨法律地位、财产请求权和经济合作等问题草签了相应的协议。尹潽善再次发动学生举行示威游行，反对日韩协商。为抵制韩国国内的反对力量，5月美国邀请朴正熙访美。6月22日，日韩在东京正式签署了关于两国复交的“一约四协定”。韩国国内抗议活动又起，美国秘密规劝韩国温和政治力量不要妨碍条约的批准。[①] 8月和12月，韩日两国的国会相继批准条约并很快交换批准书，日韩实现邦交正常化。期间，约翰逊政府公开的直接干涉起了相当大的推动作用。[②]

韩日关系正常化对韩国经济发展的促进作用相当大：在资金方面，从1966年至1974年6月末，韩国从日本引进的资金总额达14.7亿美元，加上日本每年向韩国支付的无偿援助资金，共计17.33亿美元；[③] 在技术方面，1962～1978年，韩国共引进1001项技术。其中，日本占62%，美国占22%；[④] 在贸易方面，1966～1970年，日本在韩国的进出口总额中分别占42.1%和24.9%。[⑤] 一个最明显的例子是，韩日关系正常化不

① Donald Stone Macdonald, *U. S. -Korean Relations from Liberation to Self-Reliance: The Twenty-Year Record*, pp. 134－135.

② Kwang-Il Baek, *Korea and the United States: A Study of the ROK-U. S. Security Relationship within the Conceptual Framework of Alliances between Great and Small Powers*, pp. 73－74.

③ 赵成国：《朴正熙与韩日关系正常化》，第71页。

④ Eul Young Park, “From Bilateralism to Multilateralism: The American-Korean Economic Relations, 1945－1980,” p. 256.

⑤ 赵虎吉：《揭开韩国神秘的面纱——现代化与权威主义：韩国现代政治发展研究》，第128页。

久，两国公布了一个关于“劳动力国际垂直分工”计划的详细报告。据此，日本公司将劳动密集型出口产品的加工转包给韩国，韩国则承诺免税进口日本的原料和设备。至1969年，韩国出口商品中的20%以上是在这种条件下生产的。[①] 从这个角度讲，美国基本上实现了通过促使韩日和解推动韩国经济发展的目的。

【变相的雇佣军——美国诱使韩军赴越】1964年初，南越革命斗争再掀高潮，西贡政府处于全面劣势。[②] 5月1日，美国正式提出“自由世界援助计划”（The Free World Assistance Program），“号召自由世界其他国家以实际物资捐助的形式表达对越南政府的支持”。事实上，该计划首先是为了显示“自由世界”对美国越南政策的支持，其次才是争取盟国对西贡政权的援助。[③] 韩国政府积极响应，表示可能会提供战地医疗队和通信兵。美国驻西贡使馆建议在越南使用韩国顾问和军人，让他们“执行导致美军伤亡的作战任务”。国务院对此表示同意，指示驻韩使馆敦促韩国提供特种部队顾问。6月，韩国同意向越南派出一个战地医疗队和一个跆拳道教官团。美国国务院通知驻韩使馆，美国已做好了负担韩国支援南越所需全部费用的准备，但首先应努力促使朴正熙政府“尽可能多地承担开支”。9月11

① Nan Wiegersma Joseph E. Medley, *US Economic Development Policies towards the Pacific Rim: Successes and Failures of US Aid*, p. 60.

② 资中筠主编《战后美国外交史》（下册），第543页。

③ Robert M. Blackburn, *Mercenaries and Lyndon Johndon's "More Flags": The Hiring of Korean, Filipino and Thai Soldiers in the Vietnam War*, pp. 1, 12 - 13.

日，韩国援越组织开赴越南，费用由韩国支付。[①]

虽然“自由世界援助计划”得到了韩国、澳大利亚、新西兰、菲律宾和泰国等十几个国家或地区的支持，但总的来说成效不大。大失所望之余，12 月美国决定将“自由世界援助计划”的重点由人道主义援助调整至军事援助，且决定负担“自由世界”向南越派兵所需的全部费用。[②] 19 日，约翰逊总统致电韩国政府，要求对方向越南增派非战斗人员。韩国总统朴正熙保证全力支持南越，甚至承诺必要时派出两个师。[③] 1965 年 1 月 26 日，韩国国会批准向南越派出总数约为 2000 人的工兵、运输部队及警备大队。因为这些人不参加作战，所以被称为“鸽子部队”。相应的，美国承诺通过第 480 号公法向韩国提供剩余农产品，推迟 1965 年对韩军援计划中准备实行的 1 亿美元的转移计划（即本来应转由韩国承担的 1 亿美元的购买军事物资和装备的费用仍由美国支付），并为“鸽子部队”提供赴越所需的运输设备、军事装备、设施、工资和津贴。2 月 25 日，第一批“鸽子部队”到达西贡。[④]

1964 年 12 月，美国开始对北越实施持续轰炸。1965 年 3 月

---

① “Editorial Note,” in *FRUS*, *1964 – 1968*, Vol. 29, Part1, Korea, pp. 16 – 17; Robert M. Blackburn, *Mercenaries and Lyndon Johnson's “More Flags”: The Hiring of Korean, Filipino and Thai Soldiers in the Vietnam War*, p. 39.

② Robert M. Blackburn, *Mercenaries and Lyndon Johnson's “More Flags”: The Hiring of Korean, Filipino and Thai Soldiers in the Vietnam War*, pp. 13 – 24.

③ “Memorandum of Conversation,” December 19, 1964, in *FRUS*, *1964 – 1968*, Vol. 29, Part1, Korea, pp. 53 – 55.

④ “Editorial Note,” in *FRUS*, *1964 – 1968*, Vol. 29, Part1, Korea, pp. 59 – 61; Robert M. Blackburn, *Mercenaries and Lyndon Johnson's “More Flags”: The Hiring of Korean, Filipino and Thai Soldiers in the Vietnam War*, pp. 37 – 45.

8日，约翰逊政府派两个营的海军陆战队赶赴南越。① 越战的“美国化”引发了美国国内以学生和议员为主的反战运动。为了证明美国对越政策并非不得人心，华盛顿的决策者们决心以经济利益诱使更多的盟国参与越战，但应者寥寥。② 无奈，约翰逊政府再次将目光投向韩国。4月14日，国务院不顾驻韩使馆的反对，坚持要请求韩国派出一个团甚至一个师的战斗部队。③ 5月17日，朴正熙与约翰逊在华盛顿举行会晤。约翰逊要求韩国派一个师支援南越，承诺只要韩军在越南服役，美国就不会削减驻韩美军。朴正熙回答说，只要双方能够在经济补偿方面达成令人满意的协议，韩国就会派兵。④ 在接下来的具体协商中，韩方提出了足以令美方吃惊和难以接受的一长串要求，包括美国再次坚决承诺履行保卫韩国的义务、搁置削减对韩国军援的计划、支持韩军实现现代化并对韩国的经济发展提供财政支持。经过两个月艰苦的讨价还价，美国几乎答应了韩国的所有要求，具体如下：搁置1966～1967年财政年度削减对韩军援的计划，

① 吕桂霞：《林登·约翰逊与越南战争的“美国化”》，《山东师范大学学报》（人文社会科学版）2007年第3期，第155～156页。

② Robert M. Blackburn, *Mercenaries and Lyndon Johnson's "More Flags": The Hiring of Korean, Filipino and Thai Soldiers in the Vietnam War*, p. 52.

③ "Telegram from the Embassy in Korea to the Department of State," March 30, 1965, in *FRUS, 1964 - 1968*, Vol. 29, Part1, Korea, pp. 68 - 72; "Telegram from the Embassy in Korea to the Department of State," April 15, 1965, in *FRUS, 1964 - 1968*, Vol. 29, Part1, Korea, pp. 75 - 77; "Telegram from the Department of State to the Embassy in Korea," April 26, 1965, in *FRUS, 1964 - 1968*, Vol. 29, Part1, Korea, pp. 77 - 78.

④ Nicholas Evan Sarantakes, "In the Service of Pharaoh? The United States and the Deployment of Korean Troops in Vietnam, 1965 - 1968," *Pacific Historical Review*, Vol. 68, No. 3 (August 1999), p. 434.

并在1966年财年增加700万美元对韩军援；支持韩军现代化，同时承担赴越韩军的一切费用；尽量在韩国进行军事采购；保持甚至提高对韩经援，向韩国提供1.5亿美元的开发贷款，尽可能多地给予韩国人在越南就业的机会，为韩国贫民提供救济物资。[①] 8月13日，韩国国会在反对党退出的情况下通过了派一个步兵师（“猛虎部队”）和一个海军陆战旅（“青龙部队”）支援南越的决议。[②]

“猛虎部队”与“青龙部队”开赴南越后，韩国成为美国的盟国中提供援越部队最多的国家，但约翰逊政府并未就此止步。12月16日，美国驻韩大使布朗约见朴正熙，要求韩国向越南增派一个师和一个旅。朴答复说，韩国政府愿意尽力帮助美国早日结束越战，可在决定是否进一步派兵的问题上必须考虑国会的意见、公众舆论以及其他一些因素。22日，韩国总理丁一权在与布朗共进午餐时指出，韩国主要决策者一致认为应该遵照美国的意见继续增援南越，但美国必须帮助韩国政府解决因韩军赴越而引起的与反对党和新闻界关系紧张的问题。做法是：安排国务卿腊斯克或国防部长罗伯特·麦克纳马拉（Robert S. McNamara）在下一年年初访韩，重申美国关心韩国的安全；支持韩国的国防建设，帮助韩军实现现代化，今后两年不削减对

① Robert M. Blackburn, *Mercenaries and Lyndon Johnson's "More Flags": The Hiring of Korean, Filipino and Thai Soldiers in the Vietnam War*, pp. 49 - 50.

② "Editorial Note," in *FRUS, 1964 - 1968*, Vol. 29, Part1, Korea, p. 125; Kwang-Il Baek, *Korea and the United States: A Study of the ROK-U. S. Security Relationship within the Conceptual Framework of Alliances between Great and Small Powers*, p. 88.

韩军援；公开要求韩国政府继续向越南派兵。①

1966 年 1 月 8 日，美国国务院要求驻韩使馆尽早与韩国就派兵问题展开协商，以确保对方能够在 4 月前和 7 月前分别向南越派出一个旅和一个师。当天，韩方开列出了美国需要提供的资金、优惠待遇和援助清单：（1）增兵所需额外开销（约 30 亿韩元）；（2）1966～1971 年间韩国军费开支的四分之三；（3）1963 年以前“联合国军”司令部使用韩国土地和建筑设施的费用（约 46 亿韩元）；（4）用于发展韩国文化、教育和福利事业的 1000 万美元的“美国总统紧急资金”援助；（5）美国的军援计划和国际开发援助计划优先在韩国采购；（6）尽可能多地让韩国人承担在越南的服务和技术工作；（7）各种开发贷款；（8）协助韩国发展出口、维持经济稳定和动员国内资金；（9）1971 年以前不会在韩国实施军援转移计划。美国国务院和国防部拒绝了韩国提出的这一总价值约为 6 亿～7 亿美元的补偿要求，它们愿意采取的经济和军事补偿措施与之存在相当大的差距。② 在双

① “Telegram from the Embassy in Korea to the Department of State,” December 16, 1965, in *FRUS*, *1964 – 1968*, Vol. 29, Part1, Korea, p. 131; “Telegram from the Embassy in Korea to the Department of State,” December 22, 1965, in *FRUS*, *1964 – 1968*, Vol. 29, Part1, Korea, pp. 132 – 134; “Telegram from the Embassy in Korea to the Department of State,” December 24, 1965, in *FRUS*, *1964 – 1968*, Vol. 29, Part1, Korea, pp. 135 – 136; “Telegram from the Embassy in Korea to the Department of State,” December 30, 1965, in *FRUS*, *1964 – 1968*, Vol. 29, Part1, Korea, pp. 140 – 141.

② “Telegram from the Embassy in Korea to the Department of State,” January 5, 1966, in *FRUS*, *1964 – 1968*, Vol. 29, Part1, Korea, pp. 143 – 145; “Telegram from the Embassy in Korea to the Department of State,” January 10, 1966, in *FRUS*, *1964 – 1968*, Vol. 29, Part1, Korea, pp. 146 – 149; “Memorandum from the Assistant Secretary of Defense for International Security Affairs （转下页注）

方的反复讨论中，处于主导地位的韩国几次迫使美国提高价码。3月4日，布朗在致李东元的信函中从14个方面概括了美方准备对韩军赴越做出的经济和军事补偿，要点如下：（1）在今后两年，以新式武器协助韩军实现现代化；（2）为韩国提供新式反渗透装备；（3）承担赴越韩军的一切费用；（4）立即兑现向韩国提供1.5亿美元开发贷款的承诺；（5）向韩国技术人员提供在越南的就业机会。韩国政府接受了对方的意见，并把“布朗信函”的内容公之于众。① 20日，韩国国会决定派第九步兵师（“白马部队”）及其支援部队（“十字城部队”）开赴越南。②

6月22日，韩国驻美大使金玄哲询问麦克纳马拉韩国是否可以向越南派出预备役部队，帮助南越戍守后方。10月18日，华盛顿向驻韩使馆透露有意继续要求韩国向越南增兵。正值此时，朝鲜半岛的形势发生了变化，非军事区的武装冲突开始加剧。在11月10日一次非正式的记者招待会上，朴正熙宣布韩国不会再向越南派出军队。1967年上半年，朝鲜非军事区的冲突接连不断，韩国反对党指责韩军赴越损害了国家安全，即将参

（接上页注②）（McNaughton）to Secretary of Defense McNamara," January 27, 1966, in *FRUS, 1964–1968*, Vol. 29, Part1, Korea, pp. 155–156; "Telegram from the Department of State to the Embassy in Korea," January 27, 1966, in *FRUS, 1964–1968*, Vol. 29, Part1, Korea, pp. 156–160.

① Se Jin Kim, "South Korea Involvement in Vietnam and Its Economic and Political Impact," *Asian Survey*, Vol. 10, No. 6 (June 1970), p. 529; Nicholas Evan Sarantakes, "In the Service of Pharaoh? The United States and the Deployment of Korean Troops in Vietnam, 1965–1968," pp. 439–440.

② "Editorial Note," in *FRUS, 1964–1968*, Vol. 29, Part1, Korea, pp. 171–172.

加大选的朴正熙多次保证无意再向越南派兵。[1] 8 月，美国克利福德—泰勒代表团访问汉城，表示希望韩国为越战做出更大的贡献。朴正熙指出，近来非军事区冲突频繁，大多数韩国人认为国家安全受到了威胁，且反对党明确表示反对再次向越南派兵，此时不宜考虑增援南越的问题。接着，他话锋一转，声称美国对韩军现代化和国民警察反渗透活动的支持将有利于促使韩国人接受未来继续派兵的可能性。[2] 约翰逊政府心领神会，立即着手向韩国国民警察提供武器弹药，提高其反渗透能力。9 月 4 日，朴正熙通知新任美国驻韩大使波特韩国会尽量满足约翰逊提出的增兵要求，结果大体取决于美国支持韩军现代化和国民警察反渗透行动的程度。双方开始协商美国增加对韩军援以换取韩国继续向越南派兵一事。12 月 6 日，朴正熙同意向越南增

① Nicholas Evan Sarantakes, "The Quiet War: Combat Operations along the Korean Demilitarized Zone, 1966 - 1969," pp. 441 - 443; "Memorandum of Conversation," June 22, 1966, in *FRUS*, *1964 - 1968*, Vol. 29, Part1, Korea, p. 182; "Telegram from the Embassy in Korea to the Department of State," October 19, 1966, in *FRUS*, *1964 - 1968*, Vol. 29, Part1, Korea, pp. 199 - 200; "Memorandum of Conversation between President Johnson and President Pak," November 1, 1966, in *FRUS*, *1964 - 1968*, Vol. 29, Part1, Korea, p. 205; "Intelligence Memorandum," November 8, 1966, in *FRUS*, *1964 - 1968*, Vol. 29, Part1, Korea, pp. 209 - 210; "Telegram from the Embassy in Korea to the Department of State," November 22, 1966, in *FRUS*, *1964 - 1968*, Vol. 29, Part1, Korea, pp. 216, 219; "Telegram from the Embassy in Korea to the Department of State," June 7, 1967, in *FRUS*, *1964 - 1968*, Vol. 29, Part1, Korea, p. 254; "Memorandum from Alfred Jenkins of the National Security Council Staff to the President's Special Assistant (Rostow)," July 26, 1967, in *FRUS*, *1964 - 1968*, Vol. 29, Part1, Korea, p. 265.

② "Telegram from the Embassy in Korea to the Department of State," August 3, 1967, in *FRUS*, *1964 - 1968*, Vol. 29, Part1, Korea, pp. 267 - 270.

派一个非满员师。相应的，约翰逊承诺虽然美国军事援助总额已由6.2亿美元降至4亿美元，但对韩军援水平保持不变，并答应向韩国提供大量军事装备。① 就在美韩即将达成协议之际，1968年1月21日和23日，“青瓦台事件”和“普韦布洛”号危机相继发生，韩国国会和人民坚决拒绝再向越南派兵。因此，美国想要获得一个韩国非满员师的愿望破灭，只得到一支总数不足3000人的韩国海军陆战队及其支援部队。②

概言之，1964～1969年，韩国先后五次向越南派兵，总数为47874人。③

美韩两国政府领导人谈及韩国参与越战时均强调双方是在为了反对共产主义、维护亚洲和平的共同目标通力合作，朴正

① "Telegram from the Embassy in Korea to the Department of State," September 19, 1967, in *FRUS, 1964 - 1968*, Vol. 29, Part1, Korea, pp. 276 - 278; "Telegram from the Embassy in Vietnam to the Department of State," October 31, 1967, in *FRUS, 1964 - 1968*, Vol. 29, Part1, Korea, pp. 284 - 288; "Memorandum of Conversation," November 13, 1967, in *FRUS, 1964 - 1968*, Vol. 29, Part1, Korea, pp. 288 - 290; "Telegram from the Embassy in Korea to the Department of State," November 25, 1967, in *FRUS, 1964 - 1968*, Vol. 29, Part1, Korea, pp. 291 - 293; "Telegram from the Embassy in Korea to the Department of State," December 6, 1967, in *FRUS, 1964 - 1968*, Vol. 29, Part1, Korea, p. 297; "Notes on Conversation between President Johnson and President Pak," December 21, 1967, in *FRUS, 1964 - 1968*, Vol. 29, Part1, Korea, p. 303; "Memorandum from the President's Special Assistant (Rostow) to President Johnson," December 29, 1967, in *FRUS, 1964 - 1968*, Vol. 29, Part1, Korea, pp. 305 - 306.

② Jong Dae Shin & Kihl Jae Ryoo, "ROK - DPRK Relations in the late 1960s and ROK Diplomacy," p. 88; 赵虎吉：《揭开韩国神秘的面纱——现代化与权威主义：韩国现代政治发展研究》，第132页。

③ 赵虎吉：《揭开韩国神秘的面纱——现代化与权威主义：韩国现代政治发展研究》，第131～132页。

熙甚至向约翰逊保证韩国60万军队构成了以反共为己任的美军的一部分。[①] 然而，这些冠冕堂皇的言论并不能掩盖赴越韩军成为变相的美国雇佣军的事实。约翰逊政府推行“自由世界援助计划”的主要意图在于证明越战是“自由世界”的共同事业，美国对越政策获得了盟国的大力支持，为此，华盛顿不断以军事和经济援助诱使韩国向越南派兵。而从美韩协商派兵的过程来看，韩国参与越战的主要目的是在不影响国家安全的前提下尽可能多地换取经济利益。最终，朴正熙政府的目的达到了。韩国向南越派兵所获得的直接外汇收入在10亿美元以上。而且，美国还向韩国提供了一大笔补偿性军援和经援。[②] 具体而言，越战收入最高时占韩国年总产值的3.5%，最低时占0.6%；在出口总额中最高时占47.3%，最低时占5.1%；在外汇储备中最高时占43.6%，最低时占12.0%；在贸易外收支中最高时占41.7%，最低时占14.4%（参见表6-3）。从这个意义上讲，韩军赴越成为韩国争取美国经济支持的一种特殊形式。

肯尼迪政府上台后，较前任更加强调推动包括亚洲国家在内的第三世界的政治经济进步。例如，1961年8月17日的一份

① “Memorandum of Conversation,” May 17, 1965, in *FRUS*, *1964 - 1968*, Vol. 29, Part1, Korea, p. 97; “Memorandum of Conversation,” May 18, 1965, in *FRUS*, *1964 - 1968*, Vol. 29, Part1, Korea, pp. 107 - 108; “Letter from President Johnson to President Pak,” March 23, 1967, in *FRUS*, *1964 - 1968*, Vol. 29, Part1, Korea, p. 241.

② 朴正熙政府通过向越南派兵迫使美国提高了对韩国军事援助的力度，节省了自身的军费开支，进而将更多的资金用于“第二个五年经济发展计划”。从这个角度讲，美国对韩军赴越所做出的军援补偿对韩国来说具有经援的意义。

表 6－3　韩国越战收入量化表

单位：百万美元，%

年份	越战收入（A）	GNP（B）	出口总额（C）	外汇储备（D）	贸易外收支(E)	A/B	A/C	A/D	A/E
1965	19.5	3006	175	138	125.8	0.6	11.1	14.1	15.0
1966	61.1	3671	250	236	238.4	1.7	24.4	25.9	25.6
1967	151.3	4274	320	347	375.2	3.5	47.3	43.6	40.3
1968	168.6	5226	455	388	424.5	3.2	37.0	45.3	39.7
1969	200.4	6625	623	550	497.1	3.0	32.2	36.5	40.3
1970	204.6	7834	835	584	490.7	2.6	24.5	35.1	41.7
1971	133.3	9145	1068	535	486.6	1.5	12.5	24.9	27.4
1972	83.2	10254	1624	694	579.2	0.8	5.1	12.0	14.4

资料来源：赵虎吉：《揭开韩国神秘的面纱——现代化与权威主义：韩国现代政治发展研究》，第133页。

题为“美国在远东政策和行动指针”的讨论文件一方面强调“共产党中国和共产党扩张主义是美国在远东面对的核心问题”，主张必须继续保持在韩国、日本和菲律宾的基地，并援助亚洲“自由国家”维持防务力量；另一方面又指出近来老挝、越南和韩国的政变或政变企图说明外部防务离不开内部生存和发展，否则中苏集团无须付出“公开侵略”的代价便可达成目的。因此，亚洲“自由国家”必须建立起具有执政能力和广泛基础的政府，同时推行有利于人民福利事业的经济改革，实现经济增长。虽说这主要是它们自己的事情，但也需要美国的帮助。① 具体到韩国，自然也不例外。国家安全委员会的罗伯特·科默

① “Talking Paper Entitled ‘Guidelines for U. S. Policy and Operations in the Far East’,” August 17, 1961, in *DDRS*, CK3100478037 - CK3100478039.

(Robert W. Komer) 以及情报界对韩国的国内外形势做出了类似的判断:“与再次遭到进攻相比，韩国因为内部弱点而被颠覆的可能性要大得多”;“至少在短期内，韩国面对的最大威胁来自于内部。该国缺乏目标意识，受到众多经济问题的困扰，政局极不稳定”;“共产党国家将继续试图通过各种政治战和颠覆活动破坏韩国的独立。韩国面对的最大威胁在于政治纷争、经济停滞和社会动荡使其越来越难以抵挡共产党的侵扰”。[①] 肯尼迪上任伊始建立的总统韩国特别工作组 (Presidential Task Force on Korea) 则从对韩国政策制定和执行的角度指出，应优先考虑紧迫的国内问题特别是如何利用韩军促进经济发展。[②] 肯尼迪本人说得更清楚，他在 1961 年 6 月 30 日接见新任韩国驻美大使丁一权时表示，希望韩国能够实现经济发展。如果可能的话，韩国应该在经济和社会进步方面赶上且超过北朝鲜。[③] 就这样，为了维持韩国的国内安全，并使之在与朝鲜的制度竞争中取胜，肯尼迪政府将对韩国的政策目标确定为在保证外部安全的前提下

---

① “Memorandum from Robert W. Komer of the National Security Council Staff to the President's Special Assistant for National Security Affairs (Bundy),” June 12, 1961, in *FRUS*, *1961 - 1963*, Vol. 22, Northeast Asia, p. 474; “National Intelligence Estimate No. 14. 2/42 - 61 Regarding Major Trends and Prospects in South Korea,” September 7, 1961, in *DDRS*, CK3100491519; “Special National Intelligence Estimate,” April 4, 1962, in *FRUS*, *1961 - 1963*, Vol. 22, Northeast Asia, p. 553.

② “DOS Requests Advice from U. S. Embassy in Seoul in Reevaluating MAP for Korea,” August 1, 1961, in *DDRS*, CK3100176298; “The Report of Presidential Task Force on Korea,” June 5, 1961, in *DDRS*, CK3100418935.

③ “South Korean Ambassador Chung Presents Credentials to Kennedy and Discusses Japan-Korea Trade and U. S. -South Korea Relations,” June 30, 1961, in *DDRS*, CK3100164028.

促进政治经济发展。

美国的政策转变似乎恰逢其时。朴正熙政变集团上台后，极力凸显反共主义与经济增长。更重要的是，与美国一样，韩国政要也从南北竞争的角度看待发展。朴正熙政府不断告诫国民，必须摆脱经济停滞的局面，否则共产主义将在朝鲜半岛“大行其道”，韩国亦难逃在竞争中被北朝鲜击败的命运。反共与发展同属一体，“生产国防如手足”（production on the one side, national defense on the other side），应该“以战斗的精神搞建设”（let's construct with fighting）。[①] 在争取美国支持的过程中，韩国同样多次强调这一点。1961 年 11 月 14 日，朴正熙向肯尼迪指出，北朝鲜正在加紧进行工业化建设，韩国有可能被远远地抛在后面。因此，对他来说，最紧迫的任务就是在保持现有军事力量的同时推动经济发展。1964 年 9 月 14 日，韩国总理严允荣（Yim Yun-yong）在与美国远东事务副助理国务卿罗伯特·巴尼特（Robert W. Barnett）会谈时声称：朴正熙政府的第一要务是实现经济自立和现代化，目的是满足受到良好教育的年青一代的需求，使之远离共产主义。他曾旅居海外多年，1963 年底回国后发现公众的反共意志远不如五六年前坚决。如果韩国经济不能取得进步，其遭到内部颠覆的可能性恐怕将越来越大。希望美国能够派专家帮助韩国人完善经济发展计划，并至少将对韩国援助维持在当前水平上。1965 年 11 月 17 日，

① Myung-ji Yang, “What Sustains Authoritarianism? From State-based Hegemony to Class-based Hegemony during the Park Chung Hee Regime in South Korea,” *Working USA: The Journal of Labor and Society*, Vol. 9 (December 2006), p. 431.

朴正熙在会见布朗大使时指出：为了向世人证明韩国在政治经济发展方面远胜于北朝鲜，进而按照“自由世界”而非共产主义世界的理念统一朝鲜半岛，韩国必须取得经济进步。[①] 由是观之，1960 年代美韩两国有关韩国“民族国家建构”的理念和逻辑基本相同，区别主要在于韩国比美国更强调经济发展，而相对忽视政治民主。或者说，自 1948 年韩国立国以来，华盛顿与汉城首次在韩国国家建设目标方面长期大体保持在同一方向上。

由于美韩两国的政策意图基本契合，且美国较为坚决地要求韩国在保持政治经济稳定的前提下走向民主和“起飞”，一波三折之后，韩国终于走上了发展之路。正因为如此，1965 年 11 月 9 日华盛顿在“对韩国国家政策文件”中明确地将韩国作为非共产党“民族国家建构”方式的重要试验场。12 月 22 日的另一份美国文件进一步解释道：1945 年美国解放朝鲜，1950 年代初美国为保持韩国的独立而奋战，面对中、苏、朝共产党政权的威胁，韩国已无法指望关系疏远的日本，只能寄希望于美国的援助、保护和指导。如此一来，假使韩国无法获得生存能力，那么在国际社会看来，这不仅仅是韩国的失败，也是美国的失败。[②]

---

① “Summary of 11/14/61 Meeting between President Kennedy and South Korean Chairman Chung Hee Park,” November 14, 1961, in *DDRS*, CK3100054346; “Summary of a Conversation between Deputy Assistant Secretary of State Robert Barnett and South Korean Prime Minister Chung Il Kwon Regarding the South Korean Economic Situation and South Korean-Japanese Relations,” September 14, 1964, in *DDRS*, CK3100518408-CK3100518409; *Confidential U. S. State Department Special Files, Korea, First Supplement, 1951 - 1966* [Microform], 0400957, 0041，华东师范大学冷战国际史研究中心藏。

② “Recommendation that the U. S. Provide MYM137 Million to South Korea in FY 1967,” December 22, 1965, in *DDRS*, CK3100075721.

虽然肯尼迪、约翰逊政府十分重视韩国的发展，但在冷战的大背景下和朝鲜半岛南北对立的小环境中，“发展第一”的原则在美国对韩国政策中终究是有限度的。首先，1960 年代美国推动韩国经济发展最直接的手段之一理应是削减数量高达 60 万的韩军，减轻军费负担。事实上，肯尼迪入主白宫后不久，科默就建议大量削减韩军，将节省下来的资金用于发展经济。①1961～1965 年，美国政府多次讨论该问题。然而，军方和国务院的一些官员以“共产党军事威胁”依旧明显、防止其他亚洲盟友对美国的保护伞产生怀疑、避免损害美韩关系、维持韩国稳定和资源节余不大反倒增加失业人口为由坚决抵制削减韩军。② 随着

---

① “Memorandum from Robert W. Komer of the National Security Council Staff to the President's Deputy Special Assistant for National Security Affairs (Rostow),” March 15, 1961, in *FRUS*, 1961 - 1963, Vol. 22, Northeast Asia, p. 426; “Memorandum from Robert W. Komer of the National Security Council Staff to the President's Special Assistant for National Security Affairs (Bundy),” June 12, 1961, in *FRUS*, *1961 - 1963*, Vol. 22, Northeast Asia, p. 475.

② “Notes of the 485th Meeting of the National Security Council,” June 13, 1961, in *FRUS*, *1961 - 1963*, Vol. 22, Northeast Asia, pp. 480 - 481; “Memorandum from Robert H. Johnson of the National Security Council Staff to the President's Deputy Special Assistant for National Security Affairs (Rostow),” August 9, 1961, in *FRUS*, *1961 - 1963*, Vol. 22, Northeast Asia, p. 512; “Memorandum for the Record,” May 4, 1962, in *FRUS*, *1961 - 1963*, Vol. 22, Northeast Asia, pp. 562 - 564; “Memorandum of Conversation,” October 29, 1962, in *FRUS*, *1961 - 1963*, Vol. 22, Northeast Asia, p. 614; “Memorandum from the Deputy Under Secretary of State for Political Affairs (Johnson) to the President's Special Assistant for National Security Affairs (Bundy),” December 18, 1963, in *FRUS*, *1961 - 1963*, Vol. 22, Northeast Asia, pp. 671 - 672; “Airgram from the Embassy in Korea to the Department of State,” February 5, 1964, in *FRUS*, *1964 - 1968*, Vol. 29, Part1, Korea, p. 7.

1965 年韩军开赴越南，这一政策建议被束之高阁。[①] 其次，在对韩国援助方面，20 世纪 60 年代韩国依旧是接受美国军援最多的四个国家之一，对韩国援助没有彻底实现由军援优先向经援优先的转变。[②] 再次，1965 年以后，朝鲜半岛的局势渐趋紧张，美国的目光再次集中于韩国的安全问题。

① Donald Stone Macdonald, *U. S. -Korean Relations from Liberation to Self-Reliance: The Twenty-Year Record*, p. 110; Tae-Gyun Park, “The Impracticable Plan: the Phase-down Policy of Korean Army by the U. S. in 1950s and 1960s,” available at: http: //www. arts. monash. edu. au/korean/ksaa/conference/papers/16taegyunpark. PDF.

② Hyun-Dong Kim, *Korea and the United States: The Evolving Transpacific Alliance in the 1960s*, pp. 161, 163; Edward S. Mason & Mahn Je Kim, *The Economic and Social Modernization of the Republic of Korea*, p. 182.

第七章
促进民主：目标与手段相对分离的美国政策（1969～1987）

1960年代末以后，世界多极化的大势以及越南战争、水门事件、伊朗人质危机和苏联入侵阿富汗等一系列国内外的重要事件不断改变和重塑着美国的外交政策。此间的华盛顿时而一边收缩力量一边缓和同中苏两国的关系，时而对苏东国家和第三世界乃至盟友展开人权外交，时而又打出“以实力求和平”的旗号推行对苏强硬政策。然而，无论美国对外战略如何转变，韩国作为美国东亚核心盟友的地位始终牢固如初，主要功用之一依旧是展现资本主义制度优越性的橱窗。为此，华盛顿时常通过正向的积极鼓励和反向的私下规劝、推迟安全协商会议、公开批评等方式推动当地的民主化进程。但总的来说，在安全第一政策原则的指导下，美国促进韩国民主化的手段明显滞后于目标或者说目标与手段相对分离。

一 从“尼克松主义”到“以实力求和平”

20世纪60年代后半期，美国的外部环境危机四伏：相对苏联的核优势日益缩小，与欧日盟国关系矛盾重重，深陷越战泥潭难以抽身，对华政策进退两难，印巴冲突、阿以矛盾和非洲内战此起彼伏，“争取进步联盟”步履维艰，拉美反美情绪不断高涨。[①]

1968年总统竞选期间，共和党候选人尼克松敏锐地意识到了这一切，并提出了相应的政策主张。在如何处理与共产党国家的关系方面，他大胆地提出：“对抗的时代已然结束，谈判的时代业已到来。”如果要实现和平，就必须谈判。如果要谈判，就必须以实力为后盾。如果要拥有这样的实力，就必须恢复美国和西方盟国的力量。[②] 对于第三世界，尼克松提到最多的可能是亚洲，并由此阐发其所谓的“新外交”（new diplomacy）。在他看来，第二次世界大战以后为了反对“共产党侵略”，“保卫其他地区的自由”，美国介入朝鲜战争和越南战争。战争中，华盛顿付出了大量金钱，动用了很多武器，超过25万人受伤，5万人阵亡。这些努力都是值得的。但美国并不能永远如此。美国只有2亿人，而非共产党世界却有20亿人。是时候推行“新外交”了。如果“友好国家”再次遭到侵略，美国将为它们提

① 夏亚峰：《“尼克松主义”及美国对外政策的调整》，《中共党史研究》2009年第4期，第48页。

② “Editorial Note,” in *FRUS*, 1969 - 1976, Vol. 1, Foundations of Foreign Policy, 1969 - 1972, Washington: United States Government Printing Office, 2003, pp. 49 - 50.

供资金和军备，让它们自己保卫自己。[①] 这一新方针首先针对的是越南。尼克松主张，应该加紧训练南越人，以最好的武器装备他们，逐渐以南越军队替代美军，完成越南战争越南化，为南越今后的生存打下良好基础。[②]

当选总统后，尼克松进一步阐发以上外交战略思想，出发点依旧是"对抗的时代已经过去，我们正在进入一个谈判的时代"。[③] 1969年7月23日，尼克松总统踏上了为期13天的环球政治和外交之旅。两天后，在关岛军官俱乐部举行的一次非正式记者招待会上，他重点谈到了美国在"亚太的地位问题"。尼克松指出，在本世纪结束以前，对世界和平的最大威胁来自亚洲，因此"（在那里）美国应继续发挥重要作用"。接着他话锋一转，声称亚洲人主张"亚洲是亚洲人的亚洲"，美国的作用应为"援助"而非"支配"。美国会恪守条约义务，但不能让亚洲国家太多依赖华盛顿，以至于将美国再次拖入类似越战的冲突。除非遭到大国核攻击威胁，否则亚洲国家应自己处理国防问题。这些言辞引起了亚洲与美国媒体和公众的极大关注，很快被概括为"关岛主义"或"尼克松主义"。[④]

8月4日，尼克松会见了国会领导人，讨论美国的亚洲政

---

① "Editorial Note," in *FRUS*, *1969 - 1976*, Vol. 1, Foundations of Foreign Policy, 1969 - 1972, pp. 48 - 49.

② "Editorial Note," in *FRUS*, *1969 - 1976*, Vol. 1, Foundations of Foreign Policy, 1969 - 1972, p. 50.

③ 李剑鸣、章彤主编《美利坚合众国总统就职演说全集》，陈亚丽等译，天津人民出版社，1996，第422页。

④ "Editorial Note," in *FRUS*, *1969 - 1976*, Vol. 1, Foundations of Foreign Policy, 1969 - 1972, pp. 91 - 92；夏亚峰：《"尼克松主义"及美国对外政策的调整》，第46、51～52页。

策。他说自己来自"条约时代"，支持这种方式。但第二次世界大战结束已二十五年，为适应新局面，美国一定要逐渐地、巧妙地进行政策调整。美国必须履行在亚洲现有的条约义务，否则将给对方国家的人民和美国在该地区的信誉带来严重的负面影响。不过，华盛顿不会再对亚洲非共产党国家做出新的承诺。如果亚洲非共产党国家面临内部威胁，美国将呼吁它们自己应对。一旦这种侵略来自内外勾结，美国会向受威胁一方提供武器和物资，但绝不提供军队。换言之，美国将以物质而非人力的方式施以援手。这就是美国在亚洲的新政策。[①]

总的来说，尼克松政府上台前后美国面对的国际形势已发生巨大变化，过去的两极格局渐趋消失，军事两极、政治多极的新世界已具雏形。据此，美国政要们一面寻求以实力为后盾，通过"联系"（linkage）策略在谈判中迫使苏联等共产党敌国做出让步，最终放弃"对外侵略的野心"；一面逐步减少美国在世界各地的义务。[②] 以亚洲政策为切入点的"尼克松主义"集中体现了这一缓和战略的精髓。在"尼克松主义"指导下，1960年代末1970年代初的美国亚洲政策出现了新气象：积极改善同中国的关系；解决了与日本在冲绳和纺织品问题上的矛盾；一边从越南撤军，一边扩大印度支那战争，以免因背弃承诺而引起信誉受损；削减在韩国、日本、泰国和菲律宾的驻军。

虽然尼克松—基辛格外交政策在缓和与共产党国家关系和

① "Editorial Note," in *FRUS*, *1969 - 1976*, Vol. 1, Foundations of Foreign Policy, 1969 - 1972, pp. 98 - 99.

② 戴超武：《尼克松—基辛格的"宏大构想"、尼克松主义与冷战转型》，《南开学报》2007年第5期，第22~23页。

保持自身相对实力优势方面一度取得了相当大的成效，但也不可避免地促使苏联趁机推行全球进攻性战略，拉近了美国与第三世界特别是拉丁美洲独裁政权之间的关系。于是，来自国内各方面的批评接踵而至：反共鹰派视尼克松和亨利·基辛格为绥靖分子，直斥他们在共产党面前不断退让，致使美国丧失了超级大国的地位；自由主义者则指责尼克松—基辛格不愿放弃超级大国专横跋扈的做派，与那些践踏人权的专制政府为伍。[①] 更为严重的是，"水门事件"的曝光及随后的调查揭示出白宫几年来为摧毁政治对手、探查下属对总统可能的不忠行为以及确保尼克松—基辛格秘密外交顺利实施而从事的各种非法活动。1974 年 8 月 8 日，尼克松被迫宣布辞职。[②]

8 月 9 日，杰拉德·福特继任美国总统。在主宰白宫的 895 天里，福特政府一方面继承了尼克松政府的缓和政策，另一方面又不断调整美国外交的重点和方向。福特试图改变美国外交长期以来只关注安全问题和东西方关系的总体特征，更加重视就经济问题与西方盟国进行协调，通过积极主动地参与南北对话改善与第三世界国家的关系。华盛顿还重新评估了缓和政策，在限制战略武器谈判、贸易、人权及东欧问题上加强了对苏联

① Evelyn Goh, "Nixon, Kissinger, and the 'Soviet Card' in the U. S. Opening to China, 1971 – 1974," *Diplomatic History*, Vol. 29, No. 3 (June 2005), pp. 475 – 476；〔美〕马克·劳伦斯：《对稳定的模糊追求——尼克松、基辛格以及"第三层"（1969～1976）》，《国际政治研究》2008 年第 3 期，第 167～182 页；戴超武：《尼克松—基辛格的"宏大构想"、尼克松主义与冷战转型》，第 25 页。

② 〔美〕孔华润：《苏联强权时期的美国，1945～1991》，王琛译，《剑桥美国对外关系史》第 4 卷，第 419 页。

的攻势，政策日趋强硬。①

由于“水门事件”和越南战争，美国舆论界对“帝王般的总统”越来越不信任。1973 年 11 月和 1975 年 12 月，国会先后通过了《战争权力法》（*War Powers Act*）和《安哥拉决议》（*Angolan Resolution*），旨在限制总统介入国外冲突的行动自由。1975 年 3 月 10 日，北越对南方发起最后进攻，美国公众的反战情绪和国会的立法制约使福特政府无法兑现尼克松曾经做出的如果协议遭到破坏将对北越“迅速采取报复行动”的承诺。很快，西贡政权覆亡。这一切令美国的亚洲盟友忧心忡忡。为了缓解当地盟国的不安和恐惧，1975 年 12 月 7 日福特在夏威夷大学发表演讲时宣布了对东亚和西太平洋地区的新的安全政策。他毫不含糊地指出，新太平洋主义的主旨如下：太平洋地区的力量平衡离不开美国，保持亚洲盟友的主权完整和独立自主依旧是美国政策的首要目标；与日本的伙伴关系是美国太平洋战略的支柱；实现中美关系正常化；继续关心东南亚的稳定和安全；亚洲和平取决于政治冲突的解决；为了维持地区和平，必须按照所有亚洲人民的意愿进行经济合作。这次演说的核心内容后来被称为“福特主义”或“太平洋主义”。虽说与“尼克松主义”相比，“福特主义”的表述更加有力，语气更加肯定，但毕竟美国没有向当地盟国做出新的承诺或投放新的军事力量。从本质上讲，“福特主义”只是“尼克松主义”在新的亚洲形势下的延续和发展。结果，直至福特卸任，美国依旧未能在不介入亚洲冲突的前提下构建起稳

---

① 任李明：《论福特政府对美国外交政策的调整》，《南京大学学报》（哲学·人文科学·社会科学），2000 年第 3 期，第 113～119 页。

定的亚洲新秩序，中美关系仍没有走向正常化，美日同盟也因贸易争端和防务军费分担问题而处于紧张之中。①

与此同时，政府之外的另一股潮流也在悄然改变着美国外交政策的关注点和走向。在反越战浪潮中，部分美国人对华盛顿支持友好独裁者的行为越来越不满。于是，国会通过一系列法案将对外经济和军事援助与受援国的人权状况联系在一起：《1973 年对外援助法》（*Foreign Assistance Act of 1973*）第 32 条禁止向出于政治目的而进行监禁或拷打的政府提供经济或军事援助；1975 年修订的《1961 年国际开发和粮食援助法》（*1961 International Development and Food Assistance Act*）第 113 条明确要求总统停止向持续违反人权的政府提供援助；1976 年的《国际安全援助和武器出口控制法》（*International Security Assistance and Arms Export Control Act*）规定，美国应拒绝向那些持续违反人权的国家提供援助，以避免给人留下与该国政府为伍的印象。为此，国务卿要向国会全面汇报所有接受美国安全援助的国家的人权状况。② 以上

① Graeme S. Mount, *895 Days that Changed the World: The Presidency of Gerald R. Ford*, Montreal: Black Rose Books, 2006, pp. 62 - 63; "Address at the University of Hawaii," December 7, 1975, reproduced from "The American Presidency Project," available at: http://www.presidency.ucsb.edu/ws/index.php?pid=5423&st=&st1=; Joo - Hong Ham, *American Commitment to South Korea: The First Decade of the Nixon Doctrine*, Cambridge: Cambridge University Press, 1986, pp. 140 - 142.

② Lincoln P. Bloomfield, "From Ideology to Program to Policy: Tracking the Carter Human Rights Policy," *Journal of Policy Analysis and Management*, Vol. 2, No. 1 (Autumn 1982), p. 4; David F. Schmitz and Vanessa Walker, "Jimmy Carter and the Foreign Policy of Human Rights: The Development of a Post-Cold War Foreign Policy," *Diplomatic History*, Vol. 28, No. 1 (January 2004), p. 118.

立法在很大程度上成为1970年代末美国人权外交的法律基础和舆论先声。

顺应时势，在参与总统竞选的过程中，民主党候选人吉米·卡特多次强调道义、思想和信念的重要性。他认为，思想才是美国真正的力量源泉，应重新弘扬立国之父们的价值观。在卡特看来，过去的美国外交政策的根本缺陷在于过分关注苏联，而未能全面体现美国的利益和思想观念。以往美国外交政策的每一次成功都是因为它反映了美国最优秀的品质，每一次失败都是因为没有听取人民的意见而鲁莽行事，放弃了美国的基本信念。“美国外交政策最大限度地强调道义和民主自由承诺之时，即是美国最为强大和高效之际。”这位总统候选人承诺，新一届政府将遵循美国的传统价值观，与国会通力合作，增进人民对国家政策的了解。①

入主白宫后，卡特更加明确地提出了人权外交的主张。1977年5月22日，他在圣母大学发表演讲，全面阐述了美国外交政策的这一全新取向：过去美国对共产主义过度恐惧，因此支持处于同样心理状态的独裁者。期间，美国宁愿采用敌人错误的原则和策略，有时甚至放弃自己的价值观而遵行对方的行事理念。美国一直在以其人之道，还治其人之身，而从未想过更好的方式是以水灭火。在当今时代，传统的战争与和平问题已经和新近出现的公正、平等与人权等全球性问题纠缠在一起。面对新的国际形势，美国应重新致力于推动人权事业向前发展，

① David F. Schmitz and Vanessa Walker, “Jimmy Carter and the Foreign Policy of Human Rights: The Development of a Post-Cold War Foreign Policy,” p. 119.

并将其作为外交政策的根本信条。当然，这并不意味着美国要以僵硬的道义箴言指导外交政策。现今的世界绝非完美，它复杂而混乱。在这样的世界里，道德劝诫的力量是有限的，美国不能期望轻而易举地瞬间实现根本变革。但同样美国也不能低估言辞及其背后隐藏的思想的力量。从托马斯·潘恩的"常识"到马丁·路德·金的"我有一个梦"，无数的事实证明了这一点。追求人类的自由和权利已成大势所趋。美国一定不能对此视而不见，否则将丧失影响力，无法以道德权威的身份示人。[①]

1977 年 5 月 20 日，卡特总统向副总统、国务卿和国防部长发出《总统检讨备忘录/国家安全委员会第 28 号文件》(*Presidential Review Memorandum/NSC－28*)，要求重新审查美国的人权政策。[②] 7 月初，依照总统指令完成的《总统检讨备忘录/国家安全委员会第 28 号文件：人权》(*Presidential Review Memorandum/NSC－28*：*Human Rights*) 出台，全文共 85 页，全面分析了美国的人权外交。文件指出，美国人权外交的总体目标是通过长期努力逐渐鼓励各国政府尊重人权。追求这一目标有助于促进政府与国会的合作，加强国内对外交政策的支持，履行道义义务，推动各国遵守国际人权标准，反对专制并促使苏联和东欧社会进一步走向开放，增加在社会制度优越性之争中击败苏联的可能性。

文件起草者认识到，推行人权政策需要付出代价。美国外

① "Address at Commencement Exercises at the University," May 22, 1977, reproduced from "The American Presidency Project," available at: http://www.presidency.ucsb.edu/ws/index.php?pid=7552&st=&st1=.

② "Presidential Review Memorandum," May 20, 1977, in *DNSA*, PD01562.

交政策中有一些与保护人权同等重要甚至在某些情况下更为重要的目标，包括维护和提升美国的国家安全以及维持北约的力量与团结、控制核扩散、推动战略武器谈判、保持中东和平和美中关系正常化等一些更为具体的落脚点。如何处理人权目标与其他外交政策目标之间的关系是摆在美国面前的一个难题。显然，在某些情况下，考虑到其他重要目标，必须修正人权政策，暂缓人权外交的实施，甚至降低人权目标。但即使是在其他目标的重要性超过人权因素的时候，美国也要尽可能促进人权事业不断向前发展。所要付出的代价还包括：对其他政府人权状况的批评可能被该政府视为攻击和威胁；人权压力可能促使其他政府采取更加残酷的压制行为；苏联对美国人权倡议十分敏感，人权外交可能会影响东西方关系的缓和；在国际机构中出于人权考虑而投否决票可能产生负面影响；人权外交潜在的、不可避免的自相矛盾将引起公众的严厉批评；促使其他政府批评美国的国内人权状况；削弱与某些国家的安全援助和合作关系，损害美国的国家安全利益；巨额经费支出。

为了促进人权事业，美国必须奖惩并用。可以选择的手段包括私下劝说、公开声明以及国事访问、总统信函和派出友好使团等各种象征性行动，改变安全、经济以及粮食援助的水平，通过在各种国际组织中发表言论和投票保护人权，利用海外广播设施和文化教育计划宣传美国的人权观念和政策，改善他国难民和异议者移居美国的程序。

出于将人权目标融入美国外交政策的考虑，已采取如下措施：建立一个由国务院领导下的人权和外援部际小组（Interagency Group on Human Rights and Foreign Assistance），职责是制定和实施与双边和多边经济和安全援助计划有关的人权政策；扩大国务院人权和人道事务协调人办公室（Office of the Coordinator for Human Rights and Humanitarian Affairs）；组建国务院人权协调小组（Human Rights Coordinating Group），任务是保持美国人权政策的连贯一致；命令国务院及其驻海外人员优先关注和详细汇报各国人权状况，参与人权政策的实施；在国务院各地区司设立全职人权官，在各职能司设立全职或接近全职的人权官，主要负责协调人权外交；敦促中央情报局在人权外交方面予以配合。今后，还应扩大人权和外援部际小组的职能，使之全面负责人权外交，并安排一些高层会议回顾人权外交实施情况及其取得的进展。①

1978 年 1 月 30 日，国务院政策设计办公室向白宫提交了一份报告，总结了一年以来美国人权政策的成效。报告认为，人权政策开端良好，大大改善了美国在后越战和后水门时代的形象，很大程度上使美国在与苏联的意识形态斗争中占据了主动地位，扩大了美国道德、文化价值观的影响，拉近了美国与欧洲盟友和许多欠发达国家之间的关系，促使若干国家更加注意保护人权。不过，至今为止尚没有哪一个独裁政权从根本上改变政治体制，那些纯粹的独裁者好像也不可能采取这样的行动。最后，报告提出了一些建议，包括发布一个总统指令澄清卡特对人权外交的看法，尽快制定将人权与其他利益结合在一起的国家战略文件，以及弥合政府各机构对各国人权外交的巨大分

① "Review of U. S. Foreign Policy with Respect to Human Rights," July 7, 1977, in *DDRS*, CK3100021937 - CK3100022021.

歧等。①

根据上述建议，1978 年 2 月 17 日，卡特发布了《总统指令/国家安全委员会第 30 号文件：人权》（*Presidential Directive/NSC - 30：Human Rights*）。文件明确规定，在世界范围内促进对人权的尊重是美国外交政策的一个重要目标。美国要在全球范围内实施这一政策，但同时也应适当地考虑各国的文化、政治和历史特征以及美国在该国的其他根本利益。推行人权外交时，美国应利用包括秘密外交联系、公开声明和象征性行动在内的所有外交工具，寻求与盟友协商，并与非政府组织和国际组织合作。在适当的时候和可能的情况下，借助政治关系和经济利益方面的优惠待遇鼓励外国改善人权状况。同样，也可以根据人权状况的好坏，通过对外援助的分配对相应的国家进行奖惩。除非遇到特殊情况，否则不应向严重违反人权原则的其他国家的国内安全部门提供物质和财政援助。②

就这样，经过一年多的政策酝酿和实践，1978 年初，卡特政府成功地构建起了人权外交政策。在接下来的三年时间里，华盛顿努力在不影响国家安全的前提下推进人权事业，即便 1979 ~ 1980 年面对着国内经济问题严重、国外危机不断的严峻形势亦是如此。③ 卡特政府人权外交的成效是复杂的，凭借“胡萝卜”改善了哥伦比亚、萨尔瓦多、洪都拉斯、马来西亚、葡

① “Assessment of U. S. Human Rights Policy 1 Year after Its Inception,” January 30, 1978, in *DDRS*, CK3100307599 - CK3100307623.

② “Presidential Directive,” February 17, 1978, in *DNSA*, PD01521.

③ David F. Schmitz and Vanessa Walker, “Jimmy Carter and the Foreign Policy of Human Rights: The Development of a Post-Cold War Foreign Policy,” p. 137.

萄牙和西班牙的人权状况，但对于战略地位至关重要的伊朗、韩国和阿根廷的独裁政权践踏人权的行为却忍耐姑息甚至视而不见。后一种类型的行为遭到了国内的广泛批评。①

当然，人权外交虽为卡特政府外交战略最主要的特征，但绝非全部。上台伊始，卡特还做出了其他一些偏离冷战轨道的决策，如减少在边缘地区的义务，削减对外武器出售和军事援助，避免卷入第三世界的军事冲突，与盟友更均衡地分担负担，寻求与中苏的和解，试图承认越南、古巴和安哥拉。这些政策调整取得了相当成效，包括巴拿马运河条约、津巴布韦黑人多数统治政府的建立以及戴维营协议。然而，这一切遭到了与冷战政策相联系的各种美国利益集团的强烈反对。于是，从1978年开始，卡特政府的外交政策迅速发生逆转：防务开支上升；搁置第二阶段限制战略武器谈判；增加对外武器出售；加大战略系统研发力度；准备向第三世界派出快速反应部队；放弃撤出驻韩美军的计划；承认越南、古巴和安哥拉的想法搁浅。渐渐地，缓和政策消失殆尽，遏制战略再度回归。② 从这一角度观察，不难发现卡特政府末期与里根政府初期外交政策的连续性。

1980年大选时，共和党总统候选人罗纳德·里根猛烈抨击卡特将美国引向衰落，明确指出奉行扩展主义的苏联是“目前所有动荡不安的根源”。概括起来说，里根政府的外交政策理念主要包括以下几个方面：居心叵测、得寸进尺的苏联是一个

---

① Lincoln P. Bloomfield, “From Ideology to Program to Policy: Tracking the Carter Human Rights Policy,” pp. 8 - 11.

② David Skidmore, “Carter and the Failure of Foreign Policy Reform,” *Political Science Quarterly*, Vol. 108, No. 4 (Winter 1993 - 1994), pp. 705 - 707.

“罪恶的帝国”，它的存在引起了世界的动乱；只有进行大规模的军事建设才能抵制苏联的军事威胁，才能迫使苏联在谈判桌上做出让步；一定要使“国家重新觉醒”，引导公众重拾信心，支持更为积极、注重军事力量、遵奉干涉主义的外交政策；必须全力支持世界各国的反共革命；私人资本主义经济具有无比的优越性，应劝说或诱使第三世界采纳市场经济增长模式；美国是其他国家的榜样，理应在全世界范围内发起一场民主运动，涤荡堕落，广播自由。①

在以上观念的指导下，里根政府提出了“以实力求和平”（peace through strength）的对外战略。1982 年 5 月 20 日，以“国家安全战略”为题的第 32 号国家安全决策指令（National Security Decision Directive Number 32）问世。文件认为，当前对美国国家安全的主要威胁来自于苏联及其盟国和附庸国的军事力量，而第三世界许多地区的政治动荡、经济停滞以及传统冲突则为苏联扩张创造了机会。此外，资源的日益稀缺、恐怖主义势力的不断上升、核扩散的危险、苏联领导人继承问题的不确定、很多西方国家的缄默和苏联外交政策的日趋武断都将导致国际环境的混乱不堪。由是观之，1980 年代美国的生存和福利将可能面临第二次世界大战以来最大的挑战。

为了保证美国的国家安全，文件确定了如下目标：威慑苏联及其盟国，使之不敢对美国及其盟国和其他重要国家发动攻击。一旦威慑失败，则予以坚决反击；加强现有的联盟体系，

① 〔美〕托马斯·帕特森等：《美国外交政策》（下册），李庆余译，中国社会科学出版社，1989，第 866～871、877 页。

改善与其他国家的关系，通过全方位的外交、政治、经济和信息活动，加强美国在全球的影响；遏制和逆转苏联在世界范围内的扩张趋势，提高苏联支持和利用代理人、恐怖分子以及颠覆者的代价；通过利用外交、武器转移、经济压力、政治行动、宣传和造谣等方式削弱苏联的影响；努力限制苏联军费，挫败苏联冒险主义，并迫使苏联承担经济衰退的后果和鼓励苏联及其盟国的自由化和民族情绪，削弱苏联联盟体系；通过加强美国的军事力量，追求对等和可核查的武器控制协定，阻止军事技术和资源流向苏联，限制苏联的军事能力；确保美国获得海外市场，确保美国及其盟友获得外部能源和矿产资源；确保美国在外层空间和海洋方面的利益；鼓励并强烈支持旨在促进第三世界经济增长以及人道主义的社会政治秩序发展的援助、贸易和投资计划；构建良好的国际经济体系。

在追求国家安全的过程中，考虑到美国战略优势的丧失和苏联常规军事力量的急剧增长，加之工业化民主国家政治经济力量的增强，以及第三世界资源变得日益重要，美国必须越来越多地利用盟国和其他国家的资源，与盟国和其他国家合作，以便保护美国及其盟友的利益。此外，美国还应努力实现战略核力量的现代化，保持一般任务部队（General Purpose Forces）和预备役部队，加强海外军事部署，在未来五年提高安全援助水平，扩大多年承诺，改善对外军售计划，改写或大范围修订对外援助法和武器出口控制法（Arms Export Control Act）。[①]

依照新的国家安全战略，1983年1月17日，华盛顿以第75

① "National Security Decision Directive," May 20, 1982, in *DNSA*, PR01451.

号国家安全决策指令（National Security Decision Directive Number 75）的形式出台了对苏联政策。文件认为，美国对苏联政策包括三个重要方面：在外部抵制苏联帝国主义（主要目标）；向苏联内部施加压力，削弱苏联帝国主义的根源；在绝对平等的基础上消除美苏之间的明显分歧。为此，军事上，追求常规和核力量的现代化，表明绝不接受军事霸主地位的丧失或军事能力的下降，让苏联人明白战争会给他们带来无法接受的后果。经济上，加强对苏联的经济管制，防止东西方经济关系向有利于苏联军事力量增长的方向发展，在此前提下与苏联进行一些非战略物资方面的互惠贸易往来。政治上，对苏联发起意识形态攻势，宣传西方和美国的价值观念，曝光苏联的不良政治行为，阻止苏联宣传机器借助“和平攻势”在思想斗争中占据有利位置。地缘政治上，尽可能与工业化民主国家协商，必须重新树立抵制苏联对美国及其盟友利益侵蚀、有效地支持愿意抵制苏联压力或愿意抵制苏联对美国敌对行为或成为苏联政策特定目标的第三世界国家的信誉，改善美中关系，防止中苏和解。双边关系上，在符合美国安全利益的情况下与苏联展开武器控制谈判，针对苏联的不良政治行为发起意识形态攻势，在地区问题上与苏联对话，迫使苏联采取负责任的态度，但同时表明美苏关系改善以苏联行为的改变为条件。①

以上政策文件表明，里根政府对美国实力的相对下降十分敏感，片面夸大了苏联的实力和威胁，毫不含糊地将苏联作为美国在全球的主要敌人，试图通过全面强化自身军事力量，加

① “National Security Decision Directive,” January 17, 1983, in *DNSA*, PR01485.

强与盟国和其他国家的合作，提升中美关系，从政治、经济和军事各个方面向苏联发动进攻，以削弱苏联的影响甚至改变苏联的政治制度、提高美国及其盟国的实力地位、重新树立华盛顿反共斗士的形象、促使第三世界依照西方资本主义模式走上发展之路。

实践中，首先，里根政府着手从战略核力量现代化、常规军队建设和改善预备和机动能力三方面加强军事力量。相应的，防务总支出从1980年的1340亿美元增加到1985年的2530亿美元。其次，对苏联政策日趋强硬，禁止美国公司向苏联出口石油天然气设备，坚决拒绝输出巴黎统筹委员会管制清单物品，向苏联发动大规模的意识形态进攻，在世界范围内发起民主运动，不择手段地支持反共地下活动。再次，通过扩大经济、外交和军事联系，保持与中国牢固的合作关系。最后，提升在欧洲盟国的军事部署水平，加固西欧盟友的防务。事实证明，里根政府推行的以系统地利用苏联的弱点发动全球攻势为核心内容的“以实力求和平”战略成为促使苏联解体和冷战结束的重要动因之一。①

1960年代末到1980年代末，面对变动不居的国际形势，美

① Fareed Zakaria, "The Reagan Strategy of Containment," *Political Science Quarterly*, Vol. 105, No. 3 (Autumn 1990), pp. 376 - 377; Andrew E. Busch, "Ronald Reagan and the Defeat of the Soviet Empire," *Presidential Studies Quarterly*, Vol. 27, No. 3 (Summer 1997), pp. 452 - 454, 457, 459 - 460, 463; Chester Pach, "The Reagan Doctrine: Principle, Pragmatism, and Policy," *Presidential Studies Quarterly*, Vol. 36, No. 1 (March 2006), pp. 75 - 76; 崔丕：《美国的冷战战略与巴黎统筹委员会、中国委员会（1945~1994）》，第418~419页。

国外交政策的主要目标大体历经了一个从遏制到缓和再复归遏制的演化过程。在此期间，对越战的深刻反思、国会对人权外交的极力推动以及美国实力地位相对下降的不争事实促使华盛顿自觉不自觉地逐渐改变美国对第三世界反共友好独裁政权的态度，由原来几乎无条件的支持转向有意识地施加民主化压力。然而，在冷战的特定背景下，以上政策转变时常陷入无法兼顾美国国家安全与第三世界国家政治自由化的两难困境。华盛顿与韩国朴正熙和全斗焕政权的政治关系便是典型案例。

二 朴正熙“维新体制”背景下的美韩政治关系

1960 年代末“尼克松主义”的出台引领美韩关系进入了一个新的时代——部分美军撤出韩国、美中和解以及美国考虑与朝鲜对话的可能性深刻地改变着韩国的外部安全环境，韩国对美国的安全承诺越来越不信任，美韩两国在经济特别是军事和政治问题上的分歧日益明显，朴正熙全力加强独裁统治、推动重化工业高速发展、追求国防自立甚至谋求获取核武器，朝鲜半岛一度实现南北对话。①

① Seongji Woo, “The Park Chung-hee Administration amid Inter-Korean Reconciliation in the Détente Period: Changes in the Threat Perception, Regime Charateristics and the Distribution of Power,” *Korea Journal*, Vol. 49, No. 2 (Summer 2009), pp. 37 - 58; Kim Hyung - A, *Korea's Development under Park Chung Hee: Rapid Industrialization, 1961 - 79*, pp. 109, 165 - 168, 188 - 189; 曹中屏、张琏瑰：《当代韩国史（1945 ~ 2000）》，第 269 ~ 271、615 ~ 616 页。

尼克松政府执政后不久，国务院和国防部便开始研究撤出驻韩美军的问题。① 1969年4月15日，美国海军一架EC-121大型电子侦察机在朝鲜附近的海域上空被朝鲜人民军空军的两架米格战斗机击落，机上31名人员全部罹难。美国的注意力暂时集中于处理EC-121危机。② 11月24日，处理完朝鲜半岛危机的尼克松表示希望削减一半驻韩美军。1970年3月20日，美国政府正式决定在1971年财政年度结束前削减2万驻韩美军。作为补偿，9月2日尼克松批准在五年内向韩国提供15亿美元的军事援助，帮助韩国军队实现现代化。③ 与此同时，尼克松等美国政要不厌其烦地向韩国保证：美国是太平洋国家，一定会坚决履行对亚太国家的承诺，不会由太平洋撤出；“尼克松主义”的本意绝非仓促撤出驻亚太地区的美军，美军撤离进度将与驻在国能力保持一致；华盛顿不会以出卖韩国为代价缓和与

① “Memorandum from the President's Assistant for National Security Affairs (Kissinger) to President Nixon,” December 12, 1969, in *FRUS*, *1969 - 1976*, Vol. 19, Part1, Korea, 1969 - 1972, Washington: United States Government Printing Office, 2010, p. 119.

② 邓峰：《美国与EC-121危机——对1969年美国大型侦察机被朝鲜击落事件的研究》，《世界历史》2008年第2期，第14～23页。

③ “Memorandum from President Nixon to the President's Assistant for National Security Affairs (Kissinger),” November 24, 1969, in *FRUS*, *1969 - 1976*, Vol. 19, Part1, Korea, 1969 - 1972, p. 117; “National Security Decision Memorandum 48,” March 20, 1970, in *FRUS*, *1969 - 1976*, Vol. 19, Part1, Korea, 1969 - 1972, p. 148; “Memorandum from the President's Assistant for National Security Affairs (Kissinger) to President Nixon,” August 22, 1970, in *FRUS*, *1969 - 1976*, Vol. 19, Part1, Korea, 1969 - 1972, pp. 181 - 182; “National Security Decision Memorandum,” September 2, 1970, in *DNSA*, PR00395.

中华人民共和国的关系。① 美国慷慨的军事援助和信誓旦旦的承诺并没有从根本上缓解韩国的安全忧虑。朴正熙等主要韩国官员坚持认为：华盛顿经常忽视韩国人的感受，不愿就相关问题与之进行充分的协商；以尼克松访华为代表的大国外交有可能牺牲韩国的利益；一旦朝鲜侵略韩国，美国或许会背弃承诺，置韩国的安危于不顾。②

1960 年代末 1970 年代初，韩国本身也出现了严重的社会危机：抗议经济剥削、争取改善劳动条件的工人运动风起云涌，劳资纠纷急剧增加；政府当局增加大学生军训时间引发了学生

① "Memorandum of Conversation," August 21, 1969, in *FRUS, 1969 - 1976*, Vol. 19, Part1, Korea, 1969 - 1972, p. 98; "Memorandum of Conversation," September 1, 1971, in *FRUS, 1969 - 1976*, Vol. 19, Part1, Korea, 1969 - 1972, pp. 274 - 275; "Memorandum of Conversation," September 28, 1971, in *FRUS, 1969 - 1976*, Vol. 19, Part1, Korea, 1969 - 1972, pp. 281 - 283; "Letter from President Nixon to Korean President Park," November 29, 1971, in *FRUS, 1969 - 1976*, Vol. 19, Part1, Korea, 1969 - 1972, pp. 294 - 295; "Telegram from the Department of State to the Embassy in Korea," November 25, 1972, in *FRUS, 1969 - 1976*, Vol. 19, Part1, Korea, 1969 - 1972, p. 434.

② "National Intelligence Estimate," December 2, 1970, in *FRUS, 1969 - 1976*, Vol. 19, Part1, Korea, 1969 - 1972, p. 211; "Telegram from the Department of State to the Embassy in Korea," September 23, 1971, in *FRUS, 1969 - 1976*, Vol. 19, Part1, Korea, 1969 - 1972, pp. 279 - 280; "Memorandum of Conversation," September 28, 1971, in *FRUS, 1969 - 1976*, Vol. 19, Part1, Korea, 1969 - 1972, pp. 281 - 283; "Memorandum from John H. Holdridge of the National Security Council Staff to the President's Assistant for National Security Affairs (Kissinger)," February12, 1972, in *FRUS, 1969 - 1976*, Vol. 19, Part1, Korea, 1969 - 1972, p. 316; "Telegram from the Embassy in Korea to the Department of State," May 19, 1972, in *FRUS, 1969 - 1976*, Vol. 19, Part1, Korea, 1969 - 1972, p. 350; Kim Hyung - A, *Korea's Development under Park Chung Hee: Rapid Industrialization, 1961 - 79*, pp. 108 - 109.

反对军人统治的大规模示威游行，新闻界、司法界和高等教育界对此予以同情和支持；在野政治势力得到蓬勃发展。正是在这样一种氛围中，1971年4月27日和5月25日，韩国分别举行了第七次总统选举和第八届国会选举。在总统竞选中，反对党新民主党（简称“新民党”）候选人金大中提出了推动半岛南北非政治性接触、军队政治中立、废除总统“三选改宪”条文、实行地方自治、降低选民年龄、构建贫富均等的大众经济、向农村增加20%投资和提高妇女地位等合理主张，深得人心。最终，朴正熙虽凭借巨额竞选资金和舞弊手段当选总统，但相对金大中来说优势并不明显，后者得票率高达43.6%。国会选举的情况亦如此，执政党共和党仅占据113席，新民党则获得了89席，有能力阻止执政党任意操纵国会修改宪法。这次总统和国会选举表明，朴正熙正在逐渐失去国民的信任，新民党已成为共和党的强有力竞争对手。①

为了应对内外交困的局面，维护自身的统治地位，朴正熙决定强化独裁。根据美国国务院情报研究署（Bureau of Intelligence and Research）的评估报告，从1971年10月中旬起，韩国政府严厉镇压点名批评朴正熙和其他政府、军队领导人的学生示威，动用军队占领校园，并试图干预新闻界的相关报道

① 曹中屏、张琏瑰：《当代韩国史（1945～2000）》，第265～269页；Kim Hyung-A, *Korea's Development under Park Chung Hee: Rapid Industrialization, 1961－79*, pp. 125－126；“Telegram from the Embassy in Korea to the Department of State,” November 3, 1970, in *FRUS, 1969－1976*, Vol. 19, Part1, Korea, 1969－1972, pp. 190－192；“Editorial Note,” in *FRUS, 1969－1976*, Vol. 19, Part1, Korea, 1969－1972, p. 240.

活动。[1] 实际上，这一切只是一场政治压制大剧的序幕。

12 月 2 日，美国国务院致电驻韩使馆，警觉地提及韩国政府正在越来越多地宣传朝鲜军事威胁和韩国防务能力不足，认为这有可能是在为压制国会、反对党和媒体做铺垫。[2] 当天，韩国中央情报部部长李厚洛（Yi Hu Rak）告诉美国驻韩国大使菲利普·哈比卜（Philip C. Habib）朴正熙即将宣布国家进入紧急状态。但这并不具有法律效力，只是告诫人民需要为国家安全做些事情。6 日，朴正熙以防备朝鲜“入侵”为由宣布国家进入紧急状态，呼吁公众做好最坏的打算。国务院情报研究署分析道，朴此次要求为了保证国家安全而采取特别措施是三个月以来韩国政府第三次加强控制。虽然朴正熙对国内外反应敏感，但他几乎一定会继续强化总统权力。[3]

13 日下午，哈比卜会见朴正熙。朴正熙声称，一些韩国人和外国观察家好像怀疑朝鲜半岛的状况并没有他说的那样严重。这是可以理解的，因为国际局势总体上趋于和平和缓和。然而，

① “Intelligence Note Prepared in the Bureau of Intelligence and Research,” October 22, 1971, in *FRUS, 1969 - 1976*, Vol. 19, Part1, Korea, 1969 - 1972, p. 289. 该情况可另参见 Kim Hyung-A, *Korea's Development under Park Chung Hee: Rapid Industrialization, 1961 - 79*, p. 126。

② “Telegram from the Department of State to the Embassy in Korea,” December 2, 1971, in *FRUS, 1969 - 1976*, Vol. 19, Part1, Korea, 1969 - 1972, pp. 295 - 296.

③ “Telegram from the Embassy in Korea to the Department of State,” December 2, 1971, in *FRUS, 1969 - 1976*, Vol. 19, Part1, Korea, 1969 - 1972, pp. 297 - 299; “Intelligence Note Prepared in the Bureau of Intelligence and Research,” December 10, 1971, in *FRUS, 1969 - 1976*, Vol. 19, Part1, Korea, 1969 - 1972, pp. 299 - 302.

在大国努力缓和紧张关系的时候，一些弱国可能会成为突发事件的牺牲品。例如，中美和解就损害了“中华民国”的利益。韩国担心也会遭遇与“中华民国”同样的命运。哈比卜反驳说，并没有迹象表明朝鲜的进攻迫在眉睫。韩国突然宣布进入紧急状态引起了美国国会、出版界和商业团体的关注，许多美国公司和关心韩国的人就此询问政府。朴正熙解释道，他也不认为朝鲜很快便会进攻韩国，但共产党国家具备“随时发动侵略”的能力。哈比卜特别提醒朴正熙说，尼克松总统已保证中美和解不会以牺牲盟友为代价或者说与中国达成有关朝鲜的协议，韩国无须担心。朴回应道，适当的时候他会告知国民美国总统的保证。最后，朴正熙表示并不期望美国能够完全理解他的决定，甚至某些韩国人都不了解本国的真实状况。不管怎样，有必要向公众发出警告。① 与此同时，负责政治事务的美国副国务卿U. 亚历克西斯·约翰逊（U. Alexis Johnson）约见韩国驻美大使金东祚（Kim Dong Jo），讨论了朝鲜威胁和韩国紧急状态问题。约翰逊指出，虽然这些问题属于韩国内部事务，但紧急状态宣言可能会动摇美国人对韩国的信心。美国商界、公众和国会已就此事向政府发出询问，希望朴正熙不要削弱国会的权力。金东祚并没有做出实质性的回应。②

22日，哈比卜会见韩国总理金钟泌，就朴正熙宣布紧急状

① “Telegram from the Embassy in Korea to the Department of State,” December 13, 1971, in *FRUS*, *1969 - 1976*, Vol. 19, Part1, Korea, 1969 - 1972, pp. 302 - 305.

② “Telegram from the Department of State to the Embassy in Korea,” December 14, 1971, in *FRUS*, *1969 - 1976*, Vol. 19, Part1, Korea, 1969 - 1972, p. 306.

态和要求特别权力问题交换了意见。金首先申明，他个人认为朴建立司令式政府或使自己成为终身总统完全是对时局的反应，并没有“不可告人的目的”。过去二十五年，韩国依赖美国的保护走向繁荣。如今，世界正在发生变化，小国无法确定大国的兴趣所在。虽然最后的威慑仍有赖于盟友的力量，但小国应谋求更大程度的自立。大国不能阻止“中华民国”丧失联合国席位，不能阻止地区战争的发生。一旦发生地区战争，被牵扯进去的国家需要比以往更多地依靠自身力量。如果这些国家准备不足，届时将处于不利地位。就韩国而言，朴正熙除了能够确定美国不会在1972年继续撤出驻韩美军外，其他的一切均未可知。因此，朴认为韩国需要做好应付紧急事态的准备。韩国宁可为这样的准备付出消耗额外资源和施加国内限制的代价，也不愿面对准备不足带来的危险。朝鲜的实力和备战水平已达到顶峰，韩国必须做最坏的打算，朴正熙正在为此寻求获得广泛的紧急权力。哈比卜声称，作为不断取得进步的国家，韩国享有极高的国际声誉。但朴正熙政府最近采取的看似倒退的行动引起了国外特别是美国新闻界、国会和商业团体的担忧。假使未来针对总统权力的立法授权严重损害国会职权，那么这种忧虑将急剧上升。金钟泌回应道，金大中集团好像决心扰乱国会秩序，反对授予总统紧急权力，政府可能有必要采取非常措施通过法案。哈比卜再次提醒金钟泌，韩国政府反国会行动将带来极大危害。①

① “Telegram from the Embassy in Korea to the Department of State,” December 22, 1971, in *FRUS*, *1969 - 1976*, Vol. 19, Part1, Korea, 1969 - 1972, pp. 307 - 310.

23 日，美国驻韩使馆致电国务院，详细分析了当前的政策选择。哈比卜认为，朴正熙决意获得紧急权力，新民党对此无能为力。朴的态度之所以如此坚决，一方面是因为受到了“中华民国”被驱逐出联合国、美国参议院在外援方面施加限制、联合国无力保障韩国安全、驻韩美军削减等一系列外部事态的刺激，另一方面是因为他对国内局势过于悲观的看法。换言之，朴正熙此举既是为了应对外部危机，又是为了使其现有权力“合法化”。美国该做何反应呢？一种方式是积极干预，试图说服朴撤回立法建议。这将引起与朴正熙本人的直接对抗。驻韩使馆已提醒韩国政要美国政府、国会、出版界以及商业团体视韩国政府的举动为政治倒退。如果一定要制止朴的脚步，仅仅警告说他的举措可能迫使美国减少对韩国的支持是不够的，而应直截了当地表明韩国的行为将不可避免地引起一系列具体后果。另一种方式是继续当前的路线，即被询问时表明美国政府的态度，确保韩国政府完全了解美国人的反应，避免直接干预，允许当地的反对力量发展壮大、抵制和纠正政府可能采取的过分行为。朴正熙应该清楚如果他滥用紧急权力将可能促使美国人民、国会和政府不再像以往那样给予韩国道义和物质支持，深知不可能无视美国的态度。也正因为如此，虽然美国无法改变朴的基本观念，但还是可以缓解他的压制行动。根据以上认识，使馆倾向于选择第二种方式。国务院在回电中表示赞同使馆的分析判断。①

① “Telegram from the Embassy in Korea to the Department of State,” December 23, 1971, in *FRUS*, 1969－1976, Vol. 19, Part1, Korea, *1969－1972*, pp. 311－312.

重新理顺一下美国使馆和国务院的政策论证逻辑：朴正熙获得紧急权力的心意已决，除非发出更为具体明确的威胁信号，否则难以阻止韩国的政治发展态势。华盛顿已让韩国政府充分了解到了“政治倒退”行为的严重后果，当前的施压政策虽无法从根本上逆转朴的执政理念，但可以修正他的政治行为。在这种情况下，没必要直接干涉韩国的内政或者与朴正熙发生正面冲突。然而，回溯此前十天美国对韩国政府紧急状态宣言的反应，能够看到的只是笼统地表达美国的反对态度和忧虑，而没有明示可能会减少对韩国的支持。可以说，美国目前的政策更多的并非“施压”，而是主要依靠韩国在野政治团体反独裁斗争的“听之任之”。美国使馆和国务院并不一定没有意识到这种政策分析和实践的两相背离，之所以仍做出以上论证，或许只是无力制止朴正熙进一步强化独裁时的自我安慰——在不严重损害美韩同盟关系的前提条件下，美国做了它能够做的一切。

结果，27 日，韩国政府在排除反对党议员的情况下强迫国会通过了《国家保卫特别措施法》，进一步加强对社会的控制。[①] 美国并未做出激烈的反应。

不到一年以后，朴正熙再次采取令美国措手不及的独裁之举。1972 年 10 月 16 日，金钟泌约见哈比卜，告诉他一个惊人的消息。金声称，韩国正面对着前所未有的国内外挑战。出于保持国内局势稳定的考虑，韩国政府将采取如下行动：10 月 17 日晚 7 时，解散国会，暂停所有政治活动，在全国实行军管法；

① 曹中屏、张琏瑰：《当代韩国史（1945 ~ 2000）》，第 269 页。

10月27日宣布修改宪法，11月17日左右就此举行全民公决；假如全民公决通过了修改后的宪法，12月17日将举行总统选举，由作为选举团的国家统一大会（National Conference for Unification）选举产生新一任总统；全民公决后半年内举行新一届国会选举。金解释道，施行军管法期间，不得进行任何政治活动，关闭所有大学，实施全面新闻审查，目的是防止改革措施引起混乱。他认为，开放社会的本质是举行选举。但在韩国这样的国家，不断举行选举会使社会越来越容易受到攻击。为了克服这一弱点，政府一致认为应将总统和国会议员的任期延长到六年，连续担任不超过两届。过去的总统选举不仅带来了巨大的浪费，还引起了严重的混乱，最好以间接选举代替直接选举。而且，出于保证总统在国会中获得稳定多数的考虑，三分之一的国会议员将由总统指定。总统还有权解散国会，有权就“重要问题”举行全民公决。预计上述举措将招致诸多负面评价，但年底前改革就会完成，一切都将恢复正常，到那时人们将更容易理解韩国为什么会做出这样的决定。出于礼貌，韩国提前二十四小时通知美国。哈比卜对朴正熙未就此事与美国协商非常不满，但由于还没来得及向国务院请示，因此没有做任何评价。①

当天，美国国务卿威廉·罗杰斯（William P. Rogers）召见

① “Telegram from the Embassy in Korea to the Department of State,” October 16, 1972, in *FRUS*, *1969 - 1976*, Vol. 19, Part1, Korea, 1969 - 1972, pp. 411 - 416; Seongji Woo, “The Park Chung-hee Administration amid Inter-Korean Reconciliation in the Détente Period: Changes in the Threat Perception, Regime Charateristics, and the Distribution of Power,” p. 46.

金东祚，明确表示不接受韩国宣布军管法的理由，特别是不理解朴正熙在声明中为什么要攻击美国的亚洲政策，警告这样的声明会严重损害两国关系，美国将被迫公开对此予以驳斥。金东祚试探性地询问，如果韩国取消总统声明中的这些冒犯性言语，美国是否会对本质上属于韩国内部事务的军管法宣言公开做出积极反应。罗杰斯回答道，韩国政府提出的理由只是问题的一个方面，同样重要的还有修宪建议的实质。这时，东亚和太平洋事务助理国务卿马歇尔·格林（Marshall Green）插话说，韩国此举将使美国国会不愿支持韩军现代化计划和美国在韩国驻军。由于金东祚不了解韩国修宪的内容，所以无法做出实质性回应，仅答应会向本国政府转达罗杰斯的看法。而且，在会见金东祚前，罗杰斯已指示哈比卜通知韩国政府，“虽然美国会想办法避免对朴正熙行为的明智性做出公开评价，但美国一定要与朴正熙的行为脱离干系，一定要对涉及尼克松总统行动的韩国政府声明做出评价”。①

韩国的政治局面甚至惊动了美国总统。17 日，总统国家安全事务助理基辛格向尼克松全面介绍了韩国拟于当日晚些时候颁布军管法的情况。他分析认为，从韩国国内政治稳定的角度考虑，朴正熙没必要采取这样的行动。促使朴做出这一决定的主要原因可能是个人野心。但与此同时，或许他确实希望通过加强国内控制来应对最近不断变化的国际局势引发的不可预见的突发事件。在驻韩使馆看来，美国无力制止

① “Telegram from the Department of State to the Embassy in Korea,” October 17, 1972, in *FRUS*, *1969 - 1976*, Vol. 19, Part1, Korea, 1969 - 1972, pp. 417 - 418.

朴正熙的行为。[1]

17日一早，金东祚与美国副国务卿约翰逊会谈。金声称，他向李厚洛反映了尼克松对朴正熙声明中冒犯性语言的担忧，相关内容已被修改。同时，这位韩国大使解释道：声明中的“大国”不是指美国，只不过是想警告国民不要忘记历史上大国牺牲韩国利益的做法；韩国政府采取的行动意在促进和平统一；虽然美国难于接受军管法，但韩国还是要举行全民公决。韩国政府并不想实行独裁统治，而是试图提高政府效率。韩国政府的基本做法符合民主原则，美国应依据全民公决的结果对此加以判断；将韩国当前的政治形势与1961年类比是不合适的，这次实施军管法只是临时之举，出于修宪考虑不得不如此。最后，金要求美国政府不要公开发表有碍美韩关系的声明。约翰逊回应说，修改后的韩国声明仍不令人满意，美国依旧不得不认为韩国是在批评自己的亚洲政策。美国官员对韩国政府的决定感到十分吃惊和失望。虽然美国无权告诉韩国政府应如何施政，但还是为韩国担心和难过。朝鲜半岛南北不同就在于，韩国是亚洲代议制政府的典范。朴正熙政府当前的决定将产生重要影响，希望韩国政要重新考虑此事。李承晚曾因加强对人民的控制而导致局势失控，美国担心历史将会重演。面对新闻界的提问，华盛顿无法保持缄默，更无法对韩国政府的做法表示赞同。不明白韩国政府怎么能将极端的国内行动归结为对尚未发生的

---

① “Memorandum from the President's Assistant for National Security Affairs (Kissinger) to President Nixon,” October 17, 1972, in *FRUS*, *1969 - 1976*, Vol. 19, Part1, Korea, 1969 - 1972, pp. 418 - 419.

外部事件的反应。助理国务卿格林补充道：韩国的成功是美国政府向公众说明其亚洲政策有效性的实例，此举有助于抵制孤立主义情绪。但韩国政府如今的行为让人们对美国的亚洲政策产生了怀疑；部分地因为韩国的良好形象，1970 年国会没有反对增拨对韩军援法案。但现在美国政府更加难以获得国会的支持了；长期来看，韩国政府的行为会给当地政治带来不良影响；美国新闻界也在密切注视韩国的政治局势。①

17 日，朴正熙通过发表“特别宣言”发动自我政变，宣布在全民公决通过“维新宪法”前实行全国非常戒严，解散国会，“中止现行宪法部分条款的效力”，禁止一切政党和政治家以及全体国民的政治活动，命令大学放假，实行对一切新闻媒体的事前检查。②

预计韩国将于 27 日宣布新宪法，哈比卜分析了美国的对策。大使判断，修改后的宪法将全面重组政府，使之能够彻底控制社会的方方面面，并允许朴正熙永久掌权。美国有三种政策选择：劝说朴正熙放弃现有的路线方针，不要修改宪法。为了说服朴，美国需要对韩国实施严厉的惩罚，可能因此动摇朴的统治地位或令朴拒绝与美国合作。此种选择不切实际；在接受韩国新体制基本框架的同时，劝说朴正熙减少其中的压制成分。因为所剩时间不多，且这样做将使美国承担韩国走向专制的责任，如此行事亦不妥当；通过公开评价韩国的新体制与之

① “Telegram from the Department of State to the Embassy in Korea,” October 18, 1972, in *FRUS*, *1969 - 1976*, Vol. 19, Part1, Korea, 1969 - 1972, pp. 420 - 423.

② 曹中屏、张琏瑰：《当代韩国史（1945 ~2000）》，第 269 页。

脱离干系。这一政策无异于承认美国不再试图塑造韩国的政治发展路线，且有助于加速美国撤离韩国的进程。相比较而言，第三种选择对美国最为有利。①

华盛顿最终采纳了使馆的建议。当被问及对韩国政治发展趋势的态度时，美国的答复是不干涉韩国的内政，韩国的政治变动与美国无关。私下里，美国选择适当的时机几次向韩国表明不欢迎朴正熙的政治革新，汉城的举动将给美国公众和国会对韩国的态度带来负面影响。韩国官员时常询问究竟怎样做才能获得美国的赞同。美国认为，考虑到问题的实质，华盛顿无法表示支持，但韩国政府可以通过避免采取压制行动等方式防止引起更加负面的反应。②

11 月 18 日，韩国前总理、朴正熙的贴身顾问丁一权应邀与哈比卜共进午餐。丁一权告诉美国大使，军队马上将从汉城公共场所撤离，12 月 1 日所有的韩国大学将正常上课，但军管法直到总统选举后才能取消。哈比卜趁机指出，韩国政府最近残忍地镇压著名反政府人士的举动令人担忧，没有什么比疯狂压制反对派更能疏远美国人民。丁承认六名前新民党议员遭到殴打，并承诺不再发生此类事件。③

---

① "Memorandum from John H. Holdridge of the National Security Council Staff to the President's Assistant for National Security Affairs (Kissinger)," October 25, 1972, in *FRUS*, *1969 - 1976*, Vol. 19, Part1, Korea, 1969 - 1972, pp. 423 - 424.

② "Telegram from the Embassy in Korea to the Department of State," November 18, 1972, in *FRUS*, *1969 - 1976*, Vol. 19, Part1, Korea, 1969 - 1972, pp. 425 - 427.

③ "Telegram from the Embassy in Korea to the Department of State," November 18, 1972, in *FRUS*, *1969 - 1976*, Vol. 19, Part1, Korea, 1969 - 1972, pp. 427 - 429.

21日，韩国政府将修改后的宪法（即前面提及的“维新宪法”）提交全民公决。主要内容包括：总统为国家元首、首席内阁成员，由国家统一大会选举产生；国会三分之一席位由总统推荐、国家统一大会确认，其余三分之二由选举产生；国会无行政监察权，不能对总统进行监督；总统拥有无须经过国会同意和法院司法审核的紧急措施权——集立法、司法和行政权限于一身的特权；总统拥有任免大法官和所有法官的权力；废除了对总统任期的明确条文限制。维新宪法的实质是无限扩大总统的特权，极大地削弱立法和司法部门的权力，为朴正熙的永久执政奠定基础。全民公决的结果是维新宪法得到了91.5%的赞成票。①

第二天，美国驻韩使馆评估了韩国全民公决的情况。哈比卜认为，投票结果的准确性难以评估，且更重要的好像是获得这一结果的方式。一边倒的投票结果并非韩国人民一致支持总统及其目标的表现，而是被迫接受既成事实的反映。对投票结果的压力既来自于官方的军管法，也来自于强有力的社会启蒙运动。这种压力不允许持异议者发表意见。韩国并没有完全无视美国的冷漠态度。24日，金钟泌在与哈比卜会谈过程中声称，之所以全民公决取得如此成绩，是因为“人民普遍承认朴正熙总统的领导是成功的，他们看不到未来还有其他的选择”。不过，总统将“克制地行使急剧上升的权力”。②

① 曹中屏、张琏瑰：《当代韩国史（1945～2000）》，第269～270页；Kim Hyung-A, *Korea's Development under Park Chung Hee: Rapid Industrialization, 1961－79*, p. 140.

② "Telegram from the Embassy in Korea to the Department of State," November 22, 1972, in *FRUS, 1969－1976*, Vol. 19, Part1, Korea, 1969－1972, pp. 430－431.

12月23日，经国家统一大会选举，朴正熙第三次当选韩国总统。27日，韩国政府颁布维新宪法，朴正熙就任第八届总统，“维新体制”正式启动。[①] 22日，国务院执行秘书小西奥多·埃利奥特（Theodore L. Eliot, Jr.）在给基辛格的备忘录中指出，10月17日以来，朴正熙及其顾问依靠军管法和政府压力完成了一系列的政治体制改革。他们试图让国民相信美国支持韩国政府的行动。但华盛顿公开表示，韩国政府并未与之协商，这些变革与美国无关。修改宪法是韩国的内政，美国不予评价。27日，即将当选总统的朴正熙会举行就职典礼，美国一定要向朴正熙发去贺信，如何使贺信的内容与美国以往的立场保持一致呢？埃利奥特建议发去一封措辞礼貌但内容轻描淡写的贺信，并附上了贺信的草本。白宫批准了他的建议。[②]

维新宪法颁布后，朴正熙政府以反共和国家安全为借口几乎完全剥夺了人民的各项基本权利。更糟糕的是，十余年经济建设积累下来的财富绝大部分落入了财阀之手，广大公众依旧贫困。经历了一段时间的沉寂之后，韩国人民的反政府情绪再次高涨起来，导火线是“金大中绑架事件”。

1973年8月8日夜，为躲避政治迫害而流亡日本的金大中在东京被韩国中央情报部特工绑架。最初，特工们意欲将金大中置于死地，但未能得逞，这才将金押回汉城。9月，媒体揭露了金

① 曹中屏、张琏瑰：《当代韩国史（1945～2000）》，第270页。

② “Memorandum from the Executive Secretary of the Department of State (Eliot) to the President's Assistant for National Security Affairs (Kissinger),” December 22, 1972, in *FRUS*, *1969 - 1976*, Vol. 19, Part1, Korea, 1969 - 1972, pp. 447 - 448.

大中遭到绑架的事情。10月2日，激愤的汉城大学生举行游行示威，要求解散中央情报部，查明金大中事件的真相，并重新确定民主体制。随后，深受鼓舞的社会各界民主人士也纷纷加入到反独裁斗争中来。为了防止局势失控，1974年1月8日，朴正熙突然发布第一、二号“总统紧急措施”令，宣布诋毁宪法或散布流言飞语者将被处于15年以下徒刑，并设立专门惩罚违反“总统紧急措施”令者的“非常军法会议”。依据以上法令，政府开始疯狂镇压民主运动。但学生们并未因此屈服，而是勇敢地发表了攻击朴正熙经济发展战略和政治专制的《民众、民族、民主宣言》，继续举行反政府游行示威。这一切令行政当局心惊胆战。4月3日，恼羞成怒的朴正熙发布第四号“总统紧急措施”令，授权“非常军法会议”可以判处学生运动领袖死刑，地方司令官应地方官员的要求可以随时出动军队压制学生运动、关闭学校。据此，政府制造了一系列冤假错案，残酷地镇压以青年学生和知识分子为主的各界反政府人士。行政当局的野蛮和残忍激起了人民更大范围的反抗，抵制维新体制的运动依旧风起云涌。[①]

韩国动荡的政局引起了美国政府的极大关注。1974年1月25日，美国国务院专门召开会议讨论对韩国政策，回国的哈比卜参与其中。这位驻韩大使与国务卿基辛格的对话昭示出美国对韩国政局的反应及其动因。哈比卜指出，韩国政府明显加强了独裁统治，引起了国内的强烈不满。这样的局面将影响韩国的社会稳定甚至国家安全，从而损害美国的利益。朴所做的一切已使韩国政府在很大程度上变得不可挑战，持异议者被彻底

① 曹中屏、张琏瑰：《当代韩国史（1945～2000）》，第302～307页。

镇压，他可以无限期地执政。朴之所以会这样做，一方面是为了应付北朝鲜的威胁和大国政策可能发生的变化，另一方面是为了自己连任，压制反对派。至今美国的反应是公开场合不置可否，私下里劝说朴政府保持温和和克制。如此行事既可以避免使美国站在压制的一方或干预韩国的内部事务，又可以保护美国的利益，兑现美国的承诺，防止反美情绪的产生。基辛格回应道，他要努力废除试图塑造他国特别是盟友政局的国务院"政治科学系"，致力于推动韩国民主化是不值得的。哈比卜表示赞同，认为应进一步减少对韩国内政的介入。① 这一段对话表明，面对朴正熙独裁统治的不断加强，尼克松政府非但没有通过施以惩罚制止韩国行政当局的压制之举，反倒考虑完全放弃推动韩国民主化的努力。

福特继任总统前后，国会不断要求政府在外交中更多地考虑人权因素。经过一段时间的研究，1974 年 10 月，国务院制定出了一份题为"美国人权政策与独裁政权"的文件。文件认为，如何与违反人权的国家打交道，怎样处理同独裁政权的关系，这些都并非新问题。然而，由于以下事态，最近上述问题变得更加尖锐起来：菲律宾、智利、韩国和希腊政府的独裁统治进一步加强；针对《外贸法》（*Foreign Trade Bill*）的杰克逊—瓦尼克修正案（Jackson-Vanik amendment）引起的有关如何在缓和时代最有效地促进苏联改善人权状况的争论；各界对政府外交政策忽视人权问题的指责；国会对人权外交的呼吁。当前，可

① "State Department Staff Meeting on Korea," January 25, 1974, in *DNSA*, KT01011.

供选择的方针包括维持现状、消极应付、有选择地进行政策调整以及主动发起人权攻势。为了增进国内的对外政策共识，促进东西方关系缓和，改善美国处理外交难题的能力，建议选择第三种方针，即在有限的范围内进一步表达对人权事业的关心，更为主动地与外国政府进行有关人权问题的私下讨论，在国际组织中更加积极地宣传人权思想，适当的时候与违反人权的外国政府划清界限。①

1975 年 4 月、5 月，金日成访华、美国在印度支那的反共政策屡受挫折、韩国反独裁斗争进一步高涨。作为反应，朴正熙连续发布第七号和第九号“总统紧急措施”令，并促使国会通过了《公共安全法》(Public Security Law)、《民防法》(Civil Defense Law)、《防务税收法》(Defense Tax Law) 以及《教育法》(Education Law) 修正案（再次授权建立学生防务团，限制大学教授重新就业），推行“战时非常体制”，进行和平时期“总体安保”动员。然而，在前述人权政策方针的指导下，加之安全和经济问题在美国对韩国政策中的优先性，福特政府坚持尽可能避免在政治和人权问题上与朴正熙发生冲突或公开批评韩国政府，依旧主要依靠外交和其他传统手段向对方传递美国的看法。②

---

① “Summary of Paper on Policies on Human Rights and Authoritarian Regimes,” October 1974, in *FRUS*, *1969 – 1976*, Vol. E – 3, Documents on Global Issues, 1973 – 1976, Washington: United States Government Printing Office, 2009, document243. available at: http://history. state. gov/historicaldocuments/frus1969 – 76ve03/ch6.

② William H. Gleysteen Jr., *Massive Entanglement*, *Marginal Influence*: *Carter and Korea in Crisis*, Washington, D. C.: Brookings Institution Press, 1999, p. 14.

1977年卡特上台，美国外交政策发生明显改变。他认为，苏联并没有对美国构成直接的军事威胁，维护军事霸权地位只是美国对外政策的目标之一，人权与自由世界的安全同等重要。受到以上观念的支配，卡特从全球、地区和本土三个层次提出了对韩国政策的主体框架：全球方面，淡化苏联威胁，不再过度夸大东亚军事盟友的重要性，寄希望于通过将中国纳入遏制体系来威慑苏联；地区方面，迫使日本提高防务费用分担比例；本土方面，试图缓和朝鲜半岛紧张局势，维持当地稳定，防止战争再次发生。在此框架内，卡特主张从韩国撤出美国地面部队，缓解当地紧张气氛，维护东亚地区安全。要想实现以上目标，必须促使韩国走向政治自由化，否则南北对话无法实现。①

1977年2月14日，卡特致函朴正熙，承诺继续保护韩国的安全，并表达了个人对韩国局势的关注。他还指出，要在与朴正熙充分协商的基础上逐渐撤出驻韩美国地面部队。当然，撤军行动一定不能导致对美国履行《共同安全防御条约》义务的误判或逆转朝鲜半岛总体军事平衡的态势。另外，美国国会和其他重要团体正在密切留意世界各地的人权状况，他本人也是如此。美国政府不希望干涉其他国家的内政，但真心地希望盟友能够及时地对人权问题做出反应，以便美国政府向国会和公众说明与盟友保持密切关系的必要性和正确性。华盛顿愿

---

① Sun-won Park, "Belief Systems and Strained Alliance: The Impact of American Pressure on South Korean Politics and the Demise of the Park Regime in 1979," *Korea Observer*, Vol. 34, No. 1 (Spring 2003), p. 93.

意维护美韩关系，特别是继续保持在安全领域的合作。为了实现这一愿望，卡特请求韩国政府考虑在人权领域究竟能够做些什么。[①] 26日，韩国总统府秘书长金正濂（Kim Chong-Yom）将朴正熙的回信呈交美国驻韩国大使理查德·斯奈德（Richard L. Sneider）。朴反驳说，韩国并不存在人权问题，韩国政府依法行事，处置违反第九号“总统紧急措施”令的行为亦是如此。而且，韩国面临的严重威胁说明颁布“紧急措施”令实属必要。[②] 此次书信往来将美韩两国关于韩国人权状况的分歧暴露无遗。

美国并没有就此放弃推动韩国人权事业的希望。3月9日，卡特在与来访的韩国外交部长朴东镇（Pak Tong-chin）会谈的过程中指出，许多美国国会议员要求削减对韩援助，理由是韩国对待政治犯的方式有违人权标准。虽然他同国会和公众一样忧心忡忡，但并没有公开发表声明，担心这样做可能会让朴正熙尴尬，可能被认为是干涉韩国内政，可能使朴正熙在考虑缓解紧张局势时面临更多的困难。希望朴能够想方法舒缓美国对韩国人权状况的忧虑，哪怕仅仅做出细微的姿态，只要适当地加以宣传，就会极大地改善美国公众对韩国的态度，保持华盛顿向韩国提供必要援助的能力。此举应为朴正熙首倡而非美国压力的结果。但朴东镇却找了一系列的理由间接地反击对朴正熙政治行为的批评：紧急法令的实施符合宪法，犯人受到了公

① “Text of Letter to President Park from President Jimmy Carter,” February 14, 1977, in *DDRS*, CK3100125222 - CK3100125224.

② “President Park Replies to President Carter's Letter on Human Rights Issues in the Republic of Korea,” February 26, 1977, in *DDRS*, CK3100093704 - CK3100093708.

开审判，韩国政府无权干预司法宣判；韩国政府面对的安全威胁和经济发展计划的推行要求人民遵守比大多数国家更严格的纪律，为了迅速取得经济进步，人民必须做出牺牲；虽然朝鲜历史很长，但民主经历相对较短，只能慢慢地接受外国思想观念的同化。卡特的言辞变得更加激烈：绝不能低估美国人民对人权问题的关注。希望朴正熙为了缓解美国人民的担心而做出一些姿态，否者这种担心将成为吞噬美韩关系核心要素的“癌症”。在最近的民意调查中，十六个美国人中只有一人支持在韩国遭受攻击时保卫韩国，主要是因为韩国政府几乎完全出于政治考虑而关押政治领导人。如果朴正熙不愿做出政治自由化姿态，美国公众很难支持美韩同盟关系。这不是威胁，而是希望朴正熙重新评估当前的司法制度。不管韩国的人权状况如何，美国都会遵守保卫韩国安全的承诺。但韩国改善人权状况的姿态会使华盛顿更容易做到这一点。①

不久，前一年发生的“明洞圣堂事件”再次引起美国的关注。1976 年 3 月 1 日，包括金大中、尹潽善在内的 18 名反专制民主人士在汉城明洞圣堂宣读了谴责维新体制的《拯救民族与民主宣言》（又称“三一民主救国宣言”）。行政当局立即以“企图颠覆政府”罪逮捕了金大中和尹潽善等人，其中 18 人因违反第九号“总统紧急措施”令被起诉。经过一审和二审，

① “Details of a Meeting between South Korean Foreign Minister Pak Tong-chin and Secretary of State Cyrus Vance Regarding U. S. Withdrawal of Ground Troops from South Korea,” March 9, 1977, in *DDRS*, CK3100477259 - CK3100477263; William H. Gleysteen Jr., *Massive Entanglement, Marginal Influence: Carter and Korea in Crisis*, p. 19.

1977年3月22日大法院判处金大中、尹潽善有期徒刑五年，剥夺公民权五年，其余16人也被定罪并关入监狱。此后，一个以上层民主人士为核心的“民主统一国民会议”酝酿形成，维新体制受到更大的挑战。[①] 4月8日，斯奈德与朴正熙就人权和释放“明洞圣堂事件”被告问题进行长谈。虽然朴承认释放这些人对于改善美国公众对韩国印象的价值，但认为自己很难做到这一点。除非“明洞圣堂事件”的被告表示忏悔，否则可能引起示威和抗议，给韩国政府带来危险。斯奈德回应道，美国公众和国会正在迫使总统或其他人公开发表声明严厉批评韩国的人权状况。华盛顿并不希望这样做，但如此一来便需要朴做出象征性姿态，或者说释放“明洞圣堂事件”的被告。[②]

此后，美国坚持继续劝说朴正熙释放“明洞圣堂事件”被捕人员。卡特政府的态度是，虽然华盛顿希望坚决履行对韩国的安全承诺，但国会越来越不愿意对此予以配合。朴正熙改善人权状况非常有助于卡特争取国会的支持。朴正熙则认为，“明洞圣堂事件”的被告违反了韩国法律。在美国压力下仁慈地对待这些人只会鼓励他们再次违法，并遭到逮捕。但考虑到美国公众舆论，韩国政府可以做一些事情。问题在于，如果他现在就这样做，会被认为是美国压力的结果。希望华盛顿安静一段时间，不要公开提出人权问题，

① 曹中屏、张琏瑰：《当代韩国史（1945～2000）》，第312～313页。

② “Telegram from U. S. Ambassador to Korea to Leonid Brzezinski Relates His Meeting with South Korea's President Park which Focused on the Status of Ground Force Withdrawal, Human Rights, and the Release of Myongdong Defendents,” April 9, 1977, in *DDRS*, CK3100097223 - CK3100097227.

以便他采取有益的行动。① 部分地由于美国的苦心规劝或间接施压，1977年12月，朴正熙释放了一些包括“明洞圣堂事件”被捕人员在内的违反“总统紧急措施”令的犯人。1978年1月17日，卡特专门致函朴正熙，表示已注意到韩国政府的这一举动，指出此举有助于改善韩国的人权状况，并声称两国共同践行民主思想可能是加强美韩关系的最有效保证。②

1978年下半年，紧张的美韩关系得到明显缓和。动因主要来自于两方面：美国国务院意识到，为了保证美国的安全和国家利益，应该改善与韩国的关系，双方的协调一致可能比持续对抗更有助于解决韩国的人权问题；至1978年中，“韩国门事件”③ 的调查几近完成，美国对朝鲜军事能力的重新评估和国会的态度延缓甚至逆转了总统关于撤出驻韩美军的决定。④ 此时，在公开场合或私下里，美国高级官员对美韩关系均做出了更为

① “Zbigniew Brzezinski Informs Secretary of State Cyrus Vance that President Jimmy Carter is Willing to Credit South Korean President Park Chung Hee for the Release of South Korean Political Prisoner Kim Dae Jung,” April 26, 1977, in *DDRS*, CK3100519824 - CK3100519825; “Cable to Secretary of State Cyrus R. Vance Regarding a Meeting with President Park Chung Hee to Discuss Human Rights Problems in South Korea,” May 7, 1977, in *DDRS*, CK3100109026 - CK3100109028.

② “Letter from President Jimmy Carter to South Korean President Chung Hee Park,” January 17, 1978, in *DDRS*, CK3100129807 - CK3100129808.

③ 1976年10月，美国司法部宣布，为了促使美国国会支持韩国，韩国商人朴东宣利用巨额资金贿赂了约90位美国国会议员和官员（包括前总统尼克松）。更糟糕的是，美国中央情报局证实朴正熙本人也介入其中。随后，美方对此事展开了调查。此即“韩国门事件”。参见 Kim Hyung-A, *Korea's Development under Park Chung Hee: Rapid Industrialization, 1961 - 79*, p. 159。

④ William H. Gleysteen Jr., *Massive Entanglement, Marginal Influence: Carter and Korea in Crisis*, p. 35.

积极的评价。1978年11月2日，卡特致函朴正熙，表达了对美韩关系的看法：虽然在一些问题上两国可能仍存在不同意见，但总的来说一致远大于分歧，包括为了防止半岛冲突再起而决心保持必要的实力，致力于促进个人价值的体现，相信市场经济的优势，为自己的努力和成就而自豪。[①] 12月6日，美国亚太事务助理国务卿理查德·霍尔布鲁克（Richard C. Holbrooke）毫无保留地宣称，美韩之间“过去存在的问题”“已经解决或正在获得解决”。[②]

12月22日，朴正熙宣布为庆祝27日为他举行的总统就职典礼而进行大赦，将要获释的5000名政治犯中包括金大中。此前，美国曾秘密告知朴，只有人权方面的明显进步才能为两国首脑会谈创造良好的气氛。美国国家安全委员会人员尼克·普拉特（Nick Platt）认为这次韩国大赦即是朴正熙对美国压力做出的反应，建议总统为此事致函朴正熙。[③] 次日，总统国家安全顾问兹比格纽·布热津斯基（Zbigniew

① “In a Letter to South Korean President Park Chung Hee, President Jimmy Carter Comments on Secretary of Defense Harold Brown's South Korean Visit. Carter also Notes with Pleasure that the U. S. Congress has Authorized the Cost-free Transfer of U. S. Military Equipment from American Ground Combat Forces to South Korea when U. S. Troops Withdraw from that Country,” November 2, 1978, in *DDRS*, CK3100514576 – CK3100514577.

② Sun-won Park, “Belief Systems and Strained Alliance: The Impact of American Pressure on South Korean Politics and the Demise of the Park Regime in 1979,” p. 89.

③ “In a Memorandum to Zbigniew Brzezinski, Nicholas Platt Suggests that President Jimmy Carter Send a Message to South Korean President Park Chung Hee Expressing U. S. Approval for Park's Declaration of Amnesty for 5, 000 Political Prisoners in that Country,” December 22, 1978, in *DDRS*, CK3100517024.

Brzezinski）指示驻韩大使小威廉·格莱斯廷（William H. Gleysteen Jr.）尽快向朴正熙传递来自卡特的以下信息：很高兴得知韩国政府宣布大赦。释放金大中和其他人的举措将在美国得到广泛赞扬。此举与本月早些时候韩国进行的自由的国会选举将加强韩国的力量，亦会加深美韩之间的合作和对话。希望明年什么时候举行美韩高峰会谈。与此同时，应申明双方必须防止该信息外泄。①

但很快这种相对融洽的气氛就过去了。1979 年 3 月中旬，霍尔布鲁克访问汉城，与韩国政要以及反对派和持异议者领导人会谈。霍尔布鲁克的来访特别是与反政府人士的交流令朴正熙政权不悦。4 月 10 日，美国明确告知韩国，朴正熙政权“明显的政治自由化姿态”能够极大地促进美韩关系的发展，事实上是将满足这一要求作为最后确定举行高峰会谈的条件。朴正熙政权拒不接受美国的干预。6 月中旬，格莱斯廷严厉警告韩国中央情报部部长金载圭（Kim Jae-Kyu），高峰会谈期间或前后“不得采取压制性行动”，而应“继续做出一些改善人权状况的姿态”。朴正熙非但没有向美国妥协，反而在月末将 30 位持异议者软禁起来。②

尽管如此，1979 年 6 月 29 日到 7 月 1 日，卡特还是对韩国进行了短暂的国事访问。6 月 30 日，两国首脑进行了会谈。期

① “Text of President Jimmy Carter's Message to South Korean President Park Chung Hee Thanking Park for His Declaration of Amnesty for South Korean Political Prisoner Kim Dae Jung,” December 26, 1978, in *DDRS*, CK3100510185.

② Sun-won Park, “Belief Systems and Strained Alliance: The Impact of American Pressure on South Korean Politics and the Demise of the Park Regime in 1979,” pp. 97-98.

间，朴正熙与卡特互相抱怨朝鲜军事力量的迅速增长与对方的政策有关。朴声称，朝鲜军力的猛增始于1977年美国宣布撤出驻韩美国地面部队，在南北方军事实力差距发生改变和北朝鲜调整政策前美军不能撤出，以免引起朝鲜误判。卡特反驳道，韩国的军费支出仅相当于国民生产总值的5%，而朝鲜的防务开支却在20%左右，且拒绝承诺冻结驻韩美军水平。接着，卡特将话题转向人权。他首先对朴正熙必须保持韩国社会和政府稳定的立场表示理解。然而，最严重的问题来自于美国公民对韩国人权状况的批评。对韩国来说，这些事情并不那么重要，但就美国而言，它决定了华盛顿对韩国的态度。感谢朴正熙近几个月释放了一些学生领袖和政治活动家。美国人对此大力宣传。希望韩国取消第九号“总统紧急措施”令，尽可能多地释放犯人。朴回应说，他非常敬仰美国的人权政策。但美国不能以同样的标准要求所有的国家。安全受到威胁和安全没有受到威胁的国家的人权标准自然不同。如果大批苏军驻扎在巴尔的摩，美国政府不会允许人民享有现在的自由。如果苏联人掘开地道，派突击队员进入哥伦比亚特区，美国的自由将受到更大的限制。韩国并非不尊重人权，但3700万人民的生存危在旦夕，因此需要施加某些限制。一些美国记者指责韩国实行独裁统治。然而，正如美方已经看到的，韩国行政当局施加的限制是有限的。如果韩国取消第九号“总统紧急措施”令，释放犯人，人民将试图推翻政府，绝不能允许这样的情况发生。韩国已经释放了表示忏悔的犯人，未来会继续这样做。这一切只能循序渐进地进行，此时尚难以取消第九号“总统紧急措施”令，希望美国理解。韩国已注意到美国的建议，会更加积极地朝这一方向努力。①

应该说，这次会谈的效果并不理想。在朴正熙喋喋不休地论证韩国关于驻韩美国地面部队撤出问题的立场时，卡特给陪同他一道访问韩国的国务卿和国防部长写了一张纸条，上面写着："如果他继续这样没完没了地讲下去，我将把军队全部撤出韩国。"卡特表面的忍耐给韩国人留下了错觉。当晚，在祝酒的时候，朴甚至还称赞维新体制"最适合我们的实际情况"，"能够最有效地解决我们自身面临的问题"。第二天，卡特发起反击，在与反对派人士会谈时表达了同情之意。更加意味深长的是，他与反对党领导人金泳三会谈的时间比与执政党领导人会谈的时间还长。②

美韩高峰会谈期间双方的外交交锋让彼此看清了对方的立场。会谈结束后，朴正熙很快决定到年底为止释放180名违反第九号"总统紧急措施"令的犯人，同意1980年财政年度将防务开支提高到国民生产总值的6%以上，并配合美国提出的美、韩、朝三边外交倡议。相应的，7月20日，卡特政府宣布1981年前不再考虑从韩国撤出美国地面部队的问题。③

---

① "Memorandum of Conversation between President Jimmy Carter and President Park Chung Hee Regarding Chung's Concern over the Number of U. S. Armed Forces in South Korea, and the Superiority of Military Force in North Korea," July 5, 1979, in *DDRS*, CK3100110798 - CK3100110804.

② Sun-won Park, "Belief Systems and Strained Alliance: The Impact of American Pressure on South Korean Politics and the Demise of the Park Regime in 1979," pp. 99 - 100.

③ "Memorandum to President Jimmy Carter from Zbigniew Brzezinski Regarding Options for the Removal of U. S. Ground Forces from South Korea," July 12, 1979, in *DDRS*, CK3100514579; Sun-won Park, "Belief Systems （转下页注）

部分地由于国际油价的上升以及政府对重工业和国防工业投资不当等原因，1979 年夏天，韩国的通货膨胀率明显上升，经济增长速度急剧下降，以工人、教会人士和反对党为主力的反政府运动进一步高涨。面对这一切，朴正熙不再像过去一段时间那样保持耐心，转而采取压制行动。①

7 月 30 日，位于釜山的 YH 贸易公司的工人因为遭到无理解雇而举行静坐示威，结果遭到警察袭击。240 名女工又在新民党办事机构静坐，呼吁在野党和社会各界予以支持。8 月 11 日，当局出动 2000 名警察机动部队镇压静坐女工，致使一名女工身亡，50 余名新民党成员和记者受伤，172 名工人和包括 10 名国会议员在内的 26 名新民党党员被捕。新民党总裁金泳三立即发表声明谴责政府的暴行。朴正熙政权指使新民党前总裁李承哲就金泳三当选该党总裁的合法性问题向汉城地方法院提起诉讼。9 月 8 日，汉城地方法院按照朴正熙的授意做出停止金泳三总裁职务的决定。更有甚者，10 月 14 日，执政党共和党和政友会议员在排除在野党议员的情况下举行“国会全体会议”，将金泳三议员除名。②

金泳三被驱逐的当天，普拉特在给布热津斯基的备忘录中分析道，金泳三是韩国历史上第一位被国会驱逐的议员。无论是从人权还是从稳定来看，朴正熙的这一举动都是灾难性的。

（接上页注③） and Strained Alliance: The Impact of American Pressure on South Korean Politics and the Demise of the Park Regime in 1979," p. 101; Kim Hyung-A, *Korea's Development under Park Chung Hee: Rapid Industrialization, 1961 – 79*, p. 199.

① William H. Gleysteen Jr., *Massive Entanglement, Marginal Influence: Carter and Korea in Crisis*, p. 51.

② 曹中屏、张琏瑰：《当代韩国史（1945 ~ 2000）》，第 325 ~ 326 页。

过去十天，国务院高级官员和格莱斯廷抓住一切机会警告朴驱逐金的不明智性，但无济于事。作为反应，国务院计划召大使回国协商，并发表声明对此事表示深深的遗憾，指出该举动违反民主原则。① 事实上，美国不仅召回了大使，发表了“遗憾”声明，卡特还于13日专门为此致函朴正熙。在信中，卡特首先赞扬了高峰会谈之后韩国在人权领域的进步和政治自由化的趋势。接着，他话锋一转，指出韩国最近几周的政局特别是驱逐金泳三令他极为忧虑。所有这些严重破坏了美国人对朴正熙的印象和肯定态度。如果韩国政府继续逮捕和惩罚反政府人士，近来所取得的进步将丧失殆尽，长期来看，韩国的社会政治结构也会因此受损。此次秘密来函并非威胁，而是急切地希望你能够尽快想办法恢复政治自由化趋势。这有助于维持美韩关系，并使相关决策获得支持。② 18日，访问韩国的美国国防部长哈罗德·布朗（Harold Brown）和返回汉城的大使格莱斯廷一道会见了朴正熙，呈上卡特总统的信件。布朗声称，虽然美国无意使美韩安全关系受到韩国当前局势的影响，但实际上假使韩国无法重归政治自由化的趋势，那么美国将难以像以往那样处理美韩安全关系。朴回答说，他愿意接受美国私下和非正式的建

① “Nicholas Platt Informs Zbigniew Brzezinski that the Korean National Assembly has Expelled Opposition Leader Kim Yong Sam from Its Ranks,” October 4, 1979, in *DDRS*, CK3100510889.

② Sun-won Park, “Belief Systems and Strained Alliance: The Impact of American Pressure on South Korean Politics and the Demise of the Park Regime in 1979,” p. 106; “President Carter's Letter to South Korean President Park Chung Hee Regarding Human Rights in South Korea,” October 13, 1979, in *DDRS*, CK3100106965 - CK3100106966.

议。不过，在美国发表强硬声明公开批评韩国政府或采取召回大使等行动的情况下，汉城就无法考虑华盛顿的意见了。得知这一情况后，卡特批示：“我们将决定如何做出反应。”① 但事实证明，韩国政局的迅速恶化并没有给美国留出太多的思考时间。

10月16日，韩国第二大城市釜山发生大规模起义。发表《民主宣言》和《民主斗争宣言》后，8000名学生走上街头举行游行示威，沿途大批市民加入进去。游行队伍与警察发生严重冲突，警察向示威者发射催泪弹，任意殴打和逮捕群众，结果激起了更大程度的武力反抗行动。18日中午，朴正熙政府宣布在釜山实行非常戒严，禁止一切集会和示威，派军队进驻学校，学校无限期停课。但当天下午，仍有2000多名市民举行了游行示威。抗议活动很快蔓延到邻近地区。18日，以庆南大学和马山大学的5000名学生为首的马山市民举行示威。两天后，周边示威群众的人数已增加到数万人。当局紧急调动空降部队进行镇压。此次反独裁斗争史称“釜马抗争”。② 几乎令所有人惊愕不已的是，直接导致时局突变的并非人民如火如荼的反政府运动，而是26日金载圭刺杀朴正熙的事件。

朴正熙遇刺后，美韩关系进入了一个新的时期，但华盛顿与汉城之间的民主化之争依旧以类似的方式继续着。

---

① "Memorandum to Secretary of State Cyrus Vance from Zbigniew Brzezinski Regarding Secretary of Defense Harold Brown's Report on His Meeting with South Korean President Park Chung Hee Concerning South Korean Civil Rights Violations," in *DDRS*, CK3100514585; William H. Gleysteen Jr., *Massive Entanglement, Marginal Influence: Carter and Korea in Crisis*, p. 51.

② 曹中屏、张琏瑰：《当代韩国史（1945~2000）》，第326~327页。

三 全斗焕统治时期的韩国民主化进程与美国

得知朴正熙遇刺的消息后，美国密切关注韩国政局的发展。① 相对来说，军方情报部门的评估较为乐观。国防情报局（Defense Intelligence Agency）10月27日指出，韩国的形势平静。在军方和内阁的支持下，总理崔圭夏被任命为代总统。韩国好像正在向文官统治平稳过渡。政府仅在局部地区实施了军管法，文官机构依旧控制着局面。为防止民众骚乱，当局关闭了所有学校，延长全国宵禁的时间。朝鲜不会贸然行动，但一旦韩国局势出现动荡，朝鲜可能会谋求加以利用。② 当天，格莱斯廷拜访崔圭夏，声称韩国发生的事情令华盛顿震惊，美国准备尽力帮助韩国度过困难时期，建立文官政府。崔圭夏承诺全力维持社会秩序和国家安全。③

---

① "South Korean Military and National Police are Placed on Nationwide Alert and Martial Law is Instituted as a Result of the Death of President Pak," October 26, 1979, in *DDRS*, CK3100104662 - CK3100104663; "Cable Regarding the Political Situation in South Korea," October 26, 1979, in *DDRS*, CK3100128687 - CK3100128688; "Cable from Secretary of State Cyrus R. Vance Informs all Diplomatic Posts of the Death of South Korean President Park as a Result of a Gunshot Wound Occurring at a Dinner Party," October 27, 1979, in *DDRS*, CK3100112577 - CK3100112578.

② "Situation Updated following President Pak Chung - Hui's 10/26/79 Death," October 27, 1979, in *DDRS*, CK3100089644 - CK3100089645.

③ "Cable to Secretary of State Cyrus R. Vance Regarding a Visit by the U. S. Ambassador to the South Korean Acting-President Choi Kyu-Ha to Discuss the Circumstances Surrounding the Death of South Korean President Park Chung Hee," October 27, 1979, in *DDRS*, CK3100112579 - CK3100112582.

紧接着，华盛顿接受了驻韩大使的建议，决定友好地对待韩国新政府：继续重申保证韩国安全的承诺，在避免公开批评和施以惩罚的同时敦促韩国遵守宪法，并通过一切渠道推动韩国政治自由化。11月初，借参加朴正熙葬礼之机，美国国务卿赛勒斯·万斯（Cyrus R. Vance）等国务院高级官员向韩国政府表达了上述立场。10日，崔圭夏第一次向全体国民发表声明，承诺追求与经济增长和社会发展相称的政治进步，在广泛听取各方意见的基础上尽早修改宪法，并根据新宪法举行大选。韩国外交部长告诉格莱斯廷，这一方案反映了美国的建议，12月初韩国将举行总统选举，且会尽快取消第九号“总统紧急措施”令。美国对韩国新政府的这一举动感到满意，但同时也向韩方指出了其中的不足——没有与反对派领导人提前协商和缺乏具体措施。①

12月上旬，国家统一大会选举崔圭夏为总统。在此前后，韩国废除了第九号“总统紧急措施”令，取消了该法令对反对派政治家的限制，并释放了一些政治犯。② 然而，好景不长。12日，全斗焕、卢泰愚等主要军事领导人成立行动指挥部，以调查朴正熙遇刺事件为由，调动军事分界线附近的第9师团进驻汉城，发动政变。由于国防部长卢载铉不予配合，所以崔圭夏最后不得不承认政变集团行动的合法性。③ “双十二”政变是韩

① William H. Gleysteen Jr., *Massive Entanglement, Marginal Influence: Carter and Korea in Crisis*, pp. 67, 69-70.

② Dukhong Kim, "Democratization in South Korea during 1979-1987," MA thesis, Virginia Polytechnic Institute and State University, 1997, p. 8.

③ 曹中屏、张琏瑰：《当代韩国史（1945~2000）》，第333~334页。

国新军部势力夺取国家权力的关键一步。

13日早，为了表达对政变的不满和对现立宪政权的支持，格莱斯廷紧急约见崔圭夏。大使强调，韩国应继续有条不紊地争取政治进步，重要的是崔圭夏一定要继续担任总统。政变者的行动严重违反了美韩军队指挥安排，导致韩军内部分裂，提高了朝鲜进攻的可能性。崔表示会向军方转达美国的观点。14日，格莱斯廷在会见全斗焕时强调说，考虑到韩军持续内乱的危险及其对朝鲜反应、政治自由化和经济稳定的影响，美国非常担心两天前韩国发生的事情。此事严重损害了美韩军事和经济关系，这是韩国无法承受的。全并没有驳斥大使的观点，表示他也担心这样的后果。与此同时，他也辩称自己的行动并非政变或革命，完全是出于调查朴正熙遇刺事件的考虑，绝没有个人野心。全斗焕亦声称，他支持崔圭夏的政治自由化计划。虽然他的支持者可能会引起一些麻烦，但不出一个月军队内部便可恢复团结。格莱斯廷并未对此予以驳斥，而是继续重申美国担心现在的事态威胁到具有广泛基础的立宪政府。①

12月14日，以申铉碻（Shin Hyon Hwack）为总理的新内阁形成，21日，崔圭夏正式就任总统，宣布了宪政改革的日程表。23日，包括因违反第九号“总统紧急措施”令而被捕的561名各界人士在内的1691名政治犯获得大赦，被除名的759

① William H. Gleysteen Jr., *Massive Entanglement, Marginal Influence: Carter and Korea in Crisis*, pp. 67, 82 - 85; “Cable to Secretary of State Cyrus R. Vance Regarding Disunity within the South Korean Armed Forces and Its Impact on Possible North Korean Reactions, the Progress of Constitutional Liberalization, and Political and Economic Stability in South Korea,” December 15, 1979, in *DDRS*, CK3100116064.

名大学生恢复了学籍，被解职的19名教授恢复了职务，金大中和尹潽善等大批被剥夺政治权利的政治家和知名民主人士获得了一般性复权。1980年初，崔圭夏开始与反对党领导人金泳三协商宪政改革问题，放松了言论审查，允许大学重新开课，赋予学生某些抗议权和自治权，金大中最终获释并完全恢复了公民权。① 历史上将这段时间称为“汉城之春”。

1980年3月12日，格莱斯廷在致国务卿的电报中详细评估了韩国的政治形势。他认为，1980年韩国有望维持稳定和走向民主。政府具有效率，正在致力于解决经济问题，动荡的局势或许也可以得到控制。军人开始理解韩国经济和外交的复杂性，且多数韩国人显然一致反对军人直接干政，因此军事政变似乎不再像前一段时间那样迫在眉睫。当前不稳定的因素主要来自全斗焕权力太大和高级军事领导人对金泳三和金大中深深的不信任。通过修改宪法和在一定程度上的总统直选，崔圭夏能够建立一个或多或少比前任更为自由的政府。无论如何，新政府不会重返维新体制或让韩国人无法接受。② 基于这一判断，他建议美国对韩国政策的着眼点应由紧急应对转向长期措施，赞扬与抱怨并用。即便是发生军事政变或全试图往上爬，他也坚决反对以改变美韩安全关系或美国对朝鲜的政策来进行威胁，认

① 曹中屏、张琏瑰：《当代韩国史（1945～2000）》，第336页；William H. Gleysteen Jr., *Massive Entanglement, Marginal Influence: Carter and Korea in Crisis*, pp. 99－100.

② “Cable to Secretary of State Vance Regarding an Assessment of South Korean Stability and Political Development,” March 17, 1980, in *DDRS*, CK3100128693－CK3100128694.

为这样做只会疏远韩国人，破坏华盛顿在东亚的既得利益。他亦不赞成试图通过操控韩军清除全和其他军官，原因是美国针对李承晚和越南的类似尝试都没有成功，此举暴露的可能性很大，且会激起不共戴天的民族主义情绪，更何况华盛顿难以找到可靠的替代者。[①] 格莱斯廷的观察判断和政策建议有一定的事实根据，但现实很快证明他在很大程度上低估了韩国反政府人士渴望民主的急切心情和全斗焕的个人野心。另外，大使的思维脉络和论证逻辑亦预示了美国对于即将发生的“五一七政变”和光州起义的大体态度。

从3月底开始，韩国各主要大学先后成立学生会，领导学生开展争取校园民主化、清除校园维新独裁残渣的斗争。成均馆大学、西江大学和国立汉城大学新生还带头抵制赴军营接受集体军训。几乎与此同时，要求8小时工作制和提高工资的工人运动也迅速扩展至全国。5月13～15日，得到社会各界人士广泛支持的学生示威的浪潮一浪高过一浪。正当这时，总学生会决定停止示威，接受了美国大使建议的金大中也呼吁学生们慎重行事。16日，学生游行活动几乎绝迹。[②]

与韩国政局日趋紧张相伴相随的是以全斗焕为代表人物的新军部力量的不断上升。面对紧张局势，在当时身为国防安全司令的全斗焕的促使下，崔圭夏决定任命他为代理中央情报部部长。可能是担心美国阻止这一任命，青瓦台在4月14日宣布

---

① William H. Gleysteen Jr., *Massive Entanglement, Marginal Influence: Carter and Korea in Crisis*, pp. 104－105.

② 曹中屏、张琏瑰：《当代韩国史（1945～2000）》，第336～339页。

此事前三十分钟才通报美国大使。格莱斯廷当场表示反对。美国驻汉城的主要官员一致认为：如果不对全斗焕的行动或韩国军人干政提出异议，美国将被视为纸老虎；为了避免引起韩军内部的动荡，不宜直接攻击全斗焕，更不能发出影响美韩安全关系或损害韩国人民利益的其他威胁；最恰当的方式是延迟美韩安全协商会议。① 华盛顿接受了驻韩使馆的建议。5 月 9 日，格莱斯廷会见全斗焕，表达了美国对韩国坚持修改宪法和政治自由化进程的重视，但并不主张两国为此进行公开的争论，以免引起民族主义情绪，破坏两国的共同利益。全斗焕则声称，学生和劳工运动带来了严重损害，可并非致命。如果事态进一步恶化，政府将逮捕学生领袖，临时关闭学校，甚至动用军队。大使认为，韩国政府必须做好维持秩序的准备，但使用军队是危险的，一旦致人死亡可能引起混乱。逮捕政治家同样危险，美方将劝说反对派领导人敦促追随者保持克制。全点头称是。②

17 日，利用学生运动暂停之机，新军部举行全军主要指挥官会议，以 12～15 日非军事区南北方小规模武装冲突为借口，实行除济州岛外的全国戒严，并以联名信的方式迫使政府接受军部决议。当日深夜，崔圭夏宣布立即扩大戒严。紧接着，戒严司令部发布第十号令，禁止包括国会在内的一切政治活动，大学停课，严禁散布“流言飞语”、侮辱和诽谤前任和现任国家元首、煽动和使用朝鲜民主主义人民共和国的主张和术语。随后，政府大规模逮

① 事实上，“双十二”政变后，美国已延迟了安全协商会议。1980 年春天，美国缓和了态度，临时性决定会期改在 6 月，前提是韩国军人不干预政治。

② William H. Gleysteen Jr., *Massive Entanglement, Marginal Influence: Carter and Korea in Crisis*, pp. 108－117; “Korea,” April 1980, in *DNSA*, JA00663.

捕金大中和金钟泌等民主人士和前政府官员。对以上政局突变反应最为强烈的是光州学生。18日，他们举行集会并与戒严军发生激烈冲突。第二天，光州市民以各种形式支持学生的抗议活动。面对第7和第11空降兵旅团残忍的镇压，数千市民焚烧了对戒严军暴行无动于衷的当地文化广播电台采访车及其经营的一家文化商社。政府的反应是继续增兵，市民拿起各种器具与全副武装的戒严军对抗。戒严军向市民开枪射击，很多人倒在血泊之中。①

20日，美国国家安全委员会人员唐纳德·格雷格（Donald Gregg）在致布热津斯基的备忘录中透露了华盛顿对韩国“五一七政变”及学生反政府行为的态度：实施军管法是过度反应，将引起更多的暴力。美国已明确表示对当前局势不满。但至今美国政府中并无一人建议重新启动从韩国撤军的计划，洗手不干。格雷格认为，美国应防止韩国人形成不愿妥协的军政权已掌权、政治发展进程再次无限期推迟的印象。华盛顿必须继续与崔圭夏总统和新内阁合作，并促使韩国人认识到如果各方保持克制，修宪、取消军管法和举行某种形式的总统选举都将如预想的那样一一进行。美国应推动崔圭夏遵守过去宣布的政治“时间表”，同时申明当前的局面对任何人都不利，虽然美式民主明显不适合韩国，但这并不意味着韩国现行政治体制无法得到改善。②

① 曹中屏、张琏瑰：《当代韩国史（1945～2000）》，第339～342页；Ahn Jean, “The Socio-Economic Background of the Gwangju Uprising,” *New Political Science*, Vol. 25, No. 2 (June 2003), p. 170.

② “Memorandum to Zbigniew Brzezinski from Donald Gregg Regarding the Effect Martial Law has had on Student Demonstrations in South Korea,” May 20, 1980, in *DDRS*, CK3100469833 - CK3100469834.

21日，光州数万名市民高呼打倒全斗焕的口号，明确将斗争矛头指向新军部。戒严军再次向市民射击，造成至少50多人死亡、500多人受伤。意识到必须武装起来的市民迅速捣毁了邻近城镇的派出所和“预备军”武器库，组织起一支千余人的武装“市民军”。戒严军被迫向光州外围撤退。在光州人民斗争的鼓舞和帮助下，木浦、咸平、罗州、和顺等地人民也成功举行了武装起义。第二天，示威者与政府展开谈判。与此同时，当局继续向光州增兵。①

美国在韩军调动中究竟扮演了怎样的角色呢？19日，驻韩美军司令小约翰·威克姆（John W. Wickham Jr.）从华盛顿返回，首次了解到光州局势的恶化。他和格莱斯廷通过一切渠道表达担心和震惊。政府军被赶出光州后，二人开始催促协商双方保持耐心。但无论如何，美国希望看到政府军重返光州，因此并不反对增兵。当韩国人通知威克姆正在考虑调动第20师赴光州时，威克姆大体表示同意，原因是：20师相对其他军队在国内安全控制方面污点较少，至少比动用特种部队要好，一旦谈判失败即可使用。②

25日，光州示威者与政府的谈判陷入僵局，戒严军动用坦克和装甲车一步步压缩包围圈，将光州变成了一座孤城。这时，格莱斯廷催促韩国政府采取军事行动时要尽量减少人员伤亡，以避免更多的人对当局产生不满情绪。大使还为自己的行为辩

① 曹中屏、张琏瑰：《当代韩国史（1945~2000）》，第342页。

② William H. Gleysteen Jr., *Massive Entanglement, Marginal Influence: Carter and Korea in Crisis*, pp. 131-133.

解道，之所以没有敦促韩国不要采取军事行动，是因为光州非法行动持续下去会带来极大的危险，非军事解决方式已然失效，只能促使韩国“以最谨慎的态度”动用武力。出于这一考虑，格莱斯廷明确表示非常担心特种部队过去的行为，希望不要让他们参与重新夺回光州的行动。大使还提醒韩国政府，光州问题的症结所在是汉城的政治行动。除非让人民看到一些积极的政治信号，否则局势将继续恶化，给美韩双方带来最为不利的影响。①

美国的担忧和劝说对全斗焕军事集团来说丝毫没有威慑力。26日早，实力得到加强的政府军在坦克的掩护下冲入光州。27日，政府军动用了坦克炮、机关枪和直升机，很快便击败了“市民军”，重新占领了整座城市。31日，军方公布了伤亡、被捕和接受调查人员数字：170人死亡（市民144人；士兵22人；警察4人），380人受伤（市民127人；士兵109人；警察144人），1740人被捕，730人接受调查。即使是根据这一调查数字，恐怕也完全可以证明美国大使的担忧和劝说无济于事。②

此后，韩国军方很快建立了协助军人施政的国家安全措施特别委员会（Special Committee for National Security Measures）。该委员会严格控制媒体，将光州起义描述为“赤色分子”领导

① 曹中屏、张琏瑰：《当代韩国史（1945～2000）》，第343页；“Cable from Ambassador Gleysteen to Secretary of State Dean Rusk Regarding a Military Operation in South Korea to Reoccupy Kwangju Territory,” August 8, 1980, in DDRS, CK3100135489 - CK3100135490.

② Na Kahn - chae, “A New Perspective on the Gwangju People's Resistance Struggle: 1980 - 1997,” *New Political Science*, Vol. 23, No. 4 (2001), p. 481; 曹中屏、张琏瑰：《当代韩国史（1945～2000）》，第343页。

下的武装颠覆活动，以说明自由化给国家带来的危险。同时，它还以“净化社会”为名解雇了成千上万名政府官员、公立学校教师和国家雇员，逮捕了4万多名“暴徒和寻衅滋事者”，查封了约170种刊物。[①]

6月4日、26日和7月8日，按照总统和国务卿的指示，格莱斯廷三次会见全斗焕。随着新军部主导下的韩国政府的独裁倾向日益明显，大使的立场也渐趋强硬。他先是强调美国坚决履行对韩国的安全承诺，接着便开始指责汉城“滥用”了这一承诺，认为韩国政府的行为很难赢得人民的支持，美国人也会因此不愿意保卫韩国的安全。大使明确指出，华盛顿反对韩国政府独裁，要求实施宪政统治，否则美国公众和国会将不会再像以往那样支持美国在韩国驻军，国际经济界对韩国的信心也将因此受损。虽然如此，美国不会以美式民主塑造韩国政治制度，多数公众接受才是韩国选择政治制度的标准。格莱斯廷每次会见全都提及审判金大中的问题，认为拷打和处决金大中将严重影响两国关系，引起美国政府的强烈不满。全斗焕并没有正面驳斥美国大使关于韩国政治自由化的观点，甚至承认军人最后要重新承担起军事职责，而不再干预政治，韩国应走向民主化。但在如何处置金大中的问题上，全的态度十分坚决，一定要审判金大中。[②]

8月14日，得知崔圭夏即将辞职和全斗焕很快会被选举为

① Kim Yong Cheol, "The Shadow of the Gwangju Uprising in the Democratization of Korean Politics," *New Political Science*, Vol. 25, No. 2 (June 2003), p. 232.

② William H. Gleysteen Jr., *Massive Entanglement, Marginal Influence: Carter and Korea in Crisis*, pp. 153 - 158.

总统后，美国国务院东亚和太平洋事务副助理国务卿迈克尔·阿马科斯特（Michael H. Armacost）主持会议，详细讨论了韩国政治形势及美国的反应问题，被召回华盛顿的格莱斯廷也在场。会议决定：安排威克姆在夏威夷再待几天，直到崔辞职后再返回汉城，以免让人误以为美国支持全斗焕；华盛顿准备公开宣布全是否能够上台取决于韩国人民而非华盛顿；建议卡特总统致函全斗焕，申明对金大中案的立场；暂缓邀请韩国参谋长访美。[①] 16日，崔圭夏辞职。五天后，全军主要指挥官会议决定推举全斗焕为国家元首。27日，国家统一会议选举已宣布退役后的全斗焕为总统。[②] 为了表明冷淡和保留态度，华盛顿决定不派任何特别代表参加全斗焕的总统就职典礼，而由格莱斯廷代表美国出席9月1日的仪式。3日，美国大使将卡特的贺信呈交全斗焕。卡特在信中表示希望保持与韩国基本的经济和安全关系。最近韩国的事态令美国非常烦恼，处决金大中将带来严重后果。美国已注意到新当选总统全斗焕承诺像前任一样很快制定供全民公决的新宪法，并在明年年初举行大选。华盛顿将坚决履行保卫韩国安全的承诺，但韩国自由的政治制度是保持和谐的美韩关系必不可少的要素，希望韩国总统能够通过尽早建立获得大众支持的政治制度和赋予公民更广泛的自由权利确保政府的稳定。全斗焕在回信中承诺在根据新宪法举行选举前取

① "Memorandum from Donald Gregg to Zbigniew Brzezinski Regarding the Resignation of South Korean President Choe and the Expected Election of General Chun," August 14, 1980, in *DDRS*, CK3100109750 - CK3100109751.

② 曹中屏、张琏瑰：《当代韩国史（1945～2000）》，第349页。

消军管法。[1] 就这样，卡特政府正式接受了借助两次政变入主青瓦台的全斗焕军人政权。

在余下的时间里，卡特政府对韩国民主化进程的关注集中于保住金大中的性命。[2] 9月16日，布热津斯基在给卡特的备忘录中汇报说，韩国当地时间今晚就会宣布对金大中的初审判决了，格莱斯廷刚刚见过全斗焕，重申美国总统对此事的关心。全表示，他完全了解美国的态度，虽不能干涉法院的初审判决，但可以在对此案做出最后裁决时考虑美国的想法。17日，初审判决将原来指控金大中的亲共“叛乱”罪改为“叛乱教唆”罪。作为回应，国务院发表了一个非常低调的声明：美国始终密切关注韩国军事法庭对金大中的审判。韩国政府完全了解美国的看法。极端的判决已得到修正。此案还要经过复审，美国此时

① “Cable to Ambassador Gleysteen Includes a Letter to President-elect Chun Doo Hwan from President Carter Reassuring Chun of the U. S. Commitment in South Korea,” August 29, 1980, in *DDRS*, CK3100105190 - CK3100105192; “Cable from Secretary of State Edmund S. Muskie to Ambassador Gleysteen Regarding President Chun Doo Hwan's Letter to President Jimmy Carter,” September 23, 1980, in *DDRS*, CK3100109076 - CK3100109076; William H. Gleysteen Jr., *Massive Entanglement, Marginal Influence: Carter and Korea in Crisis*, pp. 164 - 166.

② 此外，深知全斗焕希望获得完全的法统的卡特决定无限期推迟美韩安全协商会议，不安排双方内阁级会谈，且尽可能减少与韩国新政府的礼仪性往来。或许是这些压力起到了一定的作用，虽然全斗焕政府本质上仍是压制政权，但10月22日韩国全民投票通过的素有“第二维新宪法”之称的新宪法的某些条款有所改善，例如组建具有民主性质的选举团，总统任期一届限制，国会议员不再任命。根据新宪法，1981年2月25日全斗焕当选总统。3月3日，全斗焕宣誓就职，第五共和国宣告成立。参见 William H. Gleysteen Jr., *Massive Entanglement, Marginal Influence: Carter and Korea in Crisis*, pp. 168 - 170；曹中屏、张琏瑰：《当代韩国史（1945 ~ 2000）》，第349 ~ 350页。

不做其他评价。①

可事态很快出现了逆转。11 月 3 日，军事法庭宣布金大中“违反国家安全法第 1 条第 1 款”，为首教唆组织叛乱，判处死刑。卡特非常担心金大中很快被处决。21 日，格莱斯廷与全斗焕和国防安全司令卢泰愚讨论金大中问题。大使表示会尽全力向华盛顿同情性地描述韩国的经济、政治和安全形势，但金大中案仍不可避免地成为一个主要话题。1981 年，美韩两国非常有希望改善 1970 年代以来的紧张关系，使之重归健康和睦的状态。但如果金大中被处决，这一机会可能失去，美国思考对朝鲜政策的背景可能会因此发生改变。两人没有正面反驳格莱斯廷的立场，全劝说美国继续在公开场合保持克制，承诺一定从最有利于保持韩国稳定的角度出发考虑如何处理金大中案，卢甚至认同改判的明智性。②

① “Zbigniew Brzezinski Updates President Jimmy Carter on the South Korean Trial of Political Activist Kim Dae Jung for his Participation in the May 1980 Uprising among Students and Laborers in Kwangju, South Korea in Protest of that Country's Military Government,” September 16, 1980, in *DDRS*, CK3100499248 – CK3100499249; “Donald Gregg Updates Zbigniew Brzezinski on U. S. Efforts to Deter Kim Dae Jungv's Execution in South Korea,” September 19, 1980, in *DDRS*, CK3100538639; William H. Gleysteen Jr., *Massive Entanglement, Marginal Influence: Carter and Korea in Crisis*, pp. 173 – 176; 曹中屏、张琏瑰：《当代韩国史（1945～2000）》，第 347 页。

② 曹中屏、张琏瑰：《当代韩国史（1945～2000）》，第 347 页；“Donald Gregg Informs David Aaron of Continued U. S. Political Pressure on the South Korean Government to Reverse the Sentence of Execution of Kim Dae Jung,” November 14, 1980, in *DDRS*, CK3100538638; “Cable to Secretary of State Edmund S. Muskie Regarding Ambassador Gleysteen's Meeting with President Chun Doo Hwan Concerning Civil Rights in South Korea's Handling of the Kim Dae Jung Case,” November 21, 1980, in *DDRS*, CK3100109078 – CK3100109080; William H. Gleysteen Jr., *Massive Entanglement, Marginal Influence: Carter and Korea in Crisis*, pp. 183 – 184.

12 月，美国继续劝说全斗焕政府宽大处理金大中案，说明处决金大中将会给未来美韩安全和经济关系带来不良影响。全斗焕总体上反应强硬，认为应尊重法庭的判决，如果对金的死刑判决得到确认，就应该执行，同时又策略性地声称会认真考虑美国的建议。即将上台的里根政府也散布消息说，如果金大中受到伤害，韩国与美国新政府的关系会遇到很大的困难。随后，美国新政府决定以邀请全斗焕访问换取韩国明显减轻对金大中的判决。1981 年 1 月 21 日，里根总统邀请全斗焕访问华盛顿的消息公开。23 日，韩国最高法院决定维持对金大中的死刑判决。第二天，全斗焕将判决改为终身监禁，并取消了军管法。2 月 3 日，全斗焕作为里根邀请的第一位外国元首来到白宫。①

在“以实力求和平”战略的指导下，里根政府非常重视盟国的作用，这给美韩关系走出 1970 年代的紧张状态带来了前所未有的契机。美方极其重视全斗焕的来访。总统国家安全顾问理查德·艾伦（Richard V. Allen）在 1 月 29 日致里根的备忘录中指出，全斗焕访美是“美韩关系的重要里程碑”，这一举动将使全斗焕在韩国的统治地位合法化，美韩关系亦会因此慢慢走出过去八九年争论不休的阴影。艾伦认为，里根与全斗焕的会谈要点应包括：对全斗焕处理金大中问题的政治家风范表示敬意，指出此举有助于两国关系的改善；强调美国会在公开批评韩国内部事务上保持克制，但韩国政治温和迹象有助于获得美

① “Cable to Secretary of State Edmund S. Muskie Regarding U. S. Position on South Korea's Handling of the Kim Dae Jung Court Martial,” December 31, 1980, in DDRS, CK3100125225 - CK3100125227; William H. Gleysteen Jr., *Massive Entanglement, Marginal Influence: Carter and Korea in Crisis*, pp. 186 - 188.

国的支持；美国无意撤出驻韩美国地面部队；今年将举行安全协商会议；美国会尽可能帮助韩国度过经济下滑的非常困难时期。依据以上文件，里根向全斗焕承诺无限期地推迟美军撤出计划，同时放弃了卡特公开发起的人权攻势。但无论如何，美国新政府还是力争在与苏联之间的意识形态竞争中取胜，也不能忽略国内人权舆论的压力，因此里根无法对韩国的人权问题视而不见。①

1980 年底，全斗焕政府突击修改和出台了 215 部法律，特别是在吸收合并反共法的基础上强化了国家保安法，制定了社会安全法，加强了新军部统治的法律基础；制定了关于“政治风气刷新法”的特别措施，宣布禁止 567 名“旧政治家”和有影响的知识分子的政治活动；在剥夺民主力量和在野核心人物政治权利的情况下，推出新政党法，并很快建立了执政党民主正义党。新的政党制度名曰多党，实际上是取消反对党，分化和压制在野政治势力。②

里根政府对全斗焕政权的独裁性质非常清楚。1983 年 1 月 17 日美国国务院的一份汇报文件总结了对韩国政治形势的认识及华盛顿的反应：人权依然是美韩关系中的长期问题，吸引了美国国会和公众很大的注意力。当前的关注焦点主要是不经指

---

① “Richard Allen Provides President Ronald Reagan with Background Information and Talking Points in Preparation for His Meeting with South Korean President Chun Doo Hwan,” January 29, 1981, in *DDRS*, CK3100532678 - CK3100532682; William Stueck, “Democratization in Korea: The United States Role, 1980 and 1987,” *International Journal of Korean Studies*, Vol. 2, No. 1 (Fall/Winter 1998), p. 13.

② 曹中屏、张琏瑰：《当代韩国史（1945～2000）》，第 349～350、362 页。

控长期关押犯人以及对犯人的拷打和非人对待。美方主张越来越尊重人权将有助于韩国长期政治稳定。但韩国领导人坚持认为，韩国面临朝鲜的威胁，要维持稳定和国家团结必须实施严格的控制。为此，在1981年1月取消军管法之前，全推行新的法律，压制反政府人士：解散所有政党，对政治活动、媒体和公共集会施加限制；构建了广泛的告密网络，监视批评者，并经常将其描述为亲共分子；限制劳工组织和集体讨价还价的行为，禁止罢工；不允许宗教团体参加政治和社会活动。虽然过去两年许多犯人获得大赦，特别是去年12月释放了金大中和另外47人，但估计还有约300名政治犯在押，567人被禁止参加政治活动，许多学术界人士和记者被禁止从事本职工作。一方面，理查德·沃克（Richard L. Walker）大使和下属以及华盛顿官员无数次地私下向韩国政府阐述美方的人权观点；另一方面，去年大使和访问汉城的美国高级官员亦公开表达对韩国人权状况的关心。虽然一些人批评美国的这些做法“能见度”不够，但韩国政府决定赦免金大中和其他人却说明了它的实际效果。国务院想要利用大致相同的策略继续敦促全斗焕允许韩国走向更广泛的政治自由化。[①]

1983年5月18日，韩国新民党前总裁金泳三展开“无限期”绝食斗争，金大中强烈支持这一立场，双方结成反政府联盟，学生运动也因此日趋活跃。此时全斗焕政权对自身经济发

---

① "Briefing Paper Regarding U. S. Concern over Allegations of Torture and Inhumane Conditions within South Korea's Prison System," January 17, 1983, in *DDRS*, CK3100548535.

展政策充满信心，希望通过赋予反对派政治权利来获得法统，而美国也在不断敦促韩国政府走向民主。在这一总体背景下，当年底，全斗焕取消了对金泳三等反对派政治家的政治活动限制，从而开启了韩国的政治自由化进程。很快，全斗焕政权又释放了350名1980年5月以来陆续被关押的学生，将警察撤出校园，允许学生建立自己的组织。[①]

1985年5月23日，较为激进的学生组织“民族解放、民主争取、民众解放斗争全国学生联合会”占领了美国新闻处，开展历时72小时的反美绝食活动，要求美国为支持“光州屠杀”致歉、不再实行有损韩国人民利益的经济措施并断绝同全斗焕政权的关系。更令韩国政府忧虑的是，学生运动努力与劳工和农民运动结合起来。为了严厉打击学生运动，7月，全斗焕政权试图实行校园稳定法，将学生领袖囚禁在“净化营”。然而，这一决定遭到各社会团体的广泛抗议。韩国政府最后被迫放弃了这一企图，但它还是在很大程度上改变了前一段时间的政治自由化政策，开始严厉压制反政府运动。[②]

与此同时，韩国政治力量格局发生了明显的变动。1985年1月，以李敏雨为总裁的新韩民主党成立。2月12日国会议员选举后，该党成为第一在野党。不久，以新韩民主党为代表的反对党公开提出实行总统直选制的主张。与之相配合，加入新

---

① “Intelligence Summary on South Korean Policy toward Political Activity on its University Campuses,” July 4, 1984, in *DDRS*, CK3100551902 - CK3100551905; Dukhong Kim, “Democratization in South Korea during 1979 - 1987,” pp. 34 - 35.

② Dukhong Kim, “Democratization in South Korea during 1979 - 1987,” pp. 49 - 50.

韩民主党不久的金泳三在全国发起了修宪运动，修宪由此成为韩国最大的国内政治问题。1986 年 1 月，为了保证亚运会成功举办和为 1988 年奥运会创造良好的政治氛围，全斗焕呼吁政治休战。金泳三断然拒绝。2 月，在野人士发起了 1000 万人修宪签名运动，要求实行总统直选制。4 月 30 日，全斗焕做出让步，答应在任期届满前修宪。5 月 3 日，仁川举行反对独裁和美帝国主义的大规模游行示威。当局出动警察予以镇压，双方发生激烈冲突。“仁川事件”令反对社会运动激进化的美国震惊不已，因此开始批评新韩民主党。7 日，美国国务卿乔治·舒尔茨（George P. Shultz）以及东亚和太平洋事务助理国务卿小加斯顿·西古尔（Gaston J. Sigur Jr.）访问韩国，并会见李敏雨，敦促他在修宪问题上与政府合作。17 日，李敏雨访美。李最终接受了美国的调停。7 月 30 日，执政党与反对党达成妥协，新韩民主党重返国会，“国会宪法修正特别委员会”宣告成立，协商活动开始。然而，当新韩民主党提出将大赦和为金大中恢复政治权利作为启动讨论议程的前提时，协商陷入僵局。①

1987 年 1 月，学生领袖朴钟哲（Park Chong Chul）被拷打致死事件的曝光引发了大规模的群众抗议活动。2 月 7 日，人们发起悼念朴钟哲的集会，韩国社会运动再掀高潮。② 里根政府很快做出了前所未有的激烈反应。2 月 6 日，西古尔在纽约发表演说要求韩国实行文官统治，并威胁说，如果全斗焕一意孤行地

① 曹中屏、张琏瑰：《当代韩国史（1945~2000）》，第 368~370 页；Dukhong Kim, “Democratization in South Korea during 1979-1987,” pp. 46-49, 54.

② Dukhong Kim, “Democratization in South Korea during 1979-1987,” p. 59.

抵制大众变革要求，别指望得到美国的支持。而新任美国驻韩大使詹姆斯·利利（James Lilley）同反对派领导人就此进行了一系列会谈。3月6日，舒尔茨在汉城短暂停留，强调了类似的观点。这一切受到韩国媒体和公众的广泛关注，全斗焕政权对此十分不满，试图抵制外部干涉。①

4月13日，韩国政府推出“四一三措施”，禁止讨论修宪问题。第一次修宪协商以失败告终。②《汉城新闻》声称，美国对上述决定做出了积极的反应。美国使馆立即对这一不实的报道加以纠正。当月中旬，美国国会议员史蒂芬·索拉兹（Stephen Solarz）访韩。归国后，他发表声明支持韩国早日走向民主化。没过几天，里根在接受日本一家报纸的独家采访时指出，“韩国需要一个更为开放和获得广泛支持的政府”。利利很快又在韩国律师协会（Korean Bar Association）发表演讲时声称，“美国支持……各政党间的对话，达成妥协的意愿，放弃狭隘的利益，举行自由公正的选举，从而走向更为广泛的政治民主化”。③

“四一三措施”遭到韩国社会各界的坚决反对。5月27日，2000多名社会各界代表在汉城举行集会，成立“反对护宪、争取民主宪法国民运动本部”，要求通过以总统直选制为核心内容的修宪案，追查光州事件和朴钟哲死亡真相。6月10日，民主正义党

---

① James Fowler, “The United States and South Korean Democratization,” *Political Science Quarterly*, Vol. 114, No. 2 (1999), p. 280; William Stueck, “Democratization in Korea: The United States Role, 1980 and 1987,” pp. 14 - 15.

② Dukhong Kim, “Democratization in South Korea during 1979 - 1987,” p. 56.

③ William Stueck, “Democratization in Korea: The United States Role, 1980 and 1987,” p. 15.

推选卢泰愚为下届总统候选人。当日，各派在野势力在全国22座城市发起了由24万人参加的抗议活动，强烈要求全斗焕取消“四一三措施”。汉城民众还以明洞圣堂为中心举行了长达5天的静坐示威。当局出动近6万警察机动队进行镇压。①

在韩国政局变得难以收拾之时，美国官员一方面私下劝诫全斗焕政权不要严厉镇压反政府示威，另一方面在公开场合的态度却又表现得极为谨慎。13日，利利建议韩国外长崔光秀（Choi Kwang Soo）别动用防暴警察攻击在明洞圣堂静坐的学生。而美国国防部和国务院则评价说，当前的民主化运动属于韩国内部事务，需要韩国人自己解决。17日，在新加坡参加东盟外长会议的舒尔茨敦促全斗焕重新就修宪问题与反对派展开谈判，但“不逼迫他这样做”。同时，利利约见全斗焕呈递里根信函。信函措辞温和，要求韩国政府克制地对待反政府示威，释放政治犯，废除对反专制运动的限制，再次与在野党进行政治对话。可直到19日下午，全斗焕才接见利利。会谈过程中，大使不仅呈交了里根的信件，还明确表示反对动用军队解决危机，认为如此一来将给美韩关系带来潜在的负面影响。事实上，当日早晨全已命令第二天与反对派摊牌，派军队进驻大学校园和全国各大城市，逮捕示威学生。不过，会谈结束一小时后，全斗焕收回了成命。23日，西古尔访问汉城，与韩国高级官员会谈，强调避免军人干政。26日，全国130万民众响应“反对护宪、争取民主宪法国民运动本部”的号召举行“和平大行进”，全斗焕政权处于风雨飘摇之中。面对这一局面，29日，卢泰愚发表

① 曹中屏、张琏瑰：《当代韩国史（1945～2000）》，第374页。

“特别宣言”，宣布接受总统直选制，将与在野党合作尽快修改宪法和总统选举法，改善人权状况，并保证如不履行上述承诺将辞去一切职务。里根政府对此表示欢迎，高度评价这是一个勇敢的决定，并承诺给予新政权坚决的支持。最终，全斗焕也做出让步，接受了卢泰愚的“六二九宣言”。[①]

7月6日、9日和10日，韩国政府先后释放了177名犯人，并宣布赦免包括金大中在内的2335人，恢复他们的政治权利。9月16日，执政党与在野党就修宪案达成协议。三个月后，韩国举行大选，卢泰愚当选总统，政权实现和平交接。[②]

正如某些学者所认为的，从许多标准来看，1987年启动的韩国民主化进程是第三波民主化浪潮中最成功的案例之一：具备了民主程序或多头政治的所有基本要素，军事政变失去了可能性，历次选举自由而公正，全斗焕和卢泰愚等人的罪行得到了惩治，地方官员任命制逐渐转为选举制，公众民主意识明显增强。[③] 虽说随后发生的这一切并不一定能够说明韩国的民主制度和实践已变得牢不可破，但从1987年开始韩国踏上了民主化道路这一点无可置疑。

由于奉行不同的对外战略，尼克松—福特、卡特和里根政

---

① William Stueck, “Democratization in Korea: The United States Role, 1980 and 1987,” pp. 15－16; Dukhong Kim, “Democratization in South Korea during 1979－1987,” pp. 62－63；曹中屏、张琏瑰：《当代韩国史（1945～2000）》，第374～375页。

② 曹中屏、张琏瑰：《当代韩国史（1945～2000）》，第396～399页。

③ Michael G. Burton and Jai P. Ryu, “South Korea's Elite Settlement and Democratic Consolidation,” *Journal of Political and Military Sociology*, Vol. 25, No. 1 (Summer 1997), pp. 1－2.

府对待友好独裁政府的态度差别较大，但这似乎并不十分妨碍从总体上概括这一时期美国推动韩国民主化进程的政策。1970年代初，朴正熙以应对朝鲜“威胁”和大国缓和外交为由确立了维新体制，成为彻头彻尾的独裁者。此后十几年，韩国始终处于军人独裁统治之下。对此，作为韩国保护国和最主要盟友的美国做出了怎样的反应呢？从反向手段看，绝大多数时候，华盛顿选择了公开表示不干涉韩国内政，撇清与韩国国内政治变动的关系，同时私下劝说韩国逐渐走向民主化或做出改善人权状况的姿态，以免影响美国公众、国会、媒体和商界对韩国的支持。偶尔，美国也会在极其重要的场合冷淡地对待韩国，推迟美韩安全协商会议，召回大使，表达对韩国反对派的同情。极端情况下，华盛顿也曾公开批评韩国政府的独裁行为，在国际金融机构对韩国贷款提案投弃权票，甚至以改变对朝鲜的政策相威胁。从正向手段看，一旦韩国政府或被迫或主动地大规模释放政治犯，放松对大学、媒体和反对派的控制，美国基本上每次都会迫不及待地予以赞扬，有时还会回报以增拨援助。[①] 可以说，美国的反应是私下劝诫为主，公开指责为辅，几乎从未对韩国施以具有实质意义的惩罚。非但如此，期间华盛

① "Assessment of U. S. Human Rights Policy 1 Year after Its Inception," January 30, 1978, in *DDRS*, CK3100307604; William H. Gleysteen Jr., *Massive Entanglement, Marginal Influence: Carter and Korea in Crisis*, p. 34; "Memorandum of Conversation Between Secretary of State Kissinger and Members of the House and Senate Foreign Relations Committees," December 17, 1974, in *FRUS, 1969 - 1976*, Vol. E - 3, Documents on Global Issues, 1973 - 1976, document245. available at: http://history.state.gov/historicaldocuments/frus1969 - 76ve03/ch6.

顿还无数次地重申保卫韩国安全的承诺，并允许朴正熙政府动用军队镇压“光州起义”。不管怎样，某些时候美国的努力还是起到了一定的积极作用，包括促使韩国政府暂缓压制，放弃武力镇压反政府者的企图，与反对派缓和关系，改变对金大中的死刑判决。

美国究竟缘何没有向韩国政府施加更大的民主化压力？有学者论证说，根本上是因为此时韩国的经济已实现自立，而美国在韩国的文化交流项目又在减少，所以华盛顿影响韩国政治行为的能力明显下降，无力像以往那样促进韩国政权与持异议者之间的合作。① 对比肯尼迪政府乃至整个1960年代美国推动韩国民主化进程的实践加以观察，此观点确有合理之处。但无论如何，这不是问题的全部。事实上，美国不是无力而是不愿向韩国发出具有实质意义的威胁或施以有力的惩罚，主要原因是在美国对韩国政策中，国家安全始终高居于政治民主之上。②

① Gregg Brazinsky, *Nation Building in South Korea: Koreans, Americans, and the Making of a Democracy*, p. 224.

② 当然，这并非完全否定经济利益考虑对美国推动韩国民主化进程努力的阻碍作用。例如，1978年初韩国拒绝签署美国迫使其遵守新的韩国人权报告要求的第480号公法农产品援助协议。部分美国官员指出，韩国现在每年为美国提供10亿美元的农产品市场。加拿大和澳大利亚都在觊觎这一诱人的经济利益。如果韩国拒不签署协议，加澳两国将乘虚而入，美国会因此每年损失2亿到2亿5千万美元。因此，他们建议取消协议中的人权内容。“Background Paper and Talking Points in Preparation for the Foreign Policy Breakfast Concerning Korean Issues,” February 1, 1978, in *DDRS*, CK3100505089 - CK3100505090; “Memorandum from Mike Armacost to Zbigniew Brzezinski Concerning the South Korean's Refusal to Sign any New PL - 480 Agreement which Compels Them to Comply with New Reporting Requirements on Human Rights Matters,” February 14, 1978, in *DDRS*, CK3100080515 - CK3100080516.

美国政要多次或直截了当或隐晦委婉地指出这一点：曾经历1958年拉美反美浪潮的尼克松始终怀疑第三世界采纳民主制度的能力，甚至私下表示“喜欢独裁政权”；[①] 基辛格的说法更加直白，“在韩国，重要的问题是安全。其次才是民主”；就连致力于推行人权外交的卡特都认为，“保卫一个国家使之避免共产主义者的颠覆和侵略是尊重人权、发展民主所必不可少的因素……不能因为美国的友邦和朋友不符合我们的人权标准就和他们断绝关系”。[②] 换言之，韩国在美国亚洲政策的首要价值是作为日本和共产党亚洲之间的缓冲区以及“自由世界”在亚洲大陆的前沿防卫阵地，因此必须确保韩国的安全，也必须因此尽可能地保持与汉城的友好关系。正因为类似观念的存在，所以虽然从理论上讲，美国手中掌握着《美韩共同安全防卫条约》、驻韩美军、对韩国军售贷款、政府和私人贷款、韩国商品出口市场、警察援助等施加民主化压力的有力工具，但华盛顿几乎从未认真地考虑采用这些手段。[③] 与此同时，对美国而言，朝鲜半岛还是美苏意识形态竞争的前沿阵地，韩国的民主化进程具有特殊意义，华盛顿又绝不能无视韩国政府在独裁的道路上越走越远。于是，美国对韩国政策不断在保证国家安全和促进民主之间徘徊，而最终往往倾向于国家安全优先。1978年初美国国务院起草的一份题为“人权政策”的评估文件对此做了非常精到的诠

---

① 〔美〕马克·劳伦斯：《对稳定的模糊追求——尼克松、基辛格以及“第三层”（1969~1976）》，第171~173页。

② 曹中屏、张琏瑰：《当代韩国史（1945~2000）》，第297，345页。

③ William H. Gleysteen Jr., *Massive Entanglement, Marginal Influence: Carter and Korea in Crisis*, p. 33.

释：与其他地区相比，在东亚，华盛顿的人权政策损害美国其他利益的可能性或许最大，特别是在韩国。一旦美韩两国在人权问题上发生矛盾，朝鲜可能对美韩关系恶化的程度做出错误判断，美韩关系紧张还可能使韩国更不愿意在其他方面尤其是发展核武器问题上与美国打交道。①

① "Assessment of U.S. Human Rights Policy 1 Year after Its Inception," January 30, 1978, in *DDRS*, CK3100307610.

结　语

美国早期移民领袖约翰·温斯罗普曾雄心勃勃地宣称："我们将成为整个世界的山巅之城，全世界人民的眼睛都将看着我们。"事实上，这不单单是温斯罗普一个人的信念，很多美国人都认为自己的国家是上帝的"宠儿，"理应承负起把世界从"苦海"中拯救出来的"使命"。① 但美国人并非完全生活在理想的真空中。自移民始祖们踏上北美大陆那一刻起，务实精神便开始渐渐地融入美国的价值观中，国家利益很快成为华盛顿对外交往的指针。② 美国外交政策果真能兼顾对外传播民主价值观念和为本国谋取实利的双重使命吗？回顾华盛顿试图扶助某些国

① 王晓德：《美国对外关系的文化探源》，《历史研究》1997年第3期，第137页。

② 王晓德：《试论务实传统对美国外交的影响》，《历史研究》1998年第4期，第119～120、122页。

家完成民族国家建构大业的历程或许对回答这一问题有益。

1898年，美国由西班牙手中“解放”古巴，20世纪初又试图“指导”西半球各国“选举良治政府”（“elect good men”），民族国家建构此时已被正式列为美国外交政策的重要目标。也正是在这一时期，理想主义与现实主义的深刻矛盾初现端倪。1915～1934年，美国试图帮助海地构建现代国家。1920年总统竞选过程中，作为伍德罗·威尔逊竞选伙伴的富兰克林·罗斯福甚至吹嘘说，任海军部长助理时他已为海地起草了一部宪法。与此同时，“保护巴拿马运河的安全”和美国在海地的投资亦是华盛顿的重要目标。在实利的驱使下，最后美国在当地留下的只有良好的道路交通和若干所学校，而几乎没有任何民主遗产。更有甚者，此后几十年，受到美国训练的准军事部队始终主导着海地的政治，残酷地对待本国人民。①

第二次世界大战结束后，美苏关系渐趋恶化，以至于将彼此视为最大的敌人。在这场你死我活的斗争中，两国均认为自己代表未来世界的前进方向，积极地干预新兴国家发展道路的选择。② 于是，第三世界的发展问题便和全球冷战纠缠在一处。1949年初，杜鲁门政府启动了一项旨在利用美国的知识和技术

---

① Gary T. Dempsey, “Fool's Errands: America's Recent Encounters with Nation Building,” *Mediterranean Quarterly*, Vol. 12, No. 1 (Winter 2001), p. 59; John F. Kerry, “Nation Building: Can It Serve America's Interest?” *The Brown Journal of World Affairs*, Vol. 2, Issue1 (Winter 1994), pp. 53 - 54; Ted Galen Carpenter, “The Imperial Lure: Nation Building as a US Response to Terrorism,” p. 34.

② Odd Arne Westad, *The Global Cold War: Third World Interventions and the Making of Our Times*, Cambridge: Cambridge University Press, 2005, pp. 4 - 5.

帮助欠发达地区发展工业和提高人民生活水平的“大胆的新计划”。宣布此项计划时，杜鲁门一再强调的是与发展中国家分享美国科学和工业进步的成果,[①] 但究其实质，隐藏于这些人道主义关怀背后的更多的恐怕还是扼杀“肚子共产主义”的信念。朝鲜战争爆发后，美国政府确信必须通过军事而非经济手段推行遏制政策，“第四点计划”被纳入共同安全的战略框架。[②] 1954 年 3 月 30 日，艾森豪威尔在国会发表有关对外经济政策的演说，提出“贸易而非援助”的政策主张。此后很长一段时间，只有直接面临“共产主义威胁”或作为反共盟友的国家才能获得美国的赠与援助，其他国家必须依靠私人投资或世界银行和进出口银行的开发资本。[③] 而且，与前任相比，艾氏政府更愿意与第三世界独裁者为伍。美国民族国家建构的冲动受到了极大的压抑。

与此同时，另一种趋势也在悄然推动华盛顿重新评估第三世界国家发展在美国对外战略中的地位。大约始于第二次世界大战前后的非殖民化浪潮在 20 世纪 50 年代达到顶峰，大批殖民

---

① “Inaugural Address of Harry S. Truman,” January 20, 1949, reproduced from “The American Presidency Project,” available at: http: //www. presidency. ucsb. edu/ws/index. php? pid = 13282&st = &st1 = .

② Sergey Y. Shenin, *America's Helping Hand: Paving the Way to Globalization (Eisenhower's Foreign Aid Policy and Politics)*, New York: Nova Science Publishers, Inc., 2005, p. 5.

③ Michael R. Adamson, “‘The Most Important Single Aspect of Our Foreign Policy'?: The Eisenhower Administration, Foreign Aid, and the Third World,” in Kathryn C. Statler and Andrew L. Johns (eds.), *The Eisenhower Administration, the Third World, and the Globalization of the Cold War*, New York: Rowman & Littlefield Publishers, Inc., 2006, p. 47.

地获得独立，建立起属于自己的政权。令华盛顿始料不及的是，“非殖民化并不像美国所设想和希望的那样是伴随着和平演进的‘民族国家建构’过程，而是充斥着美国人所不希望看到的革命、暴力和动荡”。[①]1950年代末，老挝和越南的游击战争已呈无法控制之势，而卡斯特罗—格瓦拉领导的游击运动也是此起彼伏，艾森豪威尔政府不得不转而关注欠发达国家国内安全的问题，[②]且在一定程度上提高对外经济援助的水平。

随后上台的肯尼迪及其外交政策顾问多信奉勃兴中的现代化理论，并以此为依据将反颠覆和民族国家建构结合在一起，以斩断共产主义伸向发展中世界的“渗透触角”，凸显资本主义生产和生活方式的优越性。在新政府看来，过去美国没有清醒地意识到保卫内部安全对于正在走向现代化的欠发达世界友好政府的重要性，也并未深入理解第三世界国家国内防务与社会变革、经济增长、知识分子动乱和人民一致意见形成之间的关系。“今后十年，作为政治战略的重要目标，美国一定要抵消中苏所有层面的威胁（从战术核武器、传统的有限游击战争和政治军事战的其他隐蔽形式到巨大威慑力），将斗争方式提升为政治和社会经济竞争。”欠发达世界的“自由国家”，特别是那些容易刺激共产党和持异议者“谋利欲望”的、制度框架尚不稳固、几乎无力维护国内安全的国家，将成为未来东西方竞争的主要场所。美国在这些国家的政治战略目标是推动社会变革和

① 牛可：《自由国际主义与第三世界——美国现代化理论兴起的历史透视》，第45页。

② “Policy Planning Council Report Entitled: ‘Internal Defense of Less Developed World’,” June 16, 1961, in *DDRS*, CK3100479425.

经济增长，并尽可能促使它们在制定国内政策和制度时倾向于接受美国的体制和价值观，以提高其防止内外威胁干扰当地宪政秩序和现代化进程的能力。在此期间，华盛顿应均衡地关注欠发达“自由国家”的经济和社会发展以及内部和外部安全。[①] 在以上观念的指导下，肯尼迪总统提出了“发展的十年”的口号，并建立了意欲扶助拉美走向经济进步和自由民主的“争取进步联盟”，向广大的发展中国家派出了展现美国社会美德的“和平队”，在越南构建起了旨在阻隔越共与农民联系、向当地村落引入现代生产和生活方式的“战略村”。总的来说，1960年代非殖民化浪潮、现代化理论和反共主义共同将美国的民族国家建构活动推向高潮。

虽然20世纪60年代美国为自己的民族国家建构承诺付出了大量的人力物力资源，承担了巨大的声誉风险，但事实无情地证明，经济增长和政治民主难以像肯尼迪总统所说的那样“携手并进”：争取进步联盟并未使拉美贫困人口真正受益，和平队先后被十几个国家驱逐，战略村计划无果而终。[②] 部分地由于在越南战争中的败绩和国内资源需求的急剧上升，1960年代末1970年代初，许多美国人特别是国会议员拒绝接受更大规模的外援计划，坚决反对再像以往那样在对外政策中将贫穷国家的发展置于高度优先的位置，国际开发署、现代化理论

① “Policy Planning Council Report Entitled: ‘Internal Defense of Less Developed World’,” 年 June 16, 1961, in *DDRS*, CK3100479421 - CK3100479422, CK3100479430 - CK3100479434.

② 梁志:《“经济增长阶段论”与美国对外开发援助政策》,《美国研究》2009年第1期，第131~136页。

和西方发展模式甚至也因此受到了不同程度的批评和挑战。从1973年开始，美国对外援助政策出现重大调整，不仅援助数额明显下降，而且援助目标也由开发转向满足发展中国家人民的基本需求。这一态势一直持续到1980年代。因此，在冷战的最后阶段美国政府不得不尽量减少在民族国家建构方面的投入。[①]

与冷战时期民族国家建构在美国外交政策中地位的大起大落形成鲜明对比的是，华盛顿建设韩国的意识和愿望始终强烈。[②] 之所以会出现这样的特例，主要是因为在美国政府看来，韩国的发展至关重要。早在1946年，杜鲁门就已明确地将朝鲜半岛定义为“可能决定美国亚洲政策成败的意识形态战场”，并决定继续推动南部朝鲜实现自治和民主化。[③] 这一观点大体概括了冷战时代美国对促进韩国发展重要性的认知：世界上的大部

① Mark T. Berger, “From Nation-building to State-building: The Geopolitics of Development, the Nation-state System and the Changing Global Order,” *Third World Quarterly*, Vol. 27, No. 1 (2006), pp. 5, 18; David Ekbladh, “From Consensus to Crisis: The Postwar Career of Nation-Building in U.S. Foreign Relations,” in Francis Fukuyama (ed.), *Nation-Building: Beyond Afghanistan and Iraq*, pp. 29 - 33; “National Security Council (NSC) Staff Secretary Jeanne Davis Provides Text of a Paper on Foreign Aid to be Discussed at the 3/21/69 NSC Review Group Meeting,” March 18, 1969, in *DDRS*, CK3100546076 - CK3100546077.

② 最明显的例子是，在1953~1957年美国对外经济政策奉行“贸易而非援助”原则的年代，艾森豪威尔政府向韩国提供的经济援助却逐年大幅增加，1957年达到近3.7亿美元。具体数据参见本书表5-1。

③ “Ambassador Edwin W. Pauley to President Truman,” June 22, 1946, in *FRUS, 1946*, Vol. 8, The Far East, pp. 706 - 707; “President Truman to Ambassador Edwin W. Pauley at Paris,” July 16, 1946, in *FRUS, 1946*, Vol. 8, The Far East, p. 713.

分国家认为，美国是韩国的缔造者，韩国已成为美国决心援助“自由亚洲国家”反对“共产党侵略”的象征，朝鲜半岛南北方乃至整个远东都在密切关注美国在韩国取得的成功，并与共产党在朝鲜的建设绩效加以对比。假使美国的努力未见成效，那么其他亚洲国家对资本主义制度和华盛顿承诺的信心必将受损；反之，美国则可以将韩国作为范例向亚洲证明非共产党民族国家建构方式使人受益匪浅。① 换言之，华盛顿认定美国和苏联分别代表资本主义和社会主义两种根本对立的发展方式，而朝鲜半岛正是验证二者孰优孰劣的风向标，美国务必要在这里向世人特别是亚洲人民证明发展中世界只有沿着西方道路才能走向繁荣。按照这种政策逻辑，1948 年前后，美国在韩国启动了长达几十年的民族国家建构工程。

深入观察美国在韩国民族国家建构的设想，可以窥见华盛顿立志成为“山巅之城”的最初远大理想，更能够洞悉它遏制共产主义的近期战略目标。单从外交理念的角度推断，这种远大理想和近期目标似乎完全契合，但政策实践领域的情形却与此大相径庭，反共对民族国家建构形成了明显的制约。

远东事务助理国务卿希尔斯曼曾在 1963 年 10 月的一份政策建议文件中指出，美国的远东政策由两个重要层面组成：军事防务层面——威慑共产党使之不敢发动侵略，解决突发军事危

① “Report by Robert M. Macy, Bureau of the Budget, on Korea,” October 25, 1956, in *DDRS*, CK3100266143; “Evaluation of Assistance Program to South Korea Summarized,” April 15, 1958, in *DDRS*, CK3100340352 - CK3100340353; “Recommendation that the U.S. Provide MYM137 Million to South Korea in FY 1967,” December 22, 1965, in *DDRS*, CK3100075721, CK3100075723.

机；长期政治经济发展层面——民族国家建构，即通过经济技术援助在“自由世界”社会构建有效制度。[①] 事实上，美国对韩国政策亦是如此，既要将韩国打造成日本与共产党亚洲之间的“缓冲区”和亚洲大陆的“前沿防卫阵地”，又要通过韩国向亚洲人证明非共产党民族国家建构方式的合理性。[②] 两相比较，前者虽为短期目标，但在很大程度上占据优先地位，后者则更多地以长期目标的面目出现。或者说，每当两大目标发生冲突，无论推动韩国民族国家建构的“意识”和“愿望”多么强烈，美国几乎都会首先考虑确保韩国国家安全、维护美韩军事同盟、保持韩国强大的军事力量。[③]

虽然早在大韩民国成立之前华盛顿就已致力于促进朝鲜半岛南部民主事业的发展，但随后美国在韩国政治行为的总体图景并非如此简单：一面容忍甚至扶助李承晚、朴正熙和全斗焕的独裁统治，一面却又在可能的情况下通过私下规劝、外交抗议、象征性的惩罚等方式试图促使韩国政权减缓压制行为，力争加深韩国杰出官员和商界精英对美国民主制度的理解和体悟，命令美国新闻署向韩国人民宣传代议制民主和韩国取得的政治进步，努力协助和敦促韩国推行民主教育改革，有意识地强化

① “Roger Hilsman Gives Secretary Rusk His Opinion on a Presidential Trip to the Far East in 1964,” October 31, 1963, in *DDRS*, CK3100258321.

② “Recommendation that the U. S. Provide MYM137 Million to South Korea in FY 1967,” December 22, 1965, in *DDRS*, CK3100075721.

③ 例如，1960 年代后半期朝鲜半岛非军事区武装冲突的加剧和“青瓦台事件”、“普韦布洛”号危机的发生促使约翰逊政府将更多的注意力由韩国政治经济发展转移到军事安全。

韩国青年的民主意识，注意培养韩国媒体的民主精神。[①]

1962 年 8 月 13 日出台、24 日获得总统批准的一份题为“美国海外内部防务政策”的重要决策文件对以上看似矛盾的现象做出了理论上的注解：发展中社会存在的内部分歧和暴力活动使之容易受到共产党的“渗透”。而且，“一定程度的稳定是经济繁荣、确保人类自由和建立代议制政府的必要条件”。另一方面，面对政治动乱，单纯的镇压绝非良策。这样的局面持续时间越长，对“颠覆者及其共产党顾问”越有利。因此，当地政府在采取国内安全措施的同时，必须适当地推行政治和其他方面的改革，否则合法的国民抗议将演化为有组织的暴乱或被共产党利用。[②]

关于为何屡屡与韩国独裁者为伍，在推动韩国民主化进程方面少有作为，美国政府在具体决策时亦从不同角度进行了辩

① Gregg Brazinsky, *Nation Building in South Korea*: *Koreans*, *Americans and the Making of a Democracy*, pp. 41 - 62, 189 - 222; “Operations Coordinating Board (OCB) Outline Plan of Operations with Respect to South Korea,” March 14, 1956, in *DDRS*, CK3100287843 - CK3100287844; “Frank Tenny Provides a Progress Report on United States Information Agency (USIA) Contributions to the U. S. Economic Aid Program in South Korea,” May 14, 1956, in *DDRS*, CK3100501458; “Detailed Development of Major Actions Relating to Korea (NSC5514) from 11/19/55 - 6/21/56,” June 28, 1956, in *DDRS*, CK3100287857.

② “Doctrine for Countering Subversive Insurgency Where It Exists and to Prevent Its Outbreak in Those Countries Having Weak and Vulnerable Societies,” August 13, 1962, in *DDRS*, CK3100453895; “Counterinsurgency Doctrine (National Security Action Memorandum No. 182),” August 24, 1962, in *DDRS*, CK3100431347 - CK3100431348. 另可参见“United States Overseas Internal Defense Policy,” September 1962。available at: http: //www. drworley. org/NSPcommon/OIDP/OIDP. pdf.

解：美国在韩国存在巨大的利益，无论韩国政府如何不听从美国的建议，美国都不能抛弃韩国。① 而且，华盛顿也不能对韩国施以严厉的惩罚或发出改变美韩安全关系和美国对朝鲜政策的最后通牒，因为这样做将威胁韩国当政者的统治，引起当地局势的动荡，加深美国卷入韩国国内事务的程度，导致美韩关系明显疏远。② 美国更不能考虑通过发动政变或支持反对派领导人等方式“换马”。道理很简单，无论是李承晚还是朴正熙抑或是全斗焕，在推动国民反共和维持政治稳定方面都具有不可替代性。③ 结果，摆在美国面前的大体就只剩私下规劝韩国独裁者尽量放松控制和由下至上促进韩国民主化这两条途径了。

由是观之，在美国对韩国政策的政治参数中，反共和稳定

① “Operations Coordinating Board (OCB) Outline Plan of Operations with Respect to South Korea,” March 14, 1956, in *DDRS*, CK3100287832.

② “Memorandum by the Deputy Assistant Secretary of State for Far Eastern Affairs (Johnson) to the Secretary of State,” June 2, 1952, in *FRUS*, *1952 - 1954*, Vol. 15, Korea, p. 284; “Airgram from the Embassy in Korea to the Department of State,” December 10, 1972, in *FRUS*, *1969 - 1976*, Vol. 19, Part1, Korea, 1969 - 1972, p. 439; “U. S. Embassy Seoul to Department of State,” December 13, 1979, in William H. Gleysteen Jr., *Massive Entanglement*, *Marginal Influence*: *Carter and Korea in Crisis*, p. 212; William H. Gleysteen Jr., *Massive Entanglement*, *Marginal Influence*: *Carter and Korea in Crisis*, p. 104.

③ “The Secretary of State to the Embassy in Korea,” June 4, 1952, in *FRUS*, *1952 - 1954*, Vol. 15, Korea, p. 303; “The Charge in Korea (Lightner) to the Director of the Office of Northeast Asian Affairs (Young),” June 5, 1952, in *FRUS*, *1952 - 1954*, Vol. 15, Korea, p. 306; “The Acting Secretary of State to the Embassy in Pakistan,” May 22, 1953, in *FRUS*, *1952 - 1954*, Vol. 15, Korea, pp. 1080 - 1081; “Telegram from the Department of State to the Embassy in Korea,” August 5, 1962, in *FRUS*, *1961 - 1963*, Vol. 22, Northeast Asia, pp. 591 - 592; William H. Gleysteen Jr., *Massive Entanglement*, *Marginal Influence*: *Carter and Korea in Crisis*, p. 105.

总是位居民主之先。正因为如此，华盛顿才会帮助李承晚缔造了一个强国家—弱社会的大韩民国，才会眼睁睁地看着朴正熙推翻虽为民主政权却无力维护社会秩序的张勉政府，才会在1960年“四一九运动”和1979年“光州起义”期间几次允许韩国当局动用军队镇压人民反抗。

由于美国过度夸大韩国面对的外部军事威胁，赋予韩军保护其他亚洲“自由国家”的功能，一度对韩国经济自立前景异常悲观但从未放弃推动当地经济“起飞”理想的华盛顿几乎始终坚决支持韩国维持庞大的军队，援助韩军实现现代化，甚至敦促韩国提高军费。

韩国建立后，杜鲁门总统和国务院从东西方意识形态竞争的角度将韩国的发展看得无比重要，而军方却认为朝鲜半岛的军事价值极低。朝鲜战争的爆发改变了这一切，华盛顿将注意力大部分转向发展韩国的军事力量和赢得战争胜利，当地经济恢复暂居其次。美韩军事同盟的形成、日本“渐增军备”方针的确定以及“西太平洋防务体系”构想的问世将韩国安全和军事力量发展提高到了关涉“自由亚洲”生死存亡的高度，美国心甘情愿地支持韩国供养约70万军队，而韩国战后经济恢复的步伐却显得缓慢而沉重。①

1957年，考虑到维持约70万军队令韩国经济不堪重负，更主要地是为了削减美国的海外支出，艾森豪威尔政府决定削减

① 1953~1958年韩国军费支出占政府总开支的比重平均在一半以上，军队发展对经济恢复构成的制约由此可见一斑。参见 Yong-Pyo Hong, *State Security and Regime Security: President Syngman Rhee and the Insecurity Dilemma in South Korea, 1953-60*, p. 110。

韩军，至少削减四个师。经过与李承晚艰难的讨价还价，韩国终于同意将韩军由72万削减至63万（由于韩军实数只有69万，因此实际裁军6万）或者说由20个现役师削减至18个现役师。[①] 作为交换，美国答应推动驻韩美军现代化和韩军部分现代化。综合来看，这次裁军既没有为美国节省多少资源，更没有明显地减轻韩国的军费负担。[②] 至1958年10月中国人民志愿军全部撤出朝鲜，半岛形势大为缓和。在此前后，韩国的经济增长速度不断下滑。然而，这一切并没有促使美国决策者继续削减韩军，他们认为：中国撤军并未改变朝鲜半岛的军事战略形势，共产党对韩国"再次发动侵略战争"的危险依然存在；进一步裁减韩军不仅会加剧韩国的失业问题，还会严重损害美韩关系，导致韩国更不愿意与美国合作。[③] 正因为如此，当张勉政权提议为了促进经济发展裁减10万或20万军队时，美国先是

① "Telegram from the Commander in Chief, United Nations Command (Decker) to the Department of State," February 12, 1958, in *FRUS*, *1958 - 1960*, Vol. 18, Japan; Korea, pp. 438 - 439; "Telegram from the Commander in Chief, United Nations Command (Decker) to the Department of State," November 19, 1958, in *FRUS*, *1958 - 1960*, Vol. 18, Japan; Korea, pp. 505 - 507.

② 梁志：《减负初衷与冷战意识——艾森豪威尔政府裁减韩军政策探析（1956～1961）》，《历史教学》2006年第2期，第38页。

③ "Memorandum from the Deputy Assistant Secretary of State for Far Eastern Affairs (Parsons) to the Assistant Secretary of State for Policy Planning (Smith)," July 11, 1958, in *FRUS*, *1958 - 1960*, Vol. 18, Japan; Korea, pp. 471 - 474; "Memorandum of Discussion at the 411th Meeting of the National Security Council," June 25, 1959, in *FRUS*, *1958 - 1960*, Vol. 18, Japan; Korea, pp. 562 - 563; "Memorandum of Discussion at the 470th Meeting of the National Security Council," December 20, 1960, in *FRUS*, *1958 - 1960*, Vol. 18, Japan; Korea, pp. 711 - 712.

坚决反对，最后才被迫同意将韩军由63万减少到60万。[①]

前已论及，1960年代上半期是美国促使韩国经济走向“起飞”的关键时期，华盛顿不止一次研究削减韩军事宜。然而，军方和国务院的一些官员以“共产党军事威胁”依旧明显、防止其他亚洲盟友对美国的保护伞产生怀疑、避免损害美韩关系、维持韩国稳定和资源节余不大反增失业人口为由坚决抵制裁军。1965年韩军开赴越南后，裁减韩军的可能性彻底消失。1970年代，出于换取朴正熙同意撤离2万驻韩美军的考虑，尼克松政府答应1971~1975年财政年度为韩国提供15亿美元的军事援助，[②] 卡特政府更是借助朝韩军事能力的差距极力迫使韩国增加军费，削减韩军的议题由此淡出了美国决策者的视线。

当然，华盛顿十分清楚和平时期维持如此庞大的军队给韩国带来的经济负担。为了缓解这一矛盾，1961年初，美国政府决定利用韩军促进当地民用经济发展，朴正熙对此表示赞同。在避免严重影响战斗力的前提下，最初韩军主要参与道路和矿山建设。[③]

① “Memorandum of Discussion at the 470th Meeting of the National Security Council,” December 20, 1960, in *FRUS*, *1958 - 1960*, Vol. 18, Japan; Korea, p. 711; “Memorandum for the Record,” May 4, 1962, in *FRUS*, *1961 - 1963*, Vol. 22, Northeast Asia, p. 563; John Kie-chiang Oh, *Korean Politics: The Quest for Democratization and Economic Development*, p. 47; Donald Stone Macdonald, *U. S. - Korean Relations from Liberation to Self-Reliance: The Twenty-Year Record*, p. 100.

② “Memorandum from the President's Assistant for National Security Affairs (Kissinger) to President Nixon,” August 22, 1970, in *FRUS*, *1969 - 1976*, Vol. 19, Part1, Korea, 1969 - 1972, pp. 181 - 182.

③ “Memorandum of Conversation,” November 14, 1961, in *FRUS*, *1961 - 1963*, Vol. 22, Northeast Asia, p. 533; “Notes of the 485th Meeting of the National Security Council,” June 13, 1961, in *FRUS*, *1961 - 1963*, Vol. 22, Northeast Asia, p. 480.

根据1967年1月美韩联合司令部的一份文件，韩国每年约有18万人参军服役，大约相同数量的军人退役，每个人的服役期不少于30个月。通过这样大量而频繁的轮换，美国向很多韩国人提供了有助于提高韩国生活水平和经济增长速度的技术教育。其中特别值得一提的是，针对所有退役和预备役人员的国家重建培训计划（National Reconstruction Training Program）为韩国民用经济发展做出了重要贡献。①

美国在韩国的民族国家建构行为自相矛盾，由此产生的效果自然复杂难辨。但无论如何，从非量化的角度对这一行为绩效加以总体描述未尝不是一种有益的尝试。

自军政府时期开始，美国一直试图从上下两个层面影响韩国的民主化进程。华盛顿针对上层的行为在很大程度上可以用“为虎傅翼”四个字来概括：1945～1948年间，帮助未来的韩国政府组建了主要用于镇压人民反抗的警察和右翼准军事青年组织，软硬兼施地压制工农民主运动，在朝鲜半岛南部构建反共机制；推动历届韩国政府在国内外从事反共活动，这为李承晚、朴正熙和全斗焕提供了一个最好的独裁借口和外部合法性来源；默许朴正熙和全斗焕通过军事政变推翻文官政府；参与镇压丽顺暴动，并同意韩国当局派军队压制“四一九运动”和“光州起义”。② 不

① “Cable Suggests Korean Army Training for National Development Has a Favorable Influence on the Economic Growth, Stability and Efficiency of the Government,” January 4, 1967, in *DDRS*, CK3100115272 - CK3100115283.

② 正如本书前面所述，李承晚政府1952年“拔萃改宪”、1958～1959年迫害曹奉岩和修改《国家安全法》、1960年镇压“四一九运动”皆从“反共”的角度论证以上行动的必要性；1971～1972年，朴正熙亦将防备朝鲜“入侵”作为宣布国家进入紧急状态和颁布维新宪法的主要理由。将“反共”作为压（转下页注）

过，美国绝非所有的时候都站在独裁者一边：“四一九运动”的最后时刻，公开支持学生们的正义要求，私下敦促李承晚下台；1963年迫使朴正熙“归还民政”；1987年向全斗焕政权施压，减缓了当局对民主运动的压制，进而说服全接受卢泰愚“六二九宣言”。这些行为虽多为顺应时势之举，可终究还是或多或少地起到了鼓励韩国民主人士的作用。

相对来说，美国针对下层付出了更多的努力，潜移默化地提高了韩国公众的民主意识。军政府统治时期，美国通过教育改革和选举宣传向当地人民兜售美式民主，收到了一定的效果。朝鲜战争结束后，华盛顿着手扶植支持美国民主自由思想、具有反政府精神的韩国媒体报刊，邀请韩国某些地方官员、国会议员和商界人士以及大批学生到美国访问学习，让他们亲身感受美国政治制度的优越性，并通过组织俱乐部和讨论激发韩国青年对自由民主的热情。渐渐地，很多韩国人特别是学生和知识分子接受了美国的思想价值观念。① 不过，这种外来的政治理念在尚未完全消解当地传统的权威主义政治文化之前，便已演化为声势浩大的反独裁运动和激进的改革要求，引发了“四一九运动”和张勉统治时期的动荡不安。全力维持韩国政局稳定的美国一定不希望看到这一状况。但极具讽刺意味的是，恰恰

（接上页注②）制人民和反对党理由的事例比比皆是。全斗焕上台后也是极力压制反政府人士，称他们为“亲共分子”。后一种情况可参见“Briefing Paper Regarding U. S. Concern over Allegations of Torture and Inhumane Conditions within South Korea's Prison System,” January 17, 1983, in *DDRS*, CK3100548535。

① Gregg Brazinsky, *Nation Building in South Korea: Koreans, Americans, and the Making of a Democracy*, pp. 48 - 68, 189 - 222.

是以上变革力量于 1980 年代将韩国推上了民主化道路，使华盛顿实现了在韩国的长期政治目标。

1945～1957 年，为了完成救济工作和战后重建，美国向韩国（或南部朝鲜）提供了大量的经济援助，这种外部支持对于满足当地人民的基本生活需求、防止经济崩溃、促进经济恢复起到了至关重要的作用。此后几年间，美国的经济援助水平不断下降，韩国的经济增长速度也日渐下滑。肯尼迪政府初期，考虑到韩国经济的起伏不定、资源的稀缺匮乏和人口的增长过速，华盛顿的政要们大多仍对当地经济自立的前景持悲观态度。[①] 而与此同时，他们又非常担心韩国遭受“内部颠覆”，于是依旧执著地试图通过经济援助和经济发展五年计划推动韩国“起飞”。1960 年代中期，部分地由于美国的资金、技术、贸易援助以及政策建议，韩国实现了经济持续高速增长。1969 年中，美国政府韩国特别部际工作小组在一份研究报告中自豪地宣称，韩国已成为“美国保护和援助发展中国家的成功典范”。[②]

从冷战意识形态斗争的角度出发，美国不仅要推动韩国经济“起飞”，而且还试图依据美国至少是西方资本主义模式规划韩国的发展路径。惟其如此，美国政府才一面赋予韩国政府极大的支配经济援助的权力甚至协助韩国制订长期经济发展计划，一面又时常提醒自己应敦促韩国采纳私人企业制度，鼓励中小

① “Notes of the 485th Meeting of the National Security Council,” June 13, 1961, in *FRUS, 1961－1963*, Vol. 22, Northeast Asia, p. 481.

② “Draft Study Prepared by the Ad Hoc Inter-Departmental Working Group for Korea,” May 2－June 11, 1969, in *FRUS, 1969－1976*, Vol. 19, Part1, Korea, 1969－1972, p. 53.

企业发展，减少行政当局对金融机构、工矿企业和公共设施的不当干预。[①] 但事实上，1960年代韩国走上了一条与资本主义自由企业制度迥然不同的“中央集权下的经济统制”的道路。1973年以后，朴正熙更是仿效日本经济增长模式、结合本国国情着力推行重化工业发展战略，主要特征为：奉行出口导向原则；总投资100亿美元；依照十年发展计划，重点发展工业机械、造船和运输机械、钢铁、化工与电子五大行业。[②] 美国促使韩国采纳西方经济增长方式的希望彻底破灭。

总之，冷战时期美国在韩国既是破坏性的力量，又是建设性的力量——为韩国独裁者“输血”的是美国，向韩国各阶层民众传播民主自由观念的也是美国；促使韩国保持耗损大量资源的庞大军队的是美国，帮助韩国实现经济恢复和持续增长的还是美国。经过一系列的曲折反复，汉城最终沿着不同于华盛顿设计的路线走向了经济“起飞”和政治民主化。抑或说，韩国人借助美国的外力以自己认为合适的方式取得了巨大的政治经济进步。从这个角度讲，韩国跻身“亚洲四小龙”的行列或许说明韩国道路可供借鉴，但绝非美国或西方模式具有普适性的明证。

---

① “Report by Robert M. Macy, Bureau of the Budget, on Korea,” October 25, 1956, in *DDRS*, CK3100266146 - CK3100266147; “Report on Foreign Economic Policy Discussions between U. S. Officials in the Far East and Clarence B. Randall and Associates: Korea-Walter C. Dowling,” December 1, 1956, in *DDRS*, CK3100279624; “Paper by Agency for International Development (AID) Administrator David Bell Regarding U. S. AID Strategy for South Korea in an Effort for that Country to Maintain Its Independence, Resist Subversion and Deter Communist Aggression,” January 27, 1964, in *DDRS*, CK3100501473 - CK3100501476.

② Kim Hyung-A, *Korea's Development under Park Chung Hee: Rapid Industrialization, 1961 - 79*, pp. 165 - 166, 172 - 173, 178.

主要参考文献

一 英文文献

（一）美国外交档案

CIA Declassified Documents, "h = &startReleaseDay = &start ReleasedYear = &endReleasedMonth = &endReleasedDay = &end ReleasedYear = O&sortOrder = DESC".

Confidential U. S. State Department Special Files, Korea, 1950 - 1957 [Microform], University Publications of America, 1990. 0400939 - 0400949. 华东师范大学冷战国际史研究中心藏。

Confidential U. S. State Department Special Files, Korea, First Supplement, 1951 - 1966 [Microform], Congressional Information Service, Inc., 2003. 0400950 - 0400961. 华东师范大学冷战国际史

研究中心藏。

Declassified Documents Reference System （*DDRS*）, Farmington Hills, Mich. : Gale Group, 2010.

Dennis Merrill （ed.）, *Documentary History of the Truman Presidency* （35 volumes）, Bethesda, Md. : University of Publications of America, 1995 – 2002.

Vol. 7, The Ideological Foundation of the Cold War: the "Long Telegram," the Clifford Report. and NSC68.

Vol. 8, The Truman Doctrine and the Beginning of the Cold War.

Vol. 22, The Emergency of an Asian Pacific Rim in American Foreign Policy: Korea, Japan. and Formosa.

Vol. 27, The Point Four Program: Reaches Out to Help the Less Developed Countries.

Digital National Security Archive （*DNSA*）, ProQuest Information and Learning Company, 2010.

Foreign Relations of the United States （*FRUS*）, *1944 ~ 1976*, Washington: United States Government Printing Office, 1965 ~ 2010.

Nancy Beck Young （ed.）, *Documentary History of the Dwight David Eisenhower Presidency* （6 volumes）, Bethesda, Md. : University of Publications of America, 2005 – 2007.

Vol. 2, President Eisenhower, Collective Security. and the Eisenhower Doctrine: The Baghdad Pact, 1953.

Vol. 5, The Geneva Conference of 1954.

（二）著作

Adams, Francis, *Dollar Diplomacy: United States Economic Assistance to Latin America*, Burlington: Ashgate Publishing Company, 2000.

Baek Jong-Chun, *Probe for Korean Reunification Conflict and Security*, Seoul: Seoul Computer Press, 1988.

Baek Kwang-Il, *Korea and the United States: A Study of the ROK-U. S. Security Relationship within the Conceptual Framework of Alliances between Great and Small Powers*, Seoul: Seoul Computer Press, 1988.

Blackburn, Robert M., *Mercenaries and Lyndon Johnson's "More Flags": The Hiring of Korea, Filipino and Thai Soldiers in the Vietnam War*, North Carolina: McFarland & Company, Inc., Publishers, 1994.

Bose, Meena, *Shaping and Signaling Presidential Policy: The National Security Decision Making of Eisenhower and Kennedy*, Texas: Texas A & M University Press, 1998.

Brazinsky, Gregg, *Nation Building in South Korea: Koreans, Americans. and the Making of a Democracy*, Chapel Hill: The University of North Carolina Press, 2007.

Buzo, Adrian, *The Making of Modern Korea*, New York: ROUTLEDGE Press, 2002.

Carter, K. H. M., *The Asian Dilemma in U. S. Foreign Policy: National Interest versus Strategic Planning*, New York: M. E. Sharpe,

Inc. , 1989.

Cha, Victor D. , *Alignment Despite Antagonism: The United States-Korea-Japan Security Triangle*, Stanford: Stanford University Press, 1999.

Chay, Jongsuk, *Unequal Partners in Peace and War: The Republic of Korea and the United States, 1948 - 1953*, London: PRAEGER, 2002.

Cho Lee-Jay and Kim Yoon Hyung (eds.), *Economic Development in the Republic of Korea*, Hawaii: University of Hawaii Press, 1991.

Chung, Henry, *Korea and the United States through War and Peace, 1943 - 1960*, Seoul: Yonsei University Press, 2000.

Cohen, Warren I. & Tucker, Nancy B. (eds.), *Lyndon Johnson Confronts the World: American Foreign Policy, 1963 - 1968*, New York: Cambridge University Press, 1994.

Cohen, Warren I. and Iriye, Akira (eds.), *The Great Powers in East Asia, 1953 - 1960*, New York: Columbia University Press, 1990.

Cumings Bruce (ed.), *Child of Conflict: The Korean-American Relationship, 1943 - 1953*, London: University of Washington Press, 1983.

Cumings, Bruce, *Korea's Place in the Sun: A Modern History*, New York: W. W. Norton & Company, 1997.

Cumings, Bruce, *The Origins of the Korean War*, Vol. 1, Liberation and the Emergence of Separate Regimes, 1945 - 1947,

Princeton: Princeton University Press, 1981.

Cumings, Bruce, *The Origins of the Korean War*, Vol. 2, The Roaring of the Cataract, 1947 – 1950, Princeton: Princeton University Press, 1990.

Curtis, Gerald L. & Han Sung-Joo (eds.), *The U. S. -South Alliance*, Massachusetts: D. C. Heath and Company, 1983.

Dockrill, Saki, *Eisenhower's New-Look National Security Policy, 1953 – 61*, New York: St. Martin's Press, Inc., 1996.

Engerman, David C.; Gilman Nils; Haefele, Mark H.; Latham, Michael E. (eds.), *Staging Growth: Modernization, Development and the Global Cold War*, Boston: University of Massachusetts Press, 2003.

Friedman, Julian R., Christopher Bladen. and Steven Rosen, *Alliance in International Politics*, Massachusetts: Allyn and Bacon, Inc., 1970.

Fukuyama, Francis (ed.), *Nation-Building: Beyond Afghanistan and Iraq*, Baltimore: The John Hopkins University Press, 2006.

Garver, John W., *The Sino-American Alliance: Nationalist China and American Cold War Strategy in Asia*, New York: M. E. Sharpe, Inc., 1997.

Gleysteen, William H., Jr., *Massive Entanglement, Marginal Influence: Carter and Korea in Crisis*, Washington, D. C.: Brookings Institution Press, 1999.

Ham Joo-Hong, *American Commitment to South Korea: The First Decade of the Nixon Doctrine*, Cambridge: Cambridge University Press,

1986.

Hammond, Paul Y., *LBJ and the Presidential Management of Foreign Relations*, Austin: University of Texas Press, 1992.

Hong Yong-Pyo, *State Security and Regime Security: President Syngman Rhee and the Insecurity Dilemma in South Korea, 1953 – 60*, New York: St. Martin's Press, Inc., 2000.

Hunt, Michael H., *Lyndon Johnson's War: America's Cold War Crusade in Vietnam, 1945 – 1968*, New York: Hill and Wang, 1996.

Karabell, Zachary, *Architects of Intervention: The United States, the Third World. and the Cold War, 1946 – 1962*, Baton Rouge: Louisiana State University Press, 1999.

Kim Hakjoon, *Korea's Relations with her Neighbors in a Changing World*, New Jersey: Hollym Press, 1993.

Kim Hyun – Dong, *Korea and the United States: The Evolving Transpacific Alliance in the 1960s*, Seoul: Seoul Computer Press, 1990.

Kim Hyung-A, *Korea's Development under Park Chung Hee: Rapid Industrialization, 1961 – 79*, New York: RoutledgeCurzon, 2004.

Kim Jin-Woo Stephen, *Master of Manipulation: Syngman Rhee and the Seoul-Washington Alliance, 1953 – 1960*, Seoul: Yonsei University Press, 2001.

Kim Quee-Young, *The Fall of Syngman Rhee*, Berkeley: University of California Press, 1983.

King, John A., Jr. and John R. Vile, *Presidents from Eisenhower through Johnson, 1953 – 1969: Debating the Issues in Pro and Con Primary Documents*, London: Greenwood Press, 2006.

Kleiner, Jourgen, *Korea: A Century of Change*, New Jersey: World Scientific Publishing Co., 2001.

Kohli, Atul, *State-Directed Development: Political Power and Industrialization in the Global Periphery*, New York: Cambridge University Press, 2004.

Koo Hagen (ed.), *State and Society in Contemporary Korea*, London: Cornell University Press, 1993.

Koo Youngnok & Suk Dae-Sook (eds.), *Korea and the United States: a Century Cooperation*, Honolulu: University of Hawaii Press, 1984.

Krueger, Anne O., *The Developmental Role of the Foreign Sector and aid*, Massachusetts and London: Harvard University Press, 1982.

Kunz, Diane B. (ed.), *The Diplomacy of the Crucial Decade: American Foreign Relations during the 1960s*, New York: Columbia University Press, 1994.

Kunz, Diane B., *Butter and Guns: America's Cold War Economic Diplomacy*, New York: The Free Press, 1997.

Lee Manwoo, McLaurin, Ronald D. and Moon Chung-in, *Alliance under Tension: The Evolution of South Korean-U. S. Relations*, Seoul: Kyungman University Press, 1988.

Lee Yur-Bok and Patterson, Wayne (eds.), *Korean-American Relations, 1866 – 1997*, Albany: State University of New York Press, 1999.

Lee, Kenneth B., *Korea and East Asia: The Story of a Phoenix*, London: PRAEGER Publishers, 1997.

Leffler, Melvyn P. , *For the Soul of Mankind: The United States, The Soviet Union. and the Cold War*, New York: Hill and Wang, 2007.

Lie, John, *Han Unbound: the Political Economy of South Korea*, Stanford: California University Press, 1998.

Macdonald, Donald S. , *The Koreas: Contemporary Politics and Society*, Oxford: Westview Press, 1996.

Macdonald, Donald S. , *U. S. -Korean Relations from Liberation to Self-Reliance: The Twenty-Year Record*, Oxford: Westview Press, 1992.

Macdonald, Douglas J. , *Adventures in Chaos: American Intervention for Reform in the Third World*, Massachusetts: Harvard University Press, 1992.

Maga, Timothy P. , *John F. Kennedy and New Frontier Diplomacy, 1961 - 1963*, Florida: Krieger Publishing Company, 1994.

Mason, Edward S. & Kim Mahn Je, *The Economic and Social Modernization of the Republic of Korea*, Massachusetts: Harvard University Press, 1980.

Matray, James I. , *The Reluctant Crusade: American Foreign Policy in Korea, 1941 - 1950*, Honolulu: University of Hawaii Press, 1985.

McCormick, Thomas J. , *America's Half-Century: United States Foreign Policy in the Cold War and After*, Baltimore: The Johns Hopkins University Press, 1995.

McPherson, Alan, *Yankee No!: Anti-Americanism in U. S. -Latin*

American Relations, Cambridge: Harvard University Press, 2003.

Melanson, Richard A. & Mayers, David, *Reevaluating Eisenhower: American Foreign Policy in the 1950s*, Chicago: University of Illinois Press, 1987.

Millikan, Max F. & Rostow, W. W., *A Proposal: Key to an Effective Foreign Policy*, New York: Harper & Brothers, 1957.

Moskowitz, Karl, *From Patron to Partner: The Development of U. S. -Korean Business and Trade Relations*, Massachusetts: D. C. Heath and Company, 1984.

Mount, Graeme S., *895 Days that Changed the World: The Presidency of Gerald R. Ford*, Montreal: Black Rose Books, 2006.

Nahm, Andrew C., *Korea: Tradition & Transformation, A History of the Korean People*, Elizabech & New Jersey: HOLLEY International Corps, 1988.

Oh, Bonnie B. C. (ed.), *Korea under the American Military Government, 1945 –1948*, London: PRAEGER, 2002.

Oh, Kie-Chiang John, *Korean Politics: The Quest for Democratization and Economic Development*, Ithaca and London: Cornell University Press, 1999.

Olsen, Edward A., *U. S. Policy and the two Koreas*, North California: World Affairs Council of Northern California, 1988.

Packenham, Robert A., *Liberal America and the Third World: Political Development Ideas in Foreign Aid and Social Science*, Princeton: Princeton University Press, 1973.

Park Kyung-Ae and Kim Dalchoong, *Korean Security Dynamics in*

Transition, New York: PRAEGER, 2001.

Paster, Robert A. *Congress and the Politics of U. S. Foreign Economic Policy, 1929 – 1976*, London: University of California Press, 1980.

Paterson, Thomas G. (ed.), *Kennedy's Quest for Victory*, New York: Oxford University Press, 1989.

Pearce, Kimber Charles, *Rostow, Kennedy. and the Rhetoric of Foreign Aid*, East Lansing: Michigan State University Press, 2001.

Pipes, Daniel & Garfinkle, Adam (eds.), *Friendly Tyrants: An American Dilemma*, New York: St. Martin's Press, 1991.

Rabe, Stephen G., *Eisenhower and Latin America: The Foreign Policy of Anticommunism*, Chapel Hill: The University of North Carolina Press, 1988.

Rostow, W. W., *Concept and Controversy: Sixty Years of Taking Ideas to Market*, Austin: University of Texas Press, 2003.

Rostow, W. W., *Eisenhower, Kennedy. and Foreign Aid*, Texas: University of Texas Press, 1985.

Rostow, W. W., *The Stages of Economic Growth: A Non-Communist Manifesto*, New York: Cambridge University Press, 1960.

Rubin, Barry (ed.), *US Allies in a Changing World*, London: Franc Cass Publishers, 2001.

Sabrosky, Alan N., *Alliances in U. S. Foreign Policy: Issues in the Quest for Collective Defense*, London: Westview Press, 1988.

Shenin, Sergey Y., *America's Helping Hand: Paving the Way to Globalization (Eisenhower's Foreign Aid Policy and Politics)*, New York:

Nova Science Publishers, Inc. , 2005.

Simpson, Christopher (ed.), *University and Empire: Money and Politics in the Social Sciences during the Cold War*, New York: The New Press, 1998.

Smith, Peter H. , *Talons of the Eagle: Dynamics of U. S. -Latin American Relations*, New York: Oxford University Press, 1996.

Statler, Kathryn C. and Johns, Andrew L. (eds.), *The Eisenhower Administration, the Third World, and the Globalization of the Cold War*, New York: Rowman & Littlefield Publishers, Inc. , 2006.

Wade, L. L. & Kim, B. S. , *Economic Development of South Korea: The Political Economy of Success*, New York: PRAEGER, 1978.

Walt, Stephen M. , *The Origins of Alliance*, New York: Cornell University Press, 1987.

Westad, Odd Arne, *The Global Cold War: Third World Interventions and the Making of Our Times*, Cambridge: Cambridge University Press, 2005.

White, John K. , *Still Seeing Red: How the Cold War Shapes the New American Politics*, Boulder: Westview Press, 1997.

Wiegersma, Nan & Medley, Joseph E. , *US Economic Development Policies towards the Pacific Rim: Successes and Failures of US Aid*, New York: St. Martin's Press, Inc. , 2000.

Woo Jung-en, *Race to the Swift: State and Finance in Korean Industrialization*, New York: Columbia University Press, 1991.

Xia Yafeng, *Negotiating with the Enemy: U. S. -China Talks during the Cold War, 1949 - 1972*, Bloomington: Indiana University Press, 2006.

Yergin, Daniel, *Shattered Peace: The Origins of the Cold War and the National Security State*, Boston: Houghton Mifflin Company, 1977.

(三) 论文

Ahn Choog Yong, "Economic Development of South Korea, 1945 - 1985," *Korea & World Affairs*, Vol. 10, No. 1 (Spring 1986), pp. 91 - 117.

Armstrong, Charles K., "America's Korea, Korea's Vietnam," *Critical Asian Studies*, Vol. 33, No. 4 (2001), pp. 527 - 539.

Armstrong, Charles K., "The Cultural Cold War in Korea, 1945 - 1950," *The Journal of Asian Studies*, Vol. 62, No. 1 (February 2003), pp. 71 - 99.

Baber, Zaheer, "Modernization Theory and the Cold War," *Journal of Contemporary Asia*, Vol. 31, Issue1 (2001), pp. 71 - 85.

Berger, Mark T., "From Nation-building to State-building: The Geopolitics of Development, the Nation-state System and the Changing Global Order," *Third World Quarterly*, Vol. 27, No. 1 (2006), pp. 5 - 25.

Bilgin, Pinar & Morton, Adam D., "Historicising Representations of 'Failed States': beyond the Cold-War Annexation of the Social Sciences?" *Third World Quarterly*, Vol. 23, No. 1

(2002), pp. 55 – 80.

Bloomfield, Lincoln P., "From Ideology to Program to Policy: Tracking the Carter Human Rights Policy," *Journal of Policy Analysis and Management*, Vol. 2, No. 1 (Autumn 1982), pp. 1 – 12.

Bong Yongshik, "Yongmi: Pragmatic Anti-Americanism in South Korea," *The Brown Journal of World Affairs*, Vol. 10, Issue 2 (2004), pp. 153 – 165.

Boyle, Peter G., "Britain, America and the Transition from Economic to Military Assistance, 1948 – 51," *Journal of Contemporary History*, Vol. 22, No. 3 (July 1987), pp. 521 – 538.

Brands, H. W., "The Age of Vulnerability: Eisenhower and the National Insecurity State," *The American Historical Review*, Vol. 94, No. 4 (October 1989), pp. 963 – 989.

Brazinsky, Gregg A., "From Pupil to Model: South Korea and American Development Policy during the Early Park Chung Hee Era," *Diplomatic History*, Vol. 29, No. 1 (January 2005), pp. 83 – 115.

Burton, Michael G. and Ryu, Jai P., "South Korea's Elite Settlement and Democratic Consolidation," *Journal of Political and Military Sociology*, Vol. 25, No. 1 (Summer 1997), pp. 1 – 24.

Busch, Andrew E., "Ronald Reagan and the Defeat of the Soviet Empire," *Presidential Studies Quarterly*, Vol. 27, No. 3 (Summer 1997), pp. 451 – 466.

Carpenter, Ted Galen, "The Imperial Lure: Nation Building as a US Response to Terrorism," *Mediterranean Quarterly*, Vol. 17,

No. 1 (Winter 2006), pp. 34 - 47.

CBO Memorandum, "The Role of Foreign Aid in Development: South Korea and the Pilippines," September 1997. available at: http://www.cbo.gov/ftpdocs/43xx/doc4306/1997doc10. Entire. pdf.

Cheong Sung-hwa, "The Political Use of Anti-Japanese Sentiment in Korea from 1948 to 1949," *Korea Journal*, Vol. 32, No. 4 (Winter 1992), pp. 89 - 108.

Choi Dai-Kwon, "Constitutional Development in Korea," *The Review of Korean Studies*, Vol. 6, No. 2 (2003), pp. 27 - 48.

Choi, Yearn H. "Failure of Democracy in Legislative Processes: The Case of South Korea, 1960," *World Affairs*, Vol. 140, Issue4 (Spring 1978), pp. 331 - 340.

Chung Susan, "Disparity of Power: The U. S. Engagement with Korea," MA thesis, University of Southern California, 2004.

Clemens, Peter, "Captain James Hauman, US Army Military Advisor to Korea, 1946 - 48: The Intelligent Man on the Spot," *The Journal of Strategic Studies*, Vol. 25, No. 1 (March 2002), pp. 163 - 198.

Cullather, Nick, "'Fuel for the Good Dragon': The United States and Industrial Policy in Taiwan, 1950 - 1965," *Diplomatic History*, Vol. 20, No. 1 (Winter 1996), pp. 1 - 25.

David Jablonsky, "The State of the National Security State," *Parameters* (Winter 2002 - 03), pp. 4 - 20.

Dempsey, Gary T., "Fool's Errands: America's Recent Encounters with Nation Building," *Mediterranean Quarterly*, Vol. 12,

No. 1 (Winter 2001), pp. 57 - 80.

Dobson, Alan P., "The Kennedy Administration and Economic Warfare against Communism," *International Affairs*, Vol. 64, No. 4 (Autumn 1988), pp. 599 - 616.

Eberstadt, Nicholas Nash, "Policy and Economic Performance in Diveded Korea, 1945 - 1995," PhD dissertation, Harvard University, 1995。

Ekbladh, David K. F., "A Workshop for the World: Modernization as a Tool in United States Foreign Relations in Asia, 1914 - 1973," PhD dissertation, Columbia University, 2003.

Engerman, David C., "Rethinking Cold War Universities: Some Recent Histories," *Journal of Cold War Studies*, Vol. 5, No. 3 (Summer 2003), pp. 80 - 95.

Engerman, David C., "The Romance of Economic Development and New Histories of the Cold War," *Diplomatic History*, Vol. 28, No. 1 (January 2004), pp. 23 - 54.

Foot, Rosemary, "The Eisenhower Administration's Fear of Empowering the Chinese," *Political Science Quarterly*, Vol. 111, No. 3 (1996), pp. 505 - 521.

Goh, Evelyn, "Nixon, Kissinger, and the 'Soviet Card' in the U. S. Opening to China, 1971 - 1974," *Diplomatic History*, Vol. 29, No. 3 (June 2005), pp. 475 - 502.

Gordenker, Leon, "The United Nations, the United States Occupation and the 1948 Election in Korea," *Political Science Quarterly*, Vol. 73, No. 3 (September 1958), pp. 426 - 450.

Haggard, Stephan, Kim Byung-kook and Moon Chung-in, “The Transition to Export-led Growth in South Korea: 1954 - 1966,” *The Journal of Asian Studies*, Vol. 50, No. 4 (November 1991), pp. 850 - 873.

Hahm Sung Deuk, “The Institutional Development of Blue House in the Park Chung Hee Presidency,” *Asian Perspective*, Vol. 26, No. 2 (2002), pp. 101 - 130.

Han Jong-ha, “Education and Industrialization: The Korean Nexus in Human Resources Development,” *Education Economics*, Vol. 2, Issue 2 (1994), pp. 169 - 185.

Han Jongwoo and Ling, L. H. M., “Authoritarianism in the Hypermasculinized State: Hybridity, Patridity. and Capitalism in Korea,” *International Studies Quaterly*, Vol. 42, Issue1 (March 1998), pp. 53 - 78.

Harvie, Charles and Lee Hyun-hoon, “Export-led Industrialisation and Growth: Korea's Economic Miracle, 1962 - 1989,” *Australian Economic History Review*, Vol. 43, No. 3 (November 2003), pp. 256 - 286.

Henderson, David R., “Lessons of East Asia's Economic Growth,” *Orbis*, Vol. 41, Issue 3 (Summer 1997), pp. 427 - 443.

Hwang In Kwang, “The 1953 U. S. Initiative for Korean Neutralization,” *Korea & World Affairs*, Vol. 10, No. 4 (Winter 1986), pp. 798 - 826.

Hwang Insang, “The Trade Policy and Statistics of Korea: 1945 - 1961,” *Journal of Asian-Pacific Affairs*, Vol. 2, No. 2

(February 2001), pp. 111 – 127.

Jean, Ahn, "The Socio-Economic Background of the Gwangju Uprising," *New Political Science*, Vol. 25, No. 2 (June 2003), pp. 159 – 176.

Kerry, John F., "Nation Building: Can It Serve America's Interest?" *The Brown Journal of World Affairs*, Vol. 2, Issue1 (Winter 1994), pp. 51 – 56.

Kim Bong-jin, "Paramilitary Politics under the USAMGIK and the Republic of Korea," *Korea Journal*, Vol. 43, No. 2 (Summer 2003), pp. 289 – 321.

Kim Byung-kook, "The U. S. – South Korea Alliance: Anti-American Challenges," *Journal of East Asian Studies*, Vol. 3 (2003), pp. 225 – 258.

Kim Dong-Soo, "U. S. -South Korea Relation in 1953 – 1954: A Study of Patron-Client State Relationship," PhD dissertation, The University of Connecticut, 1985.

Kim Dukhong, "Democratization in South Korea during 1979 – 1987," MA thesis, Virginia Polytechnic Institute and State University, 1997.

Kim Il-Young, "The Race against Time: Disintegration of the Chang Myun Government and Aborted Democracy," *The Review of Korean Studies*, Vol. 7, No. 3 (2004), pp. 167 – 200.

Kim Kyun "The American Struggle for Korean Minds: U. S. Cultural Policy and Occupied Korea," PhD dissertation, University of Wisconsin-Madison, 1995.

Kim Myonsob, "Reexamining Cold War History and the Korean Decision," *Korea Journal*, Vol. 41, No. 2 (Summer 2001), pp. 5 - 27.

Kim Se Jin, "South Korea Involvement in Vietnam and Its Economic and Political Impact," *Asian Survey*, Vol. 10, No. 6 (June 1970), pp. 519 - 532.

Kim Yong Cheol, "The Shadow of the Gwangju Uprising in the Democratization of Korean Politics," *New Political Science*, Vol. 25, No. 2 (June 2003), pp. 225 - 240.

Lee Hyesook, "State Formation and Civil Society under American Occupation: The Case of South Korea," *Korea Journal of Population and Development*, Vol. 26, No. 2 (December 1997), pp. 15 - 32.

Leffler, Melvyn P., "The American Conception of National Security and the Beginning of the Cold War, 1945 - 48," *The American Historical Review*, Vol. 89, No. 2 (April 1984), pp. 352 - 381.

Lim Youngil "Foreign Influence on the Economic Change in Korea: A Survey," *The Journal of Asian Studies*, Vol. 28, No. 1 (November 1968), pp. 77 - 99.

Lin Cheng-yi, "The Legecy of the Korean War: Impact on U. S. -Taiwan Relations," *Journal of Northeast Asian Studies*, Vol. 11, Issue4 (Winter 1992), pp. 40 - 57.

Linantud, John L., "Pressure and Protection: Cold War Geopolitics and Nation Building in South Korea, South Vietnam,

Philippins. and Thailand," *Geopolitics*, Vol. 13, No. 4 (2008), pp. 635 – 656.

Luc, Walhain, "Democratic Critizenship Education and Military Dictaorship in Park Chung Hee Korea," *The Review of Korean Studies*, Vol. 4, No. 1 (2001), pp. 87 – 110.

Ma Sang-Yoon "From 'March North' to Nation-Building: The Interplay of U. S. Policy and South Korean Politics during the Early 1960s," *Korea Journal*, Vol. 49, No. 2 (Summer 2009), pp. 9 – 36.

MacManus, Susan A., "The Three 'E's' of Economic Development and the Hardest is Equity: Thirty Years of Economic Development Planning in the Republic of Korea (1)," *Korea Journal*, Vol. 30, No. 8 (August 1990), pp. 4 – 17.

MacManus, Susan A., "The Three 'E's' of Economic Development and the Hardest is Equity: Thirty Years of Economic Development Planning in the Republic of Korea (2)," *Korea Journal*, Vol. 30, No. 9 (September 1990), pp. 13 – 25.

Makdisi, Ussama, " 'Anti-Americanism' in the Arab World: An Interpretation of a Brief History," *The Journal of American History*, Vol. 89, No. 2 (September 2002), pp. 538 – 557.

MaMahon, Robert J., "The Cold War in Asia: Toward a New Synthesis," *Diplomatic History*, Vol. 12, No. 3 (Summer 1988), pp. 307 – 327.

Mardon, Russell, "The State and the Effective Control of Foreign Capital: The Case of South Korea," *World Politics*, Vol. 43 (Ocbober 1990), pp. 111 – 138.

McCune, George M., “Post-War Government and Politics of Korea,” *The Journal of Politics*, Vol. 9, No. 4 (November 1947), pp. 605 - 623.

Millett, Allan R., “Captain James H. Hausman and the Formation of Korean Army, 1945 - 1950,” *Armed Forces & Society*, Vol. 23, Issue 4 (Summer 1997), pp. 503 - 539.

Moon Chung-in & Rhyu Sang-young, “‘Overdeveloped’ State and the Political Economy of Development in the 1950s: A Reinterpretation,” *Asian Perspective*, Vol. 23, No. 1 (1999), pp. 179 - 203.

Müller, A. L., “The Creation of a Growth-oriented Society in Korea,” *International Journal of Social Economics*, Vol. 24, No. 1/2/3 (1997), pp. 178 - 189.

Na Kahn-chae, “A New Perspective on the Gwangju People's Resistance Struggle: 1980—1997,” *New Political Science*, Vol. 23, No. 4 (2001), pp. 477 - 491.

Needell, Allan A., “‘Truth is Our Weapon’: Project TROY, Political Warfare, and Government-Academic Relations in the National Security State,” *Diplomatic History*, Vol. 17, No. 3 (Summer 1993), pp. 399 - 420.

Nordhaug, Kristen, “Development through Want of Security: The Case of Taiwan,” *Forum for Development Studies*, No. 1 (1998), pp. 129 - 161.

Offner, Arnold A., “‘Another Such Victory’: President Truman, American Foreign Policy. and the Cold War,” *Diplomatic*

History, Vol. 23, No. 2 (Spring 1999), pp. 127 - 155.

Oh, John Kie-Chiang, "Role of the United States in South Korea's Democratization," *Pacific Affairs*, Vol. 42, No. 2 (Summer 1969), pp. 164 - 177.

Pablo-Baviera, Aileen S., "The China Factor in US Alliance in East Asia and the Asia Pacific," *Australian Journal of International Affairs*, Vol. 57, No. 2 (July 2003), pp. 339 - 352.

Pach, Chester, "The Reagan Doctrine: Principle, Pragmatism, and Policy," *Presidential Studies Quarterly*, Vol. 36, No. 1 (March 2006), pp. 75 - 88.

Paik Hak Soon, "The Soviet Union's Objectives and Policies in North Korea, 1945 - 1950," *Korea and World Affairs*, Vol. 19, No. 2 (Summer 1995), pp. 269 - 293.

Painter, David S., "Explaining U. S. Relations with the Third World," *Diplomatic History*, Vol. 19, No. 3 (Summer 1995), pp. 525 - 548.

Park Honc-kyu, "From Pearl to Cairo: America's Korean Diplomacy, 1941 - 43," *Diplomatic History*, Vol. 13, No. 3 (Summer 1989), pp. 343 - 358.

Park Hun Joo, "The Origins of Faulted Korean Statism," *Asian Perspective*, Vol. 27, No. 1 (2003), pp. 165 - 195.

Park Kunyoung, "Change of U. S. Involvement in the Process of Korean-Japanese Negotiations: Focusing on U. S. Domestic Response to Foreign Aid Policy," MA thesis, Seoul National University, 2003.

Park Myung-lim, "The Internalization of the Cold War in Korea: Entangling the Domestic Politics with the Global Cold War in 1946," *International Journal of Korean History*, Vol. 2 (December 2001), pp. 309 - 350.

Park Sang-Seek, "Determinants of Korean Foreign Policy: A Review of the 38-Year History," *Korea & World Affairs*, Vol. 10, No. 3 (Fall 1986), pp. 457 - 483.

Park Sang-Seek, "Legacy of the Korean War: Its Impact on South Korea's Domestic Politics, Economic Development, and Foreign Policy," *Korea and World Affairs*, Vol. 15, No. 2 (Summer 1991), pp. 302 - 316.

Park Sun-won, "Belief Systems and Strained Alliance: The Impact of American Pressure on South Korean Politics and the Demise of the Park Regime in 1979," *Korea Observer*, Vol. 34, No. 1 (Spring 2003), pp. 87 - 112.

Park Tae-Gyun, "U. S. Policy Change toward South Korea in the 1940s and 1950s," *Journal of International and Area Studies*, Vol. 7, No. 2 (2000), pp. 89 - 104.

Park Tae-Gyun, "W. W. Rostow and Economic Discourse in South Korea in the 1960s," *Journal of International and Area Studies*, Vol. 8, No. 2 (2001), pp. 55 - 66.

Piki Ish-Shalom, "The Role of Theoretical Concepts in Forming American Foreign Policy: The Case of Rostow, the Modernization Theory, and the Alliance For Progress," in C. Lovett and P. Kernahan (eds.), *On Religion and Politics*, Vienna: IWM

Junior Visiting Fellows' Conference, Vol. 13 (2004).

Pyo, Hak K., "The Transition in the Political Economy of South Korean Development," *Journal of Northeast Asian Studies*, Vol. 12, Issue4 (Winter 1993), pp. 74 – 87.

Ra Jong Yil "Political Crisis in Korea, 1952: The Administration, Legislature, Military and Foreign Powers," *Journal of Contemporary History*, Vol. 27, No. 2 (April 1992), pp. 301 – 318.

Rabe, Stephen G., "The Caribbean Triangle: Betancourt, Castro, and Trujillo and U. S. Foreign Policy, 1958 – 1963," *Diplomatic History*, Vol. 20, No. 1 (Winter 1996), pp. 55 – 78.

Sarantakes, Nicholas E., "In the Service of Pharaoh: The United States and the Development of Korean Troops in Vietnam, 1965 – 1968," *Pacific Historical Review*, Vol. 68, No. 3 (August 1999), pp. 425 – 449.

Sarantakes, Nicholas E., "Quiet War: Combat Operations along the Korean Demilitarized Zone, 1966 – 1969," *The Journal of Military History*, Vol. 64, No. 2 (April 2000), pp. 439 – 457.

Schmitz, David F. and Walker, Vanessa, "Jimmy Carter and the Foreign Policy of Human Rights: The Development of a Post – Cold War Foreign Policy," *Diplomatic History*, Vol. 28, No. 1 (January 2004), pp. 113 – 144.

Seo Joong – Seok, "The Establishment and Anti – Communist State Structure following the Founding of the Korean Government," *Korea Journal*, Vol. 36, No. 1 (Spring 1996), pp. 79 – 114.

Shin Wookhee, "Geopolitical Determinants of Political

Economy: The Cold War and South Korean Political Economy," *Asian Perspective*, Vol. 18, No. 2 (Fall – Winter 1994), pp. 119 – 140.

Shin Wookhee, "The Political Economy of Security: South Korea in the Cold War System," *Korea Journal*, Vol. 38, No. 4 (Winter 1998), pp. 147 – 168.

Skidmore, David, "Carter and the Failure of Foreign Policy Reform," *Political Science Quarterly*, Vol. 108, No. 4 (Winter 1993 – 1994), pp. 699 – 729.

Stueck, William, "Democratization in Korea: The United States Role, 1980 and 1987," *International Journal of Korean Studies*, Vol. 2, No. 1 (Fall/Winter 1998), pp. 1 – 26.

The United States Agency for International Development, "A History of Foreign Assistance," 2002. available at: http://www.usaid.gov/about_usaid/usaidhist.html.

Tucker, Nancy B., "China and America: 1941 – 1991," *Foreign Affairs*, Vol. 70, Issue5 (Winter 1991/1992), pp. 75 – 92.

Ushay, Josh, "Fear & Images: NSC68," *Access: History*, Vol. 3, No. 1 (Summer 2000), pp. 9 – 33.

Wade, Larry L. and Kang Sung Jin, "The Domestic Breakout in South Korea: An Informal Game – Theoretic Account," *Asian Perspective*, Vol. 17, No. 2 (Fall – Winter 1993), pp. 39 – 70.

Woo Seongji, "The Park Chung – hee Administration amid In-Korean Reconciliation in the Détente Period: Changes in the Threat Perception, Regime Charateristics, and the Distribution of Power,"

Korea Journal, Vol. 49, No. 2 (Summer 2009), pp. 37 – 58.

Woodard, Garry, "The Politics of Intervention: James Plimsoll in the South Korean Constitutional Crisis of 1952," *Australian Journal of International Affairs*, Vol. 56, No. 3 (2002), pp. 473 – 486.

Yang Jong Hoe, "Colonial Legacy and Modern Economic Growth in Korea: A Critical Examination of Their Relationships," *Development and Society*, Vol. 33, No. 1 (June 2004), pp. 1 – 24.

Yang Myung-ji "What Sustains Authoritarianism? From State-based Hegemony to Class-based Hegemony during the Park Chung Hee Regime in South Korea," *WorkingUSA: The Journal of Labor and Society*, Vol. 9 (December 2006), pp. 425 – 447.

Yaqub, Salim, "Contesting Arabism: The Eisenhower Doctrine and the Arab Middle East, 1956 – 1959," available at: http://research.yale.edu/ycias/database/files/MESV3 – 9.pdf.

Yoshii, Midori, "Rebuilding the American Burden: Kennedy's Policy toward Northeast Asia," PhD dissertation, Boston University, 2003.

Zahniser, Marvin R. and Weil, W. M., "A Diplomatic Pearl Harbor? Richard Nixon's Goodwill Mission to Latin America in 1958," *Diplomatic History*, Vol. 13, No. 2 (Spring 1989), pp. 163 – 190.

Zakaria, Fareed, "The Reagan Strategy of Containment," *Political Science Quarterly*, Vol. 105, No. 3 (Autumn 1990), pp. 373 – 395.

二　中文文献

（一）著作

《朝鲜问题文件汇编》（第一集），世界知识出版社，1960。

〔美〕保罗·沃尔克、〔日〕行天丰雄：《时运变迁——国际货币及对美国领导地位的挑战》，贺坤、贺斌译，中国金融出版社，1996。

蔡佳禾：《双重的遏制——艾森豪威尔政府的东亚政策》，南京大学出版社，1999。

曹中屏、张琏瑰：《当代韩国史（1945～2000）》，南开大学出版社，2005。

陈波：《冷战同盟及其困境——李承晚时期美韩同盟关系研究》，上海人民出版社，2008。

陈龙山、张玉山、贲贵春：《韩国经济发展论》，社会科学文献出版社，1997。

陈明明：《所有的子弹都有归宿——发展中国家军人政治研究》，天津人民出版社，2003。

崔丕：《美国的冷战战略与巴黎统筹委员会、中国委员会（1945～1994）》，东北师范大学出版社，2000。

崔丕主编《冷战时期美国对外政策史探微》，中华书局，2002。

〔美〕戴维·斯泰格沃德：《六十年代与现代美国的终结》，周朗、新港译，商务印书馆，2002。

董向荣:《韩国起飞的外部动力——美国对韩国发展的影响(1945~1965)》,社会科学文献出版社,2005。

董正华、赵自勇、庄礼伟、牛可:《透视东亚“奇迹”》,学林出版社,1999。

姜长斌、〔美〕罗伯特·罗斯主编《从对峙走向缓和——冷战时期中美关系再探讨》,世界知识出版社,2000。

〔韩〕姜万吉:《韩国现代史》,陈文寿、金英姬、金学贤译,社会科学文献出版社,1997。

〔美〕杰里尔·罗赛蒂:《美国对外政策的政治学》,周启朋、傅耀祖等译,吴妙发、翟玉章、曾夏校订,世界知识出版社,1997。

〔美〕孔华润:《美国对中国的反应——中美关系的历史剖析》,张静尔译,复旦大学出版社,1997。

〔美〕孔华润:《苏联强权时期的美国,1945~1991》,王琛译,《剑桥美国对外关系史》第4卷,新华出版社,2004。

〔美〕雷迅马:《作为意识形态的现代化:社会科学与美国对第三世界政策》,牛可译,中央编译出版社,2003。

李剑鸣、章彤主编《美利坚合众国总统就职演说全集》,陈亚丽等译,天津人民出版社,1996。

林利民:《遏制中国——朝鲜战争与中美关系》,时事出版社,2000。

刘国柱:《美国文化的新边疆——冷战时期的和平队研究》,中国社会科学出版社,2005。

刘建飞:《美国与反共主义——论美国对社会主义国家的意识形态外交》,中国社会科学出版社,2001。

〔美〕迈克尔·亨特：《意识形态与美国外交政策》，褚律元译，世界知识出版社，1999。

〔美〕塞缪尔·亨廷顿：《第三波——20世纪后期民主化浪潮》，刘军宁译，上海三联书店，1998。

陶文钊主编《中美关系史（1949～1972）》，上海人民出版社，1999。

〔美〕托马斯·帕特森等：《美国外交政策》（下册），李庆余译，中国社会科学出版社，1989。

王绳祖主编《国际关系史》（第八卷，1949～1959），世界知识出版社，1995。

王晓德：《美国文化与外交》，世界知识出版社，2000。

〔美〕小阿瑟·施莱辛格：《一千天——约翰·菲·肯尼迪在白宫》，仲宜译，三联书店，1981。

尹保云：《韩国为什么成功——朴正熙政权与韩国现代化》，文津出版社，1993。

袁明、〔美〕哈里·哈丁主编《中美关系史上沉重的一页：1945～1955年的中美关系》，北京大学出版社，1989。

袁小红：《公众舆论与美国对华政策（1949～1971）》，湖南大学出版社，2008。

〔美〕约翰·加迪斯：《遏制战略：战后美国国家安全政策评析》，时殷弘、李庆四、樊吉社译，世界知识出版社，2005。

〔美〕约翰·肯尼迪：《扭转颓势》，约翰·加德纳编，沙地译，三联书店，1976。

赵虎吉：《揭开韩国神秘的面纱——现代化与权威主义：韩国现代政治发展研究》，民族出版社，2003。

赵学功:《巨大的转变:战后美国对东亚的政策》,天津人民出版社,2002。

赵炜:《韩国现代政治论》,东方出版社,1995。

朱明权主编《约翰逊时期的美国对华政策(1964~1968)》,上海人民出版社,2009。

39. 资中筠主编《战后美国外交史》,世界知识出版社,1994。

(二)论文

蔡佳禾:《肯尼迪政府与1962年的中印边界冲突》,《中国社会科学》2001年第6期,第186~197页。

陈波:《杜鲁门政府与韩国1952年宪政危机》,《史林》2008年第1期,第177~186页。

陈兼:《革命与危机的年代——大跃进和中国对外政策的革命性转变》,李丹慧主编《冷战国际史研究》(第7辑),世界知识出版社,2008,第45~96页。

陈兼、余伟民:《"冷战史新研究":源起、学术特征及其批判》,《历史研究》2003年第3期,第3~22页。

程晓燕、何西雷:《美国援助与韩国经济起飞:一项历史的考察》,《世界经济与政治论坛》2008年第1期,第67~71页。

崔丕:《艾森豪威尔政府对朝鲜政策初探》,《东北师大学报》(哲学社会科学版)2001年第3期,第36~42页。

崔丕:《肯尼迪政府的"中国威胁论"与日美关系的演进》,《日本学刊》2004年第4期,第124~135页。

崔丕：《美国对朝鲜政策的演变（1945～1955年）》，崔丕主编《冷战时期美国对外政策史探微》，中华书局，2002，第130～168页。

戴超武：《尼克松—基辛格的“宏大构想”、尼克松主义与冷战转型》，《南开学报》2007年第5期，第19～27页。

戴超武：《应对“卡尔·马克思早已策划好的危局”：冷战、美国对阿拉伯民族主义的反应和艾森豪威尔主义》，李丹慧主编《冷战国际史研究》（第3辑），世界知识出版社，2006，第1～28页。

邓峰：《美国与EC－121危机——对1969年美国大型侦察机被朝鲜击落事件的研究》，《世界历史》2008年第2期，第14～23页。

董向荣：《韩国由威权向民主转变的影响因素》，《当代亚太》2007年第7期，第24～30页。

董向荣：《美国对韩国的援助政策：缘起、演进与结果》，《世界历史》2004年第6期，第14～24页。

董向荣：《美国对韩国政治经济发展的影响，1945～1963》，北京大学博士学位论文，2003。

冯东兴：《韩国5.16政变与肯尼迪政府的反应》，《史学月刊》2009年第7期，第62～67页。

郭培清：《艾森豪威尔政府国家安全政策研究》，东北师范大学博士学位论文，2003。

郭培清：《论艾森豪威尔政府对第三世界援助政策的演变》，《中国海洋大学学报》（社会科学版）2004年第4期，第65～68页。

兰岚：《20世纪50年代美国的中东政策：从欧米加计划到艾森豪威尔主义的诞生》，《世界历史》2009年第1期，第34～41页。

梁志：《韩国1952年宪政危机与美国的反应和对策》，《历史教学》（高校版）2007年第10期，第45～48页。

梁志：《韩国政治发展中的美国（1945～1961年）》，李丹慧主编《冷战国际史研究》（第5辑），世界知识出版社，2008，第215～239页。

梁志：《减负初衷与冷战意识——艾森豪威尔政府裁减韩军政策探析（1956～1961）》，《历史教学》2006年第2期，第36～41页。

梁志：《"经济增长阶段论"与美国对外开发援助政策》，《美国研究》2009年第1期，第120～137页。

梁志：《论艾森豪威尔政府对韩国的援助政策》，《美国研究》2001年第4期，第78～97页。

梁志：《美国对外开发援助政策与韩国的经济"起飞"》，《当代韩国》2009年春季号，第30～38页。

梁志：《美国军政府与南部朝鲜的政治发展进程（1945～1948年）》，《当代韩国》2008年夏季号，第60～70页。

刘洪丰：《美国对韩国援助政策研究，1948～1968年》，华东师范大学博士学位论文，2004年。

刘晓原：《东亚冷战的序幕：中美战时外交中的朝鲜问题》，《史学月刊》2009年第7期，第68～79页。

吕桂霞：《林登·约翰逊与越南战争的"美国化"》，《山东师范大学学报》（人文社会科学版）2007年第3期，第153～

157 页。

〔美〕马克·劳伦斯：《对稳定的模糊追求——尼克松、基辛格以及“第三层”（1969~1976）》，《国际政治研究》2008 年第 3 期，第 167~182 页。

牛大勇：《缓和的触角抑或冷战的武器——美国政府 20 世纪 60 年代初期对中国粮荒的决策分析》，《世界历史》2005 年第 3 期，第 32~42 页。

牛大勇：《肯尼迪政府与 1961 年联合国的中国代表权之争》，《中共党史研究》2000 年第 4 期，第 78~84 页。

牛军：《战后美国对朝鲜政策的起源》，《美国研究》1991 年第 1 期，第 51~66 页。

牛可：《国家安全体制与美国冷战知识分子》，《21 世纪》2003 年第 5 期，第 28~41 页。

牛可：《美国“国家安全国家”的创生》，《史学月刊》2010 年第 1 期，第 63~90 页。

牛可：《美援与战后台湾的经济改造》，《美国研究》2002 年第 3 期，第 66~87 页。

牛可：《自由国际主义与第三世界——美国现代化理论兴起的历史透视》，《美国研究》2007 年第 1 期，第 34~56 页。

〔韩〕朴炳光：《韩国统一政策的历史演变》，复旦大学韩国研究中心编《韩国研究论丛》（第 5 辑），中国社会科学出版社，1998，第 13~27 页。

任李明：《论福特政府对美国外交政策的调整》，《南京大学学报》（哲学·人文科学·社会科学），2000 年第 3 期，第 113~119 页。

舒建中:《美国的“成功行动”计划:遏制政策与维护后院的隐蔽行动》,《世界历史》2008年第6期,第4~13页。

双惊华:《约翰逊时期美国对台政策的演变》,《史林》2005年第2期,第109~117页。

唐小松:《60年代美国对中苏冲突事件的观念演变及其对华政策》,《当代中国史研究》2002年第1期,第53~63页。

唐志昂:《论战后朝鲜问题国际化和美国的撤军方案》,复旦大学韩国研究中心编《韩国研究论丛》(第4辑),上海人民出版社,1998,第288~309页。

陶文昭:《韩国民主的美国因素》,《东北亚论坛》2007年第6期,第67~71页。

王帆:《美韩同盟及未来走向》,《外交学院学报》2001年第9期,第60~64页。

王海龙、王静:《论美军政与韩国亲日派的转型》,《当代韩国》2009年冬季号,第70~75页。

王来法、黄俊尧、〔韩〕金基福:《市民社会兴起下的韩国政治变迁》,《国际论坛》2004年第1期,第69~73页。

王立新:《意识形态与美国对华政策——以艾奇逊和“承认问题”为中心的再研究》,《中国社会科学》2005年第3期,第177~191页。

王晓德:《关于美国使命观的历史思考》,《南开学报》(哲学社会科学版)1997年第1期,第47~52页。

王晓德:《美国对外关系的文化探源》,《历史研究》1997年第3期,第136~148页。

王晓德:《试论美国向拉美“输出民主”的实质》,《拉丁美洲研究》1995 年第 2 期，第 9 ~ 15 页。

王晓德:《试论务实传统对美国外交的影响》，《历史研究》1998 年第 4 期，第 117 ~ 128 页。

夏亚峰:《“尼克松主义”及美国对外政策的调整》，《中共党史研究》2009 年第 4 期，第 46 ~ 56 页。

谢华:《对美国第四点计划的历史考察与分析》，《美国研究》2010 年第 2 期，第 73 ~ 94 页。

杨红梅:《试论 1945 年美国军政府在朝鲜半岛南部之措施》，《韩国研究论丛》（第六辑），北京：中国社会科学出版社，1999，第 184 ~ 199 页。

余伟民、周娜:《1945 ~ 1948 年朝鲜半岛南部地区的政治变动》，《史林》2003 年第 4 期，第 105 ~ 115 页。

张小明:《美国对中苏同盟的认识与反应》，《历史研究》1999 年第 5 期，第 43 ~ 56 页。

张屹峰:《肯尼迪政府的“时势观”与对华政策》，《史林》2009 年第 2 期，第 155 ~ 164 页。

后记一

白驹过隙，光阴如电，不觉又见春色满园。三年求学时光竟如此匆匆！

2003年，我生而有幸，踏入南开，师从王晓德先生攻读美国外交史专业博士学位。先生于业，学养深厚，博闻笃思，高屋建瓴，至精至严，然每抱和璧隋珠以自谦；先生于德，清风雅范，淡泊致远，奖掖后学，不遗余力，遂常以微言大义发驽钝。《幼学琼林》曰："弟子称师之善教，曰如坐春风之中；学业感师之造成，曰仰沾时雨之化。"从师三载，先生不仅以宽阔的学术视野与严谨的治学态度对我言传身教，更在我陷入困境时给予我极大的理解与支持。师母也给了我们夫妇许多关怀与帮助。在我论文写作期间，先生虽稿约不暇，诸项待结，然仍于百忙之中为我细心披阅。大到篇章结构的调整，小至标点文字的修改，无一处不见先生治学之风，令我受教至深。每念于兹，我都深感过蒙恩睐，辱知辱爱；唯有倾竭鄙虑，一言一字必审求之，以期拙制奉呈之日幸能勉副恩师雅望。

感谢我们拉美研究中心的洪国起先生、韩琦教授、董国辉副教授、王萍副教授对我的关心和帮助！感谢汉语言文化学院关键副教授和文学院洪波教授两年多来对我们夫妇的多方关爱与照顾！另外，在资料、数据的考证方面，中国社会科学院亚太研究所的董向荣老师曾热情地为我答疑解惑，并寄来她的博士学位论文。她的帮助使我在很大程度上减少了考辨不同数据真实性的困难，谨在此深表谢意！

另外，还要感谢师兄杨卫东、孙建党、李巨轸及师姐史晓红、师妹张世轶等人在日常学习生活中给予我的诸多关照。好友东北师范大学博士生李晓妮和华东师范大学博士生吕雪峰也为我提供了很多宝贵信息和资料，在此一并致谢！

最后，感谢双亲的养育之恩，更感谢岳父母多年来在精神和物质方面对我的莫大支持！他们无微不至的关爱令我铭感终生！几年来，弟弟和弟妹一直悉心照顾双亲，使我能够安心在外求学。手足情深，无以言表。2003 年底，爱人王玉平随我来津，此间奔波流徙，居无定所，从无半句怨言。工作之余，她还帮我做了大量文字校订修改工作。这一切让我深深体会到了“伴侣”二字的真正含义。

如今论文奉呈在即，师友之恩、同门之谊、亲人之爱一同涌现脑际。感荷之意难尽，仅以此稿为献，并求方家郢正。

梁　志

2005 年 3 月 26 日于南开园

后记二

本书是在我的博士学位论文的基础上修改而成。

读高中时，历史老师的课讲得生动有趣，于是上大学我便选择了这一专业。1998 年秋，如愿以偿地来到向往已久的东北师范大学历史学系攻读硕士学位，更有幸师从崔丕先生。初入东师的我对“学术”二字之深意尚无任何体悟，更谈不上具备科研基础。因此，从论文选题到搜集、整理和解读原始文献，直至文章的结构框架设计，崔师无一不是耗力费神，反复点拨。授业解惑之余，先生还一再强调“学术的生命在于创新”，为我未来的求索指明了方向。

经崔老师惠荐，2003 年幸而投于王晓德先生门下，在南开园开始了三年的求学生活。先生视域宏阔，学识渊博，严谨专深，常引领我于细微处见大义；更兼淡泊名利，宽以待人，提携后辈，殚精竭虑。学生虽不能至其万一，但心向往之。先生虽诸事缠身，但每隔一两周总会叫我到他的办公室去一次，询问最近的读书情况，论文进度如何，有何困惑。即便是在远赴哈佛大学访问期间，仍顾念着我的论文写作，为我提供最新的学术信息。论文初稿完成后，更是一字一句悉心批阅斧正。先生的关注目光并非仅止于博士学位论文，亦时常提醒我切莫局限于一个研究课题而不及其余。如今我正在尝试探求新的方向，这与先生的教诲密不可分。

近十年的学习摸索间，我的注意力基本没有离开广义的“冷战国际史”。沈志华教授是中国冷战史研究的领军人物，他与另外几位权威学者联合创建的华东师范大学冷战国际史研究中心在国际冷战史学界已颇具影响。2006年，我十分幸运地来到这里继续深造。两年里，沈老师不时在百忙中传授整理资料和布局谋篇的独到技巧，每每令我受益匪浅。此次拙稿付梓之事，还劳烦先生费心联络，并提出诸多宝贵的修缮意见。更蒙沈老信任，使我有机会成为中心的一员。

博士学位论文答辩和成书过程中，华东师范大学的余伟民教授和戴超武教授、首都师范大学的徐蓝教授以及南开大学的赵学功教授均不吝赐教，或从宏观上点明文章的明显不足，或从微观上指出行文的失范之处。美国长岛大学的夏亚峰教授于百忙中帮忙校对申请韩国国际交流财团的英文申请资料。陈波和周娜两位所攻方向相近的同事经常在讨论相关问题时给我灵感。中心的王建兰老师名为同事，实为长者，不仅在工作上多次帮我解燃眉之急，生活上也是关心备至。作为老朋友，福建师范大学的吕雪峰在学习方面给予我太多无私的帮助。华东政法大学的高慧开师兄和中国社会科学院美国研究所的魏红霞师姐亦多方关照。天津师范大学的杨卫东师兄曾从英国发来最新的相关英文资料。在此一并致以最诚挚的感谢。

书稿酝酿出版期间，由于我个人的原因，资助项目数次变更，社会科学文献出版社的徐思彦老师和高明秀老师总是不厌其烦地为我释疑解惑、沟通各方，她们务实求真的专业精神和乐于助人的高贵品质令我感动不已。如果没有两位老师的努力，书稿恐难以于今日面世。

从长春到烟台，再从天津到上海，双方父母一直在默默地关心、照顾和支持着我，正所谓大爱无言。爱人王玉平则要时不时地帮我判断脑子里突然间冒出来的奇思怪想的价值如何，如此安排结构能不能起到意想不到的效果，某一种写法是否符合表达规范。这样一个对美韩关系从不熟悉到熟悉甚至开始对冷战史有所了解的历程对于外专业的她来说一定不是完全轻松愉快的，其中的别样滋味只有她本人最清楚。老家的弟弟和弟媳为父母付出了很多，令我能够“远游”而无虞。谨以此寥寥数言，表达我深切的感恩之情和愧疚之意。

假若此稿尚有可取之处，那必定大多归功于师友亲人，而其中的讹误缺陷，实是由于笔者功力不逮所致，敬请读者方家批评指正。

注：本书属于教育部人文社会科学重点研究基地项目“冷战起源研究”（08JJDGJW261）、北京市教育委员会社科计划重点项目和北京市哲学社会科学规划项目《国际关系史史料的整理与研究》（一期）（SZ201010028010）、上海重点学科建设项目（B406）的阶段性成果。

梁 志

2010 年 8 月 21 日于华东师范大学

《东方历史学术文库》稿约

一、凡向本文库提出申请，经评审通过入选的史学专著（25 万字以内为宜），均获东方历史研究出版基金全额资助，由社会科学文献出版社出版，并略致薄酬或赠书若干册。

二、收入本文库的史学专著，研究方向为中国古代史、中国近现代史、外国近现代史、中外关系史，包括政治、经济、文化、民族、外交等领域，以近现代为主。

三、入选文库的专著，为有较高学术水平的，或解决重大课题、或确立新观点、或使用新资料、或开拓新领域的专题研究成果，尤欢迎优秀博士论文，但一般希望至少经过一年的修改。总之，文库的学术追求是出精品。

四、入选专著，必须遵守学术著作规范，要有学术史的内容和基本参考书目，引文、数据要准确，注释要规范，一律采取当页脚注。切勿一稿两投。

五、申请书稿，要由两位业内教授级专家的推荐（本文库的评、编委成员不做推荐人），推荐意见力求具体、全面，出版时在封四署推荐人姓名和意见撷要。

六、申请书稿应为已达到出版要求的齐、清、定作品。要求尽可能提供电脑打印稿。书稿要求提供一式两份。除手写稿外，申请书稿、申请表、推荐书均不退。

七、每年3月1~31日为该年度申请受理时间。8月，评审结果通知作者本人。

八、欲申请者，可函索申请表。来函应有书稿基本内容和写作过程、作者履历和学术经历简介，以及联系地址、邮编、电话、传真、电子信箱等内容。

文库编委会地址：北京西城区北三环中路甲29号院3号楼华龙大厦15层人文科学图书事业部

邮编：100029

电话：(010) 59367215

E-Mail：ssdphzh_ cn@ sohu. com

联系人：杨春花　传真：(010) 59367010

网址：http：//www. ssap. com. cn/orienthistory

注意来函来件请于封面标示：东方历史学术文库编委会收

图书在版编目（CIP）数据

冷战与“民族国家建构”：韩国政治经济发展中的美国因素：1945～1987/梁志著．—北京：社会科学文献出版社，2011.4
（东方历史学术文库）
ISBN 978－7－5097－1801－8

Ⅰ.①冷…　Ⅱ.①梁…　Ⅲ.①国际关系史－美国、韩国－1945～1987　Ⅳ.①D871.29②D831.269

中国版本图书馆 CIP 数据核字（2010）第 190909 号

·东方历史学术文库·
冷战与“民族国家建构”
——韩国政治经济发展中的美国因素（1945～1987）

著　　者／梁　志

出 版 人／谢寿光
总 编 辑／邹东涛
出 版 者／社会科学文献出版社
地　　址／北京市西城区北三环中路甲 29 号院 3 号楼华龙大厦
邮政编码／100029　网址／http：//www.ssap.com.cn
网站支持／（010）59367077
责任部门／人文科学图书事业部（010）59367215
电子信箱／renwen@ssap.cn
项目经理／宋月华
责任编辑／赵　薇
责任校对／李海云
责任印制／岳　阳

总 经 销／社会科学文献出版社发行部
（010）59367081　59367089
经　　销／各地书店
读者服务／读者服务中心（010）59367028
排　　版／北京中文天地文化艺术有限公司
印　　刷／三河市尚艺印装有限公司

开　　本／850mm×1168mm　1/32
印　　张／18.875　字数／416 千字
版　　次／2011 年 4 月第 1 版　印次／2011 年 4 月第 1 次印刷

书　　号／ISBN 978－7－5097－1801－8
定　　价／69.00 元